SÉFARADE

Antonio Muñoz Molina est né en 1956 à Úbeda, dans la province de Jaén. Licencié en histoire de l'art à l'université de Grenade, il a publié plusieurs romans couronnés de nombreux prix littéraires : *Beatus Ille*, *L'Hiver à Lisbonne* (prix de la Critique et Prix national de littérature 1987), *Beltenebros*, *Le Royaume des voix* (prix Planeta 1991 et Prix national de littérature 1992). Il écrit régulièrement dans le journal *El País*. En 1996, il a été élu à la Real Academia de Letras, dont il est le plus jeune membre. En 1998, son roman *Pleine Lune* a obtenu le prix Femina étranger.

Yves Bouchereau
Salon du livre
Novembre 2007
Montréal

DU MÊME AUTEUR

Beatus Ille
Actes Sud, 1989
Seuil, 2000
et « Points », n° P929

L'Hiver à Lisbonne
Actes Sud, 1990
Seuil (nouvelle traduction), 2001

Beltenebros
Actes Sud, 1991
Seuil, 2004

Les Mystères de Madrid
Actes Sud, 1994

Le Royaume des voix
Actes Sud, 1994
et « Points », n° P790

Le Sceau du secret
Seuil, 1995

Pleine Lune
Prix Femina étranger
Seuil, 1998
et « Points » n° P667

Une ardeur guerrière
Mémoires militaires
Seuil, 1999

Cordoue des Omeyades
Hachette littérature, 2000

Rien d'extraordinaire
Nouvelles
Seuil, 2000

Carlota Fainberg
Seuil, 2001
et « Points », n° P966

En l'absence de Blanca
Seuil, 2004

Fenêtres de Manhattan
Seuil, 2005

Antonio Muñoz Molina

SÉFARADE

Traduit de l'espagnol
par Philippe Bataillon

Éditions du Seuil

TEXTE INTÉGRAL

TITRE ORIGINAL
Sefarad
ÉDITEUR ORIGINAL
Grupo Santillana de Ediciones, S.A.

ISBN original : 84-204-4256-9

ISBN 2-02-083826-5
(ISBN 2-02-051080-4, 1re publication)

www.seuil.com

Sacristain

Nous avons fait notre vie loin de notre petite ville, mais nous ne nous habituons pas à en être absents, et nous aimons cultiver la nostalgie qui nous prend quand nous sommes restés quelque temps sans y retourner, et aussi parfois exagérer notre accent lorsque nous parlons entre nous, ainsi que l'utilisation des mots et des expressions locales que nous avons thésaurisés avec les années et que nos enfants, qui pourtant les ont tellement entendus, comprennent tout juste. Godino, le secrétaire de notre Délégation régionale – qu'il a ressuscitée d'une triste léthargie grâce à son dynamisme enthousiaste –, organise régulièrement les repas de notre amicale où nous nous régalons des nourritures et des recettes de notre terre, et s'il nous déplaît que notre gastronomie soit si peu connue des étrangers, tout comme l'architecture de nos monuments ou notre Semaine Sainte, il faut dire que nous nous complaisons à posséder des plats que personne ne connaît et à les désigner par des noms qui n'ont de sens que pour nous. Ah nos olives grossettes ou cornutes ! déclame Godino. Ah nos petits pains à l'huile, nos pompes, notre andrajo, nos tourtes de Pâques, notre boudin en cocotte, qui est un boudin au riz et non à l'oignon, notre gaspacho typique qui ne ressemble en rien à celui qu'on appelle gaspacho andalou, notre salade d'artichauts ! Dans l'arrière-salle du musée du Jambon où, nous autres du comité, nous réunissons régulièrement, Godino coupe avec gourmandise un morceau de pain et, avant de le plonger dans son assiette de boudin fumant, il fait un geste comme de bénédiction et récite quelques vers :

Le boudin, grand seigneur,
Digne de vénération.

Le patron du musée est de chez nous et il se charge d'habitude, comme dit Godino, du catering de nos ripailles, où l'on ne trouverait pas un seul produit qui ne provienne de notre ville, pas même le pain qui est cuit dans le four de la Trini, celui où se font encore les madeleines les plus savoureuses et ces tourtes du Vendredi Saint qui ont un œuf dur en leur centre et que nous aimions tant lorsque nous étions enfants. Maintenant, à dire vrai, nous nous rendons compte que leur pâte huileuse est pour nous un peu lourde, et même si dans nos conversations nous continuons de célébrer la saveur de notre hornazo, sa forme unique au monde et jusqu'à son nom que personne d'autre que nous ne comprend, si nous commençons d'en manger un, nous ne le finissons pas et nous sommes un peu tristes de gaspiller de la nourriture, comme disaient nos mères, alors nous nous rappelons ces occasions, dans nos premiers temps à Madrid, où nous allions au bureau des messageries retirer l'un de ces colis de nourriture qu'on nous envoyait de chez nous : cartons bien fermés avec du ruban adhésif et assurés au moyen de ficelles, qui nous apportaient de si loin l'odeur intacte de la cuisine familiale, la savoureuse abondance de tout ce qui nous manquait et que nous regrettions tant à Madrid : saucisses et chorizos du cochon récemment tué, pompes saupoudrées de sucre, tourtes, et même un bocal de verre empli de poivrons rouges en salade, le délice suprême que l'on peut attendre de la vie. Pendant un certain temps, l'intérieur lugubre de l'armoire, dans notre chambre de pension, acquérait la succulente et mystérieuse pénombre de ces placards où l'on rangeait les provisions dans les temps antérieurs à l'apparition des frigos. (Aujourd'hui, je dis à mes enfants qu'il y a très peu de temps, lorsque j'avais leur âge, il n'y avait encore chez moi ni frigo ni téléviseur et ils ne le croient pas ou même, pire, ils me regardent comme si j'étais un homme des cavernes.)

Nous restions de très longs mois loin de notre maison familiale et de notre ville, mais l'odorat et le goût nous procuraient la même consolation qu'une lettre, la même joie profonde et mélancolique que nous gardions après avoir parlé au téléphone à notre mère ou à notre fiancée. Nos enfants, qui passent la journée suspendus au téléphone à parler des heures avec quelqu'un qu'ils ont quitté un moment plus tôt, n'arrivent pas à croire que pour nous, dans notre enfance mais aussi dans notre première jeunesse, le téléphone était encore un engin inhabituel, du moins dans les familles modestes, et qu'appeler d'une ville à l'autre l'« interurbain », comme on disait il y a peu de temps encore, était une entreprise passablement compliquée, qui exigeait souvent de faire la queue des heures durant dans des bureaux bondés, parce que alors le téléphone n'était pas encore automatique. Je ne suis pas précisément un vieillard (encore que ma femme dise parfois que je fais vieux), mais je me souviens de quand je devais appeler ma mère chez une voisine et attendre qu'on aille la chercher pendant que tombaient les unités sur le compteur de la cabine en bois de la Telefónica, dans le bureau de la Gran Vía. J'entendais enfin sa voix et j'étais pris d'une angoisse que je n'ai ressentie que très rarement par la suite, la sensation d'être très loin et d'avoir laissé ma mère seule tandis qu'elle vieillissait. Nous étions tous les deux très mal à l'aise, cet appareil si peu habituel dans notre vie nous rendait très nerveux et nous étions accablés de penser au prix que nous coûtait cette conversation dans laquelle nous étions tout juste capables d'échanger quelques formules aussi rebattues que celles de nos lettres : tu vas bien, tu n'es pas tombé malade, pense à bien te couvrir avant de sortir le matin, il fait très froid. C'était un mauvais moment à passer que d'oser réclamer l'envoi d'un colis de nourriture ou d'un mandat. On raccrochait et soudain toute la distance se rétablissait et aussi, avec elle, outre la désolation de se retrouver dans la rue un dimanche soir, le soulagement un peu méprisable d'en avoir terminé avec une conversation inconfortable dans laquelle on n'avait rien à dire.

C'est maintenant que les distances se sont faites plus courtes que nous nous sentons peu à peu plus lointains. Qui ne se rappelle ces voyages interminables par l'express de nuit dans ces wagons de seconde classe qui nous ont emmenés à Madrid pour la première fois et qui nous laissaient moulus de fatigue et de manque de sommeil dans les petits matins ingrats de la gare d'Atocha, l'ancienne, celle que nos enfants n'ont pas connue, même si l'un d'entre eux, tout petit ou encore dans le ventre de sa mère, a passé des nuits rigoureuses dans ces trains qui nous emmenaient vers le sud pour les vacances de Noël si désirées, pour les jours si brefs et si précieux de la Semaine Sainte ou de notre étrange feria tardive, qui tombe à la fin de septembre, quand les hommes de la génération de nos parents récoltaient les raisins, les grenades et les figues les plus savoureuses, et s'offraient le luxe d'aller aux deux corridas de la feria, celle de la San Miguel qui l'inaugurait et celle de la San Francisco, qui était la journée la plus splendide, le grand jour comme disaient nos parents, mais aussi le plus triste puisque c'était le dernier, et parce que souvent la pluie d'automne gâchait la corrida et obligeait les rares manèges d'alors à rester tristement couverts sous leurs bâches.

Il semble que le temps durait plus longtemps et que les kilomètres étaient beaucoup plus longs. Peu de gens avaient une voiture et ceux qui ne voulaient pas passer la nuit entière dans le train prenaient cet autocar que nous appelions la Bouilloire, qui mettait sept heures pour faire le voyage, d'abord par les tours et les détours de la route, vers le nord de notre province, et les gorges et les tunnels de Despeñaperros qui étaient comme l'entrée dans un autre monde, la frontière ultime de ce qui nous appartenait, que nous laissions derrière nous avec les derniers paysages vallonnés d'oliviers ; puis par les interminables plaines de la Manche, si monotones que le sommeil s'unissait alors à la fatigue pour l'emporter sur l'inconfort et qu'on s'endormait, avec un peu de chance on rouvrait les yeux quand l'autocar était déjà très près des lumières de Madrid : l'émotion de la voir au loin, les toits rouges et, par-dessus, les bâtiments qui nous impressionnaient, la Telefónica, l'Edificio España, la Tour de Madrid !

Mais c'est une autre émotion que nous autres préférions, surtout quand nos illusions sur la vie nouvelle qui nous attendait dans la capitale ont commencé à se détériorer, ou quand tout simplement nous nous y étions habitués, comme on s'habitue à tout, et qu'à mesure qu'on s'habitue on perd peu à peu le plaisir, et que le goût se transforme en lassitude et en ennui, en irritation cachée. Nous préférions l'émotion de l'autre arrivée, la lente approche de notre terre, les signes qui nous l'annonçaient, qui n'étaient plus les bornes kilométriques de la route mais certains indices familiers, une auberge au milieu de la campagne vue par la fenêtre du train ou de l'autocar, la couleur rouge de la terre sur les bords du río Guadalimar, puis les premières maisons, les lumières isolées des carrefours, quand nous voyagions de nuit, la sensation d'être déjà arrivés et l'impatience de ne pas l'être encore, la douceur de tous ces jours que nous avions devant nous, des vacances déjà commencées et pourtant encore intactes.

Il y avait dans le temps une dernière maison, maintenant je me souviens, là où la ville se terminait au nord, la dernière qu'on laissait derrière soi en partant pour Madrid et la première qu'on voyait au retour, un vieux petit hôtel avec un jardin, qu'on appelait la Casa Cristina et qui était souvent le point de rendez-vous des équipes de cueilleurs d'olives ainsi que le lieu où l'on prenait congé de la Vierge quand son image, au début de septembre, retournait au sanctuaire du village dont elle reviendrait l'année suivante, pour la fête votive de mai, si fréquentée, cette Vierge que nous allions prier dans notre enfance les soirs d'été.

Dans ce temps-là, peut-être les limites des choses étaient plus claires, comme dans les tracés et les couleurs et les noms des pays sur les cartes suspendues aux murs de l'école : cette maison avec son petit jardin et sa lanterne jaune sur l'angle était le terme exact de notre ville et à deux pas commençait la campagne, surtout de nuit quand la lanterne brillait dans le début de l'obscurité, sans l'éclairer mais la révélant dans toute sa profondeur. Il y a quelques années, faisant une promenade avec mes enfants qui étaient encore petits car je me souviens que le second me donnait la main, j'ai voulu les emmener voir la Casa Cristina et, en chemin, je leur ai raconté que c'était là que le propriétaire des oliveraies nous donnait rendez-vous quand nous allions travailler à l'olivade, ma mère et moi : c'était l'hiver et nous traversions tous deux dans le noir la ville glacée, très couverts, moi avec une casquette en velours de mon père et des gants de laine, ma mère avec un châle qui l'enveloppait tout entière et lui couvrait la tête. Mais il faisait si froid que j'avais les oreilles et les mains glacées, et ma mère devait me les frotter avec les siennes, plus chaudes et plus rudes, et elle me soufflait sur le bout des doigts la buée de sa respiration. J'étais ému en leur racontant ces choses, leur parlant de ma mère qu'ils avaient à peine connue, je leur ai fait voir combien la vie avait changé en si peu de temps, mais pour eux il était alors inimaginable que des enfants presque de leur âge aient dû passer les vacances de Noël à gagner leur journée aux champs. C'est alors que je me suis rendu compte que je parlais depuis un long moment et que je tournais sans retrouver la Casa Cristina, et j'ai pensé qu'à tant parler je m'étais égaré : mais non, j'étais juste à l'endroit que j'avais cherché et c'est la maison qui n'était plus là, m'a dit un homme que j'ai questionné, elle avait été démolie depuis déjà bien des années, quand on avait élargi l'ancienne route de Madrid. De toute façon, même si la Casa Cristina était restée debout, ce n'aurait plus été à son angle que se terminait la ville : de nouveaux quartiers avaient poussé, avec des immeubles en brique, monotones, il y avait une salle omnisports et un nouveau centre commercial que l'homme m'a montrés avec fierté, comme on indique à un étranger les monuments les plus remarquables. Seuls nous qui sommes partis savons comment était notre ville et réalisons à quel point elle a changé : ce sont ceux qui sont restés qui ne se la rappellent pas, ceux qui, de la voir au jour le jour l'ont perdue et laissée se défigurer, même s'ils pensent que ce sont eux qui sont restés fidèles et que nous, dans une certaine mesure, sommes les déserteurs.

Ma femme dit que je vis dans le passé, que je me nourris de rêves, comme ces vieux désœuvrés qui viennent jouer aux dominos à notre association et assistent aux conférences et aux récitals de poésie qu'organise Godino. Je lui réponds que c'est plus ou moins ce que je suis, presque un désœuvré, un chômeur de longue durée comme on dit aujourd'hui, pour autant que je m'entête à entreprendre des affaires qui n'aboutissent à rien, à accepter du travail presque toujours précaire et bien des fois illusoire, et même clandestin. Mais je ne lui dis pas que cela me plairait de vivre véritablement dans le passé, de m'y plonger avec la même conviction, avec la même volupté qu'y trouvent les autres, comme Godino qui, lorsqu'il mange du boudin en cocotte ou se rappelle les commérages ou le surnom d'un de nos concitoyens, ou qu'il récite quelques vers de notre poète le plus célèbre, Jacob Bustamante, rougit d'enthousiasme et de bonheur, qui passe son temps à prévoir ce qu'il fera pour la prochaine Semaine Sainte et à compter les jours qui le séparent du dimanche des Rameaux et surtout de la soirée du Mercredi Saint, quand commence la procession de la confrérie dont il est l'un des membres mais aussi un dirigeant, « comme le fut en son temps l'insigne Mateo Zapatón, maintenant retiré en la Ville Capitale », dit Godino qui, bien qu'il ait vécu toute sa vie à Madrid, connaît par leur prénom et leur surnom un nombre inhabituel de nos concitoyens, et qui appelle tout le monde illustre, célébrissime, insigne, *insigno*, appuyant ce *g* avec tant de force, d'exagération, à la manière de notre ville, que plus d'une fois il postillonne en le prononçant.

Il est certain que beaucoup d'entre nous aimeraient vivre dans le passé immuable de nos souvenirs, qui semble se répéter identique à lui-même dans le goût de certains aliments et dans certaines dates marquées de rouge sur les calendriers, mais sans nous en rendre compte nous avons laissé grandir en nous un éloignement que ne guérissent pas les voyages si rapides, et que ne soulagent ni les rares appels téléphoniques que nous passons ni les lettres que nous avons cessé d'écrire depuis des années. C'est maintenant, alors que nous pourrions faire ce voyage si vite et si confortablement par l'autoroute, en à peine trois heures, que nos retours se font de plus en plus espacés. Tout se trouve de plus en plus proche mais c'est nous qui peu à peu devenons plus lointains, même si nous répétons les mots d'autrefois et appuyons notre accent, et même si nous sommes toujours émus en écoutant les marches de nos confréries ou les vers que vient parfois nous réciter « le poète insigne par antonomase », comme dit Godino qui le flatte, l'admire et dont il se moque, le poète Jacob Bustamante qui, à ce qu'il paraît, ne fit aucun cas du chant des sirènes de la célébrité littéraire et préféra ne pas partir pour Madrid quand il était plus jeune. Il reste là-bas, dans notre ville, récoltant des prix et accumulant des augmentations triennales, parce qu'il est fonctionnaire municipal tout comme une autre de nos gloires locales, le maestro Gregorio E. Puga, compositeur émérite qui lui non plus ne fit en son temps aucun cas du chant des sirènes tellement fulminées par Godino : on dit (Godino dit, en réalité) que le maestro Puga acheva de brillantes études musicales à Vienne et qu'il aurait obtenu un poste dans l'un des meilleurs orchestres européens, mais que dans son âme fut plus forte la nostalgie de sa terrienne province, où il revint avec tous les diplômes d'excellence en allemand et en gothique, et où très bientôt il obtint par concours et sans effort le poste de directeur de la fanfare.

Nous aimions revenir avec nos enfants petits et nous étions fiers de découvrir qu'ils étaient émus des mêmes choses qui avaient fait le bonheur de notre propre enfance. Ils désiraient qu'arrive la Semaine Sainte pour passer leurs minuscules habits de pénitents, leurs capuchons d'enfants qui leur laissaient le visage découvert. À peine nés, nous les inscrivions comme frères dans la confrérie même où nos parents nous avaient enrôlés. Impatients, ils faisaient le voyage dans la voiture, un peu plus grands déjà, demandant, à peine était-on partis, combien d'heures il restait pour arriver. Ils étaient nés à Madrid et déjà ils parlaient avec un accent qui n'était pas le nôtre, mais nous étions fiers de penser et de dire qu'ils appartenaient à notre terre autant que nous-mêmes, et en les tenant par la main un dimanche matin dans la rue Neuve comme nos parents nous avaient tenus, en les prenant dans nos bras au passage d'un char pour qu'ils voient mieux le petit âne que chevauche Jésus en entrant à Jérusalem, ou le visage vert et sinistre de Judas au passage de la Sainte Cène, nous nous consolions en pensant que la vie se répétait, que dans notre ville le temps ne passait pas ou était moins cruel que le temps si angoissant et turbulent de la vie à Madrid.

Mais ils ont grandi sans que nous le réalisions et ils deviennent pour nous des inconnus, les hôtes revêches de notre maison, enfermés dans ces chambres qui sont devenues de sombres tanières, d'où proviennent parfois des musiques insupportables et des odeurs et des bruits que nous préférons ne pas identifier. Ils ne veulent plus revenir et, si vous leur dites quelque chose, ils vous regardent comme un lamentable vieillard, comme un inutile, comme s'il était à votre portée de trouver un nouveau travail stable et décent alors que vous avez dépassé quarante-cinq ans. Ils ont maintenant oublié toutes les choses qui leur plaisaient tant, l'émotion des tuniques et des cagoules qui leur couvraient le visage comme des masques romanesques (Godino insiste sur le fait que notre mot est cagoulon), le fracas des trompettes et des tambours, le goût des « petits cigares américains » qui ne se vendaient que pendant la Semaine Sainte, sucres d'orge de caramel rouge entourés d'une spirale de sucre, achetés à l'éventaire de ce tout petit homme que l'on surnommait justement Sucre d'Orge et qui est mort il y a quelques années même si pour nous, qui l'avions vu depuis notre enfance, il semblait aussi immuable que la Semaine Sainte elle-même. Les attractions de la feria ne retiennent pas non plus leur attention et c'est comme si nous seuls, leurs parents, gardions un peu de nostalgie et de reconnaissance pour les modestes manèges d'il y a trente ans, les *carrousels* comme nous les appelions dans notre enfance, comme nous leur apprenions à dire. Rien de ce qui nous plaît n'a de sens pour eux, de temps en temps ils nous regardent avec pitié ou indifférence et ils nous font nous sentir ridicules, nous voir à travers ce que leurs yeux voient de nous, des gens usés et vieux à qui ils sentent ne devoir aucune reconnaissance, qui leur occasionnent surtout irritation et ennui et dont ils s'écartent comme s'ils voulaient se débarrasser des toiles d'araignées poussiéreuses du temps auquel nous appartenons, le passé.

Vivre dans ce temps, dans le passé, que pourrais-je souhaiter de plus. Mais on ne sait déjà plus où l'on vit, ni dans quelle ville ni dans quel temps, on n'est même plus sûr que ce soit la sienne, cette maison où l'on rentre à la fin de l'après-midi avec la sensation d'être importun, même si l'on en est parti très tôt sans bien savoir non plus pour où, ou pourquoi, à la recherche de quelque tâche qui nous permettait de nous croire occupé à quelque chose d'utile, de nécessaire. Lors d'un des derniers repas de notre amicale, celui dont le but était de remettre à Jacob Bustamante notre médaille d'argent, Godino me reprochait affectueusement d'être resté deux années de suite sans revenir dans notre ville pour la Semaine Sainte. Je lui faisais comprendre que j'étais dans une passe assez difficile, avec l'espoir que lui, homme plein de ressources et de relations, pourrait me tendre la main, mais pour autant je ne lui demandais pas ouvertement de l'aide, par orgueil ou par crainte de me déconsidérer à ses yeux. Le découragement, le point d'honneur blessé me tenaient, plus que d'autres fois, à l'écart des activités de notre Délégation régionale, même si je tâchais de ne pas manquer les réunions du comité et si je me tenais rigoureusement à jour pour le paiement de mes cotisations mensuelles. Mais j'allais, du matin au soir, comme absent de moi-même, d'un endroit à l'autre de Madrid, d'un travail à l'autre, promesses qui jamais n'arrivaient à se concrétiser, entrevues qui pour une raison ou une autre échouaient toujours, bricolages incertains qui ne duraient que quelques semaines, quelques jours. Je passais des heures à attendre sans rien faire, ou je devais me bousculer pour parvenir à quelque chose qui s'écroulait pour quelques minutes de retard.

Un matin, sur la place de Chueca que je traversais le cœur serré, le regard fixe pour ne pas voir ce qui se passait autour de moi, le trafic de drogue, le spectacle de ces personnages somnambules, hommes et femmes, avec des têtes de mort et des démarches de zombies, malades de quelque chose de terrible, je suis tombé sur mon compatriote Mateo Chirino, que lorsque j'étais petit on appelait Mateo Zapatón, pas seulement à cause de son métier de cordonnier mais aussi à cause de sa taille, parce que c'était un homme plus grand que la moyenne de ce temps-là, et qu'il portait, je me souviens, des chaussures immenses, noires, avec de solides semelles, des chaussures immémoriales qu'il avait dû réparer lui-même toute sa vie durant. J'ai réalisé cela quand je l'ai revu, avec ses chaussures si grandes, qui semblaient être les mêmes qu'il y a je ne sais combien d'années, bien qu'elles soient aujourd'hui déformées par des oignons. J'étais habillé de mon costume sombre des rendez-vous de travail, avec mon porte-documents noir et mes dossiers : j'avais été accepté à l'essai comme vendeur à la commission de matériel pour auto-écoles. Planté au milieu de la place de Chueca, avec un grand manteau, un chapeau vert dans le genre tyrolien auquel ne manquait même pas l'ornement d'une plume, Mateo Zapatón était en train d'observer quelque chose avec bienveillance, tel un retraité replet et fainéant, et il semblait être installé sur ses chaussures comme sur le socle d'une statue ou sur la souche d'un olivier, ainsi enraciné dans le lieu où il se trouvait, le quartier de Madrid où il vivait maintenant et où il donnait l'impression de se sentir aussi à son aise que dans notre lointaine ville commune.

Son visage lui aussi était le même que dans mon souvenir, comme intact malgré le temps : pour un enfant, tous les adultes sont plus ou moins vieux, de sorte que lorsque nous devenons grands et que nous les revoyons après des années, nous avons l'impression qu'ils n'ont pas changé du tout, qu'ils continuent d'avoir ce même âge stable que nous leur attribuions dans notre enfance quand nous imaginions que les personnes doivent rester toujours identiques, et qu'elles ont toujours été ainsi, nous toujours enfants et nos parents toujours jeunes, sans trace d'usure ni menace de mourir. C'est par un matin froid d'hiver que je l'ai revu, un de ces matins ingrats des jours ouvrés de Madrid, quand les façades des maisons sont du même gris sale que le ciel sans pluie. J'allais, angoissé comme toujours par le manque de temps, par la crainte d'arriver en retard au rendez-vous d'un client, le patron d'une auto-école de la rue Pelayo. J'avais commis l'erreur de venir avec ma voiture et le peu de temps que j'aurais eu pour boire un café, je l'avais perdu à chercher un stationnement dans ces rues impossibles, pleines de circulation, de gens, de travestis pas rasés, de malfaiteurs, de drogués, de livreurs en tout genre, de camionnettes qui bloquent la chaussée et provoquent un vacarme de klaxons qui achève de vous mettre sur les nerfs.

J'étais en retard, j'étais à jeun, j'avais laissé ma voiture si mal garée qu'il n'était pas impossible qu'elle soit emportée à la fourrière, mais je suis allé voir Mateo Zapatón et le bonheur du souvenir que réveillait en moi sa silhouette fut plus fort que ma hâte. Aussi grand que jamais, droit, la même expression paisible sur le visage, le nez fort et les yeux un peu saillants, les pommettes rouges de froid et de santé mais un peu flétries par l'âge, la démarche aussi ferme que lorsqu'il défilait habillé en pénitent devant le char de la Sainte Cène, brandissant sa grande canne de chef de la confrérie.

Ce char était l'un des plus spectaculaires de la Semaine Sainte et celui qui présentait le plus de personnages, les douze apôtres autour de la table et de sa nappe de lin, et le Christ debout à l'une des extrémités, une main sur le cœur et l'autre levée dans un geste de bénédiction, et l'auréole dorée qui entourait sa tête vibrait du mouvement majestueux des roues du char sur le pavé ou l'empierrement des rues d'alors, avec la même agitation légère qui faisait trembler les flammes derrière les verres des lampes ainsi que la nappe blanche où étaient disposés le pain et le vin pour le sacrifice liturgique. Tous les apôtres regardaient vers Jésus et avaient face à leur visage un petit projecteur qui les éclairait dramatiquement de lumière blanche ; tous sauf Judas, qui détournait la tête avec une grimace de remords et de cupidité et regardait la bourse et les deniers de sa trahison, à demi cachée derrière son siège. La lumière qui donnait sur le visage de Judas était verte, d'un vert jaunâtre de mauvaises humeurs hépatiques, et dans notre ville tout le monde savait que ces traits, que nous autres enfants détestions autant que ceux des méchants dans les films, étaient ceux d'un tailleur qui avait son atelier à un carrefour de la rue Royale, très voisin de l'échoppe de Mateo Zapatón.

Godino m'a expliqué l'histoire, non sans me promettre qu'il m'en raconterait d'autres plus savoureuses encore : les personnages de ce char, comme presque tous ceux de notre Semaine Sainte, ont été sculptés par le célèbre maître Utrera, un des artistes les plus importants de ce siècle d'après Godino, qui n'a pas obtenu la reconnaissance qu'il méritait car il avait préféré demeurer dans cette ville hospitalière, bien qu'à l'écart, qu'est la nôtre. Comme il était un sculpteur génial, Utrera a aussi été terriblement bohème, et il était en permanence criblé de dettes et poursuivi par ses créanciers dont l'un, le plus constant mais aussi le plus lésé, était ce tailleur de la rue

Royale qui lui faisait sur mesure ses chemises avec initiales, ses gilets cintrés, ses costumes d'une coupe imitée de ceux de Fred Astaire et même les larges blouses qu'Utrera portait pour travailler dans son atelier. Alors que la dette atteignait un montant inacceptable, le tailleur s'est présenté au Café Royal où se tenait tous les soirs la réunion littéraire et artistique à laquelle présidait Utrera, notre sculpteur, qu'il a traité publiquement de voleur éhonté, agitant en vain sous son nez une poignée de factures impayées. Très digne, petit et bien droit, comme empaqueté, tant il était élégant, dans le costume à la Fred Astaire qu'il n'avait pas payé et qu'il ne comptait nullement payer, le sculpteur a regardé ailleurs tandis que ses amis et les garçons retenaient le tailleur qui, de colère, avait les yeux exorbités et le visage en sueur, et qui a fini par s'en aller aussi dépourvu qu'il était arrivé, non sans avoir ignominieusement ramassé sur le parquet du café les factures qui s'étaient échappées de ses mains dans la chaleur de son courroux, précieuses preuves d'un outrage qui, d'après ses menaces, serait réparé par les tribunaux. Quelle n'a pas été sa surprise, m'a dit Godino en annonçant le coup par un grand sourire de son visage astucieux et jovial, lorsque quelques semaines plus tard, le premier mercredi de Semaine Sainte où défilait le nouveau groupe sculpté de la Sainte Cène (l'ancien, comme presque tous les autres, avait été brûlé par les Rouges pendant la guerre civile), le tailleur a vu de ses propres yeux ce que des personnes empressées et malveillantes lui avaient raconté, ce qui se répandait déjà à travers la ville, selon les mots mêmes de Godino, « comme une traînée de poudre » : le visage tortueux de Judas, le visage vert qui se détournait du regard doux et accusateur du Rédempteur pour examiner avec avidité la bourse mal cachée de ses deniers, était son portrait vivant, exactement fidèle malgré la cruelle exagération de la caricature : les mêmes yeux exorbités qui avaient regardé le sculpteur au café comme s'ils voulaient le transpercer « ou le pétrifier, comme les yeux de la Méduse », a dit Godino qui, s'échauffant dans son récit, déclamait ses mots préférés: «Et le nez sémitique!» En prononçant cet adjectif, Godino faisait une grimace en avançant le visage et en regardant comme avait dû regarder le tailleur en découvrant son portrait dans la statue de Judas, et il tordait ou fronçait son nez, qui était petit et plutôt camus, comme si de prononcer le mot «sémitique», auquel il prenait tant de plaisir qu'il l'a répété deux ou trois fois, avait le pouvoir de le munir lui aussi d'un grand nez, comme le tailleur et comme Judas et comme tous les bourreaux et pharisiens des chars de la Semaine Sainte, les Juifs qui avaient craché sur le Seigneur comme nous autres enfants le disions dans nos jeux de processions et de chars: il y avait dans les rues pavées ou de terre battue d'antan d'autres Semaines Saintes enfantines et nous défilions au son de tambours faits de grosses boîtes de conserve vides et de trompettes de fer-blanc et de plastique, et même en promenant des chars qui étaient des cageots ou des cartons et en nous coiffant de cagoules en papier journal.

Tous deux sont morts depuis longtemps, le tailleur irascible ainsi que le sculpteur bohème et morose, mais la mystification vengeresse de l'un à l'encontre de l'autre perdure dans les traits louches et toujours éclairés de vert du Judas de la Sainte Cène, même s'il y a de moins en moins de gens capables de les identifier ou de se rappeler ces histoires du passé que raconte Godino, et dont je ne sais s'il les invente de bout en bout tant il les peaufine et les enjolive. Il n'y aura pas non plus grand monde pour reconnaître le modèle réel d'un autre des apôtres, le saint Matthieu qui se tourne vers le Christ, mi-déférent mi-effrayé, ses sourcils levés soulignant l'étonnement des yeux, parce que c'est le moment où son maître vient de dire que cette nuit l'un des douze le trahira, et qu'ils s'effraient tous et se scandalisent, prennent des expressions excessives de dignité blessée et demandent «Maître, est-ce moi?», et au milieu de tout ce remue-ménage personne ne remarque le visage vert et rancunier de Judas, ni la bourse gonflée de deniers que nos mères nous montraient quand nous étions petits et qu'elles nous prenaient dans leurs bras quand passait devant nous le char de la procession.

Je n'avais pas besoin que Godino m'explique que ce noble saint Matthieu au corps robuste et aux pommettes colorées était le portrait vivant de Mateo Zapatón, qui avait eu de la sorte son moment de gloire publique le même soir de Semaine Sainte où le tailleur créancier avait sombré dans le ridicule. Après avoir fait prendre mesure de ses costumes chez le tailleur, Utrera, le sculpteur, traversait la rue Royale et commandait à Mateo des chaussures cousues main quand il avait de l'argent ou la perspective d'en toucher, et dans les temps difficiles il lui apportait les vieilles à ressemeler. Mais à la différence du tailleur, Mateo Zapatón ne rappelait jamais à Utrera ses anciennes factures, en partie à cause du fatalisme un peu indolent de son caractère qui le poussait à s'accommoder de tout, et en partie aussi parce qu'il vouait au sculpteur une admiration fervente, qui s'accroissait jusqu'à une reconnaissance éperdue chaque fois que le maître passait à la cordonnerie et y restait des heures à bavarder, lui offrant de ses cigarettes blondes, lui racontant des histoires de ses voyages en Italie et de sa vie dans les cercles artistiques de Madrid, avant la guerre.

« Mateo, mon ami, lui disait le sculpteur, vous avez une tête classique qui mériterait d'être immortalisée par l'art. » Aussitôt dit aussitôt fait : jamais Mateo n'avait touché un centime de sa part mais il considéra la dette comme éteinte quand, avec un élan de fierté et de pudeur, il découvrit sans équivoque possible son visage parmi ceux des apôtres, mais aussi la ligne robuste de ses épaules ainsi que cette manière si personnelle qu'il avait de regarder de côté vers le haut, depuis le niveau si bas du tabouret sur lequel il passait sa vie. En tant que pénitent et dirigeant de la Confrérie de la Sainte Cène, pouvait-il imaginer plus grand honneur que celui d'être inclus au nombre des commensaux ? Chacun des traits, l'attitude tout entière du saint évangéliste était d'une fidélité prodigieuse, à part la barbe, que ne portait pas le Matthieu en chair et en os, même s'il semble qu'il aurait été sur le point de la laisser pousser, ce qui aurait été d'une audace inconcevable dans ces années de fines moustaches et de joues rasées. La boutique du tailleur se trouvait presque devant son échoppe de cordonnier, mais le tailleur offensé, quand il passait devant lui sur le trottoir d'en face, baissait la tête ou regardait ailleurs, le visage plus vert et le nez plus sémitique que jamais et, comme tant d'autres, Mateo était pris d'une telle envie de rire qu'il mettait la main devant sa bouche pour se contenir et que ses joues devenaient rouges, plus convenables pour une marionnette de la Saint-Joseph de Valencia que pour la pieuse image d'un évangéliste.

Avec un sursaut de joie, j'ai vu au milieu de la ville hostile ce visage revenu de mon enfance, lié aux souvenirs les plus agréables de ma ville natale et de ma vie. Quand j'étais enfant, ma mère m'envoyait souvent à l'échoppe de Mateo Zapatón, qui sans me distinguer particulièrement avait l'habitude de me donner une petite tape sur la joue et de m'appeler « Sacristain ». « Dis donc, Sacristain, cette fois-ci mon ressemelage n'a pas fait long feu. Dis à ta mère que je n'ai pas de monnaie, Sacristain, elle me paiera quand elle viendra. » L'échoppe était très étroite et haute, presque comme une armoire, et elle était séparée de la rue par une porte vitrée que Mateo ne fermait que les jours les plus froids de l'hiver. Toutes les surfaces disponibles, même les côtés de la caisse qu'il utilisait comme établi et comme comptoir, étaient couvertes d'affiches de corridas et de Semaines Saintes, les deux passions du maître cordonnier : affiches fixées avec de la colle de pâte et jaunies par les années, certaines superposées à d'autres, annonces de corridas datant du début du siècle ou de la feria de l'année précédente, dans une confusion de noms, de lieux et de dates qui alimentait l'érudition bavarde de Mateo, presque toujours entouré de son cercle d'habitués, avec un cigare ou une pointe dans la bouche, ou les deux à la fois, raconteur infatigable de *faenas* historiques et d'anecdotes sur le monde de la tauromachie, que lui connaissait de très près parce que les présidents des corridas lui demandaient souvent de tenir lieu officieusement de conseiller et d'assesseur. Sa voix se brisait et ses yeux se remplissaient de larmes quand il se rappelait, devant son cercle d'habitués, l'après-midi de deuil où il avait vu, depuis un gradin côté soleil des arènes de Linares, le taureau Islero charger Manolete. « Il va t'attraper, ne t'approche pas tant ! » disait-il avoir crié depuis son gradin, et il se penchait comme s'il était aux arènes, mettant ses mains en porte-voix et prenant par avance une expression tragique, revivant l'instant où Manolete aurait encore pu éviter le coup de corne homicide, « le coup de corne fatidique », comme disait Godino en imitant le récit et les gestes désordonnés du fervent cordonnier, sur qui il me promettait toujours de me raconter une grande et mystérieuse histoire, un secret qu'il était le seul à connaître dans ses détails les plus croustillants.

Je me suis approché de Mateo sur la place de Chueca et il m'a regardé avec le même sourire large et bienveillant qu'il avait pour accueillir à son échoppe ses habitués et ses compagnons de bavardages. J'ai été ému de penser qu'il me reconnaissait malgré les années et tout ce que j'avais dû changer depuis les dernières fois où nous nous étions vus. Je me suis alors rappelé une autre circonstance de hasard qui le reliait à mes souvenirs les plus anciens et qui le transformait sans qu'il le sache en un élément de ma vie enfantine : l'échoppe contiguë à celle de Mateo Zapatón était celle du barbier chez qui m'emmenait mon père et chez qui mon grand-père lui aussi s'était toujours fait couper les cheveux et raser la barbe, celle de don Pepe Morillo qui a été peu à peu désertée à mesure que mouraient ses clients les plus âgés et que les jeunes gens adoptaient la mode des cheveux longs. Aujourd'hui, sa porte est aussi close que celle de Mateo Zapatón et que celle du tailleur à tête de Judas, ainsi que celles de tant de magasins qui se trouvaient dans la rue Royale avant qu'on perde peu à peu l'habitude d'y passer, la laissant se transformer, surtout la nuit et les jours de pluie, en une rue déserte et fantomatique. Mais à l'époque, la boutique de barbier de Pepe Morillo était aussi animée que l'échoppe de Mateo Zapatón et souvent, par les après-midi tièdes d'avril et de mai, les habitués de l'une et l'autre boutique sortaient des chaises sur le trottoir, et ils fumaient et discutaient en un seul et unique cercle, observés depuis l'autre côté de la rue, dans la pénombre de son atelier vide, par le tailleur hargneux qui se frottait les mains derrière son comptoir et enfonçait entre ses épaules une tête de plus en plus semblable à celle du Judas de la Cène, le misanthrope au visage verdâtre et au nez crochu que l'irruption irrésistible des vêtements de confection poussait lentement à la faillite.

Mon père me conduisait chez le barbier Pepe Morillo en me donnant la main (coiffeur était alors un mot de femmes) et j'étais si petit que le barbier devait poser un tabouret sur le fauteuil pour me couper commodément les cheveux et pouvoir me regarder dans la glace. Son visage sentait l'eau de Cologne et son haleine le tabac quand il s'approchait tout près de moi avec le peigne et les ciseaux, avec la tondeuse électrique qu'il utilisait pour me dégarnir le cou. J'écoutais sa respiration forte et rapide et je sentais sur ma nuque et mes joues le contact de ses forts doigts d'adulte, la pression si étrange de mains qui n'étaient ni celles de mon père ni celles de ma mère, mains familières et en même temps étrangères, soudain rudes quand elles me repliaient les oreilles vers l'avant ou me faisaient pencher fortement la tête en me serrant la nuque. Chaque fois qu'il me coupait les cheveux, presque à la fin, Pepe Morillo me disait « ferme bien les yeux », et c'était qu'il allait couper droit ma frange au-dessus des sourcils, vers le milieu du front. Des cheveux humides tombaient sur mes paupières, piquaient mes joues rondes et le bout de mon nez, et les ciseaux froids m'effleuraient les sourcils. Quand Pepe Morillo me disait que je pouvais rouvrir les yeux, je retrouvais par surprise dans la glace mon visage rond, que je ne reconnaissais pas, avec des oreilles saillantes et la frange horizontale au-dessus des yeux, et aussi le sourire de mon père qui me regardait, approbateur.

Je me suis rappelé tout cela comme si je le revivais quand, à l'improviste, j'ai vu Mateo Zapatón sur la place de Chueca, je me suis aussi rappelé une autre chose dont jusque-là je n'avais pas conscience qu'elle se trouvât dans ma mémoire : un jour, tandis que j'attendais mon tour en lisant un illustré que mon père venait de m'acheter, j'ai eu soif et j'ai demandé à Pepe Morillo la permission de boire de l'eau. Il m'a indiqué la cour de la maison, petite et ombreuse, au fond de la boutique, au-delà d'une porte vitrée et d'un couloir sombre. Dans notre enfance, les lieux reculés pouvaient se trouver à quelques pas. J'ai poussé la porte, je crois que j'avais un peu la nausée, peut-être commençais-je à avoir de la fièvre et pour cette raison avais-je une aussi grande soif. Les carreaux du sol étaient gris et blanc avec une fleur rouge au centre et ils résonnaient sous mes pas. Sur un rayonnage, dans un coin de la courette, avec des plantes à grandes feuilles qui accentuaient l'humidité, se trouvait la gargoulette, posée sur une planche recouverte d'un napperon au crochet, une de ces gargoulettes d'hiver qu'on avait à l'époque, en terre polychrome et vernissée, en forme de coq, je m'en suis souvenu avec précision, comme celles que faisaient les potiers de la rue de Valencia. J'ai bu, et l'eau avait une consistance épaisse et le goût de fièvre. J'ai repris le couloir et soudain je me suis senti perdu : je n'étais pas chez le barbier mais dans un endroit que j'ai mis du temps à identifier comme l'échoppe du cordonnier, et celui que je voyais était l'apôtre saint Matthieu en chair et en os, même s'il portait un tablier de cuir et pas la tunique de la confrérie ou celle du saint, sans barbe, avec un cigare court et éteint d'un côté de la bouche et une pointe de l'autre. « Dis donc, Sacristain, mais qu'est-ce que tu fais ici, tu m'as fait une de ces peurs ! »

Comme cette fois-là, je le regardais et je ne savais pas non plus quoi lui dire. De près, il faisait beaucoup plus vieux et ne ressemblait plus au saint Matthieu immuable de la Sainte Cène. Ni son regard ni son sourire ne m'étaient adressés : ils sont restés les mêmes quand j'ai prononcé son nom et tendu la main pour lui dire bonjour, quand maladroitement je lui ai dit de manière confuse qui j'étais, et que j'ai voulu lui rappeler les prénoms de mes parents et le surnom qui en d'autres temps était celui de ma famille. Il serrait mollement ma main, il approuvait en regardant vers moi, même s'il ne donnait pas l'impression de me voir, ou bien de concentrer sur quoi que ce soit ses yeux qui un moment plus tôt m'avaient semblé observateurs et vifs. Plutôt que penché, son chapeau était de travers comme s'il l'avait mis n'importe comment en sortant de chez lui, ou avec la négligence de qui ne se voit pas bien dans la glace. Je lui ai rappelé que ma mère avait toujours été une habituée de sa cordonnerie – les boutiques avaient alors des habitués, pas des clients – et que mon père, comme lui grand amateur de corridas, prenait très souvent part à ses réunions et à celles du barbier voisin, Pepe Morillo, dont la boutique communiquait avec son échoppe par la cour. Mateo entendait ces noms de personnes et de lieux avec l'expression de celui qui n'arrive absolument pas à se rappeler quelque chose de très lointain. Il penchait la tête et souriait, même s'il m'a semblé percevoir aussi sur son visage une expression de méfiance et d'inquiétude, ou d'incrédulité, peut-être craignait-il que je veuille l'escroquer ou le voler, comme n'importe lequel des malfaiteurs qui rôdaient dans les environs, qui échangeaient furtivement des choses, accroupis en groupe à côté de l'entrée du métro. Moi, je devais partir, j'étais bien en retard pour un rendez-vous qui par avance était déjà un échec, je n'avais pas pris mon petit déjeuner, ma voiture était garée en double file, et Mateo Zapatón continuait de me serrer la main avec une cordialité distraite et de me sourire la bouche entrouverte, la mâchoire inférieure un peu tombante et un reflet de salive aux commissures des lèvres.

– Vous ne vous rappelez pas, maître ? lui ai-je dit. Vous m'appeliez toujours Sacristain.

– Mais oui, bien sûr.

Il a cligné des yeux, s'est approché un peu de moi et je me suis rendu compte que j'étais devenu plus grand que lui, il a posé son autre main sur mon épaule, comme en une tentative bienveillante pour ne pas me décevoir.

– Sacristain.

Mais il semblait ne même plus se rappeler le sens de ce mot, qu'il a répété en continuant de me serrer la main, moi qui voulais alors le lâcher, coincé, impatient de m'en aller. Je me suis écarté de lui et il est resté immobile, la main à la paume molle et humide qui avait serré la mienne encore légèrement levée, son chapeau à petite plume de travers sur le front, solitaire comme un aveugle au milieu de la place, assuré sur le socle de ses grandes chaussures noires.

Copenhague

Parfois, au cours d'un voyage, on écoute ou l'on raconte des histoires de voyages. Il semble que du fait qu'on est parti, le souvenir de voyages antérieurs devient plus vif, il semble aussi que l'on apprécie mieux, que l'on prend plus de plaisir aux histoires qu'on vous raconte, parenthèses de mots précieux à l'intérieur de l'autre parenthèse temporelle du voyage. Celui qui voyage peut garder un silence qui sera mystérieux pour les inconnus qui le remarquent, ou céder sans danger à la tentation de parler et de devenir un menteur, d'enjoliver un épisode de sa vie en le racontant à quelqu'un qu'il ne verra plus jamais. Je crois qu'il n'est pas vrai, comme on le dit, qu'en voyageant on pourrait devenir un autre : ce qui se passe, c'est qu'on se trouve allégé de soi-même, de ses obligations et de son passé, tout comme on réduit tout ce qu'on possède aux quelques choses nécessaires à son bagage. La partie la plus pesante de notre identité s'appuie sur ce que les autres savent ou pensent de nous. Ils nous regardent et nous savons qu'ils savent, et en silence ils nous obligent à être ce qu'ils attendent que nous soyons, à agir conformément à certaines habitudes que nos actions antérieures ont établies, ou aux soupçons que nous n'avons pas conscience d'avoir éveillés. Ils nous regardent et nous ne savons pas qui ils peuvent bien voir en nous, ni ce qu'ils inventent ou décident que nous sommes. Pour celui qui se trouve avec vous dans le train d'un pays étranger, vous n'êtes qu'un inconnu, qui n'existe que circonscrit dans le présent. Une femme et un homme se regardent avec une pointe de séduction et de désir quand ils s'installent l'un en face de l'autre dans un train : à cet instant ils sont aussi dépouillés de passé, d'avenir et de nom qu'Adam et Ève quand ils se regardent pour la première fois au jardin d'Éden. Un homme maigre et sérieux, aux cheveux courts et très noirs, aux grands yeux sombres, monte dans un train en gare de Prague, et peut-être essaie-t-il de ne pas croiser le regard des autres voyageurs qui entrent dans le même wagon, dont l'un le regarde avec méfiance et décide qu'il doit être juif. Il a les mains longues et pâles, il lit un livre ou reste absent, regardant par la fenêtre, de temps en temps il est la proie d'un accès de toux sèche et il se couvre la bouche avec un mouchoir blanc qu'il glisse ensuite presque furtivement dans sa poche. Quand le train s'approche de la frontière récemment inventée entre la Tchécoslovaquie et l'Autriche, l'homme range le livre et cherche ses papiers avec une certaine nervosité, et en arrivant à la gare de Gmünd, il se penche aussitôt vers le quai comme s'il espérait voir quelqu'un dans l'obscurité solitaire de cette heure de la nuit.

Personne ne sait qui il est. Si vous voyagez seul dans un train, ou si vous marchez dans l'une des rues d'une ville où personne ne vous connaît, vous n'êtes personne : nul ne peut deviner votre angoisse ni le motif de votre nervosité pendant que vous attendez au café de la gare, mais peut-être est-il possible de savoir le nom de votre maladie en observant votre pâleur et en écoutant le bruit de vos bronches, ou en remarquant votre dissimulation quand vous rangez le mouchoir dont vous avez couvert votre bouche. Mais en voyageant, je sens que je n'ai pas de poids, que je suis invisible, que je ne suis personne et que je peux être n'importe qui, et cette légèreté d'esprit transparaît dans les mouvements de mon corps, et ma démarche est plus rapide, plus déliée, sans la pesanteur de tout ce que je suis, j'ai les yeux ouverts aux sollicitations de la ville ou d'un paysage, d'une langue dont je profite en la comprenant et en la parlant, plus belle maintenant de n'être pas la mienne. Montaigne parle d'un prétentieux qui est revenu d'un voyage sans avoir rien appris : comment aurait-il pu apprendre, dit-il, s'« il s'était emporté avec soi ».

Mais je n'ai pas besoin d'aller très loin pour que cette transformation se fasse. Parfois, dès que je sors de chez moi ou que je tourne au premier carrefour, ou que je descends les escaliers du métro, je laisse derrière moi celui que je suis, et je suis ébahi et excité par la grande page blanche en quoi se transforme ma vie, sur laquelle il semble que vont s'imprimer, avec plus d'éclat et de netteté, les sensations, les lieux, les visages des gens, les histoires que j'entends. Dans la littérature, il y a beaucoup de narrations qui se présentent comme des récits faits au long d'un voyage, lors d'une rencontre de hasard sur une route, près de la cheminée d'une auberge, dans le wagon d'un train. C'est dans un train qu'un homme raconte à un autre l'histoire que raconte Tolstoï dans *La Sonate à Kreutzer*. Dans *Au cœur des ténèbres* un marin, Marlow, raconte un voyage vers l'inconnu, sur le Congo, tout en voyageant sur une gabare qui remonte la Tamise, et en voyant à travers la brume, dans la nuit, l'éclat encore lointain des lumières de Londres, il se souvient des brasiers qu'il voyait sur les rives du fleuve africain, et il imagine des brasiers beaucoup plus anciens, ceux qu'avaient dû voir les navigateurs romains quand ils ont pénétré pour la première fois sur la Tamise, il y a deux mille ans. Dans le train qui l'emporte en déportation à Auschwitz, Primo Levi a rencontré une femme qu'il avait connue des années auparavant, et il dit que pendant le voyage ils se sont raconté des choses que ne racontent pas les vivants, que seuls se hasardent à dire à haute voix ceux qui sont déjà de l'autre côté de la mort.

Au bar d'un train, entre Grenade et Madrid, un ami m'a raconté un autre voyage dans ce même train, au cours duquel il avait fait la connaissance d'une femme et, moins d'une heure plus tard, ils avaient commencé à s'embrasser. C'était l'été, en plein jour, dans le Talgo qui part tous les jours à trois heures de l'après-midi. La fiancée de mon ami était venue lui dire au revoir sur le quai. Plus tard, lui et l'inconnue s'étaient enfermés dans les toilettes avec une hâte téméraire, un bonheur et un désir que ni l'incommodité, ni les problèmes d'équilibre, ni les coups donnés sur la porte par des voyageurs irrités n'avaient réussi à mettre à mal. Ils pensaient qu'ils se quitteraient pour toujours en arrivant à Madrid. Mon ami, qui faisait son service militaire, n'avait ni métier ni situation, elle était une femme mariée, avec un enfant jeune, un peu déséquilibrée, aussi portée aux mouvements d'enthousiasme inconsidérés qu'aux noirceurs de la dépression. Mon ami m'a dit qu'elle lui plaisait beaucoup et qu'elle lui faisait peur, et que jamais il n'avait autant joui avec une femme. Il se la rappelait avec beaucoup de clarté et de gratitude parce que c'était la seule femme avec laquelle il avait couché outre la sienne, avec qui il s'était marié peu après, à son retour de l'armée.

Ils s'étaient vus en secret pendant plusieurs mois, retrouvant l'ivresse sexuelle de leur première rencontre dans des chambres de pension, dans l'obscurité des cinémas, quelquefois chez elle dans le lit même où elle couchait avec son mari, observés depuis le berceau par les grands yeux tranquilles de l'enfant qui s'accrochait aux barreaux pour se tenir debout. Quand mon ami avait été libéré, ils étaient convenus qu'elle ne viendrait pas lui dire au revoir au départ du train de nuit par lequel il rentrerait à Grenade. Au dernier moment la femme était apparue et mon ami était descendu du train, ressentant un tel désir de l'embrasser qu'il lui était égal de manquer le train. Mais il était parti le lendemain et jamais ils ne s'étaient revus. J'ai peur en pensant à ce qu'elle a pu devenir, dérangée comme elle l'était, me disait mon ami accoudé au comptoir du bar dans le Talgo, devant un café qu'il n'avait pas encore touché, regardant au-delà des vitres le paysage désertique du nord de la province de Grenade, ou se retournant vers la porte battante qui donnait sur les autres wagons, comme s'il avait l'espoir impossible de voir apparaître cette femme, tant d'années plus tard, et tandis que je l'écoutais, je ressentais de l'envie, envie et tristesse que jamais une histoire pareille ne me soit arrivée et que je ne puisse pas garder le souvenir d'une femme comme celle-là. Elle fumait des joints, elle prenait des drogues et avait l'habitude de la cocaïne, et tout cela me faisait peur mais je la suivais dans ses désordres et plus elle me faisait peur, plus je la désirais. Je ne serais pas étonné qu'elle ait fini accro à l'héroïne. Il y a des périodes où je me réveille tous les matins en me souvenant que j'ai rêvé d'elle. Je rêve que je la rencontre à Madrid, ou que je suis assis dans ce train et que je la vois venir dans le couloir. Elle était très grande, comme un mannequin, elle avait les cheveux châtains et frisés, et les yeux verts.

Les trains d'aujourd'hui où nous ne sommes pas obligés de nous asseoir face à des inconnus ne favorisent pas les récits de voyages. Fantômes silencieux, les oreilles bouchées par des écouteurs, les yeux fixés sur la vidéo d'un film américain. On entendait davantage d'histoires dans les anciens compartiments de seconde qui étaient un peu comme des salles d'attente obligatoires, ou des salles à manger de pauvres pensions de famille. Pendant mon premier voyage à Madrid, tandis que je somnolais contre le dossier de plastique bleu et dur, j'entendais mon grand-père Manuel et un autre voyageur se raconter dans le noir leurs voyages en train pendant les hivers de la guerre. On nous a emmenés, tous ceux du bataillon de la Garde d'assaut où je servais, et on nous a fait monter dans un train dans cette même gare, bien qu'on ne nous ait pas dit où on nous emmenait, le bruit a couru que notre destination était le front de l'Èbre. Rien que d'y penser j'en ai eu les jambes qui tremblaient toute la nuit dans ce wagon fermé. Le matin on nous a fait descendre sans nous donner d'explications et on nous a renvoyés sur nos positions habituelles. On avait expédié un autre bataillon à notre place et de ses huit cents hommes, il n'en est pas revenu trente. Si ce train était parti, sûr que je ne serais pas maintenant en train de vous raconter cela, a dit mon grand-père, et j'ai pensé soudain, à moitié endormi, que si ce départ pour le front de l'Èbre n'avait pas été annulé, mon grand-père serait probablement mort et que moi, je n'aurais pas vu le jour.

Tout était si bizarre cette nuit-là, celle du premier voyage, bizarre et magique, comme si de monter dans le train – et même avant d'arriver à la gare – j'avais abandonné l'espace de la réalité quotidienne et j'étais entré dans un autre royaume, très semblable à celui des films ou des livres, le royaume insomniaque des voyageurs : moi qui, sans presque jamais bouger de ma ville, m'étais nourri de tant d'histoires de voyages dans des lieux très éloignés, y compris la lune, le centre de la terre, le fond des mers, les îles Caraïbes et le Pacifique, le pôle Nord, la Russie immense que parcourait par le Transsibérien un reporter de Jules Verne qui s'appelait Claude Bombarnac.

Je viens de me souvenir que c'était un soir de juin. J'étais assis sur un des bancs du quai entre mon grand-père et ma grand-mère, et un train qui n'était pas encore le nôtre est entré dans la gare et s'est arrêté avec un lent grincement de freins. Il avait dans l'obscurité une envergure de grand animal mythologique, et le fanal rond de la locomotive m'a rappelé, tandis qu'il s'approchait, le sous-marin du capitaine Nemo. Sur la plate-forme du dernier wagon était accoudée une femme pour qui j'ai été instantanément saisi de désir, le désir ignorant, effrayé et fervent des quatorze ans. Je la désirais tellement que, dans ma poitrine, une oppression gênait ma respiration et que mes jambes tremblaient. Il me semble que je la vois encore, bien que je ne sache plus si ce dont je me souviens est un souvenir : blonde, grande, décoiffée, étrangère, avec un chemisier noir très ouvert, une jupe noire, des nu-pieds et des ongles vernis de rouge, le visage si bronzé qu'y ressortait l'éclat de ses cheveux blonds et de ses yeux très clairs. Elle avançait le genou et une cuisse surgissait par la fente de la jupe. Le train s'est mis en marche et je l'ai vue s'éloigner, accoudée à la rambarde de la plate-forme et regardant les visages fugitifs qui la regardaient depuis le quai de cette gare lointaine, dans la mi-nuit d'un pays étranger.

Dans des lambeaux inquiets de rêves, je revoyais cette femme quand je m'endormais, pendant que mon grand-père et l'autre homme parlaient dans l'obscurité du wagon. J'entrouvrais les yeux et je voyais la braise de leurs cigarettes, et quand mon grand-père ou son interlocuteur tirait une bouffée, on voyait un instant son visage de paysan dans une lueur rougeâtre. La fumée si forte de ces tabacs noirs que fumaient alors les hommes. Quand je voyais ces visages et que j'écoutais les mots dilués dans mon sommeil, c'était comme si je ne voyageais pas dans ce train où nous étions alors, mais dans n'importe lequel des trains dont ils parlaient, trains de soldats vaincus ou de déportés qui circulaient interminablement sans arriver à destination et restaient stationnés des nuits entières le long de quais sans lumière. Primo Levi disait, peu avant de mourir, que les wagons de marchandises plombés qu'il voyait parfois sur les voies de triage des gares le terrorisaient encore. Moi, j'ai servi en Russie, disait l'homme, dans la division Azul. Nous avons pris un train à la gare de Chamartín et nous avons mis dix jours pour arriver dans un endroit qui s'appelait Riga. Et, à moitié endormi, j'ai pensé ou je me suis dit, Riga est la capitale de la Lettonie, parce que j'avais étudié cela dans les atlas géographiques qui me plaisaient tant, et parce que c'était à Riga que se passait un roman de Jules Verne, et que les romans de Jules Verne emplissaient mon imagination et ma vie.

Je comprends maintenant que sur notre terre sèche et continentale les trains de nuit étaient le grand fleuve qui nous emportait vers le monde et qui nous en ramenait, le grand flux qui s'écoulait dans l'ombre en direction de la mer ou des belles cités où nous attendait sans doute une nouvelle existence, plus lumineuse et vraie, plus ressemblante à celle que promettaient les livres. Aussi nettement que je me rappelle mon premier voyage en train, je me rappelle la première fois que je suis arrivé sur les quais d'une gare frontalière : dans mon souvenir l'éclat de la nuit est le même, et aussi les attentes de l'imagination, la peur de l'inconnu qui accélérait mon pouls et m'affaiblissait les genoux. Des gardes civils avec une sale tête puis des gendarmes hostiles et grossiers examinaient les passeports dans la gare de Cerbère. Cerbère : parfois les gares ressemblent dans la nuit au royaume d'Hadès et leur nom comporte déjà un début de maléfice ; Cerbère, où les gendarmes français, pendant l'hiver de mille neuf cent trente-neuf, humiliaient les soldats de la République espagnole, les injuriaient et les bousculaient à coups de crosse ; Port-Bou, où Walter Benjamin s'est suicidé en mille neuf cent quarante ; Gmünd, la gare frontière entre la Tchécoslovaquie et l'Autriche, où de temps en temps se sont rencontrés Franz Kafka et Milena Jesenska, rendez-vous clandestins dans la parenthèse de temps entre des horaires de trains, dans la brièveté exaspérée des heures qui déjà commençaient de s'épuiser dès qu'ils s'apercevaient, dès qu'ils montaient vers la chambre inhospitalière de l'hôtel de la gare, où le proche passage des trains faisait vibrer les vitres de la fenêtre.

Quel choc ce devait être que d'arriver dans une gare allemande ou polonaise dans des wagons à bestiaux, d'entendre dans des haut-parleurs les ordres criés en allemand et de ne rien comprendre, de voir au loin des lumières, des barbelés et de très hautes cheminées qui crachaient de la fumée noire ! Cinq jours durant, en février mille neuf cent quarante-quatre, Primo Levi a voyagé en train vers Auschwitz. Par les fentes entre les planches dont il approchait sa bouche pour pouvoir respirer, il a vu les noms des dernières gares d'Italie, et chaque nom était un adieu, une étape dans ce voyage vers le nord et le froid de l'hiver, noms indéchiffrables de gares en allemand, puis en polonais, noms de villes reculées que personne n'avait alors entendus, Mauthausen, Bergen-Belsen, Auschwitz. Margarete Buber-Neumann a mis trois semaines depuis Moscou pour parvenir au camp de Sibérie où elle devait purger une peine de dix ans, et quand après trois ans seulement on lui a ordonné de monter à nouveau dans un train, pour Moscou, elle a pensé qu'on allait la libérer, mais le train ne s'est pas arrêté à Moscou, il a continué son voyage vers l'ouest. Quand enfin il s'est arrêté à la gare frontière de Brest-Litovsk, les policiers russes ont dit à Margarete Buber-Neumann de se dépêcher de préparer son sac, qu'ils étaient arrivés en territoire allemand. Entre les planches qui aveuglaient la fenêtre, elle a vu sur le quai les uniformes noirs des SS et elle a compris avec effroi, avec une fatigue infinie, que parce qu'elle était allemande les policiers de Staline allaient la livrer aux policiers d'Hitler, en vertu d'une clause infâme du pacte germano-soviétique.

La grande nuit de l'Europe était sillonnée de longs trains sinistres, de convois de wagons de marchandises ou à bestiaux aux ouvertures obturées, qui avançaient très lentement vers des étendues hivernales couvertes de neige ou de boue, délimitées par des barbelés et des miradors. Arrêtée en mille neuf cent trente-sept, torturée, soumise à des interrogatoires qui duraient quatre ou cinq jours sans arrêt, pendant lesquels elle devait rester toujours debout, enfermée pendant deux ans dans une cellule d'isolement, Evguénia Guinzbourg, militante communiste, a été condamnée à vingt ans de travaux forcés dans les camps voisins du cercle polaire, et le train qui l'emmenait en captivité a mis un mois entier pour parcourir la distance entre Moscou et Vladivostok. Pendant le voyage, les prisonnières se racontaient les unes aux autres leur vie en entier et parfois, quand le train s'arrêtait dans une gare, elles se mettaient derrière une ouverture ou une fente d'aération entre deux planches et criaient leurs noms à quiconque passait, ou jetaient une lettre ou un papier où elles avaient griffonné leur nom, dans l'espoir que la nouvelle qu'elles étaient vivantes parviendrait un jour à leur famille. Si l'une de nous deux survit, si elle revient, la première chose qu'elle fera sera d'aller trouver les parents, ou le mari, ou les enfants de l'autre, pour raconter comment elle a vécu, comment elle est morte, pour témoigner que dans l'enfer et l'éloignement elle se souvenait d'eux. Au camp de Ravensbrück, Margarete Buber-Neumann et son amie de cœur Milena Jesenska se sont fait ce serment. Milena racontait l'amour qu'elle avait vécu avec un homme mort vingt ans plus tôt, Franz Kafka, et elle racontait aussi les histoires qu'il écrivait et dont Margarete n'avait pas entendu parler jusque-là, et c'est pour cela qu'elle les appréciait encore plus, comme ces anciennes légendes qui n'ont été écrites par personne et qui pourtant ressuscitent, puissantes et intactes, dès que quelqu'un les raconte à haute voix, l'histoire de l'arpenteur qui arrive dans un village où se trouve un château dans lequel personne ne parvient à entrer, celle du commis voyageur qui se réveille un matin métamorphosé en insecte, celle du fondé de pouvoir d'une banque qui reçoit un jour la visite de deux policiers en civil qui lui disent qu'il va être jugé, bien que jamais il ne parvienne à en connaître la raison, ni l'accusation formulée contre lui.

L'amour de Milena Jesenska et de Franz Kafka est traversé de lettres et de trains, l'éloignement et les mots écrits y ont compté plus que les rencontres réelles et les véritables caresses. Au printemps de mille neuf cent trente-neuf, quelques jours avant que l'armée allemande n'entre dans Prague, Milena a envoyé à son ami Willy Haas les lettres de Kafka qu'elle avait conservées depuis qu'elle avait reçu la dernière d'entre elles, en mille neuf cent vingt-trois. Pendant le voyage vers le camp de concentration, dans les gares sans lumière où le train a dû s'arrêter des nuits entières, sans doute se rappelait-elle l'émotion et l'angoisse de ces voyages semi-clandestins d'une autre époque, quand elle était mariée et habitait Vienne et que son amant habitait Prague, et qu'ils se retrouvaient à mi-chemin dans la gare frontalière de Gmünd, ou bien la première fois qu'après s'être écrit pendant plusieurs mois, ils s'étaient retrouvés à la gare de Vienne. Avant qu'ils ne commencent à s'écrire, ils ne s'étaient vus qu'une seule fois, dans un café, sans se remarquer beaucoup l'un l'autre, et soudain c'était lui qui avait voulu extraire des marges de sa mémoire un souvenir qui n'arrivait pas à se préciser, ce visage qu'il n'avait pas réussi à mémoriser même si à peine quelques mois plus tard il devait tomber amoureux d'elle. *Je m'aperçois tout à coup que je ne me rappelle au fond aucun détail particulier de votre visage. Seulement votre silhouette, votre costume, au moment où vous êtes partie, entre les tables du café ; de cela, oui, je me souviens.* Il a pris le train, à Prague, et il sait qu'au même moment elle a pris un autre train, à Vienne, et son impatience et son désir ne sont pas moins forts que sa peur, parce qu'il est angoissé de savoir que dans quelques heures il va tenir véritablement dans ses bras la femme qui n'est presque qu'un fantasme de son imagination et de ses lettres. *Le malheur, c'est la peur...*, lui a-t-il écrit. Il a peur que le train arrive, peur de trouver en face de lui les yeux clairs de Milena, mais il a peur aussi qu'elle se soit repentie au dernier moment, qu'elle soit restée à Vienne avec son mari qui ne la rend pas heureuse, qui la trompe avec d'autres femmes, mais de qui elle ne veut pas, ou ne peut pas, se séparer. Il consulte sa montre, regarde le nom des gares où le train s'arrête, et il est tourmenté par l'impatience de voir passer au plus vite les heures qui restent, mais aussi par la peur d'arriver, et il craint de se retrouver seul sur le quai de la gare de Gmünd et en même temps il a peur de la fougueuse présence physique de Milena, beaucoup plus jeune, en bien meilleure santé que lui, plus experte et plus franche dans les audaces sexuelles.

Le souvenir inconscient est la matière et le levain de l'imagination. Sans le savoir jusqu'à maintenant, tandis que je cherchais à imaginer le voyage de Franz Kafka dans le train de nuit, en réalité je m'en rappelais un que j'avais fait moi-même quand j'avais vingt-deux ans, une nuit entière d'insomnie dans un train qui m'emmenait à Madrid, vers un rendez-vous avec une femme aux yeux clairs et aux cheveux châtains à qui j'avais envoyé un télégramme quelques minutes avant de prendre mon billet de seconde avec de l'argent emprunté et de tout abandonner, de manière insensée, pour partir à sa recherche. À l'aube je suis arrivé à la gare et personne ne m'attendait.

Quelle impression devait-on avoir en s'approchant en train d'une gare frontalière sans savoir si l'on serait refoulé, si l'on ne serait pas empêché de passer de l'autre côté, vers le salut qui se trouvait à un pas, en voyant les agents en uniforme examiner vos papiers avec une cruelle lenteur, lever un regard arrogant pour comparer le visage de la photo, sur le passeport, avec votre visage débordant de peur où c'est à peine si vous parviendriez à présenter une expression normale, innocente. Après avoir retrouvé Milena pour la première fois et avoir passé trois jours entiers avec elle, Franz Kafka rentrait par l'express de Vienne à Prague dans l'angoisse d'arriver à temps pour son travail, le lendemain matin, avec un mélange de bonheur et de culpabilité, d'ivresse douce et d'intolérable amputation, parce qu'il ne pouvait plus désormais s'habituer à être seul, et qu'il ne pouvait pas non plus calculer le temps qui s'écoulerait avant qu'il ne retrouve son amante. Quand le train s'est arrêté à la gare de Gmünd, la police des frontières lui a dit qu'il ne pouvait pas continuer son voyage vers Prague : il lui manquait un document parmi ses nombreux papiers, un visa de sortie qui ne pouvait être délivré qu'à Vienne. Le soir du quinze mars mille neuf cent trente-huit, alors que Franz Kafka était mort depuis presque quatorze ans, à l'abri de toute angoisse et de toute culpabilité, de toute persécution, le même express qui partait à onze heures quinze de Vienne s'est rempli de fugitifs, surtout des Juifs et des gens de gauche, parce que Hitler venait d'entrer dans la ville, accueilli par une foule qui hurlait comme une meute, qui levait le bras et criait son nom dans le fracas rauque et unanime d'un océan démesuré, acclamant le Führer et le Reich, appelant à l'anéantissement des Juifs. Des nazis autrichiens en uniforme montaient dans l'express de Prague aux gares intermédiaires et mettaient à sac les bagages des fugitifs qu'ils frappaient, injuriaient et soumettaient à des brimades. Beaucoup d'entre eux n'avaient pas de passeport : à la gare frontalière, les policiers tchèques les empêchaient de continuer leur voyage. Certains sautaient du train et fuyaient à travers champs, désirant passer la frontière à la faveur de la nuit.

Quelle angoisse que d'arriver de nuit sur la côte d'un pays inconnu, de sauter dans l'eau depuis une barque sur laquelle on a traversé la mer dans le noir, de courir en s'éloignant à toute vitesse vers l'intérieur des terres tandis que vos pieds s'enfoncent dans le sable : un homme seul, sans papiers, sans argent, qui a fait un long voyage depuis l'horreur des maladies et des massacres d'Afrique, depuis le cœur des ténèbres, qui ne connaît pas un mot de la langue du pays où il vient d'arriver, et qui se jette par terre et se tapit dans un fossé quand il voit s'approcher sur la route les phares d'une voiture, peut-être celle de la police.

Quand on voyage, il semble que l'on préfère lire des récits de voyages. Dans un train qui m'éloignait de Grenade quand je venais de terminer mes études à la faculté, au début de l'été mille neuf cent soixante-seize, je lisais le récit du voyage à Venise que fait Proust dans *Le Temps retrouvé*. Deux étés plus tard, je suis arrivé pour la première fois à Venise, par une fin d'après-midi de septembre, et je me suis rappelé Proust et sa douloureuse propension au désenchantement quand il arrivait dans des lieux où il avait désiré très fort aller. Parlant avec Francisco Ayala du bonheur de lire Proust, j'ai découvert que lui aussi l'associait au bonheur simultané d'un voyage. En mille neuf cent quarante et quelques, quand il vivait en exil à Buenos Aires, on lui a proposé de faire des cours à l'université de la province de Rosario. Une fois par semaine il faisait le voyage, d'abord en train jusqu'à Santa Fe et ensuite par un autocar qui suivait la rive du Paraná. Il emportait toujours avec lui un volume de Proust et il lui semblait que sa relecture était rendue particulièrement savoureuse parce que, en levant les yeux du livre, il voyait des paysages qu'on aurait dit de l'autre bout du monde, il passait en une seconde des rues de Paris en mille neuf cent et des plages nuageuses de Normandie aux immensités inhabitées de l'Amérique qu'il traversait en train puis en autocar. Soudain ce livre qu'il lisait était son unique lien avec sa vie passée, avec l'Espagne perdue où peut-être il ne pourrait jamais retourner et avec l'Europe qui n'avait pas encore émergé des cataclysmes de la guerre. Il lisait Proust dans l'autocar le long de l'ampleur maritime du Paraná et le livre qu'il avait dans les mains était celui que tant de fois il avait lu dans les tramways de Madrid.

Un jour, à l'un des arrêts, il a levé mécaniquement les yeux de son livre et il a remarqué un vieil homme aux cheveux très blancs, l'air mélancolique et pauvre, qui venait de monter, avec un manteau très usé et un cartable tout aussi usé sous le bras, l'air malade et fatigué, la tête d'un vieil homme que les années n'avaient pas déchargé des servitudes les plus amères de la vie. Dans un instant de surprise, d'incrédulité, de pitié honteuse, il a reconnu dans ce vieil homme qui prenait le car dans un bourg reculé d'Argentine celui qui avait été le président de la République espagnole, don Niceto Alcalá Zamora. Saisi de la crainte que l'autre le reconnaisse, il a tourné la tête vers la fenêtre, ou plongé son regard dans le livre, et quand, après l'arrêt suivant, il a relevé la tête, le vieil homme n'était plus dans l'autocar.

En voyage, on entend une histoire, ou l'on trouve par hasard un livre qui finit par ouvrir des ondes concentriques dans l'émotion des découvertes successives. En un temps où j'étais très amoureux d'une femme qui me fuyait quand je la désirais le plus et revenait me chercher quand j'essayais de m'éloigner d'elle, j'ai fait un voyage en train vers Séville en lisant *Le Jardin des Finzi-Contini*, j'attribuais alors à la belle et turbulente héroïne juive de Giorgio Bassani les traits de la femme que j'aimais, et l'échec final de l'amour qu'éprouve pour Micol le héros du roman me donnait tristement à prévoir l'échec du mien, avec une clairvoyance que, de moi-même, je n'aurais pas été capable d'accepter. Je me souviens d'un exemplaire de seconde main des *Histoires* d'Hérodote que j'ai trouvé sur un éventaire à New York et du journal de voyage au pôle Nord du capitaine John Franklin, que j'avais feuilleté par hasard dans une librairie d'occasion, puis que j'ai lu sans relâche dans une chambre d'hôtel de Londres, une chambre petite et haute, d'une géométrie perverse, avec un cabinet de toilette pas plus grand qu'un placard mais dont les angles semblaient rendus obliques par une décoration expressionniste. Tout juste arrivé à Buenos Aires dans l'automne austral de mille neuf cent quatre-vingt-neuf, je passais des heures allongé sur le lit de ma chambre à écouter la pluie qui frappait les vitres et m'empêchait d'aller par les rues que je désirais tant parcourir, et à lire des heures durant, pour faire diversion au temps claustrophobe des hôtels, le premier des livres de Bruce Chatwin que j'ai découvert : *En Patagonie*. J'apprends maintenant que juste pendant les jours où je lisais ce livre Bruce Chatwin agonisait d'une maladie dont il ne voulait dire le nom à personne : une infection bizarre contractée en Asie centrale à cause d'une espèce de nourriture ou d'une morsure disaient ses amis pour occulter le déshonneur, pour ne pas prononcer le mot qui éveillait la panique et la honte, ce mot qui était déjà à l'intérieur de lui comme un de ces abcès qui, il y a des siècles, annonçaient l'horreur de la peste.

À Buenos Aires, je lisais Bruce Chatwin pendant que lui se mourait à Londres. Mon voyage en Argentine avait ainsi une part de réalité et une autre de littérature parce que, lisant ce livre, je continuais en direction des grands espaces désolés du Sud un itinéraire qui s'était cependant arrêté pour moi dans la capitale du pays, à l'intérieur d'une chambre d'hôtel dont je sortais à peine à cause des pluies. Quelle tranquillité d'esprit que d'être loin de tout, isolé de tout, comme un moine dans sa cellule, une cellule avec toutes les commodités possibles, le lit fait, le téléphone à portée de main, la télécommande du téléviseur, la pluie qui vous dispense des obligations exténuantes du tourisme, qui vous offre le parfait alibi pour demeurer des heures sans rien faire si ce n'est rester allongé, un peu redressé sur deux oreillers, un livre à la main, le livre où l'on raconte un voyage jusqu'au bout du monde, où sont rappelés d'autres voyages beaucoup plus anciens, celui de Charles Darwin sur son grand voilier, le *Beagle*, celui de cet Indien patagon qui a fait avec Darwin le voyage d'Angleterre, qui a appris la langue et les manières anglaises, qui a été reçu par la reine Victoria, et qui au bout de quelques années est retourné dans les régions australes, à la vie primitive qu'il avait abandonnée, devenu pour toujours et partout un étranger, un sauvage exotique habillé de vêtements civilisés à Londres, et un inconnu dans son pays natal.

À Copenhague, une dame danoise, d'origine française et séfarade, m'a raconté un voyage qu'elle avait fait dans son enfance avec sa mère, à travers la France récemment libérée, à la fin de l'automne mille neuf cent quarante-cinq. J'avais fait sa connaissance, lors d'un déjeuner, au Club des Écrivains, qui était un palais avec des portes à double battant, des colonnes de marbre et des plafonds décorés de guirlandes dorées et de peintures allégoriques. En regardant par une des hautes fenêtres, j'ai vu passer devant moi un grand clipper comme s'il glissait dans la rue : il naviguait sur l'un de ces canaux qui pénètrent si loin dans la ville et qui ajoutent soudain à la perspective d'un carrefour une surprise portuaire.

C'était au début de septembre, il y a à peu près huit ans. Cela faisait deux jours que je me promenais dans la ville et, le troisième, un éditeur de mes amis m'a invité à ce déjeuner. J'ai la mémoire pleine de villes qui m'ont beaucoup plu mais où je ne suis allé qu'une seule fois. De Copenhague je retiens surtout les images de ma première promenade : je suis sorti de l'hôtel en marchant au hasard et je suis arrivé sur une place ovale avec des palais et des colonnades, au centre de laquelle il y avait une statue équestre en bronze, d'un vert particulier que prend le bronze dans certains endroits, à cause de l'humidité et des lichens, un ton gris semblable à celui du ciel ou du marbre de ce palais dont on m'a dit par la suite que c'était le Palais royal.

Sur tout l'espace froid et baroque de la place, traversé de temps en temps par une voiture solitaire (en même temps que le bruit du moteur j'entendais le crissement des pneus sur le pavé), il n'y avait pas d'autre présence humaine, si l'on excepte la mienne, que celle d'un soldat en casaque rouge, avec un haut bonnet à poil de hussard, et qui marchait au pas sans enthousiasme avec un fusil sur l'épaule, un fusil avec baïonnette, aussi anachronique que son uniforme.

Je ne savais pas où aller et c'étaient les rues qui me conduisaient, comme lorsque je me laisse conduire par un sentier dans la campagne. Face au cavalier de bronze commençait une longue rue droite qui s'achevait sur la coupole, elle aussi de bronze verdi, d'une église avec sur ses corniches une inscription latine en lettres dorées et des statues de saints, de guerriers, et d'individus en redingote. L'église ressemblait à ces églises baroques de Rome, si semblables entre elles qu'elles ont un air antipathique de succursales de quelque chose, d'officines vaticanes et bancaires de la grâce de Dieu.

Mais une des statues qui se dressait sur la façade était indubitablement celle de Søren Kierkegaard. Bossu, comme aux aguets, les mains dans le dos, il n'avait pas cette allure de noblesse ou d'immobilité définitive qu'ont d'habitude les statues. Une fois mort, après avoir habité durant un siècle et demi l'immortalité officielle, après avoir coudoyé tous ces héros solennels, les saints, les généraux et les tribuns du panthéon officiel danois, Kierkegaard – sa statue – gardait un air d'être de passage, fugitif, incommode, l'air désœuvré de qui se promène seul dans une ville fermée et hostile et qui regarde de côté les gens qu'il méprise, et qui plus encore le méprisent, pas seulement à cause de sa bosse et de sa tête trop grosse, mais à cause de l'extravagance incompréhensible de ses écrits, de sa furieuse foi biblique, aussi exilé et apatride dans sa ville natale que s'il s'était vu contraint de vivre à l'autre bout du monde.

J'ai cherché mon chemin pour rentrer à l'hôtel, une demi-heure plus tard, l'éditeur – qu'en réalité je ne connaissais pas plus que ça – viendrait me chercher. Dans une rue longue et bourgeoise, avec des magasins de vêtements et d'antiquités, j'ai vu un petit auvent qui ressortait assez absurdement sur un mur chaulé ou peint en blanc, où il y avait une porte de bois avec des ferrures et un heurtoir, et une fenêtre à grille avec des géraniums. Moi qui me sentais si éloigné de tout en parcourant un samedi après-midi les rues vides de Copenhague, j'étais tombé sur un établissement espagnol qui s'appelait Pepe's Bar.

Cette femme était assise à côté de moi à la grande table ovale de l'Union des Écrivains. La chose m'était arrivée d'autres fois : le déjeuner était organisé en mon honneur mais personne ne s'apercevait vraiment de ma présence. En face de chacun d'entre nous il y avait un carton avec son nom. Celui de la femme était en lui-même une énigme, une promesse codée : Camille Pedersen-Safra. Je ne sais pas résister à l'attirance des noms ; la femme m'a dit qu'elle était née en France, dans une famille juive d'origine espagnole. Pedersen était son nom de mariage. Pendant que les autres parlaient chaleureusement entre eux et riaient, soulagés de ne pas avoir à faire la conversation à un étranger dont ils ne savaient rien, elle m'a raconté qu'elle et sa mère s'étaient échappées de France à la veille de la chute de Paris, dans la grande débandade de juin mille neuf cent quarante. Elles n'étaient revenues dans le pays qu'à l'automne de mille neuf cent quarante-cinq, elles se rendaient compte toutes les deux qu'en si peu d'années elles avaient cessé d'appartenir à leur pays d'origine, d'où elles auraient été déportées vers les camps d'extermination si elles ne s'étaient pas échappées à temps : c'est par gratitude qu'elles étaient maintenant danoises. Le Danemark lui aussi avait été occupé par les Allemands, et soumis aux mêmes lois antijuives que la France, mais les autorités danoises, à la différence du gouvernement français de Vichy, n'avaient pas collaboré à la ségrégation et à la déportation des Juifs, ne leur imposant même pas l'obligation de porter l'étoile jaune.

Camille Safra avait six ans au moment de leur fuite de France : elle se rappelait le désagrément d'avoir été réveillée par sa mère qui la secouait alors qu'il faisait encore nuit et la sensation bizarre, chaude et plaisante, de voyager enveloppée dans des couvertures, dans la remorque d'un camion, sous une bâche où tambourinait la pluie. Elle se rappelait aussi avoir dormi dans la cuisine ou dans le vestibule de maisons qui n'étaient pas la sienne, où cela sentait fortement la pomme et le foin, et il lui revenait parfois des images de mystérieux itinéraires par des chemins de campagne sous la lune, quand elle s'endormait dans les bras de sa mère à l'abri d'un châle de laine humide, et qu'elle écoutait le cahotement d'une charrette et les sabots lents d'un cheval. Elle se rappelait ou rêvait des lumières isolées aux croisements ou à la fenêtre des fermes, lumières rouges de locomotives, succession de lumières aux fenêtres des trains où elle et sa mère ne parvenaient pas à monter.

Dans son souvenir, ce voyage vers l'exil avait toute la douceur du bien-être enfantin, de cette manière qu'ont les enfants de s'installer confortablement dans l'exceptionnel et de donner aux choses des dimensions que les adultes ignorent et qui n'ont rien à voir avec ce que ces derniers vivent et se rappellent. Quand elle était partie de France, Camille Safra vivait encore plongée dans les irréalités et les mythologies de la première enfance ; à dix ou onze ans, quand elle et sa mère étaient revenues, sa raison adulte était déjà pratiquement construite. Elle se souvenait du premier voyage comme d'un rêve, et il y avait sans doute des morceaux de rêves ou de contes qui s'étaient infiltrés dans sa mémoire comme des faits réels. Du retour du Danemark, elle gardait des images précises, teintées d'une tristesse qui était le revers du mystérieux bonheur de l'autre voyage.

C'était une femme rousse, large, énergique, très peu soucieuse de ses vêtements, avec des traits plus d'Europe centrale que latins et que l'âge avait exagérés. J'ai vu des dames juives qui lui ressemblaient beaucoup aux États-

Unis et à Buenos Aires : femmes d'un certain âge, corpulentes, habillées avec négligence, du rouge aux lèvres. Elle fumait beaucoup, des cigarettes sans filtre, sa conversation était brillante, sautait de l'anglais au français selon ses besoins et les limites de son expression, et elle buvait de la bière avec une parfaite désinvolture scandinave. Elle tenait des rubriques littéraires dans un journal et sur une chaîne de radio. L'éditeur qui m'avait emmené au déjeuner, et qui dans la chaleur de la conversation et de la bière ne semblait guère se souvenir de moi, m'avait dit en me la présentant qu'elle jouissait d'un grand prestige, qu'une critique favorable de sa part avait beaucoup d'importance pour un livre, surtout celui d'un auteur étranger inconnu dans le pays. J'avais la conviction ferme et mélancolique que le livre pour lequel on m'avait fait venir à Copenhague n'attirerait pas un seul lecteur danois, de sorte que je me sentais des remords anticipés pour la mauvaise affaire que cet éditeur faisait avec moi et que je l'excusais, que même je le remerciais de m'avoir abandonné à mon sort lors de ce déjeuner de l'Union des Écrivains. Je comprenais aussi que la réunion n'était pas précisément un succès : il y avait plusieurs tables dans la salle à manger aux peintures mythologiques et aux grandes fenêtres qui donnaient sur une rue où, de temps en temps, passait lentement un bateau. Avant de nous servir le repas, les garçons avaient enlevé les couverts des tables vides.

Mesquinement, ces observations me taraudaient pendant que Camille Safra continuait de me parler et je remarquais, un peu vexé, que tout au long de la conversation elle ne m'avait pas encore dit un mot sur mon livre traduit en danois. Elle m'a raconté que sa mère était morte quelques mois plus tôt, à Copenhague, et que lors de leur dernière conversation elles s'étaient souvenues toutes les deux de ce voyage en France, surtout de quelque chose qui leur était arrivé un jour, dans un hôtel d'une petite ville proche de Lyon.

Elles recherchaient des parents. Bien peu avaient survécu. Des voisins et des connaissances d'autrefois les regardaient avec méfiance, avec un rejet évident, comme s'ils craignaient qu'elles soient venues pour réclamer quelque chose, pour accuser ou pour demander des comptes. Sa mère l'avait emmenée dans cette ville proche de Lyon – Camille Safra ne m'a pas indiqué son nom – parce que quelqu'un lui avait dit qu'une de ses sœurs s'y était réfugiée au début de mille neuf cent quarante-trois, et qu'il ne semblait pas qu'on l'ait arrêtée, même si l'on ne savait pas où elle avait habité, que jamais on n'avait réussi à le savoir. Les gens disparaissaient dans ce temps-là, disait Camille Safra, on perdait leur trace, on ne retrouvait leur nom nulle part, sur aucune liste de déportés, ni de rapatriés ni de morts.

Elles sont arrivées tôt le matin, elles ont déjeuné au buffet de la gare d'un café froid et de pain noir avec du beurre rance, elles ont posé des questions à des personnes matinales et revêches qui les regardaient avec méfiance et refusaient de leur donner les explications les plus simples, par peur de se compromettre en cette période d'épuration. Affamées, désorientées, étrangères dans le pays qui cinq ans plus tôt était le leur, les pieds moulus d'avoir marché toute la journée sans trouver la moindre précision sur la personne qu'elles recherchaient, elles ont été surprises par le soir dans un terrain vague, à côté de l'abri d'un arrêt de tramway. Elles ne pouvaient pas retourner à Paris avant le lendemain matin. Le tramway les a déposées sur une place entourée de boutiques fermées, avec un monument aux morts de la guerre de quatorze près duquel il y avait un réverbère allumé et l'enseigne de l'hôtel dit *du Commerce**.

Elles ont loué une chambre. Elles sont montées se coucher sans attendre parce qu'à cause des restrictions, l'électricité serait coupée à neuf heures. Assises sur le lit, sous une ampoule qui faiblissait et donnait alors une pauvre lumière rouge, puis ressuscitait jusqu'à un jaune huileux, elles ont partagé pour dîner les restes d'un paquet que leur

* Les mots en italiques suivis d'un astérisque sont en français dans le texte. [*NdT*]

avait donné la Croix-Rouge puis elles se sont mises au lit tout habillées et serrées l'une contre l'autre, leurs pieds glacés se touchant sous une maigre couverture et une courtepointe élimée. Sa mère, me disait cette dame, ne fermait jamais les chambres à clef : elle avait la terreur de se trouver coincée, de perdre la clef et de ne pas pouvoir sortir. Dans les abris, quand résonnaient les sirènes des attaques aériennes, elle avait des crises de transpiration et de panique. Si elles allaient au cinéma, elle se dépêchait de sortir dès la fin du film de peur que tout le monde soit parti avant elles et qu'on ferme les portes en croyant qu'il ne restait personne.

Elles se sont réveillées à l'aube. Par la fenêtre, on voyait une cour campagnarde avec les planches d'un potager et un poulailler sur lesquels il pleuvait. Elles ont fait leur toilette à tour de rôle avec l'eau très froide du broc qui se trouvait sous le lavabo, elles se sont habillées de ces vêtements ternes, dignes et pauvres qu'elles portaient toujours à l'époque, des vêtements qui jamais ne les mettaient à l'abri du froid, de même que jamais la nourriture ne les mettait complètement à l'abri de la faim. Quand sa mère a voulu sortir de la chambre, la poignée ne tournait pas et la porte restait fermée.

– Je t'ai dit hier soir de ne pas fermer à clef.

– Mais je n'ai pas fermé, j'en suis sûre.

La clef était sur la commode qui se trouvait face au lit, elles l'ont mise dans la serrure, l'ont tournée dans un sens puis dans l'autre, mais rien ne se passait. Elle ne tournait pas, ou bien il semblait qu'elle ne rencontrait pas de résistance et qu'elle tournait dans le vide. Ce n'était pas qu'elle était abîmée ou qu'elle ne pénétrait pas bien, comme si c'était la clef d'une autre chambre. Simplement, même si en apparence le mécanisme fonctionnait, la porte ne s'ouvrait pas avec la clef, pas plus qu'elle ne s'ouvrait avec la poignée.

La mère devenait nerveuse. Plutôt que d'essayer d'ouvrir elle tirait et secouait la poignée et la clef, frappait la serrure, se mordait les lèvres. Elle disait à voix basse que si elles ne sortaient pas de là elles allaient manquer le train pour Paris et ne pourraient pas rentrer au Danemark, et qu'elles seraient obligées de rester pour toujours en France, où elles n'avaient personne, où personne ne leur avait adressé un sourire de bienvenue, ni même ne les avait reconnues. Elle sortait la clef de la serrure et ne parvenait pas à l'y remettre, et quand elle a fini par y arriver, a refusé de laisser sa fille l'aider, dans son angoisse elle a fait un mouvement si brusque qu'elle s'est retrouvée avec la moitié de la clef cassée dans la main.

– Je t'ai dit de ne pas fermer à clef, répétait-elle. Et tu n'as pas voulu m'écouter.

– Pourquoi ne pas demander de l'aide ?

– On va rire de nous, deux Juives ridicules. Ça arrive à qui de rester ainsi enfermé dans une chambre ?

Mais elles ont dû appeler à l'aide : quelques minutes plus tard, sa mère, hors d'elle, la bouche altérée et les yeux figés de peur, cette peur qu'elle ressentait cinq ans plus tôt et dont elle avait protégé sa fille, tapait sur la porte avec désespoir et appelait au secours à grands cris. Elles ont essayé d'ouvrir la fenêtre : cela aussi était impossible, même si l'on n'y voyait aucun verrou et que, bien entendu, il n'y avait pas de serrure.

Elles ont entendu avec soulagement des pas qui montaient l'escalier et s'approchaient dans le couloir. Le patron de l'hôtel, à l'aide d'un fil de fer, est parvenu à extraire de la serrure le morceau de la clef qui y était resté, mais quand il a introduit le passe-partout dans la serrure, elle ne s'est pas non plus ouverte. Poussée et tirée d'un côté et de l'autre, secouée, cognée, la porte restait solidement fermée, et elle était faite d'un bois trop épais et avec des gonds trop solides pour qu'on puisse l'enfoncer.

Sa mère s'étouffait, m'a dit Camille Safra. Elle s'était assise sur le lit, dans sa robe noire de voyage, son vieux manteau et son petit chapeau, avec ses grandes chaussures éculées, et elle respirait la bouche grande ouverte, les ailes du nez palpitantes, elle se serrait les mains l'une dans l'autre ou s'en couvrait le visage comme lorsqu'elles descendaient aux abris pendant les alertes du début de la guerre. Jamais nous ne sortirons d'ici, répétait-elle, nous n'aurions pas dû revenir, cette fois-ci on ne nous laissera pas partir. La fille a pris alors une décision dont quarante et quelques années plus tard elle était encore fière. Elle a jeté le broc contre la fenêtre et quand la vitre s'est cassée, l'air frais et humide du matin est entré dans la chambre. Mais elles étaient trop haut pour pouvoir sauter dans la cour et l'échelle que quelqu'un était allé chercher n'en finissait pas d'arriver.

La porte était impossible à ouvrir: une heure plus tard, c'est une porte condamnée qu'on a ouverte, qui se trouvait dans la chambre derrière une armoire que la mère et la fille, épuisées, ont dû pousser.

Elles ont tout de même réussi à prendre le train du matin pour Paris. Sa mère la tenait par la main, très serrée, et lui disait qu'elles allaient retourner immédiatement au Danemark, et que plus jamais elles ne mettraient les pieds en France. Dans le compartiment du train, elle était aussi pâle et semblait aussi fatiguée que si elle voyageait depuis très longtemps, comme tant de réfugiés et d'apatrides qui déambulaient alors dans les gares, attendant des jours et des semaines entières qu'arrivent des trains sans horaire ni destination précise, parce que de partout les voies étaient démolies et que les ponts avaient été détruits par les bombardements et les sabotages. Un homme qui avait un air de dénuement digne, très semblable au leur, a offert à la fille la moitié d'une orange qu'il avait sortie d'un mouchoir très propre et pelée avec un très grand soin tandis qu'elles tentaient de ne rien voir, de ne pas sentir le parfum acide et tentateur qui flottait dans l'air, effaçant les mauvaises odeurs habituelles de linge sale et de tabac. C'était la première personne qui leur souriait ouvertement depuis leur arrivée en France. Elles ont lié conversation, et la mère a dit à l'homme le nom de la ville et celui de l'hôtel où elles avaient passé la nuit. Quand il a entendu ce nom, l'homme a cessé de sourire. C'était aussi la seule personne qu'elles avaient rencontrée qui parlait sans méfiance et sans peur.

– C'était un bon hôtel avant la guerre, leur dit-il. Mais je n'y mettrai plus jamais les pieds. Pendant l'Occupation, les Allemands l'ont transformé en caserne de la Gestapo. Il s'est passé des choses terribles dans ces chambres. Les gens passaient sur la place de la ville et entendaient des cris, et ils faisaient comme s'ils n'entendaient rien.

Lorsqu'elle a cessé de parler, Camille Safra a bougé lentement la tête en souriant, les yeux fermés. Quand elle les a rouverts ils étaient humides et très brillants. Ces yeux devaient avoir été très beaux dans sa jeunesse, ou quand elle voyageait dans ce train avec sa mère à travers la France et qu'elle regardait discrètement, avec envie, l'orange que l'homme du compartiment pelait si soigneusement sur un mouchoir blanc. Elle m'a raconté que sa mère, à la fin de sa vie, dans la chambre d'hôpital où elle passait ses nuits à lui tenir compagnie, se réveillait parfois d'un cauchemar et lui demandait de ne pas fermer la porte à clef, et qu'elle respirait la bouche ouverte, la regardant avec des yeux dilatés par une peur qui n'était pas que celle de sa mort prochaine mais aussi, et peut-être plus angoissante encore, celle de la mort à laquelle elle et sa fille avaient échappé quarante-quatre ans plus tôt.

À la fin du déjeuner de l'Union des Écrivains, on a porté plusieurs toasts dans une ferveur éthylique accentuée, mais je ne me rappelle pas s'il y en avait un en mon honneur, ou si cela se passait en danois et que je ne comprenais pas. De ce voyage à Copenhague, le souvenir le plus précis que je garde, à part la statue misanthrope de Kierkegaard et le petit auvent andalou du Pepe's Bar, est le voyage de cette dame qui s'appelle Camille Safra, dans l'automne lugubre et pluvieux de la fin de la guerre en Europe. Pendant les voyages, on raconte et on écoute des histoires de voyages. « N'importe où que l'homme ira, il emportera son roman avec lui », dit Galdós dans *Fortunata et Jacinta*. Mais moi, de temps en temps, en regardant certains voyageurs qui ne parlent à personne, qui restent silencieux et hermétiques à côté de moi sur leur siège, dans un avion, ou boivent un verre au bar d'un train, ou regardent fixement le téléviseur où passe un film, je me demande quelles histoires ils peuvent bien savoir et ne racontent pas, quel roman chacun porte en lui, quels voyages vécus, ou racontés, ou imaginaires ils se rappellent tandis qu'ils voyagent en silence à côté de moi, peu avant de disparaître pour toujours de ma vue, visages pas même souvenus, comme le mien pour eux, comme celui de Franz Kafka dans l'express de Vienne ou celui de Niceto Alcalá Zamora dans un autocar qui parcourt les paysages désolés du nord de l'Argentine.

Attendre

Et toi, que ferais-tu si tu savais qu'on peut venir te chercher n'importe quand, que ton nom figure peut-être, tapé à la machine, sur une liste de futurs prisonniers ou de futurs morts, de suspects, de traîtres. Peut-être qu'à l'instant quelqu'un vient de tracer un signe au crayon en face de ton nom, qu'il a fait le premier pas dans un processus qui aboutira à ta détention, peut-être à ta mort, à l'obligation d'un exil immédiat ou, pour l'instant, simplement à perdre ton travail ou certains avantages mineurs auxquels en principe renoncer ne te coûte pas trop. On a notifié à Joseph K. sa mise en accusation mais personne ne l'a arrêté et il semble que personne ne le surveillait. Tu le sais, ou du moins tu devrais l'imaginer, tu as vu ce qui arrivait à d'autres, très proches de toi, voisins qui disparaissaient ou qui devaient prendre la fuite, ou qui restaient comme s'il n'y avait aucun danger, comme si la menace ne les concernait pas. La nuit, tu as entendu des pas dans l'escalier ou dans le couloir qui mène à ta porte, et tu as craint que cette fois-ci ce soit pour toi qu'ils viennent, mais les pas se sont arrêtés avant, ou bien ont continué, et les coups ont résonné à une autre porte, et la voiture que plus tard tu as entendue s'éloigner a emporté quelqu'un qui aurait pu être toi, même si tu préfères ne pas y croire, même si tu t'es dit, cherchant en vain à te rassurer, qu'ils n'ont aucune raison de t'arrêter, que ni toi ni les tiens ne sont au nombre des condamnés, du moins pour l'instant. De quoi pourrait-on t'accuser puisque tu n'as rien fait, que jamais tu ne t'es fait remarquer. À aucun moment Joseph K. n'a été accusé de quoi que ce soit, si ce n'est d'être coupable. Tu es membre du Parti depuis ta première jeunesse et tu admires sans réserve le camarade Staline dont le portrait est suspendu chez toi, dans la salle à manger. Tu es juif, mais d'origine seulement, tes parents t'ont élevé dans la religion protestante, dans l'amour de l'Allemagne, tu t'es engagé volontaire pendant l'été mille neuf cent quatorze, dès que la guerre a été déclarée, on t'a décerné la Croix de Fer pour ton courage au combat, tu n'appartiens à aucune organisation juive, tu ne ressens pas la moindre sympathie pour le sionisme car, intimement, par ton éducation, par ta langue, même par ton apparence physique, tu n'es qu'allemand.

Qui veut, qui peut partir d'un jour à l'autre, rompre avec tout, avec la vie établie, avec les liens du cœur et les habitudes de la vie quotidienne, qui ne s'attriste pas à penser qu'il doit perdre sa maison, ses livres, son fauteuil préféré, la normalité qu'il a toujours connue et qui dure en dépit des coups frappés à la porte du voisin, ou du coup de feu qui a fauché une vie en une seconde, ou de la pierre lancée contre la vitrine du tailleur ou de l'épicier du voisinage, sur la façade de qui, un matin, apparaît une étoile de David grossièrement peinte, ou un seul mot qui dans sa brièveté contient le degré supérieur de l'injure : *Juif*. Tu vas faire tes achats à la boutique habituelle, mais à sa porte il y a un groupe d'hommes en chemise brune avec des brassards à croix gammée, et qui portent une pancarte, *Celui qui achète chez le Juif favorise le boycott de l'étranger et détruit l'économie allemande*, et alors tu baisses la tête et en te cachant tu changes de direction, et tu entres dans une boutique voisine, surmontant une honte intime, et en fin de compte le boycott des commerces juifs s'installe, seulement les samedis, du moins pour commencer, au printemps mille neuf cent trente-trois, et si le lendemain, ou l'après-midi même, tu croises ton marchand habituel qui sait que tu n'as pas fait tes courses chez lui, peut-être détourneras-tu le regard ou changeras-tu de trottoir au lieu de t'approcher de lui et de lui serrer la main, ou sans aller jusque-là, d'échanger quelques mots avec lui, normalement, ou d'avoir envers lui un geste de fraternité, pas même juive mais simplement humaine, celle d'un voisin de toujours. Les choses arrivent peu à peu, très progressivement, et au début tu préfères t'imaginer qu'elles ne sont pas si graves, que la normalité est trop solide pour se briser aussi facilement, de sorte que les oiseaux de mauvais augure et les pessimistes t'irritent plus que tout, ceux qui signalent la proximité d'une menace qui prend corps du fait qu'ils la formulent, et qui peut-être disparaîtrait si l'on feignait de ne pas s'apercevoir de sa présence. Tu patientes, tu ne fais rien. Avec de la patience et de la discrétion il sera possible d'attendre que cette période passe. En mille neuf cent trente-deux, lors d'un voyage en bateau sur le Rhin, María Teresa León avait vu des milliers de petits drapeaux avec des croix gammées qui dérivaient, emportés par le courant, plantés dans de minuscules flotteurs. Le jeudi trente mars mille neuf cent trente-trois, le professeur Victor Klemperer, de Dresde, note dans son journal qu'il a vu, à la vitrine d'une boutique de jouets, un ballon en caoutchouc pour enfants décoré d'une grande croix gammée. *Je ne peux plus me débarrasser du sentiment de dégoût et de la honte. Et personne ne bouge ; tout le monde tremble, se terre.* Mais le professeur Klemperer ne pense pas à quitter l'Allemagne, du moins pour l'instant, car où aller à son âge, presque soixante ans, avec sa femme malade, maintenant qu'ils viennent d'acheter un petit terrain sur lequel ils ont le projet de construire une maison. *Il y a tellement de gens qui refont leur vie quelque part ailleurs, tandis que nous, nous attendons ici les mains liées.* Mais quelle personne sensée pourrait imaginer qu'une telle situation devrait durer très longtemps, que tant de barbarie et de déraison pourrait prévaloir dans un pays civilisé, en plein vingtième siècle. C'est sûr, les nazis ne vont pas durer longtemps, fous et brutaux comme ils sont, le peuple allemand finira par les rejeter, et la communauté internationale refusera de les admettre. Et, de plus, qui sait si en croyant t'éloigner du danger tu ne serais pas en train de t'en approcher, hypnotisé, comme s'il y avait un aimant dans le piège qu'on te tend, un désir puissant d'être attrapé et qu'ainsi l'angoisse de l'attente s'achève une fois pour toutes. Même le fugitif n'est pas à l'abri. Dans la lointaine Mexico, dans une maison transformée en camp retranché, protégée par des guérites et des hommes en armes, par des barbelés, par des murs de béton, Léon Trotski attend l'arrivée d'un émissaire de Staline qui viendra le tuer, qui saura se jouer des portes blindées et des sentinelles, qui se trouvera seul en face de lui et lui tirera une balle dans la tête, ou bien se penchera vers lui avec la sollicitude de Judas et lui plantera dans la nuque un piolet aussi aiguisé qu'une dague, aussi efficace qu'une balle. C'est l'été, en août mille neuf cent quarante. Le six juillet, l'ex-professeur Klemperer note dans son journal sans en faire un drame qu'à partir de cette date il est interdit aux Juifs d'entrer dans les jardins publics. Au début de juin, en France, trois hommes qui fuient ensemble l'avance de l'armée allemande pénètrent dans une forêt, par un soir long et chaud. L'un d'eux, l'aîné et le plus corpulent, peut-être le mieux habillé, est retrouvé pendu quelques mois plus tard, son cadavre en putréfaction est tombé au sol, à demi caché par les feuilles d'automne. La branche à laquelle il s'est pendu – ou on l'a pendu – s'est cassée sous son poids, mais il était déjà mort. Dans la poche de sa veste, peut-être y a-t-il un stylo. Cet homme qui était allemand fuyait les Allemands, mais aussi les communistes qui en d'autres temps avaient été les siens, qui l'avaient déclaré traître et avaient décidé son exécution. Ses deux camarades de prison qui fuyaient avec lui étaient des agents soviétiques venus en France dans le seul but de le retrouver et de le tuer. Que tu te caches parmi les foules qui fuient la guerre ou derrière des murs de béton couronnés de tessons de verre et de barbelés, tu ne seras pas à l'abri. Tu t'échapperas de ton pays, tu deviendras un apatride et un matin, en te réveillant dans la chambre d'un hôtel pour étrangers où tu vis petitement, tu entendras des haut-parleurs crier des ordres dans ta propre langue, et tu verras par la fenêtre ces mêmes uniformes dont tu croyais t'être mis à l'abri grâce à des frontières et à la distance. En mille neuf cent trente-huit, le Juif viennois Hans Mayer s'échappe d'Autriche, traverse avec de faux papiers une Europe aux sombres présages et aux frontières hostiles, se réfugie en Belgique, à Anvers, et à peine deux ans plus tard, les mêmes bruits de bottes et de moteurs et de musiques militaires qui avaient envahi Vienne résonnent dans les rues de cette ville où jamais il n'a cessé d'être étranger, et où désormais il sera aussi persécuté. En mille neuf cent quarante-trois, les hommes en manteau de cuir et chapeau mou le trouvent, ceux qu'il fuit depuis mille neuf cent trente-huit, exactement depuis le soir du quinze mars, quand Hitler venait d'entrer à Vienne et que lui, Hans Mayer, avait pris l'express de onze heures quinze pour Prague : il avait prévu durant tant d'années et avec tant de minutie la scène de son arrestation que lorsque enfin elle s'est déroulée il a eu l'impression de l'avoir déjà vécue. La seule chose qu'il n'avait su ni imaginer ni prévoir : ceux qui l'arrêtaient, qui lui posaient les premières questions et lui donnaient les premières gifles n'avaient pas la tête d'hommes de la Gestapo, ni même de policiers. *Si un membre de la Gestapo a un visage normal, n'importe quel visage normal peut être celui de quelqu'un de la Gestapo.*

À Moscou, le soir du vingt-sept avril mille neuf cent trente-sept, Margarete Buber-Neumann a constaté qu'un des fonctionnaires du NKVD qui venaient arrêter son mari portait de petites lunettes rondes, sans monture, qui donnaient à son visage une allure très jeune et un certain air d'intellectuel démuni. Cette impression ne devait pas être fausse ou due au hasard : Nadejda Mandelstam, qui a subi de très près le harcèlement de la police secrète, raconte que les tchéquistes les plus jeunes se distinguaient par leurs goûts modernes, très raffinés, et leurs faiblesses pour la littérature. À une heure du matin des coups ont résonné à la porte de la chambre qu'elle occupait à l'hôtel Lux, là où étaient logés les employés et les activistes du Komintern. C'est à l'hôtel Lux qu'avait été logé le professeur

Fernando de los Ríos, envoyé par le Parti socialiste ouvrier espagnol avec pour mission de s'informer sur la Russie soviétiste, comme il l'appelait. Il avait rencontré Lénine et sa ressemblance avec Pío Baroja l'avait étonné, comme l'avait effrayé son mépris pour les libertés et la vie des gens du commun.

Et le cœur battant nous fixions toute notre attention sur le bruit de bottes qui s'approchait. Comme toutes les nuits, Margarete, Greta, était éveillée dans le noir, écoutant les pas dans les couloirs, sursautant chaque fois que s'allumait la lumière de l'escalier. Si après minuit les lumières s'allumaient soudain dans les escaliers et les couloirs, c'était parce que étaient arrivés les hommes du NKVD qui parcouraient les rues noires et vides de Moscou dans des camionnettes peintes en noir et qu'on appelait les corbeaux. Jamais ils n'utilisaient les ascenseurs, peut-être de crainte qu'une panne mécanique, une coupure de courant, ne permette à l'une de leurs victimes de s'échapper. Mais les victimes ne s'échappaient jamais, elles ne le tentaient même pas, elles restaient immobiles, paralysées dans leurs chambres, dans la normalité de plus en plus sombre de leurs vies, et quand ils finissaient par venir les chercher, elles n'opposaient aucune résistance, elles ne se battaient pas, ne criaient ni de rage ni de panique, elles n'avaient pas préparé l'arme avec laquelle elles s'ouvriraient de force un passage quand viendrait la visite nocturne, ou se feraient sauter la cervelle au dernier moment. Depuis des années Heinz Neumann, dirigeant du Parti communiste allemand, savait qu'il était marqué, que son nom figurait sur la liste des condamnés et des traîtres possibles, et pourtant il est parti avec sa femme en Union soviétique après le triomphe du nazisme en Allemagne et il n'a essayé de chercher refuge dans aucun autre pays, et il a vécu à Moscou en sentant de jour en jour se rétrécir le cercle de la méfiance et de l'hostilité dirigées contre lui, voyant d'anciens amis cesser de lui parler et disparaître l'un après l'autre les camarades en qui il avait eu confiance et qui maintenant se révélaient être des traîtres, des conspirateurs trotskistes, des ennemis du peuple. Et personne ne lui rendait plus visite, ni à lui ni à sa femme, dans leur chambre de l'hôtel Lux, et eux non plus ne voyaient personne, de crainte de compromettre les autres par leur disgrâce toujours imminente, différée de jour en jour et de nuit en nuit. Si le téléphone sonnait ils restaient à le regarder sonner sans oser décrocher et, quand ils prenaient le combiné, ils entendaient un clic et savaient qu'on les espionnait. Pendant un temps, on recouvrait les téléphones de couvertures ou de vêtements parce que le bruit avait couru que, sans être décrochés, ils pouvaient servir à écouter ce qui se disait dans une chambre.

Pendant l'été mille neuf cent trente-deux, Heinz Neumann et sa femme avaient été les hôtes personnels de Staline dans une station balnéaire de la mer Noire. La nuit du vingt-sept au vingt-huit avril mille neuf cent trente-sept, quand les coups ont résonné à la porte, Greta Neumann avait les yeux ouverts dans le noir mais son mari ne s'est pas réveillé, pas même quand elle a allumé la lumière et que les hommes sont entrés. Les trois hommes ont entouré le lit et l'un d'eux a crié son nom, peut-être le plus jeune, celui aux lunettes sans monture, et Heinz Neumann a remué sous les couvertures et s'est tourné face au mur, comme si de toutes ses forces il refusait de se réveiller. *Pendant quelques secondes, une horreur presque enfantine envahit ses traits, puis comme il s'éveillait seulement, son visage devint gris et maigre*. Tandis que les hommes en uniforme fouillaient la chambre et examinaient chacun des livres, Heinz et Greta Neumann étaient assis l'un en face de l'autre et tous deux avaient les genoux qui tremblaient. De l'un des livres, un papier tombe par terre et l'agent s'aperçoit que c'est une lettre envoyée par Staline à Heinz Neumann en mille neuf cent vingt-six. Tant pis, murmure l'agent en la repliant. Les genoux de l'homme et de la femme se frôlent dans un même tremblement, comme un grelottement qui ne parvient pas à se calmer. Hors de la chambre, dans les couloirs de l'hôtel, derrière la fenêtre, on commence à entendre les bruits des gens qui se réveillent, de la ville qui revit avant la première lumière du jour. *L'aube parvenait lentement derrière les rideaux.*

En face d'eux, que ce soit dans la lumière du matin ou dans le noir de l'insomnie, ils voient le vide et le vertige de la peur, et ils sont accablés par la conscience insistante d'avoir été désignés, choisis, qu'à tout moment des coups peuvent résonner à la porte, ou la sonnerie soudaine du téléphone, que quelqu'un peut s'approcher par-derrière pendant qu'ils marchent dans la rue et les traîner vers une voiture en marche, ou leur tirer dans la nuque, et pourtant ils ne fuient pas, ils ne font rien, ils se réfugient dans l'autosuggestion d'une normalité qui n'est qu'un simulacre, du moins pour eux, mais à laquelle ils s'accrochent comme à un fragile espoir de salut. En mille neuf cent trente-cinq, le professeur Klemperer a été chassé de l'université, mais il a conservé une petite pension en tant qu'ancien combattant. Il n'y en avait plus que pour quelques années avant qu'on lui interdise de conduire une voiture, d'avoir une radio ou le téléphone, d'aller au cinéma, de posséder un chien ou un chat. Le professeur Klemperer et sa femme, d'une santé toujours aussi délicate, sujette aux névralgies et à la dépression, aimaient beaucoup les chats et les films, surtout les films musicaux.

Ils ont été menacés, ils savent qu'à tout instant ils peuvent tomber dans la prison ou la mort, mais dans la rue la lumière du soleil est la même que toujours, il y a des voitures qui passent, des boutiques ouvertes, des voisins qui se disent bonjour, des mères qui conduisent leurs enfants à l'école en leur tenant la main, qui s'accroupissent pour remonter le col de leur manteau et mieux les couvrir avec leur écharpe et leur bonnet avant de les quitter à la grille d'entrée. Un jour de novembre mille neuf cent trente-six, le professeur Klemperer, qui profitait de l'oisiveté forcée de sa retraite pour composer une œuvre d'érudition sur la littérature française du dix-huitième siècle, est arrivé à la bibliothèque de l'université et la bibliothécaire qui s'était occupée de lui tous les jours pendant des années lui a dit, très ennuyée, qu'elle n'était plus autorisée à lui prêter des livres et que désormais il ne devait plus revenir. Tu as été désigné mais autour de toi les choses n'ont subi aucun changement qui pourrait être le reflet objectif, la confirmation extérieure de ta disgrâce imminente, de ta condamnation solitaire. Dans la salle de lecture où tu ne peux plus entrer, les gens continuent de se pencher, absorbés, sur des livres, ouverts dans la douce lumière des lampes de table aux abat-jour verts. Tu repars dans la rue en sachant que tes jours sont comptés, que tu devrais mettre à profit le temps qui te reste pour t'enfuir, ou du moins pour essayer, mais le marchand te vend ton journal comme chaque matin, et l'autobus continue de s'arrêter, ponctuel, toutes les quelques minutes au même arrêt, et alors il te semble que le maléfice se trouve à l'intérieur de toi, qu'il y a quelque chose en toi qui te fait différent des autres, plus vulnérable et mauvais qu'eux, indigne de la vie normale dont ils jouissent et de laquelle des indices subtils mais indiscutables te font savoir que tu es exclu, même si tu ne peux pas t'expliquer pour quelle raison, même si tu t'obstines à croire qu'il s'agit sans doute d'une erreur, d'un malentendu qui se dissipera à temps. En mai mille neuf cent quarante, le professeur Klemperer est dénoncé par un voisin parce qu'il n'avait pas convenablement obturé ses fenêtres pendant les heures d'extinction nocturne obligatoire. On l'arrête, on l'enferme seul dans une cellule, mais on le relâche au bout d'une semaine.

L'attente d'un désastre inévitable est pire que le désastre lui-même. Le premier septembre mille neuf cent trente-six, Evguénia Guinzbourg, professeur à l'université de Kazan, dirigeante communiste, éditrice d'une revue du Parti, épouse d'un membre du Comité central, est avertie qu'il lui est interdit de donner ses cours. C'est une femme jeune, enthousiaste, mère de deux petits enfants, qui applique avec ferveur toutes les directives du Parti, l'une après l'autre, convaincue que le pays est plein de saboteurs et d'espions au service de l'impérialisme, de traîtres qu'il est juste de démasquer et de punir avec la plus grande fermeté. Tous les jours, dans les réunions de cellule et de comité, dans les journaux, à la radio, on annonce de nouvelles arrestations, et Evguénia Guinzbourg est étonnée ou déconcertée par certaines d'entre elles, mais elle reste convaincue de la nécessité et du bien-fondé d'une telle répression.

Un jour, Evguénia Guinzbourg découvre qu'elle n'était pas aussi à l'abri qu'elle l'imaginait, qu'elle aussi est suspecte : rien de très grave semble-t-il au début, mais irritant, et même désagréable, une méprise qui finira bien par être éclaircie, puisqu'il est impensable que le Parti accuse quelqu'un d'innocent et qu'elle, Evguénia Guinzbourg, ne trouve pas en elle-même la moindre trace de culpabilité, la plus légère incertitude ou la plus petite faiblesse dans sa foi aveugle de révolutionnaire. Tu crois savoir qui tu es et en fait tu es soudain transformé en ce que les autres veulent voir en toi, et peu à peu tu deviens plus étranger à toi-même, et même ton ombre est un espion qui te suit pas à pas, et de tes yeux tu vois le regard de ceux qui t'accusent, qui changent de trottoir pour ne pas te dire bonjour et te regardent de biais la tête baissée quand vous vous croisez. Mais la vie met du temps à changer et au début on se refuse à remarquer les signaux d'alarme, à mettre en doute l'ordre et la solidité du monde qui pourtant a déjà commencé à se dissoudre, la réalité quotidienne dans laquelle ont commencé de s'ouvrir de grands creux, des fossés d'ombre dans la lumière du plein jour, dans les espaces usuels de la vie, la porte où à tout moment peuvent retentir des coups, la salle à manger où les enfants prennent leur goûter et font leurs devoirs après l'école et où le téléphone acquiert une présence obsédante et odieuse parce que chaque sonnerie transpercera l'air comme une lame d'acier glacée, avec l'instantanéité mortelle d'un coup de feu.

Evguénia Guinzbourg est convoquée à des heures indues pour des réunions qui en réalité sont des interrogatoires, on lui suggère qu'elle sera probablement sanctionnée parce qu'il lui est parfois arrivé d'avoir eu, à l'université ou au Parti, des relations avec quelqu'un qui s'est révélé être un traître, ou parce qu'elle n'a pas dénoncé quelqu'un avec la vigilance révolutionnaire appropriée. Mais la réunion, l'interrogatoire, se termine et on la laisse rentrer chez elle, et s'il y a des gens qui se sont mis à faire semblant de ne pas la voir ou à s'éloigner d'elle quand elle vient vers eux, d'autres la rassurent, la consolent, lui disent que sûrement ça ne sera rien, qu'on va bien voir et qu'à la fin tout s'arrangera. Seule une femme l'avertit de ce qui va lui arriver, du danger qu'elle court, la mère de son mari qui est une vieille paysanne, peut-être analphabète, qui hoche la tête avec résignation et se souvient que ces choses-là se passaient déjà du temps des tzars. *Evguénia, tu es prise au piège. Fuis avant qu'ils ne te chopent.* Mais comment moi, une communiste, pourrais-je me cacher de mon Parti, ce que je dois faire, c'est démontrer au Parti que je suis innocente. Ils parlent à voix basse, s'efforçant que les enfants n'entendent rien, craignant que le téléphone, même pas décroché, ne serve à espionner leurs conversations. Le sept février, Evguénia est convoquée pour une nouvelle réunion, qui se passe moins désagréablement que les autres et, à la fin, le camarade qui l'a interrogée se lève avec un sourire et elle pense qu'il va lui serrer la main, peut-être lui dire que peu à peu les malentendus ou les soupçons se sont éclaircis, et l'homme, de manière banale, comme s'il se souvenait d'un détail bureaucratique qu'il venait d'oublier, lui demande de lui remettre sa carte du Parti. Au début elle ne comprend pas, ou elle ne peut pas croire ce qu'elle vient d'entendre, elle regarde le camarade mais de son visage serein le sourire a disparu, et alors elle ouvre sa serviette ou son sac et cherche la carte qu'elle a toujours avec elle, et quand elle la lui remet, l'autre la prend sans la regarder en face et la range dans un tiroir de son bureau.

Huit jours durant, Evguénia attend. Elle reste chez elle, enfermée dans sa chambre, sans répondre au téléphone, elle perçoit vaguement ce qui se passe autour d'elle, la proximité de ses enfants qui circulent avec précaution comme dans une maison où quelqu'un serait malade, la présence de son mari, qui entre et sort comme une ombre, qui lorsqu'il rentre à la maison frappe très doucement à la porte et dit : ouvre, c'est moi. Parce que désormais ils doutent que l'innocence de quelqu'un puisse suffire à le sauver, ils brûlent des papiers et des livres, d'anciennes lettres, tout papier manuscrit ou imprimé qui pourrait attirer l'attention lors d'une perquisition. La nuit, ils restent éveillés, silencieux et raides dans le noir, et ils tressaillent chaque fois qu'ils entendent un moteur qui s'approche dans la ville silencieuse ou qu'une lumière de phares entre par la fenêtre et s'inscrit en diagonale sur le mur de la chambre. Leur frayeur dure depuis le moment où ils entendent le moteur au loin jusqu'à ce qu'il s'amortisse et s'éteigne à l'autre bout de la rue. À Kazan comme à Moscou les seules voitures qui circulent à cette heure-là sont les camionnettes noires du NKVD. *Tu dois partir loin d'ici… Laisse-nous t'envoyer chez nous, au village de Pokrovskoe… Notre isba est fermée. Personne n'y vit. Et dans le jardin potager, il y a des pommiers.*

Ils les ont attendus nuit après nuit, imaginant le moteur qui s'arrête devant la maison et les coups à la porte, mais cela est arrivé de jour, le matin du quinze février, et ils n'ont pas frappé à la porte mais appelé au téléphone. Comment pourrais-tu croire que la vie quotidienne que tu connais et que tu aimes et qui est faite de répétitions et de sous-entendus puisse s'achever soudain et pour toujours, que ce matin de neige et de froid lumineux qui ressemble à tant d'autres puisse être le dernier. Evguénia était en train de repasser et son fils buvait le grand bol de son petit déjeuner sur la table de la cuisine. La fille était sortie pour patiner. Le téléphone a sonné et au début, elle et son mari l'ont fixé, immobiles, sans se regarder entre eux. Mais cela pouvait être un appel de n'importe qui, peut-être de l'école, la fillette avait pu tomber pendant qu'elle patinait, et la maîtresse appelait pour dire qu'on vienne la chercher, que ce n'était rien de grave. Au bout de plusieurs sonneries, le mari s'est approché du téléphone, a décroché avec brusquerie, a approuvé de la tête tandis qu'on lui disait quelque chose.

Evguénia, a-t-il dit en essayant en vain de prendre un ton de voix normal, on te demande. Peut-être le garçon trempait-il un morceau de pain dans son bol de lait et n'avait-il même pas levé la tête. Camarade, a dit au téléphone une voix jeune et bien élevée, aurais-tu un moment dans la journée pour passer à notre bureau ?

Evguénia a bien couvert le garçon et l'a envoyé patiner avec sa sœur. Elle a bien enfoncé son bonnet et enveloppé son visage jusqu'au milieu dans l'écharpe, elle est sortie avec lui devant la porte et lui a dit au revoir de la main tandis qu'il s'éloignait dans la rue enneigée, et jamais plus elle ne l'a revu. Pourtant personne n'était venu la chercher, on ne la visait pas avec un pistolet, on ne l'avait ni menottée ni enfermée dans une camionnette noire, elle pouvait sortir comme tous les matins et se diriger vers la gare, elle pouvait se perdre dans la foule qui prenait les quais d'assaut dès qu'un train approchait et y monter, et peut-être que personne ne remarquerait son visage. Je n'ai rien à faire, avait-elle dit à l'homme bien élevé du téléphone, je viens tout de suite. Elle aurait préféré y aller seule mais son mari s'est entêté à l'accompagner. Ils sont sortis et quand elle a entendu derrière elle le bruit familier de la porte qui se fermait, elle a pensé avec sérénité et détachement que jamais plus elle ne l'entendrait, que plus jamais elle ne passerait cette porte. Ils marchaient en silence sur la neige intacte dont la blancheur irradiait dans le matin gris de février. Ils ne se sont pas embrassés en se séparant devant l'entrée du bâtiment où on l'attendait : se dire au revoir aurait été reconnaître l'abîme de la séparation qui déjà s'ouvrait entre eux. Son mari a dit : tu vas voir, à l'heure du déjeuner tu seras de retour à la maison. Elle a acquiescé et poussé la porte. Quand elle était sur le point d'entrer, elle s'est retournée vers lui et elle l'a vu, immobile sur la neige, au milieu de la rue, la bouche ouverte et les yeux paniqués. Des années durant, dans des cachots, dans les wagons puants de trains qui jamais n'arrivaient à destination, dans des baraquements gelés, dans les déserts de neige, dans les hallucinations de la fièvre et de la faim, dans l'épuisement animal du travail, dans le crépuscule éternel du cercle polaire, Evguénia Guinzbourg a continué de voir ce visage, l'expression qu'elle n'aurait pas surprise si elle ne s'était pas tournée une dernière fois avant de passer la porte derrière laquelle régnait un bruit affairé de voix et de pas, de machines à écrire, de trousseaux de clefs.

Trois semaines plus tard, le huit mars mille neuf cent trente-sept, Rafael Alberti et María Teresa León, qui étaient en voyage à Moscou, ont été reçus par Staline dans un grand bureau du Kremlin. María Teresa León se le rappelait, voûté, souriant. *Il avait de petites dents courtes, comme usées par sa pipe*. Ils ont parlé de la guerre d'Espagne, de l'aide soviétique à la République. Sur un mur il y avait une grande carte d'Espagne avec des épingles et des petits drapeaux qui indiquaient les positions des armées. Sur un autre, un plan de Madrid. Staline a demandé à María Teresa León si cela ne la dérangeait pas qu'il allume sa pipe. Il est resté à parler avec eux plus de deux heures, il leur a promis des armes, des avions, des instructeurs militaires. *Il nous a souri comme on sourit à des enfants qu'il faut encourager*. Bien des années plus tard, loin de l'Espagne, égarée dans l'étendue et la durée de l'exil, María Teresa León se souvenait de Staline avec une espèce de tendresse lointaine. *Il nous a semblé maigre et triste, accablé par quelque chose, peut-être par son destin.*

Ils viendront te chercher mais tu ne sais pas quand, et il est même possible qu'ils t'oublient, ou qu'ils préfèrent prolonger ton attente, alimenter le supplice de ton incertitude. *Accablé par quelque chose*. Quand a commencé la déportation des Juifs de Dresde, le professeur Klemperer s'est senti provisoirement à l'abri parce qu'il était marié avec une femme aryenne. *Pour l'instant, je suis encore en sécurité. Mais en sécurité comme celui qui se trouve au pied de la potence, la corde au cou. À tout instant une nouvelle « loi » peut renverser l'escabeau sur lequel je me tiens et me précipiter dans l'abîme*. On est venu chercher

Greta Buber-Neumann le dix-neuf juin mille neuf cent trente-huit, mais quand on lui a montré le mandat d'arrestation elle a remarqué qu'il était daté de neuf mois plus tôt, octobre mille neuf cent trente-sept. Il avait dû s'égarer dans la bureaucratie confuse des interrogateurs et des assassins, des intellectuels aux lunettes rondes et aux exquises idées sur la littérature et la nécessité de purifier la Révolution par le sang ; ou peut-être quelqu'un l'a-t-il conservé dans un tiroir, délibérément, l'a-t-il considéré jour après jour sur la table d'un bureau, comme on regarde un manuscrit précieux, dans un bureau plein du bruit de machines à écrire et de lourdes portes et de verrous, quelqu'un aura peut-être décidé de prolonger jour et nuit pendant plus d'un an le supplice de cette femme allemande qui allait d'une prison à l'autre dans Moscou, demandant en vain des nouvelles de son mari et qui, dans sa petite chambre glacée, tenait une valise toujours prête avec les quelques rares choses nécessaires pour le moment où viendraient son arrestation et le voyage vers la Sibérie. Jamais elle n'est arrivée à savoir quand et comment est mort Heinz Neumann. Avec une lettre et sous le bras un paquet de nourriture elle parcourait Moscou au milieu du remue-ménage des préparatifs du Premier Mai, s'écartant de la foule comme une pestiférée ou une lépreuse, comme une femme étrangère qui ne parlait pas bien le russe et qui ne pouvait avoir confiance en personne, parce que ses anciens camarades ou bien étaient prisonniers ou morts ou bien lui tournaient le dos, et qui marchait dans la foule sans vouloir regarder ni les drapeaux rouges ni les banderoles suspendues en travers des rues, ni écouter la musique qui éclatait dans les haut-parleurs, la marche héroïque d'*Aïda* se souvenait-elle des années plus tard, et des valses de Strauss. Le trente avril mille neuf cent trente-sept, Greta Buber-Neumann va à la prison de la Loubianka pour essayer de savoir où se trouve son mari qui a été arrêté il y a trois jours et partout elle voit des portraits de Staline, dans les vitrines des magasins, sur les façades des maisons, à la porte des cinémas, des portraits entourés de guirlandes de fleurs ou de drapeaux rouges avec la faucille et le marteau. En passant à côté d'un groupe de personnes qui se sont arrêtées pour regarder des ouvriers hisser au moyen de cordes et de poulies un immense portrait de Staline qui couvre en entier la façade d'un immeuble, Greta détourne la tête et serre contre elle le paquet de vêtements et de nourriture dont elle ne sait pas si elle pourra le remettre. *Si du moins je pouvais ne plus voir ce visage.* Sur la place du Grand-Opéra on vient de dresser une statue de Staline de plus de dix mètres sculptée dans du bois, entourée d'une base de drapeaux rouges, Staline marchant énergiquement avec une casquette et un manteau de soldat. Que ferais-tu si tu étais cette femme perdue dans une grande ville étrangère et hostile, si l'on t'avait pris ton passeport et la pièce d'identité provisoire qui t'accréditait comme fonctionnaire du Komintern, si l'on t'avait chassée de ton travail et qu'on était sur le point de te chasser de la chambre que tu as partagée avec ton mari et dans laquelle tu n'as encore rien rangé après la perquisition, où tu n'as pas fait le lit dans lequel, pendant la dernière nuit passée avec lui, tu n'as pas dormi une minute, ni ramassé les livres jetés par terre et piétinés, ni la laine de la courtepointe qu'ils ont éventrée d'un couteau expert à la recherche de documents cachés, d'armes, de preuves. Tu attends dans la chambre, assise sur le lit, droite, hébétée, écoutant les pas dans le couloir de l'hôtel, regardant décliner rapidement vers l'obscurité la lumière grise de l'après-midi, tu sais qu'ils vont venir pour toi aussi et tu désires même qu'ils arrivent le plus vite possible, et tu as déjà préparé la valise ou le sac que tu emporteras, mais les jours s'écoulent, les semaines, les mois, et rien ne se passe sinon que tu es devenue invisible, que personne ne te regarde en face en te rencontrant, que tu fais la queue de commissariats en prisons avec les parents d'autres détenus et que lorsque ton tour arrive il est parfois trop tard et on te ferme grossièrement le guichet au nez, ou bien on ne te dit pas si ton mari est enfermé là ou non, ou bien on fait semblant de ne pas comprendre les paroles que tu prononces en russe et que tu as soigneusement préparées, les répétant tandis que tu marchais dans la rue, comme ces femmes folles qui parlent toutes seules. Depuis que les Allemands étaient entrés à Prague, Milena Jesenska savait que tôt ou tard on viendrait la chercher, mais elle n'a rien fait, elle ne s'est pas cachée, elle n'a pas arrêté d'écrire dans les journaux, elle n'a fait que prendre certaines précautions, envoyer sa fille de dix ans faire un séjour chez des amis et demander à quelqu'un de confiance, l'écrivain Willy Haas, de lui garder les lettres de Kafka.

Dans un parc écarté où elle arrive après de longs trajets en tramway, presque aux abords de Moscou, Greta Buber-Neumann a rendez-vous avec un vieil ami, aussi apeuré qu'elle, mais toujours fidèle. Tu es cette femme qui saute d'un tramway en marche et se retourne pour le cas où quelqu'un la suivrait, et qui prend un autre tramway, et qui lorsqu'elle en descend fait un long détour pour n'arriver dans un parc de la proche banlieue qu'avec la demi-lumière de la fin du jour. Sans doute y aura-t-il des gens qui se promènent, des hommes âgés en manteau et bonnet de fourrure avec une canne, des mères qui tiennent par la main des enfants couverts de manteaux et d'écharpes. Greta et son ami se voient de loin, mais ils ne se dirigent pas encore l'un vers l'autre, ils s'assurent d'abord que personne ne les suit. N'y a-t-il pas un moyen de s'enfuir, dit-il, faut-il que nous nous laissions égorger comme des moutons ? Comment avons-nous pu accepter tout cela pendant tant d'années sans le mettre en doute, sans ouvrir les yeux ? Maintenant nous devons payer notre crédulité aveugle.

La fois suivante, l'homme n'est pas au rendez-vous. Greta attend jusqu'à ce que la nuit tombe puis retourne à sa chambre sans se préoccuper de savoir si elle est suivie. Elle imagine avec mélancolie, presque avec tendresse, que son ami a réussi à s'échapper.

Une nuit de janvier mille neuf cent trente-huit, les coups résonnent enfin à sa porte. Mais ils ne sont pas venus pour l'emmener, seulement pour confisquer les derniers biens du renégat Heinz Neumann. Les policiers en uniforme rassemblent les derniers livres que Greta n'a pas encore mal vendus pour acheter de quoi se nourrir, quelques vieilles chaussures de son mari, et en partant ils lui donnent un reçu. Quelqu'un lui raconte que l'ami qu'elle retrouvait dans le parc a été arrêté quand il essayait de prendre un train pour la Crimée.

Ils sont arrivés un matin très tôt, le dix-neuf juillet, et en s'apercevant que cette fois c'était vraiment pour elle qu'ils venaient, Greta n'a pas été saisie de panique, mais plutôt de soulagement. On l'a conduite à la Loubianka sur le siège arrière d'une petite camionnette noire, entre deux hommes en uniforme bleu clair qui ne la regardaient pas et ne lui adressaient pas la parole. Cette fois ses genoux ne tremblaient pas et à ses pieds se trouvait la valise qu'elle avait préparée depuis si longtemps. Elle s'est rappelé la dernière chose qu'elle avait vue dans les rues de Moscou avant que la camionnette ne franchisse la porte de la prison : une horloge lumineuse qui dans l'aube avait un éclat faible et rougeâtre. Le douze juillet, le professeur Klemperer se souvient dans son journal de quelques amis qui ont quitté l'Allemagne, qui ont trouvé du travail aux États-Unis ou en Angleterre. Mais comment partir sans rien, lui, un vieux, et sa femme, malade, sans connaître de langues étrangères, sans aucun savoir-faire pratique, comment abandonner la maison qu'ils ont fini par construire avec tant de difficultés, le jardin qu'Eva a presque transformé en un verger. *Nous sommes restés ici dans l'ignominie et la gêne, comme des laissés-pour-compte, des enterrés vivants, enterrés pour ainsi dire jusqu'au cou en attendant d'un jour à l'autre les dernières pelletées.*

En grand silence

Je me suis réveillé raide de froid et je ne sais pas où je me trouve, ni même qui je suis. Pendant quelques secondes j'ai été un éclair de conscience pure, sans identité, sans lieu, sans temps, rien que le réveil et la sensation du froid, l'obscurité où je suis couché, recroquevillé, me protégeant dans la chaleur de mon corps, sur le côté, les mains entre les jambes et les genoux contre la poitrine, les pieds glacés malgré les bottes et les chaussettes de laine, le bout des doigts inerte, les articulations engourdies au point que si j'essayais de bouger, peut-être n'y arriverais-je pas.

Il y a quelque chose de plus que le froid et l'obscurité, un froid et une obscurité de fond de puits, comme un souffle de pierre humide et de terre glacée et remuée. Une odeur de fumier aussi, de fumier mêlé de boue, un océan de boue et de fumier où s'enfoncent les bottes militaires, les sabots des chevaux, les roues et les engrenages des engins de guerre. Ce qui m'a réveillé est la sensation d'un danger, la prescience d'une inquiétude si puissante qu'elle a dissipé en un instant toute la pesanteur du sommeil. Plus rapide que ma conscience encore abrutie, ma main droite tâte sous la couverture à la recherche du pistolet. Les gants de laine espagnols, la manche rude de la vareuse grise tachée de boue séchée, le contact de la capote qui me sert d'oreiller et la paillasse humide sur laquelle je dormais : chacune de ces choses est un trait ajouté à mon identité, à ma personne que pourtant j'observe de l'extérieur, quelqu'un qui palpe parmi des tissus rêches en recherchant le métal d'un pistolet Luger. Mais le bras tout entier est lourd comme du plomb, encore paralysé par le sommeil et le froid, et un automatisme de méfiance instinctive m'avertit que je ne dois faire aucun bruit. Je retiens ma respiration pour tenter d'entendre quelque chose, un murmure ou un frôlement qui mine à peine le silence. Je désire me fondre dans l'obscurité, y rester aussi immobile que ces insectes qui pour se protéger se confondent avec un brin d'herbe ou une feuille sèche.

C'est le danger qui lui a rappelé qui il est et où il se trouve. Le danger, pas la peur. Jamais il n'éprouve la peur, de la même façon qu'il ne se souvient pas d'avoir jamais éprouvé de l'envie. Il ressent le froid, il ressent la faim, l'épuisement des marches interminables, le désespoir d'enfoncer sans cesse, depuis qu'au début de l'automne les pluies sont arrivées, dans une boue sans fin, dans une mer de gadoue et de fumier où tout naufrage, hommes, animaux et machines, morts et vivants.

Une seconde plus tôt il était à peine plus qu'une étincelle d'inquiétude dans le grand vide de l'obscurité, anonyme comme la braise d'une cigarette qui brille un seul instant au-delà de la boue et du no man's land, dans le néant immense de la plaine noyée de boue, qui dans quelques semaines sera transformée en un désert de neige horizontal. Maintenant il sait, il se rappelle. En espagnol ancien, se réveiller se disait «rappeler». Le professeur de littérature l'explique en marchant d'un côté à l'autre de l'estrade poussiéreuse de craie qui sonne creux sous ses pas. Il porte des lunettes rondes, un complet peu soigné, il tire de brèves bouffées d'une cigarette tandis qu'il parle avec passion de Jorge Manrique et récite par cœur de longues tirades de ses vers. Il ne sait pas que quelques mois plus tard il sera fusillé, clignant des yeux, aveuglés sans ses lunettes, dans les phares d'un camion. Rappelle ton âme endormie, pense celui qui a été son élève préféré au lycée Cardinal Cisneros, à Madrid. Ravive ton cerveau et éveille-toi. Il s'est soudain rappelé, il fait irruption en lui-même comme s'il était entré dans une pièce plongée dans le noir et que peu après les objets commençaient à se définir, les contours des meubles et des fenêtres. Son instinct animal du danger lui fait écouter à nouveau, désormais les sens en alerte, le bruit qui l'a réveillé. Un bruit bref, métallique, banal pour qui ne le connaîtrait pas mais caractéristique, celui du frôlement d'un fusil, de son choc contre quelque chose, contre le vêtement de celui qui le porte à la bretelle. Il redresse un peu la tête et il voit des rais de lumière sous la porte, par les fentes des planches mal jointes qui séparent l'écurie où il dort de la pièce principale de la chaumière. Il aurait pu s'y installer, comme le lui avait dit le lieutenant fourrier allemand, il serait à côté du feu et n'aurait pas à supporter la puanteur du fumier. Quand il était arrivé le premier soir, la femme russe et son fils s'étaient retirés dans l'écurie, ou plutôt cachés, lui laissant l'unique lit. La mère et le fils se serraient dans les bras l'un de l'autre, transformés en un seul tas de haillons, deux paires d'yeux effrayés qui brillaient dans la lumière de sa lampe électrique. En allemand il leur a dit de sortir de là, qu'ils n'avaient rien à craindre, il leur a indiqué par signes qu'il ne voulait pas dormir dans le lit, qu'eux deux s'y installent. La femme faisait non de la tête, murmurait en russe, berçait son enfant, tous deux se balançant d'avant en arrière. L'enfant avait le cheveu clairsemé, comme teigneux, les joues creuses et de grands cernes bleutés sur une peau translucide.

Mais la lumière qui filtre depuis l'autre côté de la porte n'est pas celle du feu, ni celle d'une bougie. C'est celle d'une lampe de poche, elle s'allume et s'éteint, il peut entendre le clic minuscule de l'interrupteur que quelqu'un manipule avec précaution. Pas la femme parce qu'il est sûr qu'elle n'a pas de lampe de poche. Et elle n'avait pas non plus de bougies avant qu'il lui en apporte un paquet du magasin de la compagnie, ni d'allumettes pour le feu. Il n'y avait rien dans la cabane de troncs couverte de paille, perdue au milieu de la boue et du désordre des routes du front, épargnée par le désastre, rien d'autre qu'un grand lit de fer arrivé là par on ne sait quel hasard, le lit où il avait renoncé à dormir malgré les instructions du lieutenant fourrier.

Il y a des voix dans la pièce, à peine des chuchotements, mais ce sont des voix d'hommes, pas celle de la femme ni celle de l'enfant. Des pas aussi : des bottes, plus que les entendre il perçoit leur vibration par le sol sur lequel il est couché. La lampe de poche se rallume, on entend de nouveau le bruit d'un fusil heurtant un vêtement ou un baudrier : la boucle qui attache la bretelle à la crosse pour être exact. La lampe éclaire maintenant dans la direction où il se trouve, et la paillasse ainsi que le tas de couvertures et la capote dans lequel il est couché sont striés par les filets de lumière qui passent par les fentes. Quelque chose d'opaque s'interpose, un corps qui frôle les planches de la porte. C'est la femme, il en est sûr, il reconnaît sa voix même si elle parle très bas, elle répète un des rares mots russes qu'il ait appris. *Niet*.

Maintenant il comprend, il devine, mais il n'a toujours pas peur. Des partisans russes. Ils opèrent derrière nos lignes, ils sabotent des installations, ils exécutent et pendent aux poteaux télégraphiques ceux qui sont connus comme collaborateurs des Allemands. De nuit ils tendent des embuscades et à l'aube, il ne reste pas trace d'eux, à part le cadavre de quelqu'un de pendu ou d'étranglé en silence. Ils ne fuient pas, ils disparaissent dans le noir, ils s'évanouissent dans l'étendue sans limites de la plaine et des forêts, dans cet espace qu'aucune armée ne peut maîtriser ni conquérir.

Il réfléchit, la tête froide, pendant qu'il essaie de faire réagir les doigts engourdis de sa main droite, de trouver le pistolet : ils ont des fusils mais ils ne me tueront pas d'une balle, ils voudront ne pas gâcher une cartouche, qu'on n'entende pas des coups de feu si près de nos postes de garde. Comme c'est bizarre de se rappeler instantanément Jorge Manrique : *comme vient la mort, en grand silence*. Ils vont pousser la porte de planches, l'un d'eux m'éclairera avec la lampe et me mettra en joue avec un pistolet, et peut-être que sans me laisser me lever l'autre m'égorgera, s'écartant avec adresse pour ne pas être atteint par le flot de sang. Dans ce froid le sang produira une buée très épaisse. Tout sera trempé, imbibé, les couvertures, la capote, la paillasse pourrie, et moi mort, non pas moi, un autre, personne, parce que les morts ne mettent pas longtemps à perdre toute trace d'identité, moi mort sans même avoir saisi mon pistolet, paralysé par le froid qui me tient les mains et le corps tout entier engourdis dans un linceul prématuré qui ne permet pas de bouger, comme lorsque je suis endormi et que mes muscles ne répondent pas à ma volonté, et que je suis tellement désespéré de cette paralysie que je me réveille, un bras si endormi que je dois le bouger avec l'autre, comme s'il était de bois.

C'est cela dont j'ai horreur : non pas mourir mais rester mutilé. Mais pour le moment je suis à l'abri de ce danger. Je ne vais pas être démoli par un obus, la chenille d'un char d'assaut ne va pas écraser mes jambes embourbées. Dans un instant quelqu'un va pousser cette vieille porte de planches et va me trancher le cou avec un poignard de l'armée russe, ou un couteau de cuisine ébréché, ou une vieille faux, et moi je ne bouge pas, je ne fais rien pour éviter cela, pour me défendre. Je suis couché et je regarde dans le noir les filets de lumière qui continuent de briller dans mes yeux bien que la lampe se soit éteinte et j'attends comme un animal qu'on vienne me tuer, un partisan russe qui jamais n'a vu mon visage et qui l'oubliera dès qu'il m'aura égorgé, parce qu'on ne peut pas se rappeler le visage d'un mort, il devient anonyme dès que la vie en a disparu, et c'est pour cela que les morts qui sont toujours près de nous nous font si peu d'impression, ceux qui se décomposent sur les barbelés, s'enfoncent dans la boue, les morts empilés sur qui nous nous asseyons parfois pour nous reposer en mangeant notre ration.

Il comprend maintenant pourquoi il ne trouve pas le pistolet. La femme a dû le lui prendre pendant qu'il dormait, elle a dû glisser sa main sous la capote pliée qui lui sert d'oreiller puis sortir dans le silence de ses grands pieds nus, larges comme son visage et comme ses hanches dans lesquelles il y a une espèce de force chevaline obstinée, malgré la faim et le malheur de cette guerre qui a bouleversé le seul monde qu'elle connaissait et lui a arraché son mari, fusillé par les Allemands, comme elle le lui a difficilement expliqué par gestes et par onomatopées tandis que l'enfant restait collé contre elle, cramponné à sa jupe de ses mains petites et sales, ténues à force de maigreur, les yeux effrayés rivés sur cet étranger en uniforme, aussi excessifs dans son visage affamé que la taille de son front, que sa tête entière par rapport à sa poitrine creuse, à ses bras et ses jambes décharnés, fragiles comme les appendices d'un animal amphibie.

Je leur donnais de quoi manger, à la mère et au fils, une de mes rations ou une boîte de conserve, et ils regardaient ma main tendue comme s'ils n'étaient pas sûrs de devoir s'approcher, avec une méfiance de chiens maltraités. La femme poussait l'enfant, lui disait quelque chose à voix basse, mais il ne bougeait pas d'un pouce, ne prenait pas ce que je lui offrais, s'accrochant plus fort à la jupe de sa mère sans quitter des yeux le morceau de pain ou le paquet de biscuits que j'avais apporté, et je voyais descendre un filet de salive le long de son cou si maigre, qui semblait incapable de supporter le poids de sa tête énorme. Je posais les choses sur la table et j'allais me reposer dans l'écurie, ou je m'éloignais un peu de la chaumière, le mot russe est isba. Je revenais un moment plus tard et la nourriture n'était plus sur la table, mais ni la mère ni le fils n'étaient en train de mâcher, il n'y avait pas non plus trace de quelque chose qui serait resté, ils avaient tout mangé, avalant avec la hâte et la suffocation de la faim, ou bien ils en avaient caché une partie dans leurs vêtements, ou sous le lit, et quand je rentrais ils me regardaient comme s'ils craignaient que je leur réclame quelque chose, que j'exige d'eux qu'ils me rendent une chose qui déjà n'existait plus, leurs deux paires d'yeux bleus attachés aux miens, me regardant avec l'angoisse de savoir que je pouvais les tuer impunément.

Jamais je ne les ai vus manger jusqu'à ce soir-là. J'avais passé plusieurs jours en gardes et en patrouilles sur les premières lignes, le bruit courait d'une attaque russe et je n'avais pas pu rentrer dormir dans l'isba. C'est à peine si j'avais dormi pendant les trois ou quatre nuits précédentes. À la guerre, le manque irrémédiable de sommeil est pire que la faim et le froid. Quand je suis passé au poste de commandement du bataillon pour être relevé, on m'a remis un paquet de nourriture envoyé d'Espagne par ma famille. Je suis arrivé à l'isba mort de faim et de sommeil et j'ai découvert avec soulagement que ni la mère ni le fils n'étaient là, même si je ne pouvais pas imaginer où ils étaient allés. Ils devaient gratter dans la boue à la recherche de quelque chose à manger, rôdant comme des chiens sans maître autour d'un de nos camps. Mais le feu était allumé et donc j'ai ouvert le paquet, rempli de charcuterie savoureuse, qui invraisemblablement avait traversé toute l'Europe et la moitié de la Russie pour arriver intact jusqu'à moi, et je me suis mis à griller quelques chorizos. Quel délice incroyable, au milieu d'une telle pénurie, que le grésillement de la graisse rouge qui faisait craquer la peau, que l'odeur de cette viande si bien assaisonnée et grillée. Alors je me suis rendu compte que la femme et l'enfant étaient debout à la porte, me regardant tous les deux, regardant les chorizos que je faisais griller sur le feu et aussi le carton ouvert à côté de moi. Ils semblaient avoir plus faim que jamais. Peut-être n'avaient-ils rien mangé d'autre que des épluchures de pommes de terre pendant les jours où je ne leur avais rien apporté. J'ai posé le paquet sur la table et je leur ai fait signe d'approcher. Cette fois-là, quand il a été poussé en avant par sa mère, l'enfant ne s'est pas refusé à venir. Il a pris à deux mains le chorizo grillé que j'avais posé sur une assiette et l'a mangé sans lever la tête, avec le bruit qu'aurait fait un animal.

La femme regardait mais elle n'osait pas s'approcher. Je leur ai montré que je me retirais. Je suis venu ici et j'ai fermé la porte, je me suis enveloppé dans mes couvertures et j'ai plié ma capote pour me faire un oreiller. J'étais sur le point de m'endormir, à peine avais-je fermé les yeux que le sommeil en retard depuis tant de jours m'a écrasé. Alors la femme a frappé des coups très légers à la porte.

Je pouvais voir sa grande silhouette à travers les planches mal jointes. Je lui ai dit d'entrer et je me suis levé. Elle s'est approchée en me disant précipitamment quelque chose en russe et en faisant des gestes étranges, comme si elle se signait. Elle avait de la graisse rouge autour de la bouche. Avant que j'aie pu m'en rendre compte, elle s'était agenouillée devant moi et me couvrait les mains de baisers, de larmes, de salive, et de graisse de chorizo.

Maintenant j'entends de nouveau sa voix, et bien qu'elle parle si bas que je n'entends presque rien de plus qu'un murmure, elle prend le même ton de supplication monotone que lorsqu'elle me parlait cet après-midi. *Niet*, dit-elle, *niet*. La lampe s'allume et s'éteint et c'est le grand corps de la femme qui a intercepté la lumière. Si j'arrive à me dégourdir les mains et que je réussis à saisir le pistolet et à l'armer avant que ne fassent irruption ceux qui vont me tuer, je pourrai au moins en finir avec un ou deux d'entre eux. Ils vont pousser la porte et moi je vais rester immobile, tenant le pistolet sous les couvertures, et quand ils braqueront la lampe sur mon visage, je lèverai la main et je leur tirerai dessus à bout portant, et dans la confusion peut-être pourrai-je m'en sortir. Mais je suis aussi incapable de cette simple action que si je la projetais en rêve. Je ne fais rien, je suis toujours engourdi, écrasé contre le sol, à demi redressé contre le mur, écoutant ces voix qui murmurent, comptant les secondes qui me restent avant de mourir dans cette région nordique et désolée du monde, à moins d'un kilomètre de Leningrad, la ville que nous étions toujours sur le point de conquérir et où nous ne parvenions jamais, où désormais moi je n'entrerai pas, même si par les journées claires nous voyons briller ses coupoles dorées sur l'horizon de la plaine.

Mais je ne trouve aucune peur en moi, pas même à présent, rien qu'une espèce de soulagement. Qu'ils entrent vite et que le supplice ne dure pas trop longtemps. La lampe s'éteint, se rallume et j'ai un coup au cœur en pensant que oui, maintenant ils vont pousser la porte. *Niet*, a dit la femme, puis derrière un sombre murmure de voix masculines, j'ai entendu quelque chose qui ressemblait au miaulement d'un chat, et c'était un sanglot, celui de l'enfant.

Les voix se taisent. Ils vont entrer et je n'arrive pas à bouger ma main paralysée, ni à chercher le pistolet. Une porte s'ouvre mais ce n'est pas celle qui est en face de moi, c'est l'autre, celle de bois plus solide, la porte de l'isba, et quand elle s'ouvre entre un coup de vent qui parvient jusqu'à moi. Je perçois la vibration des bottes sur le sol. J'entends ce tout petit bruit du fusil, la boucle de la bretelle qui heurte la crosse. Maintenant la porte s'est fermée, tout est de nouveau obscurité et silence.

Avec reconnaissance, mais aussi avec détachement, avec une indifférence qui a grandi en lui à mesure qu'avance la guerre, il comprend soudain que la femme lui a sauvé la vie. Elle a convaincu les partisans de ne pas le tuer, leur disant qu'il n'est pas allemand et qu'il ne se conduit pas comme eux, même s'il porte leur uniforme avec des galons de lieutenant. Peut-être leur a-t-elle montré le paquet de nourriture, ou ce qu'il en restait, peut-être leur a-t-elle donné quelque chose pour soulager leur faim.

Quelques jours plus tard, un lieutenant allemand occupe sa place dans la chaumière, au moment où lui prend son service en première ligne. Le premier soir, l'Allemand va dormir tandis que la mère et son fils se couchent par terre dans l'écurie et, le lendemain matin, on le trouve étranglé avec du fil de fer, pendu à un poteau télégraphique proche de la chaumière. Ils y enferment la mère et le fils et y mettent le feu, et quand elle a fini de brûler, ils aplanissent le sol avec une chenillette et plantent dans la boue un écriteau en allemand et en russe qui rappelle le châtiment réservé à ceux qui collaborent avec les partisans.

Un moment. Il sursaute dans un frisson, recroquevillé dans le noir, tâtant les draps, un oreiller sous lequel il ne trouve pas son pistolet. *Ces choses-là ne se sont jamais passées. Je ne peux pas me rappeler une chose qui n'est pas encore arrivée. En avril ou en mai mille neuf cent trente-six, mon professeur de littérature ne pouvait pas savoir qu'à la fin de l'été il serait fusillé et jeté dans un fossé.*

De nouveau étourdi, il lui semble qu'il recommence à se réveiller et, une deuxième fois, pendant quelques secondes, il ne sait ni qui il est ni où il se trouve. Où suis-je si ce n'est dans une chaumière russe, très près du front de Leningrad à l'automne mille neuf cent quarante-deux. Je ne porte pas l'uniforme d'hiver allemand mais un pyjama léger, je ne palpe pas le tissu rude d'une couverture militaire, je ne sens pas l'odeur du fumier ni celle de la paillasse pourrie où je me suis écroulé, mort de fatigue, il y a quelques heures, où je viens de me réveiller parce que j'ai entendu les bruits discrets des partisans qui sont venus pour me tuer.

Maintenant oui, il éprouve de la panique, non pas d'être tué mais de se trouver égaré dans sa mémoire incertaine et dans le désordre du temps. De la panique et surtout un vertige, parce que, en un instant, sa conscience fait un saut de plus d'un demi-siècle, d'un continent tout entier. Il a la tentation d'étendre la main vers la table de nuit et d'allumer la lampe, mais il préfère rester immobile, recroquevillé, comme pendant cette nuit d'il y a cinquante-sept ans, toute sa vie qui repasse comme en un éclair, pendant cette minute où l'on s'assoupit puis qu'on se réveille soudain quand la tête tombe. Il prête attention aux bruits qui vont dilater son insomnie, le tic-tac du réveil, le bruit de moteur très lointain du frigo, la circulation nocturne et apaisée de Madrid. Il voit celui qu'il a été comme s'il regardait quelqu'un d'autre, plusieurs autres successifs. Il se regarde du dehors avec curiosité et avec une certaine tendresse, mais aussi avec une secrète satisfaction à découvrir qu'il n'était pas un lâche, avec l'étonnement d'avoir survécu là où tant d'autres sont morts. Mais il sait aussi que son absence de peur, comme son absence d'envie, n'est pas du tout méritoire, que c'est plutôt un trait de caractère. Il voit l'adolescent qui se passionnait pour la philosophie, pour la littérature et la langue allemande dans un lycée populaire de Madrid, le jeune homme qu'il n'est pas devenu à temps pour combattre pendant la guerre civile espagnole et qui s'est enrôlé pour partir en Russie dans un élan de romantisme téméraire et vénéneux. Il se voit sautant dans une tranchée à la tête d'une section, tirant au pistolet et criant des ordres tandis qu'il se sent invulnérable. Il voit venir vers lui, surgissant du brouillard, un peloton de cavaliers russes, sabres brandis.

Mais de toutes ces identités successives, la plus étrange, la plus irréelle de toutes est celle qu'il vient de découvrir, cette nuit, tout juste réveillé d'un souvenir aussi vivant qu'un rêve. Qui est l'homme de quatre-vingts ans qui bouge maladroitement dans son lit, qui sait qu'il va rester éveillé jusqu'au lever du jour, voyant des visages de morts et des lieux qui n'existent pas, la femme russe et l'enfant aux cheveux blancs qui se cache dans les plis de sa jupe en haillons, les flammes de l'incendie qu'il n'a pas vu resplendir dans la plaine dévastée par la boue, le visage sans lunettes du professeur fusillé. Il ne désire que somnoler, et que pendant quelques minutes, ou quelques secondes, maintenant se transforme de nouveau en autrefois.

Valdemún

En sortant du dernier virage de la route, tu verras soudain toutes les choses qu'elle n'a pas revues, peut-être les dernières dont elle s'est souvenue, qu'elle a regrettées pendant qu'elle agonisait dans son lit d'hôpital, emprisonnée entre des appareils et des tuyaux, dans une chambre où l'air était brûlant, dans la chaleur du mois de juillet et où le tissu fin de sa chemise de nuit de malade collait à la transpiration de son dos. Elle avait toujours soif et murmurait quelque chose en remuant ses lèvres crevassées que tu humidifiais avec un mouchoir trempé d'eau, et elle s'imaginait ou se rêvait elle-même assise au bord de la rivière à l'ombre des grands arbres bercés par une brise aussi fraîche que le courant, que l'eau limpide et vive où elle plongeait ses pieds nus par un matin de printemps de sa première jeunesse. Des rigoles opulentes couraient, sinueuses, sous les ombrages, l'eau bruissant, cachée sous les épaisseurs des ronces et des osiers, luisant au soleil de ses écailles dorées, et les cailloux nets du fond brillant comme des pierres précieuses, et dans les bras morts le frai à la consistance légère d'éponge qui frôlait les pieds avec la même légèreté que l'eau et que le limon, et la protubérance imperceptible pour les yeux non exercés de la tête à demi immergée des grenouilles. Elle avalait sa salive et sa gorge la brûlait, et sa bouche était de nouveau sèche, la langue rêche frôlant la sécheresse des lèvres que tu n'allais pas humidifier parce que tu t'étais endormie, vaincue par la fatigue de tant de nuits sans sommeil, à l'hôpital maintenant mais auparavant à la maison, quand elle était sortie après un premier séjour et qu'on pensait qu'elle pouvait se remettre, qu'il y aurait pour elle un retour à la normale, même fragile et inattendu. Mais alors déjà, quand elle était rentrée chez elle, elle avait remarqué qu'elle appartenait à l'hôpital, qu'en quelques jours elle était devenue étrangère aux choses qui jusque peu de temps auparavant avaient été le cadre de sa vie. Elle circulait de manière bizarre dans la cuisine ou dans le salon, pâle dans sa chemise de nuit de malade, comme si elle n'arrivait pas à trouver son chemin ou s'égarait dans le couloir, ou devant une armoire ouverte, cherchant quelque chose qu'elle ne savait plus où trouver, essayant sans succès de renouer avec les habitudes domestiques de quand elle était encore en bonne santé, avec les tâches les plus simples, préparer un goûter au milieu de l'après-midi ou changer des draps.

Elle était bientôt retournée à l'hôpital et on avait l'impression, quand on lui rendait visite, que maintenant c'était sa place. Son état s'était aggravé et son cœur était plus faible que jamais mais son visage, si décoloré sur le blanc sanitaire des oreillers, avait pris une expression de sérénité ou d'hésitation, et elle avait cessé de demander quand elle sortirait. La nuit elle délirait de soif, ou de fièvre, ou à cause de l'effet bizarre des tranquillisants et des piqûres qu'on lui faisait pour calmer son cœur détraqué, et elle s'imaginait ou rêvait qu'elle était penchée au-dessus de l'eau rapide et transparente de la rivière, qu'elle y plongeait ses mains creusées comme pour tenir un récipient puis qu'elle les levait dégoulinantes d'eau brillante dans la transparence des arbres. Mais à peine l'eau lui effleurait-elle les lèvres qu'elle s'était échappée entre ses doigts et elle continuait de mourir de soif, et une part d'elle-même qui n'avait pas sombré dans l'inconscience comprenait avec une lucidité désolée et un assentiment progressif que jamais elle ne reverrait les maisons échelonnées sur le versant, ni dans la vallée les vergers et les jardins où l'on entendait toujours l'eau dans les rigoles et la brise à la cime des arbres, entre les branches flexibles des osiers et des saules. Elle s'agitait dans son lit, parmi des tuyaux attachés et des courroies, elle gémissait entre le sommeil et la veille et alors tu te redressais d'un coup dans le fauteuil de similicuir, avec un sursaut d'angoisse et de remords de t'être endormie, risquant de ne pas entendre si elle te demandait quelque chose ou, pis encore, qu'elle meure à côté de toi, qu'elle parte tout à fait sans que tu t'en rendes compte.

Tu verras exactement, en un point précis du trajet, cette même chose que tu voyais dans ton enfance en arrivant chaque année pour les vacances d'été, et ce qu'elle voyait avant que tu sois née quand ses yeux commençaient à s'ouvrir sur le monde, des yeux semblables aux tiens, préservés dans ton visage après sa mort, comme une partie de son code génétique se trouve préservée et chiffrée dans chaque cellule de ton corps. Même si tu l'oubliais, cette partie d'elle continuerait d'exister. Même morte depuis vingt ans elle continue de regarder à travers tes yeux ce que tu découvriras avec un choc d'espoir et de douleur lorsque la voiture sortira du dernier virage et que se déploiera devant toi le paysage qui avait été un paradis non seulement alors que tu l'avais perdu, mais dans un présent où tu en profitais avec une rare clairvoyance enfantine, sans que tu aies alors pensé que se répétaient en toi les sensations d'enfance de ta mère, comme se répétaient sur ton visage la forme et la couleur de ses yeux ou le mouvement de douceur et de mélancolie de son sourire. La vallée verte et fertile de la rivière, épaissie de jardins, de grenadiers, de figuiers, traversée de sentiers de terre poreuse sous l'ombre concave des arbres, peupliers, trembles, hêtres, saules, osiers, une végétation gorgée d'eau, nourrie par une terre si gravide de fertilité qu'elle accueillait les pieds des hommes avec une délicatesse unique, cédant un peu sous le poids de leur corps, comme si elle l'accueillait avec une salutation aussi hospitalière que celle de la brise de la rivière, du murmure de l'eau et des feuilles d'arbres.

C'est là que je veux être enterrée. Elle te le disait, te rappelleras-tu : quand je serai morte, je ne veux pas rester seule entourée d'inconnus dans un cimetière aussi grand qu'une ville. Ça m'est égal d'être morte mais je ne veux pas être enterrée ici, là où je vais mourir et où personne ne me connaît, dans un cimetière où il n'y aura que des noms d'étrangers, comme si je vivais à nouveau dans un de ces immeubles où j'ai été une étrangère pour tout le monde, comme dans tous les lieux où j'ai vécu et où j'aurais aussi pu mourir, une étrangère, enfermée chez moi, attendant le retour de mes enfants au cours de l'après-midi et celui de mon mari à la nuit tombée, taciturne ou bavard, tirant vanité de son travail ou disant du mal des gens de son bureau, supérieurs ou subordonnés, noms que j'entends, auxquels je m'habitue puis que je cesse d'entendre et que j'oublie comme je m'habitue à de nouvelles villes où nous amène son travail et dans lesquelles je n'ai jamais le temps de m'installer vraiment, jamais je n'ai ce que je désirerais le plus, des objets à moi, des meubles que j'aurais choisis, des habitudes, c'est ce qui me manque le plus, ce que je regrettais le plus lorsque je ne me sentais pas encore exclue du monde des vivants, m'installer doucement dans le passage du temps, m'habituer à une maison et à une ville où je sentirais que je suis stabilisée, occupant une place assurée dans le monde comme lorsque j'étais enfant ou jeune fille et que j'étais au village, et bien que j'aie toujours eu la tête fantasque et que je me sois imaginé des voyages et des aventures, je jouissais pourtant de la sécurité de ma maison, de mes frère et sœur, de la présence de mon père, du bonheur de me mettre à la fenêtre de ma chambre et de voir la vallée avec ses jardins et ses versants où fleurissaient les amandiers et les pommiers et, par-dessus, le sommet pelé des montagnes, de cette couleur de terre, la même que celle des maisons qui sont sur le chemin du cimetière où je désire être enterrée.

J'étais triste de quitter la vie aussi tôt et de ne pas voir grandir mes enfants, de ne pas m'installer une fois encore avec ma sœur pour nous rappeler et nous raconter des choses dans la grande cuisine qui donne sur le jardin et sur la vallée des jardins, sur les versants aux pommiers. Cela me fait de la peine et c'est plus de la tristesse que de la peur que je ressens, mais il y a aussi quelque chose sur quoi je ne comptais pas, un très grand désir de me reposer des mauvaises nuits d'angoisse, des médicaments, des crises soudaines, des voyages en ambulance, des chambres d'hôpital, des tuyaux et des appareils qui m'entourent. Avant, j'imaginais que tout cela se terminerait un jour ou l'autre et que je pourrais guérir, mais aujourd'hui je sais que non, même si tout le monde me dit que je vais aller mieux, qu'on a découvert un nouveau traitement, maintenant je sais bien que le temps qui me reste sera exactement comme celui-ci, ou peut-être pire, bien pire, à mesure que mon cœur va s'affaiblir. Ce qui autrefois était l'espoir de guérir est maintenant un très puissant désir de repos et de soulagement, comme lorsque dans ma jeunesse j'avais beaucoup de sommeil en retard et que je me mettais au lit la tête couverte par la courtepointe et que je serrais les paupières pour m'endormir au plus vite. Je me cachais la tête et je me couvrais la bouche pour contenir le rire qui éclatait soudain comme l'eau de la fontaine quand on pressait avec force le bouton de cuivre ou de bronze et que l'eau résonnait à l'intérieur de la cruche, fraîche et profonde comme la bouche d'un puits, il y a tant d'années, quand il n'y avait pas encore l'eau courante dans les maisons et que nous, les femmes, allions la chercher avec nos cruches à cette fontaine, en haut de la côte, toujours entourée de guêpes. Ma sœur se plaignait de ce que, comme elle n'avait pas de hanches, la cruche pleine lui glissait sur le côté. Si seulement l'eau de l'été pouvait maintenant humidifier mes lèvres sèches et crevassées, l'eau perlant sur le ventre frais de la cruche, qui pourrait tenir cette fraîcheur contre la joue, entrer dans le vestibule de ma maison et percevoir dans l'ombre l'humidité et la respiration des pores de la terre cuite ? Voici tout ce que je veux, la seule chose que je désire maintenant, m'endormir, partir en me perdant dans le sommeil comme lorsqu'on me fait prendre un tranquillisant, ou mieux encore quand on me l'injecte et que je ressens presque sa progression dans le flot de mon sang, son effet apaisant tout au long de mon corps. Les choses s'effacent, les visages qui se penchent sur moi, les voix aimées se défont, se perdent au loin, et en vérité il me faut un effort de volonté chaque fois plus grand pour ne pas me laisser partir moi aussi, aussi doucement que descendent mes paupières sur mes yeux quand je m'endors. La voix de mes deux filles, leurs visages si semblables et si différents, les visages et les voix qui se confondent en une même sensation de tendresse et de séparation, les mains qui serrent les miennes, qui cherchent discrètement mon pouls quand je reste aussi immobile que si j'étais morte, que si je m'en étais allée. Je peux savoir quelle sera la vie de ma fille aînée, comme je sais que le visage qu'elle a maintenant est celui qu'elle continuera d'avoir jusqu'à sa maturité, quand elle aura accompli autant d'années que j'en ai, ce nombre qui ne changera plus, lorsqu'elle pensera, c'est bizarre j'ai maintenant l'âge auquel ma mère est morte, et qu'elle se demandera comment j'aurais été dans ce temps futur. Ma fille aînée terminera ses études, celles qu'elle voulait déjà entreprendre quand elle préparait son baccalauréat, elle deviendra professeur, elle se mariera avec son fiancé, elle continuera la route qu'elle semble s'être tracée elle-même quand elle était enfant et dont elle ne s'est jamais écartée. Mais que va-t-il se passer pour la petite, car elle n'a même pas seize ans et elle est encore comme étonnée et reconnaissante devant la diversité du monde, devant la richesse et la confusion de son imagination et de ses désirs, et un jour il semble qu'elle voudrait devenir une chose et le lendemain son contraire, et elle regarde tout et s'arrête sur quelque chose qui soudain lui plaît et elle ne s'intéresse plus à rien d'autre, et elle n'a ni hâte ni besoin de rien, ni de devenir adulte, ni de faire des études, ni d'avoir un fiancé et de se marier. Elle vit comme si elle flottait encore, tellement légère que n'importe quel courant l'emporte, comme je vivais moi-même quand j'avais son âge, naviguant entre les rêves des films et ceux des romans que je lisais en cachette de mon père, imaginant chaque jour pour moi un avenir différent, des villes et des pays où je voyagerais, sans m'empoisonner dans l'enfermement du village mais profitant en même temps de la maison très chère que je ne reverrai pas, des sentiers dans la campagne et de l'eau des rigoles, de la joie de mes amies les dimanches après-midi, les soirs de bal en été, protégée par la bonté de mon père et la tendresse de ma sœur qui elle vivra du moins plus longtemps que moi, qui continuera de s'occuper de mes filles quand je serai morte, elle qui n'a jamais eu de mari et pas même de fiancé, qui avait les hanches si étroites qu'elle ne pouvait pas y appuyer le ventre de la cruche lorsque nous revenions de la fontaine.

Tu essaieras en vain de te rappeler le timbre de sa voix qui a cessé depuis des années de te visiter en rêve ; tu éprouveras à nouveau la sensation que tu devines les mots qu'elle aurait pensés, qu'elle continue de te dire à l'intérieur de ta conscience les choses qu'elle aurait voulu que tu saches et qu'elle n'a pas eu le temps de te raconter, les avertissements qui t'auraient été utiles, qui t'auraient peut-être aidé à ne pas commettre certaines erreurs. Ou peut-être a-t-elle continué de te protéger et de te guider sans que tu t'en aperçoives, présente et invisible dans ta vie comme les âmes pour lesquelles ta tante allumait des veilleuses qui flottaient dans des bols d'huile sur les buffets et les tables de nuit, donnant aux ombres un tremblement de présences fantomatiques. Peut-être est-elle revenue vers toi dans des rêves dont tu ne te souvenais pas au réveil, peut-être t'a-t-elle dit des choses qui t'ont épargné les pires possibilités de ta vie, celles où tant de ceux de ta génération se sont perdus, voisins du quartier et camarades d'adolescence qui ont fini comme des morts vivants, qui sont restés gelés avec une aiguille dans le bras et les yeux grands ouverts, vieillis et anéantis par la mort dans ce qui aurait dû être le meilleur temps de leur jeunesse. Tu aurais pu avoir un sort comparable à celui de ta cousine qui elle aussi t'a visitée après sa mort dans quelques-uns de tes rêves, qui partageait avec toi au village les étés de ton enfance et qui était presque semblable à toi quand ta mère est morte, serrées l'une dans les bras de l'autre lors de son enterrement, mais elle était toujours plus délurée, plus téméraire en tout, que ce soit pour les jeux d'enfants ou pour les tentatives sexuelles avec vos premiers fiancés, pour l'excitation de la vitesse sur une moto ou pour le vertige d'un joint de haschisch, et plus tard pour des choses plus osées et dangereuses où toi aussi tu aurais pu verser, même si elles provoquaient chez toi une grande panique lorsque tu t'apercevais de son inquiétude sans motif visible et de l'éclat d'angoisse qui avait commencé d'habiter sans cesse son regard.

Tu verras la vallée avec sa verdeur d'oasis et au-dessus d'elle le versant où s'accrochent les maisons le long des rues en pente, construites sur des soutènements verticaux ou sur des rochers où s'agrippent du lierre et des ronces et d'où jaillissent des figuiers fous. C'est par là que tu grimpais avec ta cousine, toujours derrière elle, à la fois effrayée et aiguillonnée par sa vaillance, et vous vous retrouviez toutes deux en sueur, haletantes, les genoux aussi écorchés que ceux des garçons. Tu entendras avant d'arriver le bruit de l'eau qui descend, cachée dans les rigoles, et tu chercheras tout de suite de ton regard anxieux l'alignement de cyprès qui marque le chemin vers le sommet dépouillé de la hauteur, et qui s'achève aux murs fauves du cimetière qui ont la même couleur âpre que cette terre nue, soudain désertique, à si peu de distance de l'eau et de la verdeur de la vallée : désert et oasis, les sommets crevassés par des torrents à sec colorés d'un rouge d'oxyde, les maisons les plus perchées déjà contaminées par cette même sécheresse, toutes abandonnées depuis longtemps, avec leurs fenêtres sans volets ni vitres et leurs toitures écroulées, leurs murs couleur de glaise, comme des ruines de pisé dans un désert qui retournent à leur origine première de terre ou de sable. Là-haut, tout en haut, au-dessus des derniers amandiers et des maisons en ruine, à la fin du chemin sinueux qu'indiquent les cyprès et près duquel, la nuit, s'allument de rares lumières, c'est là que je veux que vous m'enterriez, avec ceux de ma famille et mes voisins de toujours, parmi les noms que j'ai entendus dans mon enfance, dans le cimetière si petit que nous nous y connaissons tous et où l'on domine les versants de la vallée et les maisons escarpées du village d'une vue si dégagée qu'on est pris de vertige.

Tu reviendras et, bien avant que le nom que tu aimais tellement dans ton enfance apparaisse sur un écriteau au bord de la route, tu auras déjà été bouleversée, hypnotisée par ce retour qui te transportera vers le passé à une vitesse plus grande encore que celle de la voiture sur les tronçons plats et rectilignes de l'autoroute, encore proche de Madrid, de ta vie présente, à plusieurs heures et des centaines de kilomètres de l'arrivée, mais déjà concentrée tout entière vers elle, ton visage changeant d'expression sans que tu t'en rendes compte, ressemblant à celle que tu étais à quatre ou cinq ans, à l'âge de tes premiers souvenirs de ce voyage, et aussi à celle que tu étais quand tu avais dix-sept ans et que ta mère est morte. Elle t'a serré la main sur le drap froissé et en désordre de son lit d'hôpital et elle t'a dit quelque chose que tu n'as pas compris et qui en réalité est à peine sorti de ses lèvres, et sa main humide a doucement lâché la tienne, avec une espèce de délicatesse, et ce n'était plus tout à fait la main connue et tant de fois caressée de ta mère, serrée au long de tant de nuits d'insomnie et d'agonie, mais la main abstraite d'une morte, dont le contact était déjà inerte et neutre quand tu y as posé ton visage ravagé par l'épuisement et les larmes, l'appelant une dernière fois, te refusant à admettre qu'elle s'en soit allée sans prévenir, en quelques secondes, comme quelqu'un qui essaie de partir avec discrétion pour épargner à ceux qui restent le chagrin d'un long adieu.

Je suis toujours aux aguets, je t'observe. Je conduis et je me tourne un instant vers toi, découvrant sur ton visage la nouvelle expression qu'y installe progressivement le voyage, et ainsi je découvre un peu comment tu étais longtemps avant que je te connaisse, je me consacre à une archéologie secrète de ton visage et de ton âme. Je t'ai passé le téléphone qui avait sonné à je ne sais quelle heure, presque au milieu de la nuit, et pendant que tu écoutais ce que quelqu'un te disait et que tu acquiesçais, ton visage n'était déjà plus le même que quelques minutes plus tôt, que pendant n'importe laquelle des années que j'ai vécues avec toi.

Ta vie passée est un pays dont tu m'as raconté beaucoup de choses, mais que jamais je ne pourrai visiter. Le passé, les vies précédentes, les lieux dont tu es partie pour ne plus y revenir, les photos des vacances d'été. La sonnerie du téléphone a brisé le silence, le calme intact de la maison, et quand tu as raccroché après avoir écouté et acquiescé et avoir posé des questions à voix basse, le temps ancien a fait irruption dans ta vie actuelle, dans la mienne, et il nous a enveloppés tous les deux, sans que je le sache encore, dans sa brume de douceur et d'éloignement, de perte et de remords. Tu te rappelles, la sœur de ma mère, qui s'est tant occupée de nous quand celle-ci est morte, elle est maintenant en train de mourir d'un cancer, il ne lui reste plus une semaine à vivre, quelques jours me dit mon cousin médecin, le frère de ma cousine qui est morte si jeune.

Tu remercieras la douleur parce qu'elle te justifie en partie face au remords d'avoir laissé passer un temps si long sans aller la voir, sans te souvenir à peine d'elle. Toi, il te suffisait de savoir que tu l'aimais, qu'elle avait été pendant beaucoup d'années la seule présence chaleureuse et solide dans ta vie, ta mère par délégation ou l'ombre de ta mère, à qui elle ressemblait beaucoup même si elle n'avait pas trace de son charme, une version antérieure et plus rude de sa petite sœur. Tu n'avais pas besoin d'aller la voir, pas même de l'appeler, parce qu'elle t'accompagnait de manière aussi profonde que le souvenir de ta mère, mais tu ne pensais pas qu'elle ne recevait aucun signe visible de cet amour qui te liait si fort à elle mais qui restait caché autant qu'enraciné en toi. Tu t'apercevras trop tard que tu n'as rien fait pour l'accompagner dans les derniers moments amers de sa vie solitaire, dans la maison si grande où personne n'allait plus passer l'été. Il y avait toujours autre chose à faire dans l'agitation de ta vie, des créanciers plus exigeants. Il semblait qu'elle serait toujours là dans la même attitude, comme elle demeurait dans la même maison aussi immuable qu'elle, toujours aussi prête à te recevoir avec la même fidélité, même après un très long temps passé. Elle, la maison, le village appartenaient à un royaume intangible, qui n'était affecté ni par l'oubli, ni par le passage du temps, ni même par tes longues absences. Si tu distrayais un jour, une heure, aux exigences trépidantes de ton travail, un malheur pouvait t'arriver ; si tu cessais pendant quelque temps de voir un ami, tu avais peur de l'avoir perdu ; ni dans l'amour ni dans le soin de toi-même tu ne laissais rien au hasard pas plus que tu ne t'installais dans l'habitude, de sorte que dans presque toutes tes actions, tes sentiments et tes désirs, il courait un fil d'inquiétude qui tournait facilement à l'angoisse. Tu étais restée si dépouillée de tout à la mort de ta mère, quand l'ordonnance de ta maison s'était rompue d'un jour à l'autre, que tu ne pouvais plus avoir confiance dans la permanence des choses, et tu ne profitais de ce que tu avais qu'avec le remords lié au provisoire et à ce qui sera assurément perdu, et quand tu obtenais quelque chose, un travail, une amitié, un logis, tu n'arrivais pas à croire que cela t'appartenait vraiment ou que tu avais le droit de le posséder calmement. C'est pour cela que tu te livrais toujours au désir avec la véhémence de la première et de la dernière fois, et si tu aimais décorer les lieux où tu vivais d'objets très choisis, tu y laissais aussi de grands espaces vides, de sorte que n'importe où que tu te trouves, il semblait que tu y avais toujours vécu – à cause de la présence choisie des choses et de leur relation intime avec toi – mais aussi que tu venais d'y arriver ou que tu allais en partir n'importe quand. En toi et en tout ce qui aurait à voir avec toi, on devinait l'intention certaine de ce qui est soigneusement choisi et la consistance fragile de ce qui peut se briser ou se perdre, de ce qui est le fruit des conjonctions du hasard.

Seul le passé lointain restait toujours solide, ce pays étranger et bien antérieur à mon arrivée dont tu me parlais tant et où je n'aurais jamais pu aller avec toi parce qu'il se trouvait non pas sur un point inaccessible de la carte mais dans une région interdite du temps, et les trois syllabes mauresques de son nom ne décrivaient pas un lieu, elles ne faisaient que formuler un exorcisme qui n'avait pas de résonance dans ma mémoire bien qu'il fût la substance même de la tienne: mais il a suffi de la sonnerie d'un téléphone à minuit pour que la hâte et la mort et la culpabilité envahissent ce royaume immobile, et tu te rends compte à présent que chaque jour, chaque heure, chaque minute le menace, et tu regardes de biais le compteur de vitesse et la montre du tableau de bord, et tu calcules combien de kilomètres encore, les jours ou les heures de vie qui restent à ta tante, que tu n'as pas vue ces dernières années, que tu imaginais aussi protégée de la vieillesse et de la mort que sur cette photo de jeunesse en noir et blanc où elle est en vêtements d'été, au bras de ta mère, toutes deux si ressemblantes et pourtant l'une d'elles bien tournée et séduisante et l'autre non, riant toutes deux, ignorantes d'un avenir où pour elles ni la maladie ni la mort n'existent et où ni toi ni moi ne sommes même des possibilités.

À mesure que le voyage avance, les noms de la route évoquent des lieux de ton enfance et l'espace se transmue en temps, se projette dans deux dimensions simultanées, le présent impérieux d'arriver au plus vite, et le passé retrouvé et statique contenu dans les noms des panneaux kilométriques, dans le souvenir vif et précis d'autres voyages.

À regarder par la vitre et à reconnaître les paysages que tu avais vus dans ton enfance, tes yeux retrouvent sans que tu t'en rendes compte le regard d'alors. C'est le début des vacances d'été, l'excitation et l'impatience d'arriver sont beaucoup plus fortes que la fatigue de toutes les heures de voiture, chaque nom au bord de la route et les chiffres de chaque borne sont une promesse qui se répète d'année en année et qui pourtant ne perd pas son contenu évident et absolu de bonheur. Tu ne te rappelles pas la succession des étés, même si tu es capable de les organiser en fonction des événements de ton enfance et de ton adolescence, qui soudain s'achèvent par un jour irrespirable de juillet dans une chambre d'hôpital, devant le visage de cire d'une femme qui venait de mourir et qui pourtant cessait déjà de ressembler à ta mère. Dans ta mémoire des choses lointaines, tous les étés se résument en un seul été, vaste et serein comme l'écoulement d'un grand fleuve, et tous les voyages étaient des variations sur une même expérience d'approche du paradis. Assise à l'avant, dans les souvenirs les plus anciens, sur les genoux de ta mère, regardant la route et t'endormant peu à peu, regardant le profil de ton père qui conduisait et fumait, ou bien te retournant vers tes frère et sœur qui se disputaient sur la banquette arrière et qui sans doute te gardaient un peu de rancune parce que tu étais la petite et que tu étais dans les bras de ta mère, qui était encore très jeune et n'était pas malade, ou qui ne le savait pas encore, ou qui du moins faisait le nécessaire pour que ni tes frère et sœur ni toi ne l'apprennent. Mais déjà peut-être, tandis qu'elle te tenait dans ses bras, distraite, était-elle attentive aux battements laborieux de son cœur dans sa poitrine, pensant qu'elle allait mourir et qu'elle ne te verrait pas adulte, qu'elle ne saurait pas ce qui adviendrait de toi, ou bien que ce voyage d'été vers le village où elle était née pouvait être pour elle le dernier. Quand la voiture sortirait du dernier virage, en même temps que tu découvrais le paradis des jardins irrigués dans la vallée et les maisons échelonnées sur son versant, elle lèverait les yeux vers la hauteur désertique et rouge où se trouve le cimetière et penserait, c'est là que je veux être enterrée avec les gens que j'aime et qui me connaissent, pas dans un de ces cimetières de Madrid, pleins de morts anonymes.

Tu verras enfin le nom, à l'entrée du village, éclairé par les phares de la voiture, et tu ressentiras alors tout l'écœurement et la fatigue du voyage, mais à peine une lueur de ce bonheur ancien d'arriver. C'est l'hiver et il fait nuit noire et même si de loin les lumières t'ont donné l'impression que tout était intact, tu découvres peu à peu que les choses ne te sont plus exactement familières, que maintenant la chaussée est cimentée, que tu te rappelais empierrée avec des touffes d'herbe dans les interstices entre les galets ronds, qu'il y a des constructions inconnues et envahissantes qui défigurent des croisements et bouchent des perspectives, que la boutique où ta mère et ta tante t'envoyaient, enfant, faire des achats pour la maison est fermée et décrépite, là où tu t'achetais des petits pains et des friandises, des sodas et des polos en été. Ma cousine était plus délurée que moi et dès qu'elle le pouvait, elle volait à sa mère quelques pièces dans son porte-monnaie et m'emmenait acheter des glaces et des tablettes de chocolat. Moi, j'observe avec beaucoup d'attention, je regarde ce que tu me montres et l'expression de ton visage tandis que par une rue en pente nous nous approchons de la maison où agonise ta tante, mais je suis conscient de ne pas voir la même chose que toi, les fantômes qui t'ont accueillie à peine arrivée et qui maintenant t'escortent ou te harcèlent tandis que nous montons une côte dallée de ciment, dans une rue peu éclairée et où beaucoup de maisons sont fermées.

Maintenant nous arrivons : la maison, en haut de la côte où tu parvenais haletante d'excitation, montant la rue en courant pour devancer tes frères, poussant de tes deux mains d'enfant le grand vantail de la porte qu'on ne fermait que le soir, à l'heure de se coucher. Maintenant aussi, la porte est entrouverte et il y a de la lumière à toutes les fenêtres, lumières qui dans l'obscurité de l'hiver suggèrent une nuit de veille et d'inquiétude. Tu pousseras la porte, craignant d'être arrivée trop tard et, pour un moment, il te semblera découvrir des expressions de reproche sur les visages fatigués qui se tournent pour t'accueillir, visages aussi vieillis que si une même maladie les avait ravagés. J'écoute des noms, je donne des baisers, je serre des mains, j'échange des paroles à voix basse, je suis l'inconnu qu'ils acceptent comme l'un des leurs parce que j'arrive avec toi, et puisque je fais partie de ta vie, j'appartiens aussi à ce lieu, au chagrin épuisé de ceux qui ont passé plusieurs nuits à veiller une malade et à faire par avance leur deuil. Il y a un garçon de onze ou douze ans, un homme jeune qui doit être son père et qui me serre la main avec une vigueur très chaleureuse en signe de bienvenue et d'amitié. C'est mon cousin, le médecin. T'avoir accompagnée ici me relie à toi d'une nouvelle manière, non pas seulement à l'identité isolée de la femme adulte que j'ai connue il n'y a pas tant d'années, mais à toute la durée de ta vie et aux visages et aux lieux de ton enfance, et aussi à tes défunts dont cette maison où nous venons d'arriver est comme le sanctuaire : il y a une grande photo de ta mère, une autre de tes grands-parents maternels, lointains et solennels comme sur un bas-relief funéraire étrusque, et sur l'antique téléviseur, qui est probablement celui même où, enfant, tu regardais des dessins animés, se trouve le visage souriant de ta cousine, une photo en couleurs.

Il me plaît de n'être ici que ton ombre, celui qui est venu avec toi : mon mari dis-tu en me présentant, et je prends conscience de la valeur de ce mot qui est mon sauf-conduit dans cette maison, parmi ces personnes qui t'ont connue et t'ont donné leur affection longtemps avant que je ne te rencontre, et à voir la manière dont elles te traitent, la familiarité qu'elles établissent immédiatement avec toi malgré le temps qui s'est écoulé depuis la dernière fois que tu es venue, mon amour pour toi s'agrandit pour englober cette dimension de ton expérience, de tes lieux de tendresse et de souvenir, vaisseaux capillaires qui me concernent aussi et me nourrissent, m'agrègent à ce passé qui jusque-là ne m'appartenait pas, à ces photos de défunts inconnus qui t'attendaient avec la même fidélité que les meubles vieillis et les murs chaulés des pièces. Que tout cela est vieux, dois-tu penser avec douleur, avec de nouveau un pincement de remords d'avoir tant tardé, d'avoir vécu dans une maison beaucoup plus confortable que celle où ta tante a passé les dernières années de sa vie, avec un téléviseur qui est celui devant lequel tu aimais à te vautrer sur le canapé pour regarder des dessins animés, avec un brasero électrique sous la couverture qui entoure la table plus un radiateur supplémentaire qui n'arrivent pas à dissiper complètement la sensation de froid qui monte du carrelage comme si elle en suintait, les mêmes carreaux qu'autrefois mais un peu plus abîmés, certains d'entre eux descellés, sonnant creux sous les pas : tout cela très vieux, pas ancien, soudain dépouillé de la beauté trompeuse dont le paraient les souvenirs, les chaises garnies de plastique qui étaient une nouveauté quand tu étais enfant, le canapé marron en similicuir, l'Immaculée Conception en plâtre avec son visage pâle et fin et sa cape bleu clair. Qu'est-ce que tout cela va devenir à partir de demain, après l'enterrement, quand on fermera la maison où plus personne ne vivra, trop inconfortable pour être habitée et trop chère à rénover. Il faudrait la jeter tout entière, dit quelqu'un à côté de moi, un de tes parents, sur le ton dont on parle des choses banales pour se distraire de l'ennui d'une veillée funèbre, elle va rester fermée et elle va tomber peu à peu en ruine, comme toutes les maisons inhabitées du village.

Il y a dans la maison un air d'attente insomniaque et fatiguée, l'attente de la lente venue de la mort qui s'approche derrière une porte entrouverte, celle qui sépare la salle de séjour de la chambre de cette femme qui agonise, endormie pour l'instant nous dit l'homme aux cheveux blancs et à l'expression perdue qui est le frère de ta mère et de ta tante, le père du médecin, celui aussi de ta cousine morte dont parfois il regarde longuement la photo dans la monotonie de l'attente, une fille jeune et très séduisante, aux yeux verts et aux cheveux bouclés, brillants, châtains, qui a quelque chose de toi dans les traits, peut-être dans son menton accentué et son grand sourire, le ton cannelle de sa peau. La salle de séjour est une salle d'attente de la mort et moi j'y suis un espion, espion de ce que tu fais, que tu regardes et que tu dis, et peut-être de ce que tu ressens, proche de moi, qui me serres une main sur le canapé, et lointaine en même temps, presque inconnue, perdue dans ce qu'évoque ce lieu, dans chacune des choses que je vois pour la première fois et qui pour toi sont les reliques de ton enfance, parlant à voix basse avec ces personnes qui t'ont connue depuis ta naissance et sur lesquelles tu perçois vraiment le passage du temps dans toute sa crudité, le temps de leurs vies et celui de la tienne.

Ceux qui étaient des jeunes adultes quand nous étions enfants, nous n'arrivons pas à les voir tout à fait comme ils sont, nous superposons à leurs cheveux blancs et à leurs rides d'aujourd'hui l'éclat lointain qu'ils avaient à nos yeux d'enfants. Dans le vieil homme qui m'a embrassé en me saluant comme s'il me connaissait depuis toujours, tu continues de voir, derrière les injures de l'âge, le visage jeune et énergique de ton oncle, qui ressemblait tant à ses sœurs, ta mère et ta tante moribonde, le frère le plus jeune qui sera maintenant le seul survivant, dont les cheveux ont peut-être été blanchis avant l'âge à cause de la mort de sa fille, qui lui aura donné cet air de chagrin et de deuil avec lequel il attend cette nouvelle arrivée de la mort, assis tout près de la porte de la chambre, cherchant à entendre si sa sœur se réveille de son sommeil de morphine, au moins un temps suffisant pour savoir que tu es arrivée, pour te voir une dernière fois. Elle a passé la journée à demander de tes nouvelles, si tu avais appelé, si tu étais vraiment en route.

Maintenant, le médecin qui était auprès d'elle apparaît sur le seuil et te fait signe d'entrer. Il se penche un peu pour te dire à voix basse qu'elle s'est réveillée et qu'elle vient de te demander. Je reste à demi redressé, incertain, lâchement apeuré par l'agonie à laquelle je vais assister si je passe cette porte, mais tu m'entraînes avec toi en me serrant très fort la main et ton oncle m'encourage à te suivre, posant sur mon épaule sa grande main affable. Avec le même tressaillement, non pas de douleur mais d'inacceptable étonnement que tu avais eu vingt ans plus tôt en écartant le rideau de plastique qui entourait le lit où ta mère venait de mourir, tu entreras dans la chambre plongée dans la pénombre qui sent lourdement la vieillesse, la maladie, les médicaments, mais aussi le froid des hivers anciens, et quelque chose d'acide et de malsain qui doit être la transpiration de la mort, les dernières sécrétions, les dernières bouffées d'air de ce corps couché dans le lit sous les couvertures à peine marquées par sa présence, recroquevillé dans une attitude fœtale, étrangement réduit de volume. Ton oncle se penche sur elle, écarte les cheveux de son visage et lui caresse les joues d'un geste tendre et qui semble beaucoup plus jeune que lui : peut-être caressait-il ainsi le visage de sa fille au berceau. Regarde qui est arrivé de Madrid, murmure-t-il, après, tu ne diras pas qu'on te racontait des histoires.

C'est à peine si les paupières sans cils se lèvent mais il y a un éclat sur ses yeux, dans la pénombre, et une crispation, presque un sourire sur sa bouche ébauchée dans laquelle le dentier s'est fait de plus en plus saillant à mesure que le visage dépérissait. Une main se lève très lentement vers toi, os et veines bleutées et peau livide, elle trouve ta main, elle continue de chercher et atteint ton visage qui se couvre de larmes, le reconnaît en le palpant, comme une main d'aveugle. Elle murmure ton prénom en utilisant un diminutif que je n'ai jamais entendu et qui est sans doute celui qu'avec ta mère elle te donnait quand tu étais toute petite, et tu t'assieds au bord du lit, tu la prends dans tes bras, t'immergeant dans l'odeur de la maladie, tu embrasses son visage méconnaissable, durs os de mort sous la peau translucide, tu l'appelles à voix basse comme si tu voulais la réveiller tout à fait, la secouer du sommeil mortel de l'agonie et de la morphine. Tu te rappelleras que c'est dans ce même lit que tu te serrais si souvent contre elle à la recherche de chaleur pendant les terribles nuits d'hiver de ton enfance, qu'à dix-sept ans tu avais recommencé à faire ce que tu n'avais plus jamais fait depuis ton enfance, que tu avais recherché ce même abri pendant la nuit qui avait suivi l'enterrement de ta mère.

Pendant un moment j'ai disparu, je me suis fait invisible, indistinct dans le coin d'ombre où je reste debout, ni invité ni espion, une présence muette, d'un autre monde et d'un autre temps. Mais elle, la femme inconnue que je n'ai jamais vue avant son agonie, même si elle semblait avoir les yeux clos, m'a vu, elle me désigne d'un geste incertain de sa main de cadavre, la main qui avait été pour toi aussi chaude et rassurante que celles de ta mère et que tu reconnais sous sa forme ancienne derrière le spectre de main qu'elle est devenue. Tu souris en me regardant quand elle te dit quelque chose que je ne parviens pas à comprendre, d'une voix rauque et murmurée qui ne se distingue presque pas du halètement de sa respiration, elle dit que tu t'approches, qu'elle veut voir si tu es aussi beau garçon que ce qu'on lui a dit.

Je m'approche avec respect, avec un début d'incertitude et de maladresse, comme on bouge dans le sanctuaire d'une religion qui n'est pas la sienne. Les bords comme reprisés de ses paupières s'entrouvrent un peu plus. Je m'avance et je me penche vers une vie et vers des yeux qui sont en train de s'éteindre et je frôle de mes lèvres une peau sèche et lisse qui dans quelques heures ou quelques minutes sera froide. Ce visage si proche du mien est celui d'une femme inconnue qui s'égare dans les voisinages sombres de la mort, et la voix rauque que je n'entends presque pas est avant tout un râle, une angoissante tentative pour respirer où se défont les mots à peine formulés par des lèvres incolores et sèches. Mais à travers la main qui serre longuement la mienne je ressens, comme venue au travers du temps depuis l'autre côté de la mort, la pression affectueuse de la main de ta mère, comme si elle aussi était parvenue à me voir à travers le dernier regard de ta tante et, qu'à te voir avec moi tant d'années après, elle parvenait à dissiper une partie de ses douloureuses incertitudes sur ton avenir et sur cette vie dans laquelle elle ne serait pas à côté de toi. Dans les stèles funéraires grecques que nous avons vues ensemble au Metropolitan Museum de New York, les morts serrent sereinement les mains des vivants. La main qui serre la mienne est un peu moite et sa force s'évanouit aussitôt, en même temps que ses paupières se ferment tout à fait. Je suis pris de panique, brusquement, je n'ai jamais vu mourir personne, je m'écarte un peu et les yeux s'entrouvrent de nouveau aussi faiblement qu'on entend un filet de voix et que se forme un début de sourire sur les lèvres de la femme qui agonise et qui sont de la même couleur que son visage jaunâtre. Sa main abandonne complètement la mienne, la voix rauque se transforme peu à peu en une longue plainte et le médecin m'écarte doucement, une seringue hypodermique à la main. Je dois lui donner encore de la morphine avant que la douleur ne redevienne plus forte. Mais elle remue la tête d'un côté et de l'autre, ses cheveux rares et gris collés à ses tempes, embroussaillés en désordre à force d'être trop restés contre les oreillers : elle dit que non, qu'elle ne veut pas retomber dans un sommeil dont elle ne se réveillera peut-être pas, et elle murmure quelque chose, le médecin se penche sur elle pour déchiffrer ce qu'elle répète. Cousine, c'est toi qu'elle appelle. Elle t'appelle en te nommant par ton nom d'enfant, celui que personne ne t'a donné depuis ce temps-là, et quand tu es à côté d'elle, elle ouvre les yeux en grand pour s'assurer que c'est toi, véritablement, et elle te passe une main sur le visage, mouillant ses doigts de tes larmes, et de l'autre elle cherche à rassembler les tiennes, te caressant, te retenant, caressant leur dos de ses ongles cassés, essayant comme de se redresser vers toi pour te dire quelque chose à l'oreille ou pour t'embrasser. Sa main ne lâche pas les tiennes mais, après un frisson très léger, elle n'essaie plus de les serrer et ses yeux ouverts ne te regardent plus. Elle t'a quittée sans que tu t'en rendes compte, comme ta mère est partie, même si cette fois tu ne t'es pas endormie, elle t'a quittée si furtivement que ce n'est que maintenant que tu es stupéfaite que la mort puisse survenir de manière aussi discrète, instantanée, comme une onde légère à la surface d'un lac.

Qui pourra dormir cette nuit où a déjà commencé l'affairement discret qui prélude à l'enterrement, dirigé par des femmes expertes aux rites pratiques du deuil, habiller la morte avant que la rigidité ne la gagne, commander le cercueil et le catafalque sur lequel on le posera, ainsi que les cierges et le grand crucifix qui donneront pour quelques heures à la maison un air lugubre de sanctuaire, de lieu de culte du temps passé et de la mort. J'écoute ta respiration légère dans le noir et je sais que tu n'es pas endormie, même s'il y a un long moment que tu te tais et que tu ne bouges pas pour ne pas me déranger. Je suis étonné par le lit avec ses draps si froids, et par la chambre qui sent légèrement l'humidité et le renfermé, mais tu dois être encore plus étonnée, toi qui n'es pas revenue dormir ici depuis la fin de ton adolescence, par le premier lit et la première pièce où tu avais dormi seule quand tu avais quitté ton berceau et la chambre de tes parents, là où tu étais prise de panique et d'insomnie pendant les nuits d'orage quand la résonance du tonnerre faisait vibrer les carreaux de la fenêtre et qu'un éclair t'aveuglait de sa soudaine clarté blanche, là où tu avais peur de t'endormir et de rêver du film d'épouvante que tu avais vu avec ta cousine au cinéma d'été, toutes deux emmitouflées dans les draps, passant des nuits entières à discuter, à explorer les confidences d'une intimité physique secrète et dévergondée, la venue des premières règles et des premiers fiancés, les danses joue contre joue avec les fils d'autres estivants à la kermesse de la fête votive, dans la pénombre pécheresse et rouge des premières discothèques où vous vous aventuriez, toi toujours dans le sillage de celle qui t'avait fait connaître pour la première fois l'étourdissement de la bière et des cigarettes et qui semblait ne connaître aucune des frontières où tu t'arrêtais, ni celle de la pudeur ni celle du danger. Qui aurait dit alors que vos deux destinées seraient aussi différentes et qu'elle, qui te ressemblait tant, qui était née à la même époque, allait se perdre peu à peu dans des labyrinthes d'obscurité et de malheur dont elle n'est plus ressortie et où tu aurais pu facilement tomber toi aussi, pas d'un coup, mais en te laissant lentement emporter, dériver, comme elle, qui une année n'est plus venue en vacances au village avec ses parents et son frère, celui qui plus tard est devenu médecin, aussi sérieux et docile depuis son enfance qu'il était exactement son contraire.

Les yeux verts – sur la photo que son père restait à regarder en silence, comme s'il lui posait une question dont il attendait toujours la réponse en sachant qu'il ne l'obtiendrait pas –, les cheveux bouclés, la peau brune, colorée par un soleil de piscines et d'étés, les pommettes encore charnues de l'adolescence, le sourire comme une manière de satisfaction et de défi, le menton qui ressemble tellement au mien. Elle était très maigre la dernière fois où je l'ai vue mais encore très jolie, si grande, avec ses cheveux frisés sur le visage et le même rire fou que lorsque nous faisions quelque sottise. Mais elle était devenue très pâle et elle parlait avec une élocution lente que je ne lui avais pas connue autrefois, et même si elle était mariée et avait un fils, elle continuait à faire les mêmes folies que lorsque nous commencions à sortir avec les garçons du village. Elle m'a raconté qu'elle avait rencontré un type dans un train et que quelques minutes plus tard elle s'était enfermée dans les toilettes avec lui pour s'envoyer en l'air. Nous étions dans une cafétéria et elle fumait beaucoup, regardant sans cesse de côté, très agitée, se dominant à grand-peine, parce qu'on voyait qu'elle était contente avec moi mais aussi qu'elle avait une grande hâte de partir, de trouver quelque chose dont elle avait un grand besoin, ce qui lui faisait se ronger les ongles et allumer une cigarette à peine avait-elle éteint la précédente, et nous remarquions aussi toutes deux qu'en dépit de notre affection et de nos souvenirs nous ne nous ressemblions plus, nous manquions déjà de sujets de conversation, de références communes, et nous gardions le silence, et elle regardait de nouveau vers la rue et elle éteignait dans le cendrier une cigarette à peine allumée, elle ne l'éteignait pas elle l'écrasait en la tordant. Nous avons convenu que l'été suivant nous irions ensemble au village, mais je n'ai pas pu y aller parce que j'avais beaucoup de travail et elle non plus ne s'y est pas montrée, et plus jamais je ne l'ai revue. Même ses parents ont fini par perdre sa trace. Quand mon cousin a appris dans quel hôpital elle se trouvait, il n'y avait plus rien à faire. Une ambulance l'avait ramassée dans la rue. Il m'a dit qu'elle était si défigurée que ce n'est qu'à ses yeux qu'il l'avait vraiment reconnue.

Tu me prends dans tes bras en me serrant très fort, comme lorsque tu es endormie et que tu fais un mauvais rêve, mêlant tes pieds glacés aux miens, transie de ce même froid que tu ressentais dans ton enfance, un froid ancien, d'hivers très longs et de maisons sans chauffage, conservé dans les pièces de cette maison comme les photos des morts et les sensations les plus vivaces d'une mémoire antérieure à la raison, mais déjà caressée par la mélancolie, par l'intuition progressive d'une perte irrémédiable et future : la peur subite de l'enfant qui grandit, la prescience cruelle et venue de nulle part que ses parents ne seront pas toujours jeunes, qu'ils vieilliront et mourront. Et aussi la peur qui te tourmentait pendant les nuits qui ont suivi la mort de ta mère, quand tu n'osais pas aller de ta chambre à la salle de bains parce que tu avais peur de la voir en face de toi, dans le couloir sombre, décoiffée et vêtue de sa chemise de nuit de malade comme lorsqu'elle était rentrée chez elle et n'y était restée que quelques jours avant de retourner à l'hôpital. Tu fermais les yeux et tu avais peur en les ouvrant de la trouver debout devant toi, au pied du lit, te demandant quelque chose en silence, et si tu sentais que tu étais en train de t'endormir tu avais plus peur encore qu'elle apparaisse dans ton rêve et tu te réveillais dans un sursaut d'angoisse, tu croyais entendre des bruits de portes qui s'ouvraient ou bien des pas, et tu ressentais de nouveau la douleur crue de sa mort et l'effrayante absence que désormais tu habitais, et tu avais honte d'avoir si peur de son retour, de la voir désormais transformée en fantôme.

Depuis le bas montent vers la chambre la rumeur des conversations et des bruits de pas, un moteur de voiture, la sonnerie du téléphone, des voix d'hommes qui donnent des instructions, des objets volumineux qu'on déplace ou qu'on pose par terre. On écarte des meubles pour faire place au cercueil. Mais tu ne veux pas t'abandonner à cette pensée, tu te refuses à imaginer le visage de ta tante morte, ravagée non seulement par le cancer mais aussi par un âge que ta mère n'a pas atteint et auquel elle reste aujourd'hui invulnérable, dans les souvenirs comme sur les photos, une femme pour toujours délicate et jeune, parce que l'image d'elle au temps de sa maladie s'est presque effacée de toi, de même que par un curieux hasard tu ne gardes pas de photos de ses dernières années, de sorte qu'aujourd'hui tu la vois dans la jeunesse invariable que tu lui attribuais quand tu étais petite et ne savais pas encore que les gens changent et vieillissent, et finalement meurent. Et c'est ainsi que je la vois, moi aussi, espion attentif et enquêteur de ta mémoire dont je voudrais tant qu'elle m'appartienne autant que ta vie présente. Je suis incapable d'imaginer la femme que serait aujourd'hui ta mère si elle n'était pas morte, une femme de soixante et quelques années, corpulente, avec probablement les cheveux teints. Je la vois comme tu la vois, comme tu rêves parfois d'elle, une mère jeune qui garde encore un sourire gracile de jeune fille dont je pressens parfois l'ombre sur tes lèvres, comme je peux m'imaginer que son regard transparaît dans le tien et que c'est d'elle que procèdent, ondulations à la surface du temps, ton penchant à la mélancolie et à la prévoyance, et ta manière de t'enthousiasmer pour ce qui est nouveau, le soin que tu mets à disposer les choses autour de toi, ta dévotion pour cette maison où elle et toi ont été enfants, pour ce paysage d'oasis sur fond de collines désertiques où elle a voulu reposer pour être toujours en compagnie des siens, ceux qui peu à peu l'ont rejointe dans le petit cimetière aux murs couleur de terre, d'abord sa nièce qui est morte plus jeune encore et qui reste à l'abri du temps sur sa photo posée sur le téléviseur, maintenant sa sœur, ce soir, nouveau nom ajouté sur la dalle du mausolée de ta famille que tu regarderas demain pendant l'enterrement en pensant peut-être pour la première fois, sans que je le sache, sans que tu veuilles me le dire, quand je mourrai je veux moi aussi qu'on m'enterre avec elles.

Ô toi qui le savais

Ils disparaissent un jour, on les perd et ils sont effacés pour toujours, comme s'ils étaient morts, comme s'ils étaient morts depuis tant d'années qu'ils ne demeuraient dans le souvenir de personne, qu'il n'y avait pas de signe tangible qu'ils aient séjourné dans ce monde. Quelqu'un arrive, fait soudain irruption dans une vie, y occupe quelques heures, un jour, la durée d'un voyage, il se transforme en une présence assidue, permanente au point qu'elle va de soi et qu'on ne se rappelle pas le temps qui précède son apparition. Tout ce qui existe, même si c'est pour quelques heures, semble tout de suite immuable. À Tanger, dans le bureau sombre d'un magasin de tissus, ou dans un restaurant de Madrid, ou dans la voiture-bar d'un train, un homme raconte à un autre des morceaux du roman de sa vie, et les heures de ce récit et de leur conversation semblent contenir un temps plus long que celui que contiendraient des heures ordinaires : quelqu'un parle, quelqu'un écoute, et pour chacun d'eux le visage et la voix de l'autre acquièrent la familiarité de ce qu'on connaît depuis toujours. Et pourtant, un jour ou une heure plus tard, ce quelqu'un n'est plus là, ne le sera plus jamais, non pas parce qu'il est mort, même s'il est possible qu'il meure et que ceux qui ont été si proches de lui ne l'apprennent pas, et des années entières de présence calcifiées par l'habitude se dissolvent dans le néant. Quatorze années durant, à partir du trente juillet mille neuf cent huit, Franz Kafka s'est rendu ponctuellement à son bureau de l'Office d'assurances contre les accidents du travail, à Prague, et soudain, un jour de l'été mille neuf cent vingt-deux, il est parti à la même heure que d'habitude et n'est plus revenu, parce qu'on lui avait accordé un congé de maladie illimité. Il a disparu avec la même discrétion qu'il avait mise à occuper pendant tant d'années sa table bien ordonnée dans un tiroir de laquelle il mettait sous clef les lettres que lui écrivait Milena Jesenska, et dans l'armoire qui avait été la sienne est resté suspendu, pendant quelque temps après sa disparition, un vieux manteau que Kafka gardait pour les jours de pluie, et après peu de temps le manteau a lui aussi disparu, et avec lui l'odeur particulière qui avait été la marque de sa présence durant quatorze ans.

Ce qui est le plus solide s'évapore, le pire comme le meilleur, le plus banal comme ce qui était nécessaire et décisif, les années que quelqu'un a passées à travailler tristement dans un bureau ou à cultiver des remords pour l'indifférence et la froideur de son couple, le souvenir d'un voyage vers une ville où l'on a vécu et où l'on s'est promis de revenir à la fin d'un séjour unique et mémorable, l'amour et la souffrance, même certains des plus grands enfers sur terre se trouvent effacés au bout d'une ou deux générations, et un jour arrive où il ne reste pas un seul témoin vivant qui puisse se souvenir.

Monsieur Salama disait, à Tanger, qu'il avait été visiter en Pologne le camp où les chambres à gaz avaient dévoré sa mère et ses deux sœurs, qu'il n'y avait là-bas qu'une grande clairière dans une forêt et une pancarte avec un nom dans une gare de chemin de fer abandonnée, et que l'horreur de ce qu'il ne reste plus de traces visibles était pourtant contenue dans ce nom, dans cette pancarte de métal rouillé qui se balançait au-dessus d'un quai au-delà duquel il n'y avait rien, si ce n'est l'étendue de la clairière et les pins géants contre un ciel gris et bas qui dispensait une pluie silencieuse, diluée dans le brouillard et qui gouttait de l'auvent de l'unique abri de la gare. Rien qu'une grande clairière circulaire dans une forêt, qui aurait pu être le résultat d'un ancien bouleversement géologique, de la chute d'une météorite. C'était un camp si peu important que presque personne ne connaissait son nom, a dit monsieur Salama, et il a prononcé un mot indistinct qui devait être polonais: mais le nom d'Auschwitz lui non plus ne signifiait rien pour Primo Levi la première fois qu'il l'a vu inscrit sur l'écriteau d'une gare. Dans un endroit comme celui-là, éloigné des camps principaux, il n'était pas impossible de perdre la trace des déportés, de voir leurs noms disparaître de ces registres minutieux que tenaient toujours les Allemands, avec le même zèle administratif fanatique qu'ils mettaient à organiser leurs plans de transports colossaux par chemin de fer de centaines de milliers de prisonniers au milieu des bombardements alliés et du désastre militaire des derniers mois de la guerre.

Il y avait des rails à peine visibles sous l'herbe humide, des rails rouillés et des traverses pourries et l'une des béquilles de monsieur Salama a heurté l'une d'elles ou y est restée bloquée et il a failli tomber, gros et maladroit et mortifié, sur cette même terre où avaient péri sa mère et ses deux sœurs, là où elles avaient marché en arrivant au camp, en descendant du train où elles avaient été transportées comme du bétail destiné à l'abattoir, trois visages et trois noms familiers au milieu d'une foule abstraite de victimes inconnues. Le guide l'a retenu, le survivant qui l'avait emmené jusque-là dans une vieille voiture, celui qui lui a montré les formes déjà presque invisibles des murs, les rectangles de béton sur lesquels il y avait eu des baraquements, une espèce de soubassement de briques auquel, à moins de bien connaître les lieux, personne n'aurait fait attention et qui était le seul vestige du bâtiment qui avait contenu les fours crématoires, desquels il ne restait vraiment rien, parce que les Allemands les avaient fait sauter au dernier moment, quand depuis déjà des semaines le ciel était rouge toutes les nuits sur l'horizon, à l'est, et que la terre tremblait sous la canonnade, de jour en jour moins lointaine, de l'artillerie russe. Des dizaines de milliers d'êtres humains entassés là pendant quatre ou cinq années, descendant sur ce quai de wagons à bestiaux, s'alignant sur les terre-pleins de béton, des ordres aboyés en allemand ou en polonais et des cris de douleur et des éternités de désespoir, l'écho des cris et des aboiements se perdant dans l'épaisseur immense des conifères, des marches militaires ainsi que des valses jouées par un orchestre fantomatique de prisonniers, et de tout cela il ne restait rien, rien qu'une clairière dans une forêt, au milieu de la verdure trempée par la pluie, de grands pins sombres et du brouillard qui effaçait les lointains, ces parages que les prisonniers avaient regardés jour après jour à travers les barbelés, sachant qu'ils ne remettraient plus les pieds dans le monde extérieur, qu'ils étaient aussi exclus du monde des vivants que s'ils étaient déjà morts.

Qu'était-il arrivé à cet homme maigre, fuyant, serviable, qui avait accompagné monsieur Salama là où s'était trouvé le camp, qui avait choisi pour lui-même l'étrange destin de gardien et de guide de l'enfer auquel il avait survécu et dont il n'avait plus voulu s'éloigner, gardien d'une étendue déserte au milieu d'une forêt et d'un quai qui ne faisait plus partie d'aucune gare, archéologue de briques noircies, de vieux gonds et de portes de fours lentement pourries par la rouille, chercheur de vestiges, de témoignages, de reliques, cuillers et écuelles métalliques où les prisonniers mangeaient leur soupe, guide parmi la trace de ruines à peine visibles, de plus en plus recouvertes de végétation et abîmées par le simple passage du temps, ou bien embellies pendant l'hiver par la blancheur de la neige. Quand il mourrait, ou qu'il deviendrait trop vieux, ou qu'il se lasserait d'accompagner les rares voyageurs qui venaient visiter ce camp d'importance secondaire, quand lui ne serait plus là pour indiquer les restes d'un mur de briques noircies ou un alignement de plates-formes de béton, ou un vallonnement particulier sur la neige intacte, personne ne remarquerait plus ces accidents minimes dans la clairière de la forêt, ne saurait que ce crissement métallique sous la semelle d'une chaussure était celui d'une cuiller qui à une époque avait été un des trésors les plus précieux dans la vie d'un homme et, bien sûr, plus personne ne pourrait connaître l'atroce signification de quelques alignements de briques noircies, d'un poteau tombé dans l'herbe où restait clouée une boucle de fil de fer barbelé.

Ils disparaissent, ils restent très loin dans le temps, et la distance fausse peu à peu le souvenir, aussi progressivement que la pluie, les années, l'abandon, la fragilité des matériaux défont les ruines d'un camp d'extermination allemand perdu à la frontière entre la Pologne et la Lituanie, méticuleusement incendié et détruit par ses gardiens à l'arrivée de l'Armée rouge qui n'y trouva que des braises, des décombres et des fosses mal rebouchées où s'entassaient des gisements de corps humains innombrables, conservés intacts par le froid, mélangés, nus, squelettiques, collés les uns aux autres, des dizaines de milliers de corps sans nom parmi lesquels se trouvaient pourtant la plupart des oncles, des cousins et les quatre grands-parents de monsieur Isaac Salama, et aussi sa mère et ses deux sœurs qui n'avaient pas pu sauver leur vie comme lui et son père l'avaient sauvée, parce qu'il était déjà trop tard pour elles quand, à la fin de l'été mille neuf cent quarante-quatre, leur était parvenu un de ces passeports émis par la légation d'Espagne en Hongrie, reconnaissant la nationalité espagnole aux familles séfarades qui habitaient Budapest.

Ils emmenaient nos voisins, mes camarades de classe, les collègues de mon père, ils emmenaient tout le monde, a dit monsieur Salama. Nous, nous ne sortions pas de la maison de peur qu'on nous arrête dans la rue avant que n'arrivent les papiers que nous avait promis ce diplomate espagnol. Nous entendions à la radio que les Alliés allaient prendre Paris et qu'à l'est les Russes avaient franchi la frontière hongroise, mais il semblait que la seule chose que les Allemands avaient en tête était de nous exterminer. Imaginez les efforts qu'il fallait faire pour déporter en train à travers la moitié de l'Europe des centaines de milliers de personnes au milieu d'une guerre qu'ils étaient déjà sur le point de perdre. Ils préféraient utiliser les trains pour nous envoyer dans les camps plutôt que pour transporter leurs troupes sur le front. Ils sont entrés en Hongrie en mars, le quatorze mars, je m'en souviendrai toujours, même si je suis resté de longues années sans me rappeler cette date, sans rien me rappeler. Ils sont arrivés en mars et au début de l'été ils avaient déjà déporté peut-être un demi-million de personnes, mais comme ils craignaient que les Russes arrivent trop tôt et ne leur laissent pas le temps d'envoyer en bon ordre tous les Juifs hongrois à Auschwitz, ils en tuaient beaucoup d'un coup de feu dans la tête en pleine rue, et ils jetaient les corps dans le Danube, les Allemands et leurs amis hongrois, on les appelait les Croix fléchées, en uniforme noir comme celui des SS, plus sanguinaires encore qu'eux, encore plus brutaux et beaucoup moins systématiques.

Vous habitez toute votre vie dans une même maison, celle où vous êtes né et où il vous semble que la protection chaleureuse de vos parents et de vos deux sœurs aînées a toujours existé, et qu'elle va durer toujours, immuable, comme les photos et les tableaux sur les murs, les jouets et les livres de votre chambre, et soudain, un jour, en quelques heures, tout cela a disparu pour toujours et il n'en reste pas trace, parce que vous êtes sorti pour accomplir une de vos obligations habituelles et quand vous revenez, une heure ou deux plus tard, un fossé de temps insurmontable empêche désormais votre retour. Mon père et moi étions allés à la recherche de quelque chose à manger, a dit monsieur Salama, et quand nous sommes retournés chez nous, le mari de la concierge, qui avait bon cœur, est sorti pour nous dire de nous éloigner, parce que les miliciens qui avaient emmené notre famille pouvaient bien revenir. Mon père portait un paquet à la main, comme ces petits paquets de gâteaux qu'il apportait à la maison tous les dimanches, et le paquet est tombé par terre devant lui. Je me rappelle cela. J'ai ramassé le paquet et j'ai pris la main de mon père qui soudain était très froide. « Allez-vous-en, loin d'ici », nous a dit le mari de la concierge, et il est reparti très vite, regardant à gauche et à droite, de peur d'être vu en train de parler si aimablement à des Juifs. Nous avons marché longtemps sans rien dire, moi tenant mon père par sa main, qui ne réchauffait plus la mienne et qui n'avait plus la force de me guider. C'était moi qui le conduisais, qui surveillais si arrivait une patrouille d'Allemands ou de nazis hongrois. Nous sommes entrés dans un café proche de la légation d'Espagne et mon père a téléphoné. Il ne trouvait pas les pièces dans ses poches, ses mains s'embarrassaient dans son mouchoir, son portefeuille, sa montre, je me rappelle aussi cela. C'est moi qui ai dû lui donner la monnaie pour acheter un jeton. L'homme est venu, celui à qui mon père avait rendu visite plusieurs fois, et il a dit à mon père que tout était arrangé, mais mon père ne disait rien, ne répondait pas, comme s'il n'entendait pas, et l'homme lui a demandé s'il était malade, et mon père continuait de ne pas répondre, le menton posé contre la poitrine, les yeux perdus, l'expression qui lui est alors restée pour toujours. C'est moi qui ai dit à l'homme qu'on avait arrêté toute notre famille, j'aurais voulu pleurer mais les larmes ne venaient pas, ne soulageaient pas l'oppression de ma poitrine, comme si j'allais étouffer. J'ai soudain éclaté et il me semble que les gens qui étaient aux tables voisines me regardaient, mais ça m'était égal, je me suis jeté contre le manteau de l'homme, qui avait de très grands revers, et je lui ai demandé d'aider ma famille, mais peut-être ne me comprenait-il pas parce que j'avais parlé en hongrois et que lui parlait français avec mon père. On nous a emmenés dans une grande voiture noire avec un fanion du corps diplomatique jusqu'à une maison où il y avait d'autres gens. Je me souviens de petites chambres et de valises, d'hommes en manteau et en chapeau, de femmes avec des foulards, de gens qui parlaient bas et qui dormaient par terre, dans les couloirs, avec des ballots de vêtements pour oreillers, et de mon père toujours éveillé, en train de fumer, essayant de téléphoner, importunant les employés de la légation d'Espagne qui nous apportaient de temps en temps de quoi manger, ils cherchaient ma mère et mes sœurs sur les listes de déportés, mais ils ne les trouvaient sur aucune d'elles. Plus tard nous nous sommes aperçus, mon père s'est aperçu des années plus tard qu'on ne les avait pas déportées vers les mêmes camps que presque tous les autres, à Auschwitz ou Bergen-Belsen. Même de ces camps-là, ce diplomate espagnol a réussi à tirer quelques Juifs, lui qui a sauvé la vie de tant des nôtres au péril de la sienne, agissant dans le dos de ses supérieurs du ministère, allant d'un endroit à l'autre dans Budapest à n'importe quelle heure du jour et de la nuit, avec cette voiture noire de l'ambassade dans laquelle il nous avait emmenés, recueillant des gens cachés ou qu'on venait d'arrêter, même s'ils n'étaient pas véritablement d'origine séfarade, leur inventant des identités et des papiers, ou même de la famille ou des commerces en Espagne. Il s'appelait Sanz-Briz. Il a déniché beaucoup de gens, il est parvenu à en faire revenir quelques-uns des camps et il les a tirés de l'enfer, mais il ne trouvait trace ni de ma mère ni de mes sœurs, parce qu'elles avaient été emmenées dans ce camp dont presque personne n'avait entendu parler et dont il n'est rien resté, à part le hangar et l'écriteau que j'ai vus il y a cinq ans. De mon plein gré, jamais je n'y serais allé. Jamais je ne pourrai retourner dans cette partie de l'Europe, je ne supporte pas l'idée de regarder quelqu'un d'un certain âge dans un café ou dans une rue en Allemagne ou en Pologne ou en Hongrie, et de me demander ce qu'il faisait durant ces années-là, ce qu'il a vu et de quel côté il était. Mais un peu avant sa mort, mon père m'a demandé d'aller visiter le camp et je lui ai promis de le faire. Et vous savez ce qu'il y a là-bas ? Rien, une clairière dans une forêt. L'abri d'une gare et une pancarte rouillée.

Qu'est-il devenu, monsieur Salama, lui qui vers le milieu des années quatre-vingt dirigeait l'Athénée espagnol de Tanger, dans un bureau minuscule décoré d'affiches touristiques de toutes les couleurs froissées et délavées par le temps, avec de vieux meubles de faux style espagnol, et qui dirigeait à contrecœur, boulevard Louis-Pasteur, un magasin de tissus fondé par son père et qui s'appelait les

Galeries Duna, en souvenir du fleuve de leur première patrie, celle dont ils avaient pu s'enfuir au dernier moment, à la différence de presque tous ceux qu'ils connaissaient ainsi que de ses sœurs et de sa mère dont ils ne conservaient même pas une photo, un support pour leur mémoire, une preuve matérielle qui aurait atténué ou retardé l'érosion de l'oubli.

Duna est le nom hongrois du Danube. Monsieur Salama avec son verbe coloré et son accent bizarre parsemé de sonorités lointaines, comme une étincelle de la musicalité du judéo-espagnol qu'il avait entendu parler dans son enfance et dans lequel il se rappelait encore des berceuses ; monsieur Salama avec sa démarche laborieuse de handicapé assisté de deux béquilles, les yeux si facilement humides, le cheveu rare et grisonnant, le front toujours luisant de sueur que le mouchoir blanc brodé à ses initiales ne parvenait jamais à éponger, la respiration activée par l'effort de mettre en mouvement un corps aussi grand et maladroit dont les jambes étaient devenues inutiles, très maigres sous le tissu du pantalon, comme deux appendices qui ballottaient au-dessous d'un gros ventre et d'un torse corpulent. Mais il s'entêtait à faire tout lui-même, sans l'aide de personne, se mouvant avec brusquerie et adresse, la respiration rapide, il ouvrait des portes et allumait des lumières et montrait les petits trésors et les souvenirs de l'Athénée espagnol, photos encadrées d'un visiteur célèbre venu bien des années plus tôt, ou de représentations théâtrales d'œuvres de Benavente ou de Casona et même de Lorca, d'un diplomate envoyé par le ministère de l'Information et du Tourisme, un livre dédicacé à la bibliothèque du centre par un écrivain dont la célébrité s'était perdue avec les années, de sorte que même son nom n'était plus familier, il fallait pourtant dissimuler devant monsieur Salama, lui dire qu'on avait lu ce livre et que cette édition originale dédicacée devait avoir maintenant une valeur considérable. Maladroit, expert, brouillon, infatigable malgré sa respiration difficile et ses béquilles, monsieur Salama montrait d'anciennes affiches qui annonçaient des conférences et des représentations théâtrales sur la petite scène de l'Athénée, et même au grand théâtre Cervantès qui aujourd'hui, nous dit-il, est dans un état de ruine honteux, dévoré par les rats, envahi par des délinquants, un joyau de l'architecture espagnole dont le gouvernement espagnol ne fait aucun cas. Ils ne veulent pas entendre parler des rares bonnes choses qui restent de l'Espagne à Tanger, ils ne répondent même pas aux lettres que monsieur Salama envoie aux ministères, celui de la Culture, celui de l'Éducation, celui des Affaires étrangères : il met de côté les affiches et maintenant il cherche parmi les papiers sur sa table et choisit un dossier rempli de lettres photocopiées, de copies au papier carbone certifiées par les bureaux de la poste, preuves faisant foi de ce qu'elles ont été expédiées, même si jamais elles n'ont reçu de réponse. Il montre des dates, passe rapidement de certains papiers à d'autres, d'une demande récente à celle datant de plusieurs années, toutes tapées sur une machine à écrire mécanique, à la mode d'autrefois, comme avant l'époque des photocopieuses, avec plusieurs doubles au papier carbone. La troupe de l'Athénée espagnol en était venue à être la première compagnie théâtrale de Tanger, même si elle n'était composée que d'amateurs qui n'étaient jamais payés, moi compris, qui ne pouvais pas jouer comme vous vous en doutez, mais qui très souvent ai mis en scène des spectacles. Sur les murs d'un couloir, il montre des photos en noir et blanc, très pauvrement encadrées, sur lesquelles les acteurs posent dans des attitudes théâtrales emphatiques de vieux amateurs enthousiastes, déclamant devant de modestes décors, l'auberge de don Juan Tenorio, l'escalier d'un immeuble de Madrid, les murs d'un village andalou. Nous jouions Benavente et Casona et, tous les premier novembre, *Don Juan Tenorio*, mais ne nous classez pas trop vite, parce que nous avons aussi monté *La Maison de Bernarda Alba*, bien des années avant la première en Espagne, alors que seule Margarita Xirgu l'avait jouée à Montevideo.

Mélancolie et pauvreté de ces endroits espagnols loin de l'Espagne. Auvents postiches, faux murs chaulés, imitation de grilles andalouses, crasse taurine et régionale, de Valencia et des Asturies, paellas trop grasses et grands sombreros mexicains, décors décrépits tirés de lithographies romantiques et des films au pittoresque andalou qu'on tournait à Berlin pendant la guerre d'Espagne. L'auvent, la lanterne et la grille de ce bistrot de Copenhague qui s'appelle Pepe's Bar; l'imitation des grottes du Sacromonte à un carrefour de routes près de Francfort, où l'on servait de la sangria en décembre et où il y avait des poêles de cuivre et ces chapeaux cordouans et mexicains accrochés aux murs; l'auvent et l'inévitable mur de ferme de la Maison d'Espagne à New York, au début des années quatre-vingt-dix; le Café Madrid que l'on découvrait de manière inattendue à un carrefour du quartier d'Adam's Morgan, à Washington, au milieu de restaurants salvadoriens et de magasins de vêtements bon marché et de valises dont sortait une musique sirupeuse, dans des parages qui soudain prenaient un air de désolation absolue, comme de quartiers dévastés, avec des rangées entières de maisons incendiées ou en ruine, avec des parkings fermés par des barbelés. À côté du terrain d'une maison incendiée, il y avait une boutique pour mariées éthiopiennes et, un peu plus loin, un salon funéraire catholique. Soudain on voyait éclater l'enseigne du Café Madrid à côté d'une « Santo Domingo Bakery » et d'une boutique d'alimentation cubaine qui se nommait *La Chinita*: la jolie môme. Le matin était glacial à Washington et la lumière froide du soleil d'hiver se réverbérait sur le marbre des monuments et des bâtiments publics. On montait par un escalier étroit et au premier étage se trouvait la porte battante du Café Madrid, on y respirait un air chaud aux odeurs approximativement familières et aussi inusuelles que la crépitation de l'huile bouillante où l'on faisait frire la pâte blanche des churros, ou que le visage rond et huileux de la femme qui servait à table, qui avait l'air décidé d'une marchande de churros d'un quartier populaire de Madrid, mais qui parlait très peu l'espagnol puisqu'elle disait avec une élocution contaminée de rythmes mexicains que les papa et maman l'avaient emmenée en Amérique quand petitoune. De vieilles affiches de corridas au mur, un bonnet de torero, une montera, au-dessus de deux banderilles croisées disposées comme une panoplie de trophées militaires, le papier des banderilles taché de quelque chose de brun qui pouvait passer pour du sang, et la montera couverte d'une poussière comme accumulée par des années de vapeurs de friture. Des affiches en couleurs de paysages espagnols, publicités d'Iberia ou de l'ancien ministère de l'Information et du Tourisme : dans son bureau, monsieur Salama affichait un paysage de la Manche, une colline aride couronnée de moulins à vent, avec la lumière plate et excessive des photos et des films en couleurs des années soixante. Il y avait une affiche de la synagogue du Tránsito, à Tolède, et à côté, équivalente dans les préférences et presque dans la dévotion de monsieur Salama, une autre affiche du monument à Cervantès de la place d'Espagne à Madrid : elle avait cette même lumière d'hiver nette, de matin froid ensoleillé, et monsieur Salama se rappelait ses promenades de jeune homme sur cette place qu'il aimait tant, même s'il lui semblait étrange, presque impossible, d'avoir été cet homme jeune et mince, sans béquilles, et qui marchait sur deux jambes efficaces et agiles sans jamais penser au miracle d'être supporté par elles qui l'emmenaient d'un côté à l'autre comme si son corps n'avait pas de poids, et il s'imaginait que tout ce qu'il avait et dont il profitait serait durable, l'agilité, la santé, ses vingt ans, le bonheur d'être à Madrid sans lien avec quiconque, sans être rien ni personne d'autre que lui-même, aussi indépendant de la force de gravité du passé que de celle de la Terre, délivré, provisoirement, de sa vie passée et peut-être aussi de la vie future que d'autres avaient combinée pour lui, délivré de son père, de sa mélancolie, de son commerce de tissus, de sa fidélité aux défunts, à ceux qui n'avaient pas réussi à sauver leur vie, ceux dont eux avaient occupé ou usurpé la place, le père et le fils, qui uniquement par hasard n'avaient pas fini dans ce camp relativement mineur où avaient péri sans laisser de traces tant de ceux de leur famille, de leur ville, de leur lignée. Les trois sœurs de Franz Kafka ont disparu dans les camps d'extermination. À Madrid, vers la fin des années cinquante, monsieur Isaac Salama faisait des études de droit et de sciences économiques et il projetait de ne pas retourner à Tanger quand se terminerait cette période de liberté qui lui était accordée, et pour la première fois de sa vie il était pleinement seul et sentait que son identité commençait et finissait en lui-même, que maintenant il était débarrassé des ombres et de sa lignée, débarrassé de la présence et de la remémoration obsessive des morts. Il n'était pas coupable d'avoir survécu et n'avait pas à garder perpétuellement le deuil, et pas seulement celui de sa mère et de ses sœurs, mais de tous ses parents, des voisins de son quartier, des collègues de son père et des enfants avec qui il jouait dans les jardins publics de Budapest, de tous les Juifs anéantis par Hitler. Si l'on regardait autour de soi, dans un bistrot de Madrid, dans un amphithéâtre de l'université, si l'on marchait sur la Gran Vía et qu'on entrait dans un cinéma le dimanche après-midi, nulle part on ne trouvait trace de toutes ces choses qui s'étaient passées, on pouvait se laisser porter vers une existence à peu près semblable à celle des autres, ses compatriotes, ses camarades d'études, les amis qui ne vous interrogeaient pas sur vos origines, qui ne savaient à peu près rien de la Seconde Guerre mondiale ni des camps allemands.

À Madrid, le souvenir de Tanger s'évanouissait de lui comme le lest qu'il aurait jeté en partant, et c'est à peine si maintenant il éprouvait des remords d'avoir abandonné son père et de vivre grâce à l'argent d'un commerce auquel il n'avait pas la moindre intention de se consacrer. De sa vie passée, Budapest et l'épouvante, l'étoile jaune sur le revers de son manteau, les nuits passées en veilles auprès du poste de radio, la disparition de sa mère et de ses sœurs, le voyage avec son père à travers l'Europe muni d'un passeport espagnol, curieusement il ne conservait que très peu d'images, rien que quelques sensations physiques qui avaient l'irréalité des premiers souvenirs d'enfance. J'ai vu à la télévision l'interview d'un homme qui était devenu aveugle à vingt et quelques années : il en avait à peu près cinquante, et il disait que toutes les images étaient peu à peu parties dans l'oubli, qu'elles s'étaient effacées de sa mémoire, de sorte qu'il était incapable de se rappeler ce qu'était la couleur bleue, ou ce qu'était un visage, et qu'alors il ne rêvait même plus de perceptions visuelles. Il n'en avait que des restes, qui pourtant se perdaient peu à peu, disait-il, la tache blanche d'un amandier en fleur qui se trouvait dans le jardin de ses parents, le rouge d'un ballon de caoutchouc de son enfance et qui était une mappemonde. Mais il se rendait compte que, lorsque auraient passé quelques années de plus, il aurait tout perdu, jusqu'à la signification du mot voir. À Madrid, pendant mes années d'université, j'ai oublié la ville de mon enfance et les visages de ma mère et de mes sœurs dont mon père et moi n'avions pas même pu garder une seule photo, alors qu'il y en avait tant dans notre maison de Budapest, albums d'instantanés que prenait mon père avec son petit Leica, parce que la photo était un de ses plaisirs, comme la musique et le cinéma, une des nombreuses choses qui ont disparu de sa vie quand nous sommes arrivés à Tanger et qu'il n'avait plus désormais de temps et de courage pour quoi que ce soit d'autre que le travail, le travail et le deuil, la religion, la lecture des livres saints qu'il n'avait jamais ouverts dans sa jeunesse, les visites aux synagogues dans lesquelles je n'avais jamais mis les pieds avant de venir ici, où au début il m'était égal de l'accompagner. Mais j'y pense maintenant, ce n'était pas moi qui l'y accompagnais, j'avais l'impression de le mener par la main, de le guider, comme ce matin-là à Budapest, quand nous avions appris qu'on avait arrêté ma mère et mes sœurs. Je ne sais pas s'il s'est rendu compte que parfois les enfants se sentent une responsabilité accablante envers leurs parents.

Une fois mort, le père de monsieur Salama retrouvait la présence qu'il avait eue bien des années auparavant dans la vie de son fils, et il était de la part de ce dernier l'objet de la même dévotion que lorsqu'il le conduisait dans les rues par la main, à Budapest ou à Tanger, enfant paisible, obéissant, un peu gros, qui souriait sur une photo perdue et vaguement remémorée où il portait une casquette de goal et un pantalon de golf d'entre les deux guerres, garçon fier de son père et qui lève les yeux vers lui, tous les deux portant l'étoile jaune à leur revers. Un jour de juin, son père avait acheté un journal et, regardant de biais à gauche et à droite, il lui avait montré la première page où était annoncé le débarquement des Alliés en Normandie, il avait tout de suite plié le journal et l'avait mis dans une poche, et il lui avait serré fort la main, lui communiquant en secret sa joie forte et soudaine, le pressant de ne pas laisser voir qu'il célébrait l'invasion en plein milieu d'une rue peuplée d'ennemis évidents. Quand je mourrai, tu diras pour moi le Kaddish pendant onze mois et un jour, comme un bon fils aîné, et tu partiras pour le nord-est de la Pologne pour visiter le camp où ont péri ta mère et tes sœurs, elles que je n'ai pas pu sauver et dont je n'ai pas cessé de porter le deuil, pas un jour de ma vie.

Alors, monsieur Salama, qui n'avait pas de fils qui dirait pour lui le Kaddish après sa mort, se culpabilisait, mélancolique, d'avoir été un fils prodigue, de ce que la tendresse qu'il sentait de nouveau ne puisse ni consoler son père ni compenser sa mort, et il le regrettait avec aussi peu d'espoir de pouvoir réparer que son père avait dû regretter sa femme et ses filles. Il l'avait tant aimé, disait-il, et ses yeux se mouillaient, ils avaient toujours été si unis, pas seulement quand ils étaient restés seuls mais déjà longtemps auparavant, depuis que lui était tout petit, depuis qu'il avait des souvenirs, quand tous les soirs l'imminence du retour de son père illuminait sa vie. Il s'était abrité en lui, l'avait admiré comme un héros de roman ou de cinéma, l'avait vu se décomposer en pleine rue et avait ressenti le poids écrasant de sa responsabilité, et aussi l'orgueil secret d'imaginer que la main de son père qui était posée sur son épaule ne le protégeait pas mais prenait appui sur lui, son fils aîné.

Et soudain, quand il a eu seize ou dix-sept ans, il n'a plus voulu vivre avec lui, il était accablé par presque toutes les choses qu'ils avaient partagées depuis qu'ils étaient seuls et qu'ils étaient arrivés à Tanger, surtout par le deuil, par la douleur perpétuelle et la remémoration des morts, de la femme et des filles que son père n'avait pas su sauver, ressentant depuis qu'il usurpait indignement leurs vies. Avec le passage du temps, le deuil de son père, au lieu de s'alléger, s'assombrissait de remords, du rejet sauvage et offensé d'un monde où les morts ne comptaient pas, dans lequel personne, y compris beaucoup de Juifs, ne voulait ni savoir ni se souvenir. Son père s'occupait de son commerce avec autant d'énergie et de conviction qu'il s'y était consacré quand ils vivaient à Budapest. En quelques années, et comme sortie du néant, il était parvenu à mettre sur pied une des boutiques les plus modernes de Tanger et dont l'enseigne lumineuse, Galeries Duna, illuminait le quartier bourgeois et commerçant du boulevard Pasteur. Mais lui, son fils, se rendait compte que son incessante et ingénieuse activité était pure apparence, une imitation, malheureuse dans le fond, de l'homme que son père avait été avant la catastrophe, de même que sa boutique était l'imitation de celle qu'il avait possédée et gérée en Hongrie. Il devenait de jour en jour plus religieux, accomplissant plus obsessionnellement le rituel, les prières, les fêtes, qui dans sa jeunesse lui avaient semblé être les restes d'un monde ancien et clos et auquel il se sentait satisfait d'avoir échappé. Peut-être qu'à sa manie religieuse grandissante participait un sentiment d'expiation, et désormais il priait docilement ce même Dieu qu'il avait renié pendant des jours et des nuits d'insomnie pour avoir permis l'extermination de tant d'innocents. Et son fils, qui à treize ou quatorze ans l'accompagnait à la synagogue avec la même sollicitude qu'il mettait à lui préparer son dîner, le soir, ou qui s'assurait tous les matins qu'il y avait du papier et de l'encre sur son bureau, trouvait maintenant cette ferveur religieuse de plus en plus irritante, et dans tous les lieux où séjournait son père il commençait à sentir un manque d'air accablant, une odeur de renfermé et de rance qui était celle des vêtements des Juifs orthodoxes ainsi que des bougies et de la pénombre de la synagogue, et aussi l'odeur poussiéreuse des tissus dans le magasin où il ne voulait plus travailler et dont il ne savait pas comment s'échapper au plus vite, ni sous quel prétexte.

Mais quand il avait fini par oser manifester son désir, il avait découvert avec surprise, mais surtout avec remords, que son père ne s'opposait pas à son départ, et même qu'il l'encourageait à partir en Espagne pour étudier, croyant ou feignant de croire que le désir de son fils était de prendre la boutique en charge quand il aurait terminé ses études, et que les connaissances qu'il y acquerrait leur seraient très utiles à tous les deux pour le progrès et le renouvellement de leur commerce.

J'entendais la sirène du bateau qui partait pour Algésiras et je comptais les jours qui me séparaient de mon propre départ. De la terrasse de notre maison je pouvais voir, le soir, les lumières de la côte espagnole. Ma vie entière était désir de partir, d'échapper à tout ce qui me pesait et m'accablait, comme ces tricots, chemises, chandails, manteaux et écharpes dont ma mère me couvrait dans mon enfance pour aller à l'école. Je voulais quitter l'étroitesse de Tanger et l'ennui de la boutique de mon père, et mon père et sa tristesse et ses souvenirs, et son remords de n'avoir pas sauvé sa femme et ses filles, de s'être sauvé, lui, à leur place. Le jour où je devais enfin partir s'est levé sur un épais brouillard et un avis de grosse mer, et je craignais que le bateau d'Espagne n'arrive pas, qu'il ne puisse pas quitter le port quand j'y serais monté avec mes valises et mon billet réservé pour le train Algésiras-Madrid. Du fait de ma nervosité, je m'irritais facilement contre mon père, je me sentais importuné par sa sollicitude envers moi, par sa manie de tout vérifier encore et encore jusqu'au dernier moment, il n'aurait pas fallu que j'oublie quelque chose, le passage pour le bateau, le billet de train, mes papiers d'identité de citoyen espagnol, l'adresse et le téléphone de la pension de Madrid, le reçu de mon inscription à l'université, les vêtements chauds dont j'aurais besoin quand viendrait l'hiver. Depuis que nous avions quitté Budapest je crois que nous ne nous étions jamais séparés, et lui devait se sentir à la fois mon père et ma mère, la mère que je n'avais plus parce qu'il n'avait pas été capable de la sauver. J'aurais donné n'importe quoi pour qu'il ne vienne pas m'accompagner au port, mais je n'ai pas osé le lui suggérer indirectement, de peur qu'il ne s'en offense, et quand il est venu avec moi, que je l'ai vu parmi les gens venus dire au revoir à d'autres voyageurs, je me suis même senti honteux, et cette honte me donnait des remords et augmentait mon irritation, mon impatience de voir partir le bateau, de ne plus avoir à regarder encore mon père, d'avoir honte de lui, de son allure de vieux Juif de caricature, parce que les dernières années, en même temps qu'il devenait plus religieux, il avait beaucoup vieilli et s'était voûté, il commençait à ressembler dans son attitude et ses vêtements aux pauvres vieux Juifs orthodoxes de Budapest, ces Juifs de l'Est que nos parents séfarades regardaient de haut et que lui, dans sa jeunesse, avait considérés avec pitié et avec un peu d'orgueil comme des gens attardés, incapables de s'assimiler à la vie moderne, malades de leurs préceptes religieux et de leur manque d'hygiène. Je me sentais des remords d'avoir honte de lui et de le quitter, et il me faisait aussi de la peine, mais en réalité ni une chose ni l'autre ne m'ont gâché la joie de partir, et j'ai pris congé de mon père et de Tanger et de ma honte à peine le bateau parti, rien qu'en constatant qu'il s'écartait peu à peu du quai. J'étais encore à quelques mètres de lui, qui d'en bas continuait à me dire au revoir de la main parmi la foule, si différent de tous les autres qu'il me déplaisait qu'on m'associe à lui. Moi aussi je lui disais au revoir et je lui souriais, mais j'étais déjà parti, sans cesser de le regarder, sans m'être éloigné de plus de quelques mètres du quai, de Tanger, j'étais déjà très loin, déchargé de tout pour la première fois de ma vie, impossible d'imaginer de quel poids si grand, de mon père et de sa boutique et de son deuil et de sa culpabilité et de sa douleur pour notre famille et pour tous les Juifs anéantis par Hitler, et pour toutes les listes de noms qu'il y avait à la synagogue et dans les publications juives auxquelles mon père était abonné, et dans les petites annonces payantes des journaux israéliens où l'on demandait des témoignages sur les disparus. Maintenant j'étais seul. Maintenant je commençais et finissais en moi-même, maintenant je n'étais plus personne que moi-même. Je me rappelle que quelqu'un, à côté de moi sur le pont, écoutait un transistor, une de ces chansons américaines qui sont alors devenues à la mode. Il me semblait que la chanson était pleine de la même espèce de promesses que le voyage qui était devant moi. Jamais je n'ai eu une sensation physique de bonheur plus intense que lorsque j'ai vu que le bateau commençait à bouger, que j'ai vu Tanger de loin, depuis la mer, comme je l'avais vue le jour où nous étions arrivés mon père et moi, échappés d'Europe.

Comment Tanger était-elle en réalité, contrefaite dans la mémoire par le passage des années, par la carence du souvenir qui est toujours moins précis que la littérature feint de le dire. Qui peut se rappeler véritablement une ville, ou un visage, sans l'aide de photos, qui se sont perdues avec les albums d'une vie précédente, une vie qui avait paru immuable, suffocante, éternelle, et qui pourtant s'est dissoute sans laisser de traces, sans laisser à peine de souvenirs, des images qui peu à peu se perdent comme les vestiges d'un camp en ruine, ou comme les couleurs qu'oublient peu à peu ceux qui sont devenus aveugles, la ville où avait vécu monsieur Salama jusqu'à l'âge de dix ans, les visages de ses sœurs et de sa mère, la ville où quelqu'un se sent attaché et emprisonné et dont il pense qu'il ne pourra jamais partir, et dont pourtant il part un jour pour ne plus revenir, la table d'un bureau où l'on ne viendra plus s'asseoir et dans un tiroir de laquelle, parmi des papiers officiels maintenant inutiles, il reste un paquet de lettres oubliées que quelqu'un jettera au prochain nettoyage, les lettres de Milena Jesenska que Kafka n'a pas gardées.

Sirènes de bateaux et appels des muezzins à la tombée du jour, entendus à la terrasse d'un hôtel. Une confiserie espagnole qui ressemble à celles des villes de province dans les années soixante, un théâtre espagnol presque en ruine et qui porte le nom de Cervantès. De grands cafés enfumés et bruissants de conversations en arabe et en français, où il n'y a que des hommes. Les théières dorées et les verres étroits où fume un thé vert très sucré. Les labyrinthes d'un souk où cela sent les épices et les nourritures de votre enfance. Un mendiant aveugle avec une djellaba marron déchirée qui semble faite du même tissu que la cape du porteur d'eau de Séville, de Velázquez : le mendiant agite un bâton et murmure une rengaine en arabe, et de sa tête encapuchonnée on ne voit que le menton rugueux de barbe blanche et clairsemée et l'ombre qui couvre les yeux comme un masque ténébreux. De jeunes hommes traînent, indolents, guettant aux carrefours, près des hôtels, et dès qu'ils aperçoivent un étranger ils l'assiègent, lui offrent leur amitié, leur aide comme guides, ils essaient de lui vendre du haschisch, ou de lui présenter une fille, ou un garçon, et si on leur dit non, ce refus ne les décourage pas, et si on ne leur accorde aucune attention et qu'on feint, maladroitement, de ne pas les voir, ils ne renoncent pas et suivent la trace de celui qui ne sait pas comment se débarrasser d'eux et qui en même temps ne veut être ni arrogant ni offensant, avec sa mauvaise conscience d'Européen privilégié. Le boulevard Pasteur, seul nom qui reste dans la mémoire, avec ses immeubles bourgeois qui pourraient se trouver dans n'importe quelle ville d'Europe, mais d'une Europe d'un autre temps, d'avant guerre, une ville avec des tramways et des façades baroques, peut-être la Budapest où monsieur Salama était né et avait vécu jusqu'à dix ans, et où il n'était jamais revenu, et dont c'est à peine s'il lui restait quelques rares images, sentimentales et lointaines, comme des cartes postales coloriées à la main. La plus belle ville du monde, je vous le jure, le fleuve le plus solennel, la majesté pure, ni la Tamise, ni le Tibre, ni la Seine ne peuvent se comparer à la Duna, que tant d'années plus tard je ne m'habitue pas à appeler le Danube. La ville la plus civilisée, nous le croyions, jusqu'à ce que ne se réveillent ces bêtes fauves, et pas seulement les Allemands, les Hongrois qui étaient pires qu'eux et qui n'avaient pas besoin de leurs ordres pour agir avec la plus grande bestialité, ces Croix fléchées, ces dogues d'Himmler et d'Eichmann, ces Hongrois qui avaient été nos voisins et qui parlaient la même langue que nous, celle que j'ai oubliée, ou presque, en grande partie parce que mon père s'est entêté à ce que nous ne la parlions plus, pas même entre nous, lui et moi, les deux seuls survivants de notre famille, seuls et perdus ici, à Tanger, avec notre passeport espagnol, avec notre nouvelle identité espagnole qui nous avait sauvé la vie, qui nous avait permis de nous échapper d'Europe, où mon père n'avait jamais plus voulu retourner, l'Europe qu'il avait aimée par-dessus tout et dont il avait été fier, Brahms et Schubert et Rilke, et toute cette grande ordure de luxe qui lui avait tourné la tête et que plus tard il avait reniée pour se transformer en ce qu'il n'était pas non plus, un Juif pratiquant zélé, isolé et farouche parmi les gentils, lui qui dans notre enfance ne nous avait jamais emmenés à la synagogue, ni mes sœurs ni moi, qui ne célébrait aucune des fêtes liturgiques, qui parlait français, anglais, italien et allemand mais connaissait à peine quelques mots d'hébreu et une ou deux berceuses en judéo-espagnol, même si de cette origine il aimait vraiment se vanter quand nous habitions Budapest. *Sefarad*, c'était le nom de notre véritable patrie, même si nous en avions été expulsés depuis plus de quatre siècles. Il me racontait que notre famille avait conservé pendant des générations la clef de la maison qui avait été la nôtre, à Tolède, et tous les voyages qu'ils avaient faits après leur départ d'Espagne, c'était comme s'il me racontait une seule et même vie qui aurait duré presque cinq cents ans. Il parlait toujours à la première personne du pluriel : nous avons émigré en Afrique du Nord, ensuite certains d'entre nous se sont établis à Salonique et d'autres à Istanbul où nous avons apporté les premières imprimeries, et au dix-neuvième siècle nous sommes arrivés en Bulgarie, et au début du vingtième un de mes aïeux, le père de mon père, s'est consacré au commerce des grains d'un port du Danube à l'autre, il s'est fixé à Budapest et s'est marié avec la fille d'une famille du même rang que la nôtre, parce qu'à cette époque les séfarades se considéraient comme supérieurs aux Juifs orientaux, les pauvres ashkénazes des villages juifs de Pologne et d'Ukraine, ceux qui réchappaient des pogromes russes. Nous, nous étions espagnols, disait mon père avec ce pluriel orgueilleux. Saviez-vous qu'un décret de mille neuf cent vingt-quatre nous avait rendu, à nous les séfarades, la nationalité espagnole ?

L'Athénée espagnol, les Galeries Duna, les lumières de la côte espagnole qui brillaient la nuit, aussi proches que si elles n'étaient pas de l'autre côté de la mer mais sur la rive opposée d'un fleuve abondant et très large, le Danube, la Duna que monsieur Isaac Salama regardait dans son enfance, les eaux dans lesquelles, au début de l'été mille neuf cent quarante-quatre, les Allemands et leurs valets jetaient les Juifs assassinés à la sauvette en pleine rue, en plein jour, en vitesse parce que l'Armée rouge approchait et que peut-être les voies ferrées seraient coupées et qu'il n'y aurait plus moyen d'expédier des convois de morts vivants vers Auschwitz ou Bergen-Belsen, ou vers ces camps plus petits dont le nom même avait disparu du souvenir. L'Espagne est à deux pas, à une heure et demie de bateau, ce sont ces lumières qu'on voit de la terrasse de l'hôtel, mais dans la conversation de monsieur Isaac Salama, aux Galeries Duna ou à l'Athénée espagnol, on voit l'Espagne aussi lointaine que si elle était à des milliers de kilomètres, au-delà des océans, comme si quelqu'un se souvenait d'elle au Foyer espagnol de Moscou par un matin d'hiver blafard ou au Café Madrid de Washington : l'Espagne est un lieu presque inexistant tant elle est lointaine, un pays inaccessible, inconnu, ingrat, appelé *Sefarad*, regretté avec une mélancolie sans fondement ni excuse, avec une fidélité aussi assidue que celle que se sont transmise de père en fils les ancêtres de monsieur Isaac Salama, le seul de toute la lignée à avoir accompli le rêve héréditaire du retour pour être à nouveau expulsé, définitivement alors, à cause d'un malheur que lui, avec les années, ne considérait plus comme un effet injuste du hasard mais comme la conséquence et le châtiment de son propre orgueil, de la coupable démesure qui l'avait poussé à avoir honte de son père et à le renier au plus profond de son cœur.

Ah s'il n'avait pas conduit cette voiture de manière aussi imprudente, pense-t-il jour après jour, dans un deuil aussi obsédant que celui de son père quand il pensait à la femme et aux filles qu'il n'avait pas pu sauver, s'il n'avait pas eu une telle hâte de rentrer tout de suite en Espagne, pour monter à Madrid non pas par un de ces trains de nuit lents qui traversaient le pays entier du sud au nord comme des fleuves au courant puissant et sombre, mais dans la voiture que son père lui avait offerte en récompense des deux licences qu'il avait si brillamment obtenues simultanément. Mais alors, ils n'entretenaient plus ni l'un ni l'autre la fiction selon laquelle les titres universitaires de monsieur Salama allaient servir à faire mieux prospérer le commerce de tissus du boulevard Pasteur. Tanger, lui avait dit son père quand il était revenu à la fin de ses études, ne restera pas bien longtemps la ville internationale agitée et ouverte où ils étaient arrivés tous les deux en mille neuf cent quarante-quatre. Tanger appartenait désormais au royaume du Maroc et les étrangers devraient partir peu à peu, nous les premiers, disait son père dans un éclair fugace de sa perspicacité et de son ironie d'autrefois. J'espère seulement qu'ils nous mettront dehors avec de meilleures manières que les Hongrois, ou que les Espagnols en quatorze cent quatre-vingt-douze.

Il avait dit cela, les Espagnols, comme s'il ne se considérait pas comme l'un d'eux, même s'il en avait la nationalité et que pendant une partie de sa vie il s'était senti si fier d'appartenir à une lignée séfarade. Monsieur Salama a compris que son père évaluait la possibilité de vendre son commerce et d'émigrer en Israël. Mais lui, pour rien au monde il ne voulait changer une fois de plus de pays : j'aurais dû tenir compte de mon père, dit-il maintenant dans un nouvel épisode de son repentir, parce que l'Espagne ne veut rien savoir des choses espagnoles de Tanger, ni de nous les Espagnols qui restons encore ici. Au Maroc, il y a de moins en moins de place pour nous, mais en Espagne non plus on ne veut pas de nous. Avec la rente que je toucherai quand je fermerai cette boutique qui ne me rapporte presque rien, et que je prendrai ma retraite, je n'aurai pas de quoi vivre en Espagne, c'est pourquoi je resterai pour mourir à Tanger où nous autres Espagnols sommes de moins en moins nombreux, et de plus en plus vieux et étrangers. Je pourrais partir en Israël, bien sûr, mais que ferais-je à mon âge dans un pays dont je ne sais rien, et où je ne connais personne.

S'il avait alors écouté son père, s'il avait eu au moins un peu de patience, s'il n'avait pas conduit si vite sur l'une de ces routes espagnoles des années cinquante, gonflé d'orgueil, se croyant tout-puissant, capable de tout maîtriser, dit-il en fronçant avec mépris ses lèvres épaisses.

Un peu avant l'aube, à la sortie d'un virage très serré, la voiture avait dérivé sur la partie gauche de la route et il avait vu en face de lui les phares jaunes d'un camion. J'aurais dû mourir à ce moment-là, dit monsieur Salama, et il se rend compte qu'il répète ce qu'il avait tant de fois entendu son père prononcer, ce même désir de corriger le passé en quelques minutes, quelques secondes : si nous ne les avions pas laissées seules à la maison, si nous avions un peu moins tardé à revenir, une vie entière brisée pour toujours en une imperceptible fraction de temps, en une éternité de remords et de honte, la honte épouvantable que ressentait monsieur Salama de se voir paralysé à vingt-deux ans, de marcher avec des béquilles en traînant ses jambes inutiles, sachant que plus jamais il ne pourrait se tenir debout, et qu'il n'aurait plus non pas la force physique mais l'énergie morale nécessaire pour entreprendre la vie qu'il avait tant désirée, qu'il avait presque touchée de la main.

Je voulais que personne ne me voie, dit-il, je voulais rester caché dans le noir, dans un souterrain, comme ces monstres dans les films. Il a mis des années avant de sortir avec un peu de naturel dans la rue, de marcher dans la boutique soutenu par ses béquilles. Il remarquait qu'il se déformait peu à peu, qu'il avait les jambes de plus en plus maigres et le torse plus corpulent, les épaules très larges et le cou rentré. Il tombait par terre dans la boutique devant des acheteurs, à l'époque où il avait encore une grosse clientèle, et quand les employés accouraient pour le relever, il les haïssait plus encore qu'il ne se haïssait lui-même, et il fermait les yeux comme à l'hôpital et souhaitait mourir de honte.

Que pouvez-vous y comprendre, excusez-moi de vous le dire, vous qui avez vos deux jambes et vos deux bras. Cela, c'est vraiment une démarcation, comme d'avoir une maladie très grave et très honteuse, ou de porter une étoile jaune cousue sur sa veste. Moi je n'avais pas envie d'être juif quand les autres enfants me jetaient des pierres dans le jardin public où j'allais jouer à Budapest, avec mes sœurs qui étaient plus grandes et plus courageuses que moi et qui me défendaient. Être juif me causait alors la même rage que m'a causée par la suite le fait d'être paralysé, béquillé, boiteux, pas invalide ou handicapé comme disent les imbéciles, comme si changer le mot effaçait l'outrage et me rendait l'usage de mes jambes. Quand j'avais neuf ou dix ans, à Budapest, ce que je voulais ce n'était pas que nous les Juifs soyons à l'abri des nazis. Je vous le dis, et j'en ai honte, ce que je voulais c'était ne pas être juif.

Par la fenêtre du petit bureau de monsieur Salama entre un air tiède, comme d'un soir de mai, même si cette visite a lieu en décembre, et le chant d'un muezzin parvient, clair et amplifié par un de ces haut-parleurs rudimentaires qui sont sommairement accrochés à certains minarets, ainsi que la résonance épaisse de la sirène d'un bateau qui entre au port ou qui en sort. Monsieur Salama, avec une expression de déplaisir, téléphone à la boutique pour demander s'il y a du nouveau et dit en français à quelqu'un qui a mis très longtemps à répondre qu'il ne pourra pas passer avant la fermeture parce qu'à huit heures commence le concert de piano dans la salle de l'Athénée. Hier la Semaine culturelle espagnole a débuté par une conférence sur la littérature qui a réuni un certain public, mais aujourd'hui monsieur Salama est préoccupé parce que le pianiste qui se produit n'est pas très connu, et il craint qu'il ne soit pas non plus très bon. S'il l'était il ne viendrait pas à Tanger pour donner un concert si peu payé. D'avance cela lui fait peur, cela le rend mélancolique d'imaginer la salle avec seulement quelques rares sièges occupés, l'arcade d'une ferme andalouse sur la scène, et le pianiste dans son frac déjà très défraîchi se penchant d'un air emphatique vers un public rare et dispersé, la frange de sa tignasse romantique lui cachant la moitié du visage quand il se redressera. Il n'a pas eu assez d'argent pour imprimer toutes les affiches nécessaires, pour envoyer à temps les invitations. De plus, on est mercredi, peut-être y a-t-il un match international à la télévision. Dans les grands cafés sombres de Tanger où l'on sentait en entrant une âcre odeur de sueur masculine et de tabac brun, comme dans les bars espagnols d'il y a trente ans, on voyait parfois une foule de visages sombres levés vers l'écran d'un téléviseur, joues mal rasées et regards intenses : c'est qu'ils regardaient un match de football à la télévision espagnole, ou l'un de ces concours de starlettes en minijupe, adossées à des voitures rutilantes. Voilà, c'est la seule culture que l'Espagne apporte ici, clamait monsieur Salama, la télévision et le football, et la langue qui disparaît, et notre Athénée sans subventions, dévoré de dettes alors qu'en Espagne on dépense les millions par milliers pour cette

Babylone qu'est l'Exposition de Séville. Regardez ce que font les Français de leur côté, comparez notre Athénée à l'Alliance française, au riche palais qu'ils ont, aux cycles de films qu'ils organisent, aux expositions qu'ils font venir, à l'argent qu'ils dépensent en publicité, ils recouvrent toutes nos affiches, les rares que nous pouvons nous offrir. Avez-vous remarqué comme le drapeau français flotte haut ? J'y vais parce qu'ils m'invitent toujours, et je crève de jalousie. Les Français m'invitent mais les Espagnols oublient parfois de m'inviter, pas moi qui ne suis rien, mais l'Athénée, ils nous laissent de côté chaque fois qu'ils le peuvent, les gens de l'ambassade et ceux du consulat, comme si nous n'existions pas. Monsieur Salama respire précipitamment, les coudes rivés sur la table, son large torse penché au-dessus des papiers, cherchant de ses mains quelque chose dans le désordre, au milieu de programmes de concerts, de lettres, de factures impayées, de cartes d'invitation. Il se fait tard et il ne trouve pas ce qu'il cherche, il regarde sa montre, il s'aperçoit que le concert va commencer dans quelques minutes : Récital de piano donné par le célèbre virtuose D. Gregor Andrescu, œuvres de F. Schubert et de F. Liszt, entrée gratuite, soyez ponctuels. Peur panique qu'il n'y ait presque personne, d'être assis au premier rang et de voir de si près l'air déçu et le sourire de commande du pianiste, qui d'après monsieur Salama était une figure de première importance en Roumanie avant de passer à l'Ouest et d'obtenir l'asile politique en Espagne.

Mais monsieur Salama a trouvé ce qu'il cherchait, un carton d'invitation rédigé en français, imprimé sur un bristol solide et luisant avec l'écusson doré de la République et en bas, au-dessus d'une ligne pointillée, son nom écrit à l'encre de Chine en une calligraphie exquise, *Monsieur Isaac Salama, Directeur de l'Athénée espagnol*, la preuve indiscutable que l'invitation lui était personnellement adressée, que les autres, comme ils sont étrangers, lui réservent une considération que n'ont pas ses compatriotes. Inoubliable cette exposition, dit-il en reprenant le carton qu'il regarde à nouveau comme pour s'assurer que son nom et son titre y sont toujours écrits à la main, nous autres ne pourrons jamais faire venir ici quelque chose de comparable : manuscrits de Baudelaire, éditions originales des *Fleurs du mal* et du *Spleen de Paris*, des épreuves avec les ratures et les corrections que le poète y avait faites en personne. Comme c'est bizarre ai-je pensé, dit-il, que ces choses si intimes durent aussi longtemps, qu'elles soient parvenues jusqu'ici pour que je puisse les voir. Et ses yeux sont presque humides quand il se rappelle son émotion en voyant, mis au propre de la main même du poète, le sonnet à la belle inconnue, *À une passante*, qui de tous ceux de Baudelaire est celui que préfère monsieur Salama, celui qu'il connaît par cœur et récite en un français admirable qu'il a appris de sa mère dans son enfance, s'arrêtant avec délectation et une certaine emphase sur le dernier vers :

Ô toi que j'eusse aimée, ô toi qui le savais !

Il reste en arrêt, dans un silence tragique, une attitude insondable de remords et de pénitence. Il regarde, comme sur le point de dire quelque chose, le regard fixe et humide, il ouvre la bouche, prenant sa respiration pour parler, mais juste quand il commence on frappe à la porte du bureau. Une femme âgée entre, maigre, avec les lunettes attachées par une chaînette, la bibliothécaire et secrétaire de l'Athénée. Quand vous voudrez descendre, le maître Andrescu dit qu'il est prêt.

Ils disparaissent un jour, morts ou non, ils se perdent et s'effacent de la mémoire comme s'ils n'avaient jamais existé ou se transformaient en autre chose, en silhouettes ou en fantômes de l'imagination, déjà étrangers aux personnes réelles qu'ils ont été, à l'existence qu'ils continuent peut-être de mener. Mais parfois ils resurgissent, ils font un saut hors du passé, une voix arrive par le téléphone, qu'on n'avait pas entendue depuis des années, ou quelqu'un prononce avec naturel un nom qui déjà semblait totalement imaginaire, le nom d'un défunt ou d'un personnage de fiction. Très loin de Tanger, bien des années plus tard, dans une autre vie, dans une distance de temps si grande que les souvenirs ont perdu toute précision et même presque toute substance, dans un train où voyage un groupe de gens de lettres et de professeurs à travers un paysage de collines vertes et de brumes (mais ce temps-là lui aussi devient déjà lointain, et les circonstances s'estompent, comme les visages alors si familiers des compagnons de train), quelqu'un prononce le nom de monsieur Salama suivi d'une expression moqueuse et étonnée, et d'un éclat de rire.

« Ne me dis pas que toi aussi tu as connu le vieux Salama, cela fait des années et des années que je n'ai pas pensé à lui. Quel raseur ce type. Si on m'avait prévenu, jamais je n'aurais mis les pieds à Tanger, du moins pour la misère qu'on vous payait là-bas, où tout s'écroulait. Gentil, ce Juif, et très serviable, pas vrai ? Mais pénible, il ne te lâchait pas d'une semelle, ça non, il venait te chercher le matin à l'hôtel et te convoyait partout, un peu plus il t'aidait à pisser, et il débitait toujours la même rengaine, qu'en Espagne personne ne s'occupait de lui, et ces histoires qu'il racontait, de quand il était arrivé à Tanger, ça n'était pas dans les années quarante ? Il semble qu'il était d'une famille friquée, en Tchécoslovaquie ou quelque chose comme ça, et qu'ils avaient dû payer une fortune pour que les nazis les laissent partir. Bon, je ne me rappelle pas les détails parce que ça date de Mathusalem, c'était l'époque où on courait un peu partout pour faire tous les bla-bla qu'on vous demandait, et cet enquiquineur était très sympathique au téléphone, un langage très fleuri, pas vrai ? Mais oui, nous serions très honorés bien que, malheureusement, le cachet ne puisse pas être très généreux, mais il est important de soutenir la culture espagnole en Afrique... C'est bien comme ça qu'il parlait, non ? Quel raseur de Juif, toute la journée à monter et descendre avec ses béquilles ! Est-ce qu'il n'avait pas eu un accident de voiture ? Il disait, je ne suis ni invalide ni handicapé, je suis boiteux. Maintenant je me rappelle, puisqu'on parle de sa boiterie, est-ce qu'il ne t'a pas raconté l'histoire de son voyage en train pour Casablanca, quand il avait rencontré une bonne femme ? C'est bizarre parce qu'il racontait ça à tout le monde dès qu'on avait bu deux verres ensemble, il commençait toujours pareil, un poème de Baudelaire, il ne te l'a pas récité, à toi aussi ? »

Sans que vous le sachiez, les autres usurpent des histoires ou des fragments de votre vie, des épisodes que vous croyez garder dans un lieu clos de votre mémoire et qui sont racontés par des gens que vous ne connaissez peut-être même pas, qui les ont entendus et qui les répètent en les déformant, les adaptant à leur caprice ou à leur inattention, ou à certains effets comiques ou de médisance. Quelque part, en ce moment même, quelqu'un raconte quelque chose qui concerne mon intimité, quelque chose dont il a été témoin il y a des années et dont peut-être je ne me souviens pas moi-même, et comme je ne m'en souviens pas j'ai tendance à supposer que cela n'existe pour personne, que cela s'est effacé du monde aussi complètement que de ma mémoire. Des morceaux de toi-même demeurent dans d'autres vies, comme des chambres où tu as vécu et que maintenant d'autres habitent, des photos, ou des souvenirs, ou des livres qui t'ont appartenu et que maintenant un inconnu touche et regarde, des lettres qui continuent d'exister alors que celui qui les écrivait et celui qui les recevait et les conservait sont morts depuis longtemps. Très loin de toi, on raconte des scènes de ta vie, dans lesquelles tu es quelqu'un d'aussi imaginaire qu'un personnage secondaire dans un livre, de passage dans le film ou dans le roman de la vie d'un autre.

C'est à peine s'il y a des détails, et la paresse fait qu'on les invente ou qu'on les falsifie, qu'on profane, en usurpant un récit, ce qu'a été un morceau réel et douloureux de l'expérience de quelqu'un. Pour qui te prends-tu de raconter une vie qui n'est pas la tienne. Dans un train à travers les Asturies en route pour un congrès de littérature, pour animer le temps interminable de ce voyage, pour la simple vanité de raconter avec l'ironie appropriée quelque chose qui pour lui ne compte pas, pas plus que pour ceux qui l'écoutent, l'écrivain qui a prononcé à haute voix le nom de monsieur Salama, même s'il ne se rappelle pas si c'était Isaac ou Jacob ou Jérémie ou Isaïe, commence un récit qui ne durera que quelques minutes, et il ne sait pas que d'une certaine façon il est en train de redoubler un affront, d'aggraver une blessure.

Monsieur Isaac Salama prend le train pour Casablanca, où il doit se rendre pour ses affaires. On peut imaginer qu'il a quarante ans, quarante et quelques, que depuis un certain temps, depuis la retraite de son père, il se trouve responsable de la direction des Galeries Duna, qui sont un peu sur le déclin, comme ces vastes boutiques des capitales de province espagnoles qui ont été très modernes à la fin des années cinquante et au début des années soixante, puis qui sont restées comme arrêtées dans le temps, immobiles dans leur modernité vieillie, devenue peu à peu archéologique. Quand il va prendre le train, monsieur Isaac Salama a l'habitude d'arriver très en avance à la gare, afin de pouvoir occuper sa place avant tous les autres voyageurs et d'éviter qu'on ne le voie circuler, maladroit et humilié, sur ses deux béquilles. Il les cache sous la banquette ou les installe, bien dissimulées, dans le filet à bagages, si possible derrière sa valise même s'il calcule alors les mouvements qu'il lui faudra faire pour les récupérer sans difficulté, il garde à portée de main les choses dont il aura besoin pendant le voyage. Il tâche aussi d'emporter un léger imperméable et de le poser sur ses jambes. Nous sommes à l'époque où les trains ont encore de petits compartiments avec des sièges face à face. Si quelqu'un occupe un siège voisin du sien, monsieur Isaac Salama peut rester durant tout le voyage sans quitter sa place, ou dans l'attente que l'autre descende avant lui, et ce n'est qu'à toute extrémité qu'il se lèvera, prendra ses béquilles pour aller aux toilettes, prenant le risque d'être vu dans le couloir, qu'on s'écarte de lui en le regardant d'un air apitoyé ou moqueur, ou même qu'on lui propose de l'aide, qu'on lui tienne une porte ou qu'on lui tende la main.

L'heure de départ du train arrive et, pour la satisfaction de monsieur Salama, personne n'est entré dans le compartiment. Comme il voyage en première classe cela lui arrive assez souvent. Juste au moment où le train se met en marche, une femme fait irruption, agitée sans doute d'avoir dû se hâter pour arriver à la dernière minute. Elle s'assied en face de monsieur Salama, qui rassemble ses jambes paralysées sous l'imperméable. Il ne s'est pas marié, c'est à peine s'il a osé regarder une femme depuis qu'il est devenu invalide, tant il a honte de sa différence, mortifié comme lorsque dans son enfance il avait été obligé de porter l'étoile jaune sur le devant de son manteau.

La femme est jeune, très jolie, très diserte, cultivée, à coup sûr espagnole. Malgré la réserve de monsieur Salama, peu de temps après le début du voyage ils conversent comme s'ils se connaissaient depuis toujours, elle surtout, qui a le don de s'exprimer de manière claire et élégante, mais aussi celui de prêter une attention avide à ce qu'on lui raconte, de demander aussitôt des détails sans pour autant être indiscrète. Sans s'en rendre compte ils se penchent l'un vers l'autre, il se peut que leurs mains s'effleurent dans certains mouvements, leurs genoux, ceux de la femme nus, sans bas, ceux de monsieur Salama rassemblés et cachés sous le tissu de l'imperméable. Ils se parlent, de profil sur le paysage qui défile derrière la fenêtre, et vers lequel ils ne se tournent ni l'un ni l'autre. Monsieur Salama ressent un désir sexuel très fort, mais aussi très net, plein d'émotion et de tendresse, une promesse physique de bonheur dont il lui semble voir le reflet et la correspondance dans les yeux de la femme.

Ils voudraient tous deux que le voyage dure éternellement : le plaisir d'être dans le train, d'avoir à peine fait connaissance et d'avoir devant soi des heures de conversation, d'affinités mutuelles qu'on vient de découvrir, qu'on n'a encore jamais partagées avec personne. Monsieur Salama que son accident a laissé paralysé pour toujours alors qu'il était dans la timidité tortueuse de l'adolescence découvre maintenant en lui-même une légèreté de parole qu'il ignorait, un commencement de séduction et d'audace qui lui restitue, tant d'années plus tard, une partie de l'élan jovial de ses premiers temps à Madrid.

Elle lui dit qu'elle va à Casablanca où elle vit avec sa famille. Monsieur Salama est sur le point de lui dire que lui aussi y va, qu'ils descendront donc ensemble du train et pourront se revoir les jours suivants. Mais il se rappelle alors ce qui était sorti de son esprit pendant les heures ou les minutes écoulées, son obsession et sa honte, et il ne dit rien, ou bien il ment, il dit que c'est dommage, qu'il doit continuer son voyage jusqu'à Rabat. S'il descendait à Casablanca il devrait prendre ses béquilles, qu'elle n'a pas pu voir, tout comme elle n'a pas vu ses jambes même si elle les a frôlées, puisqu'elles sont cachées par l'imperméable.

Ils continuent leur conversation mais il commence d'y avoir des moments de silence, et ils s'en rendent compte tous les deux, bien qu'elle tente courageusement de les combler avec des mots derrière lesquels il y a une zone d'ombre, d'étonnement ou de méfiance. Peut-être s'imagine-t-elle qu'elle a fait quelque erreur, qu'elle a dit quelque chose qu'elle n'aurait pas dû dire. Pendant ce temps, monsieur Isaac Salama regarde par la fenêtre chaque fois que le train arrive dans une gare et calcule combien d'arrêts il reste jusqu'à Casablanca, jusqu'à la séparation qui lui paraît aussi irrévocable que si elle avait déjà eu lieu. Il s'injurie lui-même avec une rage secrète, se défie, se fixe des temps limites, s'accorde des trêves de quelques minutes, tandis que la femme lui parle toujours et lui sourit, tandis qu'elle le frôle de ses mains désinvoltes, ses genoux si proches des siens qu'ils les heurtent lorsque le train freine, et alors monsieur Salama ramène discrètement son imperméable sur ses cuisses, il ne faudrait pas qu'il tombe par terre. Il va lui dire que lui aussi va à Casablanca, il se redressera sur le siège quand le train sera arrêté et il prendra ses béquilles, il ne la laissera pas essayer de l'aider pour porter son bagage, parce que après tant d'années il a acquis dans les bras et le torse une force et une agilité qu'au début il ne s'imaginait pas pouvoir atteindre, et que, lorsque ses mains sont occupées, il est capable de saisir quelque chose avec ses dents, ou de garder son équilibre en s'appuyant contre un mur.

Mais au fond de lui il sait, il n'a pas cessé un instant de savoir, qu'il n'aura pas cette audace. Pendant que le train approche de Casablanca, la femme lui écrit son adresse et son numéro de téléphone et lui demande les siens, que monsieur Salama falsifie sur un papier, d'une écriture désordonnée. Le train s'est arrêté et la femme, debout en face de lui, reste un peu confondue, étonnée qu'il ne se lève même pas pour lui dire au revoir, qu'il ne l'aide pas à descendre son bagage. Il est probable qu'elle n'a pas vu les béquilles, bien cachées derrière le sac de monsieur Salama, même s'il est tentant d'imaginer aussi qu'elle les a remarquées, avec sa perspicacité féminine, et qu'elle avait déjà discerné quelque chose de bizarre dans ces jambes trop jointes, cachées par l'imperméable. Elle ne se décide pas à se pencher vers monsieur Salama pour l'embrasser, elle lui tend la main, lui sourit, haussant les épaules dans un geste de résignation ou de renoncement, elle lui dit de l'appeler s'il décide de s'arrêter à Casablanca lors de son voyage de retour, qu'elle l'appellera la prochaine fois qu'elle ira à Tanger. Au dernier moment monsieur Salama a la tentation de se mettre debout, ou de ne pas lâcher sa main et de la laisser le relever vigoureusement. Son mouvement de ne pas permettre à la femme de partir est si fort qu'il lui semble presque qu'il retrouve des forces dans ses jambes et qu'il peut se mettre debout sans l'aide de personne. Mais il reste immobile et, après un moment d'hésitation, la femme lâche sa main, prend sa valise, se tourne une dernière fois vers lui et sort dans le couloir, et il ne parvient pas à la voir sur le quai. Il s'adosse dans son siège quand le train se remet en marche, en route pour une ville où il n'a rien à faire, où il devra chercher un hôtel pour passer la nuit, un hôtel proche de la gare parce qu'il devra, à la première heure, prendre un train pour retourner à Casablanca. Ô toi que j'eusse aimée, a récité monsieur Isaac Salama ce soir-là dans son bureau de l'Athénée espagnol, avec la même tristesse que pour réciter les versets du Kaddish en mémoire de son père, tandis que parvenaient par la fenêtre ouverte le bruit d'une sirène de bateau et la psalmodie du muezzin, ô toi qui le savais.

Münzenberg

Je reste très tard à lire, résistant au sommeil pour avancer un peu plus dans ma lecture, pour savoir d'autres choses sur la vie de cet homme dont jusqu'à hier je n'avais pas entendu parler. Willi Münzenberg qui à la fin du printemps mille neuf cent quarante s'enfuit vers l'ouest par les routes de France, dans la grande débandade provoquée par l'avance des chars d'assaut allemands. Maintenant, pour la première fois des cinquante années de sa vie qu'il voit les choses avec calme et clarté et qu'il a acquis l'expérience et la trempe nécessaires pour faire exactement ce qu'il devrait, c'est précisément lorsque cela n'a plus d'importance et qu'il n'a plus le temps de rien faire. Ce n'est pas la première fois qu'il est en fuite, mais la première fois que c'est à pied et les mains vides, sans savoir où aller et en sachant que partout où il cherchera refuge aux frontières de la guerre, il y aura des délateurs prêts à le livrer, si toutefois il ne tombe pas, anonyme, sous la mitraille dans une rangée d'otages désignés au hasard, ou bien mis en pièces par une bombe ou par une mine. Il sera exécuté si les Allemands le prennent, mais il le sera aussi si ses anciens camarades et subordonnés communistes trouvent sa trace. S'il essaie d'atteindre l'Angleterre, projet à peu près irréalisable, il sait que là-bas aussi il sera arrêté comme espion et que les Anglais l'utiliseront sûrement comme monnaie d'échange dans quelque négociation avec les Soviétiques ou les Allemands. Il a été tout et il n'est plus rien, il n'a plus rien, même si quelqu'un dit se souvenir qu'il conservait deux mille francs en poche, avec lesquels il espérait acheter une voiture qui lui permettrait de s'échapper en Suisse.

Il sait que le peu qui reste de lui-même, cette ombre en fuite sur les routes de France, est une présence inacceptable pour beaucoup, qu'il est un témoin malencontreux ou nuisible qu'il serait très commode d'éliminer. Ce qu'il croyait être sa force, son assurance sur la vie, est la cause de sa condamnation. En outre il sait quelque chose : dans les services secrets anglais il y a des agents soviétiques infiltrés qui révéleraient à Moscou les traces de sa présence en Angleterre, de sorte qu'il ne serait pas non plus à l'abri si le gouvernement anglais lui accordait loyalement asile.

Mes yeux se ferment, le livre me glisse presque des mains pendant que Willi Münzenberg marche, perdu dans la foule qui se répand sur les routes, qui se disperse dans les champs voisins comme un vol d'insectes chaque fois que s'approchent les avions de chasse allemands volant en rase-mottes, d'abord les moteurs au loin, puis des silhouettes métalliques brillant dans le soleil de juin, et enfin leurs ombres, grands oiseaux de proie aux ailes immobiles et ouvertes, mitraillant un convoi de véhicules militaires en fuite, larguant leurs bombes sur un pont où s'entassent les fugitifs, ralentis dans leur avancée par un camion en panne. Des insectes en fuite, c'est ce que verront les pilotes depuis le ciel : silhouettes minuscules, griffonnages noirs obliques. Mais chacune de ces créatures infimes est un être humain, il a son nom et sa vie, un visage qui n'est semblable à celui de personne d'autre. C'est parmi eux que Willi Münzenberg veut se cacher, il veut n'être personne pour échapper aux grandes mains et à la gueule du cyclope. Mais l'œil du cyclope qu'il connaît le mieux et qu'il craint le plus, Joseph Staline, voit tout, scrute tout, ne permet à personne de s'échapper ni de sauver sa vie, même en se réduisant à la taille de l'insecte le plus lamentable un condamné ne peut pas échapper à sa poursuite ; dans un camp retranché, à Mexico, protégé par des murs, des barbelés, des gardes armés, des miradors, des portails métalliques, même Trotski n'a pas pu échapper à une persécution qui a duré plus de dix ans à travers le monde entier.

Qui parmi tous les gens qui s'enfuient autour de lui pourrait imaginer l'histoire de Willi Münzenberg, un étranger corpulent, mal vêtu et mal rasé, qui a passé les derniers mois dans un camp de concentration, un de ces camps où le gouvernement français, suivant la logique criminelle de cette époque, a enfermé les réfugiés et les apatrides qui ont précisément le plus à craindre des nazis : si la guerre éclate contre l'Allemagne, les réfugiés allemands qui vivent en France sont des ennemis, de sorte qu'il faut les enfermer bien qu'ils aient fui le nazisme. Mais une fois enfermés, ils représentent la proie idéale pour l'armée allemande et pour la Gestapo, à laquelle ils avaient cru échapper quand ils s'enfuyaient en France. En mille neuf cent trente-trois, cet homme, Willi Münzenberg, est arrivé à Paris dans la première vague de ceux qui fuyaient la persécution nazie, après l'incendie du Reichstag, où il avait occupé un siège de député communiste. Mais il s'était alors échappé dans une grande Lincoln Continental noire, conduite par son propre chauffeur en uniforme : pas à pied comme aujourd'hui, alors qu'il n'a plus rien, qu'il n'est plus personne, alors qu'il ne sait pas où se trouve sa femme ni même si elle est vivante, ni s'il pourra la revoir au milieu du grand désordre de la guerre, elle qui est aussi une silhouette minuscule au milieu des foules en fuite, dans l'impossible recensement des déplacés, déportés, millions de personnes jetées sur les routes d'une Europe soudain retournée à la barbarie, foules qui attendent sur les quais des gares ou sur les ports des villes côtières, s'entassant contre les grilles ou les portes fermées des légations étrangères pour obtenir des passeports, des papiers, des visas, des cachets administratifs qui peuvent marquer dans le destin de chacun la différence entre la vie et la mort.

Je pose le livre sur la table de nuit, j'éteins la lumière et au moment même où je me trouve dans le noir les yeux ouverts, je me rends compte que le sommeil qui m'avait gagné il y a un instant a disparu. J'ai manqué le sommeil comme on manque un train pour une minute ou pour quelques secondes, et je sais maintenant que je dois attendre qu'il me revienne, et qu'il peut mettre des heures à arriver. Münzenberg vivant a été vu pour la dernière fois à la table d'un café de village, assis en compagnie de deux hommes plus jeunes que lui, et parlant allemand avec eux. Peut-être s'étaient-ils eux aussi enfuis du camp et il est très possible que l'un d'eux l'ait tué : peut-être s'étaient-ils fait interner dans ce camp de prisonniers pour gagner la confiance de l'homme qu'ils avaient l'ordre d'exécuter.

Je reste immobile dans le noir en écoutant ta respiration. Accompagné par ces hommes, Münzenberg fuit l'avance de l'armée allemande, et il ne sait pas que ce sont des agents soviétiques qui l'ont espionné depuis qu'il est arrivé au camp de prisonniers et qui ont été chargés de son exécution. Ou peut-être le sait-il mais il n'a pas la force de leur échapper, de s'entêter plus longtemps dans une fuite épuisante et inutile, la lente prolongation d'un harcèlement qui dure déjà depuis plusieurs années. Je vois par la fenêtre, au-dessus des toits, la grande sphère de l'horloge sur le bâtiment de la Telefónica qui, à cette distance, a quelque chose d'un gratte-ciel moscovite, peut-être parce qu'il n'est pas difficile d'imaginer que la lumière rouge qui le couronne est une grande étoile communiste. Il y a bien des années, alors que je n'étais pas encore allé à New York, j'ai vu en rêve un immense bâtiment de brique noire avec une grande étoile rouge sur son sommet de pyramide et quelqu'un qui marchait à côté de moi mais que je ne voyais pas a dit : « Voici l'étoile du Bronx. »

Dans mon insomnie reviennent les fantômes des morts et aussi les fantômes des vivants, des absents que je n'ai pas vus depuis longtemps, dont je ne me suis pas souvenu, épisodes, actions, noms de vies passées, piqûres douloureuses qui ne sont presque jamais de nostalgie, presque toujours de repentir ou de honte. Me reviennent aussi la peur à l'état pur, la panique enfantine du noir, des ombres ou des formes qui commencent à s'y définir, qui prennent la forme d'un animal, d'une présence humaine ou d'une porte sur le point de s'ouvrir. Pendant l'hiver mille neuf cent trente-six, dans la chambre d'un hôtel de Moscou, Willi Münzenberg restait éveillé dans le noir, fumant peut-être pendant que sa femme dormait à côté de lui, et chaque fois qu'il entendait dans le couloir des pas qui approchaient de la chambre, il pensait avec un frisson de panique et une lucidité d'insomnie, ils arrivent, ils sont là. Par la fenêtre de sa chambre, il voyait une étoile rouge et une horloge dont les chiffres brillaient en rouge au sommet d'un bâtiment au-dessus de la vaste obscurité de Moscou, au-dessus des rues où seules circulaient à cette heure les camionnettes noires du NKVD.

Ma grand-mère Leonor, qu'elle repose en paix, dont je me souviens à peine, me racontait quand j'étais enfant que sa mère, une fois morte, lui était apparue nuit après nuit. Elle ne faisait rien, ne lui disait rien, ne lui faisait même pas peur, il n'y avait que de la mélancolie et de la tendresse, et un sentiment de culpabilité, même si ma grand-mère n'a jamais utilisé cette expression qui ne faisait pas partie de la langue campagnarde qu'elle parlait. Sa mère la regardait en silence, lui souriait pour qu'elle n'ait pas peur, lui faisait un signe de la tête comme pour lui indiquer quelque chose, lui demander quelque chose, puis elle disparaissait, ou alors ma grand-mère s'endormait, et la nuit suivante elle se réveillait et la voyait de nouveau, tranquille, fidèle au pied du lit, qui est celui où toi et moi dormons à présent.

Maman, que veux-tu, que te manque-t-il ? lui demandait ma grand-mère, avec la même sollicitude que quand sa mère vivait encore, quand elle était déjà très malade et la regardait sans parler, un visage très pâle sur l'oreiller et des yeux qui la suivaient à travers la chambre.

Sa mère répétait ce geste, comme celui de quelqu'un qui veut dire quelque chose mais a perdu l'usage de la parole, qui fait des efforts mais dont les mots n'arrivent pas à venir. Un matin, un dimanche, à l'église, ma grand-mère a compris ce que sa mère voulait lui dire. Elle était si pauvre et elle avait tant d'enfants qu'elle n'avait pas pu commander quelques messes pour sa mère et, même si elle n'était pas trop croyante, le remords ne la laissait pas en paix, une inquiétude sourde qu'elle n'avait partagée avec personne. Sans ces messes, sa mère ne pouvait peut-être pas sortir du Purgatoire. D'une manière ou d'une autre ma grand-mère a trouvé un peu d'argent, elle a emprunté à une belle-sœur, et avec les pièces ou les billets de cinq pesetas froissés qu'elle avait alors enveloppés dans un mouchoir, elle est allée à l'église de Santa María pour commander les messes. Cette nuit-là, quand sa mère est venue se présenter à elle au pied du lit, contre les barreaux de bronze doré, ma grand-mère lui a dit de ne pas se faire de souci, que très bientôt plus rien ne lui manquerait. Sa mère ne lui est plus apparue, ne s'est pas présentée à elle, comme elle disait dans sa langue d'un autre siècle. Elle a ressenti du soulagement, mais aussi sa tristesse de l'absence de sa mère est alors devenue pour elle définitive, parce qu'elle ne la verrait plus jamais, pas même en rêve.

C'est dans ce lit que nous dormons toi et moi, celui où ma mère est née, où cette nuit je n'arrive pas à m'endormir. Mes parents ont été très étonnés que nous voulions emporter à Madrid ce grand et vieux lit qui était depuis tant d'années au fin fond du grenier. C'est sur ces barreaux, qui maintenant se profilent dans la pénombre une fois que les yeux s'y sont adaptés, que se posait la main pâle de la mère de ma grand-mère, mon arrière-grand-mère, celle dont je descends en partie, dont je ne sais même pas le nom bien que j'aie hérité d'elle une part de mon patrimoine génétique qui peut-être détermine un trait de mon visage ou de mon caractère, de ma santé incertaine. Qu'il est étrange d'habiter les lieux qui ont été ceux des morts, d'utiliser les objets qui leur ont appartenu, de se regarder dans les miroirs où se sont posés leurs visages, de regarder par des yeux qui ont peut-être la forme et la couleur des leurs. Les morts reviennent dans l'insomnie, ceux que j'ai oubliés et ceux que je n'ai jamais connus, ceux qui assaillent la mémoire de celui qui, il y a soixante ans, a survécu à une guerre, et ils semblent lui dire de ne pas les oublier lui non plus, de prononcer leurs noms à haute voix, de raconter comment ils ont vécu, pourquoi ils ont été si vite terrassés par une mort qui aurait pu l'emporter lui aussi. Qui est celui que je supplante dans la vie, quel destin a-t-il été aboli pour que le mien s'accomplisse, pourquoi ai-je été choisi, moi et pas un autre.

Au cours des nuits où j'ai vainement guetté le sommeil dans le noir, j'ai imaginé les insomnies de cet homme, Willi Münzenberg, quand il a commencé à comprendre que le temps de son pouvoir et de sa superbe était terminé, que dans le seul avenir qui lui restait il fuirait sans repos, sans refuge possible, et qu'il finirait par mourir comme un chien, comme un animal persécuté et sacrifié, comme étaient morts tant de ses amis, de vieux camarades, héros bolcheviks un jour pour être le lendemain transformés en criminels et en traîtres, en vermine qu'il fallait écraser, si l'on en croyait les harangues du procureur alcoolique et fou des grands procès de Moscou. Exécuté comme un chien, comme Zinoviev ou Boukharine, comme son ami et beau-frère Heinz Neumann, dirigeant du Parti communiste allemand qui vivait réfugié ou bloqué à Moscou et qui, en mille neuf cent trente-sept, est peut-être mort d'un coup de revolver dans la tête, désarmé et déconcerté face à ses bourreaux, comme cet autre accusé, Joseph K., qu'a inventé Franz Kafka dans les insomnies fébriles de la tuberculose, sans savoir qu'il formulait une prophétie exacte. Mais on n'a jamais vraiment su comment est mort Heinz Neumann, pendant combien de semaines ou de mois il a été torturé, où a été enterré son corps.

Au camp de concentration de Ravensbrück, la veuve de Heinz Neumann écoutait les histoires de Kafka que lui racontait son amie Milena Jesenska. Pendant de nombreuses nuits d'insomnie, Babette Gross a vécu minute après minute la torture de ne pas savoir si son mari était mort, ou dans une prison de Staline, ou dans un camp allemand. Des années plus tard, quand on a fini par lui dire la vérité, elle imaginait le cadavre pendu dans une forêt, se balançant à une branche, oscillant jour après jour jusqu'à ce qu'enfin la branche ou la corde casse et que le corps rigide tombe par terre, pourrisse sans que personne ne le trouve, pendant qu'elle ne dormait pas et se demandait si elle devait ou non penser à lui comme à un mort. Quand l'automne est arrivé, les feuilles mortes ont commencé de le recouvrir.

Tu dormais à côté de moi et moi j'imaginais Willi Münzenberg fumant dans le noir tout en écoutant la respiration tranquille de sa femme, Babette, qui était une bourgeoise blonde et altière, fille d'un magnat prussien de la bière, communiste fanatique au début des années vingt et qui a vécu bien des années de plus que lui, presque un demi-siècle, une vieille femme qui à la veille de la chute du mur de Berlin reçoit la visite d'un historien américain et qui murmure pour lui dans un magnétophone les histoires d'un temps et d'un monde évanouis, images de la nuit où avait brûlé le Reichstag, ou des premiers défilés des Chemises brunes dans les villes allemandes, ou de Moscou en novembre mille neuf cent trente-six, quand elle et son mari avaient attendu des jours durant dans la chambre d'un hôtel que quelqu'un vienne leur rendre visite, ou qu'on les appelle au téléphone pour leur annoncer le jour et l'heure d'un rendez-vous avec Staline qui jamais n'est arrivé, ou qu'on frappe des coups à la porte et que ce soient des hommes venus pour les arrêter.

Il y a des gens qui ont vécu ces choses-là: rien de cela n'est encore perdu dans l'amnésie absolue, celle qui tombe sur les actions et les êtres humains quand meurt le dernier des témoins qui y a assisté, le dernier qui a entendu une voix, qui a soutenu un regard.

Je connais une femme qui a marché au hasard dans Moscou le matin où la mort de Staline a été annoncée. Elle était enceinte de huit mois et elle est rentrée chez elle de crainte qu'une bousculade de la foule n'écrase l'enfant qui alors bougeait très fort dans son ventre. En parlant avec elle, je suis pris de vertige comme si je traversais une haute passerelle de temps, c'est presque me retrouver dans la réalité dont elle avait été le témoin et qui, si je l'avais connue, serait pour moi la trame d'un livre. Je connais un homme qui a reçu la Croix de Fer au siège de Leningrad, et quand j'étais très jeune j'ai serré la main d'un autre qui portait sur la peau d'un avant-bras pâle et très maigre le numéro matricule des prisonniers de Dachau. J'ai parlé avec quelqu'un qui à six ans mourait de peur dans une cave de Madrid, serré dans les bras de sa mère pendant que résonnaient les sirènes d'alerte, les moteurs des avions et les explosions des bombes, et qui à dix ans était interné dans un baraquement du camp de Mauthausen. C'était un homme mince, bien élevé, absent, qui avait une moitié de son nom espagnole et l'autre moitié française et qui n'appartenait complètement à aucun de ces deux pays. Les cheveux noirs bien tirés en arrière, les traits durs et le visage basané étaient espagnols, mais ses manières et la langue qu'il utilisait étaient aussi françaises que celles de n'importe lequel des écrivains qui bavardaient et buvaient lors d'un cocktail littéraire à Paris, là où nous nous sommes brièvement rencontrés, là où a commencé mon amitié pour Michel del Castillo.

Par hasard, comme on rencontre un inconnu lors d'une fête, j'ai rencontré Willi Münzenberg dans un livre qu'on m'avait envoyé et que j'ai commencé à lire distraitement, et à cause duquel je me suis égaré dans l'insomnie. Au moment de ma lecture, sans que je m'en rende compte, il s'est produit une transformation de mon attitude, et celui qui n'avait été qu'un nom et qu'un personnage obscur et mineur m'a ému comme une présence forte, quelqu'un qui me renvoyait très intensément à moi-même, à ce qui compte le plus pour moi, ou à ce que je suis au fond de moi, à ce qui déclenche les mécanismes secrets et automatiques de l'invention. Vous êtes en grande partie ce que les autres savent ou croient ou disent de vous, ce qu'ils voient en vous regardant ; mais qui êtes-vous quand vous êtes seul dans le noir sans pouvoir dormir, uniquement votre corps immobile et calé dans le lit, votre conscience sans appuis confrontée à la lenteur intolérable du temps, à sa durée abstraite, parce que vous ne savez pas quelle heure il est et que vous ne voulez pas allumer la lumière de crainte de réveiller celle qui dort à côté de vous, vous ne savez pas si vous êtes couché dans ce qui est encore le creux de la nuit, ou si la première clarté de l'aube approche.

Parmi les fantômes des vivants et des morts surgit Willi Münzenberg. Il me tient compagnie pendant cette nuit d'insomnie, il revient ensuite de nombreuses fois, inopinément, au long des années, je le retrouve dans les pages d'autres livres, ou bien sa présence me vient à l'esprit. Toute sa vie a été un jeu entre la simulation et l'invisibilité, entre le pouvoir occulte et ardu et l'éclat sans poids des apparences, et il a fini par devenir presque complètement invisible, effacé de l'histoire par les pouvoirs mêmes qu'il avait servis avec tant d'efficacité et qui peut-être l'ont même effacé de la vie, le pendant à un arbre au début de juin mille neuf cent quarante, dans une forêt, en France.

Hier même, j'ai découvert que j'avais sans le savoir une excellente photo de lui dans le second volume de l'autobiographie d'Arthur Koestler, *Hiéroglyphes*. Soudain les hasards se rencontrent : c'est dans une librairie d'occasion de Charlottesville, en Virginie, un jour d'hiver de mille neuf cent quatre-vingt-treize, que j'ai acheté ce volume à la couverture rouge, au papier grossier et jaune, imprimé à Londres en mille neuf cent cinquante-quatre. La librairie était une maison de bois rouge qui avait quelque chose d'une cabane ou d'une grange, presque à la lisière d'une forêt enneigée. Il y a un instant, en feuilletant le livre à la recherche de la date de publication, j'ai vu une chose à laquelle je n'avais jamais fait attention : sur le revers de la couverture il y avait une signature illisible et, à côté d'elle, un lieu et une date, Oslo, janvier mille neuf cent cinquante-neuf.

Je ne me rappelais pas non plus la photo, qui est dans les clairs-obscurs admirables des portraits des années trente. Münzenberg vous y regarde droit dans les yeux, avec élégance et fermeté, peut-être avec une pointe d'égarement et de désespoir anticipé, avec la tristesse qu'ont les morts sur les photos, les témoins de quelque vérité terrible. C'est un homme fort, rude mais pas vulgaire, le cou solide et court et les épaules larges, le menton un peu levé, les yeux perspicaces, cernés de fatigue, le front haut, les cheveux un peu en désordre, ce qui serait le signe d'une activité incessante ou d'un début de laisser-aller, on ne sait pas. Il est habillé de manière conventionnelle mais très moderne, veste avec un stylo dans la poche supérieure, gilet, cravate, chemise sans faux col.

Son visage avait la simplicité lisse d'une sculpture sur bois, mais il y avait chez lui une franche expression d'amitié, dit Koestler qui a travaillé pour lui à Paris, à l'époque où la photo a été prise : un homme petit, carré, solide, avec des épaules puissantes et un air de cordonnier de village, dont émanait pourtant une autorité si hypnotique que Koestler avait vu des banquiers, des ministres, des ducs autrichiens s'incliner vers lui avec une docilité d'écoliers.

Il était né en mille huit cent quatre-vingt-neuf d'une famille très pauvre, dans un faubourg ouvrier de Berlin. Son père était un cabaretier ivrogne et brutal qui s'était fait sauter la tête en nettoyant un fusil de chasse. À seize ans, il était ouvrier dans une fabrique de chaussures et prenait part aux activités d'éducation des syndicats. Il avait toujours eu, à un point qui touchait au génie, le talent d'organiser des choses pratiques et une énergie qui, au lieu de s'épuiser dans la discussion et le travail, semblait s'en alimenter. Pour ne pas servir dans l'armée et faire une guerre que de par ses principes internationalistes il réprouvait, il s'était enfui en Suisse et, dans le cercle des réfugiés de Berne, il avait connu Trotski dont l'attention avait été immédiatement attirée par son intelligence, sa passion révolutionnaire et ses capacités d'organisateur. Trotski l'avait présenté à Lénine : très vite, Münzenberg avait fait partie du cercle des plus fidèles. Dans un livre on dit qu'il est l'un des bolcheviks qui ont voyagé avec Lénine vers la Russie dans un wagon plombé à la veille de la révolution d'octobre. Il racontait que Lénine lui avait dit : *Mon ami, vous mourrez en étant de gauche.*

Mais Münzenberg n'a jamais ressemblé tout à fait à ses camarades communistes. Il y a toujours eu chez lui quelque chose d'étrange et d'excessif, même au temps de sa plus ferme orthodoxie. Il aimait vivre bien, et comme il était né et avait vécu pauvre, il avait un goût flamboyant pour les grands hôtels, les vêtements coûteux et les automobiles de luxe. Il était fait de la même matière que les grands ploutocrates américains surgis du néant, patrons énergiques de chemins de fer, de mines de charbon ou de fer, enrichis grâce à leur flair et à leurs rapines, mais surtout grâce à une forme irrésistible d'intelligence pratique alliée à une volonté sans repos ni pitié. Ceux qui l'ont connu ont dit de lui que s'il avait décidé de servir le capitalisme et non le communisme, il serait devenu un W. R. Hearst, un Morgan, un Frick, un de ces patrons colossaux qu'aucune possession pour gigantesque qu'elle soit ne rassasie jamais, qui jamais n'abandonnent la rudesse de leurs origines, qui jamais ne sont apaisés ni par l'âge, ni par le pouvoir, ni par la possession, qui continuent d'être des rustres joviaux au milieu du luxe et des travailleurs acharnés malgré leur insondable richesse.

Dans les premières années de la révolution soviétique, alors que Lénine délirait dans les salles du Kremlin, intoxiqué de son propre fanatisme, cerné de téléphones et de larbins, imaginant encore que l'Europe entière allait être incendiée d'un moment à l'autre par des soulèvements prolétariens, Münzenberg a compris avant tout le monde que la révolution mondiale n'était pas pour le lendemain, si toutefois elle avait lieu un jour, et que le communisme ne pourrait se diffuser en Occident que de manière oblique et progressive, non par la propagande criarde, rude et monotone où se complaisaient les Soviétiques, mais à travers des causes en apparence désintéressées et apolitiques, grâce à la complicité en grande partie involontaire de certains intellectuels de grand prestige, célébrités indépendantes et de bonne volonté qui signeraient des manifestes en faveur de la paix, de la culture et de la concorde entre les peuples.

Willi Münzenberg a inventé l'art politique de flatter les intellectuels établis, la manipulation convenable de leur égolâtrie, de leur peu d'intérêt pour le monde réel. Il parlait d'eux avec un certain mépris et les appelait le « Club des Innocents ». Il était à la recherche de gens pondérés, avec des tendances humanistes, une certaine solidité bourgeoise, si possible l'éclat de l'argent et du cosmopolitisme : André Gide, H. G. Wells, Romain Rolland, Hemingway, Albert Einstein. Lénine aurait fusillé sans délai cette espèce d'intellectuels, ou bien il les aurait expédiés dans un sous-sol de la Loubianka ou en Sibérie. Münzenberg a découvert l'immense utilité qu'ils pouvaient avoir pour rendre attrayant un système que lui, dans le fond incorruptible de son intelligence, devait trouver atterrant d'incompétence et de cruauté, même pendant les années où il le considérait comme légitime.

Il s'est peu à peu transformé en imprésario du Komintern, son ambassadeur secret dans l'Europe bourgeoise qui lui plaisait tant et à la destruction de laquelle il avait consacré sa vie. Il fondait des sociétés et des journaux qui lui servaient de couverture pour manipuler des fonds de propagande qui venaient de Russie, mais il avait un tel talent véritable d'homme d'affaires que chacune de ses entreprises prospérait, convertissait les versements clandestins en fleuves d'argent, avec lesquels il finançait alors d'autres projets de conspiration révolutionnaire et d'affaires éblouissantes et audacieuses qui cessaient d'être une couverture ou des simulacres pour devenir de véritables réussites capitalistes.

C'était un dirigeant de la Troisième Internationale mais il circulait dans Berlin, et ensuite dans Paris, dans une grande limousine Lincoln, toujours accompagné de sa femme blonde et enveloppée de fourrures, encore plus courtaud et compact par comparaison avec elle, même si Koestler dit que dès qu'on les avait vus ensemble on devinait entre eux une complicité parfaite, une tendresse à toute épreuve. Il a inventé les grandes et nobles causes auxquelles aucune personne de bonne volonté ne pouvait ne pas adhérer. La mesure de son triomphe n'a d'équivalent que celle de son anonymat : personne ne sait que les mobilisations de solidarité internationales et les congrès internationaux d'écrivains et d'artistes pour la défense de la paix ou de la culture ont été, au début, l'idée de Willi Münzenberg. Il savait par expérience personnelle que les bolcheviks rudes et terre à terre comme Staline, ou comme Lénine lui-même, ne pouvaient guère avoir de séduction publique en Occident : attirer vers la cause de l'Union soviétique un prix Nobel ou une actrice d'Hollywood était un formidable coup de relations publiques, terme qu'il aurait pu aussi inventer. Il a découvert que le radicalisme imaginaire et la sympathie pour des révolutions très lointaines étaient d'un attrait irrésistible pour des intellectuels d'un certain niveau social.

Son premier succès d'organisation et de propagande de masse a été la campagne mondiale d'envoi de vivres aux régions de Russie ruinées par la grande famine de mille neuf cent vingt et un. Le Secours ouvrier international, qu'il dirigeait, a réussi à faire parvenir en Russie des douzaines de bateaux chargés de denrées, et à créer à travers le monde un puissant courant de sympathie humanitaire devant la souffrance et l'héroïsme du peuple soviétique. La dégoûtante charité d'autrefois se transformait en une vigoureuse solidarité politique, et le donateur pouvait se sentir confortablement à un pas du militantisme actif. Münzenberg imagine des timbres, des insignes, des bulletins de propagande avec des photos de la vie en URSS, des chromos, des presse-papiers en forme de buste de Marx et de Lénine, des cartes postales d'ouvriers et de soldats, n'importe quel objet qui pouvait être vendu à bas prix et faire sentir à l'acheteur que ses quelques pièces représentaient un geste de solidarité, pas une aumône, une forme pratique et confortable de l'action révolutionnaire.

En mille neuf cent vingt-cinq, c'est Münzenberg qui a eu l'idée et qui a dirigé, au moyen de comités innombrables, de publications, de marches, d'images d'actualités cinématographiques, la grande vague de solidarité envers Sacco et Vanzetti. Ses publications commerciales lui procuraient l'argent qu'il dépensait en propagande politique, elles servaient aussi de caisse de résonance publique aux campagnes qu'il entreprenait. Lors des années terribles de l'inflation en Allemagne, du tremblement de terre du Japon en mille neuf cent vingt-trois, de la grève générale de mille neuf cent vingt-six en Angleterre, le Secours ouvrier international soutenait les caisses de solidarité et organisait des cantines populaires, des écoles et des foyers pour orphelins. C'est la nécessité d'imprimer et de diffuser massivement des pamphlets politiques qui a éveillé chez Willi Münzenberg son intérêt pour les imprimeries et les maisons d'édition. En mille neuf cent vingt-six, il possédait en Allemagne deux quotidiens à fort tirage, un hebdomadaire illustré qui tirait à un million d'exemplaires et qui était, dit Koestler, le contrepoids communiste de *Life*, et en outre une série de publications qui comprenait des revues techniques de photographie et pour amateurs de radio et de cinéma. Au Japon, son organisation contrôlait directement ou indirectement dix-neuf journaux et revues. En Union soviétique il produisait les films d'Eisenstein et de Poudovkine, en Allemagne il organisait la diffusion du cinéma soviétique et finançait les spectacles d'avant-garde d'Erwin Piscator et de Bertolt Brecht. Cinémathèques, clubs de lecture ou sportifs, sociétés d'excursionnistes, groupes d'activistes en faveur de la paix se transformaient à travers le monde en succursales au-dessus de tout soupçon du Club des Innocents.

Tout ce que Münzenberg possédait et contrôlait en Allemagne, il l'a perdu après l'arrivée d'Hitler à la Chancellerie. Mais il était comme l'un de ces magnats américains qui subissent des faillites fracassantes et, en peu de temps, recommencent à construire une nouvelle fortune à partir de rien, toujours avec la même énergie invincible. À peine arrivé en exil à Paris, il achète une maison d'édition et entreprend d'organiser et de soutenir matériellement la Résistance clandestine en Allemagne. Avec un aveuglement qui donne le frisson, le Parti communiste allemand avait considéré jusqu'à la dernière minute que les nazis étaient des adversaires mineurs parce que le véritable ennemi de la classe laborieuse était la social-démocratie. Le désastre de janvier mille neuf cent trente-trois a fini de convaincre Willi Münzenberg que le sectarisme suicidaire de ses camarades du Parti devait être abandonné au profit d'une vaste alliance des forces démocratiques prêtes à résister à la sinistre marée du fascisme. Peu de mois plus tard, il a publié l'un des livres les plus vendus du vingtième siècle, le *Livre brun*, et il a atteint son plus grand succès, le chef-d'œuvre de son formidable sens de la propagande de masse avec la campagne internationale en faveur de Dimitrov et des autres accusés du procès de l'incendie du Reichstag.

Juste comme approchait la période la plus noire de la terreur et de l'extermination staliniennes, le talent de publicitaire de Willi Münzenberg a réussi à faire passer, aux yeux de l'opinion progressiste mondiale, l'Union soviétique comme le plus grand adversaire du totalitarisme, plus courageux et résolu que les démocraties bourgeoises corrompues. Devant un tribunal de Leipzig, Dimitrov avait affronté, ferme et solitaire, les juges et les grands personnages du nazisme, il les avait tournés en ridicule en même temps qu'il démontrait son innocence et démolissait la conspiration destinée à attribuer aux communistes l'incendie du Reichstag.

Münzenberg n'arrêtait jamais, jamais ne cessait le flux d'inventions et de projets issus de son imagination, idées pour des livres ou des articles qu'il dictait à toute vitesse à ses secrétaires, résumés de quelques lignes que d'autres allaient immédiatement développer, projets de revues ou de nouvelles formes d'activisme politique, intuitions de succès de librairie, de clubs et de comités et de campagnes, listes de noms prestigieux qu'il fallait recruter pour quelque nouvelle cause, pour aider les travailleurs de la révolution des Asturies en mille neuf cent trente-quatre, ou pour protester contre l'invasion italienne de l'Abyssinie. Il entrait en coup de vent dans ses bureaux de Paris, tellement compact et énergique que se cogner à lui aurait été comme heurter de front un rouleau compresseur, il téléphonait à grands cris, fumait négligemment d'excellents cigares, couvrant de cendres les larges revers de son costume de magnat, il dictait des brouillons ou des mémoires jusqu'à trois ou quatre heures du matin, des télégrammes qui devaient être immédiatement envoyés à Moscou, à New York ou à Tokyo, il vérifiait les chiffres de vente des livres et le tirage des revues, calculant immédiatement les marges de bénéfice ou de perte, il improvisait à haute voix les statuts du Comité mondial de lutte contre la guerre et le fascisme allemand, ou la liste des denrées et des médicaments qui devaient figurer en priorité dans la cargaison d'un bateau affrété à Marseille par son organisation, et destiné aux travailleurs en grève du port de Shanghai.

Il est partout, il dirige une prodigieuse variété d'actions différentes, des gens qui vont et viennent dans de nombreux pays lui obéissent et le craignent, eux qui parfois ne savent même pas que c'est sous ses ordres qu'ils agissent : et pourtant, aussi, il est invisible ou semble être celui qu'il n'est pas, et dans tout ce qu'il fait il y a une partie claire et légale et une autre occulte, une zone qui reste toujours dans l'ombre, à son image, député au Reichstag et conspirateur, imprésario amateur de cigares hors de prix, de voitures avec chauffeur, et militant communiste, homme du monde qui entre dans les salons avec à son bras une femme plus grande, plus distinguée que lui, et observateur sarcastique des idioties et des dépravations des riches, qu'en même temps il admire, par qui il se sent fasciné, avec l'éblouissement inépuisable de l'enfant pauvre qui regarde de loin la vie brillante des puissants, qui respire dans la rue le parfum de femmes enveloppées d'étoles de fourrure et ressent pour elles un désir nourri de rage sociale.

Propagandiste de la révolution prolétarienne, il aimait la grande vie et le luxe avec une passion que seul peut éprouver celui qui a été très pauvre. Il profitait du brillant et de la proximité des choses mais leur possession réelle lui était indifférente. Rien de ce qu'il avait ne lui appartenait, ou alors c'était de manière hypothétique, provisoire, parce que sous son nom il y avait de vagues sociétés commerciales qui fonctionnaient comme couverture de l'activisme et de l'espionnage soviétiques.

Dans une longue insomnie, l'imagination se disloque et s'embrouille sur elle-même avec l'exaltation malsaine de la fièvre, brouillant la conscience amenuisée par une prolifération d'images, de mots, de noms, qui a toute l'intolérable variété arbitraire du monde réel et le désordre et l'étrangeté du rêve. Münzenberg à Paris, infatigable, insomniaque, dictant ou téléphonant, les foules en fuite sur les routes de l'Europe, la vitesse vertigineuse des rotatives, des roues des trains, des hélices des avions, Münzenberg montant le grand escalier de l'Opéra en tenant sa femme par le bras, arrivant avec elle à une réception en l'honneur de l'une des éminences internationales qu'il appelait en secret les Innocents, André Gide, Romain Rolland, Wells, Bertrand Russell, Münzenberg oubliant que cette vie extérieure est un simulacre, comme le sont ses grandiloquents congrès pour la paix, peut-être transformant peu à peu son imposture en véritable identité, un homme d'affaires marié avec une femme aussi raffinée dans sa beauté blonde que dans ses manières et son habillement, un activiste politique qui comprend peu à peu qu'il a appartenu lui aussi au Club des Innocents, qu'il a été la victime des mensonges mêmes qu'il a aidé à répandre.

Il ne s'en rend pas encore compte mais il y a quelqu'un qui le surveille sur ordre de Moscou, quelqu'un qui se méfie de lui et ajoute son nom à la liste de ceux qui seront prochainement éliminés. Avec Lénine et Trotski, avec Boukharine, il avait toujours pu s'entendre et, de toute façon, c'était une autre époque, Babette et lui nourrissaient, encore intacts, le romantisme et l'aveuglement de la révolution. *Mon ami, vous mourrez en étant de gauche*. Il n'a vu Staline de près qu'en peu d'occasions, mais il est pour lui aussi impénétrable que la statue rudimentaire d'une idole. En octobre mille neuf cent trente-six, un émissaire s'est présenté aux bureaux de Paris, un homme que Münzenberg n'avait jamais vu, et qui lui a déplu par son air rébarbatif, par son allure évidente de délateur ou de fonctionnaire de prison. En entrant dans le bureau, l'homme a inspecté du coin de l'œil, l'air réprobateur, le luxe du tapis, des rideaux et des tableaux, les formes solides et audacieuses des meubles, les chaises tubulaires, la table art déco sur laquelle Willi Münzenberg appuyait ses coudes avec une bonhomie campagnarde, entouré de papiers et de téléphones. L'homme lui a dit, sans préambule ni cérémonie, que sa présence à Moscou était requise d'urgence.

Il y a aussi dans cette histoire un traître possible, une ombre à côté de Münzenberg, le subordonné rancunier et docile, cultivé et polyglotte – Münzenberg ne parlait que l'allemand, et avec un fort accent de classe populaire –, physiquement son contraire, Otto Katz, appelé aussi André Simon, mince, fuyant, vieil ami de Franz Kafka, organisateur du Congrès des intellectuels antifascistes de Valencia, émissaire de Münzenberg et du Komintern parmi les intellectuels de New York et les acteurs et les scénaristes d'Hollywood, étoiles de la *gauche caviar**, et du *radical chic**, toujours espionnant, adulateur assidu d'Hemingway, Dashiell Hammett, Lillian Hellman, staliniens fervents et cyniques. Otto Katz, André Simon, est l'éminence grise qui est derrière les grandes machinations de Münzenberg, et aussi l'ombre qui informe les nouveaux hiérarques de Moscou sur chacune de ses actions et de ses paroles. Münzenberg considère hâtivement sa loyauté comme assurée, et lui qui est si fin pour percevoir les caractères et les faiblesses des hommes ne perçoit pas la pointe de ressentiment qui court sous la douceur d'Otto Katz, la patience méticuleuse avec laquelle il accumule en secret, comme de petites factures impayées, les affronts qu'il subit ou qu'il imagine, les humiliations ou les sorties que l'énergie imprévisible et bouillonnante de Münzenberg lui aurait infligées au long des années. Koestler dit de Katz qu'il était obscur et distingué, et qu'il avait un charme légèrement sordide. Il parlait et écrivait couramment le français, l'anglais, l'allemand, le russe et le tchèque. Dans les cafés de Prague et de Vienne il avait parlé littérature avec Milena Jesenska. Il fermait toujours un œil en allumant ses cigarettes et cette habitude était si enracinée qu'il fermait aussi l'œil quand il était très préoccupé, même si alors il ne fumait pas. Pendant la guerre civile, en Espagne, il a dirigé l'agence de presse officielle du gouvernement républicain, qui lui a confié la gestion de fonds secrets destinés à influencer certaines publications et certains hommes politiques français. Willi Münzenberg l'avait tiré de la misère et du désespoir à Berlin, où il rôdait, au début des années vingt, autour des auberges de mendiants et d'ivrognes et des ponts à suicides. En mille neuf cent trente-huit, quand Münzenberg a été exclu du Parti communiste allemand, accusé de travailler en secret pour la Gestapo, Otto Katz a été l'un des premiers à le renier publiquement et à l'appeler traître.

– *Ce rat, Otto Katz, il lui a donné le baiser de Judas. C'est Otto Katz qui a tramé sa mort, même si ce n'est pas lui qui a serré le nœud de la corde pour l'étrangler.*

C'est une femme qui parle, bien des années plus tard, une vieille femme de quatre-vingt-dix ans devant un magnétophone, dans la pénombre d'un appartement de Munich. Ni l'âge, qui a défait les traits hautains de son visage mais ni son port impérieux ni l'éclat de ses yeux, ni le temps n'ont tempéré son mépris pour ce traître lointain, qui lui aussi est mort, lui aussi a été exclu et condamné, exécuté une corde autour du cou dans une cellule, à Prague en mille neuf cent cinquante-deux. Il n'y a pas eu non plus de pitié pour les bourreaux. Otto Katz, dit la femme âgée, prononçant ce nom comme si elle le crachait entre ses vieilles lèvres serrées, marquées par une tache de rouge, forte et mal dessinée.

C'est aussi à travers des livres que je poursuis les traces de cette femme, je cherche son visage sur des photos, j'enquête dans les labyrinthes d'Internet, cherchant à trouver le livre qu'elle a écrit dans les années quarante pour défendre la mémoire de son mari, dénoncer ceux qui, selon elle, ont organisé sa mort et leur faire honte. Je vois des scènes, des images que ma volonté n'a pas convoquées et qui ne sont fondées sur aucun souvenir, dotées d'une précision somnambulique et dans lesquelles je ne sens pas que mon imagination intervienne : les rideaux tirés dans l'appartement de Munich, en octobre mille neuf cent quatre-vingt-neuf, la bande qui tourne avec un faible sifflement dans le magnétophone posé devant elle et où sera conservée sa voix que je n'ai jamais entendue, qui m'est parvenue à travers les mots silencieux d'un livre découvert par hasard, lu sans trêve en une nuit d'insomnie.

J'ai pressenti, au long de deux ou trois années, la tentation et la possibilité d'un roman, j'ai imaginé des situations et des lieux, comme des photographies séparées, ou comme ces photogrammes tirés des films qu'on exposait autrefois, assemblés sur de grandes affiches, à la porte des cinémas. Chacun d'eux était très suggestif mais nous ignorions l'argument du film et les photos n'étaient jamais consécutives, et c'est ce qui rendait plus fortes ces images fragmentaires, libérées du poids et des conventions banales d'une intrigue, réduites à des éclairs, à des révélations dans le présent, sans avant ni après. Quand je n'avais pas d'argent pour entrer dans la salle, je tuais le temps à regarder l'un après l'autre les photogrammes extraits du film, et je n'avais pas besoin de supposer ou d'inventer une histoire qui les aurait tous réunis et les aurait fait s'assembler comme les pièces d'un casse-tête. Chacun d'eux acquérait une précieuse qualité de mystère, se juxtaposant aux autres sans ordre, ils s'éclairaient l'un l'autre par des connexions multiples et instantanées que je pouvais défaire ou modifier à ma guise et dans lesquelles aucune des images n'annulait les autres ni ne parvenait à s'imposer sur elles, ne perdait au profit de l'ensemble sa singularité irréductible.

Le craquement du parquet dans notre nouvelle maison, ou bien un mauvais rêve de maladie ou de malheur, me réveillait en sursaut, et j'étais Willi Münzenberg se réveillant au milieu de la nuit chez lui, à Paris, ou dans la chambre glacée d'un hôtel de Moscou et craignant que déjà ses exécuteurs n'approchent, se demandant combien de temps il lui restait avant qu'un coup de feu ou de poignard n'annule la grande comédie, le mirage et le délire de son existence publique, et la longue tendresse de sa vie conjugale avec Babette, qui dormait à côté de lui et le prenait dans ses bras tout en rêvant comme tu me prends dans tes bras avec une ferme détermination de somnambule.

Le train de banlieue s'arrête dans une petite gare de la sierra de Madrid : la bruine, les versants couverts d'arbres et de brume, la puissante odeur de la végétation mouillée – cistes, pins, cyprès d'Arizona –, les toits d'ardoise pointus donnent l'impression qu'on est parvenu dans un endroit lointain, dans un endroit reculé de la montagne, où peut-être il y aurait des sanatoriums ou des résidences pour malades qui ont besoin de repos, d'air pur et froid. Le train est rapide et moderne mais le bâtiment de la gare est en pierre nue, les encadrements des fenêtres sont en brique rouge et le nom de la ville est inscrit sur un panneau de céramique jaune. Sur le quai il n'y a personne, je suis le seul à descendre du train. Une odeur de forêt, de bois et de terre mouillés envahit immédiatement les poumons, et l'air tranquille et la bruine effleurent le visage en un apaisement heureux et immédiat. Le train s'éloigne et je me mets en marche sur un chemin de terre, mon sac de voyage à la main, vers une zone de propriétés où quelques lumières commencent à s'allumer. En mille neuf cent trente-sept, craignant pour sa vie, tellement agité et épuisé qu'il ressentait parfois une douleur très aiguë dans sa poitrine, l'approche d'une crise cardiaque, Willi Münzenberg s'est réfugié pendant quelques mois dans une maison de repos, dans un endroit appelé *La Vallée aux loups**. Le nom du médecin qui la dirigeait semble être lui aussi l'indice ou la promesse de quelque chose : le docteur Le Savoureux. Mais Münzenberg est aussi incapable de repos physique que de laisser s'apaiser son intelligence, et à peine arrivé à la clinique il passe ses nuits à veiller pour écrire un livre. En descendant seul sur le quai de la petite gare de montagne, j'ai été Willi Münzenberg cherchant de nuit la route de la clinique.

Nous sommes arrivés un soir d'hiver dans un hôtel du nord de l'Espagne, à Vitoria. On nous a donné une chambre au dernier étage et, en ouvrant la fenêtre, j'ai vu un parc enneigé avec des tonnelles et des statues, avec un kiosque à musique et au fond, au-dessus des toits blancs, un ciel gris où s'évanouissait la plaine : Münzenberg et Babette sont parvenus à sortir de Russie et après une nuit entière passée dans un train, ils logent dans un hôtel proche de la gare dans une ville balte, encore épuisés par le manque de sommeil et la peur qu'ils ont eue en approchant de la frontière, craignant qu'au dernier moment des policiers soviétiques qui inspectaient les passeports ne leur ordonnent de descendre du train.

Je marche dans Paris ou dans Madrid et le passage d'une rame de métro fait vibrer le pavé sous mes pas : Münzenberg sent que le monde tremble sous ses pieds et annonce un cataclysme, que personne d'autre que lui ne semble percevoir la proximité et l'immensité du désastre, personne aux terrasses des cafés ni dans l'éclat nocturne des boulevards, alors que la terre se met à vibrer sous le piétinement des bottes et la pression des chenilles des chars d'assaut, sous les bombes qui tombent sur Madrid, Barcelone, Guernica, sans que personne en Europe ne veuille les entendre tandis qu'Hitler prépare ses armées et consulte ses cartes et que Staline conçoit le grand théâtre public des procès de Moscou ainsi que les enfers secrets des interrogatoires et des exécutions.

J'assiste à une représentation de *La Flûte enchantée* et, sans aucun motif, au milieu du ravissement et du bonheur de la musique, l'homme assis à côté d'une femme blonde *est* Münzenberg et la fuite du héros, égaré dans une forêt et poursuivi par des dragons et des conspirateurs sans visage, est aussi sa fuite ; peut-être est-il rentré clandestinement en Allemagne et, bien qu'il n'aime pas l'opéra, va-t-il à cette représentation de *La Flûte enchantée* dans un théâtre de Berlin peuplé d'uniformes noirs et gris pour prendre contact avec quelqu'un. Mais cette scène n'est pas vraisemblable : peut-être Münzenberg aurait-il pu entrer incognito en Allemagne, mais à l'Opéra de Berlin Babette Gross aurait été immédiatement reconnue : la bourgeoise rouge, qui a déserté sa caste dans le scandale et l'arrogance, qui a déserté la grande patrie aryenne.

Mais j'ai la paresse d'inventer, je n'ai pas envie de m'abaisser à une falsification de littérature inévitablement rapiécée. Les faits réels dessinent des trames inattendues auxquelles la fiction ne peut pas se risquer : Babette Gross avait une sœur appelée Margarete, aussi romantiquement intoxiquée qu'elle de radicalisme politique dans les premiers temps visionnaires et convulsés de la République de Weimar. Margarete, comme sa sœur, s'est mariée avec un révolutionnaire professionnel, Heinz Neumann, dirigeant du Parti communiste allemand. Dans les premiers jours de février mille neuf cent trente-trois, alors qu'Hitler venait d'être nommé chancelier du Reich, Willi Münzenberg et Babette s'enfuient d'Allemagne dans la grande Lincoln noire et se réfugient à Paris ; Neumann et Margarete s'échappent en Russie. Lui tombe en disgrâce, est arrêté et exécuté d'un coup de pistolet dans la nuque, sa femme est envoyée dans un camp du nord glacé de la Sibérie.

En septembre mille neuf cent trente-neuf, quand est signé le pacte germano-soviétique, une de ses clauses garantit la remise à l'Allemagne des citoyens allemands qui ont fui le nazisme et cherché asile politique en Union soviétique. Aucune frontière n'est un refuge et elles sont toutes des pièges qui s'ouvrent comme des trappes sous les pieds des condamnés en marche. Margarete sera transportée dans un train depuis la Sibérie jusqu'à la frontière, dans la Pologne récemment partagée, et les gardes soviétiques la remettront aux gardes SS ; après trois ans dans un camp soviétique, elle en passera cinq autres dans un camp de concentration allemand.

Là-bas, à Ravensbrück, où les prisonnières communistes la traitent comme une traître, elle fait la connaissance d'une femme tchèque, Milena Jesenska, qui vingt ans plus tôt avait été le grand amour de Franz Kafka et avait fréquenté les mêmes cercles bohèmes et radicaux de Prague que fréquentait Otto Katz avant d'émigrer à Berlin et d'y rencontrer Willi Münzenberg. Au camp de Ravensbrück, Margarete, qui n'avait jamais entendu parler de Kafka, écoute par la voix de Milena l'histoire du voyageur de commerce qui se réveille un matin transformé en un gros insecte, et celle de l'homme qui sans savoir quel crime il a commis est soumis à un procès fantôme dans lequel il est d'avance coupable, puis exécuté comme un chien dans un terrain vague, en pleine nuit. Milena, très malade, abattue par la faim, meurt en mai mille neuf cent quarante-quatre, très peu de temps avant que ne parvienne au camp la nouvelle du débarquement allié en Normandie. On sait que les Russes avancent à l'est. Pourtant l'approche de l'Armée rouge n'est pas pour Margarete un espoir de liberté mais la menace d'une nouvelle captivité, de la répétition d'un cauchemar. Elle est libérée du camp allemand dans le désordre des derniers jours, elle fuit deux armées à travers l'Europe, celle des Allemands en fuite et celle des Soviétiques qui avancent, les deux enfers possibles auxquels elle a survécu huit ans avec une force invraisemblable.

En mille neuf cent quatre-vingt-neuf, à quatre-vingt-dix ans, sa sœur Babette parle de ces choses à un journaliste américain, Stephen Koch, qui est en train d'écrire le livre sur Willi Münzenberg que je découvrirai par hasard sept ans plus tard. Babette habite Munich, solitaire et lucide, encore très droite, avec l'éclat intact de la jeunesse dans ses yeux. Il y a une fixité fanatique dans la manière dont parfois elle regarde cet homme beaucoup plus jeune qu'elle, dans cette diabolique détermination à vivre et à durer qui soutient encore certaines personnes très vieilles.

Peu après elle s'installe à Berlin et l'appartement où elle habite n'est pas très loin du Mur : certains soirs elle a dû écouter le bruit des foules qui manifestaient de l'autre côté, l'éclatement des pétards, le chant des célébrations ont dû parvenir jusqu'à son lit pendant la nuit du neuf novembre, quand a fini de s'écrouler en Europe le monde auquel elle, son mari, sa sœur et son beau-frère avaient cru soixante ans plus tôt, celui qu'ils avaient aidé à construire.

La femme parle d'une voix basse et claire, dans un anglais vieilli et parfait, celui de la classe supérieure anglaise dans les années vingt et sa voix, comme ses yeux, est beaucoup plus jeune qu'elle. Tout cela s'est passé il y a si longtemps que c'est comme si cela n'avait jamais existé. Tout ce qu'elle sait ou qu'elle se rappelle disparaîtra dans quelques mois quand Babette, déjà très malade, mourra. Alors se perdront, disparaîtront avec elle le visage de Willi Münzenberg, l'odeur de son corps ou celle des cigares qu'il fumait, le témoignage de son enthousiasme, de la manière dont l'ont peu à peu miné d'abord la méfiance, puis la panique quand est né le soupçon qu'on commençait à le poursuivre, qu'il n'y aurait pas de pardon pour lui. Et aussi la lucidité, la découverte que lui-même, formidable inventeur de mensonges, avait aussi été trompé, ou qu'il n'avait pas voulu voir ce qu'il avait sous les yeux, ce qu'il a essayé de raconter, alors qu'il était déjà trop tard, dans un livre hâtif et bouillonnant, au moment où les intellectuels qu'il avait fascinés, utilisés et dédaignés pendant si longtemps lui ont tourné le dos, quand son nom était déjà méprisé, soigneusement effacé dans les témoignages sur son époque.

Des émissaires arrivaient pour lui transmettre l'ordre de se rendre à Moscou. Il inventait des délais, des prétextes pour retarder le voyage, parce qu'il était impensable qu'il refuse ouvertement d'obéir. Certains autres, qu'il connaissait, étaient allés à Moscou et n'étaient jamais revenus, leurs visages s'effaçaient, et jusqu'à leurs noms, ou bien ils étaient publiquement dénoncés dans les publications du Parti comme coupables de trahisons monstrueuses. Il savait bien, lui, Willi Münzenberg, comment on organisait une campagne d'indignation internationale spontanée, combien la réalité pouvait devenir malléable si l'on utilisait des techniques publicitaires de persuasion, la répétition massive et martelée.

Il ne pouvait pas aller à Moscou, justement pas en ce moment, disait-il, pendant ce premier été de la guerre d'Espagne, alors qu'il lui fallait à nouveau déployer tous ses talents d'organisateur, de propagandiste en faveur de la dernière de ses grandes causes, la plus proche de son cœur depuis la chute de l'Allemagne, la solidarité internationale avec la République espagnole, avec le gouvernement du Frente Popular.

Mais les messages, les ordres secrets continuaient d'arriver, de plus en plus secs et pressants, de moins en moins discrets dans la menace, en même temps que parvenaient des nouvelles d'emprisonnements et d'interrogatoires. En novembre mille neuf cent trente-six, Willi Münzenberg et Babette Gross partent pour Moscou. Il est encore un des hauts personnages du Komintern et du Parti communiste allemand, mais à la gare il n'y a personne pour l'attendre. Un couple d'étrangers aux riches vêtements d'hiver, sur le quai, au milieu de la grisaille et de la pénurie soviétiques, l'homme avec son grand chapeau de feutre et un manteau fait sur mesure, la femme avec de hauts talons, des bas de soie, le visage poudré et sa chevelure blonde qui émergent du col d'un manteau de fourrure et à côté d'eux, empilés, leurs bagages d'habitués des trains de luxe, des meilleures cabines des transatlantiques, valises de cuir avec des serrures dorées et des étiquettes d'hôtels internationaux, malles, nécessaires de toilette, cartons à chapeaux : l'image d'une publicité ou d'une photo de film sur papier glacé dans une revue illustrée des années trente, une de ces revues dont Willi Münzenberg avait l'idée et qu'il publiait.

Personne non plus ne les attend à l'hôtel qui leur a été assigné, et il n'y a pour eux aucun message dans la chambre. Par la fenêtre, à l'un des étages supérieurs de l'énorme hôtel, récemment construit et déjà sinistre, avec des femmes armées en uniforme qui montent la garde au fond des couloirs, dans un silence où ne percent ni voix ni sonneries de téléphone, Willi Münzenberg et Babette voient au loin, très haut par-dessus les toits sombres, une étoile rouge qui brille tout en haut d'un gratte-ciel. Voici le monde auquel ils ont consacré leur vie, la seule patrie à laquelle un internationaliste pouvait légitimement jurer fidélité. Ils ont froid dans leur chambre et ils gardent leurs manteaux. Sur une table de nuit il y a un téléphone noir, mais il est déconnecté ou en dérangement, et même comme cela ils le regardent avec l'espoir et la peur qu'il ne se mette à sonner. Selon l'usage, quand ils sont entrés en URSS, on leur a retiré leurs passeports, et ils n'ont ni billets ni date de retour.

La seule consigne qu'a reçue Willi Münzenberg est qu'il doit attendre. Il sera reçu et entendu dès que le moment sera venu. Son incapacité à rester inactif lui rend l'attente plus intolérable que la peur. Cet homme et cette femme, qui sont habitués à la grande vie, à la brillante agitation mondaine de Berlin et de Paris, restent seuls, enfermés dans un hôtel de Moscou, dans le noir ennui de l'attente et de la peur, s'aventurant tout juste à sortir dans les rues où sévit l'hiver, tellement sinistres la nuit quand ils se rappellent les lumières des capitales d'Europe où ils ont toujours vécu. S'ils vont se promener, quelqu'un va les suivre. S'ils descendent dans le hall ou à la salle à manger de l'hôtel, quelqu'un rendra compte de leurs déplacements. S'ils élèvent un peu la voix quand ils parlent, le garçon qui leur sert du thé répétera chacun des mots qu'ils auront prononcés. Ils seront écoutés s'ils téléphonent et s'ils envoient une carte postale à Paris, quelqu'un l'examinera dans la forte lumière d'une lampe, y cherchant des messages secrets, la mettra de côté pour l'utiliser au moment opportun comme une preuve matérielle, d'espionnage ou de trahison.

Au bout de quelques jours tous pareils, on frappe à leur porte. Les visages pâles et tendus de Münzenberg et de Babette retrouvent, après un moment d'incertitude, les visages si familiers et pourtant devenus si étrangers de Heinz et Margarete Neumann, les seuls qui aient osé, qui se soient décidés à venir les voir. Peut-être ont-ils cette audace parce qu'ils se savent condamnés, parce que eux aussi vivent isolés dans une solitude de malades contagieux. Celui qui est contaminé ne s'approche sans crainte que de celui qui est porteur de la même maladie. Tous les quatre ensemble, les deux femmes blondes et les deux hommes d'origine ouvrière, quatre vies piégées. Ils parlent à voix basse, très près les uns des autres, tous les quatre en manteau dans la chambre glaciale d'un hôtel de Moscou, murmurant par crainte des micros, tant de choses à se raconter après tant d'années de séparation, si peu de temps pour dire tout cela, pour échanger des mises en garde, à tout moment des hommes portant des manteaux de cuir noir très semblables à ceux de la Gestapo peuvent frapper à leur porte ou l'enfoncer à coups de pied.

Ils se quittent et ils savent qu'ils ne se retrouveront jamais tous les quatre ensemble, et quelques mois plus tard Heinz Neumann est arrêté et disparaît dans les bureaux et les cachots de la prison de la Loubianka, devant laquelle se trouve une gigantesque statue de Félix Dzerjinski, l'aristocrate polonais qui a fondé la police secrète de Lénine et que Münzenberg a très bien connu dans les premiers temps de la révolution.

Mais le passé ne compte plus, il peut même devenir un des attributs de la culpabilité. Arthur Koestler dit que des ministres et des ducs s'inclinaient devant la rude et énergique autorité de Willi Münzenberg, mais à Moscou personne ne le reçoit, personne ne répond à ses appels. Il a été tout et il n'est plus personne : le passé est aussi lointain, aussi irréel à cette distance que les lumières nocturnes de Paris et de Berlin quand on se les rappelle dans la sinistre monotonie des nuits de Moscou, où les seuls phares sont ceux des voitures noires de la police secrète.

Lui, Münzenberg, a organisé la formidable campagne internationale qui a fait de Dimitrov un héros, non pas du communisme mais de la grande résistance populaire et démocratique aux nazis. Grâce à lui, les juges allemands ont dû laisser Dimitrov en liberté, lui qui est maintenant, à Moscou, le chef suprême du Komintern. Mais Dimitrov ne répond pas aux messages de Münzenberg, n'est jamais à son bureau quand il essaie de venir le voir, et l'on ne sait pas dans combien de temps il reviendra à Moscou.

Le Club des Innocents, des crédules, des idiots de bonne volonté, de ceux qu'on a trompés et sacrifiés sans récompense : j'ai été l'un d'eux, pense Münzenberg pendant ses insomnies dans la chambre d'hôtel, et j'ai aidé à ce qu'Hitler et Staline ravagent l'Europe avec la même bestialité, j'ai contribué à inventer la légende de leur affrontement mortel, j'ai été un tâcheron alors que dans mon ivresse je m'imaginais que je menais le jeu dans l'ombre.

Peut-être sa vie ne lui importe-t-elle pas beaucoup, moins encore que tout l'argent, tout le pouvoir et tout le luxe qu'il a brassés et perdus : ce qui lui importe, c'est que Babette pourrait souffrir, qu'elle soit démolie et succombe aux conséquences des erreurs que lui a commises, de tous les mensonges qu'il a contribué à répandre, manipulant et profanant les élans les plus généreux, les vanités les plus grotesques, la candeur inépuisable des innocents.

C'est pour sauver Babette qu'il ne se résigne pas, qu'il assiège les dirigeants du Komintern qui en d'autres temps avaient été ses amis ou ses subordonnés et qui maintenant feignent de ne pas le connaître, il brandit de vieilles lettres de créance qui n'ont plus aucune valeur, sa campagne mondiale de secours aux ouvriers soviétiques pendant les années de famine, son bolchevisme de la première heure, des premiers temps mythiques de la révolution, la confiance dont l'honorait Lénine. *Vous mourrez en étant de gauche*. Dans le mausolée de la place Rouge, sinistre et glacé comme une chambre froide, dans une faible lumière de chapelle, il a regardé de près la momie de son ancien protecteur, son visage méconnaissable à la consistance de cire mate, les paupières fermées de ses yeux asiatiques. Nous sommes arrivés au royaume des morts et ils ne veulent pas nous laisser repartir.

Il finit par obtenir un rendez-vous avec un puissant bureaucrate, un protégé de Staline. Dans le bureau de Togliatti, Münzenberg crie, prend sa propre défense, tape sur la table, organise le spectacle impressionnant de sa colère de magnat comme s'il possédait encore des journaux qui tirent à des millions d'exemplaires et des voitures de luxe, comme s'il les avait jamais réellement possédés. Il doit rentrer immédiatement à Paris, dit-il, il va organiser la plus grande campagne de propagande qu'on ait jamais vue, le recrutement de volontaires, la collecte de fonds, de médicaments, de denrées, la fourniture d'armes, la solidarité des intellectuels du monde entier avec la République espagnole.

Togliatti qui est obtus et soumis, retors, lâche, un héros de la résistance communiste et démocratique contre Mussolini presque totalement fabriqué par la machinerie de publicité politique de Münzenberg, accède ou feint d'accéder à sa demande de retour : il indique un jour pour le départ et assure Münzenberg que son passeport et celui de Babette l'attendront au poste de police de la gare. Peut-être Münzenberg lui demande-t-il s'il est au courant pour Heinz Neumann, s'il peut faire quelque chose pour Heinz et Greta Neumann : Togliatti sourit, serviable mais réservé, affichant avec une prudente bassesse sa supériorité actuelle sur l'ex-dirigeant influent de l'Internationale. Il dit qu'on ne peut rien faire, ou qu'il ne se passera rien, que tout va bientôt s'arranger, il suggère que ce n'est pas à lui, Münzenberg, de poser des questions, surtout maintenant, alors qu'il est sur le point de partir.

Voici de nouveau l'homme et la femme sur le quai de la gare, avec leurs manteaux et leurs chapeaux coûteux, leurs chaussures brillantes, une grande pile de bagages à côté d'eux, bizarres et sans doute insolents, larges revers et cols de fourrure, regardés de travers, surveillés, débordants de peur, impatients, ne sachant pas si l'on va véritablement les laisser partir.

L'heure de départ du train approche mais les passeports ne sont pas au poste de police comme l'avait promis Togliatti.

Autour d'eux s'étend le filet d'un piège et ils ne peuvent savoir si à chaque pas qu'ils font ils sont plus près d'y tomber ou si chaque minute ou chaque jour de retard est un délai prévu dans l'aboutissement de leur condamnation. Mais ils ne retourneront pas à l'hôtel, maintenant qu'on annonce déjà le départ du train, ils ne vont pas hésiter et s'enfermer, continuer d'attendre. Münzenberg prend avec énergie le bras de sa femme, si grande et gracile à côté de lui, et il la guide vers le marchepied, donne des instructions pour qu'on monte les bagages dans leur compartiment. Si l'on doit les arrêter, que ce soit maintenant. Mais personne ne s'approche, personne ne leur barre le passage dans le couloir du train, qui se met en marche à l'heure prévue.

À chaque gare, à chacun des arrêts, ils regardent vers le quai à la recherche des soldats ou des hommes en civil qui monteront pour les arrêter, qui leur demanderont leurs passeports et les feront descendre du train à grands cris, en les malmenant, ou bien les entourant en silence, les guidant calmement pour ne pas provoquer inutilement l'inquiétude chez les autres voyageurs.

Le voyage en train le plus long de notre vie, raconte Babette Gross cinquante-trois ans plus tard au journaliste américain. Dans la lumière sale du deuxième petit matin, ils sont arrivés à la gare frontière. Nous croyions que c'était là qu'ils nous attendaient, pour faire durer leur traque le plus longtemps possible. D'un pas ferme, tandis que les voyageurs faisaient la queue sur le quai enneigé pour le contrôle des passeports, Willi Münzenberg s'est dirigé vers le poste de police, la ceinture de son manteau bien serrée et son col remonté contre le froid, le bord de son chapeau de biais sur son visage épais et rustique d'Allemand.

Les deux passeports les attendaient dans une enveloppe fermée.

Je suis très doué pour éprouver cette espèce d'angoisse, pour manquer le sommeil en m'imaginant que toi et moi sommes dans ce train. Je suis terrifié par les papiers, les passeports et les certificats qu'on peut perdre, les portes que je n'arrive pas à ouvrir, les frontières, l'expression indéchiffrable ou menaçante d'un policier, de quelqu'un qui porte l'uniforme et brandit face à moi une quelconque autorité. J'ai peur de la fragilité des choses, de l'ordre et de la tranquillité de notre vie toujours précaire et suspendue à un fil qui peut casser, de la réalité quotidienne si assurée et familière qui peut se briser dans la catastrophe d'un malheur.

Pendant les années qui lui restent à vivre, Willi Münzenberg fuit mais ne se résigne pas, il prend conscience de l'énormité et de la proximité de plus en plus certaine de l'horreur, ses yeux clairs dilatés de lucidité et d'effroi, son intelligence nourrie par une volonté incessante. En mille neuf cent trente-huit il est exclu du Parti communiste allemand, accusé d'être un espion et un provocateur au service de la Gestapo, et personne ne prend sa défense. Il lui reste encore assez d'énergie pour fonder une nouvelle revue, pour y dénoncer la double menace du communisme et du fascisme, et appeler d'urgence à la résistance populaire contre eux, au réveil urgent des démocraties tombées dans une léthargie stupide et peureuse, elles qui ont abandonné la République espagnole et toléré le réarmement agressif ainsi que les provocations brutales d'Hitler, qui lui ont livré la Tchécoslovaquie en croyant pouvoir ainsi le rassasier et l'apaiser, du moins temporairement. Dans sa revue, Willi Münzenberg prophétise qu'Hitler et Staline signeront un traité pour se partager la domination sur l'Europe, et aussi que peu de temps après Hitler se retournera contre son allié et envahira l'Union soviétique, mais personne ne lit cette revue, personne n'ajoute foi à ces délires d'un homme qui semble devenu fou, qui s'acharne à confirmer par l'extravagance de son comportement et de ses paroles les pires soupçons qui s'exprimaient à son encontre, à forger son discrédit et sa ruine avec la même énergie déchaînée qu'il avait mise en d'autres temps à construire un empire économique et un labyrinthe d'organisations internationales.

Le fait que cet homme ait un jour existé est aussi étrange que le constat du fait qu'il ne reste presque aucune trace de sa présence en ce monde. Qui sait s'il y a encore quelqu'un de vivant qui l'aurait connu et se souviendrait de lui. Babette Gross, qui lui a survécu tant d'années, est elle aussi devenue une ombre. Sur une bande magnétique enregistrée par Stephen Koch résonne encore sa voix qui parlait anglais avec un exquis accent démodé, et associé au souvenir de cet homme demeure le fier éclat des yeux de Babette au fond d'orbites où déjà transparaît la forme d'un crâne.

Mais il y a une dernière partie de l'histoire que cette femme ne connaissait pas et que personne ne peut raconter, à moins que ne soit toujours vivant l'homme qui a serré une corde autour du cou épais de Willi Münzenberg puis l'a pendu à la branche d'un arbre dans l'épaisseur d'une forêt française au printemps mille neuf cent quarante. Il n'y a pas de témoins, on n'est jamais parvenu à savoir qui étaient les deux hommes qui se trouvaient avec Willi Münzenberg la dernière fois qu'il a été vu, assis à la porte d'un café dans un village français, par une soirée tiède de juin, buvant et bavardant avec un air de naturel parfait, comme si la guerre n'existait pas, comme si les chars d'assaut allemands ne déferlaient pas sur les routes qui menaient à Paris.

Les trois hommes ont quitté le café et plus personne ne se souvient de les avoir vus, trois inconnus sans nom dans la grande inondation de la guerre et dans la honte de la capitulation. Des mois plus tard, en novembre, un chasseur qui pénètre dans la forêt avec la première lueur du jour suit son chien qui flaire, excité, le museau au ras du sol, et découvre un cadavre à demi caché par les feuilles d'automne, ramassé dans une position très particulière : les genoux remontés contre la poitrine, le crâne à moitié sectionné par le frottement d'une corde qui s'est enfoncée pendant le processus de décomposition. Les yeux ouverts dans le noir de l'insomnie, j'imagine une faible lumière gris-bleu délayée dans la brume, le bruit des feuilles contre les chaussures du chasseur, le halètement et les grognements, l'impatience plaintive, la respiration étouffée du chien tandis qu'il enfonce son museau dans la terre molle et légère. Je me demande quels vestiges ont permis d'attribuer à ce cadavre anonyme et défiguré l'identité de Willi Münzenberg, et si le stylo que j'ai vu sur la photo dans le livre de Koestler se trouvait toujours dans la poche supérieure de sa veste.

Olympia

Plusieurs jours avant de partir ma vie était déjà bouleversée par l'attraction du voyage, aimanté par son influx magnétique vers le jour et l'heure du départ qui approchait avec tant de lenteur. Je n'avais pas encore commencé de partir que j'étais déjà parti, si imperceptiblement que personne n'aurait pu remarquer mon absence aux lieux et aux choses, les lieux où j'habitais et où je travaillais et les choses qui étaient la prolongation de moi-même, signes et traces de mon existence, de ma vie immobile d'alors, circonscrite à une seule ville et, dans cette ville, à quelques rues, la ville où j'avais fini par m'installer plutôt par hasard et les rues que je parcourais à heure fixe entre chez moi et le bureau, ou entre le bureau et les cafés où j'allais prendre mon petit déjeuner tous les matins avec mon ami Juan, pendant l'exacte demi-heure de liberté que nous accordaient les règlements du travail et que contrôlaient les horloges pointeuses où, en sortant, nous introduisions notre fiche personnelle comme un sésame ouvre-toi.

Jamais autant qu'alors je n'ai vécu dans l'obsession de voyages impossibles, aussi absenté de moi-même, de tout ce qui était tangible, réel, de tout ce qui m'entourait. Ce n'était pas qu'une partie capitale de moi-même demeurât toujours cachée aux yeux de tous : j'étais ce qui était caché, je consistais en mon secret et en ma clandestinité habituelle, et le reste, l'extérieur, la coquille, ce que les autres voyaient, ne comptait pas pour moi, n'avait rien à voir avec moi. Un employé municipal petitement qualifié, auxiliaire administratif, même si j'étais titulaire de mon poste, marié, avec un petit garçon. Avec une vanité romanesque je désirais me réfugier dans ma condition dissimulée d'inconnu, mais il est sûr qu'il y avait en même temps chez moi une tendance au moins aussi affirmée au conformisme qu'à l'instinct de révolte, à cette différence que le conformisme était réel et pratique tandis que la révolte ne transparaissait qu'occasionnellement face aux autres à travers une vague attitude de contrariété, exception faite de mes régulières conversations matinales avec Juan, qui menait alors une vie très semblable à la mienne et travaillait quelques pièces plus loin.

J'allais à mon bureau et même si je n'avais rien à voir avec mes camarades de travail, j'étais heureux qu'ils me considèrent comme l'un des leurs. J'avais réussi un concours, je m'étais marié à l'église et neuf mois pile après la noce, mon fils était né. Parfois, d'un coup, le remords me prenait, de ne pas avoir su ou pu trouver l'audace d'un autre genre de vie, la nostalgie aiguë d'autres villes et d'autres femmes, villes où je n'étais jamais allé, femmes dont je me souvenais ou que j'inventais, dont j'étais en vain tombé amoureux ou que je m'imaginais avoir perdues par manque de persévérance. Une femme, surtout, dont je continuais à me souvenir même si j'étais resté cinq ans sans la voir et qui maintenant habitait Madrid, mariée elle aussi, avec un ou deux enfants, je ne savais pas bien, parce que ce n'était qu'indirectement que j'avais de temps en temps de ses nouvelles, encore remué si quelqu'un prononçait son nom devant moi.

Il y avait deux mondes, l'un visible et réel, l'autre invisible et qui m'appartenait, et je m'adaptais, soumis, aux normes du premier pour qu'on me laisse me réfugier sans trop de gêne dans le second. De temps en temps, après tant d'années, je rêve de cette époque du bureau et la sensation que j'en ai n'est pas d'accablement mais de placidité et de mélancolie. Je rêve que je retourne au travail après une très longue absence, et je le fais sans angoisse, sans que demeure dans cette partie de l'inconscient qui nourrit les rêves aucune trace des amertumes et des petitesses d'alors.

Maintenant, avec le passage des années, je comprends que mon apparence docile n'était pas seulement un masque, la fausse identité d'un espion, mais aussi une partie substantielle et véritable de moi-même : la partie apeurée et obéissante qui a toujours existé dans mon caractère, la satisfaction d'avoir face aux autres une posture respectable, fils et lycéen, puis employé et mari, père modèle. Dans mes rêves de retour au bureau municipal que j'ai quitté il y a tant d'années, mes camarades de travail m'accueillent très affectueusement, ils ne s'étonnent pas que je revienne et ne me demandent pas les raisons d'une absence aussi longue. Des années durant, j'ai aimé me rappeler, en les enjolivant, les turbulentes rébellions de mon adolescence, mais je ne crois pas aujourd'hui qu'elles fassent davantage partie de mon caractère que le goût du conformisme qui m'a si fortement guidé jusqu'à la fin de mon enfance, et qui s'est sans doute remis à influer sur ma vie d'adulte quand j'ai accepté de me marier, et que je n'ai pas refusé d'assumer un certain nombre d'obligations ou d'humiliations connexes qui suscitaient au fond de moi une sourde hostilité : le mariage à l'église, le simulacre de communion, le repas familial, tout ce qui était prescrit depuis toujours et à quoi j'obéissais au pied de la lettre, sans résistance. Je savais que je me trompais mais il ne m'en coûtait pas de me laisser porter, et il y avait des moments où je me trompais moi-même avec un certain succès, tout comme je trompais et flouais la femme avec qui je me mariais sans véritable conviction, ainsi que les parents qui dans les deux familles se félicitaient de voir enfin terminées des fiançailles si incertaines, si chaotiques et si longues. Jamais je ne pensais à l'irresponsabilité de ce silence, à l'amertume et à la dose de mensonge que je semais, hors de moi-même et du domaine secret de mes fantasmes, dans la vie réelle de celle qui était à côté de moi.

Enfant, j'obéissais avec plaisir à mes parents et à mes professeurs, obtenir d'excellentes notes et être considéré comme un élève exemplaire me comblait d'orgueil. Je faisais l'envie des mères de mes camarades et si un professeur m'accordait la faveur d'un signe affectueux, je me sentais littéralement nager dans la satisfaction. Je ne faisais pas semblant, comme je l'ai inventé par la suite, je ne m'acharnais pas à obtenir des bonnes notes à cause d'une vocation à m'échapper de la vie médiocre et des travaux de la campagne auxquels me destinaient mes origines. J'étudiais parce que c'était ce qu'on devait faire et parce qu'il me plaisait autant d'accomplir cette obligation que d'obéir aux préceptes religieux. Jusqu'à quinze ans je suis allé scrupuleusement à la messe, je me suis confessé et j'ai communié sans jamais ressentir que j'observais un rituel qui m'était étranger, et pendant un certain temps j'ai entretenu un début de vocation pour la prêtrise.

Quand je me vois moi-même aussi révolté, ce dont je suis sûr c'est que je n'ai eu au long de ma vie que peu de crises de véritable révolte, de rupture et de colère, et beaucoup d'entre elles ont été si maladroites, si insensées dans leur témérité, qu'elles ne m'ont laissé qu'un souvenir de brimade et d'échec. Une fois, à vingt-deux ans, j'ai tout abandonné, ma fiancée et ma vie respectable, la considération de mes parents et des siens, qui eux aussi m'avaient accepté comme un fils exemplaire. Je suis tombé amoureux de cette femme et quand elle est partie à Madrid je n'ai pas pu résister à son absence ni revenir à la normalité de mes fiançailles. J'ai tout plaqué, fiancée et examens de fin d'études, un soir j'ai pris le train de nuit et je me suis présenté le matin à la première heure à la porte du supermarché qui appartenait à la famille de mon amante, parce que je ne connaissais même pas son adresse à Madrid. À la manière dont elle m'a regardé, je me suis rendu compte que, malgré mon émotion, ce qui s'était passé entre nous était fini pour elle, ou simplement que cela n'avait pas eu grande importance et n'avait pas réussi à exister pleinement. Je suis reparti le soir même par le train, avec la désagréable sensation de recevoir une correction et d'être ridicule. Je me suis réconcilié avec ma fiancée et au moment où elle m'a pris dans ses bras en pleurant et en disant qu'elle avait toujours su que je reviendrais vers elle, j'ai pensé avec un soupçon de lucidité sordide que j'étais en train de faire fausse route, mais je n'ai rien fait, pendant des années je n'ai pas recommencé à faire quoi que ce soit si ce n'est me laisser porter, accomplir chacune des choses qu'on attendait ou exigeait de moi.

Pendant très longtemps, pendant que je travaillais à ce bureau, dans la ville de province où je m'étais fixé, je me suis rappelé une phrase de William Blake que j'avais lue je ne sais plus où et que je cite probablement aujourd'hui de manière inexacte: «Celui qui désire et qui n'agit pas engendre la peste.» J'étais une addition de désirs sans actes, d'imaginations aussi irréelles que celles qui m'avaient tenu compagnie dans la solitude soumise de mon enfance. Toujours j'ai désiré partir, toujours mal assis, sans jamais me trouver à mon aise, et soudain je me trouvais installé, paralysé, sédentaire, à vingt-sept ans, à payer les traites d'un appartement, vivant un temps où les années sédimentaient trois par trois au rythme des augmentations de salaire, de la maison au bureau, du bureau à la maison, imaginant des voyages, dans un rêve éveillé où c'est à peine si je voyais la réalité, me réfugiant dans les livres, vaguement entouré par la famille et mes camarades de travail, partageant avec mon ami Juan, tous les matins de neuf heures et demie à dix heures pendant la demi-heure du petit déjeuner, la résignation extérieure et la révolte secrète, la fidélité conjugale et les délires sexuels et romanesques à propos des femmes inconnues que nous croisions dans la rue, les employées des boutiques de vêtements, les mannequins des revues en couleurs et les héroïnes lisses et totalement impalpables du cinéma en noir et blanc.

C'est à cela que nous rêvions en vain, mon ami et moi, femmes et voyages, lieux où il était improbable que jamais nous allions, et femmes qui ne coucheraient pas avec nous, qui ne nous remarquaient pas, ne nous regardaient même pas quand nous les croisions dans les rues voisines du bureau, dans les ruelles commerçantes du centre, dans les cafés où nous allions prendre le petit déjeuner tous les matins à la même heure, neuf heures et demie dix heures moins vingt-cinq, le journal sous le bras, acheté tous les matins au même kiosque, le café au lait, la demi-tartine grillée et le verre d'eau de Seltz que nous servait le garçon sans que nous ayons à les commander, transformés nous aussi en présences et en habitudes dans la routine matinale d'autres personnes, figures répétées en cercle comme ces personnages mécaniques qui défilent quand sonne l'heure aux horloges des places allemandes.

Nous passions tous les matins devant la vitrine d'une agence de voyages où il y avait une grande affiche de New York. Cette agence nous plaisait à cause de ses affiches d'endroits lointains et parce qu'y travaillait une très jolie femme que jamais nous n'avions vue dans la rue ni ailleurs qu'à sa table de travail. Elle était blonde, élancée, avec une silhouette extraordinaire que nous regardions tous les matins par la vitrine : elle téléphonait ou tapait à la machine, le dos droit, presque toujours en pull-over à col roulé qui lui montait jusqu'au menton, une silhouette à la fois très verticale et un peu penchée en avant, comme celle d'une statue en bois de Néfertiti que j'ai vue des années plus tard, quand alors je voyageais vraiment, au Musée égyptien de Berlin. Elle avait le visage fin, une grande bouche, de grands yeux en amande, un nez un rien excessif comme le sont certains nez italiens. Elle parlait au téléphone en faisant des gestes de sa longue main qui tenait un crayon, la tête penchée vers l'épaule pour maintenir le combiné tandis qu'elle feuilletait un agenda ou un catalogue, et nous la regardions avec notre furtive avidité, restant à peine une minute chaque matin devant la vitrine de peur que notre présence n'attire l'attention. Nous la voyions redoublée parce que, en face d'elle, dans le bureau de l'agence, il y avait un grand miroir mural. Chaque matin nous nous plaisions à observer quelque innovation dans sa beauté, si elle avait les cheveux libres ou ramassés en une queue-de-cheval qui mettait en valeur la pureté de sa silhouette, ou en un chignon qui révélait la ligne superbe de son cou et de sa nuque. Derrière la vitre de la devanture, face au miroir où se multipliaient les plantes qui ornaient sa table ainsi que les affiches de villes étrangères et de paysages de déserts ou de plages, elle appartenait aussi bien à la vie quotidienne de notre ville qu'à l'exotisme des lieux auxquels la reliait son travail, et une partie de la fascination qu'exerçaient sur nous les noms d'autres pays et d'autres villes ainsi que la grande photo en couleurs qui était dans la vitrine rejaillissait aussi sur elle, qui peut-être n'était pas moins sédentaire que nous mais qui, du fait qu'elle téléphonait et organisait des horaires et des réservations d'hôtels en prenant des notes sur son agenda, nous semblait dotée d'un dynamisme exotique qui était l'antithèse de notre lenteur de fonctionnaires, et elle avait acquis sans s'éloigner du bureau de l'agence la tonalité dorée des plages de l'océan Indien et la désinvolture des plus belles femmes de la Vía Veneto, de Portobello Road, de la rue Corrientes, de la Cinquième Avenue. Nous fantasmions sur la possibilité d'entrer un matin dans l'agence et de lui demander tout naturellement une brochure, des informations sur des hôtels ou la réservation de billets d'avion. Mais bien entendu jamais nous ne sommes entrés, et jamais nous ne l'avons vue entrer ou sortir de la boutique, jamais nous ne l'avons croisée dans les rues que nous fréquentions tous les jours. Elle se trouvait à l'intérieur de l'agence de voyages, derrière la vitrine et dans la glace du miroir, comme Ingrid Bergman ou Marilyn Monroe ou Rita Hayworth se trouvaient dans le noir et blanc des films, aussi inaltérable et étrangère qu'elles, et nous la regardions quelques instants tous les matins puis nous continuions notre bref circuit d'une demi-heure, le kiosque à journaux, le café au lait et la demi-tartine grillée au Café Suisse ou au Regina, peut-être un arrêt à la poste ou Juan envoyait une lettre, et ensuite le retour au bureau avant que l'horloge digitale, où nous devions pointer notre fiche, n'annonce dix heures cinq, au maximum.

Il y avait aussi de la douceur dans cette répétition quotidienne, dans la familiarité assidue des carrefours et des places, de la clarté solaire de Bibrrambla et de l'ombre des ruelles qui y mènent, et dans les visages répétés, les présences synchronisées, la même fille à lunettes de soleil qui venait tous les matins à la même heure ouvrir le rideau de fer d'une boutique pleine de mannequins et de miroirs, les fonctionnaires et les employées, la femme de l'agence de voyages Olimpia, que nous appelions Olympia avec le *y* grec de l'*Olympia* de Manet, les vendeurs de billets de loterie, et même les mendiants et les vagabonds se répétaient, s'ajustaient à une routine de travail semblable à la mienne, chacun avec sa vie, avec son roman banal et secret, silhouettes dans le fond de l'autre roman que je vivais ou que j'inventais pour moi-même, pas le roman de mes actes, celui des choses qui ne m'arrivaient pas, celui des voyages que je ne parvenais pas à faire et des ambitions que mon ami Juan et moi repoussions dans un futur auquel nous ne croyions ni l'un ni l'autre, mais qui était une excuse acceptable à notre pusillanimité dans le présent.

L'amitié était elle aussi répétition et habitude : se retrouver tous les matins au même endroit, marcher vers le café les mains dans les poches et le journal sous le bras, en parlant sans aucune obligation de renouvellement ni d'intimité excessive. Nous étions finis, l'un autant que l'autre, accablés par les conséquences de la même docilité fainéante, désirant tous les deux des choses qui n'étaient pas à notre portée, une vie qui n'adviendrait pas ou que nous avions laissée filer entre nos mains, qui avait tourné court à cause de notre timidité ou de notre lâcheté, de notre manque de ressort. Une partie de notre amitié était sûrement faite de cette matière triste et boursouflée, et nous partagions sans difficulté le sentiment d'une confortable capitulation et l'ironie forcée avec laquelle chacun de nous deux considérait la médiocrité de ses sentiments et la lente ruine de ses ambitions. Chacun trouvait en l'autre le miroir de sa propre insuffisance. C'était ce que nous n'étions pas qui nous réunissait, plus que ce que nous étions, ce qu'aucun d'entre nous n'osait être. Nous nous acquittions avec la même exactitude de nos obligations extérieures, de nos devoirs en tant qu'employés, maris et pères, et ce n'est que de temps en temps que nous abandonnions le ton d'ironie neutre de nos conversations pour nous permettre l'impudeur d'une plainte, la reconnaissance d'une infortune obstinée et routinière, dépouillée de mélodrame mais aussi de tout espoir de soulagement qui n'aurait pas consisté en un perfectionnement de notre défaillance. Souvent, pendant la promenade de notre petit déjeuner, Juan allait déposer une lettre dans la boîte de la Poste centrale, sous les arcades de la rue Ganivet. Comme toutes les personnes très occupées de leur propre mélancolie, j'étais alors très peu observateur. Je supposais vaguement que c'étaient des lettres du bureau jusqu'au jour où j'ai remarqué qu'elles étaient timbrées pour l'étranger. Juan n'avait pas l'air de vouloir me les cacher mais il y avait quelque chose dans son attitude qui me dissuadait de l'interroger là-dessus. Une fois, pendant que nous prenions notre petit déjeuner, il est allé aux toilettes en laissant son journal sur le comptoir du Café Suisse. Je l'ai pris pour l'ouvrir et il en a glissé deux lettres. L'une d'elles venait de New York et lui était adressée, mais l'adresse inscrite sur l'enveloppe était celle du bureau, pas celle de chez lui. L'autre, c'était Juan qui l'avait écrite et sa destinataire était cette même femme qui lui écrivait de New York. En quelques secondes j'ai remis les deux lettres dans le journal plié et quand Juan est revenu je ne lui ai rien demandé mais j'ai pensé, un peu désolé, que dans la vie de mon ami, dont j'avais cru qu'elle m'était transparente, il y avait une part cachée dont il préférait ne pas me faire confidence.

Au débouché de la ruelle où se trouvait alors le Club Taurin, nous rencontrions certains matins notre camarade de travail Gregorio Puga, qui était chef adjoint intérimaire de la fanfare, après avoir perdu une place plus éminente dans la fanfare d'une autre ville, et qui à cette heure si matinale était déjà un peu ivre, sentant l'alcool aigri et la salive à la nicotine, malgré les grains de café grillé qu'il suçait en croyant qu'ils lui purifieraient l'haleine. Gregorio est le premier ami que j'ai eu quand j'ai commencé au bureau, peut-être parce que tout le monde le mettait déjà de côté et qu'il devait s'accrocher aux nouveaux employés, en quête de compagnie pour prendre le petit déjeuner ou boire des bières et des verres de vin dans les tavernes discrètes de ce quartier du centre. On racontait de Gregorio que, s'il n'avait pas aimé tant boire, il aurait été une éminence de la composition et la direction d'orchestre. Sa version était différente, et il l'énonçait avec une monotonie geignarde d'ivrogne : il n'avait pas échoué parce qu'il buvait, il buvait parce que les uns et les autres l'avaient poussé à l'échec, lui avaient fait abandonner une carrière si prometteuse, commencée à Vienne sous les auspices les plus favorables, et tout ça en échange de quoi, d'une triste feuille de paye, de la mesquine sécurité d'un emploi fixe. Il s'accoudait au bar, le verre dans une main et la cigarette dans l'autre, tenue entre les bouts jaunis de son index et de son majeur, faibles doigts ramollis de fonctionnaire vieilli, même s'il ne semble pas qu'à l'époque il ait eu plus de quarante-cinq ans : on t'appâte avec une feuille de paye, tu t'habitues à ce peu d'argent assuré, et déjà tu n'as plus la volonté de continuer à étudier, encore moins si ta femme t'a mis tout de suite des enfants sur le dos et te répète sans arrêt que tu n'es bon à rien, que tu es incapable d'abandonner tes sottises et tes rêves et d'avoir de l'avancement au bureau, ou bien de te chercher un travail pour l'après-midi. Au début tu refuses, évidemment, tes après-midi sont sacrés, tu dois continuer à composer, à répéter avec les autres musiciens jusqu'à ce que tu tires d'eux ce qu'eux-mêmes ne savaient pas qu'ils y cachaient, et tu ne veux pas diriger une fanfare municipale mais un orchestre, c'était ça le rêve de ta vie, mais tu es pris de dégoût, en plus c'est vrai que tu manques d'argent, alors tu acceptes de donner des leçons particulières, ou bien tu trouves une place dans une école de musique, et avant d'être payé à la fin du mois, tu as déjà dépensé ou engagé l'argent, les vêtements des enfants par-ci, les livres et les uniformes du collège par-là, parce que nous devions les mettre dans un collège de curés. Tu sors du bureau à la mi-journée et comme ça t'ennuie de rentrer chez toi tu restes à boire quelques verres de vin, tu picores n'importe quoi et tu pars à ton travail de l'après-midi puis, quand tu en as fini, eh bien comme d'habitude, Gregorio allons boire quelque chose, et au début tu dis non, puis d'accord, un demi pas plus, la bourgeoise doit être fâchée de n'avoir pas vu mon nez à l'heure du déjeuner, tu bois deux demis et ensuite tu demandes un verre de vin pour la route, ou pour affronter la scène qui t'attend à la maison, et d'une chose à l'autre tu oublies de regarder ta montre et quand tu te retrouves sur la place del Carmen, la cloche sonne onze heures, quelle horreur, j'achète des cigarettes et je rentre tout droit, mais tu n'as pas de monnaie pour le distributeur et ça t'ennuie de demander qu'on te change un billet, alors tu demandes un petit verre de vin, ou alors, mieux, tu rencontres un ami qui est seul au bar et qui t'invite pour la tournée suivante, ou alors c'est le garçon qui te l'offre parce que cela fait une éternité qu'il te voit entrer et sortir, qu'il t'a servi les cafés arrosés du petit matin, et les demis de l'apéritif, et les cafés et les verres après manger, même si en réalité tu n'as pas mangé, n'importe quoi que tu picores et tu as déjà l'estomac plein.

C'est avec affection et tristesse que je me souviens de Gregorio, le maestro Puga, que je n'ai pas vu depuis bien des années, et je me demande s'il fait toujours la tournée des cafés à fonctionnaires dans le centre, s'il est toujours vivant et s'il continue de caresser le rêve de la première audition d'une symphonie, accoudé au comptoir dans son costume correct déjà plutôt froissé et sale, une cigarette entre ses doigts colorés de nicotine, un verre de vin mollement tenu dans l'autre main, peut-être un grain de café circulant d'un côté à l'autre de sa bouche où déjà manquaient quelques dents. Je me souviens des matins où mon ami Juan et moi le rencontrions en tournant l'angle d'une rue sans avoir eu le temps de l'éviter, et nous devions supporter la monotonie geignarde de ses confessions d'ivrogne et son obstination à nous inviter pour boire quelque chose, vider en vitesse un verre de cognac ou d'anis pendant les quelques minutes qui nous restaient avant que ne s'achève la demi-heure du petit déjeuner. Trop imprudent, le premier jour de mon travail au bureau, j'avais accepté de boire un demi avec lui à la sortie et il ne m'avait pas lâché avant onze heures du soir, et j'avais fini tellement ivre que le lendemain matin je ne me rappelais pas un traître mot de ce dont nous avions parlé au long de tant d'heures, de tant de bars et de cigarettes et de bières et de verres de vin. Je ne me rappelais qu'une seule chose et je ne l'ai pas oubliée parce que, plus tard, Gregorio me l'a souvent répétée, me prenant le bras pour se rapprocher de moi et m'enveloppant de son haleine de vin aigri et de tabac brun tandis qu'il me regardait de ses yeux rougis et qu'il me disait :

– Ne te résigne pas, qu'il ne t'arrive pas la même chose qu'à moi, va-t'en d'ici au plus vite, ne finis pas comme moi, ne te résigne pas, ne te laisse pas acheter.

– Je ne pense pas rester ici bien longtemps. Je m'en irai dès que je trouverai quelque chose de mieux.

– C'est ça le piège, attendre de trouver quelque chose de mieux, c'est ce qui m'est arrivé. Il ne faut pas attendre, il faut partir, même si l'on n'a rien d'autre, il faut être disposé à tout, à être dans le besoin si c'est nécessaire, parce que si tu acceptes quelque chose tu accepteras tout, tu avaleras toutes les couleuvres. Tu n'as pas de femme, tu n'as pas d'enfants, tu n'as ni dettes ni emprunts, alors c'est le moment ou jamais.

À mesure que le temps passait, j'ai commencé à éviter Gregorio comme tout le monde l'évitait parce qu'il était ennuyeux et ivrogne et qu'il n'y avait rien à faire pour s'en débarrasser, et même si l'on avait de l'affection pour lui, il était insupportable avec l'odeur de sa bouche et l'ennui de ses histoires de plus en plus incohérentes, de ses méticuleuses doléances à propos des intrigues et des croche-pieds dont il était la victime au bureau et à la fanfare municipale dont un autre, qui avait moins de mérite mais plus de relations politiques que lui, avait fini par être nommé chef titulaire. Mais je l'évitais aussi parce que j'avais honte qu'il constate chez moi la réalisation de ses prophéties : les années passaient et je continuais d'attendre quelque chose de mieux, et j'allais tous les matins ponctuellement à huit heures au travail, mais maintenant j'avais des obligations, maintenant j'étais marié et j'avais un fils, et je payais tous les mois les traites de la voiture et celles de l'appartement, et même si ma femme gagnait à son travail un salaire meilleur que le mien, nous ne finissions pas toujours le mois sans difficulté et j'envisageais la possibilité de me trouver une occupation pour l'après-midi et, sans le reconnaître en mon for intérieur, je renonçais aux projets qui me semblaient si urgents et précieux quand j'avais commencé de travailler au bureau, surtout celui de me former pour le métier que j'aurais tant aimé faire, celui de professeur d'université ou de chercheur dans l'un des secteurs de l'histoire de l'art, ou même celui de professeur d'histoire et géographie dans un lycée. Mais je manquais de temps et de volonté, les après-midi libres filaient sans que je m'en rende compte, et de toute façon il n'y avait chaque année que quelques rares postes de professeur d'histoire pour les dizaines de milliers de diplômés de l'université, dont beaucoup, mes camarades d'études, désespérés après des années de chômage, considéraient avec envie même un travail aussi peu reluisant que celui que j'avais. Nous nous rencontrions dans un couloir, mon ami Gregorio et moi, chacun une liasse de documents sous le bras, je le rencontrais à l'angle d'une des ruelles où se trouvaient les tavernes vers lesquelles s'échappaient les fonctionnaires au milieu de la matinée pour un café rapide et furtif, et mon dégoût de sa mauvaise haleine et de son allure peu convenable d'alcoolique dans le malheur était plus fort que la reconnaissance que j'aurais dû ressentir pour son amitié prodigue, et si je le pouvais, je regardais ailleurs ou je m'éclipsais par une porte latérale pour ne pas voir ses yeux rougis ni sentir son haleine malodorante, mais surtout pour ne pas entendre une fois de plus ce que je savais qu'il allait me dire :

– Mais qu'est ce que tu fais, tu n'es pas encore parti d'ici, combien d'années continueras-tu à supporter ça ?

Quelquefois je partais, mais seulement pour quelques jours, on m'envoyait en mission à Madrid pour faire des démarches dans les ministères, pour passer des commandes de matériels que je devais vérifier, et même si ces voyages étaient très brefs, si mes indemnités très minces et ma faible qualification m'imposaient des hôtels très moyens et des repas dans des restaurants modestes, la proximité du départ agissait sur moi comme une puissante stimulation, m'attirait comme un aimant vers un temps futur, me restituant intacts mon bonheur enfantin d'attendre un voyage, mon élan pour partir qui s'était presque effacé de moi les années précédentes ou qui s'était réduit à une vague tendance imaginaire sans aucune influence sur la réalité.

Déjà je m'en allais plusieurs jours avant le départ du train, le rapide de nuit avec des wagons-lits bleus, qui avait quelque chose de l'Orient-Express, et quand j'arrivais sur le quai un peu avant onze heures du soir avec ma valise, infiniment soulagé d'être seul, de m'être provisoirement débarrassé de l'accablement en série du bureau et de la maison, des horaires, des lieux, des inquiétudes et des mauvaises nuits que nous faisait passer mon fils, encore si petit. Dans les premiers événements de ce si court voyage que j'allais faire semblaient être contenues toutes les sensations et toute l'excitation d'un véritable voyage, de n'importe lequel des voyages que je lisais dans les livres ou que je voyais dans les films, ou que j'inventais pour moi-même en regardant des cartes ou des guides en couleurs. Au milieu de ma vie si paisible, si amortie en tout, le voyage me donnait une plénitude physique presque insupportable, une sensation de liberté et d'absence de poids, comme si en partant pour la gare je me déprenais des obligations et des habitudes qui pesaient sur moi, et si en claquant la portière du taxi qui allait m'y emmener, j'avais clôturé d'un coup toute mon identité réelle.

Je partais et je n'étais pas moi, je profitais de l'ivresse non pas de me trouver autre, mais littéralement de n'être personne. Je me dissolvais dans les moments que je vivais, dans la jouissance de me laisser emporter par la locomotive et de regarder par la fenêtre de mon compartiment les lumières des routes et des villes, des fenêtres éclairées où vivaient les sédentaires, où à cette heure-là ils regardaient la télévision ou se couchaient dans des chambres insalubrement chauffées, dans le coton suffocant du mariage, la *lavasse conjugale* dont parle Cernuda, que je lisais beaucoup à l'époque, son disciple et son apprenti dans cette amertume qu'est la distance inviolable qui sépare la réalité du désir.

Ces voyages étaient si rares que la monotonie des tâches administratives que je devais y accomplir ne parvenait pas à effacer, surtout lors du départ, un sentiment intense et puéril d'aventure. Mais si je voyageais aussi peu ce n'était pas seulement parce que les occasions qui se présentaient étaient rares. Parfois j'évitais un voyage pour ne pas contrarier ma femme qui n'aimait pas que je sois absent de la maison, submergée qu'elle était par son propre travail et par le soin de notre enfant, et qui ne voulait pas toujours comprendre que ces séjours à Madrid n'étaient pas des escapades et des caprices, mais des tâches qui faisaient partie de ma condition de fonctionnaire, et que leur bon accomplissement pourrait sans doute représenter un mérite quand il s'agirait d'une promotion dont j'avais tant besoin, même si la perspective en était bien lointaine.

Quand je me décidais à accepter un voyage, quand j'en avais très envie ou quand je savais qu'un refus me nuirait au bureau, je n'osais pas le dire à ma femme et je repoussais sans cesse au lendemain le mauvais moment de lui annoncer la nouvelle, de sorte qu'à la fin j'étais obligé de le lui dire avec une brusquerie inévitable, quand je ne pouvais plus faire autrement ou, pis encore, elle apprenait que j'allais partir avant que je le lui aie dit, par un coup de téléphone en provenance du bureau ou de l'agence de voyages qui retenait mes billets. Sans qu'il me soit nécessaire d'être infidèle, mon état naturel était la culpabilité, et le secret inoffensif d'un voyage de travail pesait aussi lourd sur moi que le trouble d'un adultère. L'enchevêtrement de reproches ou de ressentiments où je me trouvais empêtré, c'était par ma propension au silence et par la lâcheté tortueuse de mes retards que je l'avais moi-même tissé. J'étais déjà en train de partir très longtemps avant de m'en aller, mais jusqu'au dernier moment je n'étais pas sûr que j'allais partir parce que le déplaisir de ma femme pouvait me pousser à suspendre le départ ou parce qu'un empêchement de dernière heure pouvait surgir, l'enfant pouvait avoir une forte fièvre, ou elle pouvait soudain être très mal, avec une crise de lumbago ou des règles très difficiles, douleurs dont il me semblait que j'étais aussi coupable que si j'avais eu un couteau à la main, et qui s'aggraveraient du fait de mon absence, presque de ma désertion.

Je finissais par partir et je ne pouvais pas encore croire que je m'en allais vraiment, et la rapidité du taxi qui m'emportait à la gare était un élan irrésistible de bonheur, gâché par la panique de pouvoir arriver en retard au train à cause d'un embouteillage, ou du fait que j'avais trop tardé à partir, à me dégager de ma famille et de ma vie, de la chaleur matrimoniale suffocante de mon appartement, du halo de contrariété et d'abandon qu'irradiait ma femme, tenant dans ses bras notre fils qui pleurait plus encore en me voyant partir, elle-même le visage très pâle et les yeux tristes, debout sur le seuil tandis que l'ascenseur arrivait.

Un matin d'hiver, pendant l'un de ces voyages à Madrid, j'ai terminé très tôt certaines démarches au ministère de la

Culture et je me suis trouvé sans rien d'autre à faire pour toute la journée. Le train qui me ramènerait ne partait pas avant onze heures du soir. À Madrid, j'étais tout de suite saisi par la déception, par la détresse de me trouver dans une aussi grande ville où je ne connaissais personne et où tout était chargé d'incertitudes et de dangers, aussi bien traverser l'une de ces avenues si larges où le signal passait toujours au rouge avant que je n'arrive de l'autre côté, que sortir le soir d'un cinéma et me trouver dans un labyrinthe de rues sombres où il n'était pas improbable de se faire attaquer au couteau par un de ces drogués livides qui se postaient alors au carrefour de la Gran Vía et de la rue Hortaleza. J'étais intoxiqué de solitude, du trouble non pas tant de ne connaître personne que de n'être personne, un humble fonctionnaire de province qui, trois jours après s'être enfui à la recherche de paysages plus vastes et d'une ambiance moins renfermée, se recroquevillait comme un escargot et avançait, perdu dans la ville, traînant avec lui sa dépression insidieuse comme si c'était une fièvre qui l'affaiblissait, qui lui faisait désirer d'une manière inavouable la protection de son chez-lui et les rues familières et étroites où se déroulait sa vie.

C'est alors que surgit un souvenir sur lequel je ne comptais pas, le fragment d'un séjour que je suis incapable de situer dans le temps, même s'il est probable qu'il fait partie de cette époque : en me promenant sans savoir dans quelle direction, je suis arrivé au Retiro, par un matin de brume très épaisse dans lequel j'ai parcouru des rues qui ne semblaient être ni à Madrid ni en Espagne, rues aux nobles bâtisses et aux arbres florissants, à l'asphalte luisant de bruine, aux trottoirs jaunis de feuilles récemment tombées, larges feuilles de platanes et de marronniers, même si je crois qu'à cette époque je ne faisais pas vraiment attention aux arbres, je ne m'intéressais pas à leurs noms. Le musée du Prado, le Jardin botanique, la Côte de Moyano. Au sommet d'une colline boisée se trouve un bâtiment qui ressemble à un temple grec et qui est l'Observatoire. En écrivant je revis mon cheminement d'alors, les choses s'ouvrent devant moi comme s'ouvraient pour moi ce matin-là les formes des arbres et des maisons quand je m'approchais d'elles dans la brume, les silhouettes immobiles des statues, menaçantes ou paisibles, la statue de Pío Baroja ou celle de Cajal, ou de Galdós, solitaires parmi les masses d'arbres du parc désert, mélancoliquement égarées dans un pompeux oubli de bronzes et de marbres.

Émerge de ma mémoire mon étonnement face à un bâtiment de verre sur l'autre rive d'un lac, avec des colonnes et des filigranes métalliques peints en blanc, un blanc délayé dans le gris translucide de la clarté matinale voilée de brume, dans le vert immobile de l'eau. Je me suis souvenu avoir lu dans le journal qu'au palais de Cristal du Retiro, il y avait une exposition consacrée à l'exil des républicains espagnols au Mexique. Tout revient, après tant d'années passées sans me souvenir, cette journée quelconque d'un voyage à Madrid sans relief, cette promenade au hasard qui m'a conduit au Retiro et à trouver, entouré de brume et d'arbres, le palais de Cristal comme l'une de ces maisons enchantées qui, dans les contes, apparaissent au voyageur égaré dans la forêt.

Je me souviens d'objets, de fragments : vitrines avec des coupures de journaux et des cartes de rationnement, moniteurs vidéo où étaient projetés de vieux films montrant des soldats en haillons qui fuyaient sur les routes en direction de la France, entassés dans les gares frontières de Port-Bou et de Cerbère après la chute de la Catalogne. Je me souviens d'un tableau noir et d'un pupitre qui avaient appartenu à la première école d'enfants espagnols au Mexique, d'un tablier d'école bleu marine avec un col de celluloïd blanc qui, de manière inattendue, m'a bouleversé de tristesse, comme les pages d'écriture remplies au crayon par des enfants, quarante ans plus tôt, et des pochettes de couleurs semblables à celles que j'avais eues dans mon école. Le tablier aussi ressemblait beaucoup au mien, et les cartes d'Espagne sur toile cirée polychrome et crevassée étaient semblables à celles que j'ai vues en entrant pour la première fois dans les salles de classe, à ceci près que sur celles-là le drapeau était tricolore, rouge, jaune et violet. Il y avait une grande photo d'une foule qui essayait de monter à bord d'un bateau à vapeur, dans un port français. Une femme d'une cinquantaine d'années la regardait, debout à côté de moi, disant quelque chose à voix basse avec l'accent mexicain, même s'il n'y avait personne avec elle. Elle respirait très fort : je l'ai regardée, elle pleurait.

– J'étais dans ce bateau, monsieur, m'a dit d'une voix entrecoupée de sanglots une dame mexicaine aux grandes lunettes et aux cheveux crêpés et teints, la seule personne qui à part moi se trouvait ce matin-là dans l'exposition, dans ce bâtiment de verre entouré de brume, comme capitonné de silence. Je suis une de ces petites silhouettes que vous voyez sur la photo. J'avais huit ans, et j'étais morte de peur à l'idée de lâcher la main de mon papa.

Je retrouve d'autres déambulations, le souvenir que j'allais raconter quand me sont apparus ma promenade dans le Retiro par le matin brumeux, la forme sans poids du palais de Cristal, le beau violet mélancolique des drapeaux républicains dans les vitrines d'une exposition, insignes d'un pays que j'avais perdu avant même de naître. Je suis sorti un matin du ministère de la Culture, sur la place du Roi, je me suis mis à marcher sans but, découragé d'avance par toutes les heures pendant lesquelles je n'aurais rien à faire, où je ne parlerais à personne, où je serais lentement contaminé par l'irréalité de me trouver seul dans une ville grande et étrangère, de me transformer en un fantôme qui me regarderait parfois comme un inconnu dans le reflet d'une vitrine. Je regarde ma montre, je calcule qu'à cette heure-ci mon ami Juan doit être en train de finir son petit déjeuner, lisant le journal au comptoir du Café Suisse, ou peut-être a-t-il déjà traversé le passage à piétons en direction du bâtiment de la poste pour expédier une de ces lettres qu'il essaie de me cacher. Au lieu d'être avec lui en train de rentrer au bureau, marchant d'un même pas désœuvré, je marche dans Madrid, m'abandonnant au hasard du tracé et du nom des rues, et au bout d'une demi-heure déjà je me suis perdu, ou peut-être me suis-je laissé porter par une ancienne mémoire qui n'appartient pas tout à fait à ma conscience, mais à une impulsion aveugle et obstinée de mes pas. *Dans une certaine rue attend une certaine porte*, dit un poème de Borges. J'avance par des rues aux trottoirs étroits et aux porches profonds, avec des poissonneries, des fruiteries et des papeteries démodées, avec des épiceries et des merceries plus vieillottes que celles de la ville où j'habite, avec un pullulement, une agitation de voitures et de passants, de cris puissants des petits métiers de Madrid. Je suis en train de me souvenir, en me laissant porter, je suis en train d'aller là où je ne devrais pas, là où je ne suis allé qu'une seule fois. Rue Fernando VI, rue Argensola, rue Campoamor, rue Santa Teresa : à un moment, sans que je le sache, sans que j'ose me l'avouer, le hasard s'est transformé en projet, et la série des noms de rues dessine sur la ville où je suis un étranger le plan codé d'un trajet, la forme d'une blessure qui ne fait plus mal depuis longtemps mais que l'on peut encore palper comme une légère cicatrice sur la peau, comme au réveil le souvenir d'un rêve où l'on s'est remis à souffrir à cause de quelqu'un qui pour nous ne compte plus.

Rue Campoamor, à l'angle de la rue Santa Teresa : c'était là, il y a cinq ans, à l'époque où les années semblaient durer beaucoup plus longtemps, ne passaient pas en s'évanouissant aussi vite que maintenant. Cinq ans écoulés étaient alors un lointain intervalle, et il y tenait la moitié d'une vie. Toute chose, à peine passée, semblait avoir existé bien des années plus tôt. Aujourd'hui, c'est comme si les choses les plus lointaines dataient juste d'hier. Je reconnais les volets blancs aux fenêtres du deuxième étage. Jusque-là tout se passait uniquement dans mon imagination enfiévrée par la solitude, j'aurais pu être en train d'inventer ou de rêver le trajet dans des rues où personne ne me connaît, ou personne ne s'avise de mon existence de fantôme. Mais maintenant, si elle se met à la fenêtre, elle va me reconnaître, et si je monte les deux étages de l'escalier de bois et que je sonne à sa porte, la sonnette retentira dans la réalité, dans la vie d'autres personnes, et ma présence sera peut-être une surprise indésirable, une intrusion inopportune ou embarrassante. Je n'ai presque rien su d'elle pendant toutes ces années et, d'une certaine façon, c'est à peine si nous nous connaissions, nous n'avons fait que nous croiser pendant une très brève période, il y a longtemps.

Mes pensées et mes actes ne correspondent pas, de la même manière qu'il n'y a aucune correspondance ni aucun lien entre ma présence et l'endroit où je me trouve. Je suis allé et venu sur le carrefour en regardant les fenêtres, en croyant voir un instant une silhouette qui s'approchait des vitres. Je me suis avancé vers le porche, qui était ouvert, et qui avait cette odeur si particulière d'humidité et de bois des anciens porches de Madrid. Sur l'une des boîtes à lettres, j'ai vu son prénom, écrit à la main, à côté de celui de son mari. Ce prénom que je prononçais avec émotion et dans lequel étaient résumées toutes les possibilités de la tendresse, de l'incertitude, de la douleur et du désir, c'est un prénom banal écrit à la main sur l'étiquette d'une boîte à lettres, parmi les noms des voisins qu'elle croise tous les jours sous le porche ou dans l'escalier et pour lesquels son visage, qui pour moi était oublié dès que je n'étais pas auprès d'elle, fait partie de la même réalité banale que ces rues et que cette ville où, quand j'y viens en voyage, je finis toujours par me laisser glisser parmi les mirages de la solitude et de la pure inexistence.

Courage des lâches, résistance des faibles, audace des timides : je suis arrivé au palier et sans hésitation je presse la sonnette de la porte, une porte ancienne, grande, peinte en vert foncé, avec un judas doré. Chaque détail qui a hiverné dans l'oubli retrouve sa place exacte, et l'agitation nerveuse ainsi que la faiblesse dans les jambes sont les mêmes qu'autrefois, même si je suis devenu autre. Peut-être n'est-elle pas là, je pense cela avec un mouvement d'espoir un peu lâche, immédiatement teinté de déception lorsque passent quelques secondes sans que je n'entende rien, ni pas ni voix, rien que la résonance de la sonnerie dans des pièces silencieuses.

La porte s'ouvre, elle me regarde et au début elle ne me reconnaît pas, elle prend l'expression méfiante et interrogative de qui se trouve en face d'un vendeur à domicile, le même état d'esprit hostile. Je prends conscience que je suis devenu plus gros et que je ne porte plus la barbe, que mes cheveux sont plus courts qu'il y a cinq ans, plus rares aussi. Elle tient dans ses bras un enfant assez grand, brun, avec une sucette, les cheveux frisés, un bavoir sale sur le devant de son pyjama. Une fillette qui porte des lunettes se tient derrière elle, prudente, et elle me surveille avec exactement les mêmes yeux. Le garçon s'est arrêté de pleurer en me voyant et il me regarde fixement, en reniflant et en faisant un bruit de succion goulu avec sa sucette.

Ce n'est pas que j'aie du mal à reconnaître son visage mince et ses yeux gris clair, les deux mèches de cheveux châtains presque blonds qui encadrent ses pommettes : c'est que je n'arrive pas à l'associer avec sa présence actuelle, une femme habillée n'importe comment pour rester à la maison, avec un enfant dans les bras, si grand qu'il doit l'épuiser, avec une fillette qui lui ressemble extraordinairement, la dépouillant ainsi de la singularité de certains de ses traits qui pour moi n'appartenaient qu'à elle.

Quelle surprise, me dit-elle, je ne t'avais pas reconnu, et elle ébauche un sourire qui illumine ses yeux d'un éclat d'une autre époque. Excuse-moi, je passais par hasard et j'ai eu l'idée de venir voir si tu étais là, et j'entends ma voix qui est plus rauque qu'elle ne devrait, la voix qu'on a quand on n'a parlé à personne pendant longtemps. C'est par miracle que tu m'attrapes chez moi, j'allais emmener le petit chez le médecin, mais comme je n'ai personne à qui laisser la fille, je m'apprêtais à l'emmener aussi. Ça n'est rien, m'explique-t-elle, du moins rien de grave, dès qu'il a les amygdales un peu irritées, la fièvre monte d'un coup, je ne devrais pas m'inquiéter mais je m'inquiète toujours. Je suis un peu découragé par le naturel avec lequel elle me parle, comme à une banale connaissance, sans la moindre trace de surprise. Elle tâte le front du garçon, je lui ai donné un Apiretal, j'ai l'impression que la fièvre est en train de baisser. Nous donnons aussi de l'Apiretal à mon fils, et avec lui c'est la même chose, la fièvre monte immédiatement à quarante, je suis sur le point de le lui dire mais je me tais, arrêté par une curieuse pudeur, comme si je préférais lui cacher que moi aussi je suis marié et père de famille, et que mon fils est à peu près du même âge que le sien, que ces jours-ci il ne va pas non plus très bien, ma femme me l'a dit hier soir au téléphone.

Je fais mine de partir, troublé au point que je ne l'ai même pas embrassée quand je l'ai vue. Mais entre, ne reste pas à la porte, maintenant que tu es venu me voir nous n'allons pas nous quitter sans que je t'aie au moins offert un café. Elle habitait dans un appartement aux longs couloirs, haut de plafond, avec des moulures de plâtre et des sols parquetés. En d'autres temps il avait dû être très luxueux, mais aujourd'hui il était à moitié vide et comme abandonné, peut-être appartenait-il à ses parents ou à ceux de son mari, mais eux n'avaient pas d'argent pour l'aménager. Elle donnait l'impression de ne pas avoir d'argent, ou du moins elle ne se surveillait pas comme lorsque j'avais fait sa connaissance, elle portait de vieux jeans et des tennis sans lacets. Sa peau était devenue plus opaque et ses cheveux étaient plutôt négligés, comme ceux d'une femme qui ne sort pas de toute la journée, trimant avec les enfants, et qui n'a ni le temps ni l'envie de s'arranger.

Elle a ôté d'un fauteuil grand et vieux les jouets, les papiers peinturlurés et les crayons de couleur qui l'encombraient et elle m'a prié de m'asseoir pendant qu'elle préparait le café. Je me suis trouvé seul dans un très grand salon où régnaient à la fois le vide et le désordre. Sur la table il y avait un mixeur semblable à celui que nous utilisons ma femme et moi pour préparer la compote de fruits pour notre fils, un biberon sale, un flacon de savon liquide pour bébés, une couche jetable qui sentait très fort l'urine. Les bruits de la rue parvenaient par deux fenêtres garnies de voilages qui filtraient la faible lumière d'un jour nuageux. Dans une pièce voisine le garçon pleurait et on entendait très fort la musique d'un programme matinal de dessins animés. Que suis-je en train de faire ici, absurde et convenable, comme en visite, assis raide dans le fauteuil, sans même oser croiser les jambes, attendant de la voir apparaître à la porte, comme je l'attendais autrefois, avide et effrayé de sa présence, convoitant chacun de ses traits et de ses gestes, sa manière de s'habiller un peu trop fantaisiste pour notre ville de province, son clair accent de Madrid.

Elle revient avec le café sur un plateau, et en le posant sur la table elle découvre la couche sale, elle la repousse hors de vue avec une grimace de contrariété et de lassitude, voilà que j'ai oublié le sucre, je ne sais pas où j'ai la tête, elle emporte la couche, le biberon et le mixeur. Je l'entends qui dit quelque chose au garçon qui se tait, elle réapparaît en me souriant, l'air de s'excuser, écartant une mèche de ses yeux et alors, comme dans une illumination, je la vois comme elle était cinq ans plus tôt, avec la précision avec laquelle on voit un paysage quand on nettoie une vitre embuée, et je pense qu'elle ressemble beaucoup à quelqu'un même si je mets quelques secondes avant de découvrir à qui : à la femme de l'agence de voyages, l'Olympia qui nous plaît tant, à mon ami Juan et moi. La même silhouette quand elle écarte les cheveux de son visage, leur même couleur entre blond et châtain, la bouche grande, la ligne du menton et de la mâchoire, ses yeux clairs.

Comme cela m'arrivait quand j'étais très amoureux d'elle, je ne parviens pas à me concentrer tout à fait sur ce qu'elle me dit, absorbé par l'attention fanatique de l'amour, d'une passion adolescente, contemplative, paralysante, qui atteignait tortueusement son comble dans l'impossible, qui alimentait un désir d'impuissance, une souffrance et une lâcheté livresques. J'ai abandonné ma médecine quand je suis tombée enceinte, tu te rappelles, j'ai essayé de reprendre quand ma fille a été un peu plus grande mais alors je suis tombée de nouveau enceinte, et maintenant je pense m'inscrire à l'école d'infirmières, les études sont plus courtes et on me valide mes années de médecine, et je crois qu'il est plus facile de trouver du travail. Tu te rends compte, avec l'expérience que j'ai déjà, je peux être nommée infirmière principale dans une maternité.

Elle se lève parce que le garçon a recommencé à pleurer très fort, et quand elle revient elle le porte dans ses bras. Il a le visage rouge et les yeux brillants de fièvre. Je suis soudain pris de jalousie en regardant cet enfant, en reconnaissant chez lui des traits de son père que je lui avais demandé en vain d'abandonner pour venir avec moi. La fillette l'appelle depuis l'autre pièce parce que quelque chose vient de tomber par terre à grand bruit. Elle repart et je me lève, je me sens un peu déloyal de l'observer dans son dos. Son visage n'a pas changé mais son corps est devenu plus large, elle a perdu cette apparence linéaire et sinueuse qu'elle avait à vingt ans et qui me plaisait tant. Quand elle me sert le café, furtivement je m'aperçois que ses seins sont maintenant plus gros et plus lourds, les seins d'une femme qui a mis au monde et allaité deux enfants et qui n'a pas pris grand soin d'elle après les accouchements. Je me rappelle ses jeans serrés et ses chemises entrouvertes, de tissus très souples à la consistance fluide et soyeuse qui ressemblait à celle de sa peau les rares fois où j'avais osé la caresser. Je l'avais invitée à dîner un soir, au début de l'été, et elle était sortie avec une robe croisée très légère et des sandales, les cheveux rassemblés en queue-de-cheval avec deux mèches qui encadraient ses pommettes, si légère et désirable que c'était un tourment de ne pas oser l'embrasser.

Mais ne pars pas encore, raconte-moi des choses de toi, tu n'as pas dit un mot, pour ça non plus tu n'as pas changé. Le garçon ne pleure plus, dans la pièce voisine on entend de nouveau la télévision. Elle s'assied en face de moi et me demande de lui parler de ma vie ces dernières années, et je m'aperçois, avec un rien de fierté renaissante, qu'elle est allée se coiffer et qu'elle s'est passé un peu de rouge à lèvres. On m'a dit que toi aussi tu t'es marié, avec ta fiancée d'autrefois. Je me hasarde à dire : comme toi, et pendant un moment nous sommes véritablement l'un face à l'autre et il n'y a entre nous qu'un mince espace vide, celui que nous n'avons franchi qu'une seule fois il y a très longtemps et qui soudain semble maintenant ne s'être pas refermé. Mais nous sourions tous les deux, hochant la tête, bien élevés, nous réfugiant dans la banalité objective des faits réels. Toi du moins tu as fait quelque chose, tu as terminé ta licence. Je me rappelle combien tu aimais l'histoire de l'art, l'enthousiasme avec lequel tu parlais de tout cela, les Assyriens, les Égyptiens, Picasso, Bosch, Velázquez, Giotto. J'ai encore ici une carte postale que tu m'as envoyée de Florence.

Et à quoi bon tout cela. Je me rappelle cette carte, le moment exact où je te l'ai écrite, sur les marches de Santa Maria del Fiore, combien je t'aimais. Je lui explique que j'ai trouvé un travail intérimaire comme auxiliaire administratif, et que l'année suivante j'ai passé un concours de recrutement, même si je ne pense pas rester toujours dans ces bureaux, dès que je le pourrai je me remettrai à travailler sérieusement ma thèse, ou je préparerai un concours de professeur de lycée. C'est ce que fait Víctor, il prépare un concours des Postes, on verra s'il a autant de chance que toi. Víctor : elle me blesse chaque fois qu'elle prononce avec tant de naturel le prénom de son mari. Si elle m'avait suivi, c'est le mien qu'elle prononcerait aussi familièrement que le fait ma femme, peut-être même me donnerait-elle un diminutif tendre, moi son mari.

Le téléphone sonne au fond de la pièce, elle parle à voix basse sans me regarder, elle explique à quelqu'un qu'elle va emmener le garçon chez le médecin bien qu'il semble que sa fièvre ait fini de monter. Ciao, dit-elle, reviens vite.

Quel rôle suis-je en train de jouer ici, le fantôme, la visite, pas même l'intrus. Ciao, reviens vite. Les gens prononcent les mots sans prendre la peine de penser à ce qu'ils signifient, aux vies entières qui sont contenues dans la phrase la plus simple, à l'offense intime qui peut être présente dans une formule banale : quel dommage que tu n'aies pas rencontré Víctor, il aurait eu beaucoup de plaisir à te voir.

Cette fois-ci, quand je me lève, elle ne me dit plus de rester encore un peu. Les odeurs domestiques dans le couloir, qu'elle ne perçoit pas, odeur de petit enfant, de relents de cuisine, de draps, de corps, d'appartement mal aéré, un alliage d'odeurs qui est fait de toutes les choses quotidiennes de sa vie, de sa vie réelle, qui pour moi est aussi étrangère que ce grand appartement, sombre et désordonné. Chez moi, il doit aussi y avoir une odeur, dans mon HLM petit et bien rangé, et ce doit être en partie la même, cette odeur de lait aigre et de talc des jeunes enfants. Elle me dit au revoir à la porte avec de nouveau son fils dans les bras, rouge et larmoyant, le menton humide de bave. Elle me donne deux baisers, un sur chaque joue, sans que nos peaux se touchent, effleurant à peine l'air qui les entoure, celui qui retient l'odeur de chacun de nous, la sienne dont je ne me souvenais pas, et qui ne m'émeut pas quand je la reconnais. Restes-tu longtemps à Madrid ? Tu pourrais venir nous voir si tu avais un moment. Peut-être dit-elle cela pour éloigner tout soupçon d'une ancienne complicité clandestine. Elle n'est plus la femme seule qui a semblé si fugitivement amoureuse de moi et disposée à me suivre : aujourd'hui elle parle au pluriel, ce qui inclut toujours son mari, m'offrant cette espèce d'amitié matrimoniale qui est la pire offense envers un ancien amant. Je crois que je n'aurai pas le temps, je repars ce soir et il me reste encore diverses choses à faire.

J'ai déambulé le reste de la journée à travers Madrid, fatigué, ennuyé. J'ai choisi un restaurant pour le déjeuner après avoir beaucoup tourné et hésité, et à peine entré je me suis rendu compte que je faisais une erreur, mais un garçon qui portait une veste rouge sale approchait de moi et je n'ai pas eu le courage de m'en aller, j'ai mangé une partie d'un filet de veau douteux qui sentait légèrement la viande avariée. Dans une très grande librairie de la Gran Vía, je me suis étourdi en passant les titres en revue et j'ai fini par acheter un roman qui en réalité ne me tentait pas beaucoup, et que je ne suis jamais arrivé à lire. Je me suis fourré dans un cinéma et quand le film s'est terminé, il faisait déjà nuit, mais il s'en fallait de plusieurs heures que mon train ne parte. J'ai téléphoné chez moi, avec un début de remords, pourtant il n'y avait pas même trois jours que j'étais parti. À peine ma femme a-t-elle pris le téléphone que j'ai redouté de percevoir dans le ton de sa voix les indices d'une calamité. Notre fils l'avait réveillée la nuit précédente avec des étouffements très bizarres et elle l'avait emmené à toute vitesse aux urgences, où l'on avait diagnostiqué une laryngite.

Quelques minutes avant le départ du train j'étais à la fenêtre et j'ai vu une jeune femme qui approchait en courant depuis le bout du quai. Pendant que j'attendais, il m'était passé par la tête qu'elle viendrait peut-être me dire au revoir, que c'était pour cela qu'elle m'avait demandé à quelle heure partait mon train. L'autre fois, il y avait cinq ans, j'étais resté à l'attendre jusqu'au dernier moment sur ces mêmes quais, regardant ma montre, examinant les visages des gens qui arrivaient et se bousculaient dans les portes en verre. Je l'avais attendue à mon arrivée quand le jour se levait et le même soir, au moment de partir par le même train qui m'avait amené, et aucune des deux fois elle n'était venue. Sans m'en rendre vraiment compte, j'avais maintenant réitéré cette attente, non pas que j'aie cru vraisemblable le fait qu'elle soit sur le point d'apparaître et pas même parce que je l'aurais désiré, mais par une espèce d'inertie sentimentale.

Et maintenant descendu sur le quai, ému, incrédule, presque effrayé, je la voyais venir, avec cinq ans de retard, et celui qui s'émouvait à la voir s'approcher était celui que j'avais été dans ce temps, ressuscité, pas encore humilié par la résignation, par l'usure du travail et de la vie familiale, pas non plus amélioré par le temps, aussi irréfléchi et insensé.

Une seconde plus tard, déjà cette femme n'était plus elle, même si elle continuait de regarder vers moi tandis qu'elle s'approchait et de me sourire, faisant le geste de me prendre dans ses bras. Elle était grande, très mince, les cheveux frisés. Elle est passée à côté de moi et elle a pris dans ses bras un homme qui était juste dans mon dos. Je suis monté dans le train et je les ai regardés par la fenêtre. L'homme portait un grand sac de voyage mais aucun d'eux n'a levé la tête quand a retenti le signal du départ. Je les ai vus qui restaient sur le quai et s'éloignaient pendant que le train se mettait en mouvement, embrassés et seuls dans la pénombre.

Berghof

La pièce de travail plongée dans la pénombre, abstraite comme une cellule, avec les murs blancs, le plancher du sol, une table de bois rude et solide, qui ressemble aux tables qu'il y avait autrefois dans les cuisines des maisons, dans notre cuisine quand j'étais enfant. Les lieux se transforment en échos, en la transparence d'autres lieux, ils riment entre eux avec une sévère assonance. En entrant dans le bureau à cette heure indécise d'un milieu d'après-midi d'hiver, je me rappelle le bureau de García Lorca à la Huerta de San Vicente, et celui qu'il avait à Madrid, à la Cité universitaire, et de Madrid et de García Lorca, le jeu des transparences successives, de l'assonance des lieux, m'emmène à Rome, dans la chambre de l'Academia de España ou j'ai dormi quelques nuits en mars ou avril mille neuf cent quatre-vingt-douze, et où j'ai imaginé de longues et laborieuses journées de solitude et de lecture, journées monacales de travail et de tranquillité d'esprit, le lieu de retraite qu'il me semble que l'on porte imprimé dans son esprit, que l'on rêve et cherche toujours, la chambre où il n'y a que quelques rares choses élémentaires, le lit, la table de bois nu, la fenêtre, peut-être une petite étagère pour quelques rares livres, pas trop nombreux, et aussi un de ces appareils à musique qui vous accompagnent et qui occupent à peine un rien de place. Je passais mes journées entières à déambuler à travers Rome dans un état d'ivresse et de transe qu'accentuait la solitude, et la nuit je m'écroulais de fatigue sur le lit si étroit de ma chambre à l'Academia et dans mon sommeil agité, trouble et puissant comme les eaux du Tibre, je poursuivais mes promenades dans la ville et je voyais des colonnades et des ruines de temples gigantisées et confuses comme dans un délire de fièvre. Je me réveillais épuisé et dans la lumière froide et olivâtre de l'aube mes yeux qui venaient de s'ouvrir rencontraient la coupole du petit temple de Bramante.

Un autre lieu surgit quand la pénombre commence à devenir obscurité et qu'y rayonnent l'écran de l'ordinateur et la lumière de la lampe basse qui éclaire mes mains sur le clavier. La main qui se pose sur la souris cesse d'être la mienne. L'autre main, la gauche, effleure distraitement le coquillage blanc et poli qu'Arturo a ramassé il y a deux étés sur la plage de Zahara, l'après-midi qui précédait notre départ, un de ces après-midi luxueusement longs du début de juillet, quand le soleil commence à se coucher après neuf heures et que la mer prend un ton bleu de cobalt, se retirant lentement du sable encore doré où les traces de pas des baigneurs qui sont partis se transforment en délicats creux d'ombre.

De l'obscurité éclairée par l'écran de l'ordinateur et par la lampe basse, de mes deux mains, du contact lisse de la souris dans l'une et de la rugosité du coquillage dans l'autre, surgit sans préméditation de ma part une image qui n'est tout à fait ni invention ni souvenir, le médecin, le médecin solitaire dans la pénombre et qui attend un patient, qui manipule la souris de sa main droite à la recherche d'un document dans l'ordinateur, un dossier médical ouvert il y a peu de jours et auquel se sont ajoutés depuis hier les résultats de quelques analyses.

Souvent je vois ce personnage, même par fragments, surtout les mains, tapant sur le clavier dans la lumière de l'écran, longues, osseuses, adroites, avec beaucoup de poils au revers, moins gris que les cheveux et que la barbe du médecin que je ne vois pas debout bien que je sache qu'il est tellement grand et maigre que sa blouse tombe librement depuis ses épaules. Je le vois assis, blouse blanche, barbe et cheveux gris dans la pénombre d'une pièce aux rideaux tirés, même s'il s'en faut de beaucoup que la nuit ne tombe, mains et visage éclairés par la lampe et par l'écran de l'ordinateur qui est d'un côté de la table, sur laquelle il n'y a rien d'autre, à part le clavier, qu'un coquillage blanc, arrondi, plus petit et plus creux qu'une coquille Saint-Jacques, plus solide aussi, rude et usé d'un côté comme la volute d'un chapiteau de marbre rongé pendant des siècles par le salpêtre et les intempéries, lisse comme la nacre de l'autre côté, agréable à caresser du bout des doigts qui en font le tour comme de par leur propre volonté pendant que le médecin parle au patient qui vient d'arriver, en essayant de choisir très soigneusement ses mots ; ou plutôt avant, quand il était encore seul, calculant avec découragement combien de minutes il lui reste avant que la porte ne s'ouvre, relisant une fois encore la feuille des analyses qui se trouve sur la table, exactement dans l'espace qui sépare ses deux mains, oubliant la feuille pour s'échapper dans un autre temps, journées lumineuses évoquées dans la pièce plongée dans la pénombre, rappelées par le contact alternativement rude et doux du coquillage, qui est un coquillage modeste, en rien séduisant, avec la couleur de chaux du marbre longuement travaillé par le temps, des stries qui s'écartent à partir de la base, régulières comme des baguettes d'éventail, chacune décrivant une courbe exquise, un début de spirale interrompu par le bord extérieur qui est très abîmé, ébréché, proposant au bout des doigts une irrégularité de morceau de poterie brisée.

Les choses s'entraînent l'une l'autre, comme réunies entre elles par le fil de hasards banals. Les coquillages au bord de la mer à Zahara de los Atunes, les morceaux courbes d'amphores brisées. Il faut les laisser venir, ou tirer peu à peu sur elles, les doigts attentifs à la vibration d'une ligne de fond, n'y exerçant que la force minimum nécessaire pour vaincre une résistance sans que le fil casse, au bord de la venue de quelque chose, un détail sans relief qui contient, intacte, une bulle de mémoire sensorielle, comme une inclusion d'air qui a passé des millions d'années emprisonnée à l'intérieur d'un morceau d'ambre. Le parquet du grand appartement sombre où travaille le médecin est aussi ancien que la maison et il crisse sous les pas avec des grincements de bois solide et vieilli. D'abord retentira le sifflement de l'interphone, et ce n'est que lorsqu'il dira à l'infirmière que le patient peut entrer que les pas se mettront à résonner comme sur la charpente d'un bateau.

Quand j'étais enfant, dans la maison d'une sœur de ma grand-mère, il y avait une pièce dont le sol était garni de plancher. Je ne connaissais alors que les sols de carrelage, glacés en hiver, ou de galets comme il y en avait encore à la campagne dans le bas de certaines maisons, ou de terre battue. J'aimais aller avec ma grand-mère chez sa sœur, uniquement pour entrer dans cette pièce, pour ressentir la manière dont le bois cédait un peu sous mes pas et écouter leur bruit délicieux et clair, poli comme la surface même du parquet. C'était comme se trouver dans la cabine d'un bateau, dans un autre lieu, presque dans une autre vie. J'éprouve une sensation du même ordre, de plénitude matérielle, quand j'écoute un violoncelle. De nouveau le temps saute d'une chose à l'autre, d'un temps à l'autre, à la vitesse de l'influx nerveux, à peu près deux cents kilomètres à la seconde : Pablo Casals joue les suites pour violoncelle de Bach à Barcelone, à l'automne mille neuf cent trente-huit, alors que la bataille de l'Èbre est déjà perdue, et Manuel Azaña et Juan Negrín l'écoutent dans une loge, au théâtre du Liceo. Derrière la table, sur une étagère où il y a très peu de livres, surtout de médecine et d'histoire, le médecin a un petit appareil à musique qui parfois joue très doucement pendant qu'il questionne un patient ou qu'il l'ausculte, étendu sur le lit d'examen qui se trouve dans un coin presque obscur de la pièce, devant un paravent. Étendu sur ce lit, le patient devient plus vulnérable, s'abandonne d'avance à la maladie, à l'examen du médecin, qu'il voit déjà de l'autre côté de la ligne invisible, la ligne définitive qui sépare les bien portants des malades reclus dans le ghetto de leur peur, de leur douleur et peut-être, pis que tout, de leur honte. *Le malade est abandonné de celui qui se porte bien*, a écrit un jour Kafka à Milena Jesenska, *mais de son côté aussi, celui qui se porte bien est abandonné du malade.*

Le lit, le paravent, ils n'émergent que maintenant de la pénombre, du pur néant de ce qui n'est ni imaginé ni remémoré. Avant de commencer à dire au patient ce que révèlent les analyses, ce qu'il est impossible de dire sans éveiller un effroi immédiat, sans ressentir un nœud dans la gorge même s'il l'a déjà dit tant de fois, le médecin lui demandera de s'allonger sur le lit d'examen, sans se déshabiller, il lui suffit de baisser un peu son pantalon, de remonter sa chemise pour permettre au médecin d'ausculter les viscères du ventre, le palpant de ses longs doigts rapides et sans brusquerie, précis. Humiliation d'être couché sur le dos, sur un lit d'examen, couché et passif, le pantalon baissé jusqu'au sexe tandis que la main intruse, la main masculine et parfaite, recherche le toucher de quelque chose d'anormal, une grosseur qu'elle ne devrait pas sentir, peut-être une plaie, comme celles que provoquaient les anciennes maladies, ou les ganglions enflés qui annonçaient la peste.

Au fond, derrière les deux respirations, celle du patient et celle du médecin, si proches l'un de l'autre et cependant séparés par la ligne invisible, on entend une suite pour violoncelle de Bach jouée en mille neuf cent trente-huit par Pablo Casals, pendant une soirée où ont retenti sur Barcelone les sirènes d'alerte aérienne et les explosions des bombes, qui illuminaient de leurs fulgurances la ville froide, plongée dans l'obscurité, par avance mise en déroute par la faim et l'hiver, des mois avant que n'y entre l'armée de rustres sanguinaires et dévots des vainqueurs.

Bien qu'elle soit jouée très bas, le patient a reconnu la musique et identifié l'enregistrement. Pendant quelques minutes difficiles ils parlent sans véritable soulagement de Bach, du son du violoncelle, de la merveille technique des enregistrements digitaux qui permettent de sauver ce genre de trésors enfouis, la merveille d'une chose qui s'est passée durant une soirée unique, et pour la première fois au monde. Ils parlent et la feuille des analyses se trouve sur la table, dans l'espace qui est contenu entre les deux mains immobiles et éloquentes du médecin, à côté d'un coquillage vers lequel de temps en temps vont instinctivement ses doigts que l'on imagine bien en train de jouer d'un instrument de musique. Jusqu'à ce que Pablo Casals en ait exhumé les partitions, la musique des suites de Bach n'avait jamais retenti. Il les a trouvées par hasard en fouillant dans une échoppe de vieux papiers, dans quelque ruelle voisine du port de Barcelone, comme Cervantès dit qu'il a trouvé le manuscrit en arabe du *Don Quichotte* dans la boutique d'un fripier de Tolède. Le hasard à l'état pur lui a confié un trésor que le destin semblait lui avoir réservé. Si Pablo Casals n'avait pas fouillé, précisément ce jour-là, dans un tas de vieux papiers jaunis, si l'homme que le médecin attend n'était pas venu, s'il n'avait pas fait la rencontre de quelqu'un qui de manière imperceptible allait lui transmettre ce qui était resté dissimulé pendant des années. Ce lointain après-midi, dans un train, une femme si grande qu'elle marche comme en chevauchant sur ses chaussures à talons, avec un début d'indécision et de vertige, d'ivresse dans des yeux verts qui brillent dans la pénombre de ses cheveux frisés, un sourire sans motif sur ses lèvres fines, au-dessus d'un fort menton qui paraît scandinave ou anglo-saxon.

Mais je ne veux pas encore qu'il arrive, même si le rendez-vous n'est que dans quelques minutes. Il doit être en train de venir, inquiet mais pas encore complètement atterré, habitant toujours une vie normale dont, quand il sortira d'ici, il se souviendra comme d'un pays natal où plus jamais on ne peut retourner, le pays de ceux qui sont en bonne santé, de ceux qui ne pensent pas qu'ils vont mourir. Mais quelque chose de plus lui est réservé, comme à beaucoup de ceux qui sont comme lui, le médecin le sait : la honte, parce qu'il voudra que personne ne sache ce que révèlent les analyses, pas seulement une maladie mais une espèce d'infamie ; peut-être même n'osera-t-il pas le regarder dans les yeux, ce médecin, bien qu'ils aient parlé ensemble quelques minutes plus tôt ou lors de sa visite précédente des suites pour violoncelle de Bach, maintenant qu'il est exclu, soudain expulsé de la communauté des gens normaux, comme un Juif qui lirait dans un café de Vienne le journal où l'on publie les nouvelles lois raciales allemandes. Le café est le même que chaque matin, et le journal est celui qu'il a lu tous les jours pendant les dernières années, mais soudain tout a changé et le garçon qui prononce si obséquieusement son nom et qui n'a pas besoin de lui demander ce qu'il veut boire, le même garçon que tous les matins, peut-être refuserait-il de lui apporter un café s'il savait ce qu'il est, en quoi il s'est transformé sous l'effet de la loi, même si rien ne se remarque dans son apparence physique, même si sa condition de Juif ne transparaît pas dans ses cheveux blonds ou châtains et dans ses yeux clairs, dans son visage normal.

Je recouvre le coquillage de la paume de ma main. Aussi facilement que le recouvrait la main encore enfantine de mon fils qui saisit la mienne avec un grand naturel dès que nous sortons, même s'il a déjà treize ans. Quand il était petit, il disait : nous allons mesurer nos mains. Nous les étendions l'une contre l'autre et sa main n'arrivait pas à la moitié de la mienne, si osseuse, anguleuse, si assombrie de poils, grosse patte d'ogre et non pas de médecin pour sa main rondelette d'enfant, l'avalant tout entière dans ce jeu qui le faisait tant rire de plaisir et de peur, avale ma main avec la tienne comme le loup poilu avalait les petits chevreaux. Raconte-moi une autre histoire, ne quitte pas encore la chambre, n'éteins pas la lampe de chevet. Ensuite il était toujours émerveillé que ma main s'ouvre et que la sienne apparaisse intacte, pas dévorée, pas même mordue, comme les petits chevreaux blancs sauvés par leur mère du ventre noir du loup, qui a sur le museau et sur le dos des poils noirs qui piquent comme ceux de ta main.

Nous sortions de l'hôtel par un sentier entre des palmiers et des haies, et nous étions tout de suite face à l'Atlantique, étourdis par la lumière, par l'étendue et la profondeur de l'horizon qui ne s'achevait pas avec la mer mais au-delà, dans une ligne de montagnes bleues qui était le nord de l'Afrique. La nuit, nous voyions trembler dans la brume marine les lumières de Tanger. Je suis allé une fois à Tanger, il y a des années, comme dans une autre vie. Le médecin serre la courbure du coquillage et il est en train de serrer, il y a deux étés, la main de son fils. Sa femme tient son bras, de l'autre côté, et elle se colle contre lui pour se protéger du vent d'ouest qui vient de la mer, de là où se trouvent les formes obscures de l'Afrique et les lumières de Tanger, ce vent qui sent l'humidité et les algues. Chaque nuit, dans un endroit de cette plage immense, débarque à la faveur de l'obscurité un groupe d'immigrants clandestins, ou bien l'on décharge discrètement des cartons de cigarettes de contrebande ou des ballots serrés de haschisch. Parfois les fortes marées de l'Atlantique apportent des cadavres de Marocains ou de Noirs gonflés d'eau et mangés par les poissons, ou les épaves des vieilles barques de métal rouillé ou de bois pourri dans lesquelles ils ont fait naufrage.

Ce n'est qu'en arrivant à la plage, le premier après-midi, qu'ils se sont rendu compte tous les deux de la fatigue qu'ils portaient, soudain si légers de s'en défaire comme lorsqu'ils avaient laissé dans la chambre leurs bagages et les vêtements où ils avaient transpiré, avec lesquels ils étaient partis le matin de Madrid. Tant de mois enfermé dans cette pièce de pénombre, à attendre des visites, des résultats d'analyses, à voir des visages d'hommes et de femmes invisiblement désignés par la maladie, choisis par le cruel sarcasme du hasard. L'enfant courait devant, impatient d'arriver au bord de l'eau, donnant des coups de pied dans le gros ballon aux quartiers blancs et bleus que le vent éloignait de lui, sans poids, sur le sable. Il y avait encore du soleil mais il restait peu de gens sur la plage, ou bien c'était sa dimension qui la faisait paraître si dégagée, presque déserte, offerte à eux seuls. Il a éprouvé un peu de pudeur à quitter aussitôt son T-shirt, lui si pâle et maigre dans cette lumière dorée, si réfractaire au soleil, à la différence de sa femme et de son fils qui avaient tous les deux la peau d'un même ton cannelle, un des traits de base qu'avait transmis de l'une à l'autre l'héritage génétique. Qu'auras-tu hérité de moi, fils de mon cœur, qui sautes hardiment cet après-midi dans la première vague de l'été, haute et couronnée d'écume, roulé par l'eau, et qui en ressors bienheureux avec tout l'éclat de la mer et du soleil sur ta peau pas encore maltraitée par le temps, sur ton corps qui cet été-là n'avait pas encore commencé de perdre ses rondeurs enfantines.

En me couchant à plat ventre sur le sable, je pressentais, comme une plénitude physique, la consistance insondable et la courbure du monde. Il y a quelques vers de Jorge Guillén qui évoquent précisément cela :

Et le pied qui chemine foule
la rondeur de la planète.

Je regardais de tout près les grains minuscules, les fragments infinitésimaux de roches et de coquilles, de verre, d'amphores brisées, usés et pulvérisés pendant des périodes de temps géologiques par la force monotone de la mer, qui en ce moment même était en action, qui résonnait comme un tambour près de mes oreilles, dans mon corps entier défait par la fatigue, rongé par des mois de travail et d'angoisses, d'insomnies, d'urgences, de remords : assister chez les autres à la douleur et à la maladie, à la panique, aux progrès de la mort. Je prenais une poignée de sable dans ma main, que j'ouvrais pour le laisser glisser en un mince filet, dans la fugacité de quelques secondes. C'était d'abord quelque chose de solide à l'intérieur du poing serré, aussi fermé que les valves d'un coquillage pour les petits doigts de mon fils qui tentait de l'ouvrir et n'y arrivait pas, il parvenait parfois à écarter un doigt en soufflant très fort, mais le doigt revenait à sa place et le poing restait fermé. Puis il s'ouvre lentement et le sable si compact se dissout en néant, il ne reste que quelques grains minuscules dans la large paume ouverte, pointes minérales blessées par la lumière. À onze ans le fils prenait encore plaisir à ce jeu, défiait encore son père en vain, et il faisait des efforts, et il haletait en voulant ouvrir ce poing dans lequel se trouvait parfois un bonbon ou une pièce de monnaie. Il cherchait une faille entre les doigts, à s'y glisser, toujours en vain, mais il le faisait avec un tel soin que jamais il n'y plantait ses ongles. Vaincu il se jetait sur lui, le serrant dans ses bras de toutes ses forces, avec une tendresse brusque et fascinée, et il lui passait la main sur la joue à contre-poil pour sentir le picotement de la barbe. Lui, il lui suffisait de le pousser avec ses doigts, contre son flanc juste en dessous des côtes, pour que le garçon se jette dans le sable en riant aux éclats, agitant les pieds en l'air.

« Vous êtes rudement embêtants tous les deux, grands comme vous êtes. » Allongée à côté d'eux, les yeux cachés derrière ses lunettes de soleil, sa femme enlevait le sable que le garçon avait projeté, en piétinant et en tombant, sur le magazine qu'elle lisait. Si peu de temps passé au soleil et déjà sa peau prenait une douce tonalité brune. Le repos, le sommeil profond, les heures de farniente sur la plage et à la piscine de l'hôtel, les siestes dans la pénombre fraîche de la chambre avaient effacé de son visage toute trace de fatigue, et elle avait le même large sourire de bonheur qui m'avait ébloui les premières fois que nous nous étions rencontrés. Aussi désirable et jeune que si douze ans ne s'étaient pas écoulés, comme si le garçon qui était assis à côté d'elle n'était pas le sien, lui qui recouvrait peu à peu ses pieds aux ongles peints de rouge, y versant de son poing entrouvert un filet de sable qui glissait sur le cou-de-pied et entre les orteils, comme une caresse.

Mais je ne voulais pas nier le temps, il était bon qu'il ait passé parce qu'il nous avait apporté tant de cadeaux, tant de choses que je regardais, tangibles et sacrées, en face de moi par ces journées de juillet. Le corps de ma femme me plaisait plus encore parce qu'il y avait douze ans que je le caressais, le connaissais, le désirant avec une profondeur que seule la connaissance peut donner, et aussi parce qu'il avait abrité et mis au monde mon fils, qu'il s'était élargi dans l'onction d'une maternité harmonieuse, nourri de puissants flux d'hormones, de filets de lait qui coulaient à grosses gouttes de ses seins quand le garçon était rassasié de boire. La même main qui palpe l'abdomen du patient étendu sur le lit d'examen à la recherche des symptômes d'une maladie caressait il y a douze ans ce ventre rond et tendu, parcouru de forts mouvements, ébranlé par le cœur d'un enfant sur le point de naître, elle percevait sous le bout de ses doigts une courbe planétaire. Qui sait si un médecin peut oublier ce qu'il est, s'il peut mettre de côté son métier comme il dépose sa blouse dans la pénombre du cabinet médical et se dirige vers la porte, marchant avec bruit sur le parquet très lisse, lustré comme les choses dont on a fait bon usage au cours d'un très long temps, et en arrivant dans la rue il est ébloui par la clarté encore estivale du soleil qui l'oblige à mettre ses lunettes de soleil, peut-être à se rappeler que sa femme les lui a achetées il y a deux ans, il y a deux étés, dans la boutique même de l'hôtel où à peine arrivés ils avaient fait tous leurs achats urgents pour les journées de plage, maillots de bain et sandales, crème solaire de protection totale, une casquette pour le garçon avec une image de Zorro, un grand ballon gonflable, si léger que la brise de mer l'emportait sans arrêt, des lunettes de plongée et des palmes d'homme-grenouille parce que le garçon avait décidé, présomptueusement, qu'il allait mettre en pratique les connaissances exhaustives, mais imaginaires, qu'il avait acquises dans un documentaire de télévision sur la pêche sous-marine.

Maintenant, dans la demi-lumière du cabinet de consultation émerge quelque chose d'autre que jusque-là je n'avais pas vu, non pas sur la table mais sur l'étagère où se trouve l'appareil à musique, la photo d'un garçon, encore enfant mais sur la fin de son enfance, au seuil d'un couloir, les cheveux en broussaille et les traits délicats, des lunettes de plongée sur le front, qui rit en fermant à demi les yeux, des traces de sable sur le nez et sur sa frange noire.

Vers l'ouest, la plage se prolongeait en une ligne horizontale indéfinie qui se terminait dans la vague tache blanche des maisons du village, fondue dans une brume lumineuse qui effaçait les formes et confondait chaux et sable dans le même éblouissement solaire. Ce n'est que dans la première clarté du jour ou à la fin de l'après-midi que les couleurs avaient leur netteté entière et que se dessinait la forme des choses. Vers le levant, une hauteur abrupte et tombant à pic sur la mer délimitait la baie. Dans le soleil de l'ouest brillaient les baies vitrées des villas de luxe à demi cachées derrière le vert sombre des haies et des palmiers, avec de hauts murs de clôture blancs où se répandait le violet foncé des bougainvillées. On nous a dit que dans ces maisons des multimillionnaires passaient l'été, surtout des Allemands. Au pied de la falaise, sur un grand rocher que la marée montante isolait, il y avait un bloc de béton cubique, un blockhaus qui avait quelque chose d'un organisme erroné et monstrueux, d'un cancer minéral du paysage, aussi résistant aux assauts de la mer que le rocher sur lequel il avait été coulé. Mais au bout de quelques milliers d'années, le béton lui aussi sera réduit en poussière, il y aura d'infimes grains gris mêlés aux grains de sable, ou qui en feront partie comme les minuscules éclats de verre de bouteille, comme les fragments de coquillages et de rochers. Pour le garçon, cela avait été une aventure mémorable que de grimper jusqu'au blockhaus en se tenant à la main robuste de son père et de parvenir, par un couloir au sol couvert de sable, jusqu'à la chambre intérieure, éclairée par un rayon oblique, poussiéreux, qui tombait des meurtrières allongées où avaient dû être pointés les jumelles des soldats de garde et le canon des mitrailleuses. Par cette rainure, on voyait avec précision, dans le matin limpide, la ligne des côtes d'Afrique. Il prenait plaisir à donner des explications à son fils, observant l'expression concentrée et docile du garçon, content de son intérêt pour toutes choses, de la politesse attentive avec laquelle il savait écouter et qui n'était pas incompatible avec une imagination souvent portée à la réflexion. En mille neuf cent quarante-trois les Alliés avaient définitivement vaincu les Allemands et les Italiens en Afrique du Nord, et ils se préparaient à envahir le sud de l'Europe : tu te rends compte à quel point ils auraient été proches s'ils avaient voulu débarquer sur cette plage au lieu de le faire en Sicile, imagine-toi les pauvres soldats espagnols de l'époque enfermés dans ce blockhaus, attendant qu'apparaissent les bateaux de guerre américains.

Ils étaient rentrés alors que la marée commençait déjà à monter. De petits poissons transparents s'enfuyaient entre leurs pieds qui barbotaient dans l'eau claire pendant qu'ils marchaient sur une étendue de rocher lisse, qui affleurait au milieu du sable et qui était par endroits glissante d'algues attachées, et ailleurs couverte d'une mousse sombre et spongieuse, moelleuse sous la plante des pieds. Une vague se retirait et elle laissait dans un creux de rocher une flaque où s'agitaient de minuscules bestioles, et le père s'agenouillait avec le fils pour les regarder de près, se transportant du temps immédiat des actions humaines dans les inconcevables lenteurs de l'histoire de la nature. Organismes primaires se traînant de la mer vers la terre, grouillant dans des flaques, dans le limon dense et fertile des marais, s'endurcissant pour survivre au long de millions d'années, développant les valves et les spirales de coquilles ; des carapaces calcaires, pattes et pinces qui laissent sur le sable des traces légères, pas plus éphémères que celles de nos pas, que celles de notre vie, pensait sans emphase, sans mélancolie, un homme de quarante et quelques années qui se promenait sur une plage en tenant son fils par la main, dans un parfait état de bonheur tranquille, de gratitude, de mystérieux accord avec le monde, par l'un de ces longs crépuscules du début de juillet, alors que la chaleur n'est pas encore accablante et que l'été demeure pour le garçon un cadeau intact.

Il a lâché sa main pour se jeter la tête la première dans les vagues et lui s'est écarté du bord de l'eau et a marché dans le sable plus chaud vers l'endroit où se trouvait sa femme, dont il doit aussi y avoir une photo dans le cabinet de consultation plongé dans la pénombre : un large sourire et de fines lèvres, toujours fraîchement dessinées de rouge, même cet après-midi sur la plage, des lunettes de soleil semblables à celles que portaient les actrices sur les photos en couleurs des années quarante. J'aimais penser qu'elle nous avait regardés de loin, notre fils et moi, faciles à distinguer sur la plage presque désertée à cette heure tardive mais encore chaude et lumineuse, quand il y a déjà de petits creux d'ombre dans les traces de pas et sur les versants des dunes : accroupis tous les deux, nos têtes rapprochées, en train d'observer quelque chose dans la couche d'eau brillante qu'avait laissée une vague en se retirant, puis revenant tous deux en nous donnant la main au bord de l'eau, un homme maigre et blanc et un enfant tout en rondeurs, brun, avec un reflet du soleil tardif sur sa peau mouillée, un rien d'enfance dans le ventre arrondi au-dessus de l'élastique du maillot ; si différents l'un de l'autre, séparés par plus de trente ans et pourtant si étonnamment semblables dans certaines attitudes, identiques dans la complicité de leur démarche et de leurs têtes penchées même si, de près, c'est à sa mère que le garçon ressemble le plus, et pas seulement pour la couleur de sa peau mais pour sa manière de fermer à demi les yeux quand il rit, pour la force de son menton et pour ses mains, pour ses cheveux frisés et embroussaillés par l'air humide de la mer.

Il y a un goût salé dans sa bouche et une consistance plus charnelle dans ses baisers, une qualité plus dense de sa peau quand il la caresse sous le tissu légèrement humide du bikini, dans la pénombre de la sieste derrière les rideaux tirés. Les seins et le ventre sont des taches claires sur sa peau déjà brunie. Il pose une main sur la toison sombre, entre ses cuisses, et se rappelle cette mousse trempée où il enfonçait ses doigts jusqu'à trouver la surface lisse du rocher, au bord de l'eau. Tout se passe très doucement, le désir qui monte avec une lenteur de marée, les deux corps tellement accoutumés l'un à l'autre et érodés par l'amour, tellement frôlés l'un par l'autre, luisant dans la pénombre.

Jeune homme il avait cru, comme l'adepte d'une religion, au prestige de la souffrance et de l'échec, à la clairvoyance procurée par l'alcool et au romantisme de l'adultère. Maintenant il était incapable de concevoir pour lui-même une passion plus profonde que celle qu'il éprouvait pour sa femme et son fils, dont il remarquait qu'elle les enveloppait tous les trois d'une atmosphère plus chaude que l'air extérieur, aussi objectivement perceptible qu'un champ magnétique. Sécrétions partagées, chromosomes mêlés dans une grande cellule primitive, l'ovule à peine fécondé, salive de l'un assimilée par l'appareil digestif de l'autre, salive et sécrétions vaginales, salive et sperme luisant parfois sur ses lèvres, délayés dans le flux nourrissant de son sang, odeurs et sueurs mêlées, imprégnant la peau, l'air, des draps sur lesquels ils s'endormaient après l'amour, apaisés, tandis que de derrière les rideaux tirés parvenaient les clapots et les cris des enfants dans la piscine de l'hôtel et, de beaucoup plus loin, si l'on faisait très attention, le bruit puissant de la mer, le vent qui fouettait les cimes des palmiers.

Palmiers sauvages, c'était le titre du roman que sa femme lisait pendant le voyage en train et qu'elle emportait à la plage dans son grand sac de paille. D'habitude il lui demandait de lui raconter le roman qu'elle lisait et ces résumés, ajoutés à certains films qu'elle aussi choisissait, suffisaient à combler ses appétits de fiction. La réalité lui semblait si complexe, si inépuisable, si labyrinthique même dans ses éléments les plus simples qu'il ne voyait pas la nécessité de gaspiller son temps et son intelligence pour des choses inventées, à moins qu'elles ne lui parviennent filtrées par les récits de sa femme, ou qu'elles n'aient l'élémentaire antiquité des contes. Dans l'art il était presque uniquement sensible aux formes où transparaissait quelque chose de l'unité harmonique et de l'efficacité fonctionnelle de la nature, et où se rencontrait aussi l'évocation de sa démesure, étrangère à l'expérience et à l'observation humaines. Il était surtout sensible à certaines musiques, et à certaines formes et certains espaces intérieurs de l'architecture. Les ruines colossales des temples grecs du sud de l'Italie ou des thermes de Rome éveillaient chez lui une émotion semblable à celle que lui provoquaient les grandes forêts qu'il avait vues en Nouvelle-Angleterre et au Canada. Dans la forme d'une colonne classique et d'un grand chapiteau tombé, il trouvait une correspondance cachée et précise avec la majesté sacrée d'un arbre, avec les nervures et les volutes, la symétrie exacte d'un coquillage marin. Il montrait à son fils la spirale d'une minuscule coquille d'escargot puis, dans un livre d'astronomie, l'autre spirale comparable d'une galaxie, puis il l'emmenait à la salle de bains et lui disait d'observer la spirale que formait l'eau du robinet quand elle s'écoulait par le trou rond du lavabo. Il guettait l'éclat attentif de l'intelligence dans les yeux sombres du garçon, qui avaient la même couleur et le même dessin en amande que ceux de sa mère, et la même capacité immédiate qu'eux pour exprimer, sans détours ni états intermédiaires, l'émerveillement ou la déception, le bonheur ou la mélancolie.

Il ne se souvenait pas, lors de la première visite, d'avoir demandé au patient s'il avait des enfants. C'était probable parce qu'il était de ces personnes qui portent sur eux une allure de mari et de père, une certaine usure physique, comme le poids d'une responsabilité sur leurs épaules, l'inquiétude causée par la maladie d'un enfant ou l'insomnie des attentes, le vendredi soir. C'était cet air d'usure, de fatigue générale indistincte, qui l'avait induit à un soupçon qui, en toute rigueur, n'aurait pas dû l'habiter. Mais il n'y a pas d'apparence qui, d'une manière ou d'une autre, ne comporte une part de tromperie, et personne dont on puisse dire avec certitude qu'il en est à l'abri. Bien sûr il ne lui avait pas dit que c'était dans les analyses qu'il lui prescrivait que se trouverait la preuve. Il ne voulait pas l'inquiéter mais surtout, et si cela était possible, ne pas le blesser. Pour qui me prenez-vous, lui dirait-il peut-être, quelle vie imaginez-vous que je mène ?

Il arrivera dans quelques minutes et il faudra lui dire des mots, le nom de la maladie, répéter avec soin, avec un détachement clinique, l'euphémisme de certaines initiales. *Bien sûr il faudra refaire un test, mais je ne vous cache pas que, même aujourd'hui, la marge d'erreur est limitée.*

Les mêmes mots tant de fois prononcés, toujours neutres et pourtant atroces, la panique et la honte, tant d'agonies annoncées et suivies avec l'amertume jamais tempérée de sa propre impuissance : ceci est presque une autre forme de contagion, une lassitude presque semblable à celle dont ils souffraient, à celle qui les avait poussés à consulter, un vague malaise persistant et inexplicable, l'éveil dans les ganglions et dans certaines cellules très spécialisées de l'hôte indécelé, caché des années durant, obéissant lui aussi à certaines signatures génétiques que pour le moment personne ne sait déchiffrer, tout comme on ne déchiffre pas la consistance ultime de la matière, le tourbillon de particules et de forces magnétiques infinitésimales dont toute chose est composée, la lumière de l'écran de mon ordinateur et celle de la lampe allumée au-dessus du clavier éclairant mes mains, la dure forme minérale du coquillage que je caresse à l'instant même, en me souvenant d'un été, de deux étés pour être plus précis, deux étés semblables et cependant aussi différents que deux coquillages de la même espèce qui, à première vue, paraissent identiques, puis dont on découvre en les observant un peu qu'ils n'ont presque rien en commun, si ce n'est une ressemblance abstraite qui peut-être n'existe que dans notre imagination classificatrice, dans notre instinct de simplification.

Tu ne te baigneras pas deux fois dans la même rivière, pas plus que tu ne vivras deux fois le même été, que tu n'auras une chambre identique à la précédente, que tu ne pénétreras dans la même chambre que celle dont tu es sorti cinq minutes auparavant, dans le même cabinet de consultation plongé dans la pénombre où tu n'es allé qu'une seule fois, assis en face d'un médecin qui parlait lentement et posait des questions choquantes, et approuvait en écoutant les réponses avec une grande attention, caressant un coquillage blanc qui se trouve sur sa table, à la gauche du clavier de l'ordinateur, symétrique avec la souris, et qu'il frôle précautionneusement de ses longs doigts blancs et poilus pendant qu'il recherche un fichier, les renseignements que le patient a donnés par téléphone à l'infirmière quand il a appelé la première fois pour demander un rendez-vous.

Depuis la plage, nous regardions, en direction de l'est, les maisons blanches plantées au bord des escarpements ou à demi cachées dans l'épaisseur des jardins, derrière de hauts murs chaulés, avec des baies vitrées et des terrasses orientées au sud, vers la ligne bleutée de la côte d'Afrique. On nous avait dit que tout en haut, sur les pentes de rocher nu où n'arrivait pas la végétation, il y avait une grotte avec des peintures néolithiques et des restes de sarcophages phéniciens. Un matin je me suis réveillé très tôt, quand le jour commençait d'apparaître, j'ai passé discrètement mes vêtements et mes chaussures de sport, m'efforçant de ne pas réveiller ma femme, et je suis sorti de l'hôtel en traversant le jardin désert qui se reflétait dans l'eau mauve et immobile de la piscine. Au restaurant, dans une lumière électrique ingrate, les garçons les plus tôt levés préparaient les plateaux du buffet, disposaient sur les tables les tasses et les couverts, dans un silence de somnambules. Je ressentais avec plaisir la vigueur de mes jambes, le solide confort des chaussures de tennis avec lesquelles j'avais déjà marché et couru des centaines de kilomètres. Le frais de la première heure du matin crispait ma peau sous le coton léger du T-shirt. J'ai commencé à courir au ralenti, à respirer doucement, mais au lieu d'aller vers la plage comme je le faisais tous les matins, j'ai couru sur la route qui montait au flanc de l'escarpement. Je me suis vite fatigué parce que la côte se faisait très raide et j'ai continué en marchant. Vues de près, les maisons que nous regardions depuis la plage étaient encore plus imposantes, protégées par des murs hérissés de tessons de verre, par des pancartes de sociétés de surveillance, par des chiens qui aboyaient après moi quand je passais, depuis l'intérieur des jardins, qui grattaient dans les haies, et parfois heurtaient de la tête les grilles métalliques, y passant leur museau, me flairant et grognant. À part les aboiements des chiens et le crissement de mes pas sur les gravillons, on n'entendait que le claquement méthodique des arroseurs qui aspergeaient des étendues de gazon invisibles d'où parvenait jusqu'à moi l'odeur intense des sauges et de la terre bien fumée et détrempée.

Parfois j'apercevais derrière les barreaux d'une grille une énorme voiture allemande à la carrosserie métallisée, je passais un virage et devant moi apparaissaient, de plus en plus bas, l'étendue vertigineuse de la plage et de la mer, l'hôtel comme un modèle réduit ou une de ces maquettes à découper qui plaisaient à mon fils quand il était plus petit, le bleu de carte postale de la piscine, l'alignement des fenêtres. Derrière l'une d'elles, ma femme demeurait paisiblement plongée dans le sommeil et dans la nuit que préservaient les rideaux tirés.

Mais je n'arrivais pas à trouver le sentier qui me mènerait au sommet, vers la grotte où se trouvaient les peintures néolithiques. J'ai abandonné la route goudronnée, m'ouvrant un passage entre des buissons poisseux de cistes, là où j'avais cru que se glissait un sentier. Alors que je me croyais perdu, je me suis retrouvé à la route qui se rétrécissait entre les rochers et les buissons et se terminait abruptement face à un mur et à une porte métallique très haute, peinte d'une couleur verte, sévère et militaire.

Derrière, plusieurs chiens aboyaient et grognaient et la chargeaient avec une telle force que les plaques métalliques tremblaient. J'ai reconnu les hautes terrasses de la maison, les baies vitrées en arcade que l'on voyait depuis la plage, au point le plus haut de la colline. À côté de la porte, sur une plaque de céramique, il y avait une inscription en caractères gothiques : *Berghof*. J'avais déjà lu ce nom ailleurs, dans un livre, mais je ne me rappelais plus lequel.

J'ai fait demi-tour et j'ai cessé de chercher le sentier qui menait à la grotte des peintures. J'étais fatigué et il me semblait qu'il se faisait tard. Quand je suis rentré à l'hôtel, il n'était pas plus de neuf heures du matin mais la chaleur commençait et les premiers touristes allemands, cramoisis de soleil et gavés par le festin du petit déjeuner, commençaient d'occuper délibérément les meilleures chaises longues, celles dont le dossier était inclinable et qui se trouvaient du côté de l'ombre. Dans notre chambre durait encore la nuit que j'avais abandonnée en sortant, deux heures plus tôt. J'ai ouvert la porte avec précaution, j'ai écouté dans la pénombre la respiration de ma femme et j'ai senti dans l'air plus dense que celui de l'extérieur les odeurs habituelles de notre vie, que nous avions apportées avec nous dans la chambre de l'hôtel. Je me suis assis sur le lit, à côté d'elle qui ne portait qu'une culotte et dormait sur le côté, légèrement ramassée, en tenant l'oreiller dans ses bras. *Te voir nue, c'est se rappeler la terre*. J'ai écarté les cheveux de son visage et alors j'ai vu qu'elle avait les yeux ouverts et qu'elle me souriait. Je me suis rappelé ce mot : Berghof.

Je voudrais sauvegarder chaque détail de ces journées de juillet, avec la même certitude que je caresse le coquillage blanc sur la table de travail : son faible poids dans la paume de ma main, son intérieur si doux et où pourtant mes doigts perçoivent le tracé amorti des cannelures, l'irrégularité du bord, ébréché peut-être par un choc violent contre un rocher, depuis combien de temps.

Chaque chose conservée, sauvée, les plus petits détails, essentiels parce que si l'un d'eux manque l'équilibre général des choses peut naufrager. Dans mon encyclopédie enfantine, on racontait comment à cause d'un fer à cheval, du clou d'un fer à cheval, un empire entier avait été perdu : l'empereur envoie un messager à cheval pour chercher des renforts, mais le cheval ne peut pas bien galoper parce qu'un clou se détache d'un de ses fers, il trébuche, tombe, et le messager se tue, ou simplement n'arrive pas à temps pour accomplir sa mission. Combien de hasards minimes a-t-il fallu pour que Pablo Casals découvre les suites pour violoncelle de Bach dans une échoppe de vieux papiers, à Barcelone. Cette coquille rejetée par une vague il y a un an, ou deux cents ans, qui cogne si fort contre un rocher qu'une partie de son bord se casse, qui reste ensuite enfouie dans le sable blanc d'une plage qui, à l'ouest, se perd sur l'horizon, pour qu'un après-midi de juillet Arturo la trouve, pour que maintenant je l'aie à portée de ma main qui la reconnaît, élément du royaume familier de mon sens du toucher, à côté du plastique creux du clavier d'ordinateur, du bois rude et épais de la table, de la porcelaine de la tasse à café, du papier qui luit dans la lumière de la lampe et où sont écrites des choses qui sont sans doute indéchiffrables pour presque tout le monde, parfois même pour moi : écriture de médecin, disaient nos aînés effrayés par les médecins, écriture pour ordonnances et diagnostics, pour signatures sur des feuilles d'analyses.

Il n'y a pas un été mais bien deux, pourtant il ne peut pas y avoir deux étés semblables. Il n'y a pas de différences plus définitives que celles que l'on perçoit à peine. Celle d'un seul chromosome parmi vingt-quatre détermine si l'on doit être femelle ou mâle. La différence entre la vie et la mort de cet homme qui va entrer d'un moment à l'autre dans le cabinet de consultation est un virus qui l'a habité imperceptiblement pendant on ne sait combien d'années et qui soudain a commencé à se reproduire, à se multiplier, à l'empoisonner sans qu'il s'en rende compte, sans qu'il remarque autre chose qu'une fatigue vague et invincible, quelque chose dont le médecin avait eu l'intuition mais qu'il ne pouvait pas avoir remarqué sur son visage d'homme encore en bonne santé, ni en palpant dans son ventre ses organes encore intacts.

Il imagine qu'il parle à quelqu'un, un ami, qu'il lui raconte cette histoire, lui qui n'a plus l'habitude de se confier à personne à part sa femme, l'histoire de deux étés, du second été, celui de la répétition et du retour, deux années plus tard. S'il y a quelque chose que je regrette vraiment, ce n'est pas mon enfance mais l'amitié, l'affection mutuelle qui nous unissait mes amis et moi à quinze ou vingt ans, notre capacité de parler pendant des heures en marchant dans la ville déserte pendant les nuits d'été, de raconter avec exactitude ce que chacun était, ce qu'il désirait ou subissait, et de ne rien faire d'autre que parler et écouter et être ensemble, parce que bien souvent c'était la seule chose dont nous disposions, par faute d'argent pour aller au café, au cinéma ou au billard, la pure évidence de l'amitié, les mains dans nos poches vides et nos têtes rentrées dans les épaules, rapprochées dans une attitude de confidence, de conspiration. Je regrette cette pudique tendresse masculine, l'émotion de se sentir accepté et compris et de ne pas oser exprimer de gratitude pour tant d'affection : il ne s'agit pas de la torve camaraderie masculine, des confidences fanfaronnes ou de l'échange de clins d'œil égrillards en présence d'une femme désirable.

Il imagine qu'il raconte, qu'il a gardé un ami depuis trente ans, qu'ils sont restés très proches et qu'ils ont continué d'entretenir leur fidélité d'autrefois, renforcée et améliorée par le temps, par les apprentissages et les désillusions de toute leur vie. Il imagine un ami, il l'invente comme il s'inventait des amis quand il avait douze ou treize ans et qu'il se trouvait partout solitaire, dans sa famille et au nouveau collège où on l'avait envoyé, à cet âge bizarre qui n'est déjà plus l'enfance et pas encore l'adolescence, les enfances comme on disait autrefois, quel dommage que se soit perdu un mot si beau, si précis.

Maintenant c'est mon fils qui est en train d'y entrer – dans les enfances ou dans l'adolescence, qui a déjà cessé d'être un enfant et qui a commencé à s'éloigner de moi sans s'en rendre compte –, dirait-il à son ami s'il en avait un, s'il n'avait pas perdu ceux qu'il avait eus à cause de l'éloignement ou de la négligence, d'un fond de scepticisme un peu amer que les années ont accentué chez lui et dont n'est protégé que le cercle le plus rapproché de sa vie, sa femme et son fils et peut-être aussi, en partie, parfois, son travail, ce qui se passe dans la pièce plongée dans la pénombre, cabinet de consultation ou salle d'étude, sous la lampe, dans l'espace que délimite et éclaire sa lumière sans blessure, calculée pour accueillir et suggérer, pour qu'y surgissent comme suscitées, inventées, des présences similaires qui se transfigurent, presque insensiblement, l'une dans l'autre : médecin et patient, ami qui peut-être arrive sans prévenir et qu'il est si agréable d'accueillir, à qui il est si facile et apaisant de raconter quelque chose en sachant que les mots ne sont presque pas nécessaires, et aussi qu'il vaut la peine de les choisir avec soin pour transmettre pleinement une certaine expérience, pour la rendre de la sorte intelligible, débarrassée de la brume nocive et de la confuse imprécision de la mélancolie, de ce début maladif d'autocompassion qui s'insinue dans le souvenir non partagé, ruminé pendant la solitude et l'attente dans le cabinet de consultation, et qui est présent comme une infidélité silencieuse lorsque je suis rentré chez moi et que ma femme remarque que je suis absent et me demande s'il m'arrive quelque chose, et que je réponds non, rien, la fatigue du travail, la persistance oppressante de la maladie sur ces visages nouveaux qui apparaissent tous les jours, visages de ceux qui viennent de passer au-delà de la frontière, expulsés récents.

Nous sommes revenus cet été, raconte-t-il, raconterait-il s'il avait quelqu'un à qui le faire : j'avais passé deux années à me rappeler ces vacances, un peu à la manière de mon fils qui trouvait tout mémorable, avec cette stupéfiante capacité d'enthousiasme sans discrimination qu'ont certains enfants.

Nous n'avions passé que dix jours dans cet endroit et c'est à peine si nous avions fait autre chose que nous baigner et prendre le soleil, lire allongés sur la plage ou près de la piscine de l'hôtel, partir de temps en temps dans une voiture de location pour aller dîner ou faire un tour à la ville. Je me levais tôt, je courais quelques kilomètres sans me fatiguer sur le sable dur au bord de l'eau, dégagé par la marée descendante, le sable lisse et luisant dans la première clarté du soleil. J'aimais retourner à l'hôtel, réveiller ma femme et mon fils, prendre avec eux le petit déjeuner près d'une baie vitrée du restaurant qui donnait sur les palmiers du jardin. Dans chacune des choses que nous faisions, il y avait une perfection insurpassable, et j'en étais conscient au moment même où je la vivais, je n'avais pas eu besoin du tamis des souvenirs pour l'enjoliver. Il y avait entre nous trois un accord qui était en correspondance avec la beauté apparente du monde, avec la pleine lune et le vent d'ouest le premier soir quand nous étions descendus à la plage et quand nous nous étions serrés tous les trois dans nos bras pour nous défendre de l'humidité si froide, en correspondance avec la forme pure d'un coquillage ou avec le goût et l'odeur d'un poisson grillé sur la braise que nous mangions sur une terrasse proche de la mer. Chacun d'entre nous était intensément lui-même et c'était justement cette singularité qui nous liait aux deux autres, à chacun d'eux d'une manière unique et distincte, alors que le même amour nous englobait tous les trois. Ma femme et moi, mon fils et moi, ma femme et mon fils, mon fils nous regardant quand nous nous faisions une caresse et ma femme nous regardant, notre fils et moi, quand nous marchions la tête penchée sur la plage, à la recherche de coquillages et de crabes, moi regardant notre fils quand il versait du sable sur les pieds de sa mère, entre les orteils aux ongles rouges, sur le cou-de-pied et les talons.

Tons pastel avec la fragile instantanéité des polaroïds, sur lesquels tout semble se passer un peu par hasard, sans préméditation et presque sans cadrage, avec l'aisance de la vie quotidienne.

Ils reviennent deux étés plus tard, au même hôtel, pendant les mêmes jours de juillet dont les crépuscules se prolongent dans une lenteur dorée jusqu'à l'heure du dîner : tout est pareil et pourtant il se surprend en train de s'épier lui-même à la recherche de quelque faille dans la répétition joyeuse de leurs émotions d'alors, inquiet, mais d'une manière insidieuse, découragé sans raison, irrité par des contretemps auxquels il sait qu'il ne devrait attacher aucune importance, la chambre qui cette année ne donne pas sur la mer mais sur un patio, sur des palmiers et les fenêtres d'autres chambres, le vent d'est qui leur permet à peine d'aller à la plage les premiers jours, provoquant la contrariété de son fils qui s'enferme dans sa chambre, renfrogné, et passe des heures à regarder la télévision. Il a déjà treize ans et une ombre de moustache assombrit sa lèvre supérieure. Sans que nous nous en rendions compte il a perdu sa voix d'enfant, presque sans que nous nous en soyons aperçus elle était en train de changer, et cette voix unique avait disparu du monde, et jamais plus nous ne l'entendrions. Il n'a passé que deux étés mais nous avons tellement tardé à revenir que le retour n'était plus possible : deux années dans nos vies d'adultes ne sont rien, mais dans la sienne elles représentent le saut d'une existence dans une autre, le temps d'une transformation pas moins radicale que celle d'une larve en papillon. Ses grands yeux qu'étire son sourire, avec la même expression que celle de sa mère, ne regardent plus comme avant, ou du moins pas toujours. On le regarde dans les yeux et il semble qu'il n'est pas là, ou qu'on n'arrive pas à le rencontrer, on le cherche et il est parti, et bien que cette distance ne s'installe qu'un soir ou l'autre, plutôt comme des éclairs d'éloignement et d'inquiétude, lui, son père, doit prendre sur lui pour ne pas ressentir une désolation d'adolescent dépité, une espèce d'amertume qu'il ne croyait pas avoir conservée intacte depuis qu'il avait l'âge où maintenant son fils est en train d'entrer.

Peut-être rien n'est-il encore perdu, mais il découvre alors ce qu'il ignorait il y a deux étés, la peur de le perdre, la panique devant la possibilité que son fils devienne pour lui un inconnu, comme les enfants de tant de parents qu'il connaît, hommes de son âge, de son milieu et de son métier, parmi lesquels il n'y en a pourtant aucun qu'il puisse véritablement appeler son ami avec la plénitude sacrée de ce mot. Mais c'est que le garçon a maintenant des amis à Madrid et ils lui manquent, lui dit sa femme en souriant avec une bienveillance qu'il lui envie, avec une sérénité dont il dépend pour ne pas s'abandonner tout à fait à l'abattement. Tu ne te rends pas compte qu'il n'est déjà plus tout à fait un enfant, qu'il va avoir quatorze ans. J'aimerais savoir comment tu étais quand tu avais son âge.

Il se surveille, il s'épie, avec le même soin qu'il met à examiner le visage d'un patient, ou à palper son ventre, ou à écouter sa respiration au stéthoscope, à la recherche des symptômes de cette maladie à laquelle il se sait maintenant vulnérable, la déception insidieuse, l'opacité des sensations qui en d'autres temps s'épanouissaient en résonances chatoyantes, c'est comme l'ennui que lui provoquerait une musique qu'autrefois il aimait beaucoup et à laquelle il continue de prêter attention, pour laquelle il feint de l'enthousiasme en parvenant presque à se leurrer lui-même, il sait pourtant, dans le fond inavouable de son esprit, que ce qu'il désire le plus au monde est que cette musique s'arrête, c'est comme revenir dans une ville et n'en être plus bouleversé, comme cesser de se soudoyer soi-même pour se donner à croire que le vague plaisir d'aujourd'hui est identique à l'enthousiasme d'autrefois.

Un soir, pendant qu'il attend que sa femme finisse de se préparer pour le dîner, pendant qu'elle lui parle depuis la salle de bains, en train de se coiffer devant la glace, d'essayer un nouveau rouge à lèvres, il voit qu'une femme blonde est couchée sur le lit dans une chambre, de l'autre côté du patio. La distance est trop grande pour qu'il puisse distinguer ses traits, déterminer si elle est jeune ou séduisante, ou seulement une silhouette abstraite de femme sur laquelle il cristallise quelque ancien mirage de son imagination, l'étrangère blonde, pieds nus sur le marchepied d'un train dans le soir lointain d'un début d'été. Elle gesticule, elle fait quelque chose avec ses mains, elle parle à quelqu'un qu'il ne voit pas. La silhouette d'un homme apparaît dans la fenêtre, l'homme se penche vers la femme blonde, il se passe quelque chose de vague et de lent, et lui s'approche de la vitre pour voir plus nettement, soudain excité, percevant le mouvement rythmique et silencieux des deux corps derrière la fenêtre, de l'autre côté du patio, la bouche sèche, comme un adolescent suffoqué d'ignorance et de désir.

Cela ne dure qu'un instant. Il tourne le dos à la vitre quand sa femme sort de la salle de bains et il craint irrationnellement d'être surpris, découvert par elle, ou bien de rougir, qu'elle lui demande pourquoi, et de rougir plus encore. Il éprouve des remords, mais cette fois-ci pas de déception, et les deux silhouettes de l'autre fenêtre se décomposent comme les morceaux d'un rêve dans la clarté du réveil. Sa femme a mis une robe noire, très ajustée, des sandales noires à talons, elle s'est assombri les paupières, s'est passé un nouveau rouge à lèvres plus doux, qui s'accorde au ton de sa peau déjà bronzée, et elle lui sourit en s'offrant à son examen masculin, recherchant son approbation. Maintenant l'espion intime et trouble se lasse, l'enquêteur secret ne perçoit aucune fissure dans la qualité de sa propre émotion, ne distingue pas la stridence d'une fausse note, d'une sensation en partie simulée, forcée : son plaisir à regarder sa femme est le même qu'il y a deux étés, ou douze ans ; il n'a pas subi la moindre érosion due au passage du temps, il ne s'est contaminé ni d'habitude ni de compromis. Il regarde ses jambes nues et brunes et se trouve aussi accablé de désir que la première fois qu'il s'est trouvé avec elle dans la chambre d'un autre hôtel, et il la regarde avec tout le désir et l'enthousiasme qu'ont toujours éveillés chez lui les femmes, avant même qu'il ait une pleine conscience de l'élan sexuel, quand à douze ans il sortait du collège et restait fasciné à regarder les filles et les premières minijupes, ou quand une de ses tantes, jeune et jolie, se penchait vers lui pour lui servir à manger et qu'il regardait de tout près, dans le décolleté, la chair blanche et vibrante de ses seins, parfumée, ombreuse, la chair délicate de la femme que maintenant il sent et caresse et regarde en la prenant dans ses bras, essayant de descendre la fermeture éclair de la robe, de faire monter le long de ses cuisses la caresse pressante de ses deux mains, maintenant, tout de suite.

Elle se met à rire et cherche à l'écarter, flattée et contrariée, toujours étonnée par l'instantanéité du désir masculin. Je suis en train de te tacher tout le visage de rouge à lèvres, nous sommes en retard pour le dîner et le garçon nous attend. Qu'il attende, dit-il, en respirant par le nez tandis qu'il l'embrasse dans le cou, mais alors, comme suscité par leurs paroles, son fils frappe à la porte, il tourne la poignée mais par chance ils ont fermé à clef, cela leur donnera le temps de se rajuster, de se calmer, et quand ils sortent, lui les regarde d'un air dans lequel son père, tellement à l'affût, si attentif à lui, croit pressentir une expression légèrement critique, ou peut-être seulement interrogative, et même une certaine ironie, pourquoi avez-vous mis si longtemps à me répondre.

Mais même s'il avait un ami, sa pudeur l'empêcherait de raconter de telles choses, de laisser quelqu'un regarder dans cette communauté sacrée à trois, restaurée ce soir-là, confirmée sur la terrasse même où ils avaient dîné en face de la mer un autre soir, deux étés plus tôt. Papillotements rapides de lumières dans le noir, au-delà de la longue bordure blanche des vagues qui se brisent sur le sable : à la nouvelle lune pullulent les longs bateaux rapides des contrebandiers de tabac et de haschisch, les barques remplies d'immigrants clandestins qui arrivent depuis l'autre côté, depuis la ligne plus sombre qu'est la côte d'Afrique. La contemplation esthétique est un privilège, et sûrement une falsification : la côte sombre et belle que nous regardons ce soir depuis la terrasse du restaurant, sur laquelle nous projetons des récits et des rêves, des aventures lues dans les livres, n'est pas celle que voient s'approcher d'eux ces hommes entassés dans des barques secouées par la mer, au bord du naufrage et de la mort dans des eaux plus ténébreuses que celles de n'importe quel puits, fugitifs à la peau sombre et aux yeux brillants, se serrant les uns contre les autres pour se protéger de la peur et du froid, pour ne pas se sentir aussi inaccessiblement loin des lumières de ce rivage dont ils ignorent s'ils pourront l'atteindre.

La mer rejette certains d'eux, gonflés et livides, à moitié mangés par les poissons. Les autres, on les voit depuis la route, courant à travers champs, se cachant derrière un arbre ou se plaquant contre la terre nue, épouvantés et tenaces, cherchant en direction du nord le chemin de ceux qui les ont précédés, héros harcelés d'un voyage que personne ne racontera. Alors qu'ils reviennent en voiture du restaurant vers l'hôtel, il y a deux jeeps de la Garde civile qui éclairent de leurs phares les dunes voisines de la route : le visage contre la lunette arrière, aussi excité que s'il regardait un film, le garçon regarde les gyrophares bleus qui tournent en silence et les silhouettes armées des gardes. Quel effet cela fait-il de se trouver à cet instant même, dans la nuit sans lune, trempé et haletant au fond d'un fossé ou dans une de ces roselières des marais, sans être personne, sans rien avoir, ni papiers ni argent ni adresse ni nom, sans connaître les routes ni parler la langue du pays pense-t-il plus tard, au lit, éveillé à côté de la femme qui dort en le tenant dans ses bras, fatigués tous les deux, satisfaits, à nouveau érodés par l'urgente âpreté de l'amour.

Il se réveille très tôt, avec la première lueur du jour, libre et léger, mais il ne se lève pas encore, c'est à peine s'il bouge pour ne pas avoir à se dégager de ses bras. Il assiste à la venue graduelle de l'aube comme un témoin discret et patient, il somnole avec les yeux entrouverts puis les rouvre très vite, sans grand effort de volonté. Pour la première fois depuis qu'il est arrivé pour ce second séjour, il se sent le courage et la vigueur nécessaires pour se lever et passer ses vêtements de sport. Il accepte cela comme un présage favorable, comme la promesse, la confirmation que les choses vont se répéter, vont continuer d'être identiques, l'amour de sa femme, celui de son fils, la plénitude véritable de cette sensation, aussi forte que le plaisir de pénétrer en elle, tout au fond. Ce souvenir est si vif et si proche qu'il se lève avec une érection. Très souvent je fais des rêves érotiques qui impliquent la femme qui dort à côté de moi toutes les nuits.

À cette heure de l'aube, les couleurs au bord de la mer ont une qualité évanescente de vieille carte postale, bleus, gris, verts et roses de photos coloriées à la main. Il commence à monter la route de l'escarpement, d'un pas rapide, énergique, aux longues enjambées, balançant les bras en cadence, ressentant dans ses talons l'énergie musculaire de l'ascension, les poumons dilatés par l'air de la mer, tout son corps léger, rythmique, sans poids, avec une joie physique que je ne me rappelle pas avoir éprouvé dans ma jeunesse. À chacun des lacets qu'il monte, le précipice se fait plus vertigineux et s'agrandit de manière aussi illimitée que l'espace qu'embrasse le regard : Tanger au loin, vers l'ouest, une ligne blanche dans le bleu sans brume, les montagnes du Rif où il y a des villages aux toits en terrasse accrochés au flanc des ravins, comme ceux de l'Alpujarra de Grenade.

Grandes voitures métallisées immatriculées en Allemagne, aboiements des chiens derrière les murs de clôture des maisons isolées entre les rochers et les palmiers. À l'hôtel on nous a dit que les Allemands sont arrivés quand sur toute cette côte il n'y avait rien, rien d'autre que les blockhaus construits contre une éventuelle invasion qui s'est produite beaucoup plus loin, d'abord en Sicile, dans le sud de l'Italie, puis en Normandie. Les Allemands ont commencé d'arriver à la fin de la guerre, la leur, ils ont choisi pour construire leurs maisons et planter leurs jardins ces escarpements battus par tous les vents où personne ne montait à l'époque, où il n'y avait rien, si ce n'est cette grotte et ses peintures aux silhouettes noires d'animaux et d'archers, ses amphores enterrées où l'on a découvert plus tard qu'il y avait des squelettes de voyageurs phéniciens.

Cette fois-ci il avance, décidé à ne pas renoncer sans avoir atteint le sommet, sans parvenir à la grotte. On lui a dit que passé un certain virage où se trouve un grand pin recourbé au-dessus du précipice, il doit abandonner la route et suivre un sentier qui monte dans les fourrés de cistes et d'une espèce de mimosa aux épines très aiguës et aux grappes de fleurs jaunes dont les graines, lui a-t-on raconté, sont arrivées portées par le vent ou par les oiseaux depuis l'autre rive de la mer, parce que c'est une plante qui pousse dans le désert. S'il avait un ami, il lui raconterait que peu de temps après avoir entamé ce qui lui semblait être le sentier, il s'était rendu compte qu'il se trompait, parce que la trace s'effaçait tout de suite entre les broussailles. Il s'ouvrait un passage en repoussant de ses bras les branches rudes qui lui griffaient la peau, parmi les feuilles poisseuses des cistes, essayant de ne pas perdre son orientation, même si bientôt il n'y voyait plus qu'à quelques pas devant lui. Il entendait la mer qui battait contre la falaise, mais il n'arrivait pas à savoir dans quelle direction. Il trébuchait sur des branches cassées qui lui blessaient les jambes et il avait peur de perdre pied et de se trouver sans le savoir tout près du précipice. Mais il n'y avait rien d'autre à faire que continuer d'avancer, que résister au découragement de s'être perdu : bientôt il arriverait à une clairière, où il trouverait un de ces rochers qui affleuraient au-dessus de la végétation et, en y montant, il apercevrait la route.

Il avançait, si agité, si concentré sur l'effort de s'ouvrir un passage entre les broussailles des cistes et de ces arbustes dont les épines piquaient comme des becs de rapaces, qu'il a mis du temps à réaliser qu'il entendait des aboiements nourris et féroces. À quelques mètres devant lui, invisible jusque-là, il y avait un mur blanchi à la chaux, très haut, couronné par un alignement d'éclats de verre pointus. Il l'a suivi sans trouver ni une porte ni une fenêtre, il a tourné un angle et, en une seconde, il s'est arrêté, paralysé de terreur et de vertige, tout son corps collé contre le mur blanchi : juste à un pas devant lui se trouvait le bord vertical de la falaise, et très loin en dessous l'éclat et le rugissement de l'écume contre le rocher où s'élevait le blockhaus. Si j'avais glissé, si j'étais tombé il y a un instant, ma femme et mon fils auraient continué de dormir, chacun dans sa chambre, protégés de la lumière du jour par les épais rideaux de l'hôtel, aussi éloignés d'elle que s'il faisait encore complètement nuit.

Il est resté quelques longues secondes immobile contre le mur sur lequel donnait déjà le soleil, les yeux fermés, sans oser les ouvrir ni regarder le vide. Ensuite il est revenu sur ses pas, et à mesure qu'il s'éloignait du précipice il entendait de nouveau les aboiements des chiens qui semblaient s'être tus au moment où il avait été sur le point de se tuer. Il faisait maintenant le tour de la maison en sens inverse, toujours frôlant le mur rugueux blanchi à la chaux, marchant dans l'espace étroit qui séparait le mur des cistes.

Il est arrivé à une étendue dégagée devant la porte principale de la maison et une femme blonde et corpulente est venue vers lui en courant, pleurant et criant, et lui disant dans une langue qu'il ne comprenait pas quelque chose qu'en aucun cas il n'aurait pu entendre à cause des aboiements des chiens. Avant de voir l'inscription sur la plaque de céramique, il s'est rappelé qu'il était déjà venu une autre fois dans ce même endroit. *Berghof*.

Au début il a pensé, encore étourdi, que la femme lui cherchait querelle parce qu'il était entré dans sa propriété. Mais elle n'avait pas l'air d'être la maîtresse de maison, plutôt celui d'une domestique, et les deux mains avec lesquelles elle l'a secoué avec violence tandis qu'elle lui criait quelque chose étaient de grandes mains rougies par le travail ménager, comme celles d'une blanchisseuse ou d'une cuisinière d'une autre époque. Elle poussait des cris, le tirait vers le portail métallique entrouvert derrière lequel aboyaient les chiens. Avec un naturel qui ressemblait à celui des rêves, il acceptait que la femme ait su qu'il était médecin et lui demande de l'aide pour assister un malade.

Mais je ne suis pas médecin. Elle ne peut pas savoir si je suis ou non un médecin, elle ne peut pas avoir attendu mon arrivée. Depuis le moment où il entre dans la maison, entraîné par la main énergique de la femme, il imagine qu'il raconte ce qui est en train de lui arriver, qu'il le raconte à sa femme, ce matin-là, lors de son retour à l'hôtel, assis sur le lit à côté d'elle, lui apportant une histoire comme il lui offrirait son petit déjeuner, une histoire soudaine et bizarre qui vient de se passer, si tu savais ce qui m'est arrivé, ce que j'ai vu.

Guidé par la femme, il traverse un patio aux murs blancs et dallé de marbre, avec des arcades où s'agitent des voilages derrière lesquels on voit la mer et la côte d'Afrique, ces arcades que nous avons si souvent regardées depuis la plage en nous demandant qui pouvait avoir la chance d'habiter là-haut. Il y a une fontaine de marbre au centre du patio, mais le bruit de l'eau et celui de nos pas restent couverts par les aboiements incessants, qui deviennent plus sauvages à mesure que j'entre dans la maison et que la femme pleure bruyamment et s'essuie les mains sur son chemisier rebondi, et qu'elle devient de plus en plus vieille à mesure que je la vois de plus près et que je m'habitue à elle : ses yeux bleus, ses cheveux si clairs, d'un blond très léger, son nez camus, son visage rond et coloré qui la faisaient paraître jeune, mais à présent je réalise peu à peu qu'elle doit avoir plus de soixante ans, et aussi qu'elle est plutôt habillée comme une femme de ménage ou une gouvernante. Elle se tourne vers moi, les yeux pleins de larmes, et elle me fait signe de me dépêcher. L'endroit a un air de pastiche d'Andalousie laborieux et germanique, avec des grilles colossales à toutes les fenêtres et des portes à panneaux presque noires. Mais je vois cela très vite, estompé par l'étourdissement, et quand nous entrons dans la salle où il y a quelque chose par terre que me montre la femme avec des gesticulations de terreur et de supplication, pleurant la bouche ouverte, les larmes coulant le long de ses joues rondes et ridées, mes yeux accoutumés à la lumière du soleil mettent du temps à s'adapter à la pénombre et, au début, je ne distingue rien, je ne vois personne.

C'est le gémissement que j'entends en premier, mais pas clairement à cause des cris de la femme et des aboiements des chiens qui doivent être enfermés tout près parce que je les écoute griffer et cogner de leur museau contre une surface métallique. Un gémissement et la respiration sifflante des poumons d'un malade, c'est ce que j'entends avant de voir la forme qui est étendue par terre enveloppée dans une robe de chambre de soie, un très vieil homme, très pâle, le visage d'une pâleur opaque et jaune qui contraste avec le rouge si marqué de l'intérieur de sa bouche ouverte et de sa langue qui s'agite à la recherche d'air, qui s'allonge comme un animal marin difforme qui lutterait pour s'échapper d'une faille où il a été emprisonné. Il serre sa gorge avec ses mains et quand je me penche vers lui, avec l'une d'elles il saisit le devant de mon T-shirt, ses yeux sont très clairs, aussi ouverts que sa bouche, si clairs que c'est à peine s'ils ont une nuance de gris ou de bleu. Il m'attire vers lui avec une force frénétique, comme s'il s'accrochait pour ne pas se noyer, comme s'il voulait me dire quelque chose. Je suis si près de son visage que je vois les coins rougis de ses yeux, les veines minuscules de ses globes oculaires et ses dents longues et jaunes, et que son haleine me parvient avec une odeur d'égout. *Bitte*, dit-il, mais plus qu'un mot c'est un râle, et la femme qui pleure et halète à côté de moi répète la même chose, me secoue de ses grosses mains rouges, me pressant de faire quelque chose, mais l'homme me tient emprisonné contre lui et je n'arrive pas à me libérer pour ausculter sa poitrine ou pour tenter une manœuvre de réanimation. Près de lui, sur le plancher sombre et luisant, il y a une flaque qui m'a semblé être de l'urine, mais il s'agit de thé : il y a aussi une tasse brisée et une petite cuiller.

Cet homme s'étouffe, dis-je à la femme en détachant absurdement les mots pour le cas où elle pourrait me comprendre, et je lui montre un téléphone, il faut appeler une ambulance. Mais ce que je veux, c'est m'en aller au plus vite, m'échapper d'ici, retourner dans la chambre de l'hôtel avant que ma femme ne se réveille. Je parviens à me redresser et quand l'homme me lâche, sa respiration se calme un peu, même si à présent on ne voit presque plus que le blanc de ses yeux.

Sur le guéridon où se trouve le téléphone, il y a un petit drapeau rouge avec une croix gammée au centre, à l'intérieur d'un cercle blanc. Depuis que je suis entré dans cette salle, ce n'est que maintenant, pendant que j'attends que les urgences répondent au téléphone, que je regarde autour de moi. Sur un mur, il y a un grand portrait à l'huile d'Hitler encadré par deux draperies rouges qui se révèlent être deux drapeaux à croix gammée. À l'intérieur d'une vitrine éclairée est exposée une vareuse noire avec les insignes des SS sur les revers et une déchirure tachée de sombre au côté. Sur une photo pompeusement encadrée, Adolf Hitler est en train de remettre une décoration à un jeune officier SS. Dans une autre vitrine, il y a une Croix de Fer et à côté d'elle un parchemin manuscrit en caractères gothiques avec une croix gammée imprimée dans un sceau de cire.

Je vois tout cela en une seconde mais je ne peux pas discerner la quantité surprenante d'objets qui m'entourent, remplissant la salle qui pourtant est immense ; parmi les bustes, photos, armes à feu, projectiles luisants et pointus, drapeaux, décorations, insignes, presse-papiers, calendriers, lampes, il n'y a rien qui ne soit pas nazi, qui ne commémore et ne célèbre le Troisième Reich. Ce que je perçois comme une prolifération confuse se trouve dans un ordre parfait, organisé comme un musée. Et pendant ce temps l'homme continue de haleter par terre, m'appelant d'une voix si rauque que c'est à peine si elle sourd du vide caverneux de sa poitrine, *Bitte*, et quand je raccroche le téléphone et que je reviens me pencher sur lui, il me regarde effrayé, de ses yeux incolores rougis par les larmes aux commissures internes de ses paupières. Tranquillisez-vous, lui dis-je, même si je ne suis pas sûr qu'il ait appris l'espagnol pendant toutes les années qu'il a passées, réfugié sur cette côte, j'ai appelé les urgences, une ambulance est déjà en route. De la salive coule d'un coin de sa bouche et sa respiration empoisonne l'air d'une odeur de vidange. Il palpe ma poitrine, mon visage, comme s'il était aveugle, il me demande quelque chose, m'ordonne quelque chose en allemand. Maintenant il respire un peu plus posément, mais ses yeux restent blancs et ses paupières à peine ouvertes. Je cherche le pouls à son poignet, peau et os et un faisceau de veines bleues tortueuses, et ses ongles se plantent dans le dos de ma main.

Quand il rentrera à l'hôtel, il montrera à sa femme les marques qu'ils y ont laissées comme la preuve que ce qui lui est arrivé est véritable, ce qu'il lui raconte tellement soulagé, avec encore un reste de dégoût. Il veut partir mais il ne le peut pas, bien qu'il ne sache pas si c'est son devoir de médecin qui le retient en ce lieu ou quelque espèce de maléfice dont il est incapable de se libérer, comme des ongles de cet homme peut-être moribond qui se plantent dans sa main. Maintenant, il a l'impression de se trouver dans la maison depuis longtemps et il est angoissé par une sensation d'enfermement, par la longueur des minutes. Sa femme doit être réveillée, elle doit se demander pourquoi il n'est pas encore revenu. Elle ne commencera pas par être préoccupée, elle s'inquiétera tout d'un coup, avec la conscience qu'il est fragile et le besoin de protection qu'elle éprouve envers lui, elle va craindre que quelque chose lui soit arrivé, elle s'irritera contre lui à cause de sa manie d'aller courir et marcher au petit matin. Ce qui fait que nous nous ressemblons le plus tous deux, c'est la crainte que tout se brise en nous, que notre vie se défasse. Il lui faut se dégager de la main du vieillard et appeler l'hôtel pour la rassurer, mais il ne connaît pas le numéro et il perçoit la tâche de le rechercher comme un obstacle formidable.

Les pupilles ont réapparu dans l'écartement des paupières et sont fixées sur lui. Il détourne les yeux et fait mine de se relever, mais les deux mains maigres et crochues le retiennent en serrant le tissu léger de son T-shirt. Il entend la respiration, il la sent, il prend conscience du rugissement monotone de la mer en bas de la falaise. Au milieu du murmure ou de la prière de la femme qui reste debout comme une silhouette épaisse et solide et des aboiements qui n'ont pas cessé un instant, il lui semble qu'il commence d'entendre encore très loin la sirène d'une ambulance.

Cerbère

La lettre de l'ambassade d'Allemagne a dû arriver quand nous étions dans le nouvel appartement depuis moins d'un an. J'ai regardé le cachet de la poste et il portait une date vieille de plusieurs mois, et sur l'enveloppe il y avait notre ancienne adresse, celle de cette vieille cour commune du quartier de Las Ventas où je suis née juste quand la guerre a éclaté et où j'ai vu mon père pour la dernière fois juste la veille du jour où les nationalistes allaient entrer dans Madrid, même si j'étais alors trop petite pour en garder le souvenir. La lettre a passé longtemps à aller de-ci de-là, et le facteur qui me l'a remise m'a dit qu'il avait eu beaucoup de mal à nous trouver parce qu'à l'époque, dans le quartier, tout était encore nouveau et que beaucoup de rues n'avaient pas encore de nom, et parfois il n'y avait même pas de rues, rien que des terrains vagues qui se transformaient en bourbiers dès qu'il pleuvait un peu. Maintenant, quand on vient dans le quartier on n'arrive pas à le croire, tout est si organisé, si achevé, et les arbres si hauts, comme s'ils avaient été plantés depuis plus longtemps, mais à l'époque, quand nous sommes arrivés, les arbres étaient aussi rares que les réverbères et les premiers immeubles étaient très loin les uns des autres, séparés par des remblais et des terrains vides, et la campagne se trouvait à deux pas. Il y avait des champs de blé et des potagers et il passait des troupeaux de moutons, et au fond on voyait Madrid qui me paraissait alors plus belle que jamais avec ses grands bâtiments blancs, comme une de ces villes étrangères qu'on voyait au cinéma. Les gens se moquaient de nous et nous disaient, vous êtes allés vivre dans les environs, mais ça m'était égal, et même je préférais ça, j'aimais me mettre sur le balcon de mon nouvel appartement et regarder Madrid au loin, et arriver au centre sur la Vespa neuve de mon mari, serrant mes bras autour de sa taille, comme si nous partions pour une autre ville. C'était la première fois que nous avions des chambres avec des fenêtres, et une salle de bains, et l'eau chaude et froide, et dès que j'ai été enceinte, mon mari a installé une machine à laver à la maison, et peu de temps après il a décroché son permis de conduire, ce qui à l'époque me paraissait presque mieux que d'avoir fait des études. Un matin, j'ai entendu un coup de klaxon, je suis allée sur le balcon et devant l'immeuble il y avait une voiture neuve, une Dauphine bleu clair, et c'était mon mari qui la conduisait. Il avait payé une avance et on la lui avait donnée, tout comme nous avions eu l'appartement et la machine à laver en payant seulement une avance, et moi ce mot-là, une avance, il me faisait peur mais aussi il me plaisait beaucoup, et quand j'y réfléchis ça me semble toujours un très bon mot, parce que la sensation que nous avions était d'avancer dans une vie nouvelle, comme c'était avancer que d'entrer dans le nouvel appartement qui sentait le plâtre frais, et quand je suis montée pour la première fois dans la voiture, elle sentait aussi quelque chose comme ça, le neuf et le propre, alors que nous venions d'un endroit où tout sentait le vieux, les maisons, les tramways, les vêtements, les couloirs, les cabinets sur le palier, les armoires, les tiroirs des commodes, le vieux et le sale, l'usagé, le rance. Tout avait été si difficile pendant tant d'années, tout si rétréci, et soudain il semblait qu'il suffisait de désirer une chose pour l'avoir, parce que pour l'avoir il suffisait de payer l'avance, c'est comme ça qu'on nous avait donné les clefs de l'appartement, même s'il s'en fallait de plus de vingt ans que nous ayons fini de le payer. Dans notre cour commune, dans le quartier de Las Ventas, près des arènes, tout était toujours si étroit et petit, et il y avait toujours des gens tout près, les voisines de la porte d'à côté qui vous écoutaient même si on ne parlait pas fort et qui pénétraient chez vous pour fouiner sous n'importe quel prétexte, certaines avec de mauvaises intentions, c'est pourquoi quand je suis entrée pour la première fois dans mon appartement neuf de Moratalaz il m'a paru immense, surtout quand j'ai ouvert la fenêtre du séjour qui donnait sur tout l'espace de la campagne, avec Madrid au fond, comme dans un film en cinémascope et en couleurs. Tout était neuf, ma cuisine que je ne devais partager avec personne, mon évier qui n'empestait pas l'égout ni la crasse des autres, ma salle de bains avec des carreaux de faïence si blancs, des sanitaires si blancs que la lumière fluorescente y était éblouissante, une si bonne lumière, si claire, pas comme celle des ampoules rachitiques avec lesquelles nous nous éclairions quand j'étais petite. Ma mère se plaignait parce qu'elle avait passé toute sa vie à Las Ventas et qu'elle n'arrivait pas à prendre l'habitude de ne pas être proche de ses voisines et de ses magasins habituels, et dans le nouveau quartier elle se perdait dès qu'elle sortait et disait qu'elle était comme une invalide, à la charge de ceux qui voulaient bien la faire aller et venir, parce qu'à l'époque ni le métro ni l'autobus n'arrivaient encore dans le quartier, puisqu'il ne figurait même pas sur les plans de Madrid. Je n'ai pas voulu montrer la lettre à ma mère. Comme elle était très méfiante elle est sortie tout de suite de sa chambre pour demander qui avait sonné, et quand je lui ai dit, quelle sotte j'ai été, que c'était le facteur, elle a voulu savoir qui nous avait écrit, mais je lui ai dit que c'était une erreur et je me suis enfermée dans ma chambre pour ouvrir la lettre toute seule. J'avais le cœur battant de peur, parce qu'à l'époque si la faim nous avait quittés, la peur durait encore, la peur de tout, que le malheur nous tombe dessus une fois de plus, qu'on emmène de nouveau ma mère, comme on l'emmenait après la guerre et qu'on attendait des jours qu'elle revienne, et que ma grand-mère allait dans les commissariats et dans les prisons de femmes pour avoir de ses nouvelles. Mon père le lui avait dit, si tu ne pars pas avec moi, ça va être si terrible pour toi qu'il vaut mieux te pendre tout de suite, ou te jeter par la fenêtre, mais elle n'a pas voulu bouger, elle n'a pas voulu quitter l'Espagne même si elle savait parfaitement ce qui l'attendait, non pas parce qu'elle avait fait quelque chose, car elle se moquait bien de la politique et ne savait même pas lire ni écrire, mais simplement parce qu'elle était mariée avec lui. J'avais trois ans quand la guerre a fini, quand mon père est arrivé une nuit à la cour commune de Las Ventas pour nous emmener avec lui, et je ne me rappelle rien mais j'imagine parfaitement la scène, connaissant ma mère, têtue comme elle était, qui restait assise dans un coin, très sérieuse, et qui baissait la tête et personne n'aurait pu la faire bouger, j'imagine mon père en train de parler et de parler et de lui dire que nous devions tous partir en Russie, cherchant à la convaincre, lui faisant des promesses, la raisonnant comme il le faisait dans ses réunions politiques où il semble qu'il obtenait toujours gain de cause, et c'est à cause de ça qu'il était arrivé si haut. C'était un beau parleur, me racontait ma grand-mère, mais la seule qu'il n'arrivait pas à convaincre c'était sa femme, qu'il n'a jamais réussi à emmener à aucune manifestation, qui ne s'est jamais intéressée ni à ses meetings ni à sa politique, et qui ne croyait rien de ce qu'il lui promettait, pas plus qu'elle ne l'admirait pour les postes de plus en plus élevés qu'il avait pendant la guerre ni pour les étoiles qu'il portait sur son calot et au revers de ses manches. Il s'en allait, il partait le matin et pouvait revenir le soir même ou au bout d'une semaine ou d'un mois, il revenait de prison ou du front, déguisé pour que la police ne le trouve pas ou bien en uniforme militaire, et elle lui demandait où il était allé, et elle écoutait en silence ses explications, qu'elle croyait ou non, et que sûrement elle ne comprenait pas. Ça, elle tenait toujours la maison propre pour lui et la marmite sur le feu, et quelquefois elle lui a même soigné des blessures avec lesquelles il revenait et préparé à des heures indues des bols de bouillon ou de café chaud pour soulager sa faim, et quand le peu d'argent qu'il lui avait donné était dépensé, elle sortait pour essayer de gagner sa vie, laver par terre ou vendre de l'eau aux arènes avec une gargoulette et un gobelet d'étain, et s'il le fallait, elle allait à la paroisse demander des vêtements pour nous, même si ça elle le cachait à mon père qui n'aurait pas accepté que les curés nous aident. La dernière fois que je l'ai vu, ce devait être pendant cette nuit où il est venu nous chercher, se cachant déjà à moitié parce que si la guerre n'était pas finie elle était sur le point de finir, et il a dit à ma mère qu'il y avait une voiture, moteur en marche, qui nous attendait à la porte, qu'il allait nous emmener le soir même, je ne sais pas si c'était à Valencia où nous prendrions un bateau, ou bien à un aérodrome, et que nous irions tout de suite en Russie, et que là-bas nous n'aurions plus jamais faim et que nous disposerions de toutes les commodités. Et je ne sais pas combien de choses il a dû lui dire, combien de temps il a dû rester à lui parler, et pendant ce temps-là la voiture était à la porte avec le chauffeur, et les troupes de Franco étaient sur le point d'entrer dans Madrid, et ma mère, c'était comme si elle écoutait pleuvoir, ça je l'imagine parfaitement, faisant non de la tête, regardant par terre, non et non, lui il pouvait faire ce dont il avait envie, comme il l'avait toujours fait, mais elle et ses enfants il ne les emmènerait pas, surtout en Russie, si loin, partir c'était peut-être facile mais, de si loin, va savoir qui reviendrait. Et lui qui tournait dans la pièce, je n'ai aucun souvenir de lui mais il me semble que je le vois, grand, très beau, avec son uniforme, comme sur une de ces photos qu'on m'a données à l'ambassade et qu'ensuite ma mère a déchirées en tout petits morceaux et brûlées en tas avec tous les papiers, les lettres et les dessins, les documents, et moi qui aimerais tellement avoir une photo, des souvenirs de mon père. Alors je me lave les mains de ce qui va t'arriver, de ce qui va arriver aux enfants, a-t-il dû lui dire, et elle a dû sauter comme une bête fauve, comme si tu ne t'en étais pas toujours lavé les mains, avec ta politique et tes aventures et ta révolution, s'il n'y avait eu que toi, maintenant tes enfants seraient à la rue en train de mendier. Ou alors ils seraient en Russie, bien nourris et bien soignés, sans avoir enduré les souffrances qu'ils ont endurées à cause de ton entêtement, parce que déjà une autre fois, quand j'avais deux ans, mon père avait voulu que mes frères partent avec un de ces groupes d'enfants espagnols qui allaient en Russie, et ma mère avait déjà refusé. Ma mère m'a raconté que j'étais endormie dans la pièce voisine et que je me suis réveillée à cause de ses cris, et que je suis arrivée en pleurant, et qu'en voyant mon père au début je ne l'ai pas reconnu, et que je me suis réfugiée dans ses jupes quand il a voulu m'embrasser. Mais il y avait une autre femme dans la pièce, je te raconte ça et c'est comme si je m'en souvenais, aussi clairement que si je le voyais, une femme grande, brune, robuste, belle, habillée de noir comme si elle était en deuil, qui avait été notre voisine et avait une fille qui m'avait quelquefois gardée et avait joué avec moi, une fille encore plus belle qu'elle et aussi un garçon déjà grand, et qui étaient depuis deux ou trois ans en Russie. La femme m'a prise dans ses bras, m'a assise sur ses genoux, me racontait ma mère, et elle lui disait, je t'en prie, si tu ne le fais pas pour toi, fais-le au moins pour cette enfant, parce que rien n'est de sa faute. Ma mère m'a aussi raconté que cette femme me berçait pour que je m'endorme et qu'elle me chantait une berceuse à voix basse pendant que mon père continuait de tourner et retourner dans la pièce et de discuter avec ma mère, et pendant ce temps-là on entendait au loin les coups de canon, mais déjà très espacés parce que la guerre était dans ses dernières heures et que tout était déjà perdu. Et tu sais qui était cette femme, me disait ma mère en baissant la voix quand elle me racontait ce qui s'était passé cette nuit-là, c'était la Pasionaria, qui était dans les mêmes histoires politiques que ton père, et elle me racontait que ses enfants parlaient le russe et qu'ils étaient vraiment très bien en Union soviétique, comme nous le serions si nous partions cette nuit-là. Ma mère ne disait rien, baissait la tête, et restait à regarder par terre, et mon père s'énervait, te parler c'est comme parler à un mur. C'est toi qui seras responsable de ce qui va se passer, lui criait-il, et il lui répétait que lui il s'en lavait les mains, tu ferais mieux de te jeter dans un puits parce que ceux qui vont arriver, là maintenant, ils n'auront aucune pitié. Et c'était vrai parce qu'ils ont rasé la tête de ma mère et l'ont battue terriblement, rien que parce qu'elle était la femme d'un rouge haut placé, et mes oncles, ses frères, ils les ont tous mis en prison et ils ont fusillé deux d'entre eux. La nuit, de chez nous, on entendait tirer des coups de fusil dans le cimetière de l'Est, et dès que les tirs s'arrêtaient, ma mère et ma grand-mère mettaient leur châle sur la tête et partaient avec d'autres femmes pour chercher parmi les cadavres, pour voir si elles ne trouvaient pas quelqu'un de notre famille. De ça je me souviens déjà bien, parce que j'étais un peu plus grande, ces deux femmes avec leur châle noir sur la tête qui partaient dans la rue, et moi qui ne m'endormais pas avant qu'elles rentrent, quand le soleil était déjà levé, et ce que je n'ai pas vu il me semble aussi que je me le rappelle, que je les vois toutes les deux dans la lumière de l'aube, passant très lentement parmi les morts, en retournant certains qui étaient tombés à plat ventre pour regarder leur visage. Ma mère nous a emmenés au village, en croyant que là-bas nous mangerions mieux et qu'ils feraient moins attention à elle, mais à peine arrivés ils l'ont arrêtée et lui ont rasé la tête, et ils l'ont condamnée à balayer et laver tous les matins le sol de l'église pendant deux ans, et elle a pris tellement froid à laver ces dalles à genoux que pour le reste de sa vie elle a été malade des os.

Il n'y a pas de limite aux histoires inimaginables qu'on peut entendre à condition de faire un peu attention, aux romans qu'on découvre soudain dans la vie de n'importe qui. La dame est arrivée vers six heures de l'après-midi, l'heure traditionnelle des visites, et elle a apporté avec elle une vague ambiance de visite d'un autre temps, d'affection compassée, visible dans le soin qu'elle avait mis à se préparer, et aussi au paquet de petits-fours qu'elle avait dû acheter dans une pâtisserie du genre de celles de sa jeunesse. C'est une femme d'un peu plus de soixante ans, avec un air de classe moyenne aisée, mais pas riche, avec une trace de vitalité populaire qui se manifeste surtout dans la vivacité de son regard et dans la liberté avec laquelle

elle exprime sa tendresse. Elle n'habite plus dans son ancien quartier, là où elle est allée vivre après son mariage et où ont grandi ses enfants, mais dans un autre, plus éloigné, presque dans une cité de banlieue, et même si l'on voit bien que l'adversité ne l'abat pas facilement, on voit bien aussi qu'elle aurait préféré ne pas déménager et que ce changement de domicile s'est ajouté à un certain nombre de défaites mélancoliques, d'ajustements douloureux survenus pendant les dernières années, la retraite et la vieillesse de son mari, la diminution de leurs revenus qui en d'autres temps avaient été très appréciables et leur permettaient d'avoir de bonnes voitures, des collèges coûteux pour leurs enfants et des voyages à l'étranger. Mais elle est forte, on le voit tout de suite, c'est une femme grande et solide, au regard franc, aux mains énergiques, d'un tempérament courageux face au monde, face aux nouveautés que lui offre encore la vie, à la différence de son mari, dit-elle, qui s'est éteint en prenant sa retraite, qui n'a pas su s'adapter au déclin des temps faciles, et qui la met hors d'elle parce qu'il semble qu'il voudrait l'enfermer dans son propre rétrécissement, qui voudrait qu'elle soit toujours à côté de lui dans leur petit appartement actuel avec la même posture d'ennui où lui s'est installé, ennui et désillusion, méfiance envers le monde, plus l'envie de voyager, et même pas d'aller dans la rue, nostalgie des choses perdues, l'argent et les années, la prospérité qui semblait devoir durer toujours et qui leur a filé entre les doigts, sans qu'ils s'en rendent vraiment compte, sans qu'en réalité aucun malheur grave ne leur soit arrivé : simplement les choses s'usent, les temps changent et les bonnes affaires se tarissent peu à peu, et soudain on se trouve à la retraite et on doit vivre avec une pension, et leurs ressources ont rétréci, presque de la même façon que leur présence physique, l'argent s'en est allé comme s'en est allé le temps de leur vie, et l'on ne sait pas où.

Il est resté là-bas, dit-elle, assis sur le canapé, ça oui, avec sa thermos de café que je lui ai laissée prête pour l'heure du goûter, et quand je lui ai dit où j'allais, il a repris un peu courage et j'ai cru qu'il était presque sur le point de m'accompagner, mais il a été terrassé par la paresse, avec le froid qu'il fait déjà dans l'après-midi, tout le monde craint de sortir, me dit-il, et s'il n'avait pas quatre-vingts ans, et il s'est plaint aussi de ce que nous habitions loin et du temps qu'il faut attendre les autobus, pas comme autrefois où en un quart d'heure on était dans le centre. Il passe son temps à parler d'autrefois, à se souvenir d'autrefois, mais moi je ne lui laisse pas placer un mot, reste là, et lui me demande de nouveau où je vais, comme effrayé de savoir que je vais très loin et que je serai longtemps avant de rentrer. Il doit déjà être soucieux, regarder sa montre, tourner et retourner dans la maison, en robe de chambre et en pantoufles, on dirait que tu es un malade, lui dis-je, mais ça lui est égal, il ne se fâche même pas, il a perdu même son caractère, lui qui en avait tant.

Elle regarde sa montre, une petite montre en or, une coquetterie d'un autre temps, comme ses bracelets, comme la bague avec une petite pierre précieuse sur sa main qui n'est plus jeune, mais conserve la solidité que donne le travail manuel. Il faudrait que je m'en aille, dit-elle, ou que je lui téléphone parce qu'il doit déjà être sur les nerfs, mais aussi j'enrage de vivre à ce point dans sa dépendance, parce que si je reste à la maison je m'asphyxie et si je sors je n'en profite pas, cet homme est une vraie punition. En plus je ne peux pas me soulager en me plaignant de lui, parce que jamais il ne m'en a donné l'occasion, en quarante ans de mariage, il a toujours été un si bon mari que cela me fait presque enrager, si bon que si je m'impatiente et que je me fâche contre lui, je me sens aussitôt coupable.

Mais elle n'a pas envie de partir, on la voit qui savoure l'occasion de cette visite avec un mélange d'effusion, de tendresse et de modeste satisfaction mondaine, et même si l'on se rend compte qu'elle n'a pas trop l'habitude de boire du thé, elle fait mine de savourer chaque gorgée avec plaisir, et elle s'applique à bien tenir sa tasse et à célébrer tout ce qu'elle découvre autour d'elle, ce qu'apprécient ses yeux clairs et rayonnants, habitués à évaluer le prix et la qualité des choses, la porcelaine du service à thé, le tissu des rideaux, les roses rouges au centre de la table. Peut-être compare-t-elle cet appartement au sien, mais si elle le fait c'est sans acrimonie, plutôt avec un mouvement de réjouissance. De même qu'il y a des personnes imperméables à ce qui les entoure, des présences semblables à des trous noirs qui absorbent toute lumière proche d'elles et l'éteignent sans en profiter, il y en a d'autres qui réfléchissent n'importe quelle clarté voisine, la rayonnant comme si c'était la leur. Ah ma fille, comme cette maison aurait plu à ta mère si seulement elle avait pu la voir, si elle n'était pas morte si jeune. Cette femme de soixante et quelques années qui a vécu des temps meilleurs se reconstitue dans la jeunesse qui est proche d'elle, dans l'espace de cet appartement beaucoup plus grand que le sien, dans la porcelaine et dans les roses qu'aujourd'hui elle ne pourrait pas s'offrir, et si elle voit un tableau qui la déconcerte et qu'elle n'aurait pas accroché chez elle, ou si elle goûte un thé japonais qui lui semble bizarre et amer, son goût de la nouveauté est plus fort que l'instinct naturel de rejet. C'est à peine si elle est allée à l'école quand elle était enfant mais elle parle comme une personne sensée et cultivée, et si elle a vécu dans les années soixante une jeunesse d'enfermement domestique au service de son mari et de ses enfants elle a l'entrain et l'assurance de quelqu'un qui pourrait se débrouiller seule dans l'existence. Elle lit des livres, elle aime beaucoup aller au cinéma, elle est allée pendant des années à l'école du soir. Je me rappelle ta mère, la rage qu'elle avait que nous soyons aussi soumises à nos maris, son obstination à ce que ta sœur et toi fassiez des études. Elle était très intelligente et elle se rendait compte que les temps allaient changer, et c'est pour cela qu'elle avait encore plus de peine en comprenant qu'elle allait mourir et qu'elle ne vous verrait pas, ta sœur et toi, devenues deux femmes adultes, indépendantes, pas entravées comme nous, comme nous avions toujours vécu elle et moi.

Elle boit avec précaution quelques gorgées de thé, elle goûte les petits-fours qu'elle a apportés, non sans remords parce qu'elle a peur de grossir, elle discute avec animation de films ou de potins mondains, elle regarde sa montre et dit que l'heure de partir approche, avec tout ce que vous devez avoir à faire, et moi qui vous fais perdre tout un après-midi, et de plus son mari doit déjà être très énervé, tellement impatient qu'il ne sera même pas capable de rester tranquille sur le canapé, non pas parce qu'il se fait du souci pour moi, dit-elle en se mettant à rire, mais par peur que je n'arrive pas à l'heure pour lui faire à dîner, et lui, il doit dîner à neuf heures pile, ni une minute avant ni une minute après, il dit que c'est à cause de son estomac, parce que toute irrégularité aggrave son ulcère. Il a toujours eu cette manie de la ponctualité. Ma mère m'a dit, quand elle a fait sa connaissance, ma fille, on dirait que tu l'as choisi exprès pour ça, avec ton père c'était exactement pareil, sa vie était réglée par le carillon de l'horloge. Mon père, je l'ai vu pour la dernière fois quand j'avais trois ans. Parfois je crois que je me souviens de lui, mais ce dont je me souviens c'est d'une photo où il me tient dans ses bras.

C'est alors, quand elle mentionne son père presque par hasard, que quelque chose se passe, un léger changement dans son regard, qui s'intériorise, en même temps que son sourire disparaît un instant. Il suffira d'une question banale pour que la dame ne semble plus du tout la même, pour que le présent reflue dans la salle de séjour où pourtant rien n'a changé, peut-être seulement le ton des voix, la disposition d'esprit de celui qui écoute, la qualité nouvelle du silence, comme un papier blanc sur lequel s'imprimeraient les mots qui commencent sans préméditation le copieux roman d'une vie courante, sautant en quelques minutes d'une époque à l'autre, d'une cour commune voisine du cimetière de l'Est, dans le Madrid cruel de juste après la guerre civile, à un quartier récemment construit dans les années soixante, traversant la guerre civile et les aventures d'un homme qui disparaît une nuit pour monter dans une voiture qui l'a attendu, moteur en marche, et qui jamais plus ne revient, dont on sait qu'il a séjourné en Russie, qu'ensuite il est revenu clandestinement en France, qu'il a combattu et résisté contre les Allemands et qu'il a été pris par eux et enfermé dans un camp de prisonniers d'où il envoyait à ses enfants de très courtes lettres et des dessins, parce qu'il avait un grand talent pour le dessin, mais il s'est évadé du camp et il a rejoint la Résistance, il a été repris et il s'est évadé une autre fois, et là il semblait que sa trace s'était perdue pour toujours : un jour, plus de vingt ans après la fin de la guerre en Europe, sa fille qui ne se souvenait pas de lui reçoit un avis de l'ambassade d'Allemagne. Elle a peur d'ouvrir la lettre, avec son en-tête officiel, parce que depuis son enfance les lettres officielles ne lui ont jamais apporté que des malheurs, et aussi elle a peur de la montrer à son mari, qui n'a jamais rien voulu savoir de la politique, et qui fait très bien, qui travaille avec une énergie infatigable pour payer les traites de l'appartement et celles de la voiture et de la machine à laver, pour l'emmener avec ses jeunes enfants passer des vacances d'été au bord de la mer, pour les inscrire dans les meilleurs collèges payants quand ils en auront l'âge. Il ne veut rien savoir de ces vieilles histoires, il ne lui a pas posé de questions sur ce père qui a disparu il y a tant d'années, mais il est vrai aussi qu'il est tombé amoureux d'elle sans se préoccuper qu'elle ait vécu dans une cour si pauvre, ni qu'elle soit fille et nièce de rouges.

Si ta mère avait été là, je suis sûre qu'à elle j'aurais parlé de la lettre, mais vous n'étiez pas encore arrivés dans le quartier, et même si j'avais déjà lié amitié avec quelques voisines je n'aurais pas aimé qu'elles connaissent le passé de ma famille, non pas que j'en avais honte, attention, mais par précaution, parce que je t'ai dit qu'à l'époque la peur nous durait encore. Ta mère, si distinguée, si jeune, c'est toujours comme ça que je me souviens d'elle, pas comme elle était à la fin, bien que même dans la maladie elle n'ait pas perdu cette élégance qui était la sienne, mais comme bien avant cela, les premières fois que je l'ai vue, quand vous êtes arrivés dans le quartier, toi si petite qu'on te portait encore dans les bras, ou dans une voiture d'enfant. Je me souviens de votre arrivée : je me suis mise au balcon en entendant le bruit d'un moteur, et j'ai vu la grande voiture noire qu'avait alors ton père, la quinze cents, et quand je vous ai vus en sortir, j'ai été contente parce que vous étiez nombreux et que l'immeuble et le quartier étaient encore très peu habités. Les enfants ont commencé à sortir de la voiture, et des paquets du coffre, puis ta mère est sortie, dans une robe claire, et elle est restée debout sur le trottoir, peut-être un peu étourdie du voyage, et je n'avais pas l'impression que ce qu'elle voyait lui plaisait beaucoup, les terrains vagues avec les déblais et les grues, et Madrid si loin, les rues si larges, les arbres aussi peu décoratifs que les réverbères. Elle t'a prise dans ses bras, elle a regardé vers le haut, vers là où je me trouvais, et tout de suite je lui ai dit bonjour, et j'étais très contente qu'elle soit si belle et si jeune et qu'elle vienne s'installer dans l'appartement qui était juste au-dessus du mien. Elle n'était pas encore malade, ou du moins elle ne le savait pas, ou n'accordait pas d'importance à ses premiers ennuis, mais je me souviens d'elle, un peu pâle, plus fragile que les autres voisines de notre âge ou que moi, même si elle travaillait chez elle et qu'elle trimait pour vous autant que n'importe qui, et elle avait pour profiter de la vie le même sourire que le tien, maintenant. Souvent, par la courette, je l'entendais chanter quand elle était dans la cuisine, ou rire aux éclats de quelque chose que ton père lui disait à voix basse. À elle, j'ai raconté ce qu'avaient été ma vie et celle de ma mère après la fin de la guerre civile, et même que la Pasionaria m'avait prise sur ses genoux et m'avait chanté une berceuse, et la peur que j'ai eue le jour où nous est arrivée cette lettre de l'ambassade d'Allemagne, avec des mois de retard, après qu'elle avait fait plusieurs fois le tour de Madrid. J'avais peur que mon mari se fâche si je la lui montrais et ta mère a ri quand je le lui ai raconté, après tant d'années : mais écoute, comment aurait-il pu se fâcher avec le bon caractère qu'il a. Je n'osais pas me faire le plaisir de penser que dans la lettre on disait que mon père était vivant. Dès que mon mari est rentré du travail, ce soir-là, je me suis enfermée avec lui dans notre chambre et je lui ai montré la lettre, et il m'a tranquillisée tout de suite, il ne pouvait pas nous arriver quoi que ce soit de mauvais d'un gouvernement étranger, parce que le gouvernement que nous devions craindre, c'était le nôtre, mais il vaut mieux ne rien dire encore à ta mère, jusqu'à ce que nous sachions vraiment de quoi il s'agit.

Ils y sont allés le lendemain matin dans la nouvelle voiture, qui sentait encore très fort le neuf, une odeur délicieuse de plastique et de métal, d'essence, ils sont arrivés à Madrid comme deux touristes et pendant tout le trajet elle a serré sur ses genoux le sac où elle avait mis la lettre. Peut-être est-ce qu'ils vont me dire que mon père est vivant, qu'il a perdu la mémoire à cause d'une blessure à la tête et que c'est pour ça qu'il n'est jamais revenu nous chercher, pensait-elle, parce qu'elle avait vu des histoires de ce genre dans des films, mais elle craignait aussi qu'on lui annonce la mort de son père, un parmi des milliers de cadavres jetés dans les tranchées et les fosses communes de l'Europe, à l'époque où l'on avait perdu sa trace, quand était arrivée la dernière lettre depuis le camp allemand, à peine quelques lignes au verso du dessin au crayon d'une ville des Alpes, avec des clochers à bulbes et des toits pointus. Moi, j'avais l'habitude de marcher en tenant bien le bras de mon mari, mais cette fois c'était lui qui me tenait, qui a dit mon nom au concierge de l'ambassade et a montré la lettre et ma carte d'identité, moi j'étais si effrayée de me trouver dans cet endroit, parmi ces personnes bien élevées, blondes aux yeux bleus, et qui me parlaient avec un accent bizarre, très aimables, pas comme les fonctionnaires espagnols de l'époque, qui aboyaient plus qu'ils ne parlaient et qui étaient toujours de mauvaise humeur. À la fin, nous avons été reçus par un monsieur, dans une pièce où il y avait une très grande table au milieu, un homme qui me parlait comme pour me rassurer, comme un médecin, et j'ai osé lui demander si mon père était vivant ou mort, et il m'a répondu, ça nous voudrions bien le savoir nous-mêmes, parce qu'il y a des années que nous le cherchons pour lui rendre ce qui lui appartenait. Et ensuite il a pris quelque chose par terre et l'a posé sur la table, au milieu, un grand carton qui avait dû lui aussi beaucoup aller et venir, un carton attaché avec des rubans rouges et scellé avec un cachet de cire. Mon mari et moi le regardions sans savoir quoi faire et l'homme nous a dit, il est à vous, vous pouvez l'emporter, dans ce carton se trouvent les choses qu'avait votre père quand il s'est évadé pour la seconde fois d'un camp de prisonniers, en Allemagne. C'était un carton solide, avec beaucoup de timbres comme s'il était passé par beaucoup d'endroits, et ses angles étaient très abîmés. Je le regardais sans oser le toucher, je regardais mon mari qui haussait les épaules, nerveux lui aussi, même si plus tard il ne voulait pas le reconnaître. J'ai présenté ma carte d'identité, on m'a fait signer quelques papiers. J'ai pris le carton en pensant qu'il serait très lourd et j'ai été surprise qu'il soit aussi léger. Nous sommes sortis dans la rue et nous avons descendu le paseo de la Castellana, à la recherche de l'endroit où nous avions laissé la voiture. Je portais le carton entre mes mains comme s'il contenait quelque chose de très fragile, et mon mari marchait à côté de moi, me disant de le laisser le porter. C'était par une de ces journées de Madrid, très froides et très ensoleillées. Je n'avais pas la patience de rentrer à la maison avec le carton fermé et je ne voulais pas que ma mère le voie avant que je sache ce qu'il y avait dedans. Il était très léger et il y avait des choses qui bougeaient à l'intérieur. Nous nous sommes arrêtés près d'un banc et mon mari l'a ouvert. J'avais les jambes tremblantes, je me suis assise sur le banc et je me suis mise à pleurer tandis qu'il sortait les choses, ce qu'avait possédé mon père dans le camp disciplinaire. Il y avait toutes les lettres que lui avait envoyées ma mère, qu'elle dictait à une voisine, et celles que lui avait écrites mon frère sur du papier ligné de l'école, celles que je lui avais écrites quand j'étais toute petite, quand je commençais d'apprendre à écrire, et les dessins que mon frère et moi lui faisions, et les photos de nous que lui envoyait ma mère, certaines avec nos prénoms inscrits derrière avec l'écriture si maladroite de mes quatre ou cinq ans. Quels pauvres visages nous avions, affamés et apeurés, comme j'avais oublié tout ça, en si peu d'années. Il y avait une photo de mon père en uniforme avec une petite fille dans les bras, si petite que je n'étais pas sûre que c'était moi, et une autre avec seulement son visage et sur laquelle il était très maigre, la tête rasée et les oreilles très grandes, avec un numéro en bas, et il y avait aussi des papiers en français et en allemand, tout jaunis, tellement usés aux pliures qu'ils se cassaient quand nous essayions de les ouvrir, et beaucoup de dessins, faits sur n'importe quoi, sur un morceau de carton ou au revers d'un imprimé allemand, dessins de villes avec des tours d'églises et des trains et des montagnes au fond, et des portraits, des hommes avec des uniformes rayés, la tête rasée, et aussi un très joli dessin de la place Rouge de Moscou, très grand, colorié et qui ressemblait à une photo, fait sur une feuille de bloc quadrillée. Nous avons refermé le carton, nous l'avons mis dans le coffre de la voiture, et pendant tout le trajet de retour à la maison j'ai pleuré comme il y avait des années que je n'avais pas pleuré, comme une idiote, voyant tout trouble, et mon mari qui n'était pourtant pas encore un conducteur très expérimenté lâchait une main du volant pour me caresser la main, et il me disait, allons, ma femme, calme-toi, quelle explication vas-tu donner à ta mère quand elle se rendra compte que tu as pleuré, elle va penser que c'est à cause de moi.

Elle s'est assurée que sa mère ne la voyait pas entrer avec le carton et elle l'a caché tout au fond de son armoire. Elle se réveillait la nuit en cherchant à imaginer ce qu'avait pu devenir son père après sa seconde évasion du camp, en novembre mille neuf cent quarante-quatre lui avait dit en traduisant un papier un des employés si aimables de l'ambassade. Peut-être qu'une explosion l'avait défiguré et que son corps s'était décomposé sans que personne ne puisse l'identifier, peut-être qu'il avait trouvé la mort noyé dans une rivière en essayant de la traverser, écrasé sous les roues d'un train, sous la chenille d'un char d'assaut. Elle s'éveillait la nuit et imaginait avec minutie des agonies successives pour son père, des fuites dans des paysages de guerre fantomatiques, des rafales de mitrailleuse, des aboiements de chiens. Un matin, elle est rentrée de faire les courses et elle s'est étonnée de ne pas trouver sa mère à la maison. Avant d'entrer dans sa chambre et de voir les portes de l'armoire ouvertes en grand, elle avait déjà eu un sursaut d'inquiétude. Elle a parcouru l'appartement en entier à la recherche de sa mère, en l'appelant elle est allée sur le balcon et elle a vu sa silhouette noire dans le terrain vague qui était en face de l'immeuble, où des pelleteuses avaient commencé à creuser de grandes tranchées pour les fondations d'un nouveau bâtiment. En la voyant de loin, courbée, en deuil, elle s'est rappelé l'époque où elle la voyait sortir à l'aube en route pour le cimetière de l'Est. Sa mère était à côté d'un feu où elle jetait des choses. Elle s'est retournée quand elle a entendu l'appel de sa fille, mais juste un moment, et elle a continué de regarder le feu, où il y avait plus de fumée que de flammes ; c'était un matin humide et nuageux et quand elle a traversé le terrain vague pour aller chercher sa mère, ses talons s'enfonçaient dans la terre humide. Quand elle l'a vue de tout près, elle a réalisé combien elle était vieille. Avec les morceaux du carton elle avait allumé un feu, dans lequel elle jetait les papiers, les photos, les dessins, avec une décision concentrée que n'a pas interrompue l'arrivée de sa fille.

Ne me regarde pas comme ça, comme si je te volais ce qui te reste de ton père. La voix était claire et sèche, peut-être la même voix qui, un quart de siècle plus tôt, avait aveuglément dit non tandis que l'homme à moustache, en uniforme, et la grande femme en deuil tentaient de la persuader, énonçant des malheurs imminents. Ton père est vivant, et il ne veut rien savoir de toi ni d'aucun de nous.

Quand la guerre s'est terminée, le gouvernement français l'a décoré et lui a donné un bon pécule, mais il n'a jamais pris la peine de nous envoyer même un centime. La dernière fois qu'il m'a écrit c'était pour me dire tout tranquillement qu'il avait refait sa vie, et que donc il rompait toutes relations avec nous. Cette lettre, je n'ai pas voulu te la montrer. À l'époque tu étais encore une enfant et tu passais ton temps à rêvasser à propos de lui. Il vit en France, il a une autre famille et il a même changé de nom. Maintenant c'est un homme d'affaires français. C'est pour ça que les Allemands ne l'ont pas retrouvé. J'ai passé ma vie à attendre ses lettres, alors comment ne pas voir la lettre qui est arrivée l'autre jour. Il n'avait jamais voulu rentrer en Espagne, m'a dit ma mère, mais il essayait d'habiter toujours le plus près possible. Si tu veux voir celui qui était ton père, prends le train et descends à une ville proche de la frontière française, qui s'appelle Cerbère.

Où que l'homme aille

Le nouvel appartement, récemment occupé, avec quelques rares meubles, où résonne encore l'écho de l'espace vide, la peinture encore fraîche sur les murs et le parquet avec une forte odeur de bois et de vernis, sans une trace de ceux qui y ont habité il y a encore quelques mois, de longues années de présence abolies d'un jour à l'autre, comme ces rectangles plus clairs, là où des tableaux étaient accrochés, et qu'ont effacés les peintres. Une seule caractéristique définit l'austère utilité de chaque pièce, maintenant qu'il n'y a encore rien d'accessoire : dans la chambre à coucher il n'y a rien d'autre qu'un grand lit métallique, dans le bureau une table nue et une chaise. Les choses, les espaces ont une présence aussi nette que les pas et les voix.

Le nouvel appartement, la vie nouvelle, qu'on vient de commencer à vivre, dans une autre ville, loin de la province mélancolique, dans un quartier de Madrid qu'on ignorait jusque-là, ou plutôt dans une petite ville située au cœur de Madrid, qui dans ces rues devenait laborieuse et secrète, malpropre, populaire, où se mélangeaient des gens bizarres et différents, de trois ou quatre sexes, couleurs de peau et visages venus de très loin, langues entendues au passage qui véhiculent des sonorités de banlieue asiatique, de casbah musulmane, de marché d'Afrique tropicale, de village andin.

Sortir chaque matin dans la rue était un voyage d'exploration, et les occupations définies et nécessaires finissaient toujours par s'évaporer au profit d'une déambulation sans but, de la simple inertie de marcher et regarder, d'écouter beaucoup de voix, de langues indéchiffrables parlées dans les cabines téléphoniques de la rue Augusto Figueroa, mots du vocabulaire fermé et sinistre de l'héroïne, cris tonitruants et immémoriaux de voisines braillardes, de femmes qui sortaient faire leurs achats en peignoir et regardaient autour d'elles avec un étonnement résigné ou qui choisissaient de ne pas voir la manière dont leur ancien quartier avait changé les années précédentes, les voix haut placées d'hommes en partie transformés en femmes, mais pas complètement et sans beaucoup de succès, parce qu'une barbe hommasse assombrissait parfois des joues gonflées aux silicones, ou qu'un début de calvitie totalement masculin s'insinuait dans une tignasse blonde, tempétueusement crêpée, ou que des pieds trop grands et nerveux déformaient sans recours des chaussures vernies à hauts talons.

On voyait de dos, encadrée dans le creux d'une cabine téléphonique, une haute silhouette de femme, mais la voix qu'on entendait était une profonde voix d'homme : un instant il semblait qu'il y avait deux personnes en même temps dans la cabine, un homme et une femme, et que l'une d'elles était invisible.

Aux croisements, les morts vivants attendaient immobiles, et ceux-là arrivaient à être presque totalement invisibles, si pâles que les veines tortueuses de leurs avant-bras transparaissaient, si habituels et calmes dans leur attente qu'on apprenait tout de suite à ne pas les voir, à passer à côté d'eux comme s'ils n'existaient pas, comme s'ils étaient déjà dans l'autre monde, auquel ils appartenaient plus qu'à celui-ci, le monde quotidien et réel des vivants. Ils regardaient dans le vide ou avaient un regard de vigilance ou d'espoir fixé sur les coins de rue les plus proches, où tôt ou tard apparaîtrait un dealer ou une voiture de police. Alors ils commençaient à bouger, toujours doucement, avec une lenteur traînante de sauriens, ils tentaient sans véritable conviction et sans succès de dissimuler face aux agents qui leur demandaient leurs papiers, comme si ceux-ci ne connaissaient pas plus que par cœur l'identité de chacun d'eux, leurs visages de cadavres et leurs noms, qu'ils transmettaient par radio depuis la voiture de patrouille, les laissant ensuite partir ou emmenant l'un d'eux menotté, toujours avec le manque d'enthousiasme d'un mauvais spectacle théâtral de nombreuses fois rejoué.

L'un d'eux, homme ou femme, marchait derrière un individu à lunettes noires et à la barbe clairsemée, qui avait les mains dans les poches arrière de ses jeans, pressant délibérément le pas pour que l'autre, à moitié mort, reste en arrière et doive faire effort pour le suivre, courbé et abject comme un mendiant d'autrefois, tendant vers lui une main où il tenait une poignée insuffisante de billets sales, que le dealer jetait par terre d'un revers de main, sans même se retourner vers l'autre qui alors s'agenouillait pour ramasser les pièces et les billets tombés entre les voitures, sur la crasse du trottoir, et qui tentait de se remettre vite debout, ses forces ressuscitées par le besoin urgent de se procurer une dose que l'autre ne voulait pas lui fournir, ou dont il retardait le moment de la remettre pour le plaisir de le voir s'humilier et souffrir.

Au début, ils étaient des inconnus inquiétants, silhouettes menaçantes qui apparaissaient à l'angle d'une rue ou au bord du trottoir, accroupies entre les voitures, en train de déféquer ou de se piquer, abritées sur le perron d'une maison ou sous un porche. Mais très vite ils devenaient eux aussi des présences familières, silhouettes aussi banales dans le quartier que les hommes-femmes, que les dames en peignoir éponge et que les dealers obliques, aux aguets et qui veillaient eux aussi, bien que d'une autre manière, avec une allure d'animaux de proie dans leurs mouvements subits ou dans leur façon de rester immobiles. Ils s'éloignaient avec un certain balancement des épaules, regardant de côté, les mains dans les poches arrière du pantalon, ils disparaissaient sous un porche ou derrière une haie sur la place de Chueca, dans le misérable jardin qui était à côté de la bouche du métro. Ils en revenaient avec quelque chose qu'on ne parvenait pas à voir, disaient des mots qu'on entendait à peine, il se passait quelque chose dans la rencontre des mains, quelque chose d'aussi rapide et sinueux qu'une étincelle entre deux neurones, un petit paquet dans la paume d'une main et une poignée de billets sales dans l'autre, ils s'en allaient vite, se penchaient vers la vitre ouverte d'une voiture arrêtée, moteur en marche, les coudes appuyés avec une certaine nonchalance, le regard rapide et étranger.

Tant de voix et tant de vies, tant de mondes juxtaposés les uns aux autres dans l'espace étroit des rues, et tout cela devenu aussitôt habituel, même le plus bizarre et le plus sinistre, tout cela accumulé et enchevêtré et en même temps ne se mélangeant pas, chaque présence tournant sur l'orbite de son propre monde partiellement invisible aux habitants des autres, chacun portant en lui son roman : l'homme jeune qui déambule à la recherche d'héroïne, croisant sur un trottoir très étroit et assiégé de voitures la voisine qui est descendue en pantoufles et en peignoir pour acheter du pain, et qui a appris à ne pas le regarder comme lui ne la regarde pas ; les hommes partiellement transformés en femmes qui bavardent en jouant beaucoup de leurs cris aigus et de leurs mains gesticulantes et les aveugles qui s'ouvrent un passage parmi eux en tâtant le sol et les murs de leur canne blanche ; les Chinois qui s'abritent entassés dans des appartements sombres et des sous-sols sans aération ; les minuscules Indiennes qui à trois ou quatre heures du matin se rassemblent autour des cabines téléphoniques, puis qui tiennent des conversations en aimara ou en guarani ou en quechua avec on ne sait quels parents qui sont restés sur les hauts plateaux ou dans la forêt vierge ; l'homme en pyjama qui chaque après-midi s'asseyait sur un balcon, sur une chaise paillée, à côté d'une bombonne de butane, et qui regardait, immobile, et qui souffrait de quintes d'une toux caverneuse qui l'obligeait à se pencher, à appuyer son front humide contre le métal du balcon.

Il a disparu pendant un moment et quand il est de nouveau sorti avec le même pyjama, assis sur la même chaise paillée, à côté de la bombonne de butane, il avait une espèce de bandeau blanc sur la bouche et un mince tube de plastique sortait de l'une de ses narines. Il ne toussait plus alors, mais il continuait de regarder vers le bas, vers la rue, il ne bougeait plus la tête mais il suivait du regard les gens qui passaient, les voisines, les travestis mal rasés aux joues enflées et molles, les innombrables Chinois qui entraient et sortaient un par un et à intervalles réguliers d'un des porches du voisinage, les Indiennes des Andes avec leurs bébés attachés contre le dos, les aveugles qui tâtonnaient avec leur canne comme s'ils avaient eu des prolongements articulés et sensibles d'insectes, le nouveau couple avec un enfant qui venait de s'installer dans l'appartement juste en face du sien, de l'autre côté de la rue. Parfois l'homme malade sortait sur le balcon après minuit pour voir la vieille bien attifée et maquillée qui ne sortait qu'au moment où le quartier devenait désert. Elle apportait toujours une chaise, qui semblait ramassée dans une décharge, et un sac en plastique attaché par un nœud. Elle choisissait une poubelle parmi celles qui étaient alignées sur le trottoir et plantait sa chaise devant, ensuite, soigneusement, sérieuse et dérangée, elle défaisait le nœud de son sac plastique et en sortait d'abord une nappe à carreaux puis des restes de nourriture, des quignons de pain, un gobelet en plastique, un couteau et une fourchette, et pour finir une serviette grande et sale qu'elle s'attachait sous le menton. Alors elle s'asseyait à table, faisait mine de parler avec un commensal dans un dîner mondain, buvait de l'eau comme si elle savourait un vin délicieux, se nettoyait les commissures des lèvres avec distinction, se barbouillant le menton de taches de rouge et de graisse, et quand elle avait fini de dîner, elle récupérait le tout, le rangeant dans le sac plastique, boîtes de sardines vides et emballages de petits gâteaux et verre et assiette et couvert, elle enlevait sa serviette, pliait la nappe dont elle avait recouvert une poubelle pour la transformer en table de salle à manger, et repartait par où elle était venue, avec son sac et sa chaise, et on ne la revoyait plus dans les rues jusqu'au lendemain minuit.

Qui es-tu dans la conscience de celui qui te regarde comme un inconnu et pour qui tu deviens peu à peu familier, bien que vous ne vous soyez jamais dit un mot, rien qu'un regard d'une fenêtre à l'autre ou lorsque vous vous frôliez sur les trottoirs si étroits du quartier : l'homme, la femme, l'enfant, le chien, les ouvriers qui ont vidé à fond l'appartement d'en face, effaçant toute trace de ceux qui y avaient vécu de nombreuses années, une benne à gravats sur le trottoir, et ensuite les murs fraîchement peints entrevus par la fenêtre ouverte, peints de couleurs lumineuses et douces, comme pour éliminer avec plus d'efficacité les traces des habitants précédents, comme on peint en blanc pour raison d'hygiène un pavillon d'hôpital.

Tu n'es ni ta conscience ni ta mémoire mais ce que voit un inconnu. Que se rappelait, que voyait, qui était l'ivrogne du quartier dont personne ne connaissait le nom, même si nous le voyions sans cesse et qu'il ne nous faisait plus peur, comme les premières fois, quand il apparaissait la nuit au détour d'une rue avec sa tignasse sale et broussailleuse et sa lourde silhouette d'ours enveloppée de haillons puants, parce qu'il se pissait et se vomissait dessus et que c'est tout juste si après cela il prenait la peine de s'essuyer la bouche du revers de sa main. Parfois, il vous regardait avec attention de ses petits yeux humides et bleus, mais jamais il ne parlait à personne, ni ne mendiait, et il déambulait dans le quartier comme ce Robinson chevelu des anciennes gravures, habillé de peaux de bêtes et de haillons, solitaire dans les rues comme sur une île où personne d'autre n'habiterait, se nourrissant du vin que bien souvent il vomissait à peine bu, vomissant comme il pissait, sans changer d'attitude, sans se donner la peine d'éviter l'inondation de l'urine ou du vomi, aussi liquide que sa pisse et de la même couleur.

Avec des cartons, des journaux et des sacs en plastique, il construisait ses cabanes de naufragé dans le renfoncement d'un porche, ou il dormait allongé au milieu du trottoir comme un miséreux de Calcutta, son territoire marqué par l'intensité de la puanteur qu'il répandait. À quoi ressemblent les circonstances de la vie de quelqu'un vues par les yeux d'un témoin indifférent et assidu : l'homme en pyjama assis sur son balcon voyait chaque après-midi le garçon nouveau venu arriver avec son cartable sur le dos, et sortir quelques minutes plus tard, en train de manger un sandwich et accompagné de son chien, le traînant ou essayant de le retenir, mais sans jamais le contrôler, ce chiot imprévisible qui devait être pour ses maîtres aussi nouveau que l'appartement repeint de frais où ils venaient d'emménager et que les couleurs de ses murs, que le nouveau quartier et leur nouvelle vie, que l'école où le garçon allait pour la première fois.

Les choses se répètent quotidiennement et il semble qu'elles se passent depuis toujours. Le garçon avec son cartable, les aboiements aigus du chien dans l'appartement dont les fenêtres sont toujours ouvertes, le garçon tirant sur la laisse du chien et mangeant son sandwich, l'emmenant sans doute sur la place Vásquez de Mella, qui est le seul espace libre du quartier, une étendue de béton grande et laide, rien d'autre qu'une grande dalle construite au-dessus d'un parking où les gens du quartier promènent leurs chiens pendant que les garçons du voisinage jouent au ballon, que les filles sautent à la corde ou jouent à la marelle, et que les junkies se piquent ou fument de l'héroïne, et que ni les uns ni les autres ne semblent se voir, même s'il est impossible de ne pas voir les seringues jetées par terre, avec des traces de sang, les quartiers de citron pressés à fond, les feuilles de papier d'aluminium brûlées. La nuit, par-dessus les toits des bâtiments qui entourent la place, occupés par de très anciens habitants qui n'ont pas pu partir et par des hôtels douteux, ressort la haute tour pointue de la Telefónica, sa masse importante qui ressemble à un gratte-ciel soviétique, couronnée par la sphère jaune et les aiguilles écarlates de l'horloge, que la brume humide des nuits d'hiver estompe en une phosphorescence dorée et rougeâtre.

Un jour, le garçon revient en courant et le chien n'est pas avec lui et, même depuis son balcon du deuxième étage, l'homme malade en pyjama a pu voir qu'il a le visage couvert de larmes quand il sonne à l'interphone. La porte s'ouvre mais le garçon n'entre pas, l'homme et la femme descendent, le garçon se jette en pleurant dans les bras de sa mère, comme s'il était tout petit et qu'il lui arrivait à peine à la ceinture, il étend la main vers le bout de la rue, se nettoie le visage avec le mouchoir qu'elle lui a donné.

Toute sa vie consiste à attendre et à regarder, à surveiller sa propre respiration avec la crainte de l'asphyxie, du noir de l'évanouissement, à rester immobile sur un balcon, en pantoufles et en pyjama, l'uniforme réglementaire du malade chronique, peut-être déjà exclu du royaume des vivants, comme les ombres pâles qui passent dans la rue, toujours courbées, avec de perpétuelles douleurs de reins, habitants d'un monde qui n'est pas visible pour les autres, toujours angoissés par quelque chose, se hâtant à la suite d'un trafiquant qui ne tourne pas la tête, qui marche rapide et droit, sûr de lui, méprisant.

L'homme, la femme et l'enfant ont disparu, au bout du pâté de maisons dans la rue San Marcos qui est à la limite du champ visible. Au bout de quelques minutes, l'homme réapparaît, seul maintenant, criant un nom qui doit être celui du chien, essayant de siffler de manière inexperte. Comme le chiot est très petit, le plus probable est qu'il se sera perdu pour toujours, ou qu'il aura été écrasé par une voiture. Mais ils ne renoncent pas, ils vont et viennent tout au long de l'après-midi, ils passent sous le balcon et ne rentrent chez eux que lorsque la nuit tombe, quand à l'autre extrémité du champ visible, à l'angle de la rue Augusto Figueroa, s'est allumée l'enseigne lumineuse rose du bar Santander, qui est d'un rose aussi doux que le bleu du ciel au-dessus des toits, et que le rose du crépuscule qui se reflète sur les vitres des étages les plus hauts alors qu'il fait déjà presque nuit noire dans la profondeur de la rue.

Il fait trop froid pour rester sur le balcon mais l'homme au bandeau continue d'observer derrière les vitres, le dos tourné à une pièce dont on ne voit, de l'extérieur, qu'une lampe à la lumière sale et parfois la palpitation bleutée de la télévision, debout contre les voilages qui ont le même air fatigué et légèrement sale que le tissu de son pyjama ou que l'encolure de son T-shirt. Comment serait-ce d'entrer dans cet appartement, quelles odeurs rancies y aurait-il, à part l'odeur de maladie chronique et de médicaments. À demi embusqué derrière les rideaux, le dos tourné à la pièce et aux autres personnes présentes dans son appartement, indifférent au son de la télévision, l'homme respire derrière son bandeau et épie les fenêtres à l'éclairage diaphane de la maison d'en face, encore sans rideaux, ainsi que le trottoir déjà presque nocturne où se croisent avec indifférence les habitants du royaume des vivants et ceux du royaume prématuré des morts, chacun voyant ce que les autres ne voient pas, épiant les signes de son propre langage secret. En bas, il y a quelqu'un, debout au milieu de la rue, mais l'homme ne parvient pas à bien voir qui c'est, bien qu'il entende quelques aboiements de chiot secs et aigus, de sorte qu'il écarte complètement le voilage et colle son visage au carreau pour surplomber une surface plus grande de la chaussée.

C'est l'ivrogne qui est en bas, grand et immobile, le visage tourné vers la fenêtre des nouveaux voisins, oscillant un peu, mais pas autant que lorsqu'il a vraiment bu et que l'alcool semble s'écouler dans la brillance de ses yeux et dans le violet maladif et tuméfié de sa peau, et il tient dans ses bras le chiot blanc et noir qui continue d'aboyer jusqu'à s'étrangler et se débat pour s'échapper de l'abri suffocant des haillons et des mains. Mais il n'approche pas de la porte ni de la sonnette de l'interphone, il reste immobile, surveillant si quelque chose va se passer, avec une patience opaque d'animal, comme s'il n'avait pas de voix et qu'il ne connaissait pas l'existence ou l'utilité de ce panneau garni de boutons et de numéros qui est sur un côté du porche, face auquel il est debout portant dans ses bras le chien, bien couvert par la masse de haillons dont émergent son museau et ses aboiements devenus rauques.

Patience d'attendre en sachant ce qui va se passer, comme en dictant l'ordre des événements, en observant la rue tous les jours, heure après heure, la répétition infinitésimale de toute chose : à demi caché derrière les voilages sales, l'homme sait que va s'ouvrir l'une de ces fenêtres qui n'ont pas encore de rideaux et qui révèlent un intérieur récemment peint en jaune très pâle, que le garçon va se mettre à la fenêtre, qu'il sera le premier qui aura l'inquiétude nécessaire et l'ouïe assez fine pour entendre et reconnaître les aboiements, et que la lumière du porche va s'allumer.

Le père et le fils sont descendus, la jeune femme s'est mise à la fenêtre, si attentive à la rue que pas un instant elle n'a regardé la maison d'en face. Mais le garçon a réfréné au dernier moment l'élan d'impatience qui le poussait à aller vers le chien, il n'a pas lâché la main de son père, et l'ivrogne ne s'est pas approché d'eux, n'a pas fait un pas. Lent et volumineux, il s'est penché vers le sol et y a mis le chiot, il l'a déposé avec beaucoup de délicatesse, sans rien dire, sans s'approcher du garçon qui tenait déjà l'animal dans ses bras ni de l'homme qui lui disait quelque chose et lui offrait quelque chose de sa main tendue. Il avait les yeux très clairs, de cette transparence aussi incolore que certains yeux slaves, et le visage rouge et violacé, avec des hématomes, des bouffissures de furoncles, et même s'il était à un mètre de distance, c'est de beaucoup plus loin qu'il regardait. Mais il ne regardait pas vraiment, il n'arrivait pas à fixer vraiment ses yeux sur quelque chose, peut-être parce qu'il avait perdu l'habitude de soutenir un regard dans la proximité naturelle des rapports humains et de la conversation, comme ces naufragés qui passaient des années sur une côte déserte, qui oubliaient l'usage de la parole et finissaient par perdre la raison. Le père pensait que dès que son fils aurait quelques années de plus, il l'aiderait à lire les romans de naufrages et d'îles désertes qui l'avaient nourri dans le meilleur temps de son enfance.

Ils apparaissaient dans les rues du quartier et peu à peu ils y prenaient leurs habitudes, leur visage devenait aussi familier que celui de la boulangère et de la droguiste, ou que celui de l'homme en partie transformé en femme du kiosque à journaux, leurs mouvements furtifs et leurs lentes heures d'immobilité et de surveillance avide, maintenant aussi routinières que les rondes et les coups de filet de la police qui de temps en temps obligeait l'un des morts vivants à se mettre contre un mur et le fouillait, qui demandait sans enthousiasme leurs papiers aux dealers marocains et emmenait quelqu'un dans la voiture de patrouille, quelqu'un qui au bout de peu de temps, quelques jours parfois, était de retour dans le quartier, ou bien qui disparaissait et ne revenait plus, emprisonné ou mort, en fuite dans un autre quartier lointain, mort vivant qui déambulait aux alentours de ces rassemblements de ferrailleurs de la périphérie de Madrid.

Quelques-uns des derniers venus gardaient une certaine dignité, reste de leur ancienne vie qu'ils n'avaient pas encore tout à fait abandonnée, convertis de fraîche date à la douceur de l'enfer où ils transitaient depuis leur arrivée dans le quartier. Des garçons très jeunes, avec des vêtements neufs et des tennis de marque, qui de loin paraissaient indemnes, mais chez qui de plus près on découvrait les premiers signes de l'angoisse et de la détérioration, et qui au bout de quelques mois avaient succombé à un vieillissement vorace, à un vampirisme dans lequel chacun d'eux était le vampire et aussi sa victime, les bras et le cou marqués de piqûres, des minuscules morsures de ces seringues qui crissaient parfois sous les pas dans le jardin et qu'on pouvait trouver même sous le renfoncement d'un porche. Il fallait dire au garçon de ne jamais les toucher, de ne jamais se pencher pour ramasser quoi que ce soit par terre.

Ils arrivaient au début avec un excès de vitalité et d'énergie qui contrastait avec la lenteur des vétérans, avec un air aventureux d'explorateurs qui allait disparaître bien avant leurs vêtements propres et leurs tennis de marque. D'où venaient-ils, de quels lieux, de quelle vie, qu'y avait-il dans ces yeux fixes au regard vide. On a vu apparaître une jeune femme qui avait tout à fait l'allure d'une secrétaire, en tailleur, avec un sac de cuir et un classeur dans les bras, des bas noirs et des chaussures à talons. On aurait pu la prendre pour une employée de n'importe lequel des bureaux voisins, peut-être la responsable d'une agence qui avait rendez-vous avec quelqu'un juste à ce carrefour et regardait de temps en temps sa montre. Bien en chair mais pas grosse, le visage coloré, habillée avec discrétion, étrangère à l'attente des autres, les habitués qui tenaient à peine sur leurs jambes, qui s'appuyaient au mur et s'endormaient ou étaient pris d'un moment de faiblesse et glissaient peu à peu vers le sol. Mais au bout de peu de temps, ou bien en la regardant de plus près ou avec plus d'attention, des signes imprévus se faisaient jour : ses chaussures commençaient de s'abîmer à force d'attendre si longtemps debout, ou son bas était filé ou percé au talon, sa coiffure se défaisait peu à peu et l'on voyait des racines blanches le long de la raie dans ses cheveux, la coloration de son visage n'était pas celle d'une bonne santé mais d'un maquillage hâtif, elle n'avait plus de montre- bracelet où regarder l'heure comme si elle attendait un rendez-vous professionnel.

Mais elle continuait de serrer dans ses bras le classeur ou le dossier à couverture noire, comme le dernier résidu d'une vie ou d'une dignité passées, ou comme un camouflage dérisoire en forme de travail face à ceux qu'elle connaissait ou face aux policiers qui patrouillaient dans le quartier, ou parce que simplement elle avait honte devant les gens banals qu'elle croisait, devant les femmes à qui elle avait ressemblé il y avait encore très peu de temps, secrétaires de petites entreprises, employées de drogueries ou de salons de coiffure.

À mesure qu'elle pâlissait, elle avait les yeux plus maquillés et les lèvres plus rouges, elle se passait un fard plus violent sur les joues. Alors elle s'est mise à boiter sur ses talons usés et les boutons de son chemisier s'ouvraient en un décolleté généreux contre lequel elle serrait toujours le classeur habituel (dont le plastique s'était déchiré sur les bords en révélant son armature de carton) d'où ressortaient des feuilles semblables à des formulaires ou à des mémoires, ramassées par terre au hasard et rangées n'importe comment.

Parfois elle était accompagnée d'un homme dont au début on n'aurait pas dit non plus qu'il finirait par habiter le royaume des morts vivants : grand, trente et quelques années, plus distingué qu'elle, comme s'il était son chef inexpérimenté et bienveillant, portant un imperméable et un pantalon de toile, des chaussures de cuir, les cheveux en désordre et l'ombre très calculée d'une barbe de trois jours, avec une allure très évidente de journaliste ou d'architecte. Ils ont disparu tous les deux et après plusieurs semaines ou plusieurs mois, elle seule est revenue, les cheveux si mal teints qu'il y avait des coulures noires sur les racines blanches de sa raie, les cils plus maquillés, un regard plus angoissé dans ses yeux ronds et saillants, les lèvres maladroitement dessinées d'un rouge obscène. Elle portait toujours les mêmes chaussures et semblait- il les mêmes bas que d'habitude, et elle continuait de serrer le classeur à couverture noire.

La fois suivante, la dernière, elle n'était déjà plus dans le quartier : peut-être un an plus tard, en descendant la rue de la Montera, je l'ai vue adossée à un coin de rue et j'ai mis du temps à la reconnaître. C'est à cause de son visage de secrétaire indolente et des racines blanches de ses cheveux que je l'ai identifiée, mais elle ressemblait alors aux autres femmes en jupe très courte, aux grosses cuisses et aux hauts talons mal usés, qui rôdent sur ces trottoirs de Madrid, fumant dans la rue, surveillées par des maquereaux presque aussi moribonds qu'elles, parmi les sex-shops et les halls de jeux, au débouché de rues étroites d'où provient une odeur d'égout.

Chaque silhouette, très longtemps oubliée, resurgit dans un sursaut de la mémoire, présences de cette vie nouvelle qui maintenant est devenue éloignement et souvenirs, comme cet appartement qui aujourd'hui est habité par d'autres, même si à l'époque il a été aussi ineffaçablement nôtre que les traits de nos visages, de sept ans plus jeunes. Je suis passé il y a peu devant notre maison et je suis parvenu à voir, d'en bas, au-dessus de la barre d'appui de la fenêtre, le plafond et le haut d'un des murs que nous avions fait peindre en jaune clair. C'était un de ces longs après-midi de mai, avec dans l'air le pressentiment de l'été tiède et des pollens, et au balcon d'en face était accoudé le vieil homme malade en pantoufles et en pyjama, avec son bandeau sur la bouche et des tubes de plastique dans le nez, il regardait vers la rue, où il m'a peut-être vu, s'est peut-être souvenu de moi, ou bien ne m'a pas reconnu après toutes ces années pendant lesquelles je ne suis que rarement passé dans notre rue d'alors.

Il y avait un autre témoin permanent de toutes choses, je m'en souviens maintenant, un vieil homme, grand, au large sourire et aux grosses joues rouges, un de ces vieillards vaillants que l'âge semble rendre plus compacts et robustes. Il passait son temps à se promener dans les rues du quartier, entre la place Vásquez de Mella et celle de Chueca, tranquillement, depuis le petit matin, grossi par un manteau à la coupe luxueuse et vieillie, une tête singulièrement petite, couverte d'un chapeau tyrolien où ne manquait pas la plume verte. Je remarquais son chapeau et ses chaussures de géant, mais surtout son air d'être parfaitement satisfait du monde, la manière dont il semblait se distraire avec une objectivité impartiale de tout ce qu'il voyait autour de lui, s'arrêtant parfois pour profiter du premier rayon de soleil qui arrivait, les matins d'hiver, dans un angle de la place de Chueca, ou pour observer avec un intérêt approbateur les manœuvres d'une camionnette de livraison au milieu de l'engorgement de la circulation, ou bien l'arrivée d'une voiture de police ou de l'ambulance qui venait ramasser l'un des fantômes qui s'était écroulé, raide, à l'entrée d'un porche. Il observait tout, il s'arrêtait un moment puis continuait sa promenade, comme si la richesse et la complexité de tout ce qui lui restait à observer au long de la journée l'empêchaient de s'arrêter aussi longtemps qu'il l'aurait aimé, satisfait et absent, portant la main à son chapeau pour saluer Sandra dans son kiosque à journaux, aidant un aveugle à passer entre les voitures mal garées sur le trottoir, admirant les sacs d'oranges accrochés à la devanture de la fruiterie, accordant même un regard vaguement compatissant aux fantômes des coins de rues, une grimace chargée de la même considération pour les fouilles de la police et pour les transactions furtives et rapides des dealers qui, dans la curiosité approbatrice et magnanime de l'homme au petit chapeau tyrolien, semblaient appartenir au même grouillement commercial du quartier. C'était étrange, le rencontrer jour après jour et s'apercevoir très progressivement de sa présence assidue, lui accorder une individualité précise, très forte et pourtant limitée à ces apparitions dans la rue, en marge de votre vie, et soudain ne plus le voir et ne pas remarquer son absence, ou bien être soi-même parti, avoir oublié les habitudes et les figures de cette petite ville de province incrustée au cœur de Madrid ; puis se souvenir après des années, sans motif et sans nécessité, ou plutôt assister à un enchaînement de retours dans lequel la volonté n'a pas sa part, où la mémoire se laisse porter comme par la poussée d'un courant souterrain, lieux lointains et visages sans noms, fragments d'histoires sans commencement ni fin, du roman que chacun portait en soi et ne racontait à personne, et qui se sont perdus avec eux. Quelle pouvait être la vie de la vieille femme qui chaque soir à minuit installait la nappe de son dîner sur le couvercle d'une poubelle, ou celle de l'homme et de la femme, encore jeunes mais déjà très détruits, qui venaient dans le quartier pour chercher de l'héroïne en poussant une voiture d'enfant aussi abîmée qu'eux, prête à partir en morceaux, comme ramassée dans une décharge, le père ou la mère la poussant sur les trottoirs pendant leurs déambulations de somnambules, et l'enfant endormi malgré les cahots, la sucette d'un côté de sa bouche entrouverte et les yeux placides, à demi fermés, l'enfant cramoisi et assombri de sanglots et le père ou la mère agitant la voiture d'enfant de mouvements si brusques qu'il semblait qu'elle allait finir de se défaire, ou bien indifférents aux pleurs, comme s'ils n'entendaient pas, les yeux fixés sur les croisements de rues où d'un moment à l'autre devait apparaître l'ombre tranquille et furtive qu'ils guettaient. Où peuvent-ils être maintenant, s'ils vivent toujours, si l'un ou l'autre d'entre eux est en vie, et l'enfant, qui à l'époque n'avait pas deux ans, il doit maintenant en avoir huit ou neuf, et peut-être est-il empoisonné par ce virus que ses parents portaient sans doute dans leur sang et qui les a peut-être tués ; comme il a sûrement tué tant de fantômes du quartier.

Personne aujourd'hui ne pourrait retrouver leurs visages : les morts vivants ont disparu des recoins de la rue Augusto Figueroa. Ils ont dû entrer presque tous au royaume des morts, et quelques-uns d'entre eux doivent encore survivre dans des hôpitaux ou des prisons, ou se traîner comme des zombies sur les sentiers qui passent entre des tas de gravats et mènent aux bidonvilles des ferrailleurs et des chiffonniers de l'extrême périphérie de Madrid, là où la police les a refoulés quand elle a reçu la consigne de débarrasser les rues du centre des drogués. Il y a maintenant une boutique de fleurs dans le passage où se trouvait le kiosque de Sandra, qui vendait des journaux en savates et en survêtement, ou avec un peignoir éponge et un châle tricoté les jours d'hiver, et qui certains matins ne s'était pas rasée même si elle s'était soigneusement maquillé le coin des yeux à la manière de Sara Montiel, son idole.

D'autres figures sortent de l'oubli, pas beaucoup plus fantomatiques que lorsque nous les croisions sur les trottoirs du quartier. Je me suis souvenu de l'ivrogne naufragé qui nous a rendu le chiot que nous avions cru mort ou perdu, et dans ma mémoire reparaît alors cette femme très grande et très mince qui l'a accompagné pendant un certain temps puis a soudain disparu, au bout de quelques mois, le temps maximum que duraient leurs vies au voisinage des nôtres.

En la regardant de loin on entrevoyait chez elle ce qu'elle avait dû être encore peu de temps auparavant. Elle était aussi grande qu'un mannequin et à leur image elle avait les pommettes saillantes, la bouche grande et charnue, de longues jambes, souples quand elle marchait. De dos, ou de loin, on voyait sa haute silhouette et sa chevelure frisée. Ce n'est que de près qu'on remarquait sa pâleur de morte vivante et l'éclat trouble de ses grands yeux clairs, les bleus sur ses belles jambes qui déjà devenaient très maigres et les creux noirs des dents qu'elle avait perdues. Elle allait d'un endroit à l'autre dans le quartier comme un grand oiseau affolé qui se cogne contre les murs, qui ne sait pas où il est et n'arrive pas à trouver une issue, chevauchant sur ses chaussures à talons et ses jambes énergiques de mannequin, encore droite, conservant comme un reste de la discipline des défilés, plus grande qu'aucune autre dans le quartier, sa tête frisée et son cou maniériste ressortant au-dessus des silhouettes penchées dans les conciliabules du trafic ou autour de la flamme d'un briquet qui, dans la pénombre d'un porche, chauffe une feuille de papier d'aluminium où se liquéfie et fume une dose d'héroïne. Elle déambulait, folle et démâtée, comme si elle était très pressée, ou bien elle restait immobile, son visage se profilant sur un mur, ses yeux humides brillant derrière les boucles de ses cheveux dépeignés et sales, un sourire ivre ou idiot sur sa bouche en ruine d'où sortait la fumée d'une cigarette qu'elle tenait entre ses doigts très longs, avec la distinction calculée d'une pose photographique.

Elle a commencé à dormir dans les entrées de boutiques ou de bars fermés, là où les clochards avaient l'habitude d'installer leurs repaires de fripes et de cartons. L'hiver avait commencé et elle s'était mise à porter par-dessus son T-shirt léger et sa minijupe habituels une veste de fourrure synthétique déguenillée. Par les matins de froid, la peau blanche de son visage prenait un ton violacé. Ses cheveux devenaient plus clairsemés et ses yeux grands et clairs avaient perdu presque toute trace de couleur. Elle demandait une cigarette au premier venu et elle la gardait à la main, la portant très lentement à sa bouche en attendant qu'on lui donne aussi du feu.

Un jour elle a demandé du tabac et du feu à l'ivrogne du quartier, à qui personne ne s'adressait jamais sachant qu'il ne répondait pas et qu'il semblait ne pas comprendre, ni même entendre ce qu'on lui disait. Il a haussé les épaules, a grommelé quelque chose et a continué son chemin mais le soir même, alors que la femme grelottait sous sa veste dans le renfoncement d'un porche de la rue San Marcos, elle a aperçu une ombre confuse devant elle et c'était l'ivrogne qui lui offrait une cigarette, la tenant avec délicatesse entre ses gros doigts sales comme si c'était la tige d'une fleur. La femme a écarté les cheveux de son visage, a mis la cigarette entre ses lèvres violettes de froid et l'ivrogne, que personne n'avait vu fumer, lui a donné du feu en éclairant son visage de morte vivante avec la flamme fugitive d'un briquet.

Tout se savait immédiatement dans le quartier : il avait acheté les cigarettes et le briquet dans la minuscule boutique où il se fournissait de vin blanc en cartons et où le lendemain, contrairement à toute habitude, il a acheté des flans et des donuts fourrés au chocolat. C'est de cette espèce de cochonneries très sucrées que se nourrissaient les junkies : à côté des feuilles de papier d'aluminium brûlé et des seringues, on trouvait toujours des papiers de petits pains au chocolat et des emballages de flans, bien vidés.

Il a commencé à lui apporter quelque chose chaque soir dans le coin de porche muré où elle se réfugiait, quelquefois sans la réveiller, sans qu'elle remarque sa présence au milieu de ses grelottements et de son délire. Il l'enveloppait dans sa vareuse, beaucoup plus épaisse que celle qu'elle portait, et une nuit on l'a vu traîner dans la rue Pelayo un édredon déchiré et crasseux qu'il avait dû trouver au rebut dans une benne. Il se promenait alors avec plus d'affairement, concentré et primitif comme Robinson, le naufragé qui aménageait dans son île une cabane ou une grotte pour y passer l'hiver. De jour, il ne se trouvait jamais très loin d'elle, il ne s'approchait pas pour autant et ne se faisait pas trop visible, il restait en attente juste auprès d'un coin de rue derrière lequel il pourrait facilement se cacher, indifférent à ceux qui passaient à côté de lui et s'écartaient parce qu'ils avaient peur ou pour échapper à sa puanteur, uniquement attentif à la haute silhouette qui, à cette distance, était celle d'une femme très jeune et très svelte, qui marchait à grands pas entre les voitures et les gens, avec son égarement de grand oiseau vaincu, qui disparaissait comme si elle s'en était allée pour toujours et revenait au bout de quelques heures, ou même de quelques jours, plus absente et pâle que la fois précédente, plus recroquevillée dans les entrées ou dans les recoins où elle se réfugiait quand il faisait déjà nuit noire et qu'il ne restait personne dans les rues sombres, personne à part les morts vivants les plus obstinés, ceux qui à trois ou quatre heures du matin continuaient d'attendre quelque chose, somnolant ratatinés dans les coins.

C'est probablement elle qui lui a adressé la parole, lui demandant, impérieuse et ahurie, de lui apporter de nouveau des cigarettes, ou des yaourts, ou des donuts, de la boutique où il entrait quand il n'y avait plus de clients, où il déposait sans dire un mot le prix des cartons de vin blanc qu'il pouvait s'acheter. Il payait toujours et jamais on ne l'avait vu mendier. La patronne de la boutique disait qu'il était le fils aîné d'une famille très riche du Nord, et qu'il devait compter avec l'injustice d'un père tyrannique qui l'avait expulsé et déshérité, et qui cependant veillait à ce que son fils tombé dans la déraison et dans l'alcool ne soit pas dépourvu d'un minimum d'argent pour sa subsistance, ni de vêtements pour se couvrir afin de ne pas mourir de froid dans la rue.

Mais sa véritable histoire, personne ne l'a jamais connue, de même qu'on ne connaissait pas son nom, à moins qu'il ne l'ait racontée à la femme avec qui, peu à peu, il s'était mis à partager les bivouacs nocturnes dans les coins les moins mal abrités du quartier. Jamais on ne les a vus marcher ensemble, mais ils se blottissaient l'un contre l'autre pendant les nuits glaciales de cet hiver, ou plutôt c'était lui qui l'entourait et la protégeait, qui restait éveillé et attentif à ce qu'elle ne se découvre pas, qui lui préparait d'une main experte son lit de cartons et de journaux et qui l'enveloppait ensuite dans des vestes, dans des édredons récupérés au rebut, dans n'importe lequel des vêtements qu'il ramassait maintenant dans le quartier comme un chiffonnier. Il y avait une clarté mouvante dans la vaste obscurité de la place Vásquez de Mella, et c'était l'ivrogne qui avait allumé un feu auprès duquel se réchauffait, énigmatique, la femme grande et maigre, fumant les cigarettes qu'il lui avait apportées et qu'il allumait d'un geste rapide chaque fois qu'elle en portait une à ses lèvres, mangeant les yaourts et les flans qu'il avait achetés en même temps que ses cartons de vin.

Maintenant il mendiait. Sans rien dire, il ne faisait que tendre la main et regarder dans les yeux, ou faire le geste de porter une cigarette à sa bouche. Il demandait de l'argent et il demandait du tabac, et même s'il n'arrivait pas à échanger le moindre mot avec quiconque, il semblait pour la première fois être conscient de l'existence d'autres personnes dans le monde, d'autres présences qui réclamaient son attention ou de qui il lui fallait attendre quelque chose dans ce qui avait été jusque-là la solitude de son île déserte. Il ne partageait avec la femme ni le tabac ni l'héroïne, et il ne donnait pas l'impression qu'un lien sexuel ait fini par exister entre eux, mais ils se passaient des litres de ce vin blanc, qui débordait de sa large bouche charnue, lui laissant un éclat humide sur les lèvres et dans les yeux.

On les voyait dans l'ombre comme des animaux au fond d'une tanière, complices et solitaires dans l'éloignement d'une autre espèce, comme retournant à l'état sauvage ou à l'innocence de leur irréparable perdition, de la fatalité du désastre et de la mort, intouchables, aussi étrangers à nous autres qui passions à côté d'eux, protégés par nos manteaux et notre normalité, en direction de notre nouvel appartement et de notre vie chaude et stable, que s'ils avaient véritablement habité un autre monde, dans l'autre monde, dans une de ces grottes ou un de ces creux de rocher où devaient s'abriter les hommes primitifs ou les naufragés.

Au bout de quelque temps, des semaines ou des mois, la femme a disparu et nous aurions oublié plus facilement son existence passagère si l'ivrogne n'était pas resté dans le quartier, résigné et sédentaire, à nouveau reclus dans un enfermement sans faille dans lequel nous aurions aimé découvrir, de par une routine romanesque, une certaine détresse sentimentale, une allure plus en alerte, comme s'il recherchait dans les recoins des morts vivants la si haute silhouette de la femme qui de loin ressemblait à un mannequin. Mais à lui non plus nous ne prêtions déjà plus beaucoup d'attention parce que nous nous étions habitués à sa présence, dans la mesure aussi où nous-mêmes devenions dans le quartier des présences habituelles et que nous ne faisions guère attention à ce qui se passait quotidiennement dans les rues, l'homme, la femme et l'enfant qui maintenant allait seul à l'école, qui ressortait tous les après-midi avec son sandwich, tirant sur la laisse du chien indocile qui commençait alors de n'être plus un chiot.

Eux aussi sont partis, familiers un jour et disparus à tout jamais le lendemain, et l'homme du balcon a vu que l'appartement d'en face était à nouveau vide, et il a assisté à l'arrivée de nouveaux habitants, des mois ou des années plus tard il n'aurait pas su le dire, parce que pour lui le temps de sa vie de malade était une lente durée sans modifications véritables. Des mois ou des années plus tard nous rencontrons un ancien voisin qui a continué d'habiter le quartier. Nous parlons de ce temps qui soudain est devenu lointain, la nouvelle vie intacte s'estompant dans la douceur du passé, et le voisin nous demande si nous nous souvenons de l'ivrogne qui marchait sans arrêt dans les rues. Il nous raconte qu'on l'a trouvé mort un matin de grande gelée sur la place Vásquez de Mella, violet de froid, avec la barbe et les cils blanchis de givre, raide et recouvert de haillons, comme ces explorateurs polaires qui s'égarent et deviennent fous dans les déserts de glace.

Shéhérazade

J'étais si nerveuse à mesure que nous traversions ces salons dorés que j'en avais les jambes tremblantes et que j'aurais voulu serrer la main de ma mère, qui marchait un peu en avant de moi, très sérieuse et silencieuse, comme tous ceux du groupe, elle habillée de noir, en deuil de mon père et de mon frère, et les autres avec leurs costumes sombres, très raides, très cérémonieux, certains en uniforme, avec des médailles, tous aussi nerveux que moi, même s'ils le cachaient, aussi émus, dans un tel silence qu'on n'entendait que les pas des gens sur les sols de marbre, comme si nous marchions sous les nefs d'une cathédrale, et moi à côté de ma mère, comme presque toujours dans ma vie, émue et apeurée, avec la gorge serrée, regardant son profil qui pas une fois ne se tournait vers moi, elle qui marchait si droite, plus grande et plus solide que moi, avec son orgueil de veuve et de mère de héros, ma mère qui m'aurait regardée de son visage mi-sévère mi-moqueur si je ne m'étais pas retenue et si j'avais essayé de prendre sa main, de me laisser emmener et soutenir par elle, comme lorsque j'étais petite et qu'ils m'emmenaient à une manifestation et que je serrais sa main si fort que j'en avais mal aux doigts, parce que j'avais peur que la bousculade commence et que ma mère et mon père soient séparés de moi, que la police charge et que la foule qui s'enfuyait ne me piétine, ainsi que les chevaux que nous entendions hennir et frapper le sol de leurs sabots avant que les cavaliers ne les éperonnent pour les faire se cabrer contre nous. Quelques soldats ou appariteurs nous guidaient le long de ces couloirs et passaient devant nous pour ouvrir les portes, qui parfois étaient très hautes et dorées, et d'autres fois normales comme des portes de bureaux, et chaque fois que nous en passions une j'avais le cœur serré et je pensais, c'est maintenant que nous allons le voir, que je vais être si près de lui que je lui serrerai la main, si toutefois je ne m'évanouis pas, ou si je ne me mets pas à pleurer comme une idiote, comme dit ma mère, parce que j'ai des réactions de petite fille, même si alors je ne l'étais plus, loin de là, j'allais bientôt avoir vingt-cinq ans, en janvier, et nous étions en décembre, le vingt et un décembre mille neuf cent quarante-neuf, le jour de l'anniversaire de Staline, et nous allions tous avoir l'occasion de le féliciter, au nom de notre Parti et des ouvriers espagnols, avec plus de solennité que les autres fois, parce que c'étaient ses soixante ans, et que cet anniversaire était une grande fête pour tous les communistes et tous les travailleurs du monde. Il y avait, me semble-t-il, des camarades de pays étrangers pour cette visite, parce que je me souviens que le salon où on nous a emmenés était grand et plein de gens, même si l'on n'y parlait pas fort, un peu seulement, pour les discours, et même alors pas trop, et je crois que nous étions tous aussi émus, surpris, je ne sais pas si c'est vraiment le mot, très souvent je veux dire quelque chose et quand j'ai commencé à parler je me rends compte que je suis en train de le dire en russe, et que les mots espagnols me manquent. D'énormes lustres étaient allumés, mais ils ne donnaient que peu de lumière, ou bien il y avait de la fumée, ou alors le ciel était très sombre derrière les fenêtres, bien qu'il fît jour, je me rappelle tout cela comme un peu brumeux, et aussi que je n'ai pas pu approcher beaucoup de Staline, que je ne lui ai pas serré la main, je ne sais pas si c'est parce que ma mère m'a fait signe de ne pas me mettre dans la file, ou parce que quelqu'un m'a repoussée en arrière, et je suis restée avec un autre groupe, en fin de compte je n'étais personne, on m'avait permis de me joindre à notre délégation parce que j'avais supplié ma mère de m'emmener avec elle, pour que lorsque j'aurais des enfants et des petits-enfants je puisse leur raconter qu'une fois dans ma vie j'avais vu Staline de près, de mes propres yeux.

J'étais si nerveuse que je ne réalisais pas bien ce qui se passait autour de moi, ou que je ne le comprenais pas, tout ce que je voyais était aussi vague que je me le rappelle maintenant, avec cette lumière faible, avec les voix qu'on entendait, si bas. Mais Staline, j'ai pu bien le regarder, malgré cette fumée ou ce brouillard qu'il y avait et la lumière si mauvaise que donnaient les lustres, il était assis au centre d'une table très longue, il bavardait avec quelqu'un, sans la moindre cérémonie, et il fumait et riait, et moi je devais presque me pincer pour croire que je le voyais vraiment, en chair et en os, unique et reconnaissable, comme quelqu'un de ma famille, comme lorsque j'étais petite et que je voyais mon père parmi d'autres hommes, mais aussi très différent, je ne sais pas comment expliquer cela, parce qu'il était comme sur les portraits que nous avions toujours vus partout et que pourtant il ne leur ressemblait pas trop : il était beaucoup plus vieux, et plus petit, j'ai fait attention et j'ai vu ses jambes courtes sous la table et ses bottes croisées, et quand il riait son visage se couvrait de rides et il montrait des dents très petites et abîmées, ou très noircies par le tabac, et son uniforme était un peu trop grand pour lui, mais c'est précisément pour cela qu'il m'a émue beaucoup plus que ce que j'attendais, et d'une autre manière, parce que j'avais cru que je verrais un géant dans la plénitude de sa force et qu'en fin de compte Staline était un homme vieux et fatigué, comme l'avait été mon père à la fin de sa vie, et que tout en étant plus fragile que je n'aurais pu l'imaginer il avait eu l'immense énergie nécessaire pour lutter contre le tzar, pour diriger la construction du socialisme et pour gagner la guerre contre les nazis, et on voyait que tant d'années d'efforts et de sacrifices l'avaient épuisé, comme les années passées à la mine et en prison avaient épuisé mon père, il avait l'air de manquer de sommeil et il était de temps en temps comme absent, comme s'il pensait à autre chose pendant que quelqu'un lui parlait, ou pendant qu'il écoutait un discours, et même il me faisait de la peine à cause de la couleur de sa peau, si détériorée, tant d'années sans jamais se reposer, depuis qu'il était un jeune homme au temps des tzars et qu'il avait été déporté en Sibérie. Après ma mère m'a dit en se moquant de moi, il aurait fallu que tu puisses voir la tête que tu faisais en le regardant, tu restais la bouche ouverte comme si tu regardais un artiste de cinéma. Mais alors il s'est passé quelque chose, pendant que je regardais si fixement Staline sans me rendre compte que je ne le quittais pas des yeux, que je ne voyais personne d'autre, pas même les personnes qui étaient à côté de moi près de la table et que j'ai complètement oubliées, je regardais Staline en désirant me souvenir de tous les détails de son visage et en éprouvant un peu de pitié pour lui, parce qu'il me semblait fatigué, parce que la vareuse de son uniforme lui était trop grande, et alors j'ai senti comme un élancement, comme lorsqu'on touche un fil électrique nu et qu'on reçoit une décharge. Quelqu'un était en train de me regarder, fixement, avec une grande froideur, mais aussi avec une grande colère, comme s'il réprouvait la mauvaise éducation dont je faisais preuve en dévisageant Staline, un homme petit et chauve qui était assis tout près de lui, avec des lunettes, de ces lunettes anciennes, des pince-nez, avec une petite cravate et un grand faux col, très ancien lui aussi. Je suis restée glacée, je m'en souviens et j'en ai encore le frisson, c'était Lavrenti Beria qui me regardait, pourtant ce n'est pas parce qu'il était le chef du NKVD que j'ai eu peur, mais à cause de ses yeux, de son regard qui semblait traverser la distance qui nous séparait comme s'il n'y avait rien entre nous, derrière ces verres petits et ronds, tenus sur le nez par une pince. Il me regardait comme s'il avait regardé un insecte, comme s'il me disait, pour qui te prends-tu, toi, de regarder Staline d'une manière aussi éhontée, comment as-tu réussi à te glisser ici, mais il y avait quelque chose de plus, et j'étais si sotte qu'à l'époque je ne m'en rendais pas compte, même si j'ai ressenti instinctivement un peu de dégoût, comme celui que me provoquaient ces hommes qui restaient à me regarder quand j'habitais à la résidence des jeunes filles et que je ne comprenais pas pourquoi ils respiraient si fort et me regardaient si fixement, ou ceux qui se frottaient contre moi en profitant de la cohue dans un tramway. Ça n'a duré qu'un moment et j'ai aussitôt détourné les yeux, et je n'ai plus osé regarder à nouveau vers Staline, et pendant tout ce temps j'ai senti ce regard qui si ça se trouve restait fixé sur moi, qui était descendu avec tant de froideur et d'impudence de mes yeux à ma bouche, puis à mon cou et à mon décolleté. Maintenant que j'y pense, il ne doit pas rester au monde beaucoup de gens qui se souviennent des yeux de Beria, que l'on cessait de voir quand la lumière se reflétait dans les verres de ses lunettes.

Je m'assieds ici et les souvenirs commencent à me revenir, et il me semble fou que tant de choses me soient arrivées, que je sois allée dans des endroits aussi lointains que la mer Noire et la Sibérie, le cercle polaire arctique, mais qu'ici aussi je sois très loin, même si c'est à Madrid que je me trouve, parce que Madrid est très loin de Moscou et qu'en outre je la connais beaucoup moins, et que j'ai peur de sortir dans la rue avec toutes ces voitures et tous ces gens, j'ai peur de me perdre et de ne pas retrouver mon chemin pour rentrer, et aussi que j'ai eu très peur quand on m'a attaquée, à peine sortie de l'immeuble on m'a jetée par terre et on m'a pris mon sac, ni vu ni connu, et je suis restée couchée sur le trottoir à pousser des cris, au voleur, au voleur, sans que personne ne s'approche, même si, maintenant que j'y pense, si ça se trouve j'ai crié en russe, à cause du casse-tête que j'ai avec les deux langues, soit que je parle dans l'une et pense dans l'autre, soit que je veuille dire un mot en espagnol et que ce soit un autre mot russe qui sorte. C'est toujours en russe que je rêve, toujours des choses de là-bas, ou d'il y a très longtemps, de quand j'étais enfant, avant qu'on ne nous envoie en Union soviétique, pour quelques mois nous disait-on, puis jusqu'à la fin de la guerre civile, mais la guerre s'est terminée et nous ne sommes pas rentrés, et tout de suite l'autre guerre a commencé, et alors là, c'était vraiment impossible, on aurait dit que c'était la fin du monde, parce qu'on nous a évacués très loin et je ne sais pas combien de jours nous sommes restés dans le train qui roulait, des jours et des semaines, toujours au milieu de la neige, et moi je pensais, je m'éloigne de plus en plus de l'Espagne, et de mon père et de ma mère, même si je ne me souvenais presque plus d'eux, et même si je commençais à éprouver contre eux un peu de rancune, j'ai honte de le dire, je pensais qu'ils n'auraient pas dû me laisser partir dans ce bateau, et je leur reprochais de m'avoir laissée seule une fois de plus, comme lorsqu'ils allaient à leurs réunions du syndicat ou du Parti et que mon frère et moi restions seuls toute la nuit, mon petit frère qui pleurait parce qu'il avait peur, ou qu'il avait faim, et moi qui le berçais dans mes bras même si je n'étais pas beaucoup plus grande que lui, comme il était effrayé quand il était petit, tout rabougri, parce que nous mangions très mal, et comme il est devenu fort et courageux plus tard, quand à douze ans il sortait avec moi pour vendre *Mundo Obrero*, quand nous habitions déjà Madrid, et qu'il me disait, toi, n'aie pas peur de ces fils de famille fascistes, s'ils viennent nous attaquer je te défendrai, et ensuite, à peine après ses vingt ans, il était déjà pilote dans l'Armée rouge, il venait me voir et il me faisait tourner en me prenant dans ses bras, si beau dans son uniforme d'aviateur, avec l'étoile rouge sur sa casquette, il était venu me dire au revoir parce que son escadrille était envoyée sur le front de Leningrad et il n'a pas arrêté de rire et de chanter des chansons espagnoles avec moi, et il a mis sens dessus dessous toutes les filles de l'école d'infirmières militaires, et ce soir-là je l'ai accompagné à la gare et quand le train avait déjà démarré, il a sauté du marchepied et il est revenu me saisir et m'embrasser, et il a sauté de nouveau dans le train, et il s'est accroché à la rampe comme s'il se mettait en selle, il m'a dit adieu la casquette à la main et je ne l'ai plus jamais revu, c'est ça qui est le plus étrange dans la vie, ce à quoi je n'arrive pas à m'habituer, on a tout près de soi quelqu'un qu'on aime beaucoup et avec qui on a vécu et une minute après il a disparu et c'est comme s'il n'avait pas existé. Mais mon frère, je sais qu'il est mort en héros, qu'il a continué de combattre contre les avions de chasse allemands alors que le sien avait un moteur en feu et qu'il est allé s'écraser sur les batteries ennemies, un héros de l'Union soviétique, on a publié sa photo dans la *Pravda*, il était si beau qu'on aurait dit un acteur de cinéma. Je m'assieds ici et je me souviens de lui, le souvenir me vient sans que j'aie rien à faire, comme si la porte s'ouvrait et que mon frère entrait tranquillement, avec l'aplomb souriant qu'il avait, je le vois en face de moi avec sa veste de pilote et j'imagine que nous parlons et que nous parlons et que nous nous rappelons tant de choses anciennes, et moi je lui raconte celles qui sont arrivées depuis sa mort, il y a plus de cinquante ans, combien le monde a changé, comment tout ce que nous défendions a été perdu, ce pour quoi lui et tant d'autres ont donné leur vie, mais lui ne perd jamais sa bonne humeur, il se gratte la tête sous sa casquette et il me donne une tape sur le genou, il me dit, écoute il n'y a pas de quoi en faire une histoire, certaines fois je suis réveillée et je le vois en face de moi aussi nettement que je le vois dans mes rêves, et ce qui me paraît le plus bizarre ce n'est pas qu'il soit revenu ou qu'il continue d'être un garçon de vingt ans, mais qu'il me parle en russe, si vite et aussi parfaitement, sans aucun accent, parce que lui, le russe, ça ne lui allait pas, pire qu'à moi, au début, quand on me parlait et que je ne comprenais rien, et ne rien comprendre c'était pire que d'avoir faim ou froid. Et maintenant c'est le contraire, ce que parfois je ne comprends pas c'est l'espagnol, je ne m'habitue pas à ce que les gens parlent si fort, fort et brusquement, comme s'ils se dépêchaient toujours ou qu'ils étaient très fâchés, comme ce monsieur qui a fini par m'aider à me relever le jour où j'ai été attaquée, et il m'a même soutenue parce que j'avais très mal à la hanche, et moi je pensais, bon sang si je me la suis cassée, si l'on doit me mettre la jambe dans le plâtre et que je ne peux pas m'en servir ni sortir, qui va venir m'aider, et l'homme me disait, putain, madame, je vous accompagne au commissariat pour porter plainte, il faut mettre en taule tous ces salauds, sûr que c'est un de ces Arabes qui rôdent par ici, et je l'ai remercié mais je suis aussi restée très digne, non monsieur, ce n'est pas un Arabe qui m'a volée, c'était bien un Blanc, et de plus on ne les appelle pas des Arabes mais des Marocains, et pour ce qui est de la plainte, vous devrez attendre parce que maintenant, ce qui est le plus urgent pour moi, c'est d'aller à la manifestation, c'est le Premier Mai. L'homme me regardait comme si j'étais folle, mais c'est à vous de dire, madame, c'est comme vous voudrez, et je l'ai remercié et je suis allée à la manifestation, en boitant mais j'y suis allée, et à la fin des camarades m'ont accompagnée au commissariat dans leur voiture et j'ai porté plainte, mais un Premier Mai, ça ne se manque pas, même si ça n'est plus la même chose qu'avant et si chaque année nous sommes moins nombreux, que tout cela a perdu son charme, qu'il n'y a presque plus de drapeaux rouges et de poings levés et que ceux qui marchent en tête, derrière la banderole, ne savent même plus chanter *L'Internationale*.

Ça n'est plus comme quand nous sortions, mon frère et moi, avec mon père et ma mère et que nous les regardions du coin de l'œil pour lever le poing comme eux, avant la guerre, dans la rue d'Alcalá qui était remplie d'une marée humaine et couverte de drapeaux rouges, et plus tard, en Union soviétique, sur la place Rouge, le Premier Mai de l'année où la guerre s'est terminée, impossible d'y faire tenir plus de gens, de cris, de drapeaux, de chansons, plus d'enthousiasme, des millions de personnes qui acclamaient Staline, et moi serrée dans la foule, l'acclamant moi aussi, émue en pensant que cette minuscule silhouette qu'on voyait au fond, à la tribune, au-dessus du mausolée de Lénine, c'était lui, et je pleurais de joie et de reconnaissance parce qu'il nous avait guidés jusqu'à la victoire sur l'Allemagne, qui a coûté tant de millions de morts soviétiques, et mon pauvre frère parmi eux, même si on peut croire aujourd'hui que cette guerre, ce sont les Américains qui l'ont gagnée, qu'ils ont été les seuls à combattre, et les gens savent ce qu'a été le débarquement en Normandie et ils ne savent pas que c'est à Stalingrad que l'armée allemande a été mise pour la première fois en déroute, dans la bataille la plus sanglante et la plus héroïque de la guerre, et ils ne savent même pas qu'il y avait une ville qui s'appelait Stalingrad, on s'est dépêché de la changer de nom, comme Leningrad, c'est une honte qu'elle s'appelle aujourd'hui comme au temps des tzars, Saint-Pétersbourg, et qu'on veuille canoniser Nicolas II, qui a donné l'ordre de faire tirer les mitrailleuses sur le peuple, devant le palais d'Hiver. Mais je vois que vous faites une drôle de tête, même si vous voulez le cacher, ne croyez pas que j'ignore ce à quoi vous pensez, toutes ces histoires sur les camps de concentration et les crimes de Staline, comme si Staline n'avait rien fait d'autre que d'assassiner, ou comme si tous ceux qui ont été condamnés et ont purgé leur peine dans les camps avaient été innocents. Bien sûr il y a eu des erreurs, le Parti lui-même l'a reconnu lors du Vingtième Congrès, et on a dénoncé le culte de la personnalité, et on a fait tout ce qui était possible pour réparer les injustices et réhabiliter ceux qui n'étaient pas coupables, mais comment n'y aurait-il pas eu de culte de la personnalité alors que Staline avait tant fait pour nous, pour le peuple soviétique et pour les travailleurs du monde entier, qu'il avait dirigé ce bond immense à partir de l'arriération jusqu'à l'industrialisation, les plans quinquennaux, qui faisaient l'envie et l'admiration du monde entier, et qu'en vingt ans l'Union soviétique avait cessé d'être un pays arriéré et rural pour se transformer en une puissance mondiale. Et tout cela dans les pires conditions, après une guerre provoquée par les impérialistes, au milieu de l'encerclement et du blocus international, dans un pays où tout manquait et où l'immense majorité de la population était analphabète, esclave du tzar et des popes. Vous n'avez qu'à voir ce qu'ils ont été, ou plutôt ce que nous avons été parce que j'ai été citoyenne soviétique, et dans quel état le pays se trouve aujourd'hui, comment on a détruit en quelques années ce qu'il avait fallu des générations pour construire, le plus grand pays du monde coupé en morceaux et la Russie en proie à la mafia et dirigée par un ivrogne, dites-moi si aujourd'hui ça va mieux que du temps de Staline, ou de Brejnev, à l'époque où, dit-on, le peuple était si opprimé. Et on ne dit pas qu'il y avait des saboteurs et des espions partout, que l'impérialisme employait les pires méthodes pour détruire la révolution et que beaucoup de Juifs s'étaient emparés de postes clefs au gouvernement et conspiraient au profit des États-Unis et d'Israël.

Des Juifs, eh oui, ne me regardez pas en faisant cette tête, comme si vous n'aviez jamais entendu parler de ça, ne savez-vous pas qu'il y a eu un complot de médecins juifs pour assassiner Staline ? Et ensuite il y a eu les profiteurs, ceux qui abusaient de la confiance de Staline et du Parti pour s'enrichir ou pour agrandir leur pouvoir, mais à la fin ces gens-là ont payé pour leurs fautes, parce que Staline était si droit qu'il ne permettait pas que quiconque autour de lui abuse de sa confiance. Yezhov a payé, lui qui avait commis tant d'abus et emprisonné tant d'innocents, et ensuite Iagoda a payé, même si le pire de tous on dit que c'était Beria, qui a réussi à tromper Staline jusqu'à la fin, mais qui a aussi eu droit à son châtiment, et on raconte que quand on était sur le point de le tuer, il est tombé à genoux et il s'est mis à supplier et à pleurnicher, dites-moi si la justice fonctionnait ou ne fonctionnait pas en Union soviétique. Mais aujourd'hui on veut tout cacher, tout effacer, jusqu'aux noms, on veut faire croire que le peuple soviétique était opprimé, ou qu'il crevait de peur, et que la mort de Staline a été une libération, mais moi j'étais là-bas et je sais ce qui se passait et ce que ressentaient les gens, moi j'étais à Moscou le jour où l'on a annoncé à la radio que Staline était mort, j'étais dans ma cuisine en train de me préparer un café, je m'étais levée un peu patraque parce que j'étais enceinte de mon fils, et c'est alors que la radio a commencé à diffuser de la musique, elle s'est arrêtée et il y eut un silence, et ensuite un speaker a commencé à dire quelque chose mais sa voix s'est brisée dans un sanglot et je n'ai presque pas compris quand il a dit que le camarade Staline était mort. Je n'arrivais pas à y croire, c'était comme quand on m'avait dit que mon frère était mort à Leningrad, ou quand mon père est mort, mais mon frère était à la guerre et j'avais accepté qu'il puisse mourir, et mon père était très vieux et n'aurait pas pu durer très longtemps, mais l'idée que Staline puisse mourir ne m'était jamais passée par la tête, pas plus qu'à personne d'autre je crois, pour nous il était plus qu'un père ou qu'un guide, il était ce que Dieu doit être pour les croyants. Je me suis précipitée dans la rue sans savoir où j'allais, sans m'être assez couverte même s'il neigeait, et dans la rue j'ai retrouvé beaucoup de gens qui étaient comme moi, qui marchaient comme des somnambules, qui s'arrêtaient à un carrefour et se mettaient à pleurer, des vieilles femmes qui pleuraient la bouche grande ouverte, des soldats qui pleuraient avec leurs visages d'enfants, des ouvriers, tout le monde, une foule qui déjà m'emportait, comme si j'étais emportée par un fleuve de corps, sous la neige, en direction de la place Rouge, comme par instinct, mais les rues étaient déjà débordantes de gens et on ne pouvait plus avancer, et quelqu'un a dit que la place Rouge était fermée par la troupe et qu'il fallait aller au palais des Syndicats. Je m'assieds ici, maintenant, et je n'arrive pas à croire que j'étais à Moscou ce matin-là, que j'ai vécu cela, cette inondation de larmes et de désarroi, de cris de femmes qui tombaient à genoux dans la neige et appelaient Staline, de marches funèbres dans les haut-parleurs des rues, ceux dans lesquels résonnaient des hymnes si joyeux le Premier Mai, je me revois perdue parmi tous ces gens, pleurant aussi et serrant n'importe qui dans mes bras, une inconnue, sentant dans mon ventre les mouvements de mon fils qui allait naître deux mois plus tard et dont il me semblait qu'il allait naître orphelin, même s'il avait un père, parce que aucun d'entre nous ne pouvait imaginer la vie sans Staline, et nous pleurions de tristesse mais aussi de peur, de la panique de nous trouver sans défense après tant d'années pendant lesquelles il avait passé son temps à veiller sans cesse sur nous.

À la maison, quand j'étais toute petite, mes parents me parlaient de la Russie et de Staline, et quand le bateau qui nous amenait d'Espagne est entré dans le port de Leningrad, la première chose que nous avons vue était un grand portrait de lui, qui semblait nous souhaiter la bienvenue et qui nous souriait, comme quand nous le voyions aux actualités en train de sourire à un enfant qu'il tenait dans ses bras. Mais il neigeait de plus en plus fort et il y avait de plus en plus de gens dans les rues, et nous étions immobilisés, et la foule ne pouvait plus avancer, dans aucune direction, et par-dessus la musique des haut-parleurs on entendait les sirènes des usines, toutes les sirènes de Moscou qui fonctionnaient en même temps, comme quand il y avait des alertes pendant la guerre, et alors j'ai commencé à me sentir coincée comme lorsque je courais en descendant l'escalier vers un abri et que j'avais peur de trébucher et d'être emportée, je sentais qu'on me bousculait, qu'on m'écrasait, que je n'arrivais pas à respirer, les gens me serraient devant, derrière, sur les côtés, des hommes et des femmes avec leurs manteaux et leurs bonnets et la buée de leur respiration qui m'atteignait le visage, la nuque, la mauvaise odeur des corps pas assez lavés et des vêtements humides, et moi qui ouvrais grand la bouche pour respirer, entre des accès de transpiration et des grelottements de froid, essayant de me protéger le ventre avec mes mains parce que mon fils bougeait, se retournait à l'intérieur de moi avec plus de force que jamais, comme si lui aussi se sentait enfermé et écrasé, et alors je n'ai pas pu résister plus longtemps et j'ai commencé à m'ouvrir un passage, ou à essayer de le faire, il fallait que je m'en aille avant que mes jambes se dérobent, que je tombe par terre et que mon ventre soit piétiné, avant qu'arrive d'un côté ou de l'autre une bousculade de la foule et que je me trouve poussée et écrasée contre un mur, moi et mon fils sans défense, mon fils que n'importe quoi pouvait écraser. J'ai poussé, j'ai supplié en pleurant, j'ai montré sans aucune honte mon ventre si gonflé, je grelottais de froid, je pleurais à grands cris parce que j'étais entraînée par les pleurs des autres à cause de la mort de Staline, et aussi parce que je voulais partir au plus vite de là et arriver dans une rue dégagée, dans une rue où il n'y aurait personne et dans laquelle je pourrais me hâter de rentrer chez moi en respirant à pleins poumons, tenant mon ventre où mon fils n'arrêtait pas de bouger, me donnant presque l'impression que j'allais commencer d'accoucher sur le champ, au milieu des gens qui ne s'écartaient pas et qui ne bougeaient pas d'un centimètre, couverts de manteaux et de bonnets et soufflant de la buée au milieu des flocons de neige, et moi mal couverte, comme une idiote, je ne sais même pas si j'avais un foulard sur la tête, si j'avais chaussé avant de sortir mes bottes pour la neige, et plus tard, perdue dans une rue où je n'étais jamais allée, quand j'ai fini par m'ouvrir un passage, moi soudain toute seule, avec la tête découverte et mes cheveux trempés et mon gros ventre en avant, perdue dans une rue de Moscou que je ne connaissais pas et où il n'y avait personne à qui demander mon chemin. Je raconte cela à mon fils et il me dit, maman, tu es pénible, tu me l'as déjà raconté cent fois, il me le dit en russe, bien sûr, parce que c'est à peine s'il connaît trois mots d'espagnol, mais il a une allure d'Espagnol qui fait ma fierté, même si son père, qu'il repose en paix, était un Ukrainien, je le voyais habillé en soldat, quand il a fait son service militaire, et il me semblait voir son oncle, mon frère, aussi grand et brun que lui, aussi gai, la visière de sa casquette de travers, avec une cigarette aux lèvres et les yeux entrouverts, comme ces acteurs de cinéma qui me plaisaient tant quand j'étais enfant. Cela fait deux ans que je ne l'ai pas vu, et je ne connais même pas le plus jeune de mes petits-enfants, parce qu'avec ce que je gagne je n'ai pas de quoi acheter un billet pour Moscou, et lui est ingénieur chimiste et son salaire lui permet à peine de faire vivre sa famille, il ne faut pas lui en parler, à mon fils, de la liberté et de l'économie de marché, parce que c'est moi qui dois parfois lui envoyer quelques dollars pour finir son mois ou pour qu'il puisse acheter une poussette à mon petit-fils, moi qui touche en Espagne une retraite minuscule, une misère, même si vous n'imaginez pas combien de temps et de tracas j'ai endurés pour l'obtenir, parce que j'ai aussi une retraite russe qui se réduit à rien, quelques roubles qui ne valent rien, après avoir travaillé toute ma vie, sans avoir cessé un jour de galérer depuis que je suis jeune fille.

Lénine le disait, la liberté pour quoi. Pour quoi à nous autres les mineurs qui voulions la liberté de la République nous a-t-on envoyé la Légion et la Garde civile, et ils faisaient la chasse aux grévistes à coups de fusil, comme si c'était du gibier, et ils ont enfermé ma mère, même si elle n'avait rien fait, rien que parce qu'elle était mariée avec un syndicaliste, et ils ont torturé mon père et ils l'ont envoyé dans un pénitencier en Afrique, à Fernando Poo, et quand il y a eu l'amnistie du Frente Popular il est rentré malade de la malaria, si jaune et vieilli que je ne l'ai pas reconnu et que je me suis mise à pleurer quand il m'a prise dans ses bras. Je ne voulais pas qu'il parte, jamais, depuis que j'étais toute petite je n'arrivais pas à m'endormir avant que mon père soit rentré de la mine, et je faisais tout ce que je pouvais pour rester debout à l'attendre, ou bien je me réveillais s'il avait été de l'équipe de nuit et rentrait à la maison avant l'aube. Quel plaisir d'entendre la porte quand il la poussait, d'entendre sa voix et sa toux et de sentir la fumée de sa cigarette, aujourd'hui encore je la sens avec précision, même si plus de soixante ans ont passé, je m'assieds ici et les souvenirs me reviennent, et les odeurs des choses et les bruits de l'époque me reviennent aussi, qui maintenant n'existent plus, et je me rappelle les yeux de mon père qui brillaient dans son visage noirci de poussière de charbon, et la manière qu'il avait de frapper à la porte, et je pensais, maintenant il est rentré, il ne lui est rien arrivé, il n'y a pas eu d'explosion dans la mine et les gardes civils ne l'ont pas emmené. Comme c'est étrange d'avoir vécu tant de choses, d'être allée dans tant d'endroits, en Sibérie, sur un bateau qui a été pris par les glaces dans la Baltique, dans ces garnisons de l'Oural où était affecté mon mari, quand nous ne pouvions pas sortir la nuit par crainte des loups qui hurlaient dans la forêt, moi qui dans mon enfance étais si timorée et qui aimais si peu les nouveautés et les aventures que j'aurais tout donné pour avoir une famille comme celles des autres, même celles qui étaient plus pauvres que la nôtre dans les cités ouvrières de la mine, parce que ces filles-là pouvaient bien aller à l'école pieds nus et avec des poux, du moins leurs parents n'étaient pas mis en prison de temps en temps, ils n'avaient pas à se cacher pendant des mois, et ils ne laissaient pas leurs enfants seuls à la maison des nuits entières pour aller à leurs réunions de comités et de syndicats. Et la seule chose que je voulais, que j'ai toujours voulue et que je n'ai jamais eue, c'est vivre tranquille, avoir ma maison, me contenter de peu et ne pas avoir de tracas, mais il n'y avait pas moyen, les plus anciens souvenirs que j'ai, ce sont déjà des déménagements à toute vitesse et des nuits sur les bancs des gares, ou la crainte qu'il n'arrive un grand malheur, que mon père ait été tué par les gardes civils ou qu'il ait été pris dans une explosion ou un éboulement dans la mine. J'y pense encore et j'en ai le cœur qui bat, je le regarde sur cette photo, sur le piano, et j'ai l'impression qu'il est vivant et qu'il peut lui arriver quelque chose, ou bien que je me réveille et qu'il est à côté de moi, un cadeau à la main, rapporté d'un voyage, cette petite boîte de nacre qu'il m'a rapportée de Russie, et cela faisait si longtemps qu'il était parti que je ne l'ai pas reconnu et que je me suis mise à pleurer en le voyant. Moi, au fond, même si je ne l'ai jamais dit à personne, les rêves que je faisais quand j'étais enfant étaient ceux d'une petite-bourgeoise, si ma mère m'entendait, qu'est-ce qu'elle dirait. Je voulais avoir toujours mes parents et mon frère auprès de moi, aller à l'école et de temps en temps à la messe et faire ma première communion, comme ces filles que je voyais sortir de l'église habillées en blanc, avec à la main leur chapelet et leur livre à reliure de nacre, leurs souliers vernis, pas comme moi qui même en hiver portais de vieilles espadrilles, où j'avais les pieds glacés et où la boue collait aux semelles de corde. J'entendais tout le temps mes parents parler de la révolution, mais ce que je voulais c'était que les choses ne changent pas, que ça aille un peu mieux, ça oui, que mon père ne perde pas son salaire et que nous puissions manger chaud tous les jours, et avoir de bonnes couvertures, des manteaux et de grosses chaussures pour l'hiver, mais j'étais prise de panique à l'idée que tout soit bouleversé, comme eux le désiraient, et je prenais peur quand mon père parlait d'émigrer en Amérique, ou quand il nous disait que nous devrions partir en Russie parce que c'était la patrie des travailleurs du monde. La maison où nous habitions près de la mine était à peine plus qu'une cabane, même si ma mère la tenait toujours balayée et rangée, mais je me suis mise à pleurer quand nous avons dû la quitter pour déménager à Madrid, j'avais l'impression qu'on m'arrachait le cœur quand j'en suis partie. Nous avons pris le train et mon frère, petit comme il était, était comme fou de bonheur, mais moi j'étais morte de tristesse parce que nous quittions notre si pauvre maison, si propre, et aussi l'école que j'aimais tant et les camarades que j'avais. Mais à Madrid, après quelques mois, je m'étais habituée et je voulais aussi rester y vivre pour toujours, et être connue de toutes les voisines et des dames des boutiques, et devenir amie des filles de l'école où j'allais, et de la maîtresse qui les a grondées le premier jour quand elles se sont moquées de mon accent, qui était sûrement asturien et bien marqué. Nous avions un logement minuscule, dans une cour commune du quartier de

Tétouan, deux pièces dans un couloir plein de voisins, mais ma mère les a tout de suite arrangées avec le peu de choses que nous possédions, et nous avions l'impression d'avoir enfin emménagé dans une vraie maison, avec pour la première fois des cabinets, les toilettes comme on dit aujourd'hui, qui étaient à l'intérieur de la maison, au bout du couloir, pas au fond de la cour, ou en pleine campagne comme pour des animaux. Mon père ne devait plus aller à la mine, mais à un travail dont je ne savais pas ce que c'était, dans un journal ou au syndicat, et au début j'ai pensé que nous allions mener une vie normale, que je n'aurais plus à avoir peur chaque fois que mon père serait en retard ou qu'une grève commencerait, ou qu'il y aurait des réunions le soir chez nous, cela me mettait en colère parce que les hommes fumaient tellement que l'air devenait irrespirable, et quand ils partaient ils laissaient une odeur de tabac qui mettait des jours à s'effacer, et ma mère et moi nous devions balayer les cendres et les mégots par terre.

Moi, ce qui me plaisait c'était d'aller à l'école et que la maîtresse m'aime bien, et j'aurais aussi aimé aller me confesser et communier, j'étais toute petite et j'avais déjà mes contradictions idéologiques. Je rêvais d'être placée dans un atelier de couture quand j'aurais fini l'école, de broder mon propre trousseau et de devenir l'amie intime des filles qui travailleraient avec moi. Je me suis tellement plu à Madrid que je m'imaginais que je resterais vivre là-bas pour toujours ; j'attrapais tout de suite l'accent des autres filles, j'aimais monter dans les tramways et apprendre à circuler en métro, et quand mon frère et moi nous avions mis quelques centimes de côté, nous allions au poulailler dans un cinéma pour voir les films de Clark Gable et de Laurel et Hardy. J'ai dit là-bas en parlant de Madrid, comme si ce n'était pas à Madrid que j'habite maintenant, mais très souvent je l'oublie et je me réveille en croyant que je suis à Moscou. Mais si je dis là-bas, c'est comme si je disais autrefois, parce que Madrid était différente, une ville différente que je ne retrouve pas quand je sors ou quand je me mets à la fenêtre, même si je ne m'y mets presque jamais, à cause du bruit des voitures qui passent sans arrêt, jour et nuit, je ne m'y habituerai jamais, et mes amies me disent, écoute, installe-toi des doubles vitrages, mais comment est-ce que je pourrais dépenser cette somme avec ce que je touche, et de plus, avec tout ce que nous avons subi, je n'en suis pas à me plaindre parce qu'il y a du bruit de voitures, c'était bien pire avec le bruit des bombardements, ou de passer l'hiver dans une garnison par quarante degrés en dessous de zéro, et pire encore d'être mort, comme tant de ceux que j'ai connus. De quoi pourrais-je me plaindre alors que j'ai le meilleur logement que j'aie jamais habité de toute ma vie, et en plus, avec un peu de chance, je n'en partirai pas si ce n'est pour aller au cimetière, et là aussi j'ai ma place retenue, au cimetière civil, à côté de ma mère, toutes deux réunies dans la tombe comme nous l'avons toujours été dans la vie, sauf pendant ces premières années si horribles en Russie où j'étais seule, sans savoir si je la reverrais, ou si elle et mon père étaient morts, ou s'ils m'avaient oubliée, eux qui étaient si occupés par leur guerre et leur Révolution. Ce n'est pas que je cherche à me souvenir, que je fasse des efforts, mais dès que je m'assieds ici les choses commencent à me revenir, comme si j'étais dans une salle d'attente et que les morts entraient, et aussi les vivants qui sont au loin, mon fils qui ne peut pas venir me voir et qui ne peut parler avec moi que juste cinq minutes quand il m'appelle, à cause de la facture, mon dernier petit-fils qui ne me connaît pas, et je le cajole et je lui chante des berceuses, celles que ma mère nous chantait à mon frère et à moi et celles que j'ai apprises en Russie et que je chantais à mon fils. J'ai peur d'aller dans la rue, et comme presque tout ce qu'il me faut je me le fais livrer du supermarché, ou bien un camarade très aimable et qui habite près d'ici me l'apporte, ça fait que je n'ai presque pas besoin de bouger, et ainsi je m'épargne la frayeur d'une autre agression, et la peur d'aller très loin et de ne pas trouver mon chemin pour rentrer, parce que ça aussi c'est une chose qui m'arrive depuis toujours, je m'égare tout de suite, surtout quand il y a foule. Quand l'invasion des nazis a commencé et qu'on allait nous évacuer de Moscou, je marchais dans la gare en tenant la main de ma mère, il y a eu une bousculade et j'ai lâché sa main, et je me suis trouvée perdue au milieu de milliers de personnes, dans le bruit des haut-parleurs que je ne comprenais pas et celui des trains qui sifflaient avant de démarrer, et je me suis mise à courir comme une folle sans même voir vers où parce que j'avais les yeux pleins de larmes, et je me cognais contre les jambes des gens et j'ai dû échapper à un agent qui voulait m'attraper, qui m'avait déjà saisie par un bras. Je courais le long d'un train qui s'était déjà mis en marche et il y avait des grappes de gens accrochés sur les marchepieds, aux fenêtres, se tenant après n'importe quoi, se poussant les uns par-dessus les autres, et alors j'ai vu ma mère qui m'appelait depuis la portière d'un wagon et j'ai couru encore plus fort vers elle, mais le train avait déjà commencé à prendre de la vitesse et je suis restée en arrière, et alors il m'a semblé que j'étais perdue pour toujours, dans cette gare qui était la plus grande et la plus remplie de trains que j'avais jamais vue, parmi toute cette foule qui tourbillonnait en cherchant à partir, occupant même les voies. J'ai vu un autre train qui démarrait à côté de moi et sans réfléchir j'ai sauté dedans, mais à ce moment-là quelqu'un m'a tirée en arrière et c'était ma mère, qui m'a serrée contre elle, ma mère qui elle aussi avait cru qu'elle ne me retrouverait plus jamais, et qui m'aurait perdue si elle avait regardé rien qu'une seconde plus tard vers ce train qui démarrait à côté d'elle, en direction de Vladivostok, plus tard elle me l'a dit, sur le Pacifique, comment est-ce qu'elle m'aurait retrouvée si j'étais partie pour ce voyage à travers la Sibérie. Mais ce qu'il y a, c'est que je suis très écervelée, je méritais la fessée que ma mère m'a donnée ce jour-là, elle me tapait sur les fesses et m'embrassait en même temps, elle me disait, mais qu'est-ce qui se passe dans ta tête, me lâcher la main, tête de linotte, elle m'appelait toujours comme ça.

Je me perds dans Madrid plus que je ne me perdais à Moscou et je n'aime pas demander mon chemin aux gens parce qu'ils me regardent d'un air bizarre, si ça se trouve c'est à cause de mon accent, ou parce qu'ils me voient avec une allure d'étrangère, je comprends ça, de Russe, pourtant ne croyez pas qu'en Russie on me trouvait moins bizarre qu'ici. C'est pour ça que je ne sors pas, pour m'éviter des désagréments, je passe la journée ici, à ranger mes affaires, toute contente, mon appartement entier pour moi et mon chauffage central qui ne tombe jamais en panne, le logement est petit mais il est à moi, si petit que je ne sais plus où mettre tant de choses, mais je ne peux me décider à en jeter aucune, parce que je les aime toutes à cause des souvenirs qu'elles me rappellent, on perd assez de choses au long de sa vie pour ensuite garder et soigner celles qui vous restent. Regardez ces napperons que ma mère faisait au crochet quand nous trouvions un peu de coton blanc à Moscou, et ça n'était pas toujours le cas, même si elle se débrouillait avec n'importe quoi, elle était si adroite pour la couture qu'elle faisait une merveille avec n'importe quel chiffon. Ça non plus je ne l'ai pas hérité d'elle, elle me disait, quelles jolies mains tu as, mais comme elles sont incapables, on dirait des mains de bourgeoise, et c'était vrai, elles s'abîmaient tout de suite, avec n'importe quel travail, et les engelures étaient un véritable martyre, et maintenant que j'arrive à les tenir un peu soignées et que je me passe du vernis, j'ai un peu de remords parce qu'on dirait vraiment des mains de bourgeoise, surtout à cause de leur maladresse. Si quelque chose se détraque, je ne saurai pas le réparer, les objets tombent sur le plancher et ils se cassent, un des boutons de la télévision a sauté quand je voulais l'allumer et vous n'imaginez pas le mal que j'ai eu à le retrouver par terre, dans le peu d'espace que j'ai, et comme j'ai du mal à bouger, surtout depuis qu'on m'a jetée par terre pour me voler. J'ai passé des jours à chercher ce bouton, parce que je ne pouvais plus allumer la télé, et quand je l'ai remis en place il est de nouveau tombé, alors regardez le raccommodage que j'ai fait, je l'ai collé avec un bout de sparadrap et si j'appuie doucement, ça marche et il ne retombe pas. Comment est-ce que je pourrais jeter quoi que ce soit, quand chacune de ces choses a une si longue histoire, et je me les raconte à moi-même quand je suis seule, comme si j'étais guide dans un musée. Ce Lénine qui est sur la télévision, il est en bronze, prenez-le et vous verrez comme il est lourd, et regardez à quel point il est ressemblant, une de mes amies m'a dit, écoute, mets-le dans un endroit moins en vue, ça pourrait déranger quelqu'un, et je lui ai dit que personne ne me rend visite et qu'en plus, si quelqu'un vient et que ça le dérange, eh bien je regrette, qu'il aille se faire voir, comme on dit à Madrid, est-ce qu'ils n'ont pas, eux, leurs crucifix et leurs vierges et leur portrait du pape ? Alors moi j'ai mon Vladimir Ilitch, posé sur ce napperon que ma mère m'a tricoté une fois pour mon anniversaire, regardez comme il devient jaune, avec tous les kilomètres qu'il a parcourus, parce que je l'avais déjà avec moi quand mon mari a été affecté à Arkhangelsk, et ce napperon était aussi raide de froid que s'il avait été en fer-blanc. Ces poupées avec des petits costumes sibériens, c'est de là que nous les avons rapportées, et aussi le portemanteau, je retire les manteaux pour que vous puissiez bien voir, les sabots sont authentiques, naturalisés, des sabots de ces rennes si grands qu'il y avait là-bas. Et les petits tableaux, je me suis bien aperçue que vous les regardiez tout le temps, ce sont des dessins que faisait Alberto Sánchez, avec ce qu'il avait sous la main, des feuilles de papier et des crayons de couleurs de l'école, je me rappelle l'avoir vu dessiner sur la table de la cuisine, dans l'appartement où nous vivions à Moscou pendant le dernier hiver de la guerre, si vous vous approchez vous verrez combien les détails sont parfaits, et le quadrillage du papier. Il parlait du temps de la moisson dans son village, près de Tolède, et à mesure qu'il parlait il dessinait ce qu'il nous racontait, et nous avions l'impression d'être en Espagne, pas à Moscou, de ressentir la chaleur de l'été et la poussière du grain qui nous piquait la gorge. Regardez les chemises blanches et comment les moissonneurs ont retroussé leurs manches, les chapeaux de paille, les faux, les ficelles avec lesquelles on attache les pantalons de velours côtelé, les tas de gerbes. Et le village, vu de loin, qu'on découvrait en passant un tournant, comme le disait Alberto, avec le clocher de l'église et son nid de cigognes, et les montagnes bleutées au fond, nous aurions tout donné pour les voir à l'époque, quand nous croyions que nous ne retournerions jamais en Espagne, et pour beaucoup c'est vrai, ils ne sont jamais revenus, comme ce pauvre Alberto qui n'a jamais revu son village et qui est enterré à Moscou. Une amie qui s'y connaît m'a dit de vendre ces dessins, que j'en tirerais un bon prix, et elle s'angoisse quand elle voit toutes les choses que j'ai, elle me dit : tu ne dois pas pouvoir bouger, débarrasse-toi de tout ça, tu effaces tout et tu recommences, tu jettes ce qui ne vaut rien, la plus grande partie, et ce qui a de la valeur tu le vends, mais je ne veux me séparer de rien, chaque chose contient une partie de ma vie, même ce tableau qui met mon amie tellement en colère, quelle idée d'encadrer le couvercle d'une boîte à biscuits, mais moi il me plaît bien, il me rappelle tant de souvenirs, la place Rouge avec ses coupoles de couleurs, et le bleu du ciel de certains matins d'été, et ça me plaît que les choses soient en relief, touchez-les, les tours de la muraille du Kremlin, la cathédrale Saint-Basile, le mausolée de Lénine. Cela faisait une éternité que j'avais cette boîte à biscuits, mais elle me plaisait tant que je ne la jetais pas, on y voit tout avec tant de précision, avec ces couleurs si vives qu'il y a pour de vrai, et avant de partir de Moscou, j'ai découpé le couvercle et je l'ai encadré.

À Moscou je me souvenais de Madrid et à Madrid je me souviens de Moscou, je n'y peux rien, et si je porte l'Espagne dans mon cœur, l'Union soviétique est aussi ma patrie, comment pourrait-il en être autrement puisque j'y ai vécu plus de cinquante ans, et cela me fait du mal quand on l'insulte et quand j'allume la télévision et que je vois les choses si tristes qui se passent là-bas, celles que me raconte mon fils dans ses lettres qui lui coûtent moins cher que de me téléphoner. Tous les jours je me lève très tôt, même si je n'ai rien à faire, et au début je ne sais pas si je me suis réveillée à Madrid ou à Moscou, et je passe des heures à nettoyer et à ranger la maison, petite comme elle est, mais si je ne fais pas attention je serai noyée par le désordre, et la poussière se mettra partout, et alors j'ai des remords quand je pense que je suis ici tellement à l'aise, avec mon chauffage et mon eau chaude, mon frigo et ma télévision, une bonne descente de lit dans ma chambre pour ne pas prendre froid aux pieds quand je me lève en hiver, et je me rappelle que ni mon frère ni mes parents n'ont jamais pu profiter de tant de commodités, et moi, qui suis la plus bête, comment est-ce que je pourrais dire le contraire, celle qui était la moins valable, il se trouve que c'est moi qui dispose de tout. Je m'assieds ici, l'après-midi, et parfois je ne mets pas la télé, et je n'allume pas la lumière quand le jour baisse, et comme presque personne ne m'appelle je reste des heures en silence, sans rien faire, sans m'occuper les mains, pas comme ma mère qui avait toujours un ouvrage en train, je reste assise une main posée sur l'autre en écoutant passer les voitures sur cette route et je commence à me rappeler des choses, mais ça n'est pas que je fasse des efforts pour ça, ce sont les souvenirs qui viennent à moi et qui s'enchaînent comme les grains du chapelet entre mes doigts quand j'étais petite et que j'allais au catéchisme sans que mes parents le sachent. Je vois les visages des gens, j'entends leurs voix, je reste sans bouger et il commence à faire noir et il me semble qu'ils entrent par cette porte et qu'ils s'asseyent à côté de moi, et aussi j'entends des musiques, *L'Internationale* que jouait une fanfare d'amateurs dans notre ville minière, la marche funèbre de Chopin, le jour de l'enterrement de Staline, et une autre marche que j'aimais beaucoup, parce qu'on la jouait toujours à Moscou pour le Premier Mai, et il me semble que je me promène dans la rue et que je l'entends, la marche triomphale d'*Aïda*, je me souviens et mes yeux se remplissent de larmes, est-ce que je serais devenue aussi sentimentale que les Russes. Mais de toutes les musiques, celle que je préfère se trouve dans *Shéhérazade*, c'était celle qui se jouait quand on ouvrait cette petite boîte de nacre que m'a rapportée mon père cette fois où il est rentré de son premier voyage en Russie, quand je n'osais pas le regarder en face parce que j'étais restée cinq ou six mois sans le voir et qu'il me semblait déjà être un inconnu, il portait même une moustache noire qu'il n'avait pas quand il était parti. Je rangeais la boîte sous mon oreiller, je l'ouvrais peu à peu et la musique commençait, et je la fermais tout de suite parce que j'avais peur qu'elle s'abîme si je la laissais jouer longtemps, comme si la musique était comme ces parfums qui s'éventent quand on laisse le flacon ouvert. J'ai la tête pleine de choses que je préférerais oublier, et pourtant je ne me rappelle pas où j'ai laissé ma boîte à musique, allez savoir dans quel déménagement je l'ai perdue. Mais les objets durent plus longtemps que les personnes et, si ça se trouve, quelqu'un a encore cette boîte, comme ces choses anciennes qui après très longtemps se vendent au marché aux puces, et quand il l'ouvre il entend *Shéhérazade* et il se demande à qui elle a appartenu.

L'Amérique

J'attendrais dans ma chambre avec la lumière éteinte que les coups de cloche de minuit sonnent à la tour de l'église Del Salvador. Me dissimulant déjà, bien que je ne sois pas encore dans la rue, me préparant déjà pour qu'on ne puisse pas me reconnaître si je croisais quelqu'un, même si à ces heures-là et pendant ces cruelles nuits d'hiver il n'y avait presque personne qui se hasarde à affronter le vent et la pluie qui battaient le grand espace ouvert de la place que j'allais traverser quelques minutes plus tard, enroulé dans ma cape qui était plus épaisse et tenait plus chaud qu'un manteau, avec ma casquette bien enfoncée sur les yeux et en plus une écharpe qui me cachait la moitié du visage. Toi, tu n'as pas connu d'hivers comme ceux-là, ni de nuits aussi noires. Il y avait de maigres ampoules à certains carrefours et des lampes suspendues à des câbles tendus au-dessus des places, qui s'agitaient dès qu'il y avait du vent, et donc la lumière et les ombres bougeaient comme quand on marchait dans une pièce avec une bougie à la main. Par les nuits de vent, la place tout entière semblait bouger, comme un bateau au milieu de la tempête. La nuit était un autre monde. Peu de gens à l'époque avaient un poste de radio, et il était rare qu'il y ait de la lumière électrique dans toutes les pièces d'une maison. On faisait un pas en s'éloignant du brasero et de la lumière et on pénétrait immédiatement dans le froid et l'obscurité. Nous faisions passer l'ampoule et le fil d'une pièce à l'autre par un trou ouvert dans un coin du mur. Et en plus, la lumière se coupait très souvent, l'ampoule commençait à jaunir puis elle semblait s'aviver, comme la flamme d'une bougie quand elle est sur le point de s'éteindre, et soudain nous restions dans le noir. Les enfants connaissaient une chanson pour ces occasions :

Vienne la lumière,
nous allons dîner.
Le pain et les fèves,
la salade après.

La lumière partait et alors on avait beau avoir un poste de radio et des ampoules dans toutes les pièces, il fallait allumer une bougie ou la lampe à huile et aller se coucher à tâtons, montant l'escalier en direction des chambres si froides que les draps étaient un peu humides quand on s'y mettait, et qu'on gardait les pieds glacés. Comme on avait envie alors de serrer contre soi la chaleur d'une femme bien en chair et nue. Le jour était le jour et la nuit était la nuit, pas comme aujourd'hui où ils se confondent l'un l'autre, comme tant de choses se confondent, au moins pour nous autres, nous qui sommes trop vieux pour nous adapter à l'époque. Les longs hivers et les nuits interminables, noires comme la gueule du loup dans les ruelles où je me déroutais en sortant de chez moi, de crainte de rencontrer une connaissance si je descendais par la rue Royale, quand venait de sonner minuit à l'horloge de la place, puis à celle Del Salvador, qui était toujours un peu en retard, mais qui sonnait plus grave, une sonorité de bronze, dans cette tour si haute aux ouvertures si étroites qui ressemblait plus à la tour d'un château qu'à celle d'une église. À peine avais-je commencé à les entendre que mon cœur sursautait, moi, seul dans le noir, attendant dans ma chambre pour que personne n'ait de soupçons, écoutant le tic-tac de mon réveil, qui faisait un tel bruit que souvent, en pleine nuit, il me faisait ouvrir les yeux parce que j'avais l'impression d'entendre des pas. Mais les coups de mon cœur dans ma poitrine étaient plus forts que ceux du réveil, et j'étais tellement impatient que je me mettais à tourner et retourner dans ma chambre, mais je devais rester tranquille, il n'aurait pas fallu qu'on entende mes pas de l'étage du bas, je m'asseyais sur le lit, déjà enveloppé dans ma cape, la casquette sur la tête, sentant le froid qui me montait des pieds, attendant que vienne l'heure, que les cloches sonnent, comme elle me l'avait dit, ou plutôt ordonné, pas une minute avant minuit, et pas dans la rue principale mais par les ruelles, parce que aucune précaution n'était de trop. Une ou deux heures à l'avance j'étais déjà en train d'attendre, mort de désir, et je l'avais déjà aussi dure que la barre d'une porte, que le pilon d'un mortier, et de rester si longtemps ainsi elle finissait par me faire mal, aujourd'hui la vigueur que j'avais quand j'étais jeune me semble incroyable. Sur ce que tu as de plus cher au monde, jure-moi de ne pas sortir avant l'heure, de ne pas te faire voir. J'entendais le premier coup de cloche et c'était déjà comme si un aimant m'attirait, et je ne pouvais pas résister, je sortais de ma chambre et je descendais l'escalier sans allumer la bougie, en tâtant le long des murs, j'ouvrais le verrou avec beaucoup de précautions pour ne réveiller personne, un de ces gros verrous qu'il y avait alors dans les maisons. Que c'est bizarre qu'aient disparu toutes ces choses qui étaient normales pour nous, les grands verrous de fer forgé, les barres et les heurtoirs des portes, les clefs des maisons, qui pouvaient être énormes, comme je m'imaginais, quand j'étais enfant, que devaient être les clefs du Royaume des Cieux, celles que tenait saint Pierre.

Dissimulé dans sa cape, il descendait au long des ruelles, il débouchait sur la place Santa María, immense et noire, silhouette solitaire qui essayait de se glisser le long des murs, qui restait immobile au coin du palais de la Municipalité, seul habitant de la ville encore éveillé à cette heure-là, presque le seul, parce que de l'autre côté de la place, dans un de ces bâtiments colossaux et sombres qui de nuit ont quelque chose d'une gravure fantastique ou d'un décor d'opéra, il y avait quelqu'un qui attendait aussi, comptant les minutes et les coups de cloche de l'horloge : toutes les nuits, après les douze coups, elle laissait ouvert le verrou d'une petite porte latérale et allumait et éteignait trois fois une lampe à pétrole à la fenêtre la plus haute de la tour, et c'était le signal qu'il attendait pour traverser la place et pousser la porte dont elle avait huilé les gonds, puis la refermer de l'intérieur avec un verrou qui lui aussi glissait en silence. Monte très lentement, n'allume aucune lumière, pas même un briquet ou une allumette, compte trois paliers et quarante-cinq marches, sur le troisième palier il y aura un fenestron à gauche et une porte à droite, frappe doucement trois fois pour que je sache que c'est toi et pousse-la, et je serai en train de t'attendre.

Maintenant que s'effaçaient de lui tant de souvenirs et qu'il oubliait des itinéraires, des obligations et des mots, de temps en temps lui revenaient certaines voix très précises mêlées à celles qu'il entendait tandis qu'il se promenait sans but, les voix d'un autrefois très lointain superposées à celles d'un à présent dans lequel bien souvent il ne savait pas où il se trouvait, comme s'il souffrait de crises non pas d'amnésie mais de somnambulisme, et soudain il se réveillait sur une place qui n'était pas dans son cher quartier mais dans le centre de Madrid, habillé de vêtements qu'il mettait un certain temps à reconnaître pour les siens, hôte d'un corps vieux et lent qui ne pouvait pas être le sien, appelé par des voix puissantes ou attiré par d'anciens élans dont il ne savait pas où ils le menaient.

– Je vous salue Marie, lui disaient les voix, et il répondait :

– Conçue sans péché.

Il entendait les deux voix à l'unisson, en même temps que le bruit de la porte vitrée qui s'ouvrait, et alors il ne levait pas immédiatement la tête et n'interrompait pas son travail, habitué à cette apparition, presque chaque jour la même, à la différence des deux voix et des deux accents aussi contrastés que les silhouettes qui leur correspondaient, et qui vues de loin semblaient identiques : les deux religieuses dans leurs habits semblables, cape brune et coiffe noire, l'une plus grande et plus jeune que l'autre, toutes deux avec ces sandales qui devaient leur laisser les pieds glacés, des pieds aussi blancs que leurs mains et leurs visages, d'une blancheur translucide chez l'une, terreuse et morte chez l'autre, l'une avec une voix claire et nette et un accent d'une région très au nord, l'autre rauque, bronchiteuse, avec une rude inflexion villageoise. Mais ces deux voix si dissemblables résonnaient en même temps quand l'une des deux sœurs poussait la porte aux vitres mal ajustées, et lui n'avait pas besoin de lever la tête pour savoir immédiatement avec quelle expression chacune d'elles allait le regarder, supplication aimable chez l'une et exigence acariâtre chez l'autre, debout en face de son établi de cordonnier, demandant presque chaque jour l'aumône pour les pauvres, ou quelque paire de vieux souliers qui ne lui serviraient plus, quelques centimes pour les cierges de l'autel ou pour acheter des médicaments à une mère gravement malade. Mais elles n'avaient pas besoin d'énoncer leur demande parce que le ton de leurs voix l'annonçait déjà, exactement simultanées et coordonnées même si l'on ne pouvait pas les distinguer, tout comme ces deux religieuses qui ne se ressemblaient en rien étaient cependant identiques quand on les voyait de loin, quand elles montaient depuis le fond de la rue Royale par les matins de cet hiver, matins froids et déserts, parce que l'olivade avait commencé et que la moitié de la ville était aux champs à faire la récolte, de sorte que ce n'était qu'à la tombée du jour que la rue s'animait un peu.

– Je vous salue Marie.

Il faisait comme s'il était fâché contre elles, ou comme si leur présence l'excédait, mais s'il était en train de fumer quand il les voyait entrer, il enlevait le mégot de ses lèvres et l'éteignait hâtivement contre le bord de l'établi, l'installant sur son oreille parce que l'époque n'était pas à gâcher fût-ce un brin de tabac. Il faisait même un vague geste, comme d'incliner la tête ou d'être sur le point de se lever avant de leur répondre sur un ton de résignation un peu grotesque :

– Conçue sans péché.

Vous savez que c'est toujours un vieil homme d'une grande prestance, même si ces derniers temps il semble qu'il ait la tête un peu bizarre, mais à l'époque, avec les trente ans qu'il devait avoir, il attirait l'attention par sa grande taille et il ne se privait pas de plaisanter avec les clientes qui lui apportaient leurs chaussures à réparer, blagues à double sens qui plus d'une fois allaient plus loin, même s'il avait toujours eu la discrétion et l'astuce nécessaires pour que personne ne l'apprenne. N'oublions pas qu'il faisait partie du comité de l'une des confréries de la Semaine Sainte, qu'il défilait un cierge à la main pour la procession de la Fête-Dieu et que parmi sa clientèle – ses paroissiens comme on disait alors – il y avait les curés des églises voisines et même des officiers de la caserne de la Garde civile, qui à l'époque se trouvait sur la petite place d'à côté. Mais lui les assassinait de son silence, et vous seriez étonné de savoir combien de dames bien sous tous rapports, communion quotidienne et tout et tout, il s'est envoyé en profitant de ce qu'il allait leur livrer une paire de chaussures qu'il venait de réparer, à une heure où leur mari était au travail et les enfants à l'école, et parfois, je le sais parce que c'est lui-même qui me l'a raconté, il les faisait passer dans l'arrière-boutique qui était encore plus resserrée que l'échoppe où il travaillait et là, il leur relevait les jupes et les prenait debout contre le mur, dans un coup de chaleur. À l'époque, les femmes étaient beaucoup plus ardentes qu'aujourd'hui, dit-il, ou plutôt disait-il parce que aujourd'hui il raconte peu de chose, pas comme avant, lorsque je le mettais sur le sujet et qu'il s'emballait, qu'il n'y avait pas moyen de l'arrêter et qu'il était pénible de se promener avec lui dans la rue, parce qu'il parlait très fort et regardait toutes les femmes avec un sans-gêne qui n'est plus de mise, et qui n'est pas non plus le propre d'un homme de son âge. Regarde, ne loupe pas ça, regarde le cul et les nichons de celle-là, regarde sa démarche. Il allait à confesse, bien sûr, et il écopait de terribles pénitences, presque tous les ans il faisait la procession pieds nus, et parfois en portant une croix très lourde, ça oui, sans que personne ne soit au courant à part son confesseur, don Diego, vous vous rappelez sûrement, ce prêtre si rougeaud qui était curé de Santa María et qui une fois sur deux le menaçait de lui refuser l'absolution. On a beau accomplir sa pénitence, Mateo, s'il n'y a pas de bonnes résolutions, le sacrement n'efface pas les péchés. Ce qui se passe c'est que lui, dans le fond de son cœur, il ne croyait pas que le sixième commandement était aussi sérieux que les neuf autres, surtout quand on le transgresse discrètement et avec une grande jouissance pour les deux personnes concernées, sans faire de scandale ni causer de dommage à des tiers, et qui plus est sans recourir aux relations dégradantes et au manque d'hygiène qu'entraînait le fait d'aller chez les putes, habitude alors très répandue, à l'époque où il y avait encore des maisons légalement ouvertes, mais où Mateo disait avec fierté qu'il n'avait jamais mis les pieds. Comment aurais-je pu avoir du plaisir avec une femme qui serait avec moi parce que je l'avais payée ?

Cette année-là était celle du nouveau char de la Sainte Cène, quand le sculpteur qui lui devait tant d'argent avait payé notre ami en le représentant en saint Matthieu. Regardez-moi ça ma sœur, disait la vieille religieuse, regardez-moi ce cordonnier qui a le même visage que l'apôtre, ce qui est sûr c'est qu'il n'a pas la même sainteté. Nous sommes poussière, ma mère, nous sommes pécheurs, même si nous sommes bons chrétiens, et nous ne pouvons pas tous nous consacrer exclusivement au culte divin comme vous le faites. Le Christ n'a-t-il pas dit cela dans la maison de Marthe et Marie ? Et sainte Thérèse n'a-t-elle pas dit que notre Seigneur se trouvait aussi dans le pot-au-feu ? Alors, peut-être bien qu'il se trouve aussi dans mes vieilles chaussures et mes ressemelages. Plus d'œuvres de charité et moins de discours, le cordonnier, parce que la foi sans bonnes œuvres est une foi morte, et en plus, une telle passion pour les taureaux, c'est du paganisme. Moins d'affiches de corridas et plus d'images de saints...

L'autre sœur, la plus jeune, ne disait rien, restait à le regarder comme si elle pensait à autre chose, ou bien regardait la vieille du coin de l'œil et lui, peu à peu, par ces matins d'hiver où il avait si peu de travail, s'est mis à faire plus attention à elle, à la distinguer progressivement de l'autre, et aussi de sa silhouette abstraite de religieuse, surprenant des gestes si fugaces qu'ils semblaient ne pas voir été faits, de rapides regards comme de déplaisir ou de lassitude, la manière dont parfois la plus jeune se frottait les mains, ou se mordait la lèvre inférieure dans un jaillissement d'impatience qui n'avait rien de monacal, et qui n'était pas en accord avec l'habit ou les grossières sandales, ni avec le ton prêcheur et mielleux qu'avait presque toujours sa voix dans les rares choses qu'elle disait, tout juste je vous salue Marie, et Dieu vous le rendra. Au début il lui avait semblé que la jeune religieuse agissait toujours comme une subordonnée docile de l'autre, la seconde voix dans un duo d'église soumis et coordonné, mais jour après jour il s'était mis à observer chez elle un début de désaccord, une hostilité cachée qui ne se révélait que dans de rapides éclairs de colère dans les yeux, la lassitude d'accompagner sans cesse une femme très vieille et pleine d'infirmités et de manies monotones, de retenir le rythme naturel de ses pas pour l'adapter à la lenteur de l'autre quand elles montaient doucement tous les matins depuis le fond de la rue Royale, silhouettes sombres dans une ville presque déserte, la plus jeune redressant parfois la tête avec un geste d'élégance involontaire ou de vengeance secrète, et la vieille courbée et laborieuse, le visage aussi plissé que sa cape, les mains sèches et les orteils tordus comme des sarments dans ses sandales de pénitence.

En remontant la rue elles s'arrêtaient à toutes les boutiques, une à une, rappelez-vous combien il y en avait à l'époque et aujourd'hui elles ont presque toutes disparu, à la confiserie, à la quincaillerie, dans les boutiques de jouets et chez les horlogers, chez le tailleur, le pharmacien, le barbier Pepe Morillo, tous les matins la même chanson, accompagnées par le bruit des portes vitrées qui s'ouvraient et des clochettes que les portes agitaient. Je vous salue Marie, conçue sans péché, sœur Précipice, la vieille, et sœur Marie du Golgotha, quels noms, toutes les deux. J'ai l'impression qu'il ne se rappelle rien, mais quand je suis chez lui et que sa femme ne nous entend pas, je lui dis : sœur Marie du Golgotha, et il lui vient un demi-sourire, comme s'il se souvenait très bien et qu'il ne voulait pas le dire, s'il ne voulait toujours pas que ce secret soit divulgué, au bout de tant d'années. Certains matins, quand leur visite tardait, il se mettait debout derrière sa porte, avec son tablier de cuir et son mégot aux lèvres, et il attendait de les voir apparaître au fond de la rue, quand elles tournaient le coin de la place du monument aux morts, alors il éteignait son mégot et il le rangeait, non pas sur son oreille mais dans le tiroir de l'établi, et il faisait aller et venir la porte pour que l'air frais évacue la fumée et l'odeur du tabac, et il éteignait la radio qu'il réglait d'habitude sur des programmes de jeux, de corridas ou de chansons. Comme c'est étrange, pensait-il, de n'avoir rien remarqué jusqu'à présent, de n'avoir rien vu qu'un visage rond et blanc de religieuse comme n'importe quel autre. Maintenant il se rendait compte qu'elle avait de grands yeux en amande, et de longues mains très délicates, même si elles étaient toujours rougies à force de laver à l'eau froide, et parfois violacées d'engelures. Et son visage, même s'il était encadré d'un voile, n'avait pas la rondeur un peu brute qu'avait souvent celui des religieuses, parce que c'était un visage typé, un peu à la manière d'Imperio Argentina, dit-il, lui qui dans sa jeunesse passait sa vie à l'Idéal Cinéma, en n'ayant qu'à traverser la rue en face de son échoppe de cordonnier, et qui dans les films comme dans la vie réelle se passionnait pour les femmes, surtout les artistes des comédies musicales qui dansaient avec les cuisses découvertes, ou pour celles qui jouaient Jane dans les films de Tarzan, avec leurs petites jupes en cuir si courtes, et surtout, plus que toute chose, pour les nageuses en technicolor des films d'Esther Williams, et en premier pour Esther Williams en personne.

Il aimait se souvenir de ceci, que la sœur la plus jeune, sœur Marie du Golgotha, avait le même menton qu'Imperio Argentina et que, malgré sa lugubre cape, de temps en temps il était possible de se faire une rapide idée de certaines de ses formes, pas les seins bien entendu, qu'elle devait avoir bandés et ensevelis, mais un genou, le pressentiment d'une hanche ou d'une cuisse quand elle montait la rue et qu'elle avait le vent de face, ou la ligne du talon et de la cheville qui promettait la longueur nue des jambes si blanches dans le creux sombre de l'habit monastique.

– Je vous salue Marie.

– Conçue sans péché.

Il répondait sans lever les yeux de ce qu'il était en train de faire, de peur que la vieille sœur Précipice, qui le regardait toujours avec tant de méfiance, ne découvre dans ses yeux une attention excessive, mais aussi en se réjouissant, dans l'ajournement de ses délices, du moment où il verrait le jeune visage de sœur Marie du Golgotha et tenterait d'obtenir de sa part un signe de sympathie, ou de la complicité de leurs déplaisirs, de leurs regards glissés de côté. Lui me dit, ou me disait il y a peu encore, qu'une de ses règles dans cette vie avait été de se chercher des femmes qui ne seraient pas trop belles parce que, disait-il, au lit les plus belles ne se donnent pas complètement, n'y mettent pas, et de loin, le même cœur que celles qui ont un rien de laideur et doivent la compenser en faisant un peu de zèle. Les jolies artistes, c'est bon pour le cinéma ou les revues illustrées. Si celle qui est en dessous de toi est laide, eh bien tu éteins la lumière ou tu t'arranges pour ne pas regarder son visage, dit le bonhomme, mais dans la pratique le rendement est sans comparaison et, de plus, il y a beaucoup moins de concurrence. L'éclat de rire jaillit, au comptoir du café, en face des demis de bière qu'on vient de servir et des assiettes de calmar et de poisson frits, et le narrateur de l'histoire boit une longue gorgée de bière, fait claquer ses lèvres, pique quelque chose à manger, et se dispose à continuer son récit, tellement flatté par l'attention des autres qu'il ne réalise pas qu'il parle très fort.

Mais celle-là, elle lui plaisait même si elle était belle. Elle lui plaisait tellement qu'il s'est mis à imaginer des choses et à avoir peur de faire un faux pas et de commettre quelque sottise. Elle restait à me regarder et il me semblait qu'elle voulait me dire quelque chose, et qu'elle faisait un geste en désignant la vieille comme si elle me disait, si je pouvais me débarrasser d'elle, mais ensuite je repassais ça dans ma tête quand elles étaient parties et je n'étais pas sûr d'avoir vu ce que je m'imaginais, et le lendemain elles arrivaient toutes les deux, je vous salue Marie, conçue sans péché, et pour autant que je fasse attention à sœur Marie du Golgotha je ne voyais pas qu'elle me fasse aucun signe, ou bien elle ne me regardait même pas, ne faisant aucun geste, restait plantée à regarder une affiche de corrida pendant que sœur Précipice me soulageait de l'aumône du jour et me disait, quand elles partaient, Dieu vous le rendra, et c'était comme si pendant tout ce temps elle ne m'avait pas vu, ou comme si elle était une sœur comme n'importe quelle autre et que tout ce que j'avais cru voir en elle n'était que le fruit de mon imagination, de mes délires quand je passais tant d'heures solitaire et sans parler à personne, à planter des pointes et à découper des semelles entouré de vieilles chaussures, qui sont ce qu'il y a de plus triste au monde parce qu'elles me font toujours penser à des morts, surtout à cette saison-là, en hiver, quand tout le monde allait à l'olivade et qu'une journée entière pouvait se passer sans que personne n'entre pour parler avec moi. Pendant la guerre, quand j'étais petit, j'ai vu très souvent les chaussures des morts. On fusillait quelqu'un et on le laissait allongé dans un fossé ou derrière le cimetière et nous, les enfants, nous allions regarder les cadavres, et moi je remarquais qu'à beaucoup d'entre eux on avait retiré les chaussures, ou qu'on voyait des chaussures abandonnées, ou une chaussure toute seule, et on ne savait pas auquel des morts elle appartenait. Aussi bien, j'oublie tout et je me souviens de choses dont je ne sais pas d'où elles reviennent. Je me souviens d'avoir vu, il y a très longtemps, dans ces actualités en noir et blanc qu'on passait dans les cinémas, des montagnes et des montagnes de vieilles chaussures, dans ces camps qu'il y avait en Allemagne. Mais je revois des choses qui sont arrivées il y a très longtemps et j'oublie ce que j'ai fait le matin même, et il me semble qu'on m'a appelé et qu'on me demande quelque chose, je réponds, et ma femme me dit que j'ai attrapé une drôle de manie à parler tout seul.

– Pour l'amour de Dieu, pourriez-vous me donner un verre d'eau ?

La jeune sœur était plus pâle que d'habitude ce matin-là, le visage éteint, sans éclat, le bord de ses paupières rougi et des cernes violacés, comme après de mauvaises nuits d'insomnie. Sous le froncement de sourcils contrarié et le regard méfiant de sœur Précipice, il l'a guidée vers le petit couloir sombre, contigu à son échoppe, où se trouvaient les toilettes et l'étagère de la cruche, une de ces cruches anciennes en forme de coq, en terre vernissée, avec des couleurs très vives, la crête rouge et le ventre jaune. Il lui a semblé vaguement indécent qu'une religieuse boive à la régalade et il a cherché un verre propre où lui verser de l'eau, il a remarqué discrètement ses mains qui tenaient le verre avec un début de tremblement, ses belles lèvres décolorées, son fort menton sur lequel a glissé un filet d'eau, parce que ses mains s'étaient mises à trembler visiblement, et quand il a voulu saisir le verre qui était sur le point de tomber, elles ont serré les siennes avec force et il a senti contre ses paumes humides une chaleur de fièvre. Comme elles le serraient, ces mains, de forme délicate mais grandes et aguerries, comme il sentait proche de lui à cet instant la respiration enfiévrée de la sœur ainsi que le poids de son corps, charnel, affaibli par la discipline et le jeûne, par le froid sans recours qu'il devait faire dans les cellules, dans le réfectoire et dans les corridors de ce couvent si vieux et qui menaçait ruine. Alors j'ai perdu la tête et je n'arrivais pas à croire moi-même ce que je faisais, je l'ai saisie à deux mains par la taille et je l'ai serrée contre moi, je cherchais ses cuisses et ses fesses sous son habit et je l'ai embrassée sur la bouche même si elle essayait de détourner la tête, et j'ai pensé, comme si je voyais déjà ce qui allait m'arriver, elle va se mettre à crier, l'autre sœur va entrer et faire du scandale, j'entendais presque les cris, je voyais s'approcher les gens des autres boutiques, mais ça m'était égal, ou bien je ne pouvais pas éviter ce que j'étais en train de faire, et tandis que je cherchais sa bouche et que je sentais combien son visage et tout son corps étaient chauds, j'ai réalisé qu'elle pouvait crier et que pourtant elle ne criait pas, ne me résistait pas, ou plutôt qu'elle s'abandonnait dans mes bras tandis que je palpais, à la recherche de ce que j'avais tant de fois imaginé. Alors j'ai vu qu'elle fermait les yeux, comme dans les films quand un baiser s'annonce et qu'il était coupé par la censure, et que l'homme et la femme s'écartaient brusquement l'un de l'autre, comme s'ils avaient reçu une décharge électrique. Mais si elle fermait les yeux, ce n'était pas parce qu'elle aurait été prise d'une transe amoureuse mais parce qu'elle était en train de s'évanouir, et ils sont devenus blancs, retournés, pendant qu'elle tombait par terre sans que je puisse la retenir.

Quelle peur de la voir allongée, si pâle, les paupières à peine ouvertes, aussi blanche que si elle était morte, que s'il l'avait tuée par la profanation inouïe de sa témérité. Il ne se rappelait pas s'il avait crié pour appeler l'autre sœur, ou si celle-ci était arrivée, inquiétée par ce retard ou par le bruit sourd du corps qui tombait. Quand ils sont parvenus à la ranimer elle était plus pâle que jamais, et s'il lui disait quelque chose elle restait à le regarder avec un visage aussi neutre que si elle ne se rappelait pas ce qui lui était arrivé. De nouveau, quand il est resté seul, il a eu la sensation exaspérante de ne pas faire le départ entre ce qu'il voyait et ce qu'il imaginait, entre la certitude d'avoir embrassé et caressé la sœur et l'expression étrangère qu'elle avait eue ensuite pour lui sourire faiblement alors qu'elle se disposait à rentrer au couvent, en s'appuyant sur la forme courtaude et robuste de sœur Précipice, et qu'elle le remerciait de ses attentions. Peut-être était-elle folle et ne savait-elle pas elle non plus si ce qui s'était passé pendant quelques instants dans l'arrière-boutique du cordonnier était vrai ou non.

Les jours passaient sans qu'aucune des deux sœurs ne reparaisse. Sœur Marie du Golgotha était très malade et sœur Précipice ne la quittait pas, ou bien elle était morte de cette fièvre, ou après tout sœur Précipice avait soupçonné quelque chose et lui interdisait de sortir du couvent, et plus encore d'approcher de l'échoppe du cordonnier. Mais si elle était morte, cela se serait su dans la ville, on aurait entendu les coups de cloche lents et si espacés du glas. Plus d'une fois, au milieu de la matinée, il avait mis le verrou à sa porte vitrée et s'en était allé rôder sur la place Santa María, sans pourtant approcher de trop près la porte du couvent, qui s'ouvrait de temps en temps pour laisser passer la silhouette d'une sœur qui, vue de loin, était toujours, pendant quelques secondes, sœur Marie du Golgotha, ou alors une sœur Précipice en colère qui se dirigeait vers lui pour lui reprocher sa lascivité impie.

Bien sûr il n'abandonnait pas du tout ses autres occupations, vous le connaissez. Il assistait aux réunions du comité de la Confrérie de la Sainte Cène et à celles de la Société de bienfaisance de la Fête-Dieu, qui se consacrait à procurer une assistance médicale et de modestes subsides à des agriculteurs et à des artisans, dans ces temps où la Sécurité sociale n'existait pas encore. Il ne négligeait pas non plus la femme d'un sous-lieutenant de l'Intendance, qui le prévenait dès que son mari partait en manœuvres. Mais pendant leurs rencontres il était plus distrait que d'habitude, et la sous-lieutenante, comme il l'appelait, le sentait plus froid qu'auparavant, et elle lui demandait s'il y en avait une autre, le menaçant de tout raconter au sous-lieutenant dans un accès de dépit, ou de lui dérober son pistolet et de commettre une énormité. Regarde ce qui arrive avec les jolies femmes. Elles te gâchent la vie, elles te font faire des chichis, avant même que tu aies couché avec elles, comme lorsque nous nous étions habitués au pain blanc et aux pommes de terre, et que nous ne voulions plus du pain noir ni des topinambours, et que les caroubes que nous avions mangées avec tant de plaisir pendant les années de la famine nous donnaient la nausée. Comme je m'étais pris de passion pour la sœur, qui était belle et plus jeune, la sous-lieutenante commençait à me sembler grosse et vieille, ardente comme elle était, et reconnaissante, avec le café au lait et les tartines grillées beurrées qu'elle m'apportait au lit après que je l'avais baisée, pendant que le sous-lieutenant était en manœuvres. Comme il était de l'Intendance, on ne manquait jamais de nourriture dans sa maison. Quelquefois, quand j'étais sur le départ, la sous-lieutenante me donnait une demi-douzaine d'œufs ou une boîte entière de lait concentré. Va, me disait-elle, c'est pour te donner des forces.

Tournées de bières débordantes de mousse, cris des garçons, odeur d'huile réchauffée, crachements de la machine à café, petites musiques artificielles des machines à sous et du distributeur de cigarettes : le narrateur a un visage presque enfantin, jovial et très rond, mais il est complètement chauve et porte un complet très comme il faut, d'avocat ou de clerc de notaire, avec un petit insigne à la boutonnière de sa veste et une épingle de cravate argentée où l'on distingue une minuscule image de la Vierge. Il s'interrompt pour accueillir avec une révérence burlesque une grande assiette de boudin fumant que le garçon vient de poser sur le comptoir et, la bouche pleine, il récite quelques vers :

Le boudin, grand seigneur,
Digne de vénération.

Il boit de la bière, se rince la bouche pour le cas où une miette noire de boudin lui serait restée entre les dents. Il baisse la voix. Imaginez-vous cette place Santa María, si vaste, dit-il en ouvrant les mains et en écartant les bras, satisfait d'avoir choisi l'adjectif qui correspond le mieux à l'emphase de son geste, à la noirceur d'une place très grande et entourée, comme de spectres, d'églises et de palais, très loin d'ici, dans un autre monde et dans un autre temps, il y a bien des années. Un soir, quand il s'était déjà mis au lit après être rentré de la maison de la sous-lieutenante et lui avoir fait – il me l'a avoué dans son langage de corrida – une *faena* bien envoyée, il était couché dans le noir à écouter le bruit de ce maudit réveil qui résonnait plus fort qu'une horloge. Lui, à qui rien ne faisait jamais perdre le sommeil, il a senti que ce soir-là il n'allait pas s'endormir. Il s'est habillé, a mis sa cape, son écharpe et sa casquette, et il est parti dans les rues, comme un somnambule, il est passé par les ruelles comme s'il devait se cacher de quelqu'un et a fini par arriver sur le coup de minuit sur la place Santa María, qui était pleine de brouillard, avec seulement deux ampoules qui luisaient dans les coins, si faibles qu'elles étaient plutôt des taches de clarté, comme la lueur du phosphore sur les aiguilles et les chiffres de son réveil. Il entrevoyait les grandes silhouettes noires des bâtiments, les tours, les porches avec des statues, les clochers, l'église de Santa María et celle Del Salvador, les statues des lions devant la mairie, la façade lourde et rébarbative du couvent de Santa Clara duquel, même à cette heure, il n'osait pas s'approcher.

Il a vu de loin qu'une lumière s'allumait à la fenêtre la plus haute de la tour. Le brouillard s'éclaircissait alors, à peine un voile léger qui enveloppait les choses. À côté de la lumière, il a distingué dans un accès de peur une silhouette immobile qui, lui semblait-il, le fixait. À cette distance, avec aussi peu de lumière et dans l'état d'énervement où je me trouvais, je n'aurais pas pu reconnaître un visage, et pourtant j'étais sûr de voir la jeune sœur, sœur Marie du Golgotha, sûr qu'elle s'était postée en haut de la tour pour me voir, et qu'elle allumait et éteignait la lampe qu'elle tenait à la main pour me faire savoir qu'elle me reconnaissait. La lumière s'est éteinte, et ne s'est pas rallumée, mais lui restait immobile, regardant en l'air, seul dans l'étendue horizontale et déserte de la place, ayant perdu la notion du temps et du froid, maintenant incertain d'avoir vraiment vu quelque chose, de ne pas être en train de rêver. Je me suis assoupi sans m'en rendre compte, alors que je pensais ne pas pouvoir m'endormir, et je suis en train de rêver que je me suis levé et habillé et que je suis venu jusqu'ici et que j'ai vu une lumière à la tour du couvent ainsi que le visage blanc de la sœur, aussi clairement que l'autre jour quand elle s'est écroulée entre mes bras puis est restée par terre la bouche ouverte et les paupières à peine écartées. Mais la lumière s'est de nouveau allumée, seulement pour une seconde et une seule fois, et elle a bougé rapidement d'un côté à l'autre, puis en sens inverse. Si ça se trouve elle était morte et son fantôme ou son âme revenait me tourmenter, pour me châtier de mon audace. Il est resté très longtemps à attendre, tellement absorbé, tellement immobile que les coups de cloche forts et lents de deux heures du matin l'ont fait sursauter dans un frisson.

Le lendemain, il gardait un souvenir très étrange de sa sortie nocturne, un mélange confus de fantasmagorie et de certitude : c'était vrai qu'il avait vu une lumière s'allumer et s'éteindre et une silhouette avec une coiffe de religieuse, mais il n'était pas sûr d'avoir vu le visage de sœur Marie du Golgotha, et pourtant il croyait se souvenir très bien du détail de ses traits et même de l'éclat jaune que la lumière de la lampe donnait à sa peau. Il comprenait qu'il frôlait le délire en se souvenant aussi que la sœur avait les lèvres fardées d'un rouge très vif, ces lèvres rêches et chaudes de fièvre qu'il avait baisées dans un moment de témérité qui lui semblait alors être aussi presque une hallucination.

– Je vous salue Marie.

Il était si absorbé dans son travail et dans ses réflexions qu'il n'avait pas entendu s'ouvrir la porte vitrée, et quand il a levé la tête il avait face à lui le visage même qui occupait son imagination et ses rêves depuis tant de jours. Après son absence, sœur Marie du Golgotha était plus grande, plus mince et plus blanche, moins jeune – il est vrai qu'elle n'était pas accompagnée en contrepoint par la vieillesse de sœur Précipice – mais elle était aussi, par-dessus tout, une femme véritable, pas une religieuse, avec un regard et une voix de femme, une voix presque rauque, sans le ton clérical et mielleux des autres jours. C'était une femme coincée dans cette cape et ces jupes d'un autre siècle, et ses yeux avaient, ont eu pendant quelques secondes, une franchise à laquelle il n'était pas habitué dans ses relations avec d'autres femmes, même avec celles qui s'étaient données à lui avec le plus d'audace. Il n'a rien fait, pas même ébauché le geste respectueux de se lever, il n'a pas enlevé le mégot de ses lèvres, n'a pas posé l'alêne et le vieux soulier qu'il avait en main, il s'est seulement entendu lui-même répondre comme tous les jours :

– Conçue sans péché.

Elle a eu une expression de déplaisir ou d'impatience, a regardé vers la rue, s'est approchée et a dit quelque chose puis a fait immédiatement quelques pas en arrière, et comme il allait lui demander de répéter ce qu'elle avait dit, la porte s'est ouverte et, courbée et soucieuse, sœur Précipice a fait son apparition en murmurant des plaintes et de vagues prières, exigeant avec des manières brusques les aumônes en retard, le réprimandant parce qu'il était fumeur et plus amateur de corridas que de neuvaines, querellant sœur Marie du Golgotha pour ne pas l'avoir attendue, encore hier à l'infirmerie avec quarante de fièvre, et aujourd'hui, il fallait voir ça, alerte et tout, sans que le médecin soit parvenu à savoir ce qu'elle avait, guérie par faveur spéciale de la Très Sainte Vierge. Tandis qu'il entendait sœur Précipice, il a rassemblé sa mémoire et il a réussi à comprendre les mots qu'avait dits si vite et si bas sœur Marie du Golgotha, ou bien il a eu l'audace de croire ce qu'il avait entendu, d'être sûr que ces mots n'étaient pas un nouveau délire de son imagination échauffée. Juste après minuit, attends que j'allume et que j'éteigne trois fois la lampe à la plus haute fenêtre et pousse la petite porte qui se trouve derrière l'angle, monte trois étages et au troisième palier il y aura un fenestron à gauche et une porte à droite, pousse la porte avec précaution et je t'attendrai.

Imagination échauffée : à mesure que le narrateur avance dans son histoire, il calcule ses pauses, met en valeur les expressions qui lui plaisent le plus, les savoure comme une gorgée de vin ou une tranche de boudin. Autour de lui le groupe se fait plus compact, la mousse tiédit et se défait dans un verre de bière oublié sur le comptoir, comme les restes de tapas que personne ne finira et que le garçon n'emporte pas.

Il me semble que je le vois, cette nuit-là, enfin, la nuit du délit, la première, parce qu'il y en a eu un bon nombre, imaginez-le avec sa cape, son écharpe et sa casquette, comme le bandit Luis Candelas dans cette chanson que nous écoutions à la radio dans notre enfance, vous vous rappelez :

Par-dessous la cape
De Luis Candelas
Il ne court pas, mon cœur,
Il vole, il vole.

Toute la place est dans l'ombre, comme la gueule d'un loup, rien à voir avec cet éclairage qu'on a installé plus tard, pour que les touristes puissent la regarder, et qui lui a enlevé son charme, comme je le dis, l'électricité est venue et le mystère s'en est allé. Lui passe le premier angle, celui de la mairie, en rasant bien les murs de peur que quelqu'un ne le voie depuis une fenêtre, et au fond il ne croit pas que ce que la sœur lui a promis le matin va se réaliser, et non plus qu'il osera entrer dans le couvent à minuit comme un voleur ou comme don Juan Tenorio, parce qu'il reconnaît lui-même que s'il était très chaud lapin quand il était jeune, il était aussi très craintif, et il était soudain pris de panique à l'idée d'être découvert, et que cela fasse un scandale dans la ville, d'être montré du doigt, expulsé pour blasphème de la Confrérie de la Sainte Cène et de la Société de bienfaisance de la Fête-Dieu, peut-être forcé de fermer la boutique grâce à laquelle il gagnait sa vie, modestement certes mais sans ennuis dans une époque si difficile, interdit pour toujours de loge présidentielle aux arènes, où d'habitude on l'invitait en qualité d'assesseur les après-midi de corrida et où, tout en fumant un cigare extraordinaire et en portant un œillet à la boutonnière de son costume rayé, celui des grandes occasions, il côtoyait les plus hautes autorités de la ville, le maire, le commissaire de police, le commandant de la Garde civile, le curé de San Isidoro, le fameux don Stanislas dont vous devez vous rappeler, et qui malgré sa soutane et sa réputation d'austérité exemplaire était un fou de corridas, lui qui en quarante-sept avait administré l'extrême-onction à l'insigne Manolete, dans les maudites arènes de Linares.

Il était accablé par la conscience du danger auquel il était sur le point de s'exposer, et pourtant il ne s'arrêtait pas, ne faisait pas demi-tour pour rentrer chez lui, dans l'abri sûr de son lit. Il était encore temps, il n'avait pas fini de traverser la place, il n'y avait encore aucune lumière à la plus haute fenêtre de la tour, mais les commandements de la prudence n'affectaient pas sa marche et, pour se justifier de s'approcher encore de la petite porte latérale du couvent, il se disait que tout cela était peut-être une plaisanterie ou un délire de la sœur, encore dérangée par la fièvre, de sorte que cela n'avait pas d'importance qu'il continue de rôder sur la place, puisque la lumière promise n'allait pas s'allumer, ni même qu'il s'approche de la porte et essaie de la pousser, parce qu'elle ne céderait pas, elle serait aussi bien fermée à double tour que n'importe quelle porte de la ville à cette heure de la nuit, et plus encore la porte d'un couvent, avec des verrous et plusieurs tours d'une grande clef et une barre de bois, comme lorsque nous nous enfermions avant de nous coucher pendant les années terribles de la guerre, quand n'importe quel soir on pouvait venir vous chercher, pour vous faire faire la promenade et vous abandonner allongé dans un fossé, en chaussettes et vos chaussures jetées loin de votre corps, surtout si vous étiez une personne d'ordre et de foi, comme je l'ai toujours été malgré mes faiblesses pour le péché de chair.

Mais la lumière s'est allumée et s'est éteinte trois fois, et il s'est approché du coin du couvent, les jambes tremblantes, se disant que malgré tout la petite porte pouvait ne pas céder et de fait, au début, elle a opposé une certaine résistance qui, en même temps qu'elle le soulageait dans sa lâcheté, était un coup bas et douloureux porté à la sensation physique d'imminence qui l'avait traversé avec un accès d'impatience sexuelle quand il avait vu la lumière à la fenêtre. Les portes fermées l'avaient toujours découragé, mais celle-là, en apparence si massive, basse et étroite, avec plusieurs rangées de gros clous rouillés, a pivoté en silence sous une deuxième poussée un peu plus décidée, et quand il l'a refermée derrière lui, il s'est trouvé dans une obscurité encore plus impénétrable que celle de la place sous la nuit sans lune, il a pensé avec un fatalisme terrifié, avec une luxure débridée, qu'il n'y avait plus de retraite possible, et il a monté les trois volées de marches à tâtons, s'effrayant des bruits et des faibles échos qu'éveillaient ses pas, sentant sur son visage des frôlements de toiles d'araignées et sur les paumes de ses mains le froid humide qui suintait des pierres. Il a fini par voir sur sa gauche une fenêtre étroite comme une meurtrière, à peine une ligne phosphorescente dans le noir : sur ce palier, à droite, il a tâté le bois d'une porte et au moment de s'apprêter à la pousser, il a été saisi par la peur de s'être trompé dans le compte des volées de marches qu'il avait montées. Il est resté recroquevillé sans rien oser, sans bouger, paralysé dans l'ombre où commençaient maintenant à se distinguer pour ses yeux qui s'y étaient accoutumés le cadre et les panneaux de la porte. Il a cru entendre un bruit très léger, un frôlement et une respiration qui n'étaient pas les siens, et avant qu'il ait réalisé que la porte s'ouvrait, une main rapide et décidée l'a attrapé par le pan de sa cape et l'a tiré vers l'intérieur, lui provoquant un frisson, une voix l'a prévenu à l'oreille de baisser la tête parce que le plafond était très bas et ensuite, pendant que la porte se refermait, il a été attiré, se laissant conduire, puis étendu sur une couchette étroite et dure, palpé, ausculté, dépouillé de ses vêtements par des gestes maladroits et désordonnés, guidé, avec un mélange de rudesse inexpérimentée et de détermination, léché et mordu, manié, écrasé par un corps dénudé et charnu qui se mêlait au sien sans qu'il sache très bien, dans l'étourdissement de l'excitation et de l'obscurité, quels étaient les membres ou les parties qu'il touchait ou qui le saisissaient. Il a été secoué comme une guenille, écrasé contre un mur qui lui gelait et lui griffait le dos, bâillonné par une main en sueur quand sa respiration s'est faite très bruyante, retourné comme par un brusque coup de mer et retenu alors qu'il allait tomber par terre, et comme à la fin elle lui accordait une trêve et qu'il restait épuisé et soulagé contre le bord rude de la couchette, alors qu'il palpait et sentait la substance liquide qui lui mouillait le ventre, il a pu récapituler tout ce qui lui était arrivé dans les minutes écoulées, et il en a conclu qu'il avait du sang sur le bout des doigts et que pour la première fois de sa vie il venait de déflorer une femme. Je vous salue Marie, a-t-elle murmuré dans un long soupir placide, et lui, non sans une certaine inquiétude causée par son irrespect, lui a répliqué à l'oreille :

– Conçue sans péché.

– Dis-moi, est-ce que c'est vrai qu'après ça fait du bien de fumer une cigarette ?

– C'est divin.

– Alors j'en fumerais bien une.

Enfin il a vu son visage, à la lumière du briquet à essence, et il ne l'a pas reconnu parce qu'il n'avait jamais vu ses cheveux, qui étaient châtains et frisés, bien que très courts, avec un rien de rudesse, comme la toison du pubis qui l'avait presque griffé. C'était aussi la première fois qu'elle fumait, mais elle y a tout de suite pris goût, malgré la toux et le vertige, qu'elle aimait bien disait-elle, cela lui rappelait que quand elle était petite, elle avait le vertige sur les chevaux du manège. Ce qui est barbant avec les femmes, pour te dire ce que je pense, c'est que lorsque la chose est terminée et que l'homme voudrait s'endormir ou rentrer chez lui, elles sont prises d'une envie terrible de conversation, de communication comme on dit aujourd'hui. Ils se sont installés comme ils ont pu dans l'étroitesse impraticable de la couchette, ont disposé sur eux tous les vêtements qu'ils avaient, mais même ainsi, bien que n'ayant pas d'autre solution que de se tenir très serrés l'un contre l'autre, ils grelottaient de froid et il a été de nouveau saisi par la peur qu'on les découvre et par la hâte de s'en aller, mais elle le serrait entre ses jambes avec un savoir-faire tout juste appris mais déjà infaillible et lui disait qu'ils avaient bien le temps d'allumer une autre cigarette, que la cloche de deux heures n'avait même pas sonné.

Elle lui parlait à voix très basse, si près de son oreille qu'il sentait le frôlement humide de sa respiration et de ses lèvres, où elle s'était passé du rouge en son honneur, lui a-t-elle expliqué, un bâton volé à la parfumerie de la rue Royale durant une inattention de l'employée et de sœur Précipice, et cela la faisait rire de se le rappeler, cette sorcière n'a pas confiance en moi et ne me quitte pas des yeux, mais je suis plus rapide qu'elle, et en plus elle devient bigleuse, elle l'a bien mérité pour tout le venin de vipère qu'elle crache chaque fois qu'elle parle, même quand elle dit son chapelet. Lui, au fond, ce langage lui déplaisait, il lui semblait aussi déplacé chez une religieuse que le plaisir que sœur Marie du Golgotha prenait à fumer, elle apprenait même à faire des ronds de fumée, la soufflant lentement entre ses lèvres fardées. Sœur Marie du Golgotha, ce nom, quel supplice, parce que en réalité je m'appelle Francisca, ou mieux encore Fanny, comme m'appelait mon père, qu'il repose en paix, et qui était très entiché de tout ce qui est anglais, le pauvre, il voulait que j'apprenne à parler anglais, à jouer au tennis, à écrire à la machine et à conduire des voitures, que j'aille à l'université pour faire des études sérieuses et pas une de ces sottises pour demoiselles désœuvrées comme l'enseignement de la philosophie ou des lettres, mais au moins médecine, ou physique et chimie. À mon frère aussi, il lui faisait faire des études et du sport, mais j'étais nettement sa préférée, et en plus il disait que comme j'étais une fille j'avais besoin de plus de talents et de savoir-faire pour me défendre dans le monde, et ma mère, même si elle le laissait faire parce qu'elle était faible de caractère, par-derrière elle refusait cela, cette fille, son père va nous la transformer en virago, qui voudrait se marier avec une femme ingénieur ou championne de course automobile, et mon père, quelle honte, c'est incroyable, j'ai une femme tellement rétrograde qu'elle est contre le progrès pour son propre sexe.

Elle imitait les voix, même en parlant si bas, composait des représentations théâtrales avec tous leurs personnages dans le secret et l'obscurité de sa cellule et dans ses murmures à l'oreille, la voix grave et lente de son père, la voix plaintive de sa mère, celle de son frère qui avait été son complice et son héros depuis que tous deux étaient tout petits, le coassement de grenouille de la voix de sœur Précipice et les divers tons de voix ridicules et perfides des autres religieuses de la congrégation. Je crois qu'elles ne me supportent pas, qu'elles veulent m'empoisonner, ces vertiges que j'ai sont très bizarres, sœur Précipice m'apportait des bouillons et des boissons chaudes dans ma cellule et moi je n'avais pas confiance, allons ma sœur, ce petit bouillon vous conviendra très bien, il ressusciterait un mort. Donne-le à boire à ta mère, sorcière, parce que j'ai commencé à aller mieux dès que j'ai cessé de boire ses bouillons et ses breuvages, et elle, allons ma sœur, reprenez courage, voyez comme le reconstituant que je vous ai apporté hier soir vous a fait du bien, même s'il est sûr que le plus efficace aura été notre prière à la Très Sainte Vierge.

Cette rumeur à son oreille le faisait somnoler et en même temps l'inquiétait parce que, disait-il, même s'il était un peu libertin, il continuait d'être bon catholique et que sœur Marie du Golgotha, ou Fanny, bien qu'elle eût été meilleure qu'une miche de pain blanc sortant du four, je le cite textuellement, lui paraissait trop irrespectueuse des choses sacrées, et en conscience il éprouvait plus de remords d'écouter sans protester ses énormités de libre penseuse que de coucher avec elle. C'est ça qui était barbant avec elle, m'a-t-il dit, très sérieux, la dernière fois que je lui ai tiré les vers du nez, quand il n'avait pas encore commencé à perdre la tête, elle parlait trop, sans arrêt, à l'oreille, patia patia patia, serrée contre moi, sur ce châlit qui grinçait tellement et qui à tout moment aurait pu s'écrouler sous notre poids, me racontant ces histoires fabuleuses de son père et de son frère, dont elle disait parfois qu'il était en Afrique, parfois en Terre de Feu, et comment une de ses tantes s'y était prise pour la faire enfermer au couvent, puis la forcer à devenir novice, c'est pour ton bien, ma fille, pas pour ton bonheur dans l'autre monde, parce que je sais bien que tu n'y crois pas, comme ton père, mais pour que tu aies un peu de sécurité dans celui-ci, et pour que tu ne finisses pas tondue et humiliée en public, comme ta pauvre mère, parce que la pauvre n'y était pour rien, et regarde comme elle a perdu la tête et comment nous avons dû l'interner, Dieu sait pour combien de temps.

Elle faisait tout avec brusquerie et avidité, avec la même agitation mi-passionnée mi-tyrannique qu'elle avait mise à lui enlever ses vêtements et à le presser de passer outre à l'étroiture douloureuse de sa virginité. Elle était prise d'extase en tirant une longue bouffée d'une cigarette, en le serrant entre ses cuisses jusqu'à faire craquer ses articulations, en enfonçant dans sa bouche une langue remuante, et ce détail n'arrivait pas à lui plaire parce qu'il ne lui paraissait pas être le propre des femmes convenables. Elle profitait à fond des baisers, des cigarettes, des minutes, et peut-être surtout du plaisir de dire à haute voix tous ces mots qui depuis des années lui donnaient le vertige dans le secret de ses pensées, la maintenant en une perpétuelle ébullition de rêveries et de rebellions impossibles, dans une intoxication si puissante de souvenirs, de désirs, d'histoires, de noms et de lieux que très souvent elle perdait complètement le sens de la réalité. Mais la cloche de deux heures sonnait et elle le pressait de s'habiller avec la même impatience avec laquelle, deux heures plus tôt, elle l'avait mis nu, glissant dans l'une de ses poches une enveloppe avec les mégots et les cendres pour effacer tout indice, le conduisant par la main en descendant l'escalier, sans tâtonnements, sans incertitudes, parce que bien souvent elle semblait avoir le don inquiétant d'y voir dans l'obscurité. Elle s'est postée un instant à la petite porte de l'angle et lui a fait le geste de sortir au plus vite, et une seconde plus tard il se trouvait seul dans l'étendue noire de la place, étourdi, meurtri, encore si déconcerté qu'il ne jouissait pas pleinement de sa vanité satisfaite et de son désir comblé, qu'il n'arrivait pas à croire vraiment qu'il s'était glissé à minuit dans un couvent et qu'il avait défloré une religieuse.

Dans son échoppe de cordonnier, dans la boutique du barbier Pepe Morillo, qui lui était contiguë, les hommes avaient l'habitude de se vanter avec ostentation de leurs conquêtes, ou du douteux mérite de leurs prouesses avec les putains. Lui se taisait toujours et souriait en lui-même. Si vous saviez... Même à son confesseur il ne pouvait pas raconter cette aventure, c'est pour cela que la certitude de vivre en état de péché mortel lui causait une inquiétude supplémentaire. Je suis le seul à qui il l'ait raconté, et cela après plus de quarante ans, quand il était depuis longtemps à la retraite et habitait Madrid. Il vous aurait fallu voir le demi-sourire qu'il faisait, nous étions tous les deux dans la salle à manger de son appartement, entourés de souvenirs de notre ville, d'estampes et d'images de saints, d'affiches de corridas. Ah mon ami, comme j'ai aimé la corrida et les femmes, quels moments excellents elles m'ont fait passer, que notre Seigneur me pardonne.

Ça il l'a conservé, le demi-sourire, l'expression d'astuce de qui garde un secret, dont pourtant il ne se souvient peut-être pas, hébété et amnésique devant sa télévision, clignant des yeux comme s'il était sur le point de s'endormir, somnolent et heureux, des heures durant, aussi attentif à un programme de dessins animés qu'à un jeu aux questions difficiles ou aux conseils matinaux d'un médecin, enchaînant en un flux continu des images et des mots de films, des actualités télévisées, de sombres drames sud-américains, s'animant soudain quand il voit sur l'écran une fille très jolie ou déshabillée, à qui il peut dire quelque chose, s'assurant au préalable que sa femme n'est pas là, un de ces compliments qu'on adressait dans sa jeunesse aux femmes qui se promenaient bras dessus bras dessous le dimanche après-midi dans la rue Royale. Quand j'étais petit, l'homme qui avait le seul téléviseur du voisinage faisait des plaisanteries grossières sur les présentatrices ou sur les femmes en minijupe qu'on voyait dans les publicités. On lui pose une question et il ne répond pas, ou il n'entend pas, ou il dit quelque chose de confus en réponse à une question qu'on ne lui a pas posée. Il peut aussi bien se mettre à rire en regardant la télé devant laquelle on le laisse qu'avoir les larmes aux yeux. On lui donne son repas et il le mange jusqu'au bout, parce que l'appétit, ça, il ne le perd pas, et au bout d'un moment il a oublié et il me demande quand nous allons manger, c'est comme ça qu'il se met à grossir. Je lui dis de sortir pour prendre un peu l'air, de ne pas passer toute la journée à regarder la télé, mais dès qu'il a passé la porte je commence à être inquiet, pourvu qu'il ne se perde pas et qu'il sache rentrer, ahuri comme il est et grande comme est Madrid, et en plus je dois tout bien vérifier au cas où il n'aurait pas lacé ses chaussures ou qu'il n'aurait pas mis de chaussettes, lui qui autrefois était toujours si bien astiqué, qui aimait tellement s'habiller qu'il était tiré à quatre épingles pour aller au marché qui était juste au coin de la rue.

Il reste des heures avec le même sourire impavide de satisfaction, approuvant avec bienveillance tout ce qu'il voit, tout ce qu'il entend, les conversations des voisines et celles des travestis au kiosque de Sandra, les publicités et les journaux télévisés, les cris des poissonnières du marché, les conseils médicaux des programmes de la télé, les visages des mortes et des morts vivants qu'il rencontre sur la place de Chueca ou dans les coins les plus sombres du quartier, quand il sort avec son grand manteau et son chapeau tyrolien. Mais certaines choses, je crois qu'il s'en souvient, ou du moins qu'elles éveillent quelque chose en lui, même s'il ne se rend pas toujours compte parce que certaines fois, quand je vais le voir, au début on dirait qu'il ne m'a pas reconnu, je m'assieds à côté de lui dans la salle à manger et il me regarde comme en se demandant qui je peux bien être, même s'il tâche de suivre ma conversation, et pendant qu'il me dit quelque chose ou que j'essaie de lui soutirer une de ses vieilles histoires, ses yeux dérivent vers la télé et il oublie qu'il y a quelqu'un à côté de lui dans la pièce. Mais j'ai un truc qui ne rate jamais : je m'approche bien de lui quand sa femme n'est pas là et je lui dis à voix basse, je vous salue Marie, et le bonhomme a les yeux qui brillent, qui deviennent humides, et il prend l'air de dévergondé assidu qu'il avait autrefois quand il me parlait des femmes et il me répond de manière automatique :

– Conçue sans péché.

Il avait des remords chaque fois qu'il répétait ces mots, chaque matin où il voyait, à l'heure rituelle, les deux silhouettes aux capes brunes au-delà de la porte vitrée et qu'il éteignait sa cigarette, la mettait dans un tiroir et baissait la tête en feignant de se concentrer sur son travail, arrachant d'une vieille chaussure une partie d'un talon abîmé et usé de biais ou y posant un de ces renforts métalliques que dans notre ville on appelle des petits fers, rapetassages d'une époque de pauvreté pendant laquelle presque personne ne pouvait s'offrir des chaussures neuves. Il ressentait sur lui la double et alarmante inspection magnétique de sœur Précipice et de sœur Marie du Golgotha, Fanny dans le secret de leurs rendez-vous sacrilèges, de leurs nuits noires et de leur luxure à l'aveuglette dans sa cellule glacée, et quand elles disaient toutes deux je vous salue Marie, il distinguait dans la voix de la plus jeune le ton équivoque d'une invite, du souvenir et du défi répété, et il avait du mal à répondre avec la même diligence qu'en d'autres temps. Quand il disait conçue sans péché, la formule qu'il avait répétée depuis son enfance sans jamais lui prêter attention se révélait à lui dans son sens littéral, et il ressentait un mélange très bizarre de délices et de contrition en pensant aux nombreux péchés dans lesquels la sœur et lui avaient été complices, péchés plus mortels encore parce qu'elle se réjouissait sans prudence de les commettre, avec une témérité qui non seulement était moralement scandaleuse, mais de plus chargée de dangers.

Il avait du mal à lever la tête et fuyait les deux regards fixés sur lui, et en même temps qu'il avait peur que quelque signal de sœur Marie du Golgotha soit intercepté par l'autre religieuse, il craignait de ne recevoir aucun signe d'encouragement qui indiquerait que cette nuit-là, la petite porte serait ouverte pour lui. Lui qui avait jusque-là couché avec tant de femmes ne s'était jamais mis en tête de tomber amoureux d'aucune d'entre elles, et il se faisait une idée mi-hygiénique mi-rustre des relations sexuelles. Que cette aventure lui occasionne tant de contretemps, de telles incertitudes et une telle confusion intérieure, était quelque chose qui irritait profondément son sens masculin du confort, la parfaite naïveté d'esprit dans laquelle il avait vécu jusque-là. Est-ce que tu peux m'expliquer ça, toi qui as fait des études et qui sais tant de choses. Si ça me plaisait autant, comment est-ce qu'aussi cela me faisait peur ? Si j'avais décidé que je n'irais plus lui rendre visite, pourquoi est-ce que je partais de chez moi avant que minuit ne sonne, pourquoi est-ce que j'étais mort d'impatience si la lumière tardait à s'allumer dans la tour ? Elle était délicieuse, c'est ça la vérité, elle était meilleure que cent pains et que cent fromages, et c'était une jouissance de la tâter dans le noir, de la sentir, de la voir un instant si blanche à la lumière du briquet ou de la braise d'une cigarette.

Mais elle avait cet inconvénient majeur, qu'il avait remarqué la première nuit et qui n'avait fait que s'aggraver par la suite, et c'était de tant parler après la *faena*, comme il disait dans son langage de corrida. Avant, non : depuis le moment où il entrait dans la cellule jusqu'à ce qu'ils aient joui tous les deux, la femme était une ombre silencieuse et mobile dont on n'entendait que la respiration, les halètements, les plaintes, mais dès qu'elle s'apaisait et restait collée contre lui, comme une bernicle ou comme un lierre qui l'aurait serré entre ses cuisses, elle commençait à lui parler à l'oreille, le secouant avec colère si elle se rendait compte qu'il commençait à s'endormir, frôlement de ses lèvres et murmure incessant de sa voix, qu'il continuait d'entendre même quand il n'était plus avec elle, quand il rentrait chez lui dissimulé dans sa cape, après deux heures du matin, ou quand il se réveillait à cause d'un mauvais rêve – un malheur ou un scandale –, et aussi quand il était seul dans son échoppe et oubliait d'écouter les chansons de la radio, parce que la voix résonnait de nouveau à son oreille, bourdonnante comme un insecte, comme le bruit du sang ou le battement du cœur, se transformant en d'autres voix auxquelles il s'était peu à peu habitué, les voix de sa vie passée et de sa famille fantôme, le père qui voulait que sa fille devienne docteur ès sciences physiques ou ingénieur des ponts et chaussées, et la mère qui disait son chapelet, la tante endeuillée et venimeuse qui les avait récupérés, elle et son frère, au commissariat d'une gare frontière alors qu'ils fuyaient vers la France cachés dans un wagon de marchandises, parce qu'ils avaient fait le projet de rejoindre la Résistance contre les Allemands ou de se mettre au service du gouvernement républicain en exil. Comme sainte Thérèse et son frère quand ils s'étaient échappés de chez eux pour aller chez les Maures convertir des infidèles ou se faire martyrs, à la différence que nous, nous n'avions plus de maison parce que mon père avait été fusillé par les nationalistes dès qu'ils étaient entrés dans la ville, à la fin de la guerre, et que ma mère, ils lui avaient rasé les cheveux et lui avaient tatoué une faucille et un marteau sur la tête, et ils l'avaient promenée avec d'autres rouges, ou femmes de rouges, dans le centre de la ville et ils l'obligeaient à aller avec elles, à l'aube, laver le sol de l'église, à genoux sur les dalles glacées. Tout ça à cause de la haine qu'ils portaient à mon père qui était l'homme le meilleur et le plus pacifique du monde, un homme d'ordre, qui même en été n'abandonnait pas son costume avec gilet, son faux col et son nœud de cravate. C'est parce qu'il sortait dans cette tenue qu'il avait failli être fusillé par des miliciens au début de la guerre, et c'est avec son costume, son faux col et son nœud papillon que les factieux l'ont conduit trois ans plus tard au mur des exécutions, et il a dit à mon frère, au moins c'est une chance que ce ne soient pas ceux de mon camp qui me tuent.

Le père fusillé, la mère folle, le voyage secret pendant des jours et des nuits jusqu'à la frontière dans un train de marchandises, son frère et elle qui dormaient sur la paille dans l'odeur du fumier et qui faisaient des plans extravagants pour rejoindre la Résistance contre Hitler et Franco, les collines couvertes d'amandiers et de pommiers en fleur et les ruelles en pente de cette ville où ils avaient passé dans un bonheur parfait les années de la guerre civile, pendant que leur mère priait et que leur père dirigeait une école pour enfants évacués, et continuait à se promener avec le costume, la cravate, le chapeau et les bottines d'un républicain d'ordre, malgré la frayeur que lui avaient faite au début quelques miliciens libertaires et qui ne s'était pas répétée, du moins jusqu'à ce que les autres arrivent et le sortent à coups de pied et à coups de crosse de cette maison, avec son patio, sa treille et son puits d'eau fraîche, où ils avaient vécu tous les quatre presque comme la famille des Robinsons suisses de ce livre qu'elle et son frère aimaient tant. Ne vous affolez pas, vous allez voir, ça ne sera rien, ce n'est qu'une erreur, lui disait-elle à l'oreille avec la voix de son père, mais ils ne l'avaient jamais revu vivant, seul son frère l'avait vu quand il était allé lui porter un peu de nourriture et de tabac dans l'écurie où il était enfermé, et ce qui l'avait le plus impressionné n'avait pas été d'entrer dans cette cour de ferme pleine de condamnés à mort mais de voir son père pas rasé, sans faux col à sa chemise, avec son costume sale et froissé, comme jamais il ne l'avait vu.

Mais ce n'était pas son père qui était le héros de tous ses récits, c'était son frère, le camarade de leurs jeux d'enfants et de leurs aventures sur les collines blanches de pommiers et d'amandiers, le complice de leurs lectures, l'instigateur de leurs projets de fuite et d'enrôlements dans les révolutions sociales, dans des groupes de partisans, dans des cellules clandestines de résistance antifasciste, dans des voyages d'exploration de la Terre de Feu, ou de la Patagonie, ou du désert de Gobi, ou du centre de l'Afrique. Elle avait été rattrapée, on l'avait enfermée dans un couvent et obligée à se faire religieuse au moyen de menaces obscures et terribles qu'elle ne parvenait jamais à expliquer clairement, elle qui était si méticuleuse, mais du moins son frère était parvenu à s'échapper et de temps en temps, au long de toutes ces années, une de ses lettres lui était parvenue par des chemins tortueux. Il vit en Amérique, du Nord ou du Sud je ne sais pas, mais en Amérique, il circule tant et il fait tant d'affaires qu'il ne passe jamais longtemps au même endroit, il peut être aussi bien à Chicago qu'à New York ou qu'à Buenos Aires, mais il cherche toujours à avoir de mes nouvelles et à cause de ces sorcières qui me tiennent séquestrée ses lettres ne me parviennent pas et je ne peux lui en envoyer aucune de moi, lui demander de l'aide pour qu'il vienne me sauver.

Toi, aide-moi, lui disait-elle à l'oreille, l'effleurant de ses lèvres et de sa respiration agitée, aide-moi à m'échapper d'ici et nous partirons ensemble pour l'Amérique à la recherche de mon frère. Toi, qu'est-ce qui te retient ici, puisqu'un homme est libre de partir là où cela lui chante, pas comme une femme, qui est toujours prisonnière même si elle n'est pas enfermée dans un couvent. Ici tu n'as rien et tu n'arriveras jamais à rien, tu vas passer ta vie à réparer de vieux souliers dans cette petite échoppe de rien du tout, à respirer la vieille transpiration des gens qui reste dans leurs chaussures, jeune et solide comme tu es, avec ces mains si fortes et cette énergie qui est dans ton corps rien ne se mettrait en travers de toi si tu partais d'ici, pour l'Amérique, là où s'en vont les hommes qui ont assez de vaillance pour dévorer le monde, comme est parti mon frère, là où les femmes ne vivent pas enfermées, ne portent pas toujours le deuil et ne se tuent pas à faire des enfants, à travailler aux champs, à laver par terre à genoux, et à faire la lessive en hiver dans des lavoirs d'eau glacée, avec des pains de savon de Marseille qui esquintent les mains. Moi ici je ne suis rien, je ne serais personne si je m'échappais seule, où pourrait aller une femme échappée d'un couvent, sans papiers, sans aucun homme pour la défendre et la représenter, ni père ni mari ni frère, pas comme en Amérique où une femme est autant qu'un homme, sinon plus bien souvent. Là-bas les femmes fument en public, comme les hommes, elles portent des pantalons et vont au bureau en voiture, elles divorcent quand elles en ont envie et conduisent à toute vitesse sur les routes, qui sont larges et toujours en ligne droite, pas comme ici, et les voitures ne sont pas noires et vieilles mais très grandes et de toutes les couleurs, et les cuisines sont lumineuses et étincelantes et pleines d'appareils automatiques, de sorte que tu appuies sur un bouton et le sol se nettoie, qu'il y a une machine qui enlève la poussière et une autre qui lave le linge et qui te le rend même repassé et plié, et les glacières n'ont pas besoin de barres de glace, et toutes les maisons ont un garage et un jardin, et beaucoup d'entre elles une piscine. Près des piscines les femmes prennent leur bain de soleil en maillot deux pièces et boivent des rafraîchissements allongées dans des hamacs pendant que les appareils automatiques font tout le travail de la maison. Elles boivent et elles fument et personne ne pense que ce sont des putains, et elles ont du rouge aux ongles, pas seulement aux mains mais aussi aux pieds, et si elles ont le moindre reproche à faire à leur mari, elles divorcent, et en plus il doit leur payer une somme chaque mois jusqu'à ce qu'elles trouvent un autre mari, et elles se marient sans avoir à faire ni retraite à l'église ni paperasses ni demandes, et sans avoir besoin de dot, elles se marient du jour au lendemain et divorcent pareil, et si elles s'ennuient d'habiter quelque part, elles montent dans leurs grandes limousines de couleur et partent dans une autre ville, à l'autre bout du pays, elles s'en vont en Californie ou en Patagonie, ou à Las Vegas ou en Terre de

Feu, tu vois comme ces noms sont beaux, rien qu'à les dire on a l'impression de se remplir les poumons, ou bien elles vont à Chicago ou à New York et elles habitent dans des gratte-ciel de quarante ou cinquante étages, pas dans des petites maisons raplapla comme celles d'ici, dans des appartements où il n'y a pas besoin de fenêtres parce que tous les murs sont en verre, et où il ne fait jamais ni chaud ni froid, parce que dès que la température monte ou descend un peu trop, il y a des appareils qui se mettent en marche et qu'on appelle des climatiseurs.

Mais écoute, comment partir, avec quel argent acheter les billets de bateau, disait-il pour dire quelque chose, et elle se mettait aussitôt en colère devant sa pusillanimité, elle le querellait dans son murmure soporifique : j'ai pensé à tout, tu vends ou tu cèdes le bail de ton commerce et tu en tireras quelque chose, bien situé comme il est, et moi je peux m'arranger pour voler certaines choses très précieuses qu'il y a au couvent, des candélabres d'argent et un reliquaire en or massif, je peux même découper de son cadre un tableau de la Vierge dont on dit qu'il est de Murillo et ça serait bien le diable si l'on ne nous en donnait pas plusieurs milliers de pesetas. Il était glacé rien que d'y penser, un vol sacrilège en plus de la profanation et du blasphème, non seulement le déshonneur public et l'excommunication, mais de plus la prison. Maintenant il commençait à tout comprendre, cette nonne démente attendait de lui quelque chose de plus que d'apaiser ses échauffements impies, elle voulait l'utiliser comme instrument de sa fuite et comme complice de ses machinations délictueuses, pas bien étonnantes en fin de compte chez elle qui était une fille de rouges et qui avait été élevée dans l'amour libre et l'athéisme, et chez qui on avait encouragé une impudence sexuelle qui pouvait bien sûr être très agréable, mais qui aussi était malséante chez une femme convenable, et plus encore chez une épouse du Christ.

Il ne dormait plus, il n'était plus à ce qu'il faisait, ni dans son travail ni dans ses activités de bienfaisance ou celles de sa confrérie, ni dans l'obligation, ni dans la dévotion comme je dis, au point qu'il en oubliait d'écouter les programmes de chansons et de corridas à la radio. Ce n'était pas de la peur, c'était de la panique, plus tant d'être surpris quand il entrait dans le couvent ou qu'il en sortait par ces nuits hivernales de tempête qui étaient toujours si noires et désertes, mais d'être entraîné dans son délire, d'être bouleversé au point d'en perdre le sens commun qui l'avait toujours accompagné et guidé, et de finir par abandonner tout ce qu'il avait, et aussi tout ce qu'il était, ce qu'il était parvenu à être. Tous les matins il avait peur de la voir apparaître, accompagnée de sœur Précipice, et il ne retrouvait son calme que lorsqu'il l'avait vue partir, parce qu'il lui semblait que la vieille commençait à avoir des soupçons et qu'elle le surveillait en même temps qu'elle la surveillait, dans le but de trouver de nouveaux indices de ce qu'elle supposait déjà, des preuves qui les précipiteraient tous les deux dans une catastrophe où il ne voyait pas le moindre intérêt romantique à se trouver inclus. Mais si elles manquaient leur visite il s'effrayait aussi, s'imaginant qu'elle était de nouveau tombée malade et que dans le délire de sa fièvre elle révélerait le secret de leurs rencontres dans la cellule, ou bien qu'elle s'était déjà échappée et se cachait, et que dès qu'il ferait nuit elle viendrait le chercher comme elle le lui avait souvent annoncé, comme une menace. Cela m'arrive parce que j'ai rompu avec mes principes et que je me suis lié avec une belle femme, et en plus une belle femme qui n'a ni mari ni personne pour la tenir, à part ces vieilles religieuses qui ne se rendent compte de rien. Il faut se chercher des maîtresses qui soient un peu laides, qui soient mariées et qui sachent garder un peu de décence même dans l'adultère, et en plus, si possible, qui aient une situation matérielle solide, parce que ainsi on a moins de chance de les voir se prendre de la lubie romantique de tout plaquer et de s'enfuir avec vous, en vous occasionnant mille espèces de désagréments et de perturbations.

Je lui disais : dis donc, mon bonhomme, tu es un vrai philosophe, tu aurais dû mettre ces préceptes par écrit pour que nous, tes disciples, puissions les suivre au pied de la lettre, et il se mettait à rire, et me faisait signe de baisser la voix, il n'aurait pas fallu que sa femme l'entende. Tes préceptes et aussi tes mémoires, maître insigne, à moins que tu ne me racontes tout et que tu ne me désignes comme ton biographe officiel et l'exécuteur testamentaire de ta succession.

Mais maintenant il est trop tard, il ne se rappelle plus, ou il ne raconte plus, bien que les médecins qui l'ont examiné pour la tête disent qu'il n'a rien, grâce à Dieu, qu'il n'a pas attrapé cette maladie de vieux, l'Alzheimer, ou du moins pas encore, parce que ça les rend impossibles et incapables de se rappeler ni de reconnaître. Le médecin de la tête dit que si ça se trouve, ce qu'il a attrapé c'est une dépression à force de ne rien faire et de ne connaître presque personne à Madrid, mais je lui dis, quelle drôle de dépression puisqu'il n'est jamais devenu triste, maintenant il se met à rire tout seul pour n'importe quoi, en regardant la télé, je suis en train de faire quelque chose à la cuisine et j'entends des éclats de rire, alors je viens et il est à moitié mort de rire, même s'il n'y a rien de drôle dans ce qu'il y a à la télé, ça peut être aussi bien un enterrement que ces nouvelles de famine ou de guerre des journaux télévisés.

Il ne se rappelle pas la lassitude, l'angoisse, la peur des dernières fois, combien elle devenait dérangée, chaque fois plus acharnée et péremptoire dans ses exigences érotiques, comme si en quelques semaines elle avait accumulé toute la dépravation dans laquelle d'autres ne versent qu'après de longues années de vice, chaque soir plus bavarde, plus lancée et plus monotone dans ses histoires du passé, dans ses plans démentiels pour l'avenir, un avenir qu'elle situait de jour en jour plus près, elle s'obstinait même à discuter de la meilleure date possible pour leur fuite, et exigeait de lui des promesses et des serments en proférant des menaces terribles, avec des visions insensées de la liberté et de la richesse qui les attendait tous les deux en Amérique, où elle ne tarderait pas à retrouver son frère aventurier et multimillionnaire, à avoir une immense voiture de couleur rouge ou jaune ou bleue avec des ailerons argentés ainsi qu'une maison avec jardin et piscine et toutes sortes de perfectionnements.

Un soir, contrairement à son habitude, elle ne l'a pas attiré en silence dès son arrivée sur son châlit fragile et ascétique, mais elle s'est serrée contre lui dans le noir, lui a pris le visage entre ses mains et lui a dit à l'oreille d'une voix rauque et altérée qu'avant de la posséder – elle aimait bien ce mot grandiloquent – il devrait lui jurer que dans un délai d'une ou deux semaines, avant que se termine la saison de la cueillette des olives, ils fuiraient enfin ensemble. Ne lui avait-il pas dit deux ou trois soirs auparavant, mensongèrement et pour se tirer d'affaire, qu'il avait déjà à moitié arrangé la cession de son commerce avec un cordonnier du voisinage ? Comme un crochet ou comme une griffe, la main droite de la sœur, qui en si peu de temps était devenue étonnamment experte dans ses caresses et ses manipulations, s'est emparée de sa braguette et a commencé à le serrer progressivement, et sa voix lui a murmuré à l'oreille quelque chose qui bien des années plus tard lui donnait encore la chair de poule quand il se le rappelait, et qui lui provoquait encore un rétrécissement viril aussi instantané qu'irréparable : si tu me trahis, je t'arrache tout.

Mais ce soir-là a été le dernier. Le lendemain il s'est réveillé avec des frissons et des vertiges et n'a même pas eu la force de sortir du lit. Au milieu de son abattement et de sa fièvre il éprouvait le soulagement de ne pas avoir à aller au travail et de ne pas avoir à affronter l'examen quotidien de sœur Précipice et de sœur Marie du Golgotha. Le troisième jour la fièvre a empiré et il a fallu appeler le médecin qui a diagnostiqué un début de pneumonie très grave et ordonné une admission immédiate à l'hôpital de Santiago. Dans sa somnolence angoissée, il attribuait le malheur de cette maladie à un châtiment divin et il revivait tout le froid qu'il avait supporté sur la place, sous les intempéries, et celui de la cellule glaciale de sœur Marie du Golgotha : le péché de chair aggravé par le sacrilège et la négligence à se couvrir s'étaient conjurés pour le jeter sur un lit d'hôpital et peut-être même dans la tombe, dans les supplices de l'enfer. Il a dit et redit son chapelet, il a prononcé de ferventes promesses de sanctification et de pénitence, faire sa procession pieds nus pendant les vingt années à venir en portant sur l'épaule une croix de bois massif, s'infliger la discipline et le cilice, même imaginer qu'il se faisait moine et qu'il passait le reste de sa vie à faire pénitence dans un couvent pour se racheter des aberrations qu'il avait commises dans un autre.

Au bout d'un mois il est retourné dans son étroite échoppe et à son établi de cordonnier mais il avait l'impression qu'un temps beaucoup plus long avait passé et il se souvenait des jours d'avant sa maladie avec le détachement qui est le propre des choses lointaines. Les deux ou trois premiers matins, c'est à peine s'il a eu la force et le courage de travailler, et il a attendu avec un mélange de désir et de peur la visite des deux sœurs. Mais elles ne sont pas venues et le voisin de l'échoppe d'à côté, le barbier Pepe Morillo, lui a dit que semblait-il sœur Précipice était très malade, à cause de son âge et que, pour quelque raison qu'il ignorait, on avait interdit à l'autre sœur de sortir.

Ce soir-là, bien couvert, il s'est risqué à descendre sur la place Santa María. Les douze coups de minuit ont sonné mais à la fenêtre de la tour aucune lumière ne s'est allumée, et il a décidé, avec autant de déception que de soulagement, que le plus prudent était de rentrer chez lui et de se coucher, et aussi de commencer à mettre en pratique les résolutions qu'il avait prises pendant les journées noires de sa maladie, dont il était sûr d'avoir été sauvé par la double et miraculeuse efficacité des prières et de la pénicilline. Alors qu'il s'en allait déjà, il a détourné la tête et la lumière était allumée à la tour, et il a pu voir d'en bas la silhouette un peu fantomatique et tentatrice de sœur Marie du Golgotha. Pourtant ce ne sont pas sa volonté ni ses bonnes résolutions qui ont triomphé de la puissante influence du péché : c'est un frisson qui l'a secoué de la tête aux pieds et un début de douleur revenue dans sa poitrine qui lui ont rappelé la peur de la pneumonie, le désagrément d'avoir à se déshabiller et se rhabiller dans un endroit glacé et inconfortable, où il n'y avait pas moyen de se couvrir complètement. Et de plus les impatiences de cette femme, sa voix qui lui murmurait ses délires à l'oreille, comme un dévidoir, tandis qu'il plongeait dans le sommeil et qu'il ne désirait qu'une chose, partir, et les rudes planches de la couchette qui lui blessaient le dos, et il pensait à son lit chaud et moelleux, pour lui tout seul, à la sécurité de sa maison...

Ce soir-là il a surmonté la tentation, et quelques autres soirs aussi, mais à mesure qu'il sortait de l'épuisement dans lequel il était revenu de l'hôpital se réveillaient ses anciens instincts un temps apaisés par la pénitence, si ce n'est par la faiblesse physique, et un autre soir, contre sa volonté, il s'est trouvé en train de rôder sur la place Santa María, tellement excité qu'il avait du mal à marcher normalement, embourriqué, comme il disait brutalement, utilisant un de ces mots savoureux de notre terre qui aujourd'hui se sont presque perdus, de notre riche trésor populaire. Ce soir-là j'étais déchaîné, comme un taureau noir, comme un bouc, prêt à tout, à me la dévorer vivante et à ne plus jamais revenir. La lumière s'est allumée à la tour et, le sang en ébullition et le cœur emballé, il s'est dirigé vers la petite porte et l'a poussée avec moins de précautions que les autres fois, mais elle était fermée et il a eu du mal à se retenir pour ne pas la frapper de ses poings. Il s'est écarté du bâtiment, est retourné là d'où il pouvait voir la fenêtre de la tour. La lumière s'y était de nouveau allumée mais maintenant qu'il se trouvait plus près, il a vu, ou cru voir, sœur Marie du Golgotha qui, provocatrice et sarcastique, lui souriait et remontait sa bure en montrant ses seins nus, lui faisant un signe, lui indiquant peut-être de pousser à nouveau la porte.

Il est revenu la pousser mais elle était toujours fermée, et plus jamais elle ne s'est ouverte pour lui, pas plus qu'il n'a vu la lumière allumée aucun des soirs où il a rôdé sur la place.

– Et il n'a plus jamais rien su d'elle, il ne l'a jamais revue ?
On veut toujours que les histoires se terminent, bien ou mal, qu'elles aient une fin aussi claire que leur début, une apparence de sens et de symétrie. Mais dans la réalité il y a très peu de choses qui se bouclent complètement, si ce n'est de par le hasard ou par la mort, et il y en a d'autres qui n'adviennent pas ou qui s'interrompent à leur commencement, et il n'en reste rien, pas même dans la mémoire distraite et infidèle de ceux qui les ont vécues. Les années passent et notre ami parvient à cet âge auquel nous l'avons connu, il y a de plus en plus d'affiches de Semaine Sainte et de corridas dans sa minuscule échoppe et quand il manque de place, il les colle les unes sur les autres. Il est promu président de sa confrérie, il est nommé assesseur officiel pour les courses de taureaux, il est interviewé dans le journal provincial comme une des gloires de notre menue vie locale et il colle la coupure de journal sur l'une des vitres de sa porte, de manière que ceux qui passent dans la rue puissent la voir. La coupure jaunit, certaines boutiques du quartier commencent à fermer, même celle du barbier voisin, et son commerce de réparation de chaussures semble avoir aussi peu d'avenir que celui de la coupe des cheveux, parce que les gens jettent les chaussures usagées et s'en achètent de neuves dans des boutiques de chaussures modernes qui ont ouvert dans d'autres parties plus peuplées de la ville. Mais lui a ses économies et il a assuré sa vieillesse avec autant de prudence que la satisfaction régulière de ses besoins sexuels, et de plus il a décidé qu'il lui faut se marier, parce qu'il est arrivé à un âge où un homme n'est plus ce qu'il a été, bien qu'il conserve la prestance nécessaire pour attirer une épouse mûre et serviable, qui sera celle qui s'occupera de lui quand il commencera vraiment à perdre ses capacités, époque où, s'il a eu l'imprudence de ne pas se marier plus tôt, il ne lui restera pas d'autre issue que la décrépitude solitaire ou l'asile. Le type de femme qui l'intéresse, son profil pour être plus précis, il le connaît aussi très clairement : veuve, avec un salaire acceptable, un peu de bien, un appartement en toute pro-

priété par exemple, et sans enfants. Il a considéré un temps comme candidate la sous-lieutenante de l'Intendance, alors veuve du sous-lieutenant, pourvue d'une solide retraite et propriétaire de son logement, mais il l'a trouvée trop vieille pour son projet, non pas pour des raisons sexuelles mais parce qu'il ne lui convenait pas d'avoir la charge de quelqu'un qui multiplierait les inconvénients de l'âge plutôt que d'y remédier. Inopinément, un matin, en faisant la queue à la Caisse d'épargne où il était allé mettre à jour son bien-aimé livret, il a fait la connaissance d'une femme parfaite, qui dépassait de loin ses attentes les plus audacieuses : une institutrice, célibataire, de bonne apparence, les cheveux teints et la poitrine opulente, avec cependant aussi une rassurante discrétion de manières, un superbe salaire et une substantielle accumulation d'ancienneté, un appartement dans le centre de Madrid, provenant d'un héritage, titulaire d'un poste dans une école de Móstoles. En six mois ils se sont mariés, et sans attendre la vente du local où s'était trouvée la cordonnerie, au début de septembre, ils sont partis pour la capitale, à temps pour la rentrée scolaire de la nouvelle épousée. Le vingt-sept septembre, bien entendu, à la veille de notre feria, il était de retour parce qu'il devait assister aux corridas de San Miguel et de San Francisco en sa qualité d'assesseur technique de la présidence. Un acheteur possible s'était intéressé à l'échoppe de cordonnier. Il a pris rendez-vous avec lui pour la lui faire visiter par un de ces matins frais du début de l'automne, et il a ressenti une certaine tristesse à marcher dans la rue Royale, alors si déserte à cette heure où dans d'autres temps elle bruissait du mouvement de la foule, et à ouvrir sa vieille porte vitrée, après avoir remonté le rideau métallique qui était resté fermé bien des mois. Par terre il y avait de vieux papiers et une poignée de lettres qu'il n'avait pas même pris la peine d'examiner avant de partir, s'imaginant avec ennui que ce ne seraient que des prospectus ou des publicités qui ne l'intéresseraient pas. Il les a pourtant regardées, en essuyant la poussière, pour passer le temps en attendant qu'arrive cet hypothétique acheteur. Dans le tas, il y avait une carte postale aux couleurs criardes qui représentait la statue de la Liberté, le drapeau américain et la silhouette des gratte-ciel de New York. Au revers, il n'y avait ni le nom ni la signature de l'expéditeur et, outre son adresse, il n'y a trouvé que quelques mots écrits d'une lettre soignée et appliquée, plutôt vulgaire, semblable à celle qu'on apprenait autrefois dans les écoles religieuses.

Souvenirs d'Amérique.

Tu es

Tu n'es pas une personne unique, et tu n'as pas une histoire unique, et ni ton visage ni ton métier ni les autres circonstances de ta vie passée ou présente ne demeurent invariables. Le passé bouge et les miroirs sont imprévisibles. Chaque matin tu te réveilles en croyant être le même que la veille au soir, croyant reconnaître dans le miroir un visage identique, mais parfois, dans ton sommeil, tu as été bouleversé par de cruels lambeaux de douleurs ou de passions anciennes qui donnent au matin une lumière légèrement trouble, et ce visage qui te semble le même est sans cesse en train de changer, modifié minute après minute par le temps, comme un coquillage par le frottement du sable, par les coups et le sel de la mer. À chaque instant, même si tu te tiens immobile, tu changes de lieu et de temps grâce aux décharges chimiques infinitésimales en quoi consistent ton imagination et ta conscience. Des régions entières et de lointaines perspectives du passé s'ouvrent et se ferment en éventail, comme les alignements rectilignes des oliviers et des sillons pour celui qui les regarde de la fenêtre d'un train qui roule à toute vitesse on ne sait vers où. Quelques secondes durant, un goût ou une odeur ou une musique à la radio ou la sonorité d'un nom te transforment en celui que tu as été il y a trente ou quarante ans, avec une intensité beaucoup plus forte que la conscience de ta vie présente. Tu es un enfant apeuré par son premier jour d'école, ou un garçon au visage rond et aux yeux fuyants, avec une ombre de moustache au-dessus de la lèvre supérieure, et quand tu te regardes dans le miroir tu es un homme de quarante et quelques années dont la chevelure noire commence à se strier de blanc et chez qui personne ne pourrait retrouver les traces d'un visage enfantin, ni même de cette espèce de vague jeunesse durable où tu t'imagines installé depuis ton entrée dans la vie adulte, dans la première de tes vies, dans le travail et le mariage, dans les obligations et les rêves secrets, dans l'éducation des enfants. Tu es chacune des diverses personnes que tu as été, et aussi celles que tu t'imaginais pouvoir être, et chacune de celles que tu n'as jamais été, et celles que tu désirais ardemment être et que, maintenant, tu te félicites de n'être pas devenu.

En même temps que toi se transfigurent la chambre où tu te trouves et la ville ou le paysage qu'on voit par la fenêtre, la maison que tu habites, la rue où tu marches, toutes choses qui s'éloignent et s'enfuient à peine apparues de l'autre côté de la vitre, sans jamais s'arrêter, disparaissant pour toujours. Villes, souvenirs et noms de villes où il te semblait que tu habiterais pour toujours et dont tu es parti sans retour, images de villes où tu as passé quelques jours, nouveau venu sur le point de repartir, et qui aujourd'hui sont, dans ta mémoire, comme un fouillis de cartes postales aux couleurs criardes et vieillies, comme les bleus sur les cartes postales des villes maritimes dans les années soixante. Ou même pas cela : villes qui sont à peine plus que de beaux noms dépouillés de toute substance par le passage du temps, Tanger, Copenhague, Hambourg, Washington, Baltimore, Göttingen, Montevideo. Qui étais-tu quand tu marchais dans une quelconque d'entre elles, t'immergeant avec crainte et ferveur dans l'anonymat qu'elles t'offraient, dans la suspension et la perte d'une identité qui était indéchiffrable pour quiconque te croisait.

À la rigueur, ce qui change le moins, à travers tant de lieux et de temps, c'est la chambre où tu te retires, cette chambre dont, selon Pascal, on ne devrait jamais sortir afin que le malheur ne survienne pas. *Se trouver seul dans une pièce est peut-être une condition nécessaire de la vie*, a écrit Franz Kafka à Milena. Dans cette chambre il y a un ordinateur à la place d'une machine à écrire, mais ma chambre d'aujourd'hui ressemble beaucoup à n'importe laquelle de celles que j'ai habitées au long de ma vie, de mes vies, la première où j'ai vécu à dix-sept ans, avec une table de bois et une fenêtre qui donnait sur le Guadalquivir et la ligne bleue de la sierra de Mágina. Je m'y enfermais pour être seul avec ma machine à écrire, mes disques, mes cahiers, mes livres, et en même temps que je me sentais à l'écart et protégé, la fenêtre me permettait de me mettre face à l'immensité du monde, vers lequel j'avais envie de m'enfuir au plus vite parce que ce refuge, comme presque tous les refuges, était aussi un enfermement et que la seule fenêtre à laquelle je désirais me pencher était celle du train de nuit qui m'emporterait au loin.

Laura García Lorca, qui est née à New York et parle un espagnol clair et pur avec parfois une inflexion de sonorité anglaise, m'a montré à Grenade, à la Huerta de San Vicente, la chambre de son oncle Federico, la dernière qu'il a occupée, celle dont il a dû partir un jour de juillet mille neuf cent trente-six, à la recherche d'un refuge qu'il n'allait pas trouver. Tous les malheurs s'abattent sur l'homme parce qu'il ne sait pas rester seul dans sa chambre. J'ai vu la chambre de Lorca et elle ressemblait à un souvenir de chambres véritables ou rêvées, et aussi à l'expression exacte d'un désir. J'avais vécu dans cet endroit, je voulais vivre de temps en temps dans une chambre comme celle-là. Murs blancs, sol de carrelages comme ceux de la maison de mon enfance, table de bois, lit métallique peint en blanc, austère et confortable, une grande fenêtre ouverte sur la Vega, sur l'étendue de ses jardins piquetés de maisons blanches, sur la silhouette bleutée ou mauve de la sierra, ses sommets enneigés teintés de rose sur le soir. Je me rappelle la chambre de Van Gogh à Arles, elle aussi accueillante et austère, mais dont la géométrie harmonieuse était déjà gauchie par l'angoisse, la chambre qui ouvrait sur un paysage aussi méridional que celui de la Vega de Grenade et qui contenait également les quelques choses nécessaires à la vie, et qui pourtant n'a pas non plus sauvé du malheur l'homme qui s'y réfugiait.

Je me demande comment pouvait être la chambre d'Amsterdam où Baruch Spinoza, descendant de Juifs expulsés d'Espagne puis du Portugal, lui-même expulsé de la communauté juive, rédigeait ses traités philosophiques à la sèche clarté et polissait les lentilles au moyen desquelles il gagnait sa vie : je l'imagine avec une fenêtre par laquelle rentrait une lumière claire et grise semblable à celle des tableaux de Vermeer, où il y a toujours des chambres qui protègent chaleureusement des intempéries leurs habitants songeurs et où quelque chose leur rappelle la dimension du monde extérieur, une carte des Indes ou d'Asie, une lettre qui vient d'arriver de très loin, quelques perles pêchées dans l'océan Indien. Une femme de Vermeer lit une lettre, une autre, sérieuse et absente, regarde vers la lumière de la fenêtre et peut-être est-elle en train d'attendre l'arrivée d'une lettre. Enfermé dans sa chambre, sans doute le seul lieu où il n'était pas complètement apatride, Baruch Spinoza donne forme à la courbure d'un verre qui permettra de voir des choses si minimes que l'œil humain ne peut pas les distinguer, et il désire embrasser, sans autre aide que celle de son intelligence, l'ordre et la substance de l'univers, les lois de la nature et de la morale humaine, le rigoureux mystère d'un Dieu qui n'est pas celui de ses ancêtres, qui le renient et l'ont expulsé de la synagogue, et pas non plus celui des chrétiens qui peut-être le brûleraient s'il vivait dans un pays moins tolérant que la Hollande. Dans une lettre à Milena Jesenska, Franz Kafka oublie un instant sa destinataire pour s'écrire à lui-même : *Tu es tout de même juif et tu sais ce qu'est la peur*.

Et alors Primo Levi me vient en mémoire, dans son appartement bourgeois de Turin, la maison où il était né et où il est mort, se jetant ou tombant par malheur dans la cage d'escalier, là où il a vécu toute sa vie, sauf à peine deux ans entre mille neuf cent quarante-trois et mille neuf cent quarante-cinq. En septembre quarante-trois, quand les miliciens fascistes l'ont arrêté, Primo Levi avait quitté sa chambre protectrice et sa maison de Turin pour rejoindre la

Résistance, et il avait sur lui un petit pistolet qu'il savait à peine utiliser et qui en réalité n'avait jamais tiré. Il avait été un bon étudiant, licencié en chimie avec d'excellentes notes, appréciant ce qu'il apprenait dans les laboratoires et dans les amphithéâtres autant que la littérature, qui pour lui a toujours eu la même obligation de clarté et d'exactitude que la science. Un homme jeune, menu, appliqué, portant lunettes, élevé dans une famille éclairée et bourgeoise, dans une ville cultivée, laborieuse, austère, accoutumé depuis son enfance à une vie sereine, en accord avec le monde extérieur, sans la moindre ombre de quelque différence qui l'aurait séparé des autres, pas même sa condition de Juif, parce que, en Italie, et plus encore à Turin, un Juif était aux yeux des autres et pour lui-même un citoyen semblable aux autres, surtout si comme Primo Levi il appartenait à une famille laïque, éloignée de la langue hébraïque et de toute pratique religieuse. Ses ancêtres avaient émigré d'Espagne en quatorze cent quatre-vingt-douze. Il a quitté sa chambre, la sûreté de la maison où il était né, et il est probable qu'en sortant sous les arcades il a frémi en pensant qu'il ne reviendrait pas, et à son retour, deux ans plus tard, maigre comme un spectre, survivant de l'enfer, il a probablement senti qu'il était mort, qu'il était le fantôme de lui-même qui revenait vers la maison intacte, sous les mêmes arcades, dans la chambre devenue étrangère où rien n'avait changé pendant son absence, où aucun changement visible ne se serait produit s'il était mort, s'il n'avait pas réchappé du bourbier de cadavres du camp d'extermination.

Quelle est la quantité minimum de patrie, quelle est la dose d'enracinement ou d'intimité dont a besoin un être humain, se demande Jean Améry en se rappelant sa fuite d'Autriche en mille neuf cent trente-huit, peut-être pendant la soirée du quinze mars, par l'express qui quittait Vienne à onze heures quinze pour Prague, et aussi son voyage clandestin et mouvementé au travers des frontières d'Europe vers son refuge provisoire d'Anvers, où il a connu la précarité absolue des Juifs exilés, l'hostilité des gens du cru envers les étrangers, les humiliations infligées par la police et les fonctionnaires qui examinent des papiers et qui accordent ou refusent des autorisations, et qui font revenir le lendemain et le surlendemain, et qui considèrent le réfugié comme suspect d'un délit, le plus grave de tous, qui est d'avoir été dépouillé de la nationalité qu'il croyait sienne, inaliénable, et de n'être complètement accepté nulle part. On a besoin d'avoir au moins une maison où l'on se sente à l'abri, dit Améry, une chambre dont on ne puisse pas vous expulser avec de mauvaises manières en pleine nuit, dont on n'ait pas à s'enfuir à toute vitesse quand on entend des pas dans l'escalier et les coups de sifflet de la police.

Tu es celui qui a toujours vécu dans la même maison, dans la même chambre et parcouru les mêmes rues sur le chemin du bureau où tu restes de huit heures à quinze heures tous les jours, du lundi au vendredi, et tu es aussi celui qui fuit sans relâche et ne trouve d'abri nulle part, qui traverse les frontières la nuit par des sentiers de contrebandiers, qui voyage avec des papiers faux ou douteux dans un train et qui reste sans dormir pendant que les autres voyageurs sommeillent bruyamment à côté de toi, dans la crainte que les pas qui s'approchent dans le couloir soient ceux d'un policier, calculant le temps qui reste avant la frontière, avant que les hommes en uniforme qui examinent tes papiers t'indiquent d'un geste de te mettre de côté, et alors les autres voyageurs, ceux qui ont des passeports en règle et qui ne craignent rien, te regarderont d'un air soupçonneux et en même temps soulagé parce que le malheur qui t'est tombé dessus les épargne, eux qui commencent à voir sur ton visage les symptômes de la culpabilité, du délit, de la différence, qui est d'autant plus mortelle qu'elle n'est pas perceptible à première vue, qu'elle est indépendante de la volonté ou des actions, une marque invisible et qui pourtant ne peut être effacée, une tache indélébile qui ne réside pas dans le visage ni dans l'apparence extérieure mais dans le sang, le sang du Juif ou celui du malade, celui qui sait qu'il sera expulsé si sa condition est découverte. Enfermé dans sa chambre, dans une clinique pour tuberculeux, Franz Kafka se rappelle les commentaires antisémites d'un autre malade à la table de la salle à manger, et il écrit une lettre, harcelé par l'insomnie et la fièvre : *L'incertaine situation des Juifs (elle est incertaine en elle-même et incertaine parmi les hommes) suffirait à faire comprendre qu'ils ne peuvent croire posséder que ce qu'ils tiennent en main ou entre les dents, que seule une possession tangible leur procure un droit à la vie, et qu'ils ne retrouvent jamais la chose qu'ils ont perdue, qu'elle s'en aille à jamais loin d'eux, au fil de l'eau, séraphiquement.*

Dans la chambre d'un hôtel de Port-Bou, Walter Benjamin s'est donné la mort parce qu'il ne lui restait pas d'autre issue que de continuer à fuir ses persécuteurs allemands. Jean Améry, quand la Gestapo l'a arrêté, puis quand il a été interrogé et torturé par les SS, se voyait attribuer deux identités possibles d'ennemi et de victime, il pouvait être un Allemand déserteur de l'armée, et dans ce cas il serait fusillé comme traître après être passé en conseil de guerre ; il pouvait aussi être un Juif et alors il serait envoyé dans un camp d'extermination. Jean Améry avait été arrêté à Bruxelles, où lui et son petit groupe de résistants de langue allemande imprimaient des tracts et les jetaient, la nuit, à proximité des casernes de la Wehrmacht, risquant leur vie contre l'espoir futile que quelque soldat allemand verrait sa conscience remuée à les lire. Jean Améry, qui s'appelait alors Hans Mayer, a été arrêté en mai mille neuf cent quarante-trois. Primo Levi seulement quelques mois plus tard, armé de son petit pistolet qu'il ne savait pas utiliser, pas plus dangereux pour le Troisième Reich que les tracts de Jean Améry. Ni l'un ni l'autre n'avaient pratiqué le judaïsme et Primo Levi se considérait par-dessus tout comme un Italien, de même que Jean Améry n'avait jamais pensé, jusqu'en mille neuf cent trente-cinq, être autre chose qu'un Autrichien. Mais tous deux, quand ils ont été arrêtés, confrontés au choix d'une identité, ont choisi de se déclarer Juifs, de rejoindre la foule des victimes absolues, ceux qui n'étaient condamnés ni pour leurs actes ni pour leurs paroles, ni pour avoir professé une religion ou une idéologie, ni pour avoir répandu des tracts qui n'auraient aucune influence sur personne, ni pour être partis dans la montagne sans vêtements ni chaussures d'hiver, sans autre arme qu'un ridicule petit pistolet, mais pour le simple fait d'être nés.

Tu es celui qui depuis le matin du dix-neuf septembre mille neuf cent quarante et un doit sortir en portant bien visible sur sa poitrine une étoile de David imprimée en noir sur un rectangle jaune, comme les Juifs des cités médiévales, mais maintenant avec tout un tas de précisions réglementaires concernant sa taille et sa disposition, méticuleusement expliquées dans le décret correspondant, qui prévoit aussi les sanctions infligées à ceux qui sortiront sans l'étoile ou tenteront de la dissimuler, en la cachant par exemple avec un dossier, ou les paquets de leurs achats, ou même le bras qui tient un parapluie. Dans le ghetto de Varsovie, l'étoile était bleue et le brassard blanc.

Tu es n'importe qui et tu n'es personne, celui que tu inventes ou dont tu te souviens, celui qu'inventent ou dont se souviennent les autres, ceux qui t'ont connu il y a longtemps, dans une autre ville et dans une autre vie, et qui ont conservé de toi l'image figée de celui que tu étais alors, une de ces photos oubliées qui vous étonnent et même que vous rejetez quand vous les revoyez après des années. Tu es celui qui imaginait des futurs chimériques qui aujourd'hui lui semblent puérils, celui qui a tant aimé des femmes dont aujourd'hui il ne se souvient même pas, et qui a honte d'avoir été celui qu'il était, parfois sans que personne ne le sache. Tu es ce que les autres, aujourd'hui même, quelque part, racontent de toi, et ce que quelqu'un qui ne t'a pas connu raconte qu'on lui a raconté, et ce que quelqu'un qui te déteste imagine que tu es. Tu changes de chambre, de ville, de vie mais il y a des ombres et des doubles de toi qui continuent d'habiter les lieux d'où tu es parti, qui n'ont pas cessé d'exister du fait que tu n'y es plus. Enfant, tu courais dans les rues en t'imaginant que tu étais à cheval, et que tu étais en même temps le cavalier qui éperonne le cheval avec des cris de cow-boy de cinéma et le cheval qui court au galop, et aussi l'enfant qui assistait à cette chevauchée dans un film et celui qui le lendemain le raconte avec enthousiasme à ses camarades qui n'ont pas été le voir au cinéma d'été, et celui qui écoute l'autre raconter des histoires ou des films, le regard attentif et les yeux brillants, celui qui demande une histoire supplémentaire pour que sa mère ne parte pas en éteignant la lumière, celui qui finit de raconter un conte à son fils et qui voit dans son regard, où il se reconnaît, tout l'enthousiasme vibrant de l'imagination, l'envie de continuer à écouter, le désir que la voix affectueuse qui raconte ne se taise pas, que l'obscurité ne se fasse pas dans la chambre vite envahie par les ombres de la peur.

Tu changes de vie, de chambre, de visage, de ville, d'amour, mais même quand tu te dépouilles de tout, il reste toujours quelque chose de permanent, qui réside en toi depuis que tu es doué de mémoire et depuis bien avant que tu aies atteint l'âge de raison, le noyau ou la moelle de ce que tu es, de ce qui jamais ne s'est éteint, non pas une conviction ni un désir, mais un sentiment, parfois amorti comme la braise du feu de la veille cachée sous les cendres, mais presque toujours très vif, qui palpite dans tes actions et qui colore les choses d'un éloignement durable dans le temps : tu es le sentiment d'être déraciné, étranger, de ne jamais être tout à fait nulle part, de ne pas partager les certitudes d'appartenance qui pour d'autres semblent si naturelles ou faciles, ni l'assurance avec laquelle beaucoup d'entre eux s'accommodent ou possèdent, ou bien tiennent pour acquises la solidité du sol où ils marchent, la fermeté de leurs idées, la durée future de leur vie. Tu es toujours un hôte qui n'est pas sûr d'avoir été invité, un locataire qui craint d'être expulsé, un étranger à qui manque un certain papier pour régulariser sa situation, un enfant un peu gros et timide parmi les costauds et les brutes dans la cour de l'école, le ralenti aux pieds plats parmi les soldats de la caserne, l'efféminé et le renfermé parmi ceux qui sont agressivement machos, l'élève modèle miné de l'intérieur par la solitude et la honte et qui voudrait être l'un de ces cancres de la classe qui se moquent de lui, le père de famille confit d'ennui et de rancœur conjugale qui regarde les femmes de biais pendant qu'il se promène au bras de la sienne dans une rue de sa ville de province, le dimanche après-midi, l'employé intérimaire qui ne parvient pas à avoir de contrat stable, le Noir ou le Marocain qui saute d'une barque clandestine sur une plage de la région de Cadix et s'enfonce de nuit dans un pays inconnu, trempé, mort de froid, fuyant les phares et les lampes électriques de la Garde civile, le républicain espagnol qui traverse la frontière française en janvier ou février mille neuf cent trente-neuf et qui est traité comme un chien ou un pestiféré, puis expédié dans un camp de concentration, sur une côte rébarbative, enfermé dans une géométrie sinistre de baraques et de barbelés, la géométrie et la géographie habituelle de l'Europe de cette époque, depuis les plages infâmes d'Argelès-sur-Mer, où les républicains espagnols sont parqués comme du bétail, jusqu'aux ultimes confins de la Sibérie, dont Margarete Buber-Neumann est revenue vivante pour être propulsée non pas vers la liberté mais dans le camp allemand de Ravensbrück.

Tu es ce que tu ignores que tu pourrais être si tu te voyais expulsé de ta maison et de ton pays, si une patrouille de la Gestapo t'avait arrêté pendant que tu jetais des tracts au petit matin dans une rue de Bruxelles et qu'on te suspendait à un crochet par les menottes qui attachent tes mains dans le dos, de sorte que lorsqu'on tire la chaîne et que tes pieds quittent le sol tu entends le bruit de tes épaules qui se désarticulent, si l'on t'enfermait dans un wagon à bestiaux avec quarante-cinq autres personnes et que tu devais y rester pendant les cinq jours entiers du voyage, et si tu entendais jour et nuit les pleurs d'un nourrisson que sa mère ne peut plus allaiter ni faire taire et si tu devais lécher la glace qui se forme aux interstices des planches du wagon parce que durant les cinq jours on ne distribue ni nourriture ni eau, et que quand enfin la porte s'ouvre par une nuit de gel tu voyais à la lumière des projecteurs le nom d'une gare que tu n'as jamais ni lu ni entendu auparavant et qui n'évoque rien pour toi si ce n'est une forme aiguë de terreur : *Auschwitz*. Personne ne sait d'avance s'il sera lâche ou courageux quand viendra l'heure, m'a dit mon ami José Luis Pinillos qui dans une vie lointaine, quand il était un jeune homme de vingt-deux ans, a combattu sous l'uniforme allemand sur le front de Leningrad : qui peut savoir si, quand il verra s'approcher l'ennemi il bondira vers lui ou sera paralysé, blanc comme un linge, se chiant littéralement dessus. Je ne suis pas celui que j'étais alors, et je suis très loin des idées qui m'ont amené là-bas, mais il y a quelque chose que je sais et que j'ai plaisir à savoir, je sais que j'ai été insensé et téméraire, mais que je n'ai pas été lâche, et je sais aussi que je n'y ai aucun mérite, que j'aurais pu l'être comme d'autres l'ont été, même ceux qui se donnaient pour si courageux avant que les balles ne se mettent à siffler. Mais aussi, moi, je suis vivant, et d'autres sont morts, courageux ou lâches, et souvent, la nuit, quand je ne peux pas dormir, je me souviens d'eux, il me semble qu'ils reviennent pour me demander de ne pas les oublier, de dire qu'ils ont existé.

Tu ne sais pas ce que tu aurais été, ce que tu pourrais être, mais tu sais ce que d'une manière ou d'une autre tu as toujours été, visiblement ou en secret, dans la réalité et aussi dans les songeries de ton imagination, même si peut-être tu ne l'étais pas aux yeux des autres. Et si tu étais en vérité ce que perçoivent les autres et non ce que tu t'imagines être, de même que tu n'es pas celui que tu vois dans le miroir et que ta voix ne résonne pas de la manière dont tu l'entends ? Hans Mayer, nationaliste autrichien, fils de mère catholique, lui-même agnostique, connaisseur de littérature et de philosophie, qui aimait s'habiller avec les culottes courtes à bretelles et les hautes chaussettes du costume folklorique, blond, les yeux clairs, a compris qu'il était juif non pas du fait que son père l'aurait été, ni parce que quelque apparence physique, quelque habitude ou quelque croyance religieuse aurait déterminé cette filiation, mais parce que d'autres avaient décrété qu'il l'était, et la preuve indélébile de son judaïsme a fini par être le matricule de prisonnier tatoué sur son avant-bras. Dans son logis de Prague, chez ses parents, à son bureau de l'Office d'assurances contre les accidents du travail, dans les chambres des cliniques, dans la chambre d'hôtel de la ville frontière de Gmünd où il attendait l'arrivée de Milena Jesenska, Franz Kafka a inventé par anticipation le coupable parfait, l'accusé d'Hitler et de Staline, Joseph K., l'homme qui n'est pas condamné parce qu'il a fait quelque chose ou parce qu'il se serait fait remarquer d'une quelconque manière, mais parce qu'il a été désigné comme coupable, qui ne peut pas se défendre parce qu'il ne sait pas ce dont on l'accuse et qui, au moment d'être exécuté, au lieu de se révolter, se soumet avec respect à la volonté des bourreaux, ayant en plus honte de lui-même.

Tu peux te réveiller à l'heure ingrate du petit matin, un jour de travail, et découvrir avec moins d'étonnement que de honte que tu t'es transformé en un gros insecte, tu peux entrer dans ton café habituel en croyant que rien n'est changé ni en toi ni dans le monde extérieur et découvrir dans le journal que tu n'es plus celui que tu croyais être et que tu n'es pas à l'abri de la persécution et de l'infamie. Tu peux arriver dans le cabinet du médecin en te croyant inaccessible à la mort, possesseur d'un temps de vie pratiquement illimité, et en ressortir une demi-heure plus tard en sachant que quelque chose t'éloigne et te sépare des autres, bien que personne ne puisse encore le remarquer sur ton visage, qu'à la différence de ceux-là qui se croient éternels tu portes sur toi, en toi, au long de cette même rue par laquelle tu es arrivé avec tant d'insouciance, une ombre qu'eux ne voient pas et à laquelle ils ne pensent pas, même si elle rôde autour d'eux et les attend. Tu es le médecin qui dans la pénombre de son cabinet attend le patient à qui il doit donner la nouvelle de sa maladie, et qui redoute le moment de son arrivée et celui des mots neutres et nécessaires, mais tu es surtout l'autre, le malade, qui ne sait pas encore qu'il l'est, qui marche tranquillement dans une rue familière, prenant son temps parce qu'il est en avance pour son rendez-vous, feuilletant un journal qu'il vient d'acheter et qu'il oubliera sur la table basse de la salle d'attente, un journal qui porte une date semblable à n'importe quelle autre dans la succession des jours et qui cependant marquera une frontière, l'avant et l'après, le dernier jour d'une vie et le commencement d'une autre où tu ne pourras plus être le même, où tu te rappelleras celui que tu as été jusqu'à ce moment-là comme quelqu'un de plus étranger à toi-même qu'un inconnu.

Tu es celui qui monte l'escalier, le journal sous le bras, qui a été sur le point d'oublier son rendez-vous chez le médecin, ou même de l'annuler tant les examens et la prescription des analyses lui semblaient banals, celui qui pousse la porte du cabinet médical et donne son nom à l'infirmière sans savoir que désormais ce nom ne désignera plus la même personne, tu es celui qui s'installe sur un canapé de la salle d'attente et regarde sa montre sans savoir qu'elle est en train de compter les dernières minutes de sa vie ancienne, qui s'imagine encore posséder un patrimoine intact de temps à venir virtuellement illimité, une garantie de vigueur et de santé. Tu regardes ta montre, tu croises les jambes, tu ouvres le journal, dans la salle d'attente d'un médecin ou dans un café de Vienne, en novembre mille neuf cent trente-cinq, et alors quelque chose se passe qui va changer ta vie pour toujours, t'expulser de la normalité ou du pays auquel tu croyais appartenir et auxquels tu sais brusquement que tu es étranger. Tu es celui qui dort dans un hôtel, qui la nuit est réveillé par une quinte de toux et qui crache soudain un flot de sang. Dans le journal tu lis les lois raciales qu'on vient de promulguer à Nuremberg et tu découvres que même si tu n'y ressembles pas, si tu ne l'avais jamais pensé ni désiré, tu es un Juif, que tu es destiné à la persécution et à l'extermination. L'infirmière apparaît souriante à la porte de la salle d'attente et te dit que maintenant le médecin est prêt à te recevoir, et quand tu te lèves pour la suivre, tu laisses sur la table le journal que tu n'as pas commencé de lire, et en sortant du cabinet, transformé en quelqu'un d'autre, tu ne te souviendras plus de le reprendre. Un matin, en se réveillant, Gregor Samsa s'est trouvé changé en un gros insecte. Parfois je croisais dans les rues de la ville que j'imaginais être la mienne des Juifs pauvres, émigrés de l'Est, avec leurs longs manteaux lustrés de graisse et leurs chapeaux noirs, avec aux tempes des cheveux frisés humides de transpiration, ils me dégoûtaient un peu et je me sentais soulagé de ne pas être comme eux, de ne ressembler en rien à ces silhouettes obstinément singulières et archaïques, qui avaient la même démarche dans les rues dégagées de Vienne que dans les villages de Pologne, de Galicie et d'Ukraine dont ils avaient émigré. Personne ne pourrait me prendre pour l'un d'eux pensais-je, personne ne me refuserait l'entrée d'un parc ou d'un café, ne ferait de moi des caricatures grossières dans la presse à scandales qui publie quotidiennement calomnies et diatribes contre les Juifs. Mais je sais maintenant que même si mon apparence extérieure ne permet pas de le deviner, même si je continue d'avoir l'air respectable et en bonne santé, je suis aussi marqué qu'eux. Tu es ce que les autres voient en toi et tu te transfigures devant leurs yeux, et l'homme blond, robuste, qui lit le journal dans un café de Vienne un dimanche matin, habillé d'une culotte courte tyrolienne à bretelles et de chaussettes hautes, sera bientôt, aux yeux du garçon qui l'a servi tant de fois, aussi repoussant que le pauvre Juif orthodoxe que certains jeunes gens à chemise brune et à brassard rouge humilient pour s'amuser, et il voyagera avec lui dans un wagon à bestiaux et finira par avoir exactement la même allure de cadavre ambulant dans les bourbiers du camp d'extermination, alors habillé du même bonnet et du même uniforme à rayures et partageant pour finir la même mort dans l'asphyxie, le noir et la panique de la chambre à gaz. Tu es ce que tu ignorais et ce que le médecin a peut-être deviné, quand il t'a vu pour la première fois, avec son regard qui excelle à élucider ce qui est encore secret, le médecin qui joue avec un coquillage blanc qu'il tient dans ses doigts et caresse avec la même discrétion la souris de son ordinateur, recherchant dans un dossier les données qui confirment son diagnostic, la condamnation certaine, le nom qu'aucun de vous deux ne prononce. Quand tu sors dans la rue au bout d'à peine une heure, ébloui au début par le soleil après que tes yeux s'étaient habitués à la pénombre du cabinet, la ville vers laquelle tu retournes n'est déjà plus celle que tu croyais connaître, et maintenant les hommes et les femmes que tu croises ne sont déjà plus tes semblables, et même la texture de la réalité a changé, bien que superficiellement elle reste identique, de même que ton visage et ton aspect général sont les mêmes quand tu les vois du coin de l'œil dans le reflet d'une vitrine. Tu marches dans la ville qui déjà n'est plus la tienne avec la sensation d'un réveil amer, d'avoir ouvert les yeux sur la maigre lumière de l'aube et découvert avec moins d'étonnement que de honte que tu t'es transformé en quelque chose d'inhabituel, en un gros insecte, en un malade, en quelqu'un qui sait qu'il va mourir ; mais aussi tu as la sensation d'être en train de rêver, de circuler à l'intérieur d'un cauchemar d'autant plus sinistre que toutes les choses qui y figurent sont des choses normales, que les lieux y sont ceux de chaque jour et la lumière celle d'un matin ensoleillé de Madrid. Tu avances sur un trottoir familier à Berlin, marchant sur le verre des vitrines cassées à coups de pierres pendant la nuit, sentant l'essence avec laquelle les boutiques de tes voisins juifs ont été incendiées. Et maintenant te tombe dessus, revient pour t'inonder depuis le passé le plus lointain le sentiment d'être étranger et venu de loin, le soupçon amer et désormais confirmé de ne pas appartenir au même monde que les autres, à leur normalité, et indissociable de ce sentiment d'être étranger et lointain, revient ou arrive la peur, non pas un malaise abstrait face à l'idée de mourir, mais un début de vertige ou de fragilité qui fait frémir ton corps tout entier, qui t'affaiblit un peu les genoux, la panique devant l'imminence de la mort, qui te sépare des autres, qui t'isole comme une prison invisible au moment même où tu marches, tandis que tu passes à côté du kiosque où, en arrivant, tu as acheté un journal que tu ne te souviens que maintenant d'avoir oublié parmi les revues dans la salle d'attente, ouvert mais pas lu, le journal aux grandes pages fixé sur une baguette de bois verni que le garçon de café ramasse sur la table entre une tasse vide et un cendrier garni de mégots.

Ensuite tu te souviendras des titres, de la photo du chancelier Hitler sur une estrade à Nuremberg, gesticulant devant une panoplie de drapeaux et d'aigles, des gros caractères qui annonçaient ton destin, qui t'attribuaient une identité de pestiféré encore ignorée par quiconque te croise dans cette ville dans laquelle, depuis cet instant précis, tu te sais étranger, même si l'on ne t'oblige pas encore à porter une étoile jaune à ton revers, ou un brassard blanc avec une étoile bleue. À partir de maintenant tu circuleras dans la ville en reconnaissant les tiens sans qu'eux te reconnaissent et tu détourneras les yeux pour ne pas avoir le cœur serré de honte et de remords, feignant encore, tant que cela t'est possible, ou permis, d'appartenir au royaume des autres, les bons citoyens aryens qui n'ont rien à craindre et commenceront très vite à refuser de te saluer dans l'escalier ou à faire comme s'ils ne te voyaient pas, ceux dont le sang et la lignée sont purs, encouragés par la conviction de leur propre santé, sûrs d'être à l'abri, de ne jamais se trouver au nombre des malades et des victimes possibles.

Tu es Jean Améry qui regarde un paysage de prés et d'arbres par la fenêtre de la voiture qui l'emporte vers la prison d'une caserne de la Gestapo, tu es Evguénia Guinzbourg qui entend pour la dernière fois le bruit particulier que fait en se fermant la porte de sa maison où elle ne reviendra jamais, tu es Margarete Buber-Neumann qui regarde le cadran éclairé d'une horloge dans l'aube de Moscou quelques minutes avant que la camionnette où elle est prisonnière n'entre dans l'obscurité de la prison, tu es Franz Kafka qui découvre avec étonnement, avec effroi, presque avec soulagement que le liquide chaud qu'il est en train de vomir est du sang. Tu es celui qui regarde sa normalité perdue depuis l'autre côté de la vitre qui l'en sépare, celui qui par les fentes entre les planches d'un wagon de déportés regarde les dernières maisons de la ville qu'il avait cru sienne, où jamais il ne reviendra.

Narva

En entrant chez moi, j'ai cherché dans l'encyclopédie ce nom que je n'avais jamais entendu mais que je répétais déjà dans ma tête pendant le trajet en taxi, et qu'au début je n'avais pas bien compris parce que mon ami ne parle pas fort et que sa voix m'échappait parfois dans le bruit du restaurant où nous sommes allés déjeuner. Nous sommes en novembre et les jours sont déjà beaucoup plus courts, et l'heure d'hiver, encore très récente, amène soudain une fin de journée prématurée, un crépuscule qui commençait presque dans les rues les plus étroites et les plus sombres quand nous nous sommes dit au revoir à la porte de la maison où il habite, un immeuble d'appartements moderne qui ne correspond en aucune manière à son caractère, ni à son âge, ni à la vie qu'il a menée. Qui pourrait deviner la vie de cet homme en le regardant un instant, en le croisant dans la rue ou dans l'entrée de cet immeuble anonyme, comme je l'aurais croisé si je ne le connaissais pas : un vieil homme vigoureux, au regard très vif dans de petits yeux, mais maintenant un peu voûté, les cheveux très blancs, lisses, fins, comme Spencer Tracy les avait dans sa vieillesse, ou comme ceux de mon grand-père paternel, qui lui aussi avait fait une guerre, où bien sûr lui n'était pas engagé volontaire, et qui peut-être n'a pas très bien su pourquoi on l'emmenait, ni compris l'envergure du cataclysme dans lequel sa vie a été entraînée, cette vie dont la mienne, si j'y réfléchis bien, est en partie un lointain écho.

Mon ami a quatre-vingts ans, presque l'âge qu'avait mon grand-père paternel quand il est mort, mais il ne pense pas à la mort, me dit-il, pas plus qu'il n'y pensait quand il se trouvait sur le front russe pendant l'hiver mille neuf cent quarante-trois, jeune sous-lieutenant qui devait très vite être promu lieutenant pour sa valeur militaire, et recevoir la Croix de Fer. On ne pense pas à la mort quand on a vingt ans et qu'à tout instant on risque de mourir, quand on avance le pistolet à la main dans le no man's land et que soudain on reçoit en plein visage et sur son uniforme le flot du sang de quelqu'un qui marchait à côté de vous, qui vient d'être atteint par une rafale de mitrailleuse et qui un instant plus tard n'est plus qu'un ramassis de viscères à plat dans la boue : on ne pense pas à la mort mais au froid qu'il fait, ou aux rations qui n'arrivent pas, ou au sommeil, parce qu'à la guerre le pire était le froid et le manque de sommeil, dit mon ami, et il boit en réfléchissant une courte gorgée de vin, assis en face de moi, plus vieux que n'importe lequel des convives qui déjeunent alors dans le restaurant, tous des hommes, uniformisés par leur âge et leurs costumes de cadres moyens, certains d'entre eux s'exprimant dans un anglais pauvre mais aisé, sur le ton trop haut qu'on utilise souvent pour parler en un lieu public dans un téléphone portable. Avec notre conversation se croisent celles des autres, les sonneries ou les musiquettes des téléphones, les bruits d'assiettes et de verres, et je dois faire un effort pour ne pas perdre une partie des mots que m'adresse mon ami, je me penche vers lui au-dessus de la table, en particulier quand il prononce un nom étranger, celui d'un général allemand ou celui d'un secteur du front russe, le nom de cette ville dont jusqu'à cet instant j'ignorais même l'existence, une des innombrables villes du monde dont on n'entendra jamais parler, de même que tant de gens ne connaissent pas même le nom de ma petite ville natale dont la réalité est si foisonnante pour moi, l'existence si détaillée, avec son recensement de vivants et de morts, de vivants que je ne vois maintenant presque jamais, et de morts qui reculent de plus en plus dans l'oubli, même si de temps en temps ils se rappellent soudain à moi, comme mon grand-père paternel qui est mort il y a quatorze ans.

Je me souviens de cette formule de Pascal : *Combien de royaumes nous ignorent !* Et pourtant cette ville étrangère acquiert peu à peu dans mon imagination une présence que lui a conférée mon ami en prononçant son nom dans un restaurant de Madrid : la première fois qu'il me l'a dit, je n'y ai pas prêté attention parce que l'histoire qu'il me racontait avait pour moi plus d'importance, et ensuite il l'a répété et je ne l'ai pas capté, peut-être parce qu'un fragment de conversation à une table voisine ou la sonnerie si aiguë d'un téléphone portable l'avait recouvert. C'est pour cela que je l'ai interrompu dans son récit et que je lui ai redemandé le nom de la ville, dont ce n'est que maintenant que j'ai compris qu'elle se trouve en Estonie. Mais qui peut imaginer à quoi ressemble l'Estonie, ce qu'il y a derrière ce nom, à l'intérieur de lui, comme à l'intérieur de ces petits globes de verre qu'il y avait autrefois dans les maisons, avec des paysages enneigés où tombait la neige après qu'on les avait agités : la neige tombe aussi dans l'hiver de cette ville d'Estonie, une ville petite me dit mon ami, provinciale, au bord d'un fleuve qui porte le même nom, Narva, le fleuve Narva, qui charriait de grandes plaques de glace, me dit-il, se le rappelant soudain, et ce détail retrouvé lui permet de dire que c'est au début de l'hiver qu'il est venu dans la ville.

Ensuite, je suis rentré chez moi en taxi depuis l'ouest de Madrid dégagé dans un automne ensoleillé jusque dans le centre et ses rues déjà sombres, dans lesquelles la nuit est plus proche, la nuit et aussi le froid un peu humide des fins de journée d'hiver, brouillard et humidité et odeur de forêt sur la route qu'il parcourt le long d'un fleuve qui commence à geler et qui se jette dans la Baltique treize kilomètres en aval de la ville qui porte son nom. Je circulais en taxi dans Madrid mais je voyageais à travers les souvenirs et les lieux qu'avait évoqués mon ami, et les dix ou quinze minutes de la course contenaient autant d'années lointaines que la vie de quelqu'un, de même que dans le Madrid que je voyais par la portière, j'aurais pu voir aussi la sombre capitale en ruine où mon ami était revenu après ses aventures dans la guerre mondiale, ayant perdu la foi, mais pas tout à fait désabusé, regardant avec une fierté pudique sa Croix de Fer, qu'il conservait toujours comme un talisman de sa jeunesse maintenant lointaine, presque incertaine à cette distance.

J'entendais sans leur prêter attention des voix dans la radio du taxi et les diatribes du chauffeur contre quelque chose, contre le gouvernement ou contre l'état de la circulation, mais je pensais à ce nom, je le savourais sans le prononcer, je faisais le projet de le chercher dans l'*Encyclopædia Britannica* dès que j'arriverais chez moi, Narva, où mon ami s'était trouvé en mille neuf cent quarante-trois et pour laquelle il était reparti trente ans plus tard avec le projet plutôt irréalisable de retrouver quelqu'un, une femme qu'il n'avait vue qu'une seule fois, un soir, dans un bal pour officiers allemands où il avait été invité parce qu'il était un des rares Espagnols de la division Azul à parler allemand, et aussi parce qu'il aimait Brahms et qu'à un certain moment il avait fredonné un thème de sa troisième symphonie : la guerre était faite de hasards comme celui-là, d'enchaînements de hasards qui vous précipitent ou vous sauvent, et votre vie pouvait dépendre non de votre degré d'héroïsme, de méfiance ou de ruse, mais du fait que vous vous étiez accroupi pour rattacher un lacet une seconde avant que n'arrive une balle ou un éclat d'obus juste à l'endroit où s'était trouvée votre tête, ou du fait qu'un camarade avait échangé avec vous son tour pour une patrouille de reconnaissance dont personne n'était rentré vivant. Lui aussi avait souvent eu la vie sauve, au bord même d'un malheur qui en abattait d'autres, par hasard, pour une fraction de seconde : qui sait si en partant pour cette ville d'Estonie avec une permission de deux jours il n'avait pas échappé aussi à une occasion assurée de mourir, si le thème de Brahms qui lui plaisait tant, Brahms, un des noms alors sacrés sur lesquels se fondait son amour de l'Allemagne, n'avait pas subitement changé le cours de sa vie, non seulement en la préservant, mais aussi en l'obligeant à commencer d'ouvrir les yeux, de découvrir une abomination à laquelle rien ne l'avait préparé et qui lui avait laissé des traces beaucoup plus durables que le vertige insensé du courage et du danger.

Il y avait eu une inspection de notre secteur et le commandant du bataillon m'avait demandé de servir de guide aux officiers allemands. Je les ai accompagnés pendant plusieurs jours et bien que les Allemands n'aient pas eu grande confiance en nous, l'un d'eux, un capitaine presque aussi jeune que je l'étais, a sympathisé avec moi, et tout cela parce que j'aimais Brahms, tu vois comme il se passait des choses bizarres à la guerre. Nous marchions en silence, les trois officiers allemands et moi, le long d'un parapet entre deux nids de mitrailleuses, par un de ces jours tranquilles où rien ne semblait devoir bouger sur le front, et sans m'en rendre vraiment compte je fredonnais quelque chose. Alors ce capitaine s'est mis à fredonner la même chose que moi, mais pas n'importe comment, avec toutes les notes, et il a commencé à marcher plus lentement pour mieux profiter du souvenir de la musique. Mon ami fredonne aussi, la bouche fermée et les yeux entrouverts, et je peux suivre la musique qu'il chantonne plus clairement que beaucoup de ses paroles, malgré le bruit du restaurant, les voix, les couverts et les téléphones portables. Je la reconnais tout de suite parce que moi aussi je l'aime bien, un thème puissant et sentimental qui a quelque chose d'une musique de film, une de ces musiques de films qui étaient déjà là avant que le cinéma n'existe. J'ai tout de suite réalisé, avant que l'Allemand ne me le dise, que c'était le troisième mouvement de la troisième symphonie de Brahms. À ce moment les deux autres officiers étaient restés en arrière, se signalant l'un l'autre, sans doute pour la blâmer, quelque déficience dans les défenses espagnoles, et à côté de moi le capitaine fermait à demi les yeux et bougeait légèrement la tête, et de sa main droite il semblait dessiner la musique en l'air, son index ganté de noir était la baguette avec laquelle il se dirigeait lui-même, avec laquelle il m'indiquait les courbes de la mélodie, la répétition d'un thème très triste qui semble être en même temps la plus haute expression de la douleur et sa consolation la plus miséricordieuse. Il m'a raconté que dans le civil il était professeur de philosophie dans un *Gymnasium*, et qu'il jouait de la clarinette dans l'orchestre de sa ville et dans un ensemble de musique de chambre. J'ai alors mentionné le quintette avec clarinette de Brahms et l'émotion de l'Allemand a atteint des sommets d'affectation un peu embarrassants, mais ce ne sont pas les paroles exactes qu'a prononcées mon ami : j'ai tout de suite remarqué, dit-il, qu'il était de la pédale, comme vous dites maintenant, malgré l'uniforme, malgré sa force et sa haute taille, il m'a dit que quand il jouait ce quintette il y avait des passages où il avait du mal à retenir ses larmes, où l'air lui manquait pour continuer de souffler dans la clarinette. C'était toujours comme s'il jouait cette musique pour la première fois, et elle était chaque fois plus profonde, plus difficile, plus triste, exprimant toute la lassitude de vivre de Brahms. Il n'y avait qu'un autre quintette avec clarinette qui lui plaisait autant que celui de Brahms, et j'ai tout de suite deviné et je lui ai dit : celui de Mozart, et l'émotion de se rappeler cette musique, la complicité qui s'était établie entre nous l'ont encouragé à me dire, en baissant un peu la voix, qu'il aimait aussi beaucoup Benny Goodman, même si en Allemagne il était devenu impossible de trouver ses disques. Mais alors les autres officiers nous ont rejoints et le capitaine a changé de visage, il est redevenu aussi raide qu'avant, aussi militaire qu'eux, et il ne m'a plus parlé de musique, il ne m'a presque plus adressé la parole jusqu'à ce que nous nous quittions. Ils étaient très bizarres, ces Allemands, dit mon ami, on ne savait jamais ce qui leur passait par la tête, ce à quoi ils pensaient ou ce qu'ils ressentaient quand ils vous regardaient avec leurs yeux si clairs, avec cette application et cette intensité qu'ils mettaient en tout. En tout cas, quelques semaines plus tard, le commandant du bataillon m'a convoqué pour me dire que j'avais deux jours de permission parce que les officiers allemands que j'avais accompagnés comme guide et comme interprète avaient été très contents de moi et ils lui avaient demandé de me permettre d'assister à un bal dans cette ville de l'arrière, Narva. Le capitaine amateur de Brahms et de Benny Goodman est venu m'accueillir à la gare. Je me rappelle que nous entrions dans la ville par une route qui longeait un fleuve, à la lisière d'une forêt, et aussi qu'il y avait un peu de soleil, mais qu'il commençait à faire très froid.

Celui qui n'a pas vécu les choses exige des détails qui pour le véritable narrateur n'ont aucune importance : mon ami parle du froid et des plaques de glace qui dérivaient sur le fleuve, mais mon imagination ajoute l'heure et la lumière de l'après-midi, qui était celle de la rue quand nous sommes sortis du restaurant, et les lourdes capotes grises aux larges revers des deux uniformes allemands, de même que la stature si dissemblable des deux hommes, l'Espagnol un peu chétif, du moins par comparaison avec le capitaine passionné de clarinette, tous deux avec des gants noirs, des casquettes à visière noire, le col relevé contre le froid, parlant de musique et se rappelant des passages tristes de Brahms et de Mozart, des airs rapides de Gershwin joués par Benny Goodman, que depuis des années on n'entendait plus sur les émetteurs de la radio allemande.

C'est alors que j'ai vu quelque chose que je n'ai jamais oublié. Mon ami pose sa fourchette et son couteau sur la table, boit une gorgée de vin avec un de ces gestes vifs et un peu furtifs auxquels je commence à m'habituer, si rares chez un homme de quatre-vingts ans, la vivacité de celui qui a mille choses à mener à bien dans sa vie, à apprendre, des livres dont il doit faire le compte rendu dans les revues spécialisées de sa profession dont il est une sommité internationale, des rendez-vous, des voyages à l'étranger. Il devient alors très sérieux et il parle en me regardant de ses yeux petits et comme embusqués derrière des sourcils blancs et les rides de ses paupières, mais je n'ai pas l'impression qu'il me voit, ou qu'il se trouve entièrement dans le même lieu et dans le même temps que moi, dans un restaurant de Madrid, bruissant de voix et de sonneries de téléphones portables. J'ai vu venir vers nous une colonne de gens qui occupait toute la largeur de la route, rien que des hommes, certains presque des enfants et d'autres si vieux qu'ils marchaient en titubant et en s'appuyant les uns sur les autres. Ils avançaient en rangs, très serrés mais en formation, tous silencieux, la tête basse, comme dans ces enterrements qu'on voyait autrefois passer dans les rues étroites des villes, et ceux qui ouvraient la marche portaient quelque chose devant eux, une perche horizontale comme ces barrières des postes frontières, de laquelle pendait un enchevêtrement de fils de fer barbelés qui devait leur écorcher les jambes pendant qu'ils marchaient. On entendait les pas, le bruit du barbelé qui traînait par terre et celui des fusils des gardiens qui frottaient contre leurs uniformes. L'Allemand et moi sommes aussi restés silencieux et nous nous sommes mis de côté sur le bord de la route. Il y avait beaucoup d'hommes, je ne sais pas combien, peut-être plusieurs centaines, surveillés par quelques soldats SS, et toutes les cinq ou six rangées, ils portaient d'autres perches horizontales avec des fils de fer barbelés pour qu'ils s'y emmêlent, je pense, si quelqu'un rompait la formation ou tentait de s'échapper. Jamais je n'avais vu de visages si maigres et si pâles, pas même chez les prisonniers russes, ni cette manière de marcher qu'avaient ces hommes, marquant le pas mais traînant les pieds, regardant par terre, les épaules basses. Je me souviens d'un vieillard avec une très longue barbe, très blanche, mais surtout d'un homme jeune qui était au premier rang, au milieu, très grand, jaune, avec le visage d'un mort, portant un de ces longs manteaux de l'époque et une casquette bleu marine, c'est comme si je le revoyais, aussi bien que je te vois, avec un pince-nez et le visage très noir de barbe, je n'ai pas même oublié cela, non pas parce qu'il ne s'était pas rasé de plusieurs jours, mais parce que sa barbe était très drue, plus noire encore du fait de sa pâleur. C'est le seul qui a un peu levé la tête, pas beaucoup cependant, et il m'a regardé, il passait à côté de moi et il se tournait vers moi, vers moi seul, tournant son cou si long, avec la pomme d'Adam très saillante, il ne regardait pas l'Allemand. Il a tourné la tête et il a continué de me regarder au milieu des têtes baissées des autres, comme s'il voulait me dire quelque chose rien qu'avec ses yeux, qui paraissaient plus grands encore dans un visage si émacié et si maigre.

Ils avaient continué d'entendre le bruit multiple et monotone des pas quand la colonne des prisonniers les avait peu à peu laissés derrière elle, il se confondait avec le bruit du courant du fleuve. Les deux hommes sont restés silencieux, le capitaine allemand et l'Espagnol récemment promu lieutenant, tous deux agrandis et uniformisés par leurs capotes grises et leurs casquettes à visière noire qui leur couvraient les yeux. La lumière du soleil avait alors dû disparaître et le froid avait dû se faire plus intense et plus humide, et à l'intérieur de la forêt, de l'autre côté de la route, la nuit avait dû alors progresser, comme au fond de certaines ruelles du centre de Madrid quand il y a encore du soleil aux fenêtres des bâtiments les plus hauts, dans le bleu pur et glacé de novembre.

Mon ami, intrigué par ce qu'il avait vu, a demandé à l'Allemand qui étaient ces hommes, et l'autre lui a semblé à la fois étonné et amusé, étonné de son ignorance, amusé de sa naïveté de jeune officier, nouveau venu dans la guerre, de rude Espagnol pas encore tout à fait digne d'être admis dans la fraternité supérieure allemande, malgré la pureté de son accent, malgré son courage sur le front et sa dévotion à Brahms : *Juden !*, des Juifs, mon ami se souvient que l'Allemand lui a dit cela, et en prononçant ce mot son visage a pris pendant quelques secondes une expression inhabituelle, comme s'il lui faisait partager un secret plaisant, une blague de chambrée soudain vulgaire. J'entends en ce moment ce mot répété, *Juden*, et mon ami imite le ton et l'expression sarcastiques et méprisants de l'Allemand, qui lui a donné un coup de coude et a cligné de l'œil, à nouveau équivoque, comme quand il se remémorait ce thème de Brahms et semblait le caresser du bout des doigts, mais maintenant vulgaire, méconnaissable, se réjouissant d'une abjecte plaisanterie de beuverie ou de bordel.

À l'époque je ne savais rien, mais le pire était que je me refusais à savoir, que je ne voyais pas ce que j'avais sous les yeux. Je m'étais engagé dans la division Azul parce que je croyais comme un fanatique tout ce qu'on nous racontait, je ne cherche ni à le cacher ni à me disculper, je croyais que l'Allemagne était la civilisation et la Russie la barbarie, ces steppes d'Asie d'où étaient partis pendant des siècles les sauvages envahisseurs de l'Europe. Ortega y Gasset l'avait dit : l'Allemagne, c'était l'Occident, et nous le croyions parce que c'était lui qui l'avait dit. L'Allemagne, c'était la musique qui m'émouvait, l'allemand était la langue de la poésie et de la philosophie, du droit et de la science. Tu ne peux pas savoir avec quelle passion j'avais étudié l'allemand à Madrid, avant la guerre civile, quelle fierté me prenait quand les Allemands à qui je servais d'interprète en Russie me complimentaient sur mon accent. Mais ce mot allemand, dit sur ce ton, *Juden*, a été comme un grincement désagréable, l'annonce de quelque chose que j'avais jusque-là refusé d'écouter, même si j'avais dû l'entendre de nombreuses fois, et je te répète que je ne cherche pas à me disculper, que je ne peux pas dire ce que beaucoup d'autres ont dit par la suite, qu'ils ne savaient pas, qu'ils ne s'étaient rendu compte de rien. Nous ne savions pas parce que nous n'étions pas disposés à savoir. Mais même si j'avais pu oublier le ton qu'avait pris l'officier allemand pour dire *Juden*, et le visage de cet homme à lunettes qui tournait la tête pour continuer à me regarder sur la route de Narva, je n'avais plus la possibilité de continuer d'être innocent, ou de me croire innocent. On peut s'entêter et essayer de ne pas savoir, on peut fermer les yeux et vouloir ne pas les ouvrir, mais une fois qu'on les ouvre, ce que vos yeux ont vu ne peut pas s'effacer, on ne peut pas faire que le temps remonte ni faire comme si ce qu'on a entendu n'existait pas.

C'était d'abord ce mot, *Juden*. Mais ensuite, moins de deux heures plus tard, il a rencontré cette femme au bal, une rousse très belle, les yeux verts, il est entré dans la salle bondée, pleine de bruit et de musique, et il l'a remarquée immédiatement, aussi nettement que s'il n'y avait personne d'autre, et au premier regard qu'il a échangé avec elle il a compris qu'elle n'était pas allemande, de même qu'elle a deviné que malgré son uniforme, lui ne ressemblait en rien aux autres militaires, qu'il ne regardait pas comme eux, ne marchait pas comme eux. La ville est sans doute plongée dans le noir, presque sans lumières dans les rues, une ville balte dans l'hiver de la guerre, occupée par l'armée allemande, soumise au couvre-feu, traversée par une rivière qui sera très bientôt prise par la glace et dont monte une brume qui humidifie les pavés et les rails des tramways, et qui paraît plus épaisse dans la lumière des phares des voitures militaires.

Mais mon ami ne me décrit pas le lieu où était organisé le bal et moi, sans le lui demander, je me l'imagine pendant que je l'écoute parler, peut-être comme un de ces bâtiments officiels que j'ai vus dans les pays nordiques, colonnes blanches et moulures jaune pâle, une place dallée avec des pavés brillants de l'humidité de la nuit, traversée par les rails et les fils électriques des tramways et, au fond, cette demeure particulière réquisitionnée ou ce bâtiment public qui est le seul où les fenêtres sont éclairées et d'où la musique se diffuse sur la place avec le même éclat inhabituel que la lumière électrique provenant des grands lustres baroques de la salle de bal. Lumière soudaine et aveuglante dans la ville sombre, musique dans le silence apeuré des rues.

Pour qui arrivait du front, cet endroit devait avoir une irréalité resplendissante comme celle d'un mirage cinématographique, la bizarrerie d'une normalité civile oubliée qui continue d'exister bien que le soldat puisse à peine se la rappeler. Mais mon ami continue de raconter, aussi étranger à ce genre de détails qu'au goût de la nourriture qu'il picore sans y prêter attention, ou qu'aux éclats de rire des cadres d'une banque qui à la table voisine fêtent un anniversaire ou portent des toasts, en espagnol et en anglais, au succès d'une opération financière. Tout est effacé, la salle de bal de mille neuf cent quarante-trois et le restaurant d'aujourd'hui, le bruit de l'orchestre et celui des téléphones portables, l'éclat des baudriers sur les uniformes allemands et le crissement des bottes noires sur le parquet luisant, les claquements de talons des saluts, la timidité qu'il avait dû ressentir à se trouver parmi tant d'inconnus, presque tous des militaires plus gradés que lui. Seule émerge de son récit l'image de la femme avec laquelle il avait dansé et qui dans son souvenir n'a même pas de nom, ou peut-être mon ami l'a-t-il dit mais je n'ai pas réussi à l'entendre, et maintenant je suis tenté de lui en inventer un, Gerda ou Grete, ou Anicka, Anicka était le nom d'une femme qui avait été l'amie de Milena Jesenska dans le camp de concentration.

Je l'ai remarquée à peine entré dans la salle. Il y avait des officiers de l'armée et des SS, des uniformes bleus de la Luftwaffe. Parmi tous ces militaires, j'étais le seul qui n'était pas allemand. C'est peut-être pour cela que la femme m'a regardé dès que je suis passé à côté d'elle, de même que j'ai immédiatement remarqué qu'elle n'était pas allemande. C'était une grande rousse, avec une robe décolletée d'un tissu très léger, des bas de soie, sur le corps et les cheveux un parfum que j'aimerais sentir une fois encore avant de mourir. Tu es encore très jeune et tu ne sais pas qu'il y a des choses que le temps n'efface pas. Combien d'années ont-elles passé, mon ami calcule de tête, absorbé, son sourire prisonnier d'un souvenir dont les mots ne peuvent pas transmettre la douceur : cinquante-six ans, c'était en novembre, comme maintenant, et il garde intacte la sensation de tenir sa taille dans son bras, ressentant sous le tissu la fermeté douce d'un corps plus désirable encore après une aussi longue période sans femmes.

Elle était debout, très sérieuse, à côté d'un gros homme en civil, portant un superbe costume à rayures, et à leur manière de se parler sans se regarder, ils avaient tous les deux un air de lassitude conjugale. Mon ami ne me dit pas s'il a eu du mal à surmonter sa timidité, s'il a dansé avec d'autres femmes avant de l'approcher, et comme il n'est pas en train de raconter une histoire, il n'y a pas besoin d'épisodes intermédiaires, par exemple de me dire ce qui advenait du capitaine qu'il accompagnait. Pour l'instant, dans sa mémoire, il se trouve seul avec la femme rousse, comme devant un fond noir, et la femme n'a même pas de nom, parce que mon ami l'a oublié ou parce que c'est moi qui ne l'ai pas compris, et je ne veux pas lui en attribuer un, celui de n'importe quelle femme qui aurait eu un destin identique à celui qui certainement l'attendait.

Ils dansaient et elle murmurait à son oreille, se penchant un peu vers lui, mais en même temps elle regardait ailleurs, avec un air distrait et sérieux, comme s'ils étaient dans une de ces salles d'autrefois où les hommes payaient pour danser avec des femmes pendant les trois minutes d'un morceau. Il était allé si loin pour rencontrer cette femme, il avait traversé l'Europe dans toute sa longueur, la dévastation et la boue de la Russie, et il avait combattu au siège de Leningrad pour la tenir dans ses bras et la serrer progressivement contre sa ceinture tandis qu'il respirait ses cheveux et sa peau, qu'il écoutait sa voix, tous deux solitaires et embrassés au milieu de la foule qui emplissait la piste de danse, suivant à peine la musique, revenant se chercher quand s'achevait un morceau qu'ils s'étaient vus obligés de danser avec un autre partenaire. Pourtant il n'y avait pas que de la sympathie ou du désir en elle, une femme dans la plénitude superbe de sa trentaine, mais aussi du désespoir, une espèce de panique dont jamais jusque-là il n'avait été le témoin, de même qu'il n'avait jamais tenu dans ses bras un corps tel que le sien, et cette peur se manifestait dans ses yeux et dans sa voix, et aussi dans sa manière de serrer sa main tandis qu'ils glissaient lentement sur la piste de danse, crispant ses doigts, comme si elle voulait le secouer avec une impatience qu'au début il avait crue sexuelle, et qui l'était peut-être aussi en partie, même s'il semblait qu'en elle le désespoir noyait tout et avait évacué tout élan qui n'était pas celui de la peur, celui d'un instinct de survie contaminé de remords et de honte. Elle lui parlait, tout près de son oreille, et en même temps elle surveillait du coin de l'œil les couples voisins et ne perdait jamais de vue l'homme habillé de sombre qui restait immobile à l'une des extrémités de la salle. Elle lui souriait, les paupières mi-closes, comme si elle se laissait porter par le vertige délicieux et léger de la musique de danse, pourtant ses paroles n'avaient rien à voir avec l'expression tranquille et un peu fatiguée de son visage, mais avec quelque chose qui était au fond de ses yeux verts, avec la manière dont ses ongles se plantaient presque dans le dos de la main de mon ami.

– Toi, tu n'es pas comme eux, même si tu portes leur uniforme, tu dois partir d'ici et raconter ce qu'ils sont en train de faire de nous. Ils nous tuent tous, un par un, quand ils sont arrivés à Narva nous étions dix mille Juifs, et aujourd'hui il n'en reste pas deux mille, et à ce rythme nous ne durerons pas au-delà de l'hiver. Ils n'ont pitié de personne, ni des enfants, ni des plus vieux, ni des nouveau-nés. Ils les emportent en train nous ne savons pas où, et personne n'en revient, seuls reviennent les trains avec leurs wagons vides.

– Mais tu es vivante et libre, et ils t'invitent à leurs bals.

– Parce que je couche avec ce porc qui était avec moi quand tu es entré. Mais dès qu'il se fatiguera de moi ou qu'il pensera qu'il est dangereux d'avoir une amie juive, je finirai comme les autres.

– Échappe-toi.

– Et où irais-je, l'Europe entière est en leur pouvoir.

– Comment a-t-il été invité s'il n'est pas militaire ?

– Il a des contrats de fournitures d'habillement et de vivres pour l'armée. En plus il achète pour rien les propriétés des Juifs.

– Dois-tu rentrer avec lui ce soir ?

– Ce soir, non. Sa femme l'attend. Ils organisent un souper pour des généraux.

– Je t'accompagnerai chez toi.

– Tu es un peu téméraire.

– Demain après-midi, je dois retourner au front.

Il voulait continuer à la tenir dans ses bras et à l'écouter, il ne pouvait pas la laisser s'écarter de lui, pas seulement quand finirait le bal mais lorsque le morceau qu'on jouait se terminerait quelques instants plus tard et que quelque officier allemand, bien élevé mais ferme, l'écarterait pour danser le suivant avec elle, qui par prudence ne refuserait pas parce que l'homme au costume sombre la surveillait de loin et qu'il avait peut-être déjà remarqué avec déplaisir qu'elle était restée longtemps sans changer de partenaire, qu'il avait su deviner ce qu'elle disait à l'oreille de ce jeune lieutenant à l'aspect si peu allemand malgré son uniforme. Aussi fort que son désir, il ressentait le besoin ardent de la protéger et la nécessité urgente de savoir, et la seule chose dont il avait peur était la grande obscurité de ce que jusque-là il avait ignoré, le soupçon effrayant de ce qui était incroyable et que cependant il ne pouvait plus nier. Il regardait autour de lui les visages rouges des Allemands, l'élégance des uniformes identiques au sien, qui lui avait procuré une telle exaltation la première fois qu'il l'avait porté, et il commençait de ressentir une répulsion instinctive face à quelque chose de monstrueux qui se trouvait tout proche et qui cependant était invisible, au moins aussi invisible que la panique de la femme qui dansait avec lui, qui hochait délicatement la tête au rythme de la musique et souriait, les yeux entrouverts, en plantant ses ongles dans le dos de sa main, répétant à voix basse les mots que mon ami a continué d'entendre très longtemps après dans sa mémoire, et qui reviennent encore à sa conscience pendant des nuits d'insomnie, quand la lucidité excessive de la veille et de l'obscurité se peuple des voix et des visages des morts, tous ceux qu'il a connus dans ces années de jeunesse, les innombrables morts enterrés et oubliés dans toute l'étendue de l'Europe. Et il lui semble, m'a-t-il dit, que les morts lui parlent, exigent de lui qu'il témoigne de ce qu'ils ont vécu et subi, lui qui a survécu, qui par pur hasard ou parce que d'autres sont tombés à sa place a réussi à rester en vie. Mais de tous les visages de cette époque, ceux qu'il se rappelle avec le plus de clarté sont celui de l'homme jeune au pince-nez qui se tournait vers lui comme s'il désirait lui dire quelque chose, et celui de cette femme avec qui il avait dansé il ne savait plus combien de temps, combien de morceaux à la file, tombant amoureux d'elle, contaminé par sa terreur et sa clairvoyance, par son fatalisme de victime hypnotisée d'avance par l'inéluctabilité du sacrifice. Quelle pouvait être sa voix, avec quel accent parlait-elle allemand. Maintenant que je revis, en l'écrivant, ce que mon ami m'a raconté, j'aimerais inventer que la femme rousse était d'origine séfarade et qu'elle lui a dit quelques mots en ladino, établissant avec lui, dans cette lointaine ville d'Estonie et au milieu de tant d'officiers allemands, la mélancolique complicité d'une commune patrie secrète.

Mais il n'est nécessaire de rien inventer ni de rien ajouter pour que cette femme, sa présence et sa voix, surgisse entre nous deux, m'apparaisse dans le restaurant où mon ami et moi parlons entourés de bruit et de gens, d'un épais nuage de paroles, d'odeurs de nourriture, de cigarettes, de téléphones portables. Lui qui n'a ni pu ni voulu l'oublier pendant plus d'un demi-siècle me l'a maintenant léguée, l'a transférée de sa mémoire dans mon imagination, mais je ne veux lui inventer ni une origine ni un prénom, peut-être n'en ai-je même pas le droit : elle n'est pas un fantôme ni un personnage de fiction, elle est quelqu'un qui faisait autant que moi partie de la vie réelle, qui a eu une destinée aussi unique que la mienne bien que probablement plus atroce, une histoire qui ne peut être supplantée par l'ombre belle et mensongère de la littérature ni réduite à une donnée arithmétique, un chiffre infime dans l'innombrable quantité des morts. Cela fait cinquante-six ans que je me souviens d'elle et je me demande toujours si elle a pu survivre ou si elle est morte dans un de ces camps dont alors nous ne savions rien, non parce qu'ils auraient fonctionné dans un secret absolu, puisque cela est impossible, ce serait comme tenir secret le fonctionnement du réseau ferroviaire d'un pays entier, mais parce que nous n'étions pas disposés à savoir et que, lorsque nous avons su, nous ne voulions encore pas croire ce qui ne pouvait plus être nié, parce que c'était incroyable, cela nous paraissait être hors de l'ordre naturel du monde, et nous nous rendions compte que notre ignorance ne nous faisait pas moins complices ou moins coupables. Je suis retourné à Narva, trente ans plus tard, quand je suis allé pour la première fois à Leningrad pour un congrès de psychologie organisé par l'Unesco. Cela a été très compliqué mais j'ai obtenu l'autorisation d'aller visiter la ville, même si l'on m'a flanqué d'un guide soviétique qui ne m'a pas laissé seul une minute. Le nom de la gare était maintenant écrit en caractères cyrilliques et la route qui longeait le fleuve n'existait plus, parce qu'on avait construit tout un quartier d'immeubles horribles, couleur ciment. Cela va te paraître absurde, et cela me le paraissait aussi à l'époque, mais à partir du moment où je suis arrivé à Narva j'ai regardé toutes les femmes avec le cœur suspendu, comme s'il était possible que je la retrouve et que je la reconnaisse après trente ans. Je ne cherchais pas une femme un peu plus âgée que moi, une dame de plus de soixante ans, mais la même rousse, jeune, avec qui j'avais dansé ce soir-là, m'éprenant d'elle de plus en plus à chaque minute qui passait, écrasé de désir, si excité que la tête me tournait rien qu'à la regarder et que j'aurais été honteux qu'elle puisse remarquer ce qui m'arrivait, ou qu'elle s'aperçoive de quelque chose de plus, en dépit du tissu si épais du pantalon et de la vareuse de mon uniforme allemand.

Le guide, ou le surveillant, soviétique regardait ostensiblement sa montre et prenait un air mécontent, lui rappelait qu'ils devaient rentrer immédiatement à la gare, qu'ils ne devaient pas manquer le train de retour pour Leningrad, mais lui continuait de marcher sans en tenir compte, le laissant quelques pas en arrière, rapide et un peu voûté, comme il marchait quand nous sommes sortis du restaurant, regardant tout avec ses petits yeux sagaces, ému par la subite irréalité du temps parce que trente ans avaient passé et que soudain, en tournant à un carrefour, il avait reconnu sans équivoque la place pavée et le palais où était organisé le bal, les rails des tramways, aussi dégradés et sales que la façade du palais, siège des syndicats de l'Estonie selon le guide. Il ne se rappelait pas autant de fils tendus d'un côté à l'autre de la place, et bien sûr il n'aurait pas pu se rappeler la statue géante de Lénine qui se trouvait au centre, autour de laquelle tournaient les tramways avec un bruit de ferraille secouée. Mais il percevait le tranchant humide et glacé de l'air, l'odeur du fleuve qui ne devait pas être très loin, mêlée à cette odeur généralisée de chou bouilli et d'essence mal brûlée qui lui paraissait être l'odeur ineffaçable de l'Union soviétique. C'était vrai que le temps n'existait pas : il entendait les pas de centaines d'hommes sur la terre battue d'une route et le grattement des pointes des barbelés, et un visage maigre et très pâle se tournait vers lui, un regard l'interpellait de nouveau derrière les verres d'un pince-nez, s'éloignant très progressivement sur la route et dans le lointain des années, dans la distance infranchissable qui sépare ceux qui sont morts de ceux qui ont survécu, ceux qui aujourd'hui sont sous terre et ceux qui y marchent avec la légèreté frivole des gens qui ne savent pas que n'importe où qu'ils aillent, ils foulent des fosses communes et des sépultures anonymes.

Quelle chose étrange que d'être debout à l'arrêt des tramways, face au palais, et de se voir lui-même comme il était trente ans plus tôt : parce que ce n'était pas que je me souvenais, dit mon ami, je me voyais littéralement, comme on voit quelqu'un dans la rue par surprise et qu'on a du mal à le reconnaître parce qu'il s'est écoulé un long temps depuis la dernière rencontre. C'était comme regarder quelqu'un d'autre, si jeune, si différent de moi, un lieutenant de vingt-trois ans en uniforme allemand, et savoir pourtant que cet inconnu était moi-même, parce que je pouvais ressentir ce que lui ressentait à cet instant, l'excitation et la peur de l'attente, la crainte que son camarade le capitaine apparaisse, et qu'il se méfie de lui ou que simplement il lui dise qu'il fallait l'accompagner à la caserne où ils devaient passer la nuit. Parce que avant de se séparer de lui pour danser avec un commandant SS, elle lui avait dit de laisser passer une demi-heure et de l'attendre de l'autre côté de la place sous la verrière, à l'arrêt des tramways. Il l'a vue s'éloigner parmi les couples qui dansaient, elle était alors dans les bras de l'homme en uniforme noir qui était plus grand qu'elle, tournant discrètement la tête pour le regarder tandis qu'elle parlait à l'autre. Il devait lui laisser le temps de flatter un peu certains amis de son amant, qui n'avait pas cessé de l'observer et qui lui faisait par moments des signes secs et précis, le temps de prendre congé de lui en disant qu'il n'était pas nécessaire que quelqu'un la raccompagne chez elle parce qu'elle habitait près de là, à deux arrêts de tramway. Je ne te laisserai pas seule un instant, lui avait-il dit, non pas avec témérité mais avec cette absence de doute et de peur qu'il mettait parfois à sauter dans une tranchée, se sentant protégé des balles, exalté et sans poids, un pistolet à la main, la voix éraillée à force de crier des ordres aux soldats qui avançaient derrière lui, piétinant la boue, les réseaux de barbelés et la masse des cadavres couchés dans le no man's land. Je n'ai pas l'intention de te laisser seule, lui a-t-il répété alors que le morceau qu'ils avaient dansé se terminait et qu'elle tentait de se séparer de lui parce que le commandant SS attendait son tour. Si tu veux m'aider, fais ce que je t'ai dit, lui a-t-elle demandé, le regardant avec un désespoir qui lui dilatait les yeux, avec une distance anticipée, et en souriant immédiatement à l'officier allemand qui un moment avant de l'entourer de son bras avait adressé à mon ami un signe de tête courtois.

Trente ans plus tard il s'est revu, depuis l'autre côté de la place, il a vu sa propre silhouette solitaire devant l'arrêt des tramways, dans la clarté que projetaient, sur les pavés humides de brouillard, les fenêtres du palais où le bal continuait, et il a entendu, très affaiblis, la musique de l'orchestre et le bruit de ses pieds qui battaient la semelle pour tenter de se réchauffer, et que le grand espace désert répétait en écho. Il était en même temps le jeune lieutenant qui comptait les minutes, sursautait d'espoir et de désillusion chaque fois que s'ouvrait la porte du palais, et l'homme de cinquante et quelques années qui le regardait attendre et ressentait l'impatience qui tournait à l'angoisse de celui qui ne sait pas ce qui arrivera dans la minute qui suit, ainsi que la pitié mélancolique de voir tout cela dans le passé, de savoir que cet homme jeune va continuer d'attendre plus d'une heure, de minute en minute plus transi et désolé, et qu'il retournera dans la salle de bal à la recherche de la femme rousse, et qu'il ne la verra plus, ni elle ni son protecteur au pompeux costume sombre, seul civil parmi tant d'uniformes, pas plus que le commandant SS qui s'était incliné si cérémonieusement devant lui alors qu'il la lui enlevait. Il l'a cherchée sur la piste de danse, puis dans une salle où l'on servait des boissons et des canapés, et il a parcouru des couloirs déserts, des salons et des bibliothèques éclairées par de grands lustres de cristal.

Il ne l'a plus jamais revue, dit-il en faisant un geste de ses deux mains levées, comme pour évoquer quelque chose qui se défait en l'air. Il s'est dit qu'elle était peut-être sortie sans qu'il la voie, qu'elle était en train de l'attendre à l'arrêt des tramways, et que s'il ne se dépêchait pas elle allait se lasser et partir, et qu'il lui serait impossible de connaître son adresse. Mais dans le vestibule il a rencontré le capitaine avec qui il était venu, qui le cherchait depuis longtemps, disait-il, il se faisait très tard et ils devaient partir pour la caserne.

Il n'y a plus ni conversations ni téléphones portables autour de nous. Sans nous en rendre compte nous sommes restés les derniers dans le restaurant. Un garçon aide mon ami à passer sa vareuse bleu marine, qui accentue l'allure accablée de ses épaules. En le voyant marcher devant moi vers la porte je me rappelle ce que j'avais oublié tandis que je l'écoutais, que c'est un homme de quatre-vingts ans. Dans la rue nous surprennent une lumière blonde de fin de jour prématurée, une légère pointe d'humidité dans l'air. Mon ami me propose de l'accompagner jusque chez lui en voiture. Il a encore grand plaisir à conduire, même si de temps en temps un goujat l'interpelle en le voyant si vieux. « Avance, vieux débris, et va te faire enterrer », lui a dit l'un d'eux dernièrement à un feu rouge. Et il lui a demandé : « Me faire enterrer, mort ou vivant ? » Le type est devenu tout rouge, il a remonté sa vitre et il l'a dépassé en trombe. Les choses que l'on croit sont très nuisibles, je suis bien placé pour le savoir, mais le vrai problème c'est l'espèce, la nôtre. Nous sommes des primates agressifs, beaucoup plus dangereux que les gorilles ou les chimpanzés, nous portons inscrits dans notre cerveau la cruauté et le désir de domination, pour ne pas parler de cette part la plus archaïque qui est celle de nos ancêtres les reptiles. Tout se trouve dans Darwin, pour notre malheur. Et ne me parle pas de cette théorie actuelle : pour l'évolution de l'espèce, l'instinct de coopération aurait été plus utile que la lutte pour la vie et que la survie des plus forts. Des primates coopèrent pour en écraser d'autres et celui qui reste en dehors du groupe est condamné. Regarde comme les nazis ont bien coopéré entre eux, et les communistes, combien de millions et de millions de morts ils ont laissés, les uns et les autres. Mais pas seulement eux, pense à la Bosnie ou au Rwanda, il y a si peu de temps, hier, un million de personnes assassinées en quelques mois, mais sans les perfectionnements techniques dont disposaient les Allemands, à coups de machette et de bâton. Qui sait quelles horreurs sont en train de se commettre en ce moment même, pendant que nous bavardons. Je ne dors plus beaucoup la nuit, je me réveille et je reste dans le noir en attendant le jour, et alors je me rappelle tous ces morts que j'ai vus, ceux qui étaient mes camarades ou bien des inconnus, tous les cadavres qui restaient à se décomposer dans le no man's land, entre nos lignes et les positions des Russes, les cadavres que nous voyions dans les fossés de la route à mesure que nous approchions du front, ou bien entassés dans des camions, raidis par le froid. C'est par un pur hasard que je n'ai pas été l'un d'eux, et quand je suis couché, dans le noir, sachant que je ne vais pas dormir, sans envie d'allumer la lumière et de prendre un livre, il me semble que je les vois tous, un par un, qu'ils me regardent comme ce Juif au pince-nez et qu'ils me parlent, qu'ils me disent que puisque je suis vivant j'ai l'obligation de parler pour eux, que je dois raconter ce qu'on leur a fait subir, que je ne peux pas rester sans rien faire et les laisser tomber dans l'oubli, laisser se perdre tout à fait le peu qui reste d'eux. Il n'en restera rien quand ma génération se sera éteinte, personne pour se rappeler, à moins que certains d'entre vous ne répètent ce que nous leur avons raconté.

Nous passons devant le parc où se trouve le temple égyptien de Debod et je pense qu'à cet endroit même se trouvait la caserne de la Montaña, et qu'ici aussi nous marchons sur des tombes anonymes et sur des fosses communes : je me souviens des photos, des films en noir et blanc des premiers jours de la guerre civile, quand mon ami était un jeune homme de seize ans qui étudiait le grec, le latin et l'allemand au lycée et qu'il se réveillait la nuit pour lire Nietzsche et Rilke, Juan Ramón Jiménez et Ortega y Gasset, et qu'en aucune façon il n'aurait pu s'imaginer que peu d'années plus tard il serait décoré comme héros de guerre. Pas très loin de l'endroit où nous nous trouvons, dans ce jardin où s'élèvent les ruines d'un temple égyptien et où les mères et leurs enfants ainsi que les retraités profitent du soleil de l'après-midi, il y a eu, voilà plus de soixante ans, le glacis d'un fort couvert de cadavres. Sur ce trottoir même où nous marchons mon ami et moi tombaient des bombes pendant l'assaut franquiste sur Madrid.

Mais je ne lui dis rien, je ne fais que l'écouter, il me parle de la fragilité des jambes passé un certain âge et de la lenteur avec laquelle certains souvenirs et certains noms reviennent à la mémoire à cause de la détérioration des neurotransmetteurs. Lorsque nous nous quittons à la porte de l'immeuble moderne où il habite (peut-être que celui qui y était autrefois a été détruit par les bombardements de la guerre), je le vois de dos tandis qu'il traverse l'entrée en direction de l'ascenseur, vif et voûté, avec à peine une ombre de maladresse dans ses mouvements. Si elle vivait, si elle vit, la femme que mon ami a rencontrée et perdue dans cette ville appelée Narva aurait quatre-vingt-dix ans. Je me pose moi aussi en ce moment la même question que lui, celle dont, pour connaître la réponse, il aurait donné n'importe quoi au long de la plus grande partie de sa vie : cette femme a-t-elle survécu, et en ce moment même, ce soir, au moment précis où j'écris ces mots, quelque part, se souvient-elle d'un très jeune lieutenant avec lequel elle avait dansé un soir de novembre mille neuf cent quarante-trois.

Dis-moi ton nom

Je restais immobile, j'attendais, je laissais passer le temps, je vivais en observant les choses à travers une fenêtre, pendant des heures, dans le bureau où personne ne venait avant le milieu de la matinée, des émissaires du monde extérieur, en général des artistes de deuxième ou troisième zone, des poètes de la province à la recherche d'un récital ou d'une subvention pour publier un livre de vers, gens qui frappaient timidement à la porte et pouvaient rester des heures dans la petite antichambre, en attendant un contrat ou un paiement, l'occasion d'un rendez-vous, de déposer un dossier mal photocopié qui de toute façon aboutirait par mon intermédiaire chez l'administrateur pour qui je travaillais, et de qui dépendaient les décisions cruciales, qui mettaient longtemps à venir, souvent enlisées dans les lenteurs archaïques de l'administration ou simplement retardées par négligence ou par incurie, parce que l'administrateur ne regardait pas les documents que je posais sur sa table, ou bien que j'oubliais ou que j'avais la paresse de les transmettre, engourdi dans mon bureau par l'indolence et la solitude, absent de mes propres actions ainsi que face aux personnes à qui j'avais affaire, toujours un peu floues devant moi, moins réelles que celles qui peuplaient mon imagination ou mes souvenirs ou cet espace brumeux et confus où les limites n'étaient pas nettes entre ce que je me rappelais et ce que j'inventais. Je reconnaissais dans une lettre de Franz Kafka les symptômes exacts de mon infirmité, de mon absolue nonchalance : *J'étais comme mort à cet égard ; le besoin de communiquer me manquait totale-*

ment ; on aurait dit, pendant tout ce temps, que je ne faisais qu'accessoirement tout ce qu'on exigeait de moi, occupé seulement d'attendre qu'on m'appelle.

J'écrivais des lettres, j'en attendais, et quand j'en recevais une et que j'y répondais, rapide et effervescent, je laissais passer quelques jours avant de retrouver mon attitude d'attente, parce que je savais que la prochaine lettre n'arriverait pas avant au moins deux semaines, si toutefois elle ne prenait pas autant de retard que les décisions impénétrables qu'attendaient les solliciteurs dans l'antichambre de mon bureau. Les journées qui faisaient suite à une nouvelle lettre étaient un temps neutre, en suspens, parce que devaient s'y apaiser l'attente, et aussi la crainte que n'arrive plus jamais aucune lettre. Cependant, même pendant ces journées-là, j'attendais, de manière atténuée, de par la simple habitude d'attendre, et si parmi les lettres et les documents qu'apportait tous les matins le planton je voyais l'encadrement rayé d'une enveloppe de la poste aérienne, un sursaut d'espoir retrouvé jaillissait avec intensité, même si la lettre précédente n'était arrivée que deux ou trois jours auparavant. *Mais cette rage de lettres est insensée. Une seule ne suffit-elle pas ? Ne suffit-il pas d'une certitude ? Bien sûr ! et cependant on renverse la tête, on boit les mots, on ne sait plus rien, sinon que l'on ne veut pas cesser.*

Je travaillais seul, hors du bâtiment central de l'administration, dans un de ces appartements qui étaient loués pour les nouveaux bureaux, lieux provisoires qui avaient toujours quelque chose de furtif, presque de clandestin, souvent sans plaque officielle à la porte, ou seulement une pancarte improvisée, au bout de couloirs étroits ou d'escaliers raides, tout proches du siège central mais d'une certaine façon lui tournant le dos, dans les ruelles qui l'entouraient et où il y avait d'anciennes tavernes et de petites boutiques, des bistrots pour ivrognes louches et des magasins où quelques années auparavant on avait vendu en cachette des préservatifs et des revues pornographiques. Dans les ruelles si étroites que c'est à peine si le soleil y pénétrait, il y avait toujours une vague odeur d'égout, de pénombre humide, qui se faisait plus forte aux croisements où donnaient les derniers restes de ce qui avait été le quartier des putains, un labyrinthe qu'en d'autres temps on appelait la Manigua, aujourd'hui à peine quelques ruelles d'où émergeaient parfois ses dernières survivantes, des femmes vieilles, grosses et fardées, ou quelques-unes jeunes et livides, harcelées par l'héroïne, avec des chaussures aux talons éculés et une cigarette plantée dans la tache rouge de leur bouche, fantômes sous des porches ténébreux.

Je restais immobile, assis à la table du bureau, j'attendais, et il pouvait se passer des heures sans que personne vienne, des matinées où il n'y avait qu'une ou deux visites, à part celle du planton ou d'un fonctionnaire qui entrait pour me demander quelque chose, pour consulter un document dans mon armoire, là où je rangeais par ordre alphabétique les dossiers qu'on m'envoyait par la poste ou que les artistes me remettaient, et par ordre chronologique les rapports sur les représentations déjà réalisées, dans des dossiers couleur crème où je conservais tout, scrupuleusement, l'affiche du spectacle, un billet, les coupures de presse s'il y en avait eu, le nombre de spectateurs, nombre qui très souvent était décourageant tant il était en rapport avec l'importance et l'attrait plutôt modestes des spectacles que je me chargeais de programmer, qui n'étaient pas destinés aux scènes importantes de la ville mais à des centres culturels de quartier, à peine plus que des salles des fêtes de collège, ou à des tréteaux de plein air sur des places ou dans des jardins durant les mois d'été pendant lesquels il m'incombait aussi d'organiser quelque kermesse qui était toujours accompagnée de l'adjectif *populaire* sur les affiches qui l'annonçaient, des kermesses avec des lampions et des groupes locaux de rock, avec des manèges et des baraques de marionnettes.

Le bureau occupait l'angle le plus fermé d'un bâtiment triangulaire où il y avait une pâtisserie au rez-de-chaussée et une agence immobilière au premier étage. De la pâtisserie montaient les odeurs douces et chaudes du fournil, de l'agence un mouvement de pas, de voix, de téléphones qui contrastait avec la tranquillité silencieuse qui régnait la plupart du temps dans mon bureau. Il avait deux fenêtres, une qui donnait sur la place del Carmen et l'autre sur la rue des Rois Catholiques, mais l'entrée était dans une ruelle étroite et peu fréquentée, de sorte qu'on n'était pas loin, en arrivant tous les matins au travail, de se sentir arriver dans un parfait observatoire secret, aussi propice à l'espionnage qu'à la fuite. J'entrais et je sortais sans que personne ne me voie et depuis les fenêtres je pouvais voir qui passait à ce carrefour central de la ville, très souvent des gens que je connaissais, que j'étais curieux d'observer dans l'attitude qu'on adopte quand on marche seul sans penser que quelqu'un peut vous regarder. Ils me semblaient toujours être des inconnus, des personnes différentes de celles avec qui j'étais en rapport. Qui est véritablement celui qui se trouve seul, provisoirement détaché de ses liens avec les autres, de l'identité que le regard des autres lui confère.

Comme Manuel Azaña dans son adolescence d'enfant gros et myope, je voulais être le capitaine Nemo. De huit heures à quinze heures, c'était le capitaine Nemo qui, entre ces murs, était enfermé dans son sous-marin, et Robinson Crusoe dans son île, et aussi l'Homme invisible et le détective Philip Marlowe, et le Bernardo Soares de Fernando Pessoa, et n'importe lequel des employés de bureau de Franz Kafka, ombres de lui-même et de son travail à l'Office d'assurances contre les accidents du travail, à Prague. Je m'imaginais que, comme eux, j'appartenais à une lignée d'exilés secrets, étrangers au lieu où ils ont toujours vécu, et de fugitifs sédentaires qui dissimulaient leur étrangeté intime et leur exil congénital sous une apparence de parfaite normalité et qui, assis à leur bureau ou en parcourant en autobus le trajet qui les mène à leur travail, peuvent atteindre l'illumination éclatante d'aventures qu'ils ne vivront pas, de voyages que jamais ils ne feront. Dans son bureau du Service des Eaux d'Alexandrie, Constantin Cavafy imagine la musique qu'a entendue Marc Antoine la nuit qui précède sa ruine définitive, le cortège de Dionysos qui l'abandonne. Dans un restaurant de Lisbonne ou pendant un parcours en tramway, Fernando Pessoa ajuste pensivement les vers d'un poème sur un fastueux voyage en transatlantique vers l'Orient. Dans un hôtel de Turin arrive un homme à lunettes, absorbé, paisible, bien habillé, et pourtant un rien étrange, ce qui l'empêche de ressembler à un voyageur, il s'inscrit pour une seule nuit et personne ne sait qu'il est Cesare Pavese et que dans son bagage réduit il y a une dose de poison avec lequel, quelques heures plus tard, il va se donner la mort. J'imaginais le suicide avec un goût morbide du détail, et littérairement je supposais que se tirer un coup de pistolet ou se laisser tuer lentement par l'alcool étaient des formes radicales d'héroïsme. Je regardais des ivrognes définitifs dans les sombres bistrots des ruelles et je ressentais un mélange sordide d'attraction et de rejet, comme si chacun d'eux recelait une vérité terrible dont le prix aurait été l'autodestruction. Je croisais des hommes au regard sauvage et aux gestes de détraqués et je m'imaginais Baudelaire dans le délire final de sa vie, égaré dans Bruxelles ou dans Paris, ou Søren Kierkegaard, pèlerin et naufragé des rues de Copenhague, composant des diatribes bibliques contre ses concitoyens et ses semblables, écrivant mentalement des lettres d'amour à une femme, Regina Olsen, dont il s'était séparé crevant peut-être de peur alors qu'il était fiancé avec elle, et à qui il ne pardonnait pas qu'elle se soit ensuite mariée avec un autre homme. Enfermé dans mon bureau, je lisais les lettres, le journal et le carnet de notes de Søren Kierkegaard, et j'apprenais dans Pascal que les hommes ne vivent presque jamais dans le présent, mais dans le souvenir du passé ou dans le désir ou l'angoisse de l'avenir, et que tous les malheurs de l'homme lui arrivent parce qu'il est incapable de rester seul dans sa chambre.

Les lettres de Milena parvenaient-elles à Kafka à son domicile familial ou préférait-il les recevoir au bureau ? Il lui envoyait les siennes poste restante à Vienne pour que son mari ne tombe pas dessus. Moi qui lisais tant de livres, je ne savais rien véritablement. Je ne savais pas que Milena Jesenska était bien plus que l'ombre à qui s'adressaient les lettres de Kafka, ou celle qui traverse parfois les pages de son journal, mais que c'était une femme courageuse et réelle qui a construit obstinément son destin contre des circonstances hostiles et contre un père tyrannique, qui a écrit des livres et des articles en faveur de l'émancipation humaine et qui a aimé passionnément plusieurs hommes, qui a continué d'écrire avec un courage téméraire quand les nazis étaient dans Prague, qui a été arrêtée et déportée dans un camp de concentration où elle est morte le dix-sept mai mille neuf cent quarante-quatre, vingt-deux ans après l'homme dont je lisais les lettres dans mon bureau, et qui peut-être aurait été tué dans une chambre à gaz comme ses trois sœurs aînées s'il n'était pas mort de la tuberculose.

Je vivais entouré de fantômes qui supplantaient les personnes réelles et qui m'importaient plus qu'elles, et je savourais des noms de villes où je n'avais jamais été, Prague ou Lisbonne, ou Tanger, ou Copenhague, ou New York d'où m'arrivaient les lettres, mon nom et l'adresse de ce bureau écrits sur l'enveloppe d'une écriture qui, à peine la voyais-je, était pour moi non seulement l'anticipation mais aussi la substance du bonheur. Je rangeais dans un tiroir de mon bureau un exemplaire des *Lettres à Milena*, et parfois je l'emportais dans ma poche pour le trajet en autobus. J'alimentais mon amour avec l'absence de la femme aimée et l'exemple des amours manquées ou impossibles que j'avais rencontrées au cinéma ou dans les livres. *Cette main qui m'apporte le bonheur*, dit Franz Kafka de la main de Milena dans une lettre, et la main de cette femme dont j'ignorais alors qu'elle était morte dans un camp de concentration était aussi la main remémorée et absente qui écrivait mon nom sur les enveloppes venues d'Amérique.

Je vivais dissimulé dans les mots écrits, livres ou lettres ou brouillons de choses qui jamais ne parvenaient à exister, et en dehors de cette rêverie, de ce bureau qui était plus en accord avec moi que ma propre maison et qui était, de manière bizarre et biaisée, mon domicile intime et pas seulement l'endroit où je travaillais et où je recevais des lettres ; hors de mes imaginations et de l'espace désordonné et plutôt vide que limitaient ses murs, le monde était un brouillard confus, une ville que je voyais de l'extérieur autant que si je n'y habitais pas, tout comme je faisais mon travail avec autant d'indifférence que si, en réalité, ce n'était pas moi qui m'en occupais. Ma vie était ce qui ne m'arrivait pas, mon amour une femme qui était très loin et peut-être ne reviendrait pas, mon véritable métier une passion à laquelle en réalité je ne me consacrais pas, bien qu'elle remplît tant de mes heures, même si j'avais commencé à publier sous un pseudonyme quelque article dans le journal local, ayant ensuite l'impression qu'il s'agissait d'une lettre qui n'était adressée à personne, si ce n'est à quelques rares lecteurs aussi isolés que moi dans notre mélancolique province, dans notre éloignement ranci de toute chose, de la vraie vie et de la réalité dont rendaient compte les journaux de Madrid, dans lesquels les gens semblaient exister avec une force plus indiscutable que nous.

Je lisais dans Pascal : *Combien de royaumes nous ignorent !* Je lisais avec autant d'avidité, avec la même volonté d'aveuglement et d'amnésie que Robert de Niro quand il tire sur sa pipe d'opium dans ce film de Sergio Leone qui était sorti à l'époque, *Il était une fois en Amérique*. J'émergeais des livres aussi perturbé que des films, comme lorsqu'on sort de l'obscurité d'un cinéma et qu'il y a encore du soleil dans la rue. Certains après-midi j'acceptais des rendez-vous de travail qui n'auraient pas été obligatoires, ou j'inventais des prétextes pour aller quelques heures au bureau et je restais là, assis derrière ma table, regardant vers la porte qui donnait sur la petite antichambre, m'imaginant que j'étais un détective privé, aussi puérilement à presque trente ans que je me l'imaginais quand j'en avais douze et que j'étais le comte de Monte-Cristo ou Jim Hawkins, ou bien je laissais le temps passer en observant la rue, sans risque que personne ne me voie d'en bas ou qu'aucune visite ne vienne m'interrompre. J'avais lu dans Flaubert : *Chacun de nous a dans le cœur une chambre royale. Je l'ai murée, mais elle n'est pas détruite.* J'avais la tête remplie de phrases de livres, de films ou de chansons et je sentais que dans leurs mots et dans ceux des lettres se trouvait mon unique consolation possible à l'exil où je me trouvais confiné. Je lisais le journal de Pavese, et je m'empoisonnais de son nihilisme maléfique et de sa misogynie maladroite que je prenais pour de la lucidité, de même que je prenais parfois pour de la clairvoyance et de l'enthousiasme les effets d'un excès d'alcool. *La mort viendra et elle aura tes yeux.* Je lisais comme l'opiomane fume, comme l'alcoolique boit, avec une volonté méthodique d'aliénation. Écrire et lire c'était tisser autour de moi les fils du cocon protecteur et suffocant où je m'enveloppais, mon vêtement et mon philtre d'homme invisible, c'était m'échapper immobile par un tunnel que personne ne pourrait découvrir, grattant le mur de la cellule avec la même patience qu'Edmond Dantès dans *Le Comte de Monte-Cristo*. La ligne d'encre bleue de ma plume était le fil de soie que je sécrétais sans relâche pour me cacher, pour inventer autour de moi un monde qui n'existait pas, habité par des hommes et des femmes presque totalement imaginaires qui adoucissaient pour moi l'âpre rapport avec la réalité. Le crissement léger de la plume sur le papier, le claquement des touches de la machine à écrire, qui était encore mécanique et très bruyante, comme les machines à écrire des mythiques écrivains du cinéma, celles que, pensait-on, devaient utiliser Chandler et Hammett, héros littéraires et ivrognes célébrés de l'époque, que je révérais avec cette banalité qui nous rend semblables à nos contemporains tout en nous permettant de nous sentir des originaux et d'incorruptibles solitaires. Rêves d'alcool et de fumée de tabac des années quatre-vingt, rétrospectivement aussi étouffants qu'une grande partie de mon existence aliénée de l'époque, aussi lointains que le souvenir de ce bureau et de la femme à qui j'écrivais des lettres sans me rendre compte que je l'aimais non pas malgré le fait qu'elle vivait de l'autre côté de l'océan et avec un autre homme, mais précisément à cause de cela, parce que mon amour était fait de la distance et de l'impossibilité, et si cette femme était revenue en abandonnant tout et avait offert de partir avec moi, peut-être serais-je resté paralysé, épouvanté, et aurais-je fui loin d'elle, comme il était possible que Franz Kafka ait reculé devant la passion décidée et terrestre de Milena Jesenska, préférant le refuge des lettres et de l'éloignement.

Il n'y avait ni écriteau ni aucune indication pour signaler que dans l'immeuble se trouvait une annexe officielle, pas même une étiquette sur la boîte aux lettres. Chaque chose suivait sa lente démarche administrative, et il pourrait se passer bien des mois avant que le service intérieur installe une plaque à côté de l'entrée ainsi que sur la porte du bureau, si de surcroît, avec la précarité capricieuse de tout ce qui se passait, nous ne subissions pas un déménagement imprévu vers un autre lieu, un autre appartement loué dans le voisinage ou quelque bureau vacant dans le bâtiment principal, et il faudrait se remettre à s'installer, la table et l'armoire métallique avec les dossiers, et la machine à écrire, les chemises garnies des brouillons qui jamais n'atteindraient une forme définitive ou satisfaisante, les livres qui comblaient les heures d'attente et de rêve paresseux, les lettres gardées sous clef dans un tiroir, relues avec la parcimonie convenable pour que leur effet ne s'atténue pas, pour que le temps d'attente jusqu'à la lettre suivante ne soit pas trop long.

C'était une vie dont le présent était évacué : passé et avenir, et une parenthèse au milieu, un espace vide, comme les espaces qui séparaient les mots écrits, la pression automatique du pouce sur la barre d'espace de la machine, la ligne qui sépare deux dates sur un calendrier, le temps minime qui s'écoule entre deux battements du cœur. J'habitais dans des passés illusoires ou lointains et dans des avenirs chimériques, dans l'instant où était arrivée la lettre précédente parmi de vulgaires enveloppes administratives sur le plateau du courrier, et dans l'heure ou le jour à venir où j'apercevrais la bordure d'une nouvelle enveloppe, la remarquant de loin, depuis le moment où le planton apparaissait à la porte avec le grand dossier du courrier sous le bras, inconscient du trésor qu'il m'apportait.

La vie réelle se situait sur un plan lointain, comme un diorama au fond d'une scène. La vie réelle et le temps présent étaient tout juste le cadre de l'attente, l'espace qui séparait les souvenirs des aspirations, un espace aussi dépouillé et neutre que la petite pièce où quelqu'un attendait parfois que je le reçoive, un solliciteur dans l'attente d'un contrat pour un spectacle, ou d'un rendez-vous avec l'un de mes supérieurs, si possible l'administrateur, qui était celui qui prenait les décisions et à qui je soumettais mes rapports, mais qui ne faisait que très rarement son apparition au bureau, occupé qu'il était par des tâches plus importantes et plus honorifiques dans le bâtiment principal, où il avait son propre bureau et où il recevait les personnalités éminentes de passage dans notre ville, les artistes de premier plan dont les spectacles étaient programmés au théâtre central ou au grand auditorium : administrateurs de compagnies de théâtre catalanes d'avant-garde, solistes célèbres, chefs d'orchestre.

Le matin à la première heure, je cherchais dans la page culturelle du journal l'annonce de l'arrivée de ces personnalités, les interviews qu'elles donnaient et leurs photos, souvent en train de serrer la main de l'un de mes supérieurs, surtout l'administrateur, qui y faisait tant de sourires, penché vers le personnage célèbre pour être sûr de ne pas rester en dehors du cadrage. Je les découpais et je les rangeais dans une chemise, collant la coupure sur un bristol au bas duquel j'avais tapé à la machine la date et l'occasion.

Les artistes que j'engageais n'occupaient d'habitude qu'un petit encadré dans quelque recoin peu reluisant du journal, entrefilets anonymes ou signés avec des initiales, parfois les miennes parce que plus d'une fois le rédacteur de service reproduisait la note que j'avais envoyée à la rubrique culturelle. Beaucoup d'entre eux s'appelaient eux-mêmes théâtreux et moi, ce mot me rebutait un peu, parce qu'il me rappelait l'attirail indigent avec lequel ils jouaient, la pauvreté de leurs costumes et de leurs décors, la spontanéité éculée de leurs spectacles, où semblaient se perpétuer le dénuement et le bricolage des cabotins ambulants d'autres temps, à cette époque rénovés par le crasse hippy, grâce à un médiocre ravalement de création et de participation collectives, de communautés décadentes. Ils se maquillaient comme des clowns, s'habillaient d'oripeaux et jouaient du tambour, ou bien sautaient sur des échasses pendant leurs parades de rue. Les femmes portaient des collants tachés de transpiration et ne se rasaient pas les aisselles, et elles se comportaient avec une impudeur dépourvue de sensualité qui provoquait en moi une répugnance physique. On les payait peu parce que les crédits dont je disposais étaient très maigres, et de plus ils attendaient longtemps pour être payés et se présentaient tous les matins à mon bureau, écoutaient mes explications sans bien les comprendre et peut-être sans les croire, toutes les démarches qu'il fallait encore faire, la circulation mystérieuse des papiers depuis certains bureaux vers d'autres, du Secrétariat à l'Ordonnancement puis à l'Agence comptable, les retards, l'incurie et la négligence, auxquels je participais moi-même et qui pouvaient provoquer une ou deux semaines supplémentaires d'attente, justifiées par des mensonges dans lesquels j'étais peu à peu devenu expert : on m'a dit au Secrétariat que le mandatement passe aujourd'hui même à la signature, dès demain, sans faute, je m'occupe d'accélérer les formalités de l'ordonnancement.

Ils attendaient, comme moi, vivaient dans un temps suspendu, dans la petite antichambre de mon bureau, inhospitalière comme celle d'un médecin de réputation douteuse, ou celle d'un de ces détectives de roman, ils attendaient d'être engagés ou simplement reçus, ou d'être payés, ils apportaient leurs dossiers, leurs photocopies brouillées, leur curriculum médiocre ou inventé, et moi, sans que rien ne m'importe, ni eux ni leur vie ni leurs spectacles ni mon travail, j'étais chargé de les encourager ou d'inventer des délais, d'inventer des excuses pour le retard d'une décision, d'un contrat ou d'un paiement, de suggérer de nouvelles procédures administratives dont ils perdaient le fil puisqu'ils ne comprenaient même pas le langage avec lequel je les leur expliquais. Il y avait un poète gitan, crinière blanche et frisée et larges pattes de lapin, qui assurait avoir traduit en caló les œuvres complètes de García Lorca et une partie du Nouveau Testament, et pour le prouver il transportait le manuscrit complet de sa traduction dans un grand cartable, mais il ne l'ouvrait qu'un instant et me montrait la première page avec méfiance, parce qu'il craignait d'être plagié ou pillé et qu'il refusait de laisser dans mon bureau le paquet de feuilles auxquelles il consacrait sa vie, de peur qu'il ne s'y égare, parmi tant de papiers, ou qu'un incendie ne se déclare dans le fournil de la pâtisserie du rez-de-chaussée et que son Lorca en romani ne brûle. Je lui ai demandé pourquoi il ne me laissait pas une photocopie, je lui ai dit qu'il serait bon qu'il en ait lui-même une autre, pour parer à une perte de l'original, mais il n'avait pas non plus confiance dans les employés des ateliers de photocopie, qui pouvaient lui brûler les pages de son texte par négligence ou qui, sans qu'il s'en rende compte, pouvaient en faire une copie supplémentaire et la vendre, ou la publier sous un autre nom. Non, il ne pouvait pas se séparer de son manuscrit, qu'il tenait bien serré dans ses bras quand il s'asseyait derrière ma table ou attendait dans l'antichambre que l'administrateur arrive, et il n'aurait pas de repos tant qu'il ne serait pas publié, avec son nom en lettres bien grosses sur la couverture et sa photo sur la dernière page de la jaquette, pour qu'il n'y ait aucun doute sur l'identité de l'auteur, sur son visage de gitan de chromo ou de daguerréotype romantique, que tout le monde connaissait dans la ville.

Je le vois encore clairement dans mon souvenir, son visage rustique et hâlé et sa crinière blanche, et soudain surgit un détail inattendu, les grosses bagues de plomb ou de fer que le traducteur gitan portait aux doigts et qui accentuaient la pesanteur de ses deux mains quand elles tombaient sur le verre de ma table ou sur le gros dossier gonflé de feuilles manuscrites que cet homme passait son temps à défendre contre le monde, contre l'adversité et le vol, contre l'indifférence et la lenteur administratives qu'il rencontrait tous les jours, assis dans l'antichambre avec le dossier sur les genoux, ou qui déambulait dans le voisinage du bâtiment principal dans l'espoir de rencontrer par surprise l'administrateur ou même quelque responsable de plus haut niveau et d'obtenir ainsi, à l'abordage et en pleine rue, le rendez-vous où lui serait alloué l'argent nécessaire à publier son chef-d'œuvre, ou du moins une partie, peut-être le *Romancero gitano*, qu'il me récitait d'abord en espagnol puis en caló, fermant les yeux, paupières serrées, avançant la main droite avec l'index tendu, comme un chanteur en transe.

Je le voyais de ma fenêtre comme je voyais tant de gens, hommes et femmes, connus et inconnus, silhouettes qui passaient devant le diorama irréel de ma vie de ce temps-là, je le voyais traverser le passage pour piétons avec un air décidé, son dossier serré dans ses bras comme pour qu'un coup de vent ou un voleur ne le lui arrache pas, et d'une certaine façon cet homme que je distinguais dans la foule, et dont je pouvais prévoir les mouvements et les expressions depuis mon observatoire, n'était pas le même quelques minutes plus tard quand il entrait dans mon bureau et me demandait si à mon avis l'administrateur viendrait ce matin-là.

Je faisais mine de m'occuper de lui et ensuite d'être très affairé, de classer des coupures de presse ou des rapports sur ma table, ou bien de pointer des chiffres sur un rapport financier. Je désirais rester seul au plus vite, revenir au livre ou à la lettre que sa visite avait interrompu, et peu à peu mon impatience se transformait en irritation, même si j'essayais de la contenir. Non, ce matin l'administrateur ne viendra pas, il m'a appelé pour que j'annule tous ses rendez-vous parce qu'il assiste à une réunion très importante, et l'homme refermait son dossier, se levait en le serrant dans ses grandes mains de maçon ou de forgeron décorées de bagues qui avaient une espèce de rude splendeur asiatique, et une minute après qu'il était sorti du bureau, je le voyais traverser la rue, préoccupé et un peu plus lent que lorsque je l'avais vu arriver, mais aussi décidé, il s'accordait un délai supplémentaire d'attente sans s'abandonner au découragement, peut-être se récitait-il dans son imagination turbulente des vers de Lorca ou des sermons évangéliques en espagnol puis en caló : mais aujourd'hui je pense soudain, pendant que j'écris, que cet homme n'était pas plus fou que moi, et je me demande comment aurait pu me considérer quelqu'un qui m'aurait alors observé depuis une fenêtre sans que je m'en rende compte, pendant que je marchais dans les mêmes rues, aussi intoxiqué de mots et de chimères que le poète gitan, silhouette d'une personne connue qui à cette distance devient un étranger et qui regarde à peine ce qui l'entoure, la ville habitée des fantômes douteux de ses désirs et de ses livres. Il n'aurait vu ni Philip Marlowe, ni l'Homme invisible, ni Franz Kafka, ni Bernardo Soares : il n'aurait vu qu'un employé sérieux et banal d'une trentaine d'années qui sortait tous les jours du bureau à la même heure, qui lisait un livre à l'arrêt de l'autobus et parfois quand il marchait dans la rue, et qui à intervalles réguliers, une fois par semaine, glissait une lettre dans la boîte *Étranger-Poste aérienne* qui se trouve sur un des côtés du bâtiment de la poste.

Quelqu'un attend maintenant dans l'antichambre, cérémonieusement il me demande la permission d'entrer dans mon bureau. Je cache dans le tiroir la lettre ou le livre que je suis en train de lire. De tous les visages et de tous les noms de cette époque, effacés depuis très longtemps, surgit une silhouette maintenant dépourvue de nom, et puis une autre qui conserve le sien intact. Images séparées, comme des photogrammes de deux histoires différentes mais toutes deux, au début, installées au même endroit et dans la même attitude, dans la pénombre de la triste antichambre où les solliciteurs attendent des heures ou des jours. D'abord un homme, puis une femme, et après cette précision il en vient une autre : les deux accents différents avec lesquels ils me parlent. J'écoute dans le silence où l'on n'entend que le clavier, je vois comme si je fermais les yeux, même s'ils sont ouverts face à l'écran où surgissent les mots avec la même absence de préméditation qu'apparaissent les images : la femme n'est pas seule, elle tient un enfant dans ses bras, ou assis sur ses genoux, parce que ce n'est pas un bébé mais un enfant de deux ou trois ans. Quelle chance, me dit-elle, et elle me parle avec un accent du Río de la Plata, de Montevideo ou de Buenos Aires, je suis si contente que lui ne puisse pas se souvenir.

L'homme parle un espagnol méticuleux, un peu rigide, qu'il a appris dans son pays – je ne me rappelle pas si c'est la Roumanie ou la Bulgarie – quand il était adolescent et qu'il s'imaginait l'Espagne non comme un pays réel mais comme le royaume fabuleux de la littérature et de la musique, surtout de la musique : les morceaux d'inspiration espagnole qu'il étudiait au conservatoire dans son âge lointain d'enfant prodige, quand il étonnait ses professeurs en jouant par cœur au piano des pièces difficiles d'Albéniz, de Falla ou Debussy, évocations de jardins sous la lumière de la lune et de palais arabes, avec l'éclat des pierreries et le murmure des fontaines. Il lisait des traductions de Washington Irving, il écoutait et apprenait rapidement à jouer la *Rhapsodie espagnole* de Ravel et la *Soirée dans Grenade* de Debussy, qui ne connaissait pas la ville quand il avait composé cette musique, m'a raconté le pianiste, et qui en réalité ne devait jamais aller en Espagne, lui qui en était si proche et qui avait écrit tant de musiques qui l'évoquaient. Il m'a dit que la première fois qu'il s'était promené dans l'Alhambra après s'être enfui de son pays, c'était cette musique de Debussy qui résonnait dans son esprit, et qu'il lui semblait reconnaître les choses à mesure qu'il les voyait, que ce n'était ni les photos ni les gravures des livres qui les lui avaient fait imaginer, mais les notes légères du piano.

Au début, c'était un solliciteur comme n'importe quel autre, un peu mieux habillé cependant, avec des manières plus correctes, aussi précautionneuses que son maniement de la langue espagnole, quelqu'un qui attendait dans la demi-lumière de l'antichambre, feuilletant une revue sur la table basse comme s'il était dans la salle d'attente d'un médecin. Lui aussi apportait son dossier, son classeur de coupures de presse et de photocopies, mais il était mieux organisé que la moyenne, avec une présentation plus soignée, les feuilles protégées par des pochettes de plastique, certaines avec des photos et des programmes en couleurs de récitals donnés dans des villes d'Europe centrale, quelquefois avec des textes en caractères cyrilliques. Sur la reliure du dossier il y avait sa photo en grand format, une photo d'artiste faite par un professionnel, un peu ancienne pourtant, une version plus jeune et plus corpulente de l'homme qui était en face de moi, avec les cheveux longs d'un bouillant concertiste romantique, un frac très ajusté, le coude appuyé sur le couvercle d'un piano, la main sur la joue et l'index sur la tempe, dans une attitude rêveuse de virtuose consommé. Ou peut-être suis-je en train de me rappeler la pochette du disque de musique espagnole qu'il avait enregistré au moment le plus prometteur de sa carrière et qu'il s'était obstiné à m'offrir, même s'il m'avait dit au préalable qu'il ne lui en restait que de très rares exemplaires parce que tous ses disques et tous ses livres, tout ce qu'il avait de rare et de précieux à part ses références de musicien, il l'avait laissé derrière lui avant de partir au-delà de la frontière qui divisait alors l'Europe et qui semblait devoir durer toujours. Je n'ai pas déserté, je me suis échappé, disait-il, je m'en suis allé, comme on dit en espagnol, et il mettait un grand soin à énoncer la tournure châtiée : *porque me dio la real de la gana*, parce que cela me chantait, parce que je ne voulais plus passer le reste de ma vie à obéir, à craindre que mon voisin ou mon collègue soit un espion, ou qu'il y ait des micros cachés jusque dans la loge de la salle de concert où j'allais jouer. Mais ce n'était pas une décision de dissident politique assurait-il, assis dans mon bureau tandis que je désirais qu'il s'en aille pour rester de nouveau seul, et que lui tuait le temps pour le cas où l'administrateur viendrait ce matin-là. Savez-vous pourquoi je suis parti, pourquoi je ne supportais plus de vivre dans mon pays ? Par ennui. Parce que tout était toujours pareil, la tête du chef du gouvernement sur toutes les affiches et dans tous les journaux et à la télévision, et sa voix à la radio, et aussi parce que tout était très difficile, et très souvent impossible, ces choses qui pour vous, en Occident, sont normales, acheter un flacon de shampooing ou chercher un numéro de téléphone dans l'annuaire. Dans mon pays il n'y a pas d'annuaires du téléphone et il est très difficile d'obtenir des photocopies, ou un visa pour partir en voyage à l'étranger, et si l'on tente de rapporter une machine à écrire on vous la confisque à la douane et en plus on vous inscrit sur la liste des suspects. Mais comment puis-je dire « mon pays » ? Maintenant, mon pays c'est l'Espagne.

Il a posé le dossier de côté en s'assurant que le classeur était bien fermé pour que n'en tombent ni une photo, ni un programme, ni une coupure de presse, et il a cherché à l'intérieur de sa veste trop ajustée – en velours, maintenant je me rappelle, avec de très larges revers, comme d'un dandysme obsolète ou erroné, plus une veste de chanteur de variétés que de pianiste – et durant un moment il a pris une expression inquiète et a tâté toutes ses poches, me regardant avec un sourire embarrassé, comme s'il s'excusait, comme si j'étais un policier qui lui aurait demandé ses papiers ; cela n'a duré que quelques secondes parce que ses doigts fébriles ont tout de suite trouvé ce qu'il cherchait, la couverture souple d'un passeport tellement soigné qu'il semblait neuf, comme la carte d'identité que le pianiste m'a montrée ensuite, avec sa photo en couleurs sous le plastique lisse et son drôle de nom roumain ou slave qu'aujourd'hui j'ai oublié.

Ses doigts longs et pâles tenaient ces documents avec une révérence délicate, avec l'étonnement incrédule de les voir exister, avec l'anxiété de pouvoir les perdre. Tant d'années passées dans un pays dont il ne désirait que partir pour en visiter un autre qu'il ne connaissait que par les livres et par la musique, par les titres sonores des partitions qu'il apprenait sans aucune difficulté au conservatoire ; une telle peur à la veille de la décision finale, quand il avait sauté par la fenêtre des toilettes d'une loge pour ne pas être vu de ses camarades de tournée en Espagne, ni des agents de la police politique qui les surveillaient ; un temps si long passé à attendre, à faire des déclarations dans des bureaux de la police et à montrer des documents, à vivre dans des foyers de la Croix-Rouge ou dans de minuscules pensions, avec la peur constante d'être expulsé ou, pis encore, rapatrié – quel mot horrible, m'a- t-il dit – sans argent, sans identité, dans un no man's land entre la vie dont il s'était échappé et celle qu'il n'arrivait pas à commencer, dépouillé des assurances et des privilèges dont il avait joui dans son pays en tant que pianiste de renom, incertain sur les perspectives d'une nouvelle carrière à entreprendre, lui qui était un inconnu.

L'expression éblouie de qui a très longtemps entretenu un rêve et qui est parvenu à le réaliser faisait contraste sur son visage, dans son regard, dans son allure générale avec les symptômes d'une mélancolie et d'un renoncement progressif face aux contretemps de la réalité qu'avait apportés avec elle la réalisation de ce rêve. Il avait été un enfant prodige au conservatoire de Bucarest ou de Sofia et sa collection de coupures de presse et de programmes témoignait d'une carrière brillante dans les salles de concert de l'est de l'Europe. Mais il perdait maintenant des matinées entières dans l'antichambre de mon bureau, attendant une décision à propos d'un contrat qui lui garantirait, tout au plus, deux ou trois séances dans des centres culturels de banlieue, dans des salles des fêtes dont l'acoustique était mauvaise, les pianos médiocres et désaccordés.

Il ne s'autorisait pas le découragement et s'il entrait dans mon bureau et que je lui disais que l'administrateur ne viendrait pas, ou que les formalités administratives de son contrat n'étaient pas commencées, il me souriait faiblement, me remerciait et inclinait la tête avant de sortir avec un mélange de vieille courtoisie d'Europe centrale et de rigidité communiste, avec un instinct d'obéissance craintive à n'importe quel fonctionnaire que peut-être il ne perdrait plus jamais. C'était un homme jeune, menu, que dans mon souvenir maintenant très atténué je me représente comme ressemblant à Roman Polanski : il n'était sûrement plus jeune, mais conservait comme Polanski sur les photos un air de jeunesse immuable, une espèce de vivacité fugitive dans le regard et dans les gestes qui, à une certaine distance, effaçait les signes de l'âge déjà bien marqués sur ses traits.

Il donnait des leçons particulières, il recherchait et acceptait des concerts, presque n'importe où, touchant très peu d'argent, des cachets parfois si faibles que lorsqu'il faisait ses comptes, il se disait, avec une de ces tournures qui lui plaisaient tant, *ça ne couvre pas les frais*. Mais il se disait aussi, *c'est toujours ça de pris, un bon tiens vaut mieux que deux tu l'auras*, dans son espagnol consciencieux passionnément appris dans une capitale aux tramways décatis, aux hivers très longs et aux nuits prématurées, parlé en solitaire avec le bonheur intime de l'évasion et de la révolte, avec la conscience du fait qu'en apprenant cette langue il acquérait par avance un des attributs nécessaires et tangibles du rêve qui nourrissait sa vie, comme lorsqu'il apprenait à jouer au piano les passages les plus difficiles de la suite *Iberia* d'Albéniz ou de la *Rhapsodie espagnole* de Ravel. Et maintenant, même s'il voyait que les fruits de son rêve réalisé étaient bien chétifs, parce que, en Espagne, la qualité de son ancienne carrière de virtuose ne comptait pour rien et qu'il devait jouer, les rares fois où il obtenait un contrat, dans des endroits lamentables, même si l'on s'apercevait à ses vêtements corrects et usés qu'il vivait sous la pression constante de la pauvreté, malgré cela il ne se permettait pas de céder au découragement et continuait d'afficher une reconnaissance enthousiaste pour toute chose de son nouveau pays, un bonheur qui vu de l'extérieur semblait un peu pathétique, comme celui d'un amoureux que nous savons dédaigné ou sous-estimé par son amante et qui pourtant conserve envers elle une dévotion sans limites, disproportionnée avec les maigres présents qu'il en reçoit.

J'ai oublié tant de choses de cette époque, j'ai voulu les effacer de ma mémoire pour ne pas la contaminer de remords et de honte, du dégoût de moi-même. Mais je me rappelle maintenant un événement que m'a raconté cet homme, le pianiste bulgare ou roumain, je ne sais plus si c'était dans mon bureau ou dans un de ces cafés des ruelles où nous autres, employés subalternes, prenions notre petit déjeuner, peut-être une fois où il s'est entêté à m'inviter, à m'offrir un café ou une bière pour fêter modestement le fait qu'il avait fini par obtenir un contrat pour un concert, ou qu'il avait été payé après des jours ou des semaines de tortueux retards administratifs.

Il rentrait de Paris en Espagne par un train de nuit qui devait arriver au petit matin à la frontière, à Irún. C'était la première fois qu'il voyageait avec ses nouveaux papiers espagnols. Il avait pris part à un festival au profit des artistes exilés de son pays. Il n'avait pas pu dormir de la nuit à cause de l'inconfort du siège de seconde classe, aggravé par l'impolitesse des voyageurs et des contrôleurs français, qui l'obligeaient à se lever presque à chaque arrêt parce que son billet, le moins cher possible, ne comportait pas de réservation. Mais surtout il était nerveux parce que c'était la première fois qu'il allait rentrer en Espagne avec ses nouveaux papiers, le passeport et la carte d'identité qu'on lui avait délivrés peu de temps auparavant. Dans le compartiment plongé dans le noir, au milieu des voyageurs qui ronflaient, il tâtait les poches de sa veste et de son manteau en cherchant maintes et maintes fois son billet, son passeport et sa carte d'identité, et il lui semblait chaque fois qu'il les avait perdus, ou qu'il avait l'un des papiers mais que l'autre lui manquait, et quand il les trouvait, il les rangeait à nouveau dans un endroit qui lui paraissait plus sûr, à l'intérieur d'une doublure ou d'une poche à fermeture éclair de son sac de voyage, mais cette nouvelle cachette était si invraisemblable qu'il l'oubliait s'il cédait un instant au sommeil. Il ouvrait les yeux en sursaut, cherchait ses papiers, et il était alors certain de les avoir perdus, ou de se les être fait dérober par un de ces voleurs qui rôdaient dans les trains de nuit. Il se rappelait ses heures d'angoisse et de peur aux postes frontières des pays communistes, l'interminable vérification des papiers et ses marques d'inquiétude quand il était sur le point de passer une frontière et qu'il lui semblait qu'une erreur bureaucratique dans un quelconque document allait le bloquer. Il avait décidé de ne pas se rendormir, de garder tous ses papiers ensemble dans la même poche et de ne plus les changer de place, de ne même plus les toucher. Il essayait de lire l'heure dans la faible lumière violette allumée au plafond du compartiment et pendant les arrêts il faisait attention au nom des gares en essayant de calculer quelle durée de voyage il restait pour Irún, impatient d'arriver mais inquiet aussi, plus nerveux à mesure que le train accélérait en s'approchant de la frontière. Il avait, comme tant de fois dans sa vie, l'impression de ne pas partager l'état normal des personnes qui l'entouraient, des voyageurs espagnols ou français qui dormaient en toute tranquillité dans le compartiment, assurés de l'ordre des choses, parfaitement installés dans le monde, au contraire de lui qui avait toujours tendance à se sentir intrus et à ne rien tenir pour assuré, à toujours craindre que survienne l'imprévu.

Vaincu par la fatigue, il s'était profondément endormi quand le train s'est arrêté avec un grand bruit de freins. Il a ouvert les yeux et au début, encore empêtré dans le réseau d'un mauvais rêve, il a pensé que le train était arrivé à la frontière de son ancien pays et que des policiers en uniforme gris allaient l'arrêter dès qu'ils s'apercevraient qu'il n'avait pas sur lui les papiers d'identité corrects, son vieux passeport, qu'il m'avait aussi montré, relique d'un sombre passé, preuve matérielle que ce passé avait existé.

Il est descendu du train en serrant très fort dans une main son sac de voyage et dans l'autre son passeport espagnol. Il s'était au préalable assuré qu'il avait, bien accessibles dans sa poche, tous les documents de sa procédure de naturalisation, pour le cas où il aurait à les présenter. Il s'est mis à la queue, vers le côté espagnol de la frontière, devant la cabine où se trouvaient deux gardes civils qui avaient l'air de s'ennuyer et de dormir. Vous n'allez pas me croire parce que de votre vie entière vous n'avez jamais eu peur à une frontière, mais j'avais les jambes tremblantes, et quand j'ai été pour dire bonjour aux gardes, j'ai remarqué que j'avais la bouche sèche. Donc, alors qu'il s'approchait de la cabine sans plus de salive mais avec les mains moites, avec une sensation de faiblesse croissante dans les jambes, il s'est passé ce dont il se souvenait encore avec étonnement et reconnaissance, ce qu'aucun autre voyageur n'aurait pris la peine de remarquer. Il regardait l'un des gardes en s'approchant de lui et il lui semblait que celui-ci lui retournait un regard soupçonneux ou méfiant. Mais il s'est armé de courage, comme un autre jour lorsqu'il avait sauté par la fenêtre des toilettes et, avec autant de naturel qu'il le pouvait, il a tendu son passeport soigneusement ouvert à la page où se trouvait sa photo, prêt à donner des explications sur la discordance entre sa nationalité et son nom, à présenter rapidement les documents nécessaires. Mais le garde, sans même regarder son passeport, sans faire attention à son visage, lui avait fait de la main le geste de se dépêcher, lui avait dit d'avancer avec une certaine rudesse espagnole et ce geste de la main ainsi que les trois mots désagréables que lui avait dits le garde civil lui avaient semblé être la bienvenue la plus plaisante qu'on lui ait jamais souhaitée, la preuve indiscutable de sa citoyenneté. Il imitait devant moi, de sa main fine et blanche de pianiste, le geste du garde, encore reconnaissant, émerveillé de ce cadeau qu'aucun des autres passagers ensommeillés du train n'aurait su apprécier, répétant comme un talisman les mots du garde civil, *Allons, avancez, crédié*, disant chaque mot avec cette rudesse qu'il lui coûtait tant d'imiter, les prononçant avec fierté et correction comme chacun des mots de la langue qui n'était plus celle des livres et des rêves de son imagination, mais celle de sa vie pratique et quotidienne.

Les visages d'inconnus apparaissaient et disparaissaient, dans la salle d'attente ou derrière la table de mon bureau, et je les regardais d'habitude avec aussi peu d'attention que j'écoutais leurs paroles, leurs demandes ou leur exigence de choses qu'il n'était pas en mon pouvoir d'accorder et qui m'étaient complètement indifférentes, même si j'avais appris à afficher une attitude d'attention concentrée, professionnelle, prenant parfois des notes ou feignant de le faire, dessinant des bonshommes ou des signes sur la feuille blanche posée devant moi dans la chemise d'un dossier, tandis que je donnais des informations sur les démarches nécessaires, que j'inventais des explications impersonnelles pour justifier le retard d'un paiement qui était sans doute sur le point d'arriver, même si mon intervention ne pouvait pas l'accélérer, bien qu'il fût possible qu'un mot dit au bon moment par l'administrateur produisît un effet bénéfique au cas où lui, tellement occupé à des tâches plus importantes et lourdes de conséquences, aurait accepté de prendre un peu plus d'intérêt à l'affaire. J'étais toujours en train d'attendre, abrité dans ma parenthèse d'espace et de temps comme dans un terrier, mais ce que j'attendais, au-delà de la prochaine lettre, était pour moi très confus, un brouillard d'imprécisions et d'indécisions que je ne m'efforçais pas de dissiper. Je demeurais immobile dans le provisoire de mon attente, coincé dans l'intérieur le moins accessible de moi-même, dans une tranquillité semblable à celle de celui qui a entendu le réveil et qui sait qu'il doit se lever, mais qui s'accorde quelques minutes, une seule minute avant d'ouvrir les yeux et de sauter du lit. Je ne savais pas si j'attendais le retour de celle qui m'écrivait des lettres, parce qu'à l'époque où elle vivait de ce côté-ci de la mer et dans la même ville que moi elle ne m'avait pas vraiment prêté grande attention, ou du moins pas pour bien longtemps. Jamais je ne l'avais sentie aussi loin de moi, aussi inexpugnable, que les rares fois où je l'avais tenue dans mes bras. Si je la recherchais elle me fuyait mais si, découragé, j'abandonnais sa conquête, c'était elle qui s'approchait de moi, toujours comme une promesse intacte, effaçant de mon esprit le ressentiment et l'incertitude et me faisant la désirer à nouveau tellement que je me trouvais aussi plein de convoitise et de dévotion envers elle que si elle m'avait aimanté, et en un instant, à peine l'avais-je effleurée qu'elle me fuyait de nouveau. C'était alors que j'étais si loin d'elle que je la sentais le plus près de moi, dans cet éloignement et dans ces lettres, dans mon ignorance presque absolue de la vie qu'elle menait.

En réalité elle n'était pas plus tangible pour moi que les femmes du cinéma en noir et blanc qui me subjuguaient au point d'éveiller chez moi une espèce d'amour chimérique, la liste prévisible au grand complet, Lauren Bacall, Ingrid Bergman, Gene Tierney, Ava Gardner, Rita Hayworth. Dans *Gilda*, que j'ai vu si souvent, Rita Hayworth fuit Glenn Ford et Buenos Aires, et dans un cabaret de Montevideo, habillée de blanc, elle chante et danse une chanson dont le titre est *Amado mío*.

Amado mío
Love me forever
And let forever
Begin tonight.

Dans le film, Montevideo n'est qu'un nom, pas même un décor ou l'un de ces faux paysages devant lesquels les acteurs parlent ou font semblant de conduire une voiture.

La femme qui est arrivée un matin dans la salle d'attente de mon bureau avec un garçon dans les bras, portant un sac plein de marionnettes, avait fui Montevideo pour Buenos Aires en mille neuf cent soixante-quatorze, et quatre ans plus tard Buenos Aires pour Madrid, enceinte, sans le savoir encore, attendant un enfant d'un homme que des militaires ou des policiers en civil avaient emmené une nuit et dont on n'avait plus jamais rien su. Pendant que nous parlions, le garçon jouait avec les marionnettes de bois de sa mère, assis par terre dans mon bureau, et elle le surveillait du coin de l'œil avec une inquiétude qui ne se relâchait pas un seul instant, dévorée de peur et de dénuement secret, une femme de trente et quelques années aux cheveux et aux yeux très noirs, la chevelure lisse et brillante comme du crin, les yeux grands et fortement soulignés de rimmel, avec aussi un rien d'excès italien dans le nez et la bouche, des mains fortes, un peu masculines, habiles au maniement des fils et des marionnettes, qu'elle a sorties inopinément de son sac avec un grand mouvement de bras et qu'elle s'est mise à manipuler devant moi après avoir mis en marche une radiocassette qui se trouvait aussi dans son bagage de colporteur. Au-dessus du métal gris de la table et du désordre de mes papiers, le Petit Chaperon rouge pénétrait dans une forêt en faisant de petits sauts au rythme de la musique de la radiocassette, et le loup la guettait derrière une pile de dossiers, et la voix au fort accent du Río de la Plata racontait l'histoire et se multipliait en d'autres voix, la voix aiguë de la petite fille, la grosse voix sombre du loup, la voix cassée et bougonne de la grand-mère. Le garçon s'était mis debout et, comme fasciné, il s'approchait de la table qui lui arrivait à hauteur des yeux, fasciné et apeuré, comme s'il craignait que le loup puisse aussi le guetter, lui qui ne regardait pas un instant les mains de sa mère ni les fils qui soutenaient les marionnettes.

La démonstration n'a pas duré plus de deux ou trois minutes et quand la musique est arrivée à l'accord final et que la bande s'est arrêtée, les marionnettes ont fait avec ensemble une grande révérence et sont tombées, affalées sur les papiers de ma table, mais le garçon continuait à les regarder avec ses yeux étonnés, attendant qu'elles ressuscitent. Voilà, a dit la femme, je peux monter mon petit théâtre n'importe où, elle a rangé la radiocassette et les marionnettes dans le sac et le garçon les en a ressorties une à une, les examinant lentement comme s'il voulait découvrir le secret de leur vitalité évanouie, tellement fasciné par elles et absorbé en lui-même qu'il ne faisait aucune attention à moi ni à sa mère, qu'il ne jetait pas un coup d'œil autour de lui, dans le bureau plutôt malpropre où il se trouvait, aussi inhospitalier peut-être que la chambre de pension où ils habitaient depuis leur arrivée dans la ville, avec l'inquiétude de ne pas savoir combien de temps ils pourraient la payer, m'a dit la mère, me pressant nerveusement de lui organiser une tournée de spectacles dans les maternelles et dans les petites classes des écoles publiques.

Elle aussi apportait son dossier, exposait ses photocopies et ses coupures de presse, ses références dans un autre pays qui ici ne lui serviraient à rien, diplômes d'écoles d'art dramatique de Montevideo et Buenos Aires qui, en Espagne, ne lui auraient même pas été bons pour trouver un travail de femme de ménage. Moi, je lui déroulais ma litanie habituelle à propos des demandes, des démarches, des délais, et elle soutenait mon regard avec une expression incrédule et sarcastique dans ses yeux très noirs, soulignés de rimmel, comme si elle me faisait savoir qu'elle ne croyait pas ce que je lui racontais et qu'elle s'en moquait, et que moi-même je n'y croyais pas. Mais elle se dépêchait pour aller à un autre rendez-vous, dans un autre bureau semblable au mien, au Conseil général, elle a posé son dossier sur ma table et a inscrit sur la première page le numéro de téléphone de la pension, qui était très sinistre et où j'avais logé autrefois, quand j'étais un étudiant désargenté. Elle savait aussi bien que moi qu'il n'était nullement nécessaire de laisser son téléphone, qu'il lui faudrait revenir de nombreuses fois sans succès, mais nous savions aussi tous les deux qu'il n'y avait rien d'autre à faire et qu'elle devrait persévérer et attendre, même si elle sentait que sa dignité était blessée chaque fois qu'elle rappellerait pour savoir s'il y avait des nouvelles, si l'on avait pris une décision, chaque fois qu'elle pousserait à nouveau la porte du bureau et qu'elle s'installerait dans l'antichambre sombre, tenant toujours le garçon par la main ou dans ses bras parce qu'elle ne pouvait pas le laisser seul à la pension et qu'elle n'avait personne à qui le confier, ce garçon qui jamais ne connaîtrait son père ni ne saurait quand et comment il était mort.

Aujourd'hui il doit être un jeune homme d'un peu plus de vingt ans : il doit regarder la photo que sa mère m'avait montrée lors d'une de ses matinées d'attente au bureau, le visage d'un homme à l'air adolescent, avec les lunettes à grosse monture, une chevelure volumineuse et frisée à la mode des années soixante avec de longues pattes, le fantôme de quelqu'un qui a presque le même âge que lui et qui cependant est son père, et qui n'est officiellement ni vivant ni mort, ni enterré nulle part, ni inscrit sur un registre administratif de décès mais comme perdu dans les limbes, disparu, toujours en train de mourir, sans que ceux qui lui ont survécu et qui conservent son souvenir trouvent le repos parce qu'ils sauront quand il est mort et où il a été enterré, si toutefois il n'a pas été jeté d'un hélicoptère dans le Río de la Plata, les yeux bandés et les mains liées, ou déjà mort avec le ventre ouvert au couteau pour que les requins trouvent immédiatement son cadavre.

La femme s'est mise à pleurer et le garçon qui jouait par terre, perdu dans ses histoires imaginaires, a semblé se réveiller soudain, et il s'est tourné vers elle, la regardant avec sérieux, comme s'il avait pu comprendre ce que sa mère m'avait raconté à voix basse. Elle m'a demandé un kleenex et, quand elle a levé les yeux, j'ai vu qu'une trace de rimmel tachait sa joue. Cela m'arrive, a-t-elle dit en s'excusant, écartant les cheveux lisses et noirs de son visage. Je lui ai donné du feu et ses grands yeux noirs brillants de larmes m'ont souri, mais cette fois ce n'était plus le sourire habituel de courtoisie ou de flatterie qui s'adressait à ma position administrative, mais un sourire qui m'était destiné, à moi, à celui qui avait écouté avec attention et posé des questions, qui avait accordé la précaire hospitalité de son bureau, le temps long et apaisant d'une confidence. J'ai pensé avec un peu de mesquinerie masculine intime que c'était une femme désirable, que je pourrais peut-être avoir une chance de coucher avec elle.

Son nom, je me le rappelle. Elle me l'a dit le premier jour, quand je lui ai demandé des renseignements pour remplir une de mes fiches détaillées et inutiles, qui permettaient de simuler comme un principe d'organisation et d'impartialité, et que je tapais avec soin à la machine, puis que je classais par ordre alphabétique chacune dans un dossier du classeur métallique, où il y avait une petite étiquette de couleur différente selon la rubrique à laquelle elles appartenaient, Théâtre, Musique classique, Rock, Flamenco, ou Artistes divers, groupe dont faisait partie le traducteur de García Lorca en caló.

Peut-être que si son nom a tellement attiré mon attention, c'est qu'il ne correspondait pas à son air italien, à ses cheveux et à ses yeux si noirs. Adriana, a-t-elle dit, Adriana Seligmann. Parfois, quand on entend un nom, celui d'une femme ou celui d'une ville, on perçoit dans ses syllabes la vibration d'une histoire qui se trouve comme codée en lui, la clef d'un message secret, toute une existence contenue dans un mot. Chacun porte en lui son roman, peut-être pas le récit complet de sa vie mais un épisode dans lequel elle a cristallisé pour toujours, qui se résume en un nom, et ce nom il se peut que personne ne le connaisse et qu'il soit interdit de le prononcer à haute voix. Rosebud, Milena, Narva, Gmünd. Plus que jamais je vivais alors nourri de mots et amoureux de noms, noms de femmes qui m'étaient inaccessibles parce que je n'avais pas l'audace de les approcher, ou parce qu'elles n'existaient pas, ou parce que, même si elles avaient une existence réelle, ce que je voyais et dont je tombais amoureux était un rêve projeté par ma fantaisie et mon désir, noms de villes qui étaient d'autant plus belles que je ne les connaissais pas et qu'il était improbable que j'y parte jamais en voyage.

L'étrangère désirable qui était alors debout en face de moi, derrière la table, s'est rassise et elle m'a raconté l'histoire de son nom. Très souvent, j'ai vu des gens chez qui semble se produire un changement soudain quand ils décident de raconter quelque chose qui pour eux compte beaucoup, l'histoire ou le roman de leur vie, qui font un pas et suspendent le temps réel du présent pour s'immerger dans un récit, et tandis qu'ils parlent, bien qu'ils le fassent pressés par la nécessité d'être écoutés, ils prennent le regard de qui serait resté seul, et leur interlocuteur n'est plus qu'une caisse de résonance, éventuellement la mince membrane où vibrent les mots de la narration. Jamais je ne suis autant moi-même que lorsque je garde le silence et que j'écoute, quand je laisse de côté ma pénible identité et ma propre mémoire pour me concentrer complètement dans l'acte d'écouter, d'être pleinement habité par les expériences et les souvenirs des autres.

Seligmann, c'était le nom de mon grand-père paternel. Saül Seligmann, a dit la femme. Quand j'étais enfant, je savais vaguement qu'il était venu d'Allemagne quand il était encore jeune, mais jamais je n'ai entendu parler de la vie qu'il avait menée avant d'arriver à Montevideo. Je me souviens d'être allé le voir dans son atelier de tailleur en tenant la main de mon père. Il laissait de côté ce qu'il était en train de faire, il m'asseyait sur ses genoux et me racontait des histoires d'une voix qui avait un léger accent étranger. Il a pris sa retraite et il est allé vivre hors de Montevideo, sur l'autre lisière du fleuve, comme nous disons. Il avait acheté une maison dans la province de Tigre, pour être véritablement seul, comme cela lui plaisait, c'est ainsi que le disait mon père avec, me semble-t-il, un peu de ressentiment. Alors j'ai presque cessé de le voir. Quand j'avais douze ans, mes parents se sont séparés et pendant une période ils m'ont envoyée chez mon grand-père, à la maison de Tigre. C'était une maison de bois, sur une petite île, avec une haute balustrade peinte en blanc et un embarcadère, entourée d'arbres. Après les derniers mois que j'avais passés avec mes parents, cette retraite dans la maison de mon grand-père était le paradis. Je lisais les livres de sa bibliothèque et j'écoutais ses disques d'opéra et de tango. Si je lui posais des questions sur l'Allemagne, il me disait qu'il en était parti très jeune et qu'il avait tout oublié, jusqu'à la langue. Mais j'ai découvert que ce n'était pas vrai, bien qu'il n'en eût peut-être pas lui-même conscience. Une des premières nuits où j'ai dormi dans sa maison, j'ai été réveillée par des cris. J'ai craint que des voleurs ne soient entrés, mais j'ai eu le courage de me lever et j'ai parcouru le couloir jusqu'à la chambre de mon grand-père. C'était lui qui criait. Il criait, il parlait avec quelqu'un, il discutait, on aurait dit qu'il suppliait, mais je ne comprenais rien parce qu'il parlait en allemand. Il criait comme jamais je n'ai entendu crier personne. Il semblait appeler quelqu'un, prononcer un nom, si fort que sa propre voix a fini par le réveiller. J'étais sur le point de me cacher mais je me suis rendu compte qu'il ne me voyait pas dans la lumière du couloir, bien qu'il eût les yeux ouverts. Il haletait et transpirait. Le lendemain je lui ai demandé s'il avait fait de mauvais rêves, mais il m'a dit qu'il ne se souvenait de rien. Toutes les nuits se répétaient les mêmes cris, des cris en allemand dans la maison silencieuse, le nom qu'il répétait, que je n'arrivais pas bien à comprendre, je ne sais pas s'il disait Greta ou Gerda. Quand mon grand-père est mort, nous avons trouvé sous son lit une petite valise remplie de lettres en allemand et de photos d'une femme jeune. Toutes les lettres étaient signées Grete, elles avaient cessé d'arriver en mille neuf cent quarante. Quand j'étais enfant, mon nom de famille ne me plaisait pas, mais aujourd'hui je le porte comme un cadeau que lui m'aurait laissé, comme ces lettres que j'aurais eu plaisir à lire et que je ne comprenais pas. Quand je suis partie à Buenos Aires je les ai emportées avec moi, avec les photos de Grete. Je me disais toujours que j'allais les confier à quelqu'un qui comprendrait l'allemand pour qu'il me les traduise, mais je remettais toujours. On remplit sa vie d'occupations et on croit toujours qu'on aura du temps pour tout, et soudain, un jour, voilà que tout est fini, qu'on n'a plus rien de ce qu'on croyait être à soi, ni son mari, ni sa maison, ni ses papiers, rien que la peur et l'épouvante, le déchirement qui n'en finit pas. Que sont devenues ces lettres, qu'auront fait d'elles ceux qui ont envahi ma maison. Moi du moins j'avais quelque chose qu'ils n'ont pas pu m'enlever, même si je ne le savais pas quand je me suis enfuie, je ne savais pas que j'étais enceinte.

Séfarade

Je me rappelle une maison juive dans un quartier de ma ville natale, qu'on appelle quartier de l'Alcázar parce qu'il occupe l'espace, encore en partie fortifié, où se trouvait l'alcázar médiéval, la citadelle qui avait en premier été tenue par les musulmans puis à partir du treizième siècle par les chrétiens, après mille deux cent trente-quatre pour être précis, quand le roi Ferdinand III de Castille, que dans mes livres d'école on appelait «le Saint», avait pris possession de la ville récemment conquise. Pour que nous autres enfants retenions plus facilement cette date, on nous disait de nous rappeler les quatre premiers nombres à la suite : un, deux, trois, quatre, et nous répétions en chœur ce refrain comme si c'était une table de multiplication, Ferdinand III le Saint a conquis notre ville sur les Maures en mille, deux cents, trente, quatre.

Dans l'enceinte haute de l'Alcázar, presque inaccessible par les versants sud et est, se trouvait au début la grande mosquée et ensuite, sur le même emplacement, l'église Santa María, qui existe encore bien qu'elle soit fermée depuis des années pour des travaux de restauration qui n'en finissent pas. Elle a, ou elle avait, un cloître gothique, la seule chose vraiment ancienne et précieuse du bâtiment qui a été restauré bien des fois sans trop de ménagements, surtout au dix-neuvième siècle quand on lui a ajouté, vers mille huit cent quatre-vingt, un vague portail banal et une paire de clochers sans aucun intérêt. Mais le tintement de ses cloches, je pouvais le reconnaître parmi n'importe lequel de ceux qu'on entendait dans la ville à la tombée du jour, parce que c'étaient les cloches de notre paroisse, et je savais aussi quand elles sonnaient le glas et quand la messe des morts, et le dimanche, à midi et en fin de journée, je reconnaissais le généreux carillon qui annonçait la grand-messe. D'autres cloches presque aussi proches avaient un son beaucoup plus grave, à la résonance solennelle, celles de l'église del Salvador, ou bien plus aigu et diaphane, c'étaient alors celles du couvent des sœurs, installées dans une tour semblable à celle d'une forteresse, aussi rébarbative que le bâtiment tout entier avec son portail toujours fermé et ses hauts murs de clôture en pierre assombrie de lichens et de mousse, parce qu'ils étaient toujours exposés à l'ombre froide du nord. De temps en temps le grand portail noir à gros clous s'ouvrait et des sœurs apparaissaient, toujours par paires, tellement pâles qu'elles me semblaient venues d'outre-tombe ; avec leurs habits bruns et leurs visages entourés d'un tissu blanc sous leurs coiffes, leur peau plus blanche que le tissu, elles me faisaient si peur que je craignais qu'elles ne me séquestrent et je serrais plus fort la main de ma mère qui avait noué un foulard noir sur sa tête pour aller à l'église.

Je me rappelle les grandes dalles inégales du cloître de Santa María, dont certaines étaient des pierres tombales portant les noms de défunts très anciens gravés dans la pierre, presque effacés par le passage du temps et les pas des gens, ainsi qu'un jardin sur lequel ouvraient ses arcs ogivaux et où il y avait un laurier si grand que mon regard d'enfant se perdait dans la hauteur sans en atteindre la cime. Dans le jardin obscurci par l'ombre géante du laurier, plein de fougères et de mauvaises herbes, il y avait toujours, même en été, une très forte odeur de végétation et de terre humide, et le vacarme des oiseaux qui nichaient dans son épaisseur y résonnait, les roucoulements des colombes et les sifflements des martinets dans les longs après-midi d'été. De très loin on voyait la grande masse vert sombre du laurier, comme un geyser de végétation qui montait plus haut que les clochers de l'église et que les toits du quartier, et qui se balançait par les après-midi de tempête. Quand j'étais tout petit et que j'entrais dans le cloître de Santa María en tenant la main de ma mère, j'étais pris de vertige lorsque je regardais dans le jardin pour voir le laurier, je ressentais toujours le froid humide de la terre et des pierres, et j'étais assourdi par le fracas des oiseaux qui soudain s'envolaient quand les cloches sonnaient.

J'étais certain que le laurier arrivait jusqu'au ciel, comme le pied de haricots magique de ce conte que me racontaient les femmes de la maison, et que bien des années plus tard j'ai lu à mon fils aîné, toujours avide d'histoires depuis ses deux ou trois ans quand il allait au lit, inquiet quand il pressentait que le conte allait se terminer, me demandant de le faire durer encore un peu, d'en lire ou d'en raconter un autre ou, mieux encore, d'en inventer un à son goût, donnant aux personnages les traits de caractère ou les pouvoirs magiques dont il avait envie, leur attribuant des noms que lui devait approuver. Au chevet de mon fils, en lisant le conte, j'imaginais son petit héros montant vers le ciel et émergeant au-dessus des nuages sur les branches de ce prodigieux laurier de Santa María, comme je l'avais imaginé quand j'étais enfant et qu'on me racontait cette histoire. Si l'on regardait fixement vers le haut, même s'il n'y avait pas de vent, le laurier avait une légère oscillation, plus inquiétante du fait qu'elle était à peine perceptible. Quand il était agité par un grand vent, le bruit de ses feuilles était aussi fort que le ressac de la mer, que je n'avais jamais entendu sauf dans les films ou quand on approchait de mon oreille un coquillage et qu'on me disait qu'y résonnait l'écho de la mer d'où on l'avait apporté.

L'église Santa María, je me rappelle que j'y suis allé tous les après-midi, pendant l'été de mes douze ans, dire quelques *Ave Maria* à la Vierge de Guadalupe, patronne de ma ville, à qui je demandais d'intercéder en ma faveur pour que je réussisse les examens de gymnastique en septembre, parce que, en juin, j'avais été recalé de manière humiliante, même si elle n'était pas injustifiée. Je n'étais à l'aise dans aucun sport, j'étais incapable de monter à la corde, de sauter au cheval-d'arçons et même de faire une culbute. Un sentiment d'exclusion avait grandi en moi et il s'accentuait douloureusement avec la perte des confortables certitudes de l'enfance, avec les premiers troubles et les premières peurs du passage à l'adolescence. Je me sentais toujours honteux et différent des autres : mon visage trop rond se couvrait de boutons, une moustache assombrissait ma lèvre supérieure encore enfantine, des poils poussaient dans les endroits les plus incongrus de mon corps, j'étais saisi du remords aigu et secret de la masturbation qui, d'après les louches enseignements des curés, était non seulement un péché mais aussi le début d'une série d'atroces infirmités. Comme c'est étrange d'avoir été cet enfant solitaire, rondouillard et gauche qui chaque soir d'été, quand la chaleur tombait, montait au quartier de l'Alcázar et entrait dans la fraîcheur du cloître de Santa María pour aller prier la Vierge, marchant sur les pierres tombales de défunts enterrés il y avait cinq ou six siècles, dévot et honteux au fond de lui-même parce que cet été-là il avait appris à se masturber, et qui passait son temps à lorgner le décolleté et les jambes nues des femmes, le sein blanc aux veines bleutées et au grand mamelon sombre d'une gitane qui allaitait son enfant, assise pieds nus à la porte d'une baraque de miséreux qui se trouvait au bout du quartier, contre les ruines des remparts. Parfois, sur la grande place qui est devant l'église, je voyais de loin, assis sur un banc de pierre, quatre ou cinq voyous de ma classe, qui déjà fumaient et allaient dans les tavernes et qui, si je passais devant eux même en faisant semblant de ne pas les voir, se moqueraient de moi comme ils s'étaient moqués, au gymnase ou dans la cour de l'école, de ma lâcheté physique, raison de plus s'ils comprenaient où j'allais, fayot rondouillard qui avait décroché tant d'examens et qui pourtant n'avait pas été capable de réussir celui de gymnastique, et qui maintenant allait tous les soirs faire des prières à la Vierge, qui plus d'une fois allait à confesse et restait pour la messe, puis communiait, avec le remords et le malaise de ne pas avoir osé tout confesser, dire au curé, qui lui avait posé des questions formelles et fait dans la pénombre un signe de croix tout en lui murmurant sa pénitence et son absolution, qu'il y avait un péché de plus, qu'on ne pouvait pas même nommer si ce n'est au moyen de lointains euphémismes, qu'il avait commis *un acte impur*. La doctrine catholique nous habituait si précocement au conflit solitaire avec nous-mêmes, aux contorsions de la culpabilité : un acte impur était un péché mortel et si on ne le confessait pas il ne pouvait pas être absous, et si l'on communiait en état de péché mortel, on en commettait un de plus, aussi grave que le premier, qui s'ajoutait à lui dans l'ignominie secrète de votre conscience.

C'est à l'église Santa María que je me suis marié pour la première fois quand j'avais vingt-six ans. Peut-être à cause du trouble et de l'énervement de la cérémonie, de l'étourdissement de la foule, je n'ai pas remarqué cette fois-là le grand laurier du cloître, même si aujourd'hui je suis pris d'un soupçon alarmant : peut-être l'avait-on coupé, ce qui n'aurait rien eu d'étonnant dans une ville aussi acquise à l'arboricide. L'homme jeune portant moustache, coupe de cheveux au rasoir, costume bleu marine et cravate gris perle, me semble encore plus lointain que l'enfant dévot et secrètement honteux de quatorze ans plus jeune. Au long de toutes ces années, il avait perfectionné les aptitudes qui déjà le guettaient au début de son adolescence, l'habitude de faire comme s'il était et faisait ce qu'on attendait de lui, tout en se révoltant, rébarbatif et silencieux, la vaine astuce de dissimuler ce qu'il imaginait être son identité véritable et de la nourrir de livres, de rêves et d'une dose grandissante de rancœur tandis que, vu de l'extérieur, il présentait une attitude d'acquiescement soumis. Je vivais ainsi dans un exil immobile, dans un éloignement qui jamais ne s'allégeait et qui pourtant était aussi faux qu'un paysage peint en perspective sur un mur ou que ces transparences du cinéma devant lesquelles un acteur conduit à toute vitesse une décapotable au bord d'un précipice, sans que le vent ne lui dérange les cheveux, sans que sur le pare-brise ne se succèdent ni ne s'enfuient les reflets des arbres.

Le quartier de l'Alcázar, sur l'arrière de l'église Santa María, cerné au sud et à l'ouest par la route qui entoure les remparts en ruine et par les terre-pleins des jardins maraîchers, a des rues étroites et pavées, de petites places sur lesquelles on peut trouver de grandes bâtisses avec un portail voûté et deux ou trois mûriers ou peupliers. Les maisons les plus anciennes du quartier datent du quinzième siècle. Elles sont blanchies à la chaux excepté les linteaux des portes, qui exposent le ton chaud de la pierre arsenicale dans laquelle ils ont été taillés, et qui est la même que celle des palais et des églises. Le blanc de la chaux et le roux doré de la pierre contrastent en une harmonie délicate qui a l'élégance lumineuse de la Renaissance et l'austère beauté de l'architecture populaire. De hautes fenêtres étroites garnies de grilles serrées comme des jalousies et de hauts murs de clôture aveugles rappellent la fermeture de la maison musulmane dont a hérité sans changements la clôture des couvents. Il y a des bâtisses aux petites fenêtres étroites comme des meurtrières où nous autres enfants nous cachions parfois, avec en façade de gros anneaux de fer, si lourds que nous n'avions pas la force de les soulever et où, nous disait-on, les seigneurs d'autrefois attachaient leurs chevaux. C'est dans ces palais qu'habitaient les nobles qui régnaient sur la ville, et qui, dans leurs soulèvements féodaux contre le pouvoir des rois, se retranchaient derrière les murs de l'Alcázar. À l'abri de ces mêmes murs se trouvait le ghetto : les nobles avaient besoin de l'argent des Juifs, de leurs compétences administratives, du savoir-faire de leurs artisans, de sorte qu'ils avaient intérêt à les protéger contre les explosions de fureur périodiques de la populace dévote et brutale, excitée par des prédicateurs fanatiques, par des légendes sur la profanation de l'hostie et sur les rituels sanguinaires pratiqués par les Juifs pour souiller la religion chrétienne. Ils volaient des hosties consacrées, crachaient dessus et les piétinaient, y enfonçaient des clous, les écrasant avec des tenailles pour y reproduire les supplices qu'ils avaient infligés à la chair mortelle de Jésus-Christ. Ils enlevaient des enfants chrétiens et les décapitaient dans les caves des synagogues, et ils buvaient leur sang ou en maculaient la farine blanche et sacrée des hosties.

Quelqu'un m'avait parlé de cette maison juive et j'ai tourné et retourné dans le quartier de l'Alcázar avant de la trouver. Elle est située dans une ruelle étroite, comme si elle y était coincée, et je me la rappelle habitée, avec les voix des gens et le bruit de la télévision qui se répandait dans la rue par les fenêtres ouvertes garnies de géraniums en pots. Elle a une porte basse et aux deux extrémités de la longue pierre du linteau il y a deux étoiles de David sculptées, chacune inscrite dans un cercle, pas assez dégradées par le temps pour qu'on n'en distingue pas le dessin avec précision. C'est une maison petite, bien que solide, qui a dû appartenir non pas à une famille opulente mais à un scribe ou à un petit commerçant, ou au maître d'une école rabbinique, à une famille qui devait vivre, dans les années antérieures à l'expulsion, partagée entre la peur et un entêtement à mener une vie normale, s'imaginant que les excès menaçants du fanatisme chrétien se calmeraient comme tant d'autres fois, et que dans cette petite ville, à l'abri des murailles de l'Alcázar, ne se reproduiraient pas les terribles massacres de quelques années auparavant à Cordoue, ou ceux de la fin du siècle précédent. La maison, dans cette ruelle, a quelque chose de méfiant et de dissimulé, comme l'attitude de celui qui, pour ne pas attirer l'attention, baisse la tête, l'enfonce entre ses épaules et tâche de marcher en rasant les murs. Que ferais-tu si tu savais que, d'un jour à l'autre, on peut t'expulser, qu'il suffira d'une signature et d'un cachet de cire au bas d'un décret pour que ta vie entière soit bouleversée, pour que tu perdes tout, ta maison et tes biens, ta vie quotidienne, et que tu te trouves jeté sur les routes, désigné à la vindicte publique, obligé de te dépouiller de tout ce que tu croyais tien, contraint d'entreprendre un voyage sur un bateau qui t'emportera tu ne sais où, vers un pays où tu seras aussi désigné et rejeté, ou peut-être même pas cela, vers un naufrage en mer, la mer redoutable que tu n'as jamais vue. Les deux étoiles de David sont l'unique preuve qui atteste l'existence d'une communauté nombreuse, comme le dessin fossile d'une feuille exquise qui aurait appartenu à l'immensité d'une forêt effacée par un cataclysme il y a des millénaires. Ils n'auraient pas pu croire qu'on allait véritablement les expulser, qu'en quelques mois ils devraient abandonner la terre où ils étaient nés et où vivaient déjà leurs lointains ancêtres, les rues de la ville qu'ils s'imaginaient être la leur et dans laquelle on ne leur adressait plus soudain que des signes de haine. Qui peut croire que sa maison, dans laquelle s'est modelée la forme de sa vie, lui sera arrachée en quelques jours de temps, que des inconnus viendront l'occuper et qu'ils ne sauront rien de ceux qui y vivaient et avaient cru qu'elle leur appartenait. La maison avait une porte avec des clous rouillés et un heurtoir de fer, de petites moulures gothiques dans les angles du linteau. Peut-être les expulsés ont-ils emporté la clef qui s'ajustait au grand trou de la serrure, et se la sont-ils transmise de père en fils au long des générations successives de l'exil, tout comme la langue, les sonores prénoms espagnols ainsi que les poèmes et les chansons d'enfants que les Juifs de Salonique et de Rhodes ont dû emporter avec eux dans l'enfer du long voyage vers Auschwitz. C'est d'une maison semblable à celle-là qu'a dû s'en aller pour toujours la famille de Baruch Spinoza ou celle de Primo Levi. Je marchais dans les ruelles pavées du ghetto d'Úbeda, imaginant le silence qui avait dû les envahir dans les jours qui avaient suivi l'expulsion, semblable à celui qui devait persister dans les rues du quartier séfarade de Salonique après que les Allemands l'avaient évacué en mille neuf cent quarante et un, où l'on n'entendait plus les voix des fillettes qui sautaient à la corde en chantant des *romances* comme ceux que j'ai encore entendus dans mon enfance, *romances* de femmes qui se déguisaient en hommes pour combattre dans les guerres contre les

Maures, ou bien de reines enchantées. Les franciscains et les dominicains prêchaient la foule analphabète du haut des chaires des églises, les cloches sonnaient des carillons triomphaux tandis que les exilés quittaient le quartier de l'Alcázar, pendant le printemps et l'été mille quatre cent quatre-vingt-douze, qui faisait partie des dates que nous apprenions par cœur à l'école, parce que c'était la plus glorieuse dans l'histoire de l'Espagne nous disait le maître, le moment où l'on avait reconquis Grenade et découvert l'Amérique et où notre patrie récemment unifiée avait commencé d'être un empire. *D'Isabel et Ferdinand, que l'esprit commande*, chantions-nous en rythmant d'un piétinement martial les paroles emphatiques de l'hymne, *nous mourrons en embrassant le drapeau sacré*. Un des exploits des Rois Catholiques, aussi important que la victoire sur les Maures à Grenade et que leur décision si sage de soutenir Christophe Colomb, avait été l'expulsion des Juifs, qui sur les dessins de notre livre d'histoire avaient des nez crochus et des barbiches pointues, et à qui on attribuait la même obscure perfidie qu'aux autres ennemis jurés de l'Espagne, desquels nous ne savions rien de plus que leurs noms redoutables, maçons et communistes. Quand nous nous battions contre d'autres enfants dans la rue et que l'un d'eux nous crachait dessus, nous lui criions toujours : *Juif, qui a craché sur Notre Seigneur*. Sur les chars de notre Semaine Sainte, les bourreaux et les pharisiens avaient les mêmes traits grossiers que les Juifs du livre d'histoire. Dans le groupe de la Sainte Cène, Judas nous faisait aussi peur, nous les enfants, que Dracula au cinéma, avec son nez crochu et sa barbe en pointe, et son visage verdâtre de traître qu'il détournait pour regarder avec une cupidité secrète la bourse des trente deniers.

À Rome, à l'hôtel Excelsior, bien des années plus tard et dans une vie ultérieure, j'ai fait la connaissance de l'écrivain roumain et séfarade Émile Roman, qui parlait couramment l'italien et le français, mais aussi un espagnol étrange et cérémonieux qu'il avait appris dans son enfance et qui devait ressembler à celui que parlaient en mille quatre cent quatre-vingt-douze les habitants de cette maison du quartier de l'Alcázar. Mais nous ne nous appelions pas nous-mêmes séfarades, m'a-t-il dit, nous étions des Espagnols. À Bucarest, en mille neuf cent quarante-quatre, un passeport expédié en vitesse par l'ambassade d'Espagne lui avait permis d'avoir la vie sauve. C'est avec ce même passeport, qui l'avait sauvé des nazis, qu'il avait échappé quelques années plus tard à la dictature communiste et il n'était jamais retourné en Roumanie, pas même après la mort de Ceauşescu. Il écrivait alors en français et vivait à Paris, et comme il était retraité, il passait ses après-midi dans le local d'une amicale de vieux séfarades qui s'appelait *Longue vie*. C'était un homme très grand, indolent, l'expression grave, la peau olivâtre et de grandes mains rituelles. Au bar de l'hôtel Excelsior, un individu en smoking argenté et nœud papillon rouge jouait des succès internationaux sur un orgue électrique. Assis en face de moi, à côté des fenêtres qui donnaient sur la circulation de la Via Veneto, Émile Roman buvait à petites gorgées une minuscule tasse d'espresso et parlait passionnément des injustices commises cinq siècles auparavant, jamais oubliées, ni corrigées ni même amorties par l'écoulement du temps et le passage des générations, le décret sans appel de l'expulsion, les maisons et les biens vendus précipitamment pour respecter le délai de deux mois qu'on accordait aux expulsés, deux mois pour abandonner un pays dans lequel avaient vécu leurs ancêtres pendant plus de mille ans, presque depuis le début de l'autre diaspora, disait Émile Roman, les synagogues désertes, les bibliothèques dispersées, les maisons vides et les ateliers fermés, cent ou deux cent mille personnes obligées de quitter un pays qui comptait à peine huit millions d'habitants. Et ceux qui ne sont pas partis, ceux qui ont préféré se convertir par peur ou par commodité et qui ont calculé qu'en recevant le baptême ils seraient acceptés, cela ne leur a servi de rien, parce que si l'on ne pouvait plus les persécuter à cause de la religion qu'ils avaient abjurée, c'était désormais leur sang qui les condamnait et pas seulement eux mais aussi leurs enfants et leurs petits-enfants, de sorte que ceux qui restaient avaient fini par être aussi étrangers que ceux qui étaient partis, et même plus encore, non seulement ils étaient méprisés par ceux qui auraient dû être leurs frères dans la nouvelle religion, mais aussi par ceux qui étaient restés fidèles à celle qu'ils avaient abandonnée. Le pécheur le plus infâme pouvait se repentir et, s'il accomplissait sa pénitence, il était déchargé de sa faute, l'hérétique pouvait abjurer ses erreurs, le péché originel pouvait être racheté grâce au sacrifice du Christ, mais pour le Juif il n'y avait pas de rédemption possible parce que sa culpabilité était antérieure à lui-même et indépendante de ses actions, et il devenait même suspect d'une manière plus louche encore s'il donnait l'apparence d'être exemplaire. Mais en cela l'Espagne n'a pas été une exception, elle n'a pas été plus cruelle ou plus fanatique que les autres pays d'Europe, contrairement à ce qu'on pense d'habitude. Si l'Espagne se distingue en quelque chose, ce n'est pas pour avoir expulsé les Juifs mais pour les avoir expulsés si tard, parce qu'au quatorzième siècle on les avait chassés d'Angleterre et de France, et ne croyez pas que ç'ait été avec plus d'égards, et quand en mille quatre cent quatre-vingt-douze, beaucoup de ceux qui quittaient l'Espagne avaient cherché un asile au Portugal, ils l'avaient obtenu en échange d'une pièce d'or par personne, mais six mois plus tard ils ont été aussi expulsés et ceux qui se sont convertis pour ne pas partir n'ont pas eu une vie meilleure que les convertis d'Espagne, et on leur a aussi donné le nom infâme de marranes. Mais il y a eu des marranes qui après plusieurs générations de soumission au catholicisme ont émigré en Hollande et qui, quand ils y sont arrivés, ont recommencé à professer le judaïsme, la famille de Baruch Spinoza par exemple, lui qui avait une intelligence trop libre et rationnelle pour obéir à aucun dogme et qui a été officiellement expulsé de la communauté juive, alors qu'il était issu d'une lignée de Juifs expulsés d'Espagne.

Être juif était impardonnable, cesser de l'être était impossible, a dit Émile Roman dans sa lente colère mélancolique, lui dont le véritable nom était Samuel Béjar y Mayor. Je ne suis pas juif de par la foi de mes ancêtres, que mes parents n'ont jamais pratiquée et qui, lorsque j'étais jeune, pouvait n'avoir pas plus d'importance pour moi que pour vous la croyance de vos grands-parents aux miracles des saints catholiques. Ce qui m'a fait juif, c'est l'antisémitisme. Pendant une époque cela pouvait encore être comme une maladie secrète, qui ne vous exclut pas de la communauté parce qu'elle ne se révèle pas par des signes extérieurs, des taches ou des pustules qui pourraient vous condamner comme un lépreux du Moyen Age. Mais un jour, en mille neuf cent quarante et un, j'ai dû coudre une étoile de David jaune sur le devant de mon manteau, et désormais la maladie ne pouvait plus être cachée, et si j'oubliais moi-même un instant que j'étais juif et que je ne pouvais être qu'un Juif, les regards de ceux que je croisais dans la rue ou sur la plate-forme d'un tramway (tant qu'il nous a été permis de circuler en tramway) se chargeaient de me le rappeler, de me faire sentir ma maladie et mon étrangeté. Certaines personnes de ma connaissance détournaient la tête pour ne pas avoir à me saluer, ou pour qu'on ne les voie pas en conversation avec un Juif. Il y avait ceux qui s'écartaient, comme on s'écarte d'un mendiant crasseux ou de quelqu'un affligé d'une difformité très déplaisante. Ceux qui avaient été mes compatriotes s'étaient transformés en étrangers. Mais l'étranger c'était moi, et la ville où j'étais né et où j'avais toujours vécu n'était plus la mienne, et n'importe quand, tandis que je marchais dans la rue, n'importe qui pouvait m'injurier ou me repousser sur la chaussée parce que je n'avais pas le droit de marcher sur le trottoir, ou si j'avais la malchance de croiser une bande de nazis, je risquais d'être battu ou de subir l'humiliation d'avoir à courir pour ne pas être rejoint, comme l'enfant maladroit que les voyous et les costauds s'amusent à tourmenter dans la rue.

Avez-vous lu Jean Améry ? Vous devez le faire, il est aussi important que Primo Levi, mais beaucoup plus désespéré. La famille de Primo Levi avait émigré vers l'Italie en mille quatre cent quatre-vingt-douze. Ils ont tous les deux été à Auschwitz, même s'ils ne se sont pas rencontrés là-bas. Levi ne partageait pas le désespoir d'Améry, ne pouvait pas accepter son suicide, mais lui aussi a fini par se tuer, ou du moins tel a été l'avis de la police. Améry, en réalité ne s'appelait pas Améry, ni Jean. Il était né en Autriche et s'appelait Hans Mayer. Jusqu'à trente ans il a vécu en se croyant autrichien, en croyant que sa langue et sa culture étaient allemandes. Il aimait même souligner son appartenance à l'Autriche et s'habillait souvent du costume folklorique : culotte courte et hautes chaussettes. Soudain, un jour, en novembre mille neuf cent trente-cinq, assis dans un café, à Vienne, comme nous sommes assis vous et moi, il a ouvert le journal et il y a lu la promulgation des lois raciales de Nuremberg, et il a découvert qu'il n'était pas ce qu'il avait toujours cru et aimé être, ce que ses parents lui avaient appris à croire qu'il était, un Autrichien. Soudain il était ce qu'il n'avait jamais pensé être : un Juif, et de plus il n'était que cela, toute son identité se réduisait à cette condition. Il était entré dans le café en tenant pour acquis qu'il avait une patrie et une vie établie et, quand il en est sorti, il était devenu un apatride, tout au plus une victime possible, voilà tout. Son visage était le même mais il s'était transformé en un autre et s'il se regardait longuement dans la glace, même si dans son apparence physique personne n'aurait pu détecter son origine, c'était sans difficulté qu'il commençait à reconnaître les signes de sa transformation, le détail des stigmates. Il paierait son café au même garçon que chaque matin, qui s'inclinerait légèrement vers lui quand il recevrait son pourboire, mais maintenant il savait que très probablement, si le garçon se rendait compte qu'il était juif, il le regarderait avec le mépris qu'on réserve à un mendiant importun. Il s'est échappé vers l'ouest, en Belgique, en mille neuf cent trente-huit, quand il était encore temps, mais à cette époque en Europe les frontières se transformaient d'un jour à l'autre en traquenards ou en barbelés, et lui qui s'était échappé dans un autre pays s'est réveillé un matin en entendant dans les haut-parleurs les cris des bourreaux qu'il avait cru laisser derrière lui dans le sien. En mille neuf cent quarante-trois la Gestapo l'a arrêté à Bruxelles. Il a été soumis pendant des semaines à des tortures horribles et, peu après, expédié à Auschwitz. Après la Libération il a renié son nom allemand, la langue allemande qu'il avait cru être la sienne, et il a décidé de s'appeler Jean et pas Hans, Améry et pas Mayer, et de ne plus remettre les pieds ni en Autriche ni en Allemagne. Lisez le livre qu'il a écrit sur l'enfer du camp. Après l'avoir terminé j'étais devenu incapable de rien lire ni rien écrire. Il dit qu'à partir du moment où l'on commence à être torturé, le pacte qui vous lie aux autres hommes se brise pour toujours, et que même si l'on s'en tire, si l'on retrouve la liberté et si l'on continue de vivre de nombreuses années, la torture ne cessera jamais, et qu'on ne pourra plus regarder quelqu'un dans les yeux ni avoir confiance en personne, ni cesser de se demander, face à un inconnu, s'il est ou s'il a été un tortionnaire, s'il lui en coûterait beaucoup de l'être, et si une vieille femme bien élevée vous dit bonjour en vous croisant dans l'escalier, on pensera que cette même aimable vieille a pu dénoncer son voisin juif à la Gestapo, ou regarder ailleurs tandis qu'on le jetait en bas de l'escalier, ou qu'elle a crié *Heil Hitler* jusqu'à en perdre la voix sur le passage des soldats allemands.

Une fois, j'ai été invité en Allemagne, il y a quelques années, pour donner une conférence dans une très belle ville, une ville de conte de fées, avec des rues pavées et des toits gothiques, des parcs, beaucoup de gens se promenant à bicyclette, Göttingen, où avaient vécu les frères Grimm. Je me rappelle le bruit soyeux que faisaient les pneus des bicyclettes en passant sur les pavés humides à la tombée du jour, et le tintement de leurs sonnettes. Il avait fait une journée ensoleillée et j'avais passé mon temps, depuis le matin, à aller d'un endroit à l'autre, toujours accompagné de personnes très serviables et très cordiales, qui s'occupaient d'organiser la satisfaction immédiate de chaque demande que je formulais, avec une efficacité qui pouvait être accablante. Si je disais que j'étais intéressé par la visite d'un musée, ils se mettaient immédiatement à téléphoner et un instant plus tard j'avais à ma disposition des prospectus d'information, les horaires d'ouverture, les moyens de transport possibles. Le matin, ils m'ont emmené pour donner une conférence à l'université, ensuite ils se sont tracassés pour me présenter différents endroits où déjeuner, préférais-je la nourriture italienne, chinoise ou végétarienne, et quand j'ai dit un peu au hasard que j'avais envie d'un italien, ils se sont mis en quatre pour décider lequel serait le meilleur parmi les divers restaurants possibles. L'après-midi, dans la somnolence provoquée par le repas et la fatigue accumulée du voyage, ils m'ont emmené dans une librairie pour une lecture. Je lisais un chapitre de mon livre et ensuite le traducteur le lisait en allemand. Dès que je me suis mis à lire, je me suis découragé en pensant à toutes les pages qui restaient et j'étais ennuyé et irrité de ce que j'avais moi-même écrit. Je levais les yeux du livre pour avaler ma salive ou respirer et je voyais face à moi les visages sérieux et attentifs du public qui, discipliné, m'écoutait sans comprendre un mot, et qui de plus avait payé pour subir ce supplice. J'avais honte de ce que j'avais écrit, je me sentais coupable de l'ennui que devaient ressentir ces gens, et pour écourter ce mauvais moment, je lisais à toute vitesse et je sautais des paragraphes entiers. Mes yeux se fermaient quand le traducteur lisait en allemand, j'essayais de rester droit et attentif, comme si je comprenais quelque chose et je cherchais sur les visages du public, maintenant un peu moins mornes, des réactions possibles à ce que j'avais écrit longtemps auparavant dans une langue qui ne ressemblait en rien à celle qu'ils écoutaient. Je remarquais un sourire, un geste d'assentiment à une chose que j'avais écrite et dont je ne savais pas ce qu'elle était, et à la fin je me suis senti tellement soulagé que pour moi l'enthousiasme des applaudissements n'avait aucune importance, même si j'ai souri et incliné un peu la tête avec la bassesse coutumière de qui se sent flatté. Quel tourment que de recevoir des félicitations, que de répondre à des questions de personnes si grandement intéressées que j'avais presque honte d'apprécier si peu leur intérêt pour ce que j'avais à leur dire. Cela me faisait l'effet de marcher sur du sable et d'enfoncer à chaque pas, de nager dans du sable, et la seule chose que je désirais était partir de là au plus vite, ne pas avoir à écrire une autre dédicace, ni à démontrer de l'intérêt pour une autre explication, et être débarrassé de l'étouffante serviabilité des organisateurs, qui déjà prévoyaient et organisaient mes prochains pas, regardaient leur montre en calculant le temps qu'il restait avant la fermeture du musée où j'avais une telle envie d'aller, discutaient pour décider s'il serait plus rapide et plus commode pour moi qu'ils m'y conduisent en taxi ou en tramway, s'assurant que j'avais toujours les prospectus d'information, l'un d'entre eux vérifiant sur un plan si à côté du musée il y avait un restaurant italien où ils pourraient m'emmener dîner, puisqu'il fallait maintenant compter avec ma préférence pour la cuisine italienne. Ils ont été consternés et je me suis senti coupable, manquant horriblement d'égards envers eux quand je leur ai dit que je préférais rentrer à l'hôtel, que j'y dînerais de quelque chose, même si l'un d'eux s'est offert à téléphoner pour qu'on lui lise la carte et que je puisse prendre une décision, et aussi pour qu'on lui indique l'horaire d'ouverture et de fermeture du restaurant et les possibilités qu'offrait, le cas échéant, le room service. Ne vous dérangez pas, leur ai-je dit, et je les ai presque suppliés, je n'avais pas faim et je prendrais aussi bien une bière et un sachet de chips dans le minibar de la chambre, mais je me suis tout de suite repenti d'avoir dit cela parce que j'ai été pris d'un doute, y avait-il un minibar dans la chambre d'hôtel... J'avais peine à croire que je me retrouvais seul quand ils ont fini par me quitter, prenant congé de moi sur le perron avec une affection tout à fait imméritée, eux si aimables et moi les maudissant intérieurement, anticipant presque douloureusement la proximité de l'instant où je pourrais m'allonger sur le lit sans rien faire, sans parler à personne, sans avoir à trouver mon chemin dans un menu écrit uniquement en allemand, enlever mes chaussures, replier l'oreiller et m'étendre en regardant le plafond, profiter de toutes les heures que j'avais devant moi pour rester seul, pour me promener à ma guise, vers là où j'en aurais envie, les mains dans les poches, sans aucun projet, sans personne à mes côtés pour me soumettre à son implacable courtoisie.

J'ai somnolé dans le confort allemand de la chambre, qui était petite, avec des poutres au plafond et un parquet de bois ciré, comme pour l'illustration d'un conte, posant sur moi un de ces édredons légers et chauds qu'on ne trouve nulle part ailleurs au monde, appuyé au grand oreiller, moelleux, qui sentait la lavande, mais je ne voulais pas m'abandonner au sommeil parce qu'il était trop tôt même si le jour tombait déjà, et que si je m'endormais si tôt, je pourrais me réveiller en pleine forme à deux heures du matin et passer le reste de la nuit dans une de ces redoutables insomnies de chambre d'hôtel. Je suis descendu dans le hall en prenant la précaution de vérifier qu'aucun de mes amphitryons ne rôdait dans les parages, et en sortant dans la rue j'ai aussi regardé d'un côté puis de l'autre, me rappelant les espions des romans de John le Carré que j'ai tant lus dans ma jeunesse, hommes banals avec manteau et lunettes qui marchent dans de petites villes allemandes, qui se retournent de temps en temps et regardent dans les rétroviseurs des voitures stationnées pour vérifier qu'ils ne sont pas suivis par un agent de la Stasi. Il y avait une brume froide dans l'air, une odeur de rivière et de végétation trempée. À mesure que je marchais, je me remettais de la fatigue et de la somnolence, ressentant ce début d'euphorie qui m'aiguillonne quand je sors d'un hôtel dans les rues d'une ville étrangère et que je n'ai aucune obligation devant moi. Je suis tout yeux, je ne suis personne et personne ne me connaît, et quand je suis avec toi, nous marchons serrés l'un contre l'autre avec une légèreté joyeuse qui nous ramène aux premiers jours où nous étions ensemble, parce que cette ville dans laquelle nous sommes arrivés est aussi neuve et prometteuse que l'avait été la nôtre lorsqu'elle avait la même limpidité inaugurale que notre vie de nouveaux amants.

Je me rappelle très peu de choses, très nettes : une rue pavée avec, des deux côtés, des maisons aux toits d'ardoise pointus, des traverses de bois qui s'entrecroisaient sur les façades, de petites fenêtres avec des volets de bois entrouverts par lesquels on voyait des intérieurs éclairés garnis de bois, de livres. Je me rappelle le bruit discret des bicyclettes, le scintillement des rayons qui tournaient dans le silence de la rue sans voitures et le crissement des pneus adhérant sur le pavé humide. J'entendais dans mon dos la note aiguë d'une sonnette et immédiatement un cycliste paisible me dépassait, homme ou femme, et pas forcément jeune, parfois une dame à cheveux blancs portant des lunettes et un chapeau démodé, ou bien un cadre en costume bleu marine sous son imperméable. J'ai vu des tours gothiques avec des horloges dorées et des tramways qui traversaient le fond de la rue dans un silence presque aussi fantomatique que celui des bicyclettes. À un croisement, mon attention a été attirée par la vitrine très éclairée d'une pâtisserie d'où parvenait jusque dans la rue un bruit jovial et fourni, bien qu'amorti lui aussi, comme intégré à la tranquillité générale de la ville, conversations, tintements de cuillers et de tasses, et, très nette dans l'air si froid, par une odeur très précise de fournil, de chocolat et de café. Comme j'avais faim et que je m'étais peu à peu transi pendant ma longue promenade, j'ai surmonté ma timidité qui si souvent m'empêche d'entrer seul dans une salle bondée, cette timidité espagnole qui grandit en moi quand je suis en pays étranger. Ce devait être une pâtisserie du début du siècle, conservée intacte avec des moulures et des dorures d'un baroque presque austro-hongrois, des glaces encadrées d'acajou et des lustres de salle de bal, des guéridons de marbre aux fines colonnes de métal peintes en blanc, des chapiteaux luisants de dorure. Il y avait des baguettes avec de grands journaux allemands à l'impression très serrée qui eux aussi semblaient être des journaux du début du siècle, ou du moins de la guerre de quatorze. Les serveuses étaient habillées de corsages blancs décolletés et de jupes à l'ancienne, coiffées de chignons ou de tresses enroulées en macarons sur les oreilles, elles étaient blondes, le visage rouge et arrondi, et elles se déplaçaient, rapides et un peu essoufflées, entre les tables bondées, portant en l'air d'une seule main des plateaux très chargés de théières, de pots à café et à chocolat en porcelaine et de portions de tartes, des tartes copieuses, exquises, qui resplendissaient dans les vitrines, d'une diversité jamais vue, et que je n'ai pas revue depuis.

Assis dans un coin à une table très petite, tandis que j'attendais le thé et la tarte au fromage blanc et aux mûres que j'avais demandés en me faisant comprendre par signes d'une serveuse, j'ai passé le temps en regardant les visages autour de moi, profitant de l'intérieur chauffé et de la tranquillité de ne pas devoir prêter attention à la langue que j'entendais puisque je l'ignorais complètement, je pouvais donc m'offrir le soulagement de ne pas m'efforcer de capter des conversations. Il y avait surtout des gens âgés, plus de femmes que d'hommes, des couples de retraités aisés ou des groupes de dames avec chapeaux et manteaux, et l'ambiance générale était celle d'un plaisir solide et civilisé, visages qui acquiesçaient et mains qui tenaient des tasses de thé en levant le petit doigt, rires prudents, conversations animées et aussi hermétiques pour moi que les paires d'yeux clairs qui parfois enregistraient ma présence avec un léger éclat de curiosité, ou peut-être de rejet. J'étais sans doute le seul étranger de la salle et, dans une glace qui se trouvait en face de moi, j'ai soudain pu me voir comme de l'extérieur, comme devait me voir la serveuse qui m'apportait le thé et la tarte, ou bien l'homme aux yeux très bleus et aux cheveux très blancs qui s'était légèrement tourné vers moi et qui m'examinait en continuant de raconter quelque chose à la dame aux boucles d'oreilles dorées, cheveux teints d'un noir très fort et gants blancs, qui était à côté de lui, très fardée, du rouge aux joues, des rides fines et innombrables au-dessus de la lèvre supérieure et tout autour d'une bouche très rouge. J'ai vu mes cheveux si noirs, mes yeux sombres, ma chemise blanche sans cravate et mon menton déjà assombri par la barbe qui me donnaient indiscutablement une apparence de Bulgare ou de Turc, la veste de mon complet qui était un peu froissée après plusieurs jours de voyage et de négligence et qui semblait elle aussi être une de ces vestes que portent les émigrants, celles que portaient sur les photos des années soixante les émigrants espagnols en Allemagne. J'étais très fatigué parce que les voyages professionnels m'épuisent, que les inconnus m'étourdissent et que je dors mal dans les hôtels, et je commençais à voir les visages et les choses qui m'entouraient comme à travers un brouillard, même si personne ne fumait dans la pâtisserie et s'il n'y avait pas d'autre vapeur que celle des tasses ou que la buée de ceux qui venaient du froid de la rue. C'est étrange, je ne m'étais pas aperçu plus tôt que tous ces gens, à part les serveuses, semblaient très vieux, vieillards des deux sexes aussi soigneusement conservés que la décoration et que les moulures de plâtre de la pâtisserie et aussi décrépits, râteliers, cannes, cheveux postiches, perruques blondes ou poudrées de blanc, très fortes lunettes, chaussures et bas orthopédiques, petits chapeaux à la Miss Marple, mains parcheminées et arthritiques qui tenaient en tremblant des bouchées de tarte et des tasses de porcelaine délicate. Les serveuses, elles, étaient jeunes, bien entendu, même très jeunes, candides comme des adolescentes roses et charnues, mais d'une certaine manière elles étaient aussi antiques que la clientèle et que la salle, avec leurs jupes bouffantes, leurs chignons et leurs tresses, leurs corsages et leurs décolletés de dentelle, charnelles sans sensualité, visages aux rondeurs enfantines et aux lourdeurs de femmes mûres. J'ai regardé l'homme aux cheveux aussi blancs et aussi fins que du coton et aux yeux si clairs, qui un moment plus tôt m'avait examiné, avec réprobation me semblait-il, et j'ai réalisé qu'il devait avoir soixante-dix ans passés, peut-être quatre-vingts, même s'il était mince et nerveux, qu'il avait le visage et les mains brunes, comme hâlées par les intempéries, l'air hautain d'un militaire en retraite. J'ai alors calculé qu'en mille neuf cent quarante il ne devait pas avoir beaucoup plus de trente ans, et dans une espèce de révélation subite et arbitraire je l'ai imaginé en uniforme, ses yeux si clairs ombrés par la visière de sa casquette. Qu'avait donc pu faire cet homme dans l'Allemagne des années trente, et plus tard pendant la guerre, où s'était-il trouvé. Sans m'en rendre compte je devais le regarder avec une attention non dissimulée, excessive, parce que j'ai aperçu chez lui une grimace d'irritation quand ses yeux ont croisé les miens. Mais en les détournant de lui j'ai regardé les autres personnes qui étaient dans la salle, sous la lumière des lustres qui brillait sur les moulures dorées et se multipliait dans les glaces et sur chacun des visages d'homme ou de femme je cherchais à imaginer les traits et les attitudes de cinquante ou soixante ans plus tôt, de sorte qu'il était en train de se produire sur eux un début inquiétant, puis menaçant, de transformation, une noire pointe de soupçon, et ces traits ridés et paisibles je les voyais jeunes et cruels, les bouches garnies de râteliers qui buvaient à petites gorgées du thé ou du chocolat s'ouvraient pour des cris d'enthousiasme fanatique, les mains aux revers parsemés de taches brunes et aux articulations déformées par l'arthrite qui tenaient leurs tasses avec tant de distinction se levaient, obliques, comme des baïonnettes, en un salut unanime : parmi ceux qui étaient autour de moi combien avaient-ils crié *Heil Hitler*, que pouvait-il y avoir dans la conscience et dans la mémoire de chacun d'eux, homme ou femme, comment m'auraient-ils regardé en me croisant si j'avais porté une étoile jaune cousue sur le devant de mon manteau, ou si je m'étais trouvé dans cette même pâtisserie et qu'y étaient entrés des hommes en manteau de cuir noir, au chapeau enfoncé sur les yeux, qui se seraient approchés de moi pour me demander mes papiers, moi, un inconnu à l'air étranger et méridional qui suscite immédiatement des soupçons, des regards de côté, qui saisit sa tasse de thé entre ses mains pour les réchauffer et qui ignore que quelqu'un, un citoyen consciencieux, a appelé la Gestapo pour prévenir de sa présence, comme tant de personnes appelaient alors sans que rien ne les y oblige, par pur sentiment du devoir civique ou patriotique : peut-être l'un de ces vieillards qui maintenant goûtent dans la pâtisserie a-t-il passé un appel de ce genre, formulé une dénonciation, semblable à celles qui sont encore dans les archives en tant que preuves ineffaçables de la mesquinerie presque universelle et de la dose d'infamie intime qui ont soutenu l'édifice sanguinaire de la tyrannie ; peut-être y a-t-il aussi parmi ces gens un de ceux qui ont été alors dénoncés et poursuivis, bien que statistiquement cette possibilité soit beaucoup plus limitée. Mais il me semble qu'il y a maintenant plus d'yeux fixés sur moi, et mon visage, dans la glace qui dilate l'espace et multiplie les gens, s'est lui aussi modifié, je le vois comme plus bizarre, plus noir, je me distingue de plus en plus des autres à mesure que je ressens le malaise de ma différence. J'aimerais avoir un livre ou un journal, quelque chose pour me distraire et m'occuper les mains, mais je tâte les poches de mon manteau et je n'ai rien emporté, à part mon passeport et mon portefeuille, et quand à force d'attendre je suis à bout de patience, je m'arme de courage et je me lève pour partir, et immédiatement je me rassieds et je crois même que je rougis parce que la serveuse est arrivée avec son plateau et son sourire de poupée cordiale en me disant quelque chose que je ne comprends pas. Je la paie avant qu'elle s'en retourne, je bois un peu de thé et je mordille ma tarte, qui est trop sucrée. Très étourdi par la chaleur excessive, je sors et je me réjouis de la solitude et de l'air limpide et froid, je pénètre dans un jardin en croyant que c'est celui que j'ai traversé en venant de l'hôtel et, en sortant par une haute grille dans une rue éclairée et moderne, que je ne me rappelle pas avoir déjà vue, avec la brusque lucidité d'une sortie de rêve je comprends que je me suis égaré.

Une promenade solitaire se confond avec une autre, comme un rêve qui vient déboucher dans un autre, et la soirée allemande se dissout dans un après-midi pluvieux, dix ans plus tard et de l'autre côté de l'océan, mais elles ont en commun une profonde odeur de végétation humide et de terre trempée, pourtant celui qui marche n'est pas sûr d'être le même qu'alors. À un moment donné, au long de ces années, il a découvert ce que tout le monde croit savoir et que pourtant personne n'accepte. Il sait maintenant, et la connaissance de ce fait n'est jamais très éloignée de sa conscience, qu'il est mortel, et il le sait parce qu'il a été sur le point de mourir, et il sait aussi que le temps qu'il vit maintenant est un cadeau, par moitiés du hasard et de la médecine, et que cette promenade d'un milieu d'après-midi dans quelques rues tranquilles et plantées d'arbres de New York aurait pu ne pas être faite, et que si lui ne traversait pas à cet instant, pris d'un peu de vertige, la Cinquième Avenue à la hauteur de la Onzième Rue en direction de l'ouest, avec son imperméable et son parapluie, il ne se passerait absolument rien, personne ne s'apercevrait de son absence, le monde ne serait strictement pas modifié, ni les maisons de brique rouge et leurs hauts perrons qui lui plaisent tant, ni les alignements de ginkgos avec leurs feuilles en forme d'éventail, encore très jeunes et d'un vert très tendre, aussi brillant que celui des glycines qui grimpent sur les façades jusqu'aux corniches, s'emmêlant parfois dans la géométrie métallique des escaliers de secours. Il sait aussi qu'il aurait pu ne jamais revenir dans la ville, et comme il sait que cela avait été très plausible et qu'il ne lui reste que quelques jours avant de s'en aller, il craint que cette visite ne soit la dernière, et cette conscience de la fragilité de sa propre vie – ce fil mince et si facile à trancher de la vie de quiconque – rend plus précieuse cette promenade qu'il a déjà faite bien souvent et qu'il n'est pas impossible qu'en ce moment il fasse pour la dernière fois. Parmi les noms de villes et de femmes qui, depuis son enfance, ont aimanté sa vie et son imagination, il y a maintenant dans le catalogue de ses mots essentiels un nouveau mot, surgi comme un scorpion. De même que Franz Kafka n'écrit jamais dans ses lettres le mot tuberculose, lui ne prononce jamais le mot leucémie, ne le pense même pas, ne se le dit pas en silence, terrifié par l'idée que de simplement le prononcer il pourrait être assailli par le venin de sa piqûre.

Il marche en direction de l'ouest en se laissant guider par le mouvement de ses pas, à la recherche des rues pavées secrètes qui se trouvent près de l'Hudson, au bord de la vaste désolation portuaire des quais abandonnés, là où en d'autres temps s'embossaient les transatlantiques. On y voit maintenant des pieux colossaux qui pourrissent dans l'eau grise, et dans les fentes des appontements où les bateaux amarraient leur flanc poussent des joncs et des buissons épais, comme entre les colonnes brisées d'un temple en ruine. Sur certains quais il est interdit d'entrer. D'autres ont été transformés en jardins pour enfants, en installations sportives. D'innombrables fugitifs venus d'Europe ont foulé ces grandes plates-formes de bois, ont regardé la ville d'ici, avec crainte et avec frayeur. Tout au long de la rive du fleuve passe un chemin pour ceux qui courent et qui patinent, pour les gens qui sortent tranquillement promener leur chien. De l'autre côté de la largeur maritime du fleuve, on voit la côte du New Jersey, une ligne d'arbres interrompue par de vilains hangars industriels, par quelques tours d'habitations, par une immense construction de brique qui de loin semble être la porte crénelée de l'enceinte d'une ville babylonienne ou assyrienne, et qui a son pendant exact en face d'elle, de ce côté-ci du fleuve. Ces constructions me semblaient d'autant plus mystérieuses qu'elles n'ont pas de fenêtres et qu'on n'arrive pas à imaginer leur utilité. Elles sont comme les tours de Ninive ou de Samarkand, construites non pas au milieu du désert mais sur les rives de l'Hudson : j'ai compris plus tard qu'elles abritent les aérations ou les ventilateurs colossaux du tunnel Lincoln qui passe sous le fleuve, et qui est si ténébreux et si long que, lorsqu'on le parcourt en taxi, on a la sensation angoissante qu'on n'arrivera jamais à la sortie et qu'à chaque seconde on y manque d'air.

Au loin vers le sud s'élève l'escarpement des gratte-ciel les plus modernes de la partie basse de Manhattan, ceux qui ont poussé auprès des Tours jumelles, qui n'ont une certaine beauté que lorsqu'elles sont environnées de brume ou quand le soleil rouge du crépuscule leur donne une splendeur de prismes cuivrés. Par cet après-midi de nuages et de bruine, les eaux de l'Hudson sont du même gris que le ciel, et la partie haute des gratte-ciel se perd parmi les grandes nuées mouvantes et sombres, les lumières rouges des paratonnerres y luisent comme des braises sous une cendre légère. Presque perdues dans la brume, on distingue la statue de la Liberté et les minces tours de brique d'Ellis Island.

Je suis revenu dans la ville et maintenant je vais la quitter. Je veux thésauriser chaque lieu, chaque minute de ce dernier après-midi, le rouge des briques de ces rues secrètes, l'odeur des fleurs mauves des glycines, celle des petits jardins sauvages qu'on trouve parfois derrière une clôture de bois, entre deux bâtiments, et dans lesquels l'ombre humide et l'épaisseur de la végétation me ramènent en souvenir au cloître de l'église Santa María par les après-midi de grande pluie, quand l'eau jaillissait des gargouilles entre les arcs du cloître et résonnait sous le couvert des voûtes. J'ai marché vers l'ouest, laissant derrière moi la Cinquième Avenue et un peu avant d'arriver à la Sixième, presque au coin de la Onzième Rue, j'ai trouvé le cimetière séfarade que m'avait montré une fois mon ami Bill Sherzer, et que je n'avais pas remarqué jusque-là, même si j'allais fréquemment dans ces parages, vers la partie basse des avenues qui par là-bas deviennent plus spacieuses et plus bohèmes, au croisement de Chelsea et de Greenwich Village, avec des étals de livres et de disques d'occasion et des boutiques de vêtements extravagants, avec des tables de café sur les trottoirs et les vitrines de prodigieuses fromageries italiennes. Très souvent nous étions allés faire nos achats dans l'une d'entre elles, Balducci's, mais jamais nous n'avions remarqué ce jardin étroit et sombre, derrière une grille, et qui était au début du dix-neuvième siècle le cimetière de la communauté juive hispano-portugaise, comme l'indique une plaque à laquelle nous n'aurions pas non plus fait attention si Bill ne nous l'avait pas signalée. Fuyant la Russie, la faim et les pogromes, ses grands-parents étaient arrivés à Ellis Island au début du siècle.

Parmi les arbres, les fougères, le lierre et la mauvaise herbe, on voit quelques dalles de pierre noircies par l'humidité et les intempéries, tellement abîmées que c'est à peine si l'on y distingue les inscriptions qu'elles portaient autrefois, caractères hébraïques ou latins, un nom espagnol, une étoile de David. Mais la grille est fermée et il est impossible d'entrer dans le minuscule cimetière, et si l'on pouvait toucher les pierres, on percevrait difficilement autre chose que la rugosité et les aspérités des dalles, dont les angles se sont arrondis avec le temps, se sont détériorés au point que la trace du travail de l'homme s'y efface peu à peu, comme ces colonnes brisées et des morceaux de chapiteaux qui, dans les dépotoirs des forums romains, retournent à une rudesse minérale primitive. Qui pourrait récupérer les noms qui ont été gravés sur ces pierres il y a deux cents ans, noms de personnes qui ont existé aussi pleinement que moi, qui avaient une mémoire et des désirs, qui peut-être ont su garder trace de leur lignée en remontant le temps, à travers des exils successifs, jusqu'à une ville comme la mienne, jusqu'à une maison dont le linteau portait deux étoiles de David, dans un quartier aux rues très étroites qui a été déserté entre le printemps et l'été mille quatre cent quatre-vingt-douze. Devant la grille du minuscule cimetière enfermé entre les hauts murs des maisons, je ressens l'impression d'une rencontre mélancolique avec mes compatriotes fantômes, dans cet après-midi de brume et de bruine sur New York, rencontre et séparation parce que je m'en vais demain et que je ne sais pas si je reviendrai, s'il y aura dans le futur un après-midi où je m'arrêterai juste à cet endroit, devant les dalles aux noms effacés, perdus comme tant d'autres pour le catalogue immémorial des diasporas espagnoles, pour la géographie des tombes espagnoles laissées parmi tant d'exils dans l'immensité du monde. Pierres, tombes anonymes, interminables listes de défunts. Dans la banlieue de New York il y a un cimetière aux vertes collines et aux arbres immenses qui s'appelle *Les Portes du Ciel*, avec aussi des étangs d'où s'élèvent les soirs d'automne des vols fournis d'oiseaux migrateurs. Parmi des milliers de pierres, au milieu d'une géométrie de tombes aux noms irlandais, il y en a une qui porte un nom espagnol, si modeste, si semblable à toutes les autres qu'il est difficile de la repérer.

Federico García Rodríguez
1859-1945

Comment cet homme aurait-il pu imaginer que sa tombe ne serait pas dans le cimetière de Grenade mais à l'autre bout du monde, parmi les forêts proches du fleuve Hudson, ou que son fils mourrait avant lui et n'aurait même pas une sépulture visible, une simple plaque qui rappellerait l'endroit exact du ravin où il a été exécuté. De modestes sépultures et des fosses communes jalonnent les routes de la grande diaspora espagnole : je voudrais visiter le cimetière français où a été enterré Manuel Azaña en mille neuf cent quarante, au milieu du grand écroulement de l'Europe, lire le nom d'Antonio Machado sur une tombe du cimetière de Collioure. D'autres morts pour qui il n'y a pas eu non plus ni tombe ni inscription perdurent dans la multitude alphabétique de leurs noms : sur une page Internet j'ai trouvé, en lettres blanches sur fond noir, la liste des séfarades de l'île de Rhodes déportés à Auschwitz par les Allemands. Il faudrait lire leurs noms à haute voix, un par un, comme la récitation d'une sévère et impossible prière, et comprendre que pas un seul de ces noms d'inconnus ne peut se réduire à un numéro dans une statistique atroce. Chacun d'eux a eu une vie, qui n'a ressemblé à celle de personne d'autre, tout comme son visage et sa voix ont été uniques, comme a été unique l'horreur de sa mort, même si elle est survenue parmi tant de millions de morts similaires. Comment s'aventurer à la vaine frivolité d'inventer alors qu'il y a tant de vies qui mériteraient d'être racontées, chacune d'elles comme un roman, un réseau de ramifications qui mènent à d'autres romans, à d'autres vies.

Mais je me souviens maintenant de la matinée de cet avant-dernier jour à New York, toi et moi déjà un peu égarés par l'imminence du voyage, dans cet étrange no man's land qu'est la veille d'un départ, quand déjà nous ne sommes plus tout à fait dans le lieu que nous n'avons pas encore quitté et quand toutes les choses, les lieux, les habitudes qui passagèrement avaient semblé nous accepter donnent alors l'impression de nous rejeter, nous rappellent que nous ne sommes que des étrangers de passage et qu'il ne restera aucune trace de notre présence dans l'appartement que nous avons occupé pendant une période si brève et dans lequel pourtant, jour après jour, nous avons installé les signes familiers de notre vie, les vêtements dans l'armoire qui, lorsqu'on l'ouvrait, sentait déjà ton parfum, comme notre armoire de Madrid, nos livres sur la table de nuit, tes crèmes, mon blaireau et mon savon à barbe sur l'étagère de la salle de bains, la partie de nous-mêmes que nous avons emportée en voyage, celle que nous devrons remporter comme un bagage de nomades, effaçant une par une avant de partir toutes les traces que nous avons laissées, jusqu'à l'odeur de nos corps dans les draps que nous porterons à la blanchisserie dès la première heure, le jour du départ.

Chaque geste banal projette l'ombre étrange de l'adieu. Avec avarice, j'ai fait le compte des journées qui nous restaient et ce matin-là, dont je me souviens maintenant, déjà complètement éveillé dans ce lit d'autres personnes qui a été le nôtre pendant quelques semaines, encore paresseux et immobile, te tenant dans mes bras, toi qui dors avec un air de délectation apaisée, comme si encore endormie tu prenais plaisir à la profondeur de ton sommeil, je pense que nous disposons encore de cette journée entière et j'ai envie de la conserver intacte, d'en jouir aussi progressivement que de ces minutes qu'on s'accorde quand le réveil a déjà sonné et qu'on peut attendre un peu avant de se lever. Ensuite j'allume la radio pendant que je prépare le petit déjeuner, mais la sensation de quotidienneté que me propose la voix du même speaker que tous les autres matins est faussée, parce que je l'écoute pour l'avant-dernière fois et désormais la dextérité que j'ai acquise dans les gestes qu'il faut faire pour chercher la boîte à café et la brique de lait dans le frigo, dans les gestes automatiques avec lesquels j'ouvre le tiroir à couverts, tourne le robinet du gaz, installe le filtre dans la cafetière, ne me servira plus à rien. Dans très peu de temps, demain même dans l'après-midi, nous serons deux fantômes de cet endroit, les occupants précédents, inconnus et invisibles pour la nouvelle locataire que nous ne verrons pas, à qui nous laisserons chez le concierge une enveloppe avec la clef de l'appartement, et qui a déjà quelque chose d'une ombre envahissante, usurpatrice de l'espace de notre intimité, pas seulement du lit où nous avons dormi et fait l'amour et de la table où tous les matins j'ai disposé avant que tu ne te lèves les tasses du petit déjeuner, mais aussi de la lumière tamisée d'humidité qui entrait dès la première heure par les baies vitrées qui donnaient sur le balcon, et du paysage que nous voyions quand nous nous y penchions, accoudés au-dessus d'une corniche à quatorze étages de hauteur comme à la rambarde d'un prodigieux transatlantique, surtout le soir, par les nuits de tempête et d'éclairs de ce mois de mai, tourmentes d'une fureur de mousson, éclairs qui passaient obliquement entre les nuages sombres que masquaient les gratte-ciel, ou qui les transformaient en flamboiements fantomatiques qui se dressaient au loin dans la pluie, se perdant au milieu des rapides rafales de la brume colorée de la teinte des projecteurs qui éclairent les étages supérieurs de l'Empire State, parfois violette, rouge et bleue, jaune violente. Quelle répugnance à rentrer dans notre pays d'où nous sont parvenues presque quotidiennement les nouvelles de l'obscurantisme et du sang, quel appétit pour l'éloignement prolongé, pour l'exil.

Avant d'être véritablement partis, nous nous en allons peu à peu, mais il nous reste encore une journée pour faire comme si, face à nous-mêmes, l'un pour l'autre et aussi chacun pour soi, notre présence dans cette maison, dans cette ville, était véritable et solide, aussi réelle que celle du concierge qui nous adresse des *buenos días* cordiaux avec son accent cubain, ou que celle du Bengali de la boutique du carrefour à qui j'ai acheté quotidiennement le journal et des cartes de téléphone. J'ai passé une partie de ma vie, une ou plusieurs de mes vies, à vouloir partir de l'endroit où je me trouvais et maintenant, alors que le temps s'écoule si vite, ce que je désire le plus est rester, m'installer durablement dans les villes qui me plaisent, avoir une tranquille sensation d'habitude et d'expérience, comme celle que j'apprécie quand je pense à toutes les années que nous avons passées ensemble, toi et moi. Jamais, sauf quand j'étais enfant, je n'ai été tenté de collectionner quoi que ce soit, mais j'aime conserver entre les pages des cahiers et des livres des témoignages banals et précieux d'un moment précis, boîtes d'allumettes portant le nom d'un restaurant, billets d'entrée, tickets d'autobus, n'importe quel document minime qui atteste une date et une heure, notre présence en un lieu, le bref itinéraire d'un voyage. Je n'ai pas d'attachement pour les choses, pas même pour les livres ni les disques, mais j'en ai pour les lieux où je sais que mystérieusement s'est exalté le meilleur de moi-même, la plénitude de mes désirs et de mes affinités, et ce que je voudrais accumuler comme un collectionneur avare et obsédé, ce sont les instants, les heures entières, les minutes que j'ai passés à écouter certaine musique ou à regarder des tableaux dans les salles d'un musée, le plaisir de marcher avec toi un après-midi au bord de l'Hudson tandis que le soleil enflamme d'or et de cuivre les vitres des gratte-ciel et que cette lumière se retrouve ensuite sur une photo, l'inquiétude d'aventure et d'incertitude qui nous a gagnés pendant cette avant-dernière matinée à New York, à mesure que nous regardions défiler derrière la vitre d'un autobus les dernières maisons opulentes de l'Upper East Side, les premiers des terrains vagues et des immeubles en ruine de Harlem.

On a tendance, lors des derniers jours de tout voyage, à rester embrumé et comme raréfié, à se laisser gagner par cette impression d'être étranger que ressent celui qui est en partance, et à la souligner de grisaille. Tandis que nous montions vers le nord, il restait de moins en moins de passagers dans l'autobus et, d'une manière progressive et presque imperceptible disparaissaient les visages blancs et anglo-saxons et, à la place des vieilles femmes très pâles à l'air fragile, il y avait de jeunes mères noires ou hispaniques avec des bébés ou de très petits enfants, de grosses dames aux cheveux teints en blond, aux ongles longs et au parler excessif des Caraïbes, des grands-mères noires qui étaient installées sur leur siège avec une majesté de matrones éthiopiennes et qui, en se levant quand arrivait leur arrêt, circulaient avec beaucoup de difficulté, oscillant pas à pas sur leurs énormes chaussures de sport, corps disproportionnés et obliques, comme atteints d'une douloureuse maladie des os. Et à mesure que les passagers de l'autobus cessaient d'être blancs, la ville changeait elle aussi derrière la vitre, elle devenait plus vaste et plus vide, détériorée, plus pauvre, avec moins de circulation, peu de vitrines donnant sur des trottoirs presque déserts, se désagrégeait en espaces dépeuplés, en terrains vagues entourés de barbelés avec au fond des bâtiments brûlés ou en ruine, friches autour de maisons écroulées dont restait parfois debout un mur avec les trous des fenêtres obturés par des planches en croix, sinistres comme des ratures. De temps en temps nous parcourions une partie de rue où pour quelque raison persistait l'ombre d'une vie de quartier, un trottoir et un alignement de maisons sauvées de l'abandon, avec au carrefour une boutique à l'air modestement prospère et des hommes solitaires assis sur des perrons, de jeunes mères qui tenaient de petits enfants par la main et des pots de géraniums à une fenêtre. Les derniers touristes étaient descendus de l'autobus bien des arrêts plus tôt, ceux qui allaient vers les musées dans la partie haute de la ville, le Metropolitan ou le Guggenheim, et nous ne voyions plus à notre gauche les bosquets de Central Park couronnés au loin par les tours d'habitations de West Side Avenue, avec leurs sommets semblables à des ziggourats ou à des temples de lointaines religions asiatiques, ou bien à des coupoles, ou aux phares d'un décor de cinéma expressionniste avec des pignons et des gargouilles.

En traversant ces parages dépeuplés, l'autobus, déjà presque vide, allait beaucoup plus vite, et le conducteur se retournait de temps en temps pour nous regarder, ou étudiait notre singularité dans le rétroviseur. Nous étions passés le long d'une place, occupée par un jardin à la française avec au centre une statue de bronze de Duke Ellington. Le socle figurait le bord d'une scène et Duke Ellington, droit, en smoking, appuyait ses mains sur un grand piano à queue, en bronze lui aussi. (Je ne sais plus maintenant si je l'ai vraiment vu ou si je me rappelle ce que quelqu'un m'avait raconté : qu'ailleurs à New York il y a une statue de Duke Ellington monté sur un cheval.) Cela faisait déjà plus d'une heure que nous avions pris l'autobus, à l'arrêt d'Union Square. Mais nous étions si loin, et le trajet avait été si lent qu'il semblait que cela faisait beaucoup plus longtemps, et rien non plus ne nous indiquait que nous arriverions bientôt à notre destination, la Cent cinquante-cinquième Rue. Étrangers dans la ville, nous l'étions désormais doublement, et plus encore dans ces quartiers que nous n'avions jamais visités et où nous n'étions pas sûrs de trouver notre chemin.

L'arrêt de la Cent cinquante-cinquième Rue se trouvait à l'angle d'une avenue très large, avec des bâtiments pas bien hauts et dispersés, qui donnait une impression de solitude et de limite de ville, accentuée par le gris de la journée, par les murs bas qui clôturaient les terrains vagues. Il n'y avait dans les parages personne à qui demander son chemin. Maisons pauvres, églises, boutiques fermées, un drapeau américain flottant sur un bâtiment de brique à l'air officiel et dépenaillé. Soudain nous étions gagnés par le découragement et par la peur de nous être perdus, de nous trouver peut-être d'un instant à l'autre dans une zone dangereuse, deux touristes étrangers qui se remarquent à une lieue à la ronde et qui ne savent pas où ils vont, qui s'aperçoivent avec appréhension que parmi les rares voitures qui circulent, on ne voit pas la moindre tache jaune vif d'un taxi.

Nous marchons maintenant le long des murs d'un grand cimetière qui au début nous avait semblé être un parc ou un bois. Vers l'ouest on devine les parages vastes et lointains de l'Hudson et à un carrefour, là où finit le cimetière, nous voyons de l'autre côté de l'avenue, comme une apparition ou un mirage, le bâtiment que nous cherchons, imposant, néoclassique, pas moins étrange que nous autres dans ce paysage de banlieue, le siège de la Hispanic Society of America où, nous a-t-on dit, il y a des tableaux de Velázquez et de Goya, et une grande bibliothèque où personne ne se rend, parce que qui donc pourrait bien venir dans cet endroit si éloigné de tout, dans un quartier que depuis le sud de Manhattan il est facile d'imaginer comme dévasté et dangereux.

Il y a une grille et derrière elle une cour avec des statues entre deux ailes à frontons de marbre et à colonnades, avec des noms espagnols gravés tout au long de la façade. Il y a une grandiloquente statue équestre du Cid et, sur le mur d'un des bâtiments, un grand bas-relief de don Quichotte monté sur Rossinante, le cavalier et la monture aussi en déroute et squelettiques l'un que l'autre. À côté de la porte d'entrée, une femme aux cheveux blancs tenus par une barrette, l'air négligé, fume une cigarette avec cette attitude mi-furtive mi-obstinée des fumeurs américains qui sont obligés de sortir dans le mauvais temps pour tirer quelques bouffées, se défendant du froid contre une colonne ou abrités derrière l'angle d'un bâtiment, tirant des bouffées rapides de leur cigarette puis la cachant, craignant la réprobation de ceux qui passent à côté d'eux. La femme nous regarde un instant et plus tard nous nous rappellerons tous les deux que ses yeux nous ont impressionnés, qu'ils brillaient comme des braises dans son visage ridé, comme derrière un masque, les yeux vifs et fiers d'une femme beaucoup plus jeune que son apparence physique, une employée ou une secrétaire américaine déjà proche de la retraite, qui habite seule et qui ne se soucie guère de s'arranger, qui se coupe les cheveux n'importe comment et porte des chandails sombres et des pantalons d'homme, des chaussures mi-orthopédiques mi-sportives, des lunettes attachées par une chaînette, et qui est tellement demeurée dans le passé qu'elle n'a même pas perdu l'habitude de fumer.

Dans le vestibule, nous cherchons en vain le guichet. Un concierge vieux et gros, assis avec une paresseuse insouciance dans un fauteuil monacal, nous indique que nous pouvons avancer librement, et à son visage, à son attitude et à son accent quand il parle anglais, on remarque tout de suite qu'il est cubain. Il porte une veste d'uniforme grise, semblable à celle d'un appariteur espagnol, une veste d'appariteur espagnol d'autrefois, détériorée par une très grande ancienneté, par des années et des années de paresse administrative et somnolente. À peine sommes-nous dans le vestibule que nous remarquons avec appréhension que presque personne ne vient dans ce lieu et que tout y subit une dégradation uniforme, celle des choses que l'on ne renouvelle pas, qu'on fait durer alors qu'elles sont déjà usées et devenues obsolètes, et qui pourtant peuvent encore servir. L'écriteau qui annonce les horaires, collé à la vitre d'entrée, est imprimé avec des caractères vieillis, et il a jauni, obéissant au même principe de lente érosion par le temps que la veste du concierge, ou que les photos encadrées qui, dans une vitrine, rappellent la fondation de la

Hispanic Society dans les années vingt, les grandes voitures noires des autorités espagnoles et américaines qui ont assisté à l'inauguration, le bâtiment alors dressé dans un espace où il n'y avait rien d'autre, élégant et blanc dans le classicisme de son architecture, ses marbres récemment polis qui brillaient avec l'éclat du neuf, de ce qui semblait avoir devant soi un avenir triomphal. Dans le ciel, au-dessus des têtes couvertes de hauts-de-forme et de panamas, on voit un aéroplane qui devait alors être aussi vertigineusement moderne que les automobiles des messieurs et des dames qui participaient à l'inauguration. Mais le carton des photos s'est gondolé et dans les angles, à l'intérieur des cadres, on peut voir de minuscules trous de mites.

Où sommes-nous maintenant, où sommes-nous parvenus quand nous entrons dans une salle vaste et sombre qui a quelque chose d'un patio de palais espagnol, avec les bois sculptés de sièges Renaissance et les arcades d'une pierre sombre et rougeâtre, encore obscurcie par la faiblesse de la lumière du jour filtrée par les verrières du plafond. Cet espace se refuse à toute identification précise, parce qu'il pourrait être aussi bien le patio d'un palais sur lequel ouvrent des galeries que la sacristie immense et désordonnée d'une cathédrale, ou que la réserve d'un musée dont la destination exacte serait aussi confuse que ses règles d'organisation ou que le principe qui y régit les acquisitions. Au début du siècle, le millionnaire Archer Milton Huntington, possédé d'un espagnolisme passionné, romantique et insensé, d'une érudition omnivore et insatiable, a parcouru l'Espagne en achetant de tout, en achetant n'importe quoi, aussi bien le chœur d'une cathédrale qu'une cruche de terre vernissée, des tableaux de Velázquez et de Goya et des chasubles d'évêques, des haches paléolithiques, des flèches de bronze, des christs de procession sanguinolents, des ostensoirs en argent massif, des carreaux de faïence valenciens, un manuscrit de l'Apocalypse en parchemin enluminé, un exemplaire de la première édition de *La Célestine*, les *Dialogues d'amour* de Judá Abravanel, appelé Léon l'Hébreu, Juif espagnol réfugié en Italie, l'*Ama-*

dis de Gaule de mille cinq cent dix-neuf, la Bible traduite en espagnol par Yom Tob Arias, fils de Levi Arias, et imprimée en mille cinq cent treize à Ferrare parce que, en Espagne, il aurait alors été impossible de la publier, le premier *Lazarillo de Tormes*, *Palmerin d'Angleterre* dans l'édition même qu'a dû lire don Quichotte, la première édition de *La Galatée*, les extensions successives du redoutable *Index librorum prohibitorum*, le *Don Quichotte* de mille six cent cinq, et tant d'autres livres et manuscrits espagnols que personne n'appréciait et qui ont été vendus pour n'importe quel prix à cet homme qui voyageait en automobile par les routes impossibles du pays et qui vivait dans une perpétuelle excitation enthousiaste pour toute chose, dans un prodigieux appétit d'acheter, Mr Huntington le multimillionnaire, allant d'ici et de là avec sa violente énergie américaine, par les bourgades rurales et mortes de Castille, suivant l'itinéraire du Cid, achetant n'importe quoi et donnant des ordres expéditifs pour l'envoyer en Amérique, tableaux, tapisseries, fers forgés, retables entiers, débris de l'emphatique gloire espagnole, reliques d'une opulence ecclésiastique mais aussi témoignages d'une vie populaire nécessiteuse, écuelles de terre cuite où les pauvres devaient boire leur bouillie de blé et gargoulettes grâce auxquelles ils offraient le luxe d'une eau fraîche à leurs intérieurs desséchés. Il a dirigé des fouilles archéologiques à Itálica et il a acheté en un seul lot au marquis désargenté de Jerez de los Caballeros sa collection de dix mille volumes. Et pour accueillir tout le butin démesuré de ses voyages en Espagne, il a construit ce palais à l'une des extrémités de Manhattan jusqu'où ne sont jamais arrivées la prospérité ni la fièvre de spéculation qu'Huntington avait peut-être imaginées : tout se trouve entre ces murs, dans des vitrines, dans des recoins, chaque chose avec une étiquette sommaire, date et lieu d'origine, toujours écrite sur du papier jauni, mosaïques romaines et lampes à huile, poteries néolithiques, épées médiévales, vierges gothiques, comme sur un marché aux puces où elles auraient fini par échouer, arrachées dans la confusion à la grande crue du temps, tous les témoignages et les legs du passé, les dépouilles des maisons des riches et de celles des pauvres, les ors des églises, les cabinets Renaissance des salons, les pincettes avec lesquelles on tisonnait le feu ainsi que les tapisseries et les tableaux qui ont été suspendus aux murs d'églises aujourd'hui abandonnées et pillées, de palais qui peut-être n'existent plus, pierres tombales presque effacées des puissants et vasques de marbre qui accueillaient l'eau bénite dans la pénombre froide des chapelles. Et aussi les noms, noms sonores des villes espagnoles sur les étiquettes des vitrines et au milieu d'elles, soudain, à côté d'une terrine de terre cuite vernissée verte que je reconnais immédiatement, le nom de ma ville natale, où il y avait encore quand j'étais enfant un quartier des potiers dans lequel les fours demeuraient semblables à ceux du temps des musulmans, une rue large et ensoleillée qui s'appelait la rue de Valencia et qui débouchait sur la campagne. C'est de là qu'est venue cette terrine que maintenant je te montre, derrière une vitre dans une des salles solitaires de la Hispanic Society de New York et qui, dans cet éloignement, me ramène juste au cœur de mon enfance : en son centre est dessiné un coq entouré d'un cercle, et en le regardant, je ressens presque sous le bout de mes doigts la surface vitrifiée de la céramique et la saillie des lignes du dessin, qui est un coq immémorial et qui ressemble aussi à un coq de Picasso, qui était répété sur les terrines et les assiettes de chez moi, et aussi sur le ventre des pots à eau. Je me rappelle les grandes terrines où les femmes mélangeaient la viande hachée et les épices pour la charcuterie, quand on tuait le cochon, les assiettes de terre cuite où l'on coupait les tomates et les poivrons verts pour les salades, natures mortes austères et savoureuses de la nourriture populaire. Ces objets s'étaient toujours trouvés sur les tables et dans les placards des maisons et ils semblaient presque avoir les attributs d'une pérennité liturgique, et pourtant ils ont disparu en très peu de temps, tout juste quelques années, repoussés par l'invasion du plastique et de la vaisselle industrielle. Ils s'en sont allés comme les maisons dans la pénombre profonde desquelles brillaient leurs formes amples et courbes, et comme les défunts qui les avaient habitées.

Moi aussi cette terrine me rappelle des souvenirs, dit tout près de nous la femme que nous avons vue fumer à la porte. Elle s'excuse de nous interrompre, de nous avoir écoutés : j'ai reconnu votre accent, il y a très longtemps j'ai vécu dans cette ville. Sa voix est presque aussi jeune que ses yeux, aussi étrangère à l'âge qui s'inscrit sur les traits de son visage et qu'au laisser-aller américain de son habillement. Je travaille à la bibliothèque, si cela vous intéresse j'aurai grand plaisir à vous la montrer. Il s'y trouve tant de trésors et si peu de gens le savent. Il y vient de temps en temps des professeurs, des gens très savants qui travaillent sur des sujets hispaniques, mais il peut se passer des semaines, même des mois entiers sans que personne ne vienne me demander un livre. Qui pourrait venir aussi loin, qui pourrait s'imaginer qu'il y ait ici des tableaux de Velázquez, du Greco, de Goya, si près du Bronx, que nous conservons la première édition du *Lazarillo de Tormes* et de *Don Quichotte*, et *La Célestine* de mille quatre cent quatre-vingt-dix-neuf. Les touristes vont jusqu'à la Quatre-vingt-dixième Rue pour visiter le musée Guggenheim, et ils s'imaginent qu'au-delà se trouve un monde inconnu et aussi dangereux que le cœur de l'Afrique. J'habite par ici au milieu d'une population de Cubains et de Dominicains où l'on n'entend pas parler anglais. En dessous de mon appartement il y a un restaurant cubain qui s'appelle *La Flor de Broadway*. Ils font les ragoûts et les daiquiris les plus savoureux de New York et ils vous laissent fumer tranquillement aux tables, qui ont des nappes de toile cirée à carreaux comme celles qu'il y avait en Espagne quand j'étais très jeune. Quel luxe, fumer une cigarette en prenant un café noir après le repas. Vous savez sûrement combien c'est devenu rare par ici, qu'on vous laisse fumer à la table d'un restaurant. Le tabac me fait du mal aux bronches et les gens me regardent de travers quand ils entrent ici et qu'ils me voient fumer à la porte, mais je suis trop vieille pour changer et j'aime beaucoup la cigarette, je profite de chacune de celles que je fume, elles me tiennent compagnie et m'aident à faire la conversation ou à passer le temps quand je suis seule. En plus, quand j'étais très jeune, je voulais m'échapper d'Espagne et partir en Amérique parce que là-bas les femmes pouvaient fumer, porter des pantalons et conduire des voitures, comme cela se voyait dans les films d'avant guerre.

La femme parlait un espagnol net et diaphane, comme celui qu'on peut entendre dans certaines villes d'Aragon, mais son accent avait des adhérences caraïbes et nord-américaines, et le ton de sa voix devenait tout à fait anglo-saxon quand elle prononçait un mot en anglais. Elle nous avait invités à prendre une tasse de thé dans son bureau et nous avions accepté, en partie parce que nous commencions à ressentir la fatigue physique causée par la visite du musée, et aussi parce que dans sa manière de parler et de nous regarder, il y avait quelque chose d'hypnotique, et plus encore dans ce lieu désert et silencieux, dans le matin gris de l'avant-dernière journée de notre séjour. Elle nous inquiétait et en même temps nous subjuguait, cette femme qui ne nous avait pas dit son nom, qui nous parlait avec une voix espagnole datant de bien des années et qui nous examinait avec des yeux beaucoup plus jeunes que son visage et que sa silhouette, que ses mains tachées de brun et ridées avec des déformations d'arthrite aux articulations, que sa respiration de fumeuse, même si le tabac n'avait ni jauni ses doigts ni assombri sa voix. La pièce était petite, en désordre, avec une odeur de vieux papier, des meubles de bureau des années vingt comme on en voit dans certains tableaux d'Edward Hopper. D'une armoire, la femme a sorti trois tasses et trois sachets de thé qu'elle a posés sur les papiers de la table et, avec un air de s'excuser très nord-américain, elle est sortie pour aller chercher un peu d'eau chaude. Nous nous regardons sans rien dire, nous nous sourions pour établir entre nous une complicité dans cette situation si étrange, et la femme revient immédiatement, nous regarde avec des yeux assez perspicaces pour deviner si pendant son absence nous avons dit quelque chose sur elle. Ses lunettes sont tenues à son cou par une chaînette. Elle a l'air d'une secrétaire de département d'université sur le point de prendre sa retraite, mais ses yeux m'interrogent de manière aussi éhontée que s'ils étaient protégés par l'anonymat d'un masque, et la femme qui regarde à travers eux n'est pas la même que celle qui verse l'eau chaude dans les tasses et qui agit avec précaution, avec la courtoisie de la rigide étiquette nord-américaine, qui coiffe n'importe comment ses cheveux blanchissants et qui porte des pantalons, des chandails et des chaussures d'une commodité austère et plutôt désolante. Elle me regarde comme si j'avais trente ans et qu'elle évaluait les hommes crûment, en termes d'attraits ou de disponibilité sexuelle ; elle te regarde en cherchant à deviner si nous sommes amants ou mariés, et si dans notre manière de nous adresser l'un à l'autre se trouvent des symptômes de désir ou de distance. Et tandis que ses yeux magnétiques étudient chaque détail de ta présence et de la mienne, de nos visages et de nos vêtements, ses mains de vieille femme accomplissent le rituel de l'hospitalité académique, servant le thé et proposant des sachets de sucre et de saccharine, et de ces bâtonnets de plastique qui aux États-Unis remplacent si désagréablement les petites cuillers, et sa voix diaphane, ancienne, espagnole, avec des nuances cubaines et anglo-saxonnes, nous parle de ce millionnaire mégalomane qui a construit la Hispanic Society au coin de Broadway et de la Cent cinquante-cinquième Rue en croyant que cette partie de Harlem deviendrait très bientôt à la mode chez les riches, et aussi de ce qu'il y a d'étrange à passer sa vie aussi loin de l'Espagne et pourtant entourée de tant de choses espagnoles, si loin de l'Espagne et de n'importe quel lieu, même de New York dit-elle, en montrant d'un geste la fenêtre par laquelle on peut voir un trottoir populaire et pauvre et qui pourtant borde Broadway, un alignement de maisons de brique rouge barrées par des escaliers de secours et surmontées de réservoirs d'eau, et au-delà de la grisaille de l'horizon dégagé les grandes tours noircies des logements sociaux du Bronx.

Il y a maintenant plus de quarante ans que je suis venue d'Espagne, je n'y suis jamais retournée et je n'ai pas l'intention de le faire, mais je me rappelle certains endroits de votre ville, certains noms, la place Santa María où le vent soufflait si fort les soirs d'hiver, la rue Royale, est-ce qu'elle s'appelait ainsi ? Pourtant, je me rappelle maintenant qu'on lui avait donné le nom de José Antonio Primo de Rivera. Et cette rue où il y avait les ateliers de poterie, j'avais oublié son nom mais quand j'ai entendu que vous parliez à votre femme de la rue de Valencia, j'ai tout de suite réalisé que c'était d'elle qu'il s'agissait, et je me suis rappelé cette chanson que l'on chantait à l'époque :

Dans la rue de Valencia
Les artisans potiers
Avec la glaise et l'eau
Fabriquent des marmites.

Quand j'étais encore jeune, je me suis arrangée pour suivre des cours de littérature espagnole à l'université Columbia avec don Francisco García Lorca, et il aimait que je lui chante ces vers, il disait que rien ne pouvait être plus juste, il les répétait à haute voix pour que nous remarquions bien qu'il n'y avait ni un adjectif ni un nom qui ne fût banal, et pourtant, le résultat, nous disait-il, en même temps qu'il est poétique, est aussi chargé d'informations qu'une phrase d'un guide, comme dans les anciens *romances*.

Elle parle beaucoup, elle nous hypnotise avec son récit, mais en réalité nous ne parvenons pas à savoir quoi que ce soit de sa véritable vie, pas même son nom, même si ce détail nous n'en prendrons conscience, non sans étonnement, que lorsque nous serons partis. Quelle allure peut avoir l'appartement où elle habite, seule sans aucun doute, peut-être avec la compagnie d'un chat, écoutant les voix et les musiques cubaines qui montent de *La Flor de Broadway*, où elle va régulièrement dîner, où elle prend un plat de haricots avec du porc et du riz et où peut-être elle s'étourdit avec un daiquiri, seule à une table garnie de toile cirée à carreaux, fumant ensuite tandis qu'elle boit un café et regarde vers la rue et vers les hommes et les femmes avec ce regard d'évaluation sexuelle infaillible. Que fait-elle pendant toutes ces heures et toutes ces journées où personne ne vient consulter les livres de la bibliothèque, les trésors ensevelis qu'elle catalogue et qu'elle examine avec une expression de sévère efficacité sur son visage ridé, les yeux entrouverts derrière ses lunettes attachées avec un ruban noir. Exemplaires uniques qu'on ne peut trouver qu'ici, premières éditions, collections complètes de revues érudites, fascicules brochés, lettres autographes, toute la littérature espagnole, toutes les recherches et tous les savoirs possibles sur l'Espagne réunis dans cette grande bibliothèque où presque personne ne vient. Elle, pourtant, n'a plus besoin d'ouvrir les volumes de la collection des *Clásicos Castellanos* parce qu'à l'époque des cours du professeur García Lorca, encouragée par lui nous dit-elle, elle a pris l'habitude d'apprendre par cœur les poèmes qui lui plaisaient le plus, de sorte qu'elle pouvait réciter une grande partie du *Romancero*, et les sonnets de Garcilaso de la Vega, de Góngora, de Quevedo, et tout saint Jean de la Croix et presque tout Fray Luis de León, et Bécquer et Espronceda qui avaient été les passions de sa première adolescence fantasque et littéraire, partagées avec son frère, qui était de peu son aîné, et avec qui elle récitait tant bien que mal *Don Juan Tenorio*, ou *Fuenteovejuna*, ou *La vie est un songe*. C'est peut-être à cela qu'elle avait consacré toutes les années pendant lesquelles elle avait travaillé à la bibliothèque de la Hispanic Society, à apprendre par cœur la littérature espagnole, à se la réciter en silence ou à voix basse, bougeant les lèvres comme si elle priait pendant qu'elle allait tous les matins à son travail par les trottoirs caraïbes de Broadway, ou qu'elle se rendait dans le sud de Manhattan par les autobus lents ou les rames bondées du métro, pendant qu'elle était allongée la nuit dans les insomnies de son lit solitaire ou qu'elle parcourait les salles du musée sans presque s'arrêter ni à aucun tableau ni à aucun objet, dont elle connaissait aussi par cœur la disposition, comme les noms et les dates inscrits à la machine sur les étiquettes. Mais il y avait un tableau devant lequel elle s'arrêtait toujours, et elle s'asseyait pour le regarder à loisir, avec une émotion mélancolique qui jamais ne s'amortissait, et qui même se renforçait à mesure que passaient les années et que tout dans ce lieu semblait demeurer aussi invariable que dans un royaume enchanté. Les étiquettes, les affiches et les catalogues jaunissaient, les sanitaires se transformaient en reliques de plus en plus anciennes, les rudes cheveux frisés des concierges cubains ou portoricains devenaient blancs, les poches de leurs vestes grises d'appariteurs espagnols se perçaient et le bord de leurs manches s'usait, et elle, le temps la transformait en une inconnue chaque fois qu'elle se regardait dans une glace, à part ses yeux dont l'éclat était aussi tranchant et beau que lorsqu'elle avait trente ans et qu'elle s'était trouvée pour la première fois seule et maîtresse d'elle-même en Amérique, possédée par un enthousiasme de vivre qui pouvait atteindre des sommets d'inquiétude et de délire peut-être encore plus fervents que la rage de collections lunatique et déchaînée de Mr Huntington. J'aime m'asseoir face à ce tableau de Velázquez, le portrait de cette enfant brune dont personne ne sait qui elle était, ni comment elle s'appelait, ni pourquoi Velázquez l'a peinte, nous a-t-elle dit. Je suis sûre que vous l'avez déjà vu, mais ne partez pas sans le regarder encore un peu, parce qu'il se peut que vous ne reveniez pas et que vous ne le voyiez plus jamais. Avec les années, on cesse de faire attention aux choses, on s'y habitue et on ne les regarde plus, pas seulement par indifférence, mais aussi par hygiène mentale, les gardiens de n'importe quel musée deviendraient fous s'ils regardaient en permanence tous les tableaux qui les environnent, dans tous leurs détails. Moi, j'entre ici et je ne vois plus rien, après toutes ces années, mais cette fillette de Velázquez je la vois toujours, il y a un aimant qui m'attire vers elle, elle me regarde toujours, et bien que je connaisse son visage par cœur j'y découvre toujours quelque chose de nouveau, comme j'imagine que peut le faire une mère ou un père sur le visage de son enfant, ou un amant sur celui de celle qu'il aime. Ici ou dans n'importe quel autre musée, les tableaux représentent des puissants ou des saints, des gens gonflés d'arrogance ou bouleversés par la sainteté ou les tourments du martyre, mais cette enfant ne représente rien, elle n'est ni la Vierge enfant, ni une infante, ni la fille d'un duc, elle n'est rien d'autre qu'elle-même, une fillette solitaire avec une expression de sérieux et de douceur, comme perdue dans la mélancolie d'un rêve enfantin, perdue aussi dans ce lieu, dans les salles pompeuses et un peu malpropres de la Hispanic Society, comme une enfant ensorcelée dans un palais de conte de fées à l'intérieur duquel le temps s'est arrêté il y a un siècle. Elle a un regard franc et en même temps timide et réservé, et ses yeux sombres se posent en ce moment sur les miens, tandis que j'écris, même si je suis maintenant très loin d'elle et de ce midi nuageux de New York, la veille de notre départ. Il ne s'est passé que quelques mois et mes souvenirs sont toujours nets et solides, mais si je réfléchis attentivement à ces heures passées à la Hispanic Society, au visage de la fillette de Velázquez, à la voix et aux yeux de feu de la femme qui ne nous avait pas dit son nom, tout cela a le tremblé, la fragile consistance d'un événement dont ne sait pas s'il s'est réellement passé. Pourtant je conserve des preuves, des détails matériels, le ticket Metrocard que nous avons utilisé pour prendre l'autobus qui nous a emportés si loin, les cartes postales que nous avons achetées à la boutique de la Hispanic Society, qui est une boutique très précaire, où il existe encore des cartes postales en noir et blanc d'il y a presque un siècle et des guides, des catalogues de publications que l'on pourrait trouver dans les étals des librairies d'occasion où l'on propose ce qu'il y a de plus manipulé et abîmé. Mais cet endroit imprévisible, une boutique si modeste qu'elle a quelque chose d'un humble bureau de tabac espagnol – comment ne pas la comparer avec les boutiques d'autres musées de New York, spectaculaires supermarchés de luxe –, occupe, par une inexplicable organisation de l'espace, une salle immense entièrement entourée de grands comptoirs de bois sombre comme les étagères d'un magasin de tissus démesuré du début du siècle, ou comme ces buffets gigantesques qu'on trouve dans les sacristies de cathédrales et où l'on range les vêtements liturgiques. La boutique occupe un angle sans lumière, une partie du comptoir derrière lequel est assise une dame très âgée qui a l'air de vouloir se mettre à tricoter à tout moment, dès que seront partis ces deux étranges visiteurs qui pour l'instant passent en revue une triste collection de cartes postales. Et tous les murs, du sol au plafond, sont garnis d'immenses peintures, ou plutôt d'une seule et même peinture qui se déploie sans interruption sur toute l'ampleur de la salle, et où sont représentés, comme dans un délire de carnaval baroque ou dans le désordre des planches d'une encyclopédie, tous les costumes régionaux, tous les métiers, toutes les danses traditionnelles, tous les paysages d'Espagne, toute la pacotille d'un folklore romantique peinte au forfait par Joaquín Sorolla, comme une Chapelle Sixtine consacrée à glorifier la passion hispanique de Mr Huntington, à célébrer à grands coups de pinceau colorés chaque type humain, chaque costume poussiéreux ou chaque coiffure ancestrale, chaque particularité anthropologique, les cavaliers andalous avec leurs chapeaux à larges bords et les paysans basques avec leurs bérets, les Catalans avec leurs bonnets et leurs espadrilles et les Castillans avec leurs visages tannés et ridés, les Aragonais dansant la *jota* avec des foulards rouges noués sur la nuque ; et aussi les orangeraies et les oliveraies, les eaux cantabriques où pêchent les marins du Nord, les greniers galiciens et les moulins de la Manche, les gitanes andalouses avec leurs robes à volants et les danseuses des fêtes valenciennes avec leurs jupes raidies d'amidon et de pierreries, leurs coiffures rigides comme celles des dames ibères, les vergers et les déserts, les ciels violacés du Greco et la lumière claire et riche de la Méditerranée, des mètres et des mètres carrés de peinture, une profusion de visages semblables à des masques, d'habits semblables à des déguisements, et le tournis d'un bal de carnaval dans la minutie surprenante d'un catalogue ou d'un règlement, chaque habitant avec ses caractéristiques locales et l'uniforme convenable, attelé à ses éternelles coutumes et au paysage de sa région, chaque individu aussi classifié par son origine et par sa province que les oiseaux et les insectes par leurs catégories zoologiques.

Mais ce que j'ai maintenant en face de moi, dans mon bureau, à côté du clavier de l'ordinateur et du coquillage blanc et poli par l'eau qu'Arturo a trouvé il y a deux étés sur la plage de Zahara, c'est l'une des cartes postales que nous avons achetées à la boutique de la Hispanic Society, le portrait de cette enfant brune, délicate, solitaire, silhouettée sur un fond gris, qui me regarde aujourd'hui comme le jour où à midi nous sommes allés la regarder pour la dernière fois avant de partir, la veille de notre voyage de retour, quand déjà nous n'étions presque plus à New York, même si nous avions encore devant nous un jour entier avant de nous envoler pour Madrid, et que le temps se défaisait entre nos doigts avec une inconsistance de papier brûlé, de feuillets de cendre, minutes et heures sans apaisement comme le temps mésaventureux et fugace des amants clandestins qui, à peine se sont-ils retrouvés, savent que le compte à rebours de la séparation a commencé pour eux. Quand on invente, on a la vaine assurance de prendre possession des lieux et des choses, des gens à propos desquels on écrit : dans mon bureau, sous la lumière de la lampe qui éclaire mes mains et le clavier, la souris et le coquillage dont j'aime caresser distraitement les cannelures du bout de mes doigts, la carte postale de la fillette de Velázquez, je peux avoir la sensation que rien de ce que j'invente ou dont je me souviens ne se trouve en dehors de moi, de cet espace fermé. Mais les lieux existent même si je n'y suis pas allé ou si je n'y reviendrai pas, et les autres vies que j'ai vécues et les hommes que j'ai été avant de devenir celui que je suis avec toi perdurent peut-être dans la mémoire des autres et, en ce moment même, à six heures et à six mille kilomètres de cette pièce, l'enfant qui me regarde sur une pâle reproduction de carte postale regarde et sourit légèrement sur un tableau véritable et tangible, peint par Velázquez vers mille six cent quarante, emporté à New York vers mille neuf cent par un multimillionnaire américain, accroché dans une grande salle au milieu de la pénombre d'un musée que peu de gens visitent. Qui sait si en ce moment, alors qu'à New York il est deux heures et quart de l'après-midi et qu'ici commence une nuit de décembre, il y aura quelqu'un pour regarder le visage de cette enfant, quelqu'un qui découvrira ou reconnaîtra dans ses yeux sombres la mélancolie d'un long exil.

Portrait d'une fillette, Velázquez, vers 1640.
Hispanic Society of America, New York.

Note sur mes lectures

J'ai très peu inventé dans les histoires et dans les voix qui se croisent dans ce livre. J'en ai entendu raconter certaines et elles habitaient ma mémoire depuis longtemps. J'en ai découvert d'autres dans des livres. J'ai découvert Willi Münzenberg en lisant *La Fin de l'innocence*, de Stephen Koch (Grasset, 1995), et j'ai suivi sa piste dans *Le Passé d'une illusion*, de François Furet (Robert Laffont, Calmann-Lévy, 1995), livre aussi admirable que son titre, ainsi que dans le deuxième volume des mémoires d'Arthur Koestler, *Hiéroglyphes* (Calmann-Lévy, 1995) et sur un nombre surprenant de pages Internet. J'ai découvert le beau nom de Milena Jesenska dans les surprenantes *Lettres à Milena* de Franz Kafka, un livre de poche qui m'a longtemps suivi (Gallimard, 1956, 1988). C'est ce prénom, isolé comme titre d'un livre, *Milena* (Éditions du Seuil, 1986), qui m'a amené à découvrir son auteur, Margarete Buber-Neumann, dont j'avais trouvé la piste chez Koch et Furet en tant que personnage mineur, cité dans des notes en bas de page. Les deux volumes de son autobiographie, *Prisonnière de Staline et d'Hitler : Déportée en Sibérie* et *Déportée à Ravensbrück* (Éditions du Seuil, 1986, 1988), dont j'avais découvert la trace dans le catalogue du Seuil, m'ont été rapidement envoyés de Paris par mon éditrice, Annie Morvan. Il est étrange que sur ce sombre épisode des enfers construits par le nazisme et le communisme abondent tant de témoignages féminins. Ont été capitaux pour moi *Contre tout espoir*, de Nadejda Mandelstam (Gallimard, 1972), et surtout *Le Vertige*, d'Evguénia S. Guinzbourg (Éditions du

Seuil, 1967), dont j'avais lu pour la première fois le nom dans un livre extraordinaire de Tzvetan Todorov, *Face à l'extrême* (Éditions du Seuil, 1991) que j'ai découvert dans sa traduction anglaise, *Facing the Extreme, Moral Life in the Concentration Camps*. J'ai beaucoup appris sur Todorov en lisant *L'Homme dépaysé* (Éditions du Seuil, 1996). À propos de la situation des Juifs d'Espagne, j'ai lu à fond *Les Origines de l'Inquisition*, la tendancieuse et monumentale étude de Benzion Netanyahu et, beaucoup plus brève et équilibrée, la classique *Histoire de l'Inquisition espagnole* d'Henry Kamen (Albin Michel, 1996), sans oublier un livre qui personnellement me semble extraordinaire, malgré son extrême concision, *Historia de una tragedia*, de Joseph Perez, publié en Espagne par les éditions Crítica. Mon ami Emilio Lledo a lu pour moi le très long journal du professeur Klemperer dans l'original allemand (Victor Klemperer, *Mes soldats de papier, Journal 1933-1941*, et *Je veux témoigner jusqu'au bout, Journal 1942-1945*, Éditions du Seuil, 2000). Il est triste de penser que des livres d'une telle profondeur ne sont presque jamais accessibles au lecteur espagnol.

Mais j'oubliais presque de citer deux des auteurs les plus décisifs pour ma formation dans les années récentes, sans lesquels il est probable que ce livre n'aurait pas existé, que je n'aurais pas trouvé l'état d'esprit nécessaire à l'écrire. Je fais référence à Jean Améry et à Primo Levi. J'ai découvert par hasard en 1995 le livre de Jean Améry sur Auschwitz dans une librairie d'occasion, sans jamais en avoir entendu parler. Il a été publié par Actes Sud en 1995 sous le titre *Par-delà le crime et le châtiment*, et je n'ai pas entendu dire qu'il ait intéressé aucune maison d'édition espagnole. Grâce à Mario Muchnik, le lecteur espagnol a accès à la grande trilogie des mémoires de Primo Levi, qui comprend *Si c'est un homme* (Julliard, 1987), *La Trêve* (Grasset 1966) et *Les Naufragés et les Rescapés: quarante ans après Auschwitz* (Gallimard, 1989). Ce qu'on peut apprendre sur l'être humain et sur l'histoire de l'Europe au vingtième siècle dans ces trois volumes est terrible mais aussi très instructif, et honnêtement je ne crois pas que sans les avoir lus il soit possible d'avoir une conscience politique accomplie, ni une idée de la littérature qui ne comprendrait pas l'exemple de cette manière d'écrire.

Il y a eu d'autres livres, mais ceux que j'ai cités plus haut sont ceux qui m'ont le plus nourri pendant que j'écrivais *Séfarade*. J'ai aussi tâché de prêter attention à beaucoup de voix, parmi elles je dois citer avec gratitude et émotion celles de Francisco Ayala et de José Luis Pinillos, la voix sonore et joviale d'Amaya Ibárrui, qui par un après-midi d'hiver m'a invité à prendre un café et m'a raconté certains épisodes extraordinaires du roman de sa vie, la voix d'Adriana Seligmann qui m'a parlé des cauchemars en allemand de son grand-père, et la voix de Tina Palomino qui est venue chez moi un soir alors que je croyais avoir terminé ce livre et qui m'a fait comprendre sans s'en rendre compte, tandis que j'écoutais l'histoire dont elle me faisait cadeau, qu'il reste toujours autre chose qui mérite d'être raconté.

Madrid, décembre 2000

Note du traducteur. Les extraits cités dans le texte ont été tirés des ouvrages traduits en français suivants : Evguénia S. Guinzbourg, *Le Vertige*, Paris, Éditions du Seuil, 1967, traduit du russe par Bernard Abbots ; Franz Kafka, *Lettres à Milena*, Paris, Gallimard, « L'Imaginaire », 1988, édition revue et augmentée, traduit de l'allemand par Alexandre Vialatte, textes complémentaires traduits par Claude David ; Victor Klemperer, *Mes soldats de papier, Journal 1933-1941*, Paris, Éditions du Seuil, 2000, traduit de l'allemand par Ghislain Riccardi ; Margarete Buber-Neumann, *Déportée en Sibérie*, Paris, Éditions du Seuil et Éditions de La Baconnière, Paris, 1949, traduit de l'allemand par Anise Postel-Vinay.

Table

RÉALISATION : PAO ÉDITIONS DU SEUIL
IMPRESSION : NORMANDIE ROTO IMPRESSION S.A.S. À LONRAI
DÉPÔT LÉGAL : OCTOBRE 2005. N° 83826 (05-2375)
IMPRIMÉ EN FRANCE